Misterios del crimen en el crucero

.... La Intriga Alemana

Por

Paul Davis (Médico)

Traducido por:
Leonel Osorno Restrepo

La Intriga Alemana

Misterios del crimen en el crucero
La Intriga Alemana
Por Paul Davis (Médico) ©2016 copyright
Todos los derechos reservados

Published by: Blewitt Pass Publishing, USA

Traducido por:
Leonel Osorno Restrepo

ISBN-13: 978-0996928724 (Print)

Este libro es dedicado a mi madre, quien me enseñó a apreciar la escritura desde mi infancia. A todos mis amigos, compañeros de trabajo y pasajeros con los cuales compartí mí tiempo en cruceros por varios años. También me gustaría agradecer especialmente a mi amigo Leonel Osorno por dedicar parte de su preciado tiempo en la traducción de este libro al idioma español.

Capítulo Uno

Alrededor del mundo en 270 días

Explotando de alegría a través de la puerta frontal, Tiffany gritó. "Bien, ¿Qué dijeron? ¿Están de acuerdo?"

Durante los últimos dos años que ellos han estado juntos, Alan no había podido dejar de asombrarse ante su propia reacción cuando veía a Tiffany. Era como si la viera por primera vez. Había que reconocer que ella era una joven y hermosa mujer –rubia, con esos rizos que caían delicadamente sobre sus hombros- y era además tan atractiva que Alan a menudo se preguntaba qué había visto ella en él o por qué ella no lo había dejado por otros pretendientes más jóvenes.

Tiffany no paró de correr a través de la sala de estar hasta que suavemente se dejó caer al lado de Alan. Él estaba mirando un mapa del mundo que cubría toda la superficie de la mesita de café en frente de él.

Desde que Alan había recibido notificación de que iba a unirse al Crucero Dorado para un viaje de nueve meses alrededor del mundo, él había acudido a todos y cada uno de los contactos que conocía a bordo y fuera del barco para que intercedieran para que asignaran también a Tiffany en el crucero. En caso de que sus esfuerzos fueran infructuosos, había estado considerando la posibilidad de renunciar a la misión. Él no se imaginaba pasando 270 días lejos de Tiffany. La única opción restante era llevarla consigo como su pareja invitada. Por supuesto, esto significaría que ella no obtendría ningún salario durante casi un año –algo que él no le quería imponer.

Ella sonrió, le dio un beso en sus labios y le sacudió la cabeza.

"Estás sacudiendo la cabeza; ¿significa que la respuesta es 'no'?" preguntó Tiffany, cambiando su mirada desde Alan hasta el mapa en cuestión. "Me supongo que no estarías mirando un mapamundi si la respuesta fuera 'no', ¿estoy en lo cierto?" Concluyó ella tirando bruscamente sus bolsas a un lado y acurrucándose más cerca de él – como si esto fuera posible, a menos que se sentara sobre sus piernas.

"¡Muy bien Watson!" replicó Alan pasando un brazo alrededor de los hombros de Tiffany y atrayéndola hasta su pecho. "No sólo estuvieron de acuerdo sino que están esperando ver a Tiffany Sylvan unirse al crucero como Directora de Entretenimiento de los Niños."

"¿Es eso cierto?" gritó Tiffany enderezándose para mirar a Alan a los ojos. "¿Me mentirías a mí Doctor Mayhew?, ¿Lo harías ahora?"

Alan sonrió. "¿Mentirte a ti?", se burló Alan. "Eso es algo que no trataría de hacer. Quizás lo haría para mofarme de ti...".

"¡Y lo has hecho!" le cortó Tiffany.

"Sí, lo he hecho, pero debes admitirlo que fue una buena broma".

"Entonces, ¿Puedo concluir que estaremos fuera para ver el mundo en un par de semanas o algo así?"

Alan sonrió. "No mi querida, no 'en un par de semanas o algo así' –no aunque Julio Verne haya predicho que es posible en un barco."

"¡Oh, eres imposible!" ripostó Tiffany riendo y desembarazándose ella misma de sus brazos. "Sabes muy bien qué quiero decir."

"No estoy seguro..., pero ¿piensas que estarás dispuesta a aguantar mi irresistible encanto durante nueve meses? Tal vez una semana me sería suficiente para volverte completamente loca."

"Quizás así será, pero de verdad me tomará todo ese tiempo –quiero decir nueve meses- para olvidarme de las locuras que tú me has hecho pasar durante el último crucero en el cual estuvimos juntos."

Alan la miró con las cejas arqueadas. "Y yo disfruté un poco de eso, tengo que admitirlo. Y verte cada noche con un vestido diferente..., fue simplemente emocionante." Le lanzó una mirada burlona a su cara y se carcajeó. "¿Dónde vas a poner un vestuario entero esta vez...? Para viajar 270 días, ¡te tomará más de dos semanas empacar, me imagino!"

"¡Empacar no tomará tanto tiempo!" Ella lo miró como si estuviera ofendida ante la mera sugerencia, se encogió de hombros y sonrió. "De todas formas, tendremos que usar uniformes la mayor parte del tiempo..."

Tiffany miró abajo a la línea roja que estaba trazada en el mapa y a todos los puertos en los cuales los pasajeros probablemente pasarían en alguna parte, desde unas pocas horas hasta unos pocos días. "Qué me dices de todas estas ciudades tierra adentro -¿cómo iremos hasta allá, asumiendo que se nos permita dejar el barco?"

"Me imagino que contratarán cualquier medio de transporte disponible en tierra firme," replicó Alan. "Sé que algunas excursiones a esas ciudades internas estarán incluidas en el crucero, y también sé que ellos probablemente deseen que el doctor vaya, ya que la mayoría de los pasajeros estarán involucrados. Solamente me permiten ir en ellas", continuó Alan, "si la mayoría de pasajeros va." Él la miro con ojos inquisidores. "Entonces, pienso que deberíamos alentar a una buena cantidad de pasajeros a tomar parte de esos recorridos. ¿Tú que piensas?"

"¿Qué pasa con la gente que se quede a bordo si tú estás fuera del barco por un par de días y algo sucede a alguno de ellos?"

"Bien, cualquiera que se quede en el barco tendrá que acudir a hospitales o clínicas en la ciudad si la enfermera considera que se requiere de un cuidado más profundo."

Tiffany asintió y bajó su mirada. Algo la molestaba aún y Alan lo sabía. "Pero si logramos que todos los pasajeros abandonen el barco, necesitaré una asistente para mantenerlos vigilados…, que piensas de eso Tiff?"

Su rostro se iluminó instantáneamente. "¿Quieres decir…? Yo estaría feliz de seguirte siempre a donde tú vayas, maestro," agregó ella bromeando y volviendo a mirar el mapa. "¿Qué piensas a cerca de Jordania? ¿Por qué no desembarcamos mejor en Tel Aviv?"

Esta vez Alan se rio de verdad. "¿Por qué no llamamos a la compañía y les avisamos que la Señorita Sylvan tiene en mente otra ruta para el crucero…?

Tiffany lo empujó con su hombro. "Si, correcto. Pero ¿no crees que es un poco ridículo que el crucero tenga una parada en la costa israelí y después envíen a los pasajeros en un viaje a visitar Amman y Petra en Jordania? Eso nos tomaría días…"

"Eso lo veremos…, ya que no he recibido el folder de planeación aún, no te puedo decir qué tienen ellos en mente para nosotros con todos los problemas que hay en Siria, los refugiados llegando en cantidades a Jordania, podrían cambiar la ruta."

"¿Me enviarán uno a mí también?" preguntó Tiffany poniéndose en pie.

"Pensaría que sí". Él la miró. "¿A dónde vas?"

"Pensé que debería preparar cena para nosotros esta noche", replicó tomando su cartera del sofá. "A propósito, ¿ya le dijiste a Alexa?"

Alan sacudió su cabeza y miró a sus pies. Alexa Mayhew era su hija –la niña de sus ojos. Aquella joven dama de veintitantos años era la viva imagen de su madre muerta. Ella y Alan habían pasado unos pocos años juntos después de la muerte de Jo Ann, pero cuando

Tiffany entró a la vida de Alan, Alexa decidió irse. Tiffany era sólo unos pocos años mayor que ella, y Alexa todavía guardaba algún resentimiento contra su padre por estar envuelto en una relación con una mujer mucho más joven que él. La diferencia de edad nunca había sido una molestia para Alan y Tiffany, pero Alexa no estaba muy dispuesta a aceptar la relación entre ellos. Ella habría asentido, había dicho ella, que su padre cotejara con una mujer de su edad, pero Tiffany…, no, ella definitivamente no veía un partido en el edén para ellos. En los últimos dos años, Alexa lo había venido a visitar de vez en cuando y había pasado algún tiempo con él —sobre todo cuando sabía que Tiffany estaba lejos en algún otro crucero.

El Dr. Alan Mayhew era un médico facultativo retirado que había pasado cerca de treinta años a bordo de cruceros como el "Doc" que todos amaban y admiraban. Era un apreciable compañero, seguramente, pero a pesar de tener un determinado rango, no se había involucrado con mujeres fácilmente, especialmente cuando había estado casado con Jo Ann durante tantos años. Él la amó durante el tiempo que la conoció, y nada cambió hasta que Tiffany llegó a su vida.

"Adivino que quieres esperar hasta recibir los documentos de la asignación oficial. En estos menesteres uno nunca sabe qué poderes harán que unos pocos días antes de recibir los papeles, las cosas cambien completamente" Sugirió Tiffany.

"Sí" replicó Alan algo desprevenidamente. Luego se paró y siguió a Tiffany hasta la cocina. "Y dime por favor, ¿cuál es el menú de esta noche?"

"Espaguetis con salsa de tres quesos, no bajo en colesterol" respondió Tiffany caminando adelante de él.

Que preciosidad son ese par de pequeñas mejillas, reflexionó Alan mirándola balancearse hacia el mesón de la cocina.

"Tan pronto veas la salsa, cuando te estés babeando la barbilla, vas a parecer un gnomo de jardín…," agregó Tiffany sonriendo mientras desempacaba las provisiones.

"¡Esto ya es el colmo señorita!", dijo Alan tomándola por sus hombros y girándola sobre sus talones. "No sé qué tienes en mente como aperitivo, pero me gustaría que dilucidáramos con detalles y, entre cuatro ojos, todo acerca de éste y de mi barba de gnomo…"

"¿Quieres decir que quieres interrogarme otra vez?"

"Y otra vez –cuantas veces como tome hacerte hablar, señorita," anotó girándola de nuevo y empujándola suavemente en dirección del cuarto.

El curvilíneo cuerpo de Tiffany era siempre un espectáculo para la vista de Alan. A menudo se preguntaba por qué nunca se cansaba de mirarla desnuda. Y esta noche no era diferente. Le ayudó a ella a quitarse su camisa, besándole los hombros tan pronto estos aparecieron desde su envoltura. Ella se volteó para quedar frente a él y enrolló sus brazos alrededor del cuello de Alan mientras él se despojaba de sus pantalones y deslizaba abajo su falda hasta sus tobillos. *El calor en este cuarto es terrible*, pensaba Alan mientras presionaba el cuerpo de Tiffany contra él. El amor entre ellos siempre había sido fabuloso. Él no se cansaba de los deliciosos pezones de Tiffany, su largo e insaciable cuerpo… Ella chilló con delicia tan pronto él empezó a acariciarla. Siempre tuvo esa inexorable sensación de ser transportada a un lugar donde el sol calentaría su cuerpo y la deleitaría con increíble amor siempre que él la tocaba.

Alan fue siempre un amante vigoroso y le adoraba complacer a su compañera tanto como él deseaba tomar placer de la belleza de Tiffany. Nunca quería dejarla insatisfecha o disgustada. Él necesitaba la seguridad interior de que su virilidad no le fuera a fallar. Dada su edad, se aseguraba de conservarse en tan perfecta forma como él podía para no decepcionarla.

Tiffany yacía contra el espaldar de su silla, vaso de vino en mano, luciendo pensativa. "Si nuestro puerto de salida es San Francisco, supongo que tendremos que volar hasta allá para unirnos al barco," manifestó ella.

Alan depositó su tenedor y su cuchara sobre el plato medio vacío y limpió de su boca una pequeña gota de salsa de espagueti que había estado tratando de escaparse y de caer sobre su barba. "Pienso que es una correcta conjetura," manifestó él. "¿Por qué? ¿Te molesta eso?"

"No, no realmente, pero justo ahora me estaba preguntando si podríamos salir unos días antes y pasar un poco de tiempo en la ciudad. Yo nunca he estado allí, ¿sabías?"

Alan levantó una ceja y se reclinó en su silla, su servilleta aún en la mano. La observación de Tiffany acerca de su 'barba de gnomo' había permanecido con él y ahora estaba abrumado por eso. *¿Estaba ella empezando a disgustarle su barba? Quizás debería cortármela un poco más.* Era extraño como estos pequeños detalles acerca de los gustos y disgustos entre ellos tenían forma de asustarlo. Y tenían que sobrevenir cambios, así fuera en la apariencia, la forma de vestir o el comportamiento. Alan también había notado unas pequeños cosas que él quisiera poder cambiar en los hábitos de Tiffany. Ella usaba tacones altos donde quiera que ellos iban, aún a una pequeña caminata en la tarde. El uso de tacones altos por parte de ella lo cautivaba –Tiffany tenía tan espléndida figura que los tacones altos resaltaban su figura en todas partes- pero también eran un instrumento de tortura para la columna vertebral. Las mujeres no entienden cuánto daño sus columnas, sus caderas, sus tobillos y sus rodillas pueden soportar si el uso de tacones altos no es balanceado con caminatas usando zapatos bajos durante parte del día.

"Bien, mi querida, si no has estado allí, deberíamos salir tan pronto como podamos," concluyó Alan regresando a su plato de espaguetis. "¿No estás comiendo nada?" preguntó tragando un bocado, cogiendo la copa de vino que tenía al frente y esperando una respuesta.

"Estoy pensando en mi bikini," dijo finalmente ella. "Quizás debería comprar un vestido de baño también. Ya que visitaremos todos esos maravillosos sitios, pero nunca tendremos la posibilidad de nadar… en alguna parte… Estas reglas de los cruceros que tratan y conservan a la tripulación y a los pasajeros por separado están empezando a frustrarme," se quejó ella, poniendo el vaso en la mesa y retornando a comer un poco más.

Para Alan quien disfruta nadando como una forma de ejercicio, nadar o jugar en la piscina a bordo de un crucero, en frente de todos sus pacientes, no estaba precisamente en la cima de la lista de sus entretenimientos. Además, él tampoco disfrutaba la idea de tener a Tiffany compartiendo un espacio en el jacuzzi en hilo dental–aun cuando éste sería el único lugar donde a ella le estaría permitido mostrar algo de piel. Sin embargo si esto fuera para nadar con ella en una bahía aislada del Mediterráneo, esa sería una proposición diferente. Él, ahora se sumió en el silencio pensando en las posibilidades que esto le podría ofrecer.

"¿Qué pasa con el álbum de fotos?" preguntó Tiffany, levantando la cabeza de su plato otra vez. "¿Va progresando?"

Ya que Alan era uno de los más antiguos empleados en la línea de cruceros, la oficina principal de la compañía en Miami le había pedido recolectar un buen número de fotos *interesantes* con un *tema náutico* en ellas –como le dijeron -de los oficiales y la tripulación que fueran a tomar el viaje de nueve meses con él.

"Es un proceso lento," dijo Alan. Algunas personas deben vivir una vida aburrida como te puedes imaginar. Ellos han enviado fotos de bebés, fotos de bodas, incluso, fotos cazando y uno del padre de un niño luchando contra un oso, pero ninguna que pudiera ser suficientemente buena para una campaña publicitaria de la compañía o siquiera mostrando remotamente un tema náutico.

"¿Los tienes a todos ya?"

"No, y falta mucho. Pero algunos de la tripulación están aún asignados y no regresarán hasta después de algunos días. Y de sus correos electrónicos, deduje que no conseguiré a todos los que faltan antes de salir."

"¿Y es que la compañía necesita la selección antes de esa fecha?" preguntó Tiffany antes de poner el último pedazo ensartado en su tenedor en su boca.

Alan sacudió la cabeza. "No, ellos realmente están contando con que yo tome algunas fotos durante este viaje para completar el álbum."

Tiffany se sonrió disimuladamente. "¿Por qué no contratan un fotógrafo para que lo haga?"

Alan movió negativamente la cabeza nuevamente. "Tú sabes qué piensan ellos de tener un fotógrafo a bordo. Estos son generalmente más una molestia para los pasajeros que otra cosa. Y no son la clase de fotografías que la compañía desea. Ellos están interesados en fotos peculiares y fuera de lo ordinario –especialmente de la tripulación - sorprendidos en, cómo te digo, extrañas o incómodas situaciones." Limpió lo último de la salsa de espagueti de su plato con un pedazo de pan francés, lo comió con visible gusto y se limpió la boca y la barba de nuevo.

"¿Quieres decir que tendremos que viajar con un maletín con cámaras donde quiera que vayamos?" Tiffany no parecía muy complacida ante la perspectiva de que cualquiera de ellos tuviera que cargar una pesada maleta con cámaras, lentes y todo lo demás en el que podría ser uno de los más románticos viajes –una oportunidad que ella pensaba que no se iba a volver a presentar por sí sola muy pronto.

Alan tomó la botella de vino de la mitad de la mesa y sirvió algo del delicioso cabernet en ambos vasos. "Yo tampoco quiero hacer eso, Tiff. Estaba pensando en llevar mi poderosa pero muy pequeña cámara digital, así que nosotros no seríamos muy evidentes cuando tomáramos fotos sorpresa de nuestros objetivos."

Tiffany asintió, eso sonaba ahora como una gran idea. Ella amaba la intriga de esa clase de tareas. La amable curiosidad era a menudo la primera cosa que ella adoraba hacer. En muchas ocasiones había aparecido con la respuesta esperada al misterioso comportamiento mostrado por algunos de los pasajeros, sólo escurriéndose a sus alrededores o fisgoneando en sus vidas privadas.

Recordaba que en el crucero cuando Alan y ella se conocieron, ella había investigado a muchos personajes a bordo del barco solo mirando sus conversaciones. Otras veces ella sólo estaba complacida con sigo misma si descubría por qué una persona hacía esto a aquello. En aquel primer crucero en particular, estuvo aquella dama que era ostentosamente difícil con cada miembro de la tripulación con el cual ella había tenido que tratar. La señora Brightman era una peste – cualquiera que la hubiera conocido sea en el crucero o en su vecindario hubiera dicho eso- pero cuando las cosas no iban bien, la señora Brightman señalaba a la señora Clapham, quien, bastante extraño, nunca aparecía por parte alguna. Sin embargo, cuando Tiffany y Alan habían husmeado acerca de los asuntos de estas dos mujeres, encontraron pronto que la señora Brightman y la señora Clapham eran la misma persona. Fisgonear realmente había valido la pena después de todo.

Alan tuvo que sonreír para sí mismo cuando abrió el sobre de 'Líneas Crucero Dorado' que había sido enviado por correo la mañana anterior. Este contenía el itinerario final de su crucero –y Tel Aviv estaba en la lista.

Capítulo Dos

San Francisco

"¡Y allí estaba ella!" Tiffany no lo podía creer. Babette estaba sentada en la mesa cerca de la ventana de uno de los más costosos restaurantes en el Muelle del Pescador.

Tiffany y Alan estaban esperando a que el maître d' le mostrara su mesa cuando Tiffany jaló la manga de la camisa de Alan. "¿Piensas que ella irá en el crucero?"

"¿Quién?" preguntó Alan distraídamente.

"Babette. Ella está sentada por allá por la ventana". Tiffany movió discretamente la cabeza en esa dirección.

Alan giró su cabeza para mirar a la mujer. "Maldito seré" exclamó en voz baja. "¿Qué más va a estar haciendo ella en San Francisco en esta época del año?"

"Exactamente. O está poniendo en escena otra obra en la ciudad," replicó Tiffany sonriendo.

"Espero que no me vaya a poner a mí a actuar en uno sus dramas." Susurró Alan bajando la cabeza.

Babette era una afamada dramaturga quien había tenido la fortuna de ver algunas de sus producciones en los escenarios de Nueva York y San Francisco. Era una fascinante mujer de mediana edad, y cuyo buen humor y feliz disposición nunca estaba abatido cualesquiera fueran las circunstancias. Su espléndida cabeza de cabello rojizo, burlones ojos verdes y seductora sonrisa probablemente habría embelesado al más indiferente de los hombres en sus años mozos. Invitar a Tiffany y a Alan a actuar en sus comedias había sido una broma normal entre ellos. Como pasajera normal de tantos cruceros como ella había tomado, Babette se había convertido en un "accesorio" por decirlo así, ayudando a los directores del crucero a poner en escena una obra en cada una de sus travesías. Cuando Babette estaba a bordo, pasajeros y tripulación por igual se preguntaban qué parte les tocaría protagonizar en la obra. En resumen, Babette era todo un personaje.

Cuando la mesa estaba lista, el maître d' regresó. "Por favor doctor, señora," dijo, extendiendo un brazo en dirección a una mesa vecina a la de Babette, "Por acá".

Babette giró su cabeza cuando vio que los dos venían hacia ella. "Caramba," saltó, "¡Miren qué trajo el gato a casa! ¿No es esta mi pareja preferida en el mundo entero?" Alargó sus manos dirigiéndose a Tiffany con los brazos abiertos para darle un fuerte apretón. "Y tú doctor Mayhew…," agregó liberando a Tiffany de su abrazo. "No me digan, ¿ustedes han sido asignados a uno de estos magníficos cruceros por el mundo?" Se volteó dirigiéndose al maître d'. "¿Por qué no dispones de forma que nosotros podamos tomar la cena juntos?"

"Por supuesto señora", dijo el último, esbozando una fingida sonrisa. Obviamente al hombre no le gustaba tener que volver a arreglar las mesas.

"Díganme…," continuó Babette con renovado entusiasmo, "¿Qué están haciendo ustedes aquí?"

"Bien, nosotros estamos…" Alan empezó.

"Ustedes van en el Crucero Dorado, ¿verdad?"

"Adivinaste Babette" dijo Tiffany mirando a Alan. Y estamos aquí esperándolo.

"¿Y tú?" preguntó Alan, "¿También estás registrada en ese crucero?"

"Diste en el clavo, doctor. Sí, lo estoy. Pero no ha sido tan simple como hacer una reservación esta vez, te diré…"

"Listo señora," interrumpió el maître d´, "¡Su mesa está dispuesta!" apuntó a una mesa bien equipada en un rincón del restaurante.

"Magnífico, mi estimado señor," replicó Babette encabezando la fila hasta la mesa en cuestión. Esta ofrecía una vista sin obstáculos hacia el muelle de la marina. "Está excelente, Gracias," agregó sentándose.

Alan arrastró la silla de Tiffany para que se sentara frente a Babette y tomó el asiento diagonal a ella.

"¿Por qué no ha sido fácil para ti registrarte en ese crucero?" preguntó Tiffany, desenrollando la servilleta de su plato y poniéndola sobre sus rodillas.

Alan estaba de nuevo asombrado ante la belleza de Tiffany. Ella había escogido un elegante vestido verde para esta ocasión. Ese color le sentaba a la perfección.

"Bien, tengo una gran oportunidad de presentar otra obra aquí, en San Francisco, el próximo otoño. Pero el muy idiota del productor quería que yo trabajara en ello desde su finca en Arkansas…"

"¿En Arkansas?" inquirió Tiffany sonriendo. No se imaginaba a Babette en una finca en ninguna parte y en ningún período de tiempo.

"Si, mi querida, eso es exactamente lo que me dijo. ¿Me podrías imaginar trabajándole a una obra en una finca –y en Arkansas entre todos los lugares? No existía ni la más remota posibilidad en la tierra de que yo aceptara ese trato."

"Entonces, que hiciste" Preguntó Alan con curiosidad.

"Le puse los puntos sobre la íes, eso fue lo que hice," replicó Babette mirando el menú. "Le dije que la única forma en que su obra estaría lista el próximo otoño sería si yo trabajara en ello sola y en mi propio tiempo."

"¿Qué dijo él?" preguntó Alan.

"Se quejó un poco, pero no estuvo en desacuerdo. No le dije dónde estaría trabajando, por supuesto, ya que no deseaba que él se apareciera a mi puerta en Boston en cualquier momento que él quisiera; me registré en este crucero y me pondré en contacto con él vía Skype.

"No te será posible poner en escena una de tus obras con nosotros esta vez entonces," dijo Alan con un vestigio de esperanza escondido en sus palabras.

"Oh no, no te preocupes por eso Doc. El contrato con ese productor ocurrió hace unas semanas, tiempo en el cual yo finalicé la obra, de manera que pudiera estar libre por los próximos nueve meses para trabajar con el director del crucero en algo para este viaje."

Alan bajó la cabeza y leyó detenidamente el menú. Él sabía que tendría que vérselas con Babette –pero ¡ ella era tan magnífica persona!, ¿cómo podría él rehusarse?

Tiffany y Babette escogieron el Risitto Alioto –una especialidad de la casa- y Alan eligió una ensalada de mariscos italiana.

Después de una deliciosa comida, y mientras tomaban el café, la conversación retornó a la travesía que se avecinaba.

"Tú sabes Babette, lo que más me intriga del itinerario es esa excursión a Jordania. ¿Piensas que muchos pasajeros lo tomarán?" preguntó Tiffany.

"Por supuesto que lo harán, Tiffany. Es el lugar más fascinante. Y después de muchas semanas a bordo del barco, ellos estarán demasiado dispuestos a salir a estirar un poco esas piernas de camello."

Tiffany y Alan intercambiaron una perpleja mirada. "¿Dijeron ellos algo acerca de camellos en el volante del crucero?" Preguntó Alan.

"Oh, no-no, doctor, es sólo mi imaginación que va en quinta velocidad, pero si tal travesía se ofreciera, yo sería la primera en la silla de montar, se los aseguro."

Tiffany tuvo que reír nerviosamente ante el cuadro que ella se imaginaba con Babette conduciendo un camello a través del desierto jordano. "No sé si yo seré tan aventurera como tú. ¿No dicen que podrías marearte montada en esa clase de bestias?"

"Bien, eso no lo sé, querida, pero ese movimiento oscilante sí podría provocar una buena cantidad de náuseas, me imagino," replicó Babette, sorbiendo su café.

"Estoy seguro que si ellos lo tienen en el itinerario, me pedirán que acompañe a esos exóticos aventureros," remarcó Alan.

"¿Qué quieres decir? ¿No estarías involucrado en esa excursión de todas maneras? Preguntó Babette, mirando a Tiffany y a Alan por encima de su copa.

"No necesariamente, Babette. Como miembro de la tripulación, se supone que nosotros estemos a bordo, como tú sabes." Babette asintió. "Pero en este caso, si hay suficientes pasajeros que se adentren en tierra firme, probablemente me pedirían que vaya con ellos"

Babette giró hacia Tiffany. ¿Y qué pasa contigo, querida, estarás confinada a bordo del barco también?"

Tiffany se rio. "Espero que no. Si Alan necesita una asistente, creo que me pedirán que lo acompañe en tierra."

"¡Oh, eso sería maravilloso!" Dijo Babette con desenfrenado entusiasmo. Después, adoptando un tono más prudente, preguntó, "¿Alguien más que conozcamos estará en el crucero?"

"Oh, estoy seguro que habrá un montón de los pasajeros regulares –pero no hemos encontrado a nadie más desde que llegamos," replicó Alan.

"¿Cuánto hace que están aquí?" Preguntó Babette.

"Sólo unos pocos días," respondió Tiffany, mirando a Alan.

"Eso es todo lo que nos pudimos dar el lujo," agregó Alan. "Quiero decir, podríamos haber venido mucho antes, pero Tiffany tenía mucho que empacar; estoy aún sorprendido, pretendíamos llegar hace tres días," dijo burlonamente.

"Oh no, no me irás a culpar a mí por el retardo, doctor Mayhew," replicó Tiffany sonriendo. Luego se volteó hacia Babette. "Tú sabes, hemos estado empacando para cruceros docenas de veces, pero nuestro buen doctor aquí no podía decidirse acerca de cuál bañador y cuáles camisetas deseaba poner en su equipaje. Incluso tuvimos que ir de compras solo para él, ¿me puedes creer?"

Babette sonreía. "Los hombres son todos iguales," dijo, "son demasiado exigentes con su apariencia. Algunas veces pienso que ser quisquilloso es un atributo de los hombres. Ellos nunca están seguros sobre lo que deberían hacer en la mayoría de las situaciones."

Alan sonrió entre dientes. "de todas formas, lo que más nos retardó no fue la ropa que debíamos llevar o no, sino la escogencia de las cámaras…"

"¿Cámaras?" inquirió Babette abriendo bien los ojos. "¿Has tomado fotos como un pasatiempo entonces? ¿O es algo nuevo en la lista de herramientas de cirugía necesarias que debes traer contigo?"

Alan movió la cabeza negativamente. "No, nada de eso. Siempre me ha gustado la fotografía. Tuve mi primera cámara, una Argus C3 de 35 mm cuando era sólo un jovencito. Y he trasegado dentro del mundo de toda clase de cámaras desde entonces. En este caso, es porque la compañía me pidió que tomara unas cuantas fotos de la tripulación durante el crucero para una campaña publicitaria que ellos están organizando. Pero en realidad, he estado tomando fotos digitales por algún tiempo. Generalmente capto momentos de sitios interesantes, mercados y gente dentro de ellos, etc. Tomar fotos publicitarias es un poco más profesional que lo que yo siento cuando se trata de fotografía."

"Y eso significó gastar incontables horas de compras yendo de almacén en almacén hasta que Alan encontró la cámara que deseaba."

"¿Por el amor de Dios, por qué no le pidieron ellos a un profesional que lo hiciera? Preguntó Babette, más intrigada de lo que había estado siempre.

"No, ese no era el plan," interpuso Alan. "Te imaginas, la compañía quiere 'fotos sorpresa' de la tripulación…"

"¿Quieres decir, sorprender a los tripulantes en instantes embarazosos durante el viaje?

"Si, Babette, eso es exactamente lo que ellos desean. Pero junto con eso, también quieren coleccionar viejas fotos de los empleados cuando eran niños…"

"Todas tomadas con un tema náutico en el fondo." Completó Tiffany por Alan.

"¡Que emocionante!" dijo Babette. "¿Y has recibido muchas de esas fotos de cuando eran niños hasta ahora?"

"Muchas y buenas, sí. Realmente, todos los oficiales del barco me enviaron muy buenas fotos, excepto uno."

"Oh, ¿y quién fue él?, ¿lo conozco?"

"Pienso que no, Babette. Ninguno de nosotros lo ha conocido aún, no. Su nombre es Hans Gromwell; es el Capitán de Tripulación de este crucero. ¿Has oído hablar de él o lo has visto en alguno de tus viajes?"

Babette negó con su cabeza. "No, no que yo recuerde, no. ¿De dónde es él, lo sabes?, su nombre me suena como Alemán."

"Exactamente. Es aparentemente de Baviera –por lo que deduzco de las fotos que él me envió. Pero lo extraño es que, como niño o como joven, podría decir, ninguna de sus fotos se relacionan con un tema náutico."

"¿Le has preguntado a él qué hacía su padre para ese entonces?" preguntó Babette. "Porque, tú sabes, no todos los niños nacen amando el mar o tienen familiaridad con la pesca o con los viajes marinos."

Alan asintió. "Si, comprendo eso, y lo único que podría decir de esas fotos es que su padre fue un cazador –he logrado una media docena de fotos de su padre cazando con el pequeño y además, una de su padre ahuyentando un oso."

"Bueno, entonces, él es un recién llegado," concluyó Babette.

"Sí, diría que sí. Aunque hay algo que aún me molesta acerca de él."

"¿Y qué es? Pregunto´ Tiffany.

Alan giró hacia ella y se recostó en el espaldar de su silla. "Verás, aún si él fuera un recién llegado a los rangos oficiales, cuando tú vas en el primer barco, tú estás muy orgulloso de haber logrado finalmente tu objetivo, tienes a alguien que te tome una foto de tan memorable momento. Pero en este caso, no hay nada acerca de nuestro Capitán de Tripulación que indicara que esto sucedió."

"Eso suena como si nuestro Herr Hans Gromwell tuviera un pasado turbulento que esconder," sugirió Babette pensativamente.

Horas más tarde, entrelazada en los brazos del otro, Tiffany estaba dormida mientras Alan yacía plenamente despierto pensando en Hans Gromwell. Escasamente podría esperar para conocer a aquel hombre. Imposible de cerrar los ojos, decidió revisar sus correos electrónicos –esta sería la última vez que le sería posible hacerlo antes de subir a su cabina. Por aquellos días había red Wi-Fi disponible la mayor parte del tiempo del día y de la noche. Ya que la compañía había instalado la red libre, Alan no hubiera tenido que correr a una estación de Internet cada vez que tuviera que enviar o recibir correos electrónicos. *Eso hará una gran diferencia*, pensó mientras abría su bandeja de entrada. Miró los pocos mensajes y uno de ellos atrajo su atención. Lo abrió con algo de impaciencia ya que de inmediato recordó el nombre de la remitente.

En el correo se leía:

Querido Dr. Mayhew,

No sé si me recuerda, pero usted trató a mi pequeña hija con un desagradable caso de gripe –de nuevo me disculpo por el desorden que hicimos en su oficina- cuando fuimos a un crucero con usted hace unos pocos meses. Cuando vi su nombre en la lista de oficiales del Crucero Dorado, tuve que escribirle y decirle que hizo Annie…

En ese momento Alan esperaba leer una tragedia acerca de la "adorable" Annie, la cual, no se pudo sentar ni por un minuto, excepto para vomitar sobre sus zapatos. Pero él estaba bien equivocado.

… Mientras estaba empacando para el crucero, Annie estaba disfrutando jugando en la cama. En determinado momento, ella me dijo, "Mami, mira esto," y mostró dos de sus dedos.

Tratando de mantenerla entretenida mientras estaba lista, tomé sus dedos y los llevé a mi boca y dije, "Mami se va a comer tus dedos," simulando comérmelos.

Regresé a mis labores de empacar maletas, miré de nuevo a mi pequeña que estaba sentada en la cama observando sus dedos con mirada devastadora. Le pregunté, "¿Qué pasa mi cielo?" A lo que ella me replicó, "¿Qué pasó con mis mocos?"

Nos vemos entonces mañana, doctor.

Saludos,

Señora Galbraith.

Imposible de controlar su risa, Alan explotó despertando a Tiffany.

"¿Qué pasa…?" gruño ella desde la cama, sentándose y mirando a Alan con incredulidad.

"Ven acá querida" le dijo él, "esto es demasiado divertido…"

Intrigada, Tiffany tiró las cobijas a un lado y vino a sentarse a su lado. Le tomó a ella menos de un minuto leer el correo de la señora Galbraith y empezar a reírse con Alan.

"Parece que vas a tener que vigilar a Annie – ¡ella parece que es una sabelotodo!"

Capítulo Tres

Hedwig von Strom
1982

El otoño de 1982 continuaba agradable y aún caliente, lo cual era algo sorprendente para la Selva Negra de Baviera. Por este tiempo, cada año, la tierra estaba cubierta con una ligera capa blanca de nieve. Pero la nieve se había ido – era un perfecto día para ir de cacería.

"Ven acá," dijo su padre. "Logré ver un macho joven. Mira…" Apuntó a través de los árboles y arbustos en frente de ellos. "Permanece muy quieto," agregó mientras Hedwig se agazapaba a su lado.

"¿No puedo simplemente apuntar y disparar?" susurró Hedwig, ya apuntando su rifle hacia la magnífica bestia.

"No hijo," replicó el señor von Strom, poniendo una mano sobre el cañón del rifle de su hijo y empujándolo hacia abajo. "déjalo que escuche y cuando baje la cabeza, entonces le puedes disparar."

El animal estaba parado majestuosamente en frente de ellos, a unos cincuenta pies de los dos hombres. Sus orejas aleteaban un poco mientras volteaba su cabeza hacia el lado de la colina a su izquierda.

"Se va a echar a correr," balbuceó el señor von Strom, mirando brevemente a Hedwig. Entonces apuntó sin hacer ruido y disparó.

El ciervo lanzó una mirada antes de desplomarse al piso.

Hedwig se había ya levantado, deseoso de correr hacia el animal. "No, no te muevas," le dijo su padre, jalándolo de la manga de la camisa. "Déjalo morir en paz, hijo. Él ya no se parará, no te preocupes."

Hedwig parecía no apreciar la compasión de su padre, él deseaba –él necesitaba- ver expirar el animal. Sentía tanta prisa cuando él podía presenciar la muerte llegándole a un ser viviente. Se agachó de nuevo al lado de su padre, moviendo su cabeza negativamente. *Cuando sea mi turno de matar, no voy a esperar*, pensó él ansiosamente.

Una vez el señor von Strom estaba convencido de que el venado había exhalado su último suspiro, se paró silenciosamente, casi reverencialmente y caminó cautelosamente hasta el cadáver del animal, acompañado por Hedwig. "Bien, ve y trae la camilla de la camioneta," le ordenó, apuntando en dirección arriba de la colina. "Y no olvides traer el lazo para amarrarlo."

Hedwig era un tronco de hombre joven a su edad. A los quince, él podía levantar pedazos de carne del refrigerador de su padre en la carnicería sin ninguna ayuda. No necesitaba ninguna ayuda de nadie para traer la litera que ellos habían construido de troncos de árbol que ataron para transportar fácilmente los restos del ciervo. Subió corriendo colina arriba y llegó a la camioneta sin perder tiempo.

Regresó al sitio del sacrificio dentro de los siguientes quince minutos, depositando la litera al lado del venado.

"Bien, ahora démosle vuelta y arrastrémoslo hasta la litera, como te enseñé," dijo el señor von Strom, tomándolo de las patas traseras y balanceándolas hacia la cobija colocada al lado del animal. Hedwig cogió las patas delanteras y lo empujó sobre la colcha. Luego recogió todas las cuatro patas y jaló el cadáver hacia él, mientras su padre alargó la mano hacia la colcha debajo del animal y la estiró hasta que el cadáver del animal estaba yaciendo en medio de ésta.

Ellos luego cuñaron la cabecera de la litera contra un tronco de árbol para prevenir que se rodara cuesta abajo mientras arrastraban la cobija con el cadáver y colocaban todo encima. Colocar la litera en declive de la pieza muerta era un truco –eso lo hacía mucho más fácil para subir al animal encima de ella.

Hedwig ató las cuerdas que había traído encima y alrededor del cadáver hasta que su padre quedó convencido de que no se movería durante su traslado hasta la camioneta.

Una media hora más tarde, el padre estaba cuesta arriba detrás del volante y Hedwig en la silla del pasajero.

"Tenemos que dejar que se enfríe un poco," le dijo el señor von Strom a su hijo, "antes de abrirlo."

"¿Por qué?" preguntó Hedwig con impaciencia resonando en su voz.

"Te lo dije, la sangre necesita depositarse en la parte baja del cuerpo antes de abrir al animal, de lo contrario, harás un reguero cuando lo descuartices." Contestó su padre.

Augsburgo era una brillante capital –una ciudad construida de los escombros dejados atrás después del bombardeo americano de 1945. La mayoría de las casas y almacenes habían sido reconstruidos en los

35 años que siguieron al fin de la segunda guerra mundial. La carnicería del señor von Strom estaba localizada no lejos del centro de la ciudad y atraía clientes de todas partes. Lo que le dio su fama fueron las muy galardonadas salchichas. Tenía un talento que pocos carniceros poseían; él podía picar y mezclar carnes con una buena cantidad de especias y hierbas que hacían de sus salchichas alemanas una exquisitez para degustar. Otro artículo que él vendía era carne de venado. Era un cazador dedicado y sabía cómo tratar las presas, cortarlas expertamente y tenerlas listas para la venta en la semana o diez días que seguían a cada una de sus cacerías. Algunas veces, incluso tenía carne de oso disponible, pero en otoño y al comienzo de invierno, los clientes venían a la carnicería a comprar carne de ciervo o jabalí preferiblemente.

Hedwig era un aprendiz hábil. Estaba adquiriendo rápidamente todos los trucos del negocio y era el orgullo de su padre cuando de hacer salchichas se trataba.

"Te estás volviendo mejor que yo en esto," le decía a menudo cuando su hijo estaba preparando carne de cerdo para ser picada y sazonada.

Pero a los quince años, Hedwig necesitaba educarse aún en la escuela. Su padre sentía que él podría tener un futuro en la carnicería, pero deseaba que su hijo tuviera una educación que lo mostrara como algo más que un carnicero –es más, una persona famosa. Así que era estricto cuando de tareas, estudio y disciplina se trataba. El señor von Strom no era un padre de darle palo a su hijo, pero en ocasiones, usó su cinturón en su trasero cuando el muchacho se descarriaba con alguna frecuencia.

Tratándose de chicas, Hedwig tenía solamente una joven en mente –Gertrude. Él sabía que era demasiado joven para contemplar la idea de tener una relación "real" con ella –su padre se hubiera puesto histérico si se hubiera enterado que Hedwig había tratado de besarla una semana atrás. Sin embargo, Gertrude estaba siempre presente en su cabeza. En cada momento de ocio que él tenía, los cuales no eran muchos, sacaba una foto de Gertrude de su mochila escolar y la contemplaba soñadoramente. Sabía que se casaría con ella algún día. Sin embargo, por el momento, tenía que contentarse con admirarla desde lejos. Cierto es que ellos fueron a la misma escuela, ella fue al liceo y él al Ateneo. Las escuelas de educación mixta no eran frecuentes por estos días, aunque con la base americana aún funcionando, había un poco de escuelas privadas que permitían la educación mixta. Pero, el padre de Hedwig había visto la guerra, había sobrevivido y había reconstruido su vida y sus ahorros con el sudor de su frente. Él no tenía los fondos económicos ni la inclinación de tener a su hijo estudiando en una escuela americana o en una privada con un alto costo, cuando las escuelas alemanas enseñaban a los chicos todo lo que ellos debían saber.

La madre de Hedwig había fallecido unos pocos años atrás de una horrible forma de cáncer linfático. Él la había visto sufrir hasta que murió y Hedwig nunca olvidaría las lágrimas que él había derramado durante semanas después del funeral. Nunca permitiría que una cosa como esas le pasara a Gertrude, lo juraba. Sabía que el cáncer era una enfermedad que no discriminaba, pero de alguna forma, se aseguraría que ella no estuviera expuesta a algo que pusiera en peligro su vida.

Respecto a Gertrude, ella era una chica encantadora –sin duda. Tenía un cabello largo y rubio, brillantes ojos azules y sabía cuan atractiva era. Todos los días al ir a la escuela, hacía gala de su curvilíneo cuerpo ante los ojos de los chicos que pasaron en curso por su clase. Siempre usaba un uniforme perfectamente entallado a su cuerpo, con una camisa plegada y una chaqueta que se ajustaba a su cintura a la perfección. Sus padres llevaban un montón de tiempo enseñándole algunos controles para que adoptara una conducta más reservada. Pero, debido a toda esa apariencia externa, Gertrude no era una chica fácil de ser abordada. Ella había conocido a Hedwig desde que entraron a la escuela secundaria y siempre le había atraído. No hace falta decir que el joven era atractivo, alto y parecía de buenas maneras, hasta que él trató de besarla. Pero encogió los hombros ante la experiencia del incidente y pensó que algún día, un beso puede pasar e incluso ser correspondido.

Sin embargo, ella tenía otro muchacho en su mirada. Hans Wilhelm. Hans era quizás la antítesis de Hedwig. Mientras Hedwig era moldeado como un toro –con amables y diligentes costumbres- Hans era un joven alto y no tenía cualidades atléticas para nada. Pero él era un hombre elegante con una cabeza plena de conocimientos sobre sus hombros. Al decir de todos, era estudioso y mantenía su cabeza puesta en los libros. Sus notas eran impecables y se enorgullecía no sólo de sus aptitudes en la búsqueda de la ciencia sino también del talento tocando un instrumento musical –el piano en particular.

Gertrude había estado emocionada al escucharlo interpretar a Beethoven en un concierto en la escuela durante la última primavera. Desde entonces, se había esforzado en encontrarse a Hans tan a menudo como ella podía y había mantenido siempre los ojos puestos en él. Pero, había algo en Hedwig que ella prefería. ¿Era el hecho de que era muy bien parecido o era su lado salvaje lo que le atraía? Le tomaría un par de años a Gertrude encontrar una respuesta a esta pregunta.

Capítulo Cuatro

¡Todos a bordo!

Al descender del taxi, instintivamente Alan y Tiffany sonrieron cuando vieron lo que sería su hogar por los próximos nueve meses. El barco lucía majestuoso ante ellos, quizás no tan grande como uno hubiera esperado –pero los trasatlánticos generalmente no eran muy grandes. Sin embargo, esta estructura flotante era la envidia de muchas compañías de cruceros. Se decía que ninguna era tan lujosa y bien equipada en cada aspecto como era *La Duquesa*. Ella era una magnífica señorita, resplandeciente en la luz de la mañana. El sol reflejándose contra sus muchos balcones con ventanas dando la impresión de que *La Duquesa* estaba aderezada con un vestido moteado de diamantes.

Alan movió su cabeza antes de encabezar la vía hacia el pasadizo que los conduciría a la entrada de tripulantes. Llegaron muy temprano –como se requiere cuando uno es miembro de una tripulación, sea de planta o bien, contratista. Hoy era un día particularmente ocupado ya que ellos tendrían que tomar sus respectivos lugares en el vestíbulo en el primer piso antes que todos los pasajeros se alinearan para conocer a los oficiales y obtener sus boletos para las diferentes actividades durante el viaje. *Esta prometía ser una larga mañana*, pensó Alan al tiempo que la sirena del barco anunciaba su inminente partida.

"Doctor Mayhew, Señorita Sylvan, bienvenidos a bordo," les dijo un hombre joven que lucía uniforme una vez pisaron la entrada designada a la tripulación.

Ni Alan ni Tiffany habían esperado ser introducidos al abordar la embarcación. Pararon y miraron al hombre, desconcertados.

"¿Cuál es el acontecimiento?" preguntó Alan. "¿Ha habido algún cambio en nuestra acomodación?"

"Sí señor, es cierto, hubo unos pocos cambios de último momento, sí Doctor…, y es por eso que estoy aquí"

Alan leyó rápidamente su escarapela. "Bien, entonces, Steve, dinos: ¿nos han sido asignados camarotes en la plataforma baja cerca de la oficina de los ingenieros quizás?"

Steve negó con su cabeza y sonrió. "Bueno, no… Realmente para usted Doctor no hubo cambios, usted continúa siendo asignado a la cabina cerca a la enfermería" –se volvió hacia Tiffany- "y a usted, señorita Sylvan, le ha sido asignada una cabina en el piso de esparcimiento de los niños."

La mandíbula de Tiffany se desencajó. "¿Quieres decir que hay un piso completo dedicado sólo a los niños?"

"No mi señora, no exactamente. Es solo una parte de la primera terraza. Si tiene alguna objeción después de haber inspeccionado su cabina, por supuesto usted podría comentar con el capitán de tripulación, si desea."

Los oídos de Alan se animaron. "Es Gromwell el capitán de tripulación, ¿verdad?"

"Sí señor, ¿lo conocía usted?"

"No, nunca lo conocí. ¿Lo conoce usted?"

"No Doctor, ninguno de nosotros ha tenido ese placer aún. Quiero decir, no ha llegado a bordo todavía."

"Bien, adivino que habrá tiempo suficiente para todo eso," concluyó Alan. "Ahora, ¿por qué no nos dices cuál elevador es mejor usar desde acá, de forma que nos quede cerca para llevar nuestro equipaje?"

"Si Doctor…"

"Llámame Doc…, todos los tripulantes lo hacen."

"Si, por supuesto Doctor, quiero decir Doc…" Consultó su tableta y rodó su dedo por la lista de cabinas. "Bueno, como usted sabe Doc, usted está en el cuarto piso" –miró a Tiffany- y para usted señorita Sylvan, usted está en el piso tres- el mismo elevador, abajo en el corredor, el primero a la derecha."

"¿Cuándo comienza el abordaje?" preguntó Tiffany.

"En una hora, señora. Debemos estar en el vestíbulo principal diez minutos antes de la hora."

"¡Guau, eso suena riguroso!"

"Si señorita -Exigencia del capitán de tripulación."

"Bien, entonces. Suena como que nuestro capitán de tripulación está ya restallando el látigo," subrayó Tiffany sonriendo. "Y a propósito, ¿por qué no me llamas Tiffany?"

"Si usted lo dice señorita." Steve no parecía muy seguro de permitirse tal familiaridad con la tripulación.

"¿Estuviste por casualidad en la Naval antes de ser empleado en cruceros?" preguntó Alan.

"Sí Doctor… uff…, Doc, sí. Cuando partí de Irak el año pasado, pensaba que para mí, la mejor forma de lograr volver a casa era viajar en cruceros y retornar a los Estados Unidos más tarde."

"¿Temes ir a casa, hijo?" presionó Alan.

Steve agachó la cabeza tímidamente. "En realidad no, señor…, estaría feliz de ver a mi padre y a mi madre, pero la perspectiva de ir a una oficina todos los días y volver a la rutina americana es algo que no me gustaría hacer de buenas a primeras."

"Bien, contento de tener un hombre de la armada a bordo, Steve," comentó Alan. "Bueno, ¿debemos irnos entonces?" y miró a Tiffany.

"Sí, abre el camino Doc," replicó ella, poniendo a rodar su maleta detrás de ella y siguiendo a Alan.

Una vez en el elevador, Tiffany no pudo contener más su lengua. "Él parece todo un personaje, ¿cierto?"

"Si quieres decir nuestro Capitán de tripulación, sí, estoy de acuerdo. Quizás nos tendrá haciendo ejercicios en la cubierta a las 5:00 cada mañana y marchando al ritmo de su silbato," bromeó Alan.

"¡Eso me gustaría verlo!" dijo Tiffany. "Ánimo tú, los ejercicios matinales no son una mala cosa…"

"No empieces," le cortó Alan esbozando una sonrisa, "Sé qué clase de ejercicios preferirías hacer en la mañana, y eso no supone correr o trotar bajo la melodía del silbato de Hans Gromwell."

"Bien…, te veré entonces en 45 minutos más o menos," dijo Tiffany cuando las puertas del elevador se abrieron en su piso.

"¡Diez minutos para la hora, no lo olvides!" Alan prácticamente le gritó cuando las puertas se cerraban otra vez.

Alan hizo rodar sus muy grandes maletas hacia su cabina, cerró la puerta y miró alrededor. Se impresionó inmediatamente por la decoración –sobria y varonil- justo el estilo que le gustaba. Pero lo que instantáneamente atrajo su atención fue la lámpara de Tiffany sobre la mesa de noche. Sacudió su cabeza y sonrió para sí mismo. En los dos años desde que había conocido a Tiffany en el crucero que él tomó como médico retirado, nunca había olvidado la lámpara y su primera noche juntos. *Dulces recuerdos*, susurró para sí mismo.

Ser asignada a una cabina al lado de la sección de entretenimiento de los niños no hubiera sido la primera alternativa de habitación para dormir de Tiffany. Y, de acuerdo a las normas, su cabina debería estar separada de las de los pasajeros. Tal como estaba, la cabina estaba localizada en el lado del estribor donde no había nada más que un pasillo separando la puerta de la barandilla. *Esto está mejor*, pensó, mirando alrededor del cuarto. Éste estaba bien decorado con muebles funcionales y modernos, un guardarropa grande y un cuarto de baño muy bien equipado. Ella no podría haber pedido más. Era mucho mejor que algunas de las cabinas en las cuales ella había tratado de dormir –si se puede llamar dormir a unas pocas horas de sueño robado.

Faltando diez minutos para la hora, el Capitán de Tripulación Hans Gromwell estaba al lado de otros oficiales detrás del grueso cordón suspendido sobre mástiles equidistantes que separaban a la tripulación de los pasajeros. El pasillo era muy elegante. La recepción estaba bordeada con pequeños compartimientos empotrados e iluminados dentro de los cuales se podía admirar una serie de artefactos, probablemente coleccionados de varios puertos donde el barco había atracado en viajes anteriores. Estas seductoras piezas de arte estaban bien protegidas con un vidrio frontal que parecía aguantar los muchos golpes y puntapiés que seguramente podrían padecer durante cada crucero. La amplia sala de recepción hacía gala de felpas y suaves tapetes en toda su extensión y albergaba confortables mini-salones que caracoleaban en tres o cuatro descansos a lo largo de las paredes circulares. Alan notó que la oficina del contador del barco estaba discretamente escondida de la vista directa a la derecha del escritorio principal. Luego volteó su mirada atrás hacia los pasajeros que llegaban.

Como en muchos cruceros, viajaban los viejos, los no tan viejos, los jóvenes y, por supuesto, los niños, los cuales eran rápidamente "parqueados" en el Rincón de los Chicos, lejos de sus ocupados padres y ya bajo los ojos vigilantes de Tiffany y algunas otras mujeres que se ocupaban de cuidarlos durante el viaje. Los más bebés, esto es, menores de dos años, parecía que no había tantos como Alan esperaba. Una pareja en particular atrajo su atención. Su niño tenía probablemente dos años de edad y pareciera que al estar colgado de la nuca de su padre salvaba su vida. Su cara era más roja de lo debido. Alan se preguntaba si el pobre pequeñín había estado expuesto demasiado tiempo a los rayos solares. Lucía demacrado y asustado. Alan no hubiera estado sorprendido de verlo muy pronto en la enfermería.

Volteó a mirar a Tiffany –un movimiento que no pasó desapercibido para Gromwell, el Capitán de Tripulación- luego volvió su atención a los pasajeros.

Alan empezó su pequeño juego de nuevo; ¿qué historia conectaba a cada uno de estos pasajeros con el otro? Al principio cada individuo, cada pareja o aún, cada familia parecían navegar en su propio mundo. No mostraban ninguna otra conexión con el exterior que la que tenían al estar en una formación en línea con muchos otros. Pero a medida que el tiempo pasara, tú podrías observar a un pasajero girando hacia la mujer detrás de él, comenzando una conversación. Unos pocos minutos más tarde dos parejas parecerían haber desarrollado una temprana amistad –estrechándose las manos y sonriendo. Otros estirarían sus nucas buscando quizás una cara amistosa o a alguien que ellos esperaban encontrar en el crucero. Y este parecía ser el caso de un viejo caballero en particular. Él acababa de salir del elevador y estaba, evidentemente, buscando a alguien. Alan se concentró en él por alguna razón. Inmediatamente no pudo ubicarlo, pero había algo en el sujeto que el reconocía. Y súbitamente vino a su mente. Si no estaba errado, ese hombre era el Dr. Zetisman. *Si*, pensó Alan, *es él*.

Alan sabía que no era un doctor realmente. Había obtenido un grado honorífico de una de las universidades para las cuales él había recaudado fondos de beneficio –pero casi nunca corregía a la gente que pensaba que él era un médico real. Sufría de diabetes y tenía el desagradable hábito de esgrimir una larga jeringa que sacaba de su chaqueta y se la ponía debajo de su nariz para hacerle dar miedo a las damas, diciendo que él tenía que inyectarse a menudo con dicha jeringa. Su marchito pelo gris, su arrugado vestido de lino, su estridente camisa rosada y su ligeramente encorvada espalda eran todas las particularidades de este extraño personaje.

Cuando el Dr. Zetisman parecía no haber encontrado la persona que estaba buscando, se volteó a mirar a los oficiales detrás del cordón. Alan no esperó a que el sujeto se aproximara; se escondió detrás del hombro del Primer Oficial y esperó para ver qué iba a pasar cuando Gromwell le fuera a hablar a Zetisman.

"Usted es Gromwell, el Capitan de Tripulación ¿verdad"? dijo Zetisman, adoptando una arrogante actitud que pareció molestar a Gromwell.

"Sí señor, yo soy. ¿Qué puedo hacer por usted?"

"Bueno, usted puede decirme donde podría encontrar al Doctor Mayhew, lo necesito para algo," replicó Zetisman. "He visto su nombre en la lista de oficiales y me gustaría mucho intercambiar unas palabras con él, si a usted no le importa."

Ante aquellas palabras, Alan deseó no haber estado allí en ese momento. Retiró su cabeza de detrás de la espalda del oficial y se adelantó un par de pasos hacia el amigo Zetisman. "Si Dr. Zetisman, ¿en qué lo puedo ayudar?"

"¡Ah, ahí está usted!" exclamó Zetisman, cordialmente. "Bien, cuando usted tenga un minuto, me gustaría charlar con usted," suplicó él.

"Estoy seguro que se puede arreglar," contestó Gromwell por Alan, "seguro que nuestro querido doctor estará a su disposición tan pronto como haya regresado a su alojamiento."

A Alan no le gustaba que le controlaran sus movimientos generalmente, y en aquel momento, sintió que el Capitán de Tripulación había sobrepasado sus límites. "Si usted me permite saber cuál es su cabina, Dr. Zetisman, me pondré en contacto con usted tan pronto como esté libre."

"Buena esa, mi estimado señor," dijo el Dr. Zetisman, súbitamente tan jovial como pudo. "Necesitaremos hablar acerca de lo que pasó en aquel crucero...," añadió él enfáticamente, mirando a Gromwell y luego a Alan.

"¿Cuál crucero fue ese, Doctor, si puedo preguntar?" Se apresuró Gromwell a interferir, ante el fastidio de Alan.

"Eso fue hace dos o tres años, Capitán Gromwell, pero nada que le pueda importar a usted, seguro," dijo Zetisman con una inquisidora mirada en su cara.

El capitán del barco lanzó una exhortante mirada a los tres hombres. Él había estado escuchando todo aquel extraño intercambio mientras miraba a los pasajeros y saludaba a algunos de ellos que había reconocido. "Les sugiero que continúen su conversación en otro momento y lugar," dijo, colocando su mano en uno de los postes que sostenían el cordón en su lugar, e inclinándose hacia adelante.

"Sí, por supuesto, Capitán, lo siento," añadió Alan, dando vuelta para retomar su posición detrás del Primer Oficial.

Viendo que él no conseguiría lograr nada más por el momento debido a esa interrupción, el Dr. Zetisman giró sobre sus talones y caminó hacia la recepción, sólo para ser detenido por el contador y ser dirigido a retomar su puesto (si es que tenía alguno) en la fila. Se volteó de nuevo; luciendo frustrado, y se dirigió mejor al ascensor.

Apenas el elevador se abrió, se precipitó afuera Babette, chocando con el "doctor". "¡Por Dios! ¿Por qué no se fija para dónde va? Preguntó ella, "¡debería tener la cortesía de permitir a los pasajeros salir antes de usted lanzarse dentro del ascensor! ¡De veras!" Empujó al Dr. Zetisman a un lado en medio de una rabieta.

"Estoy muy apenado, señora, pero quizás usted es la que debería mirar al frente al salir de un…"

Babette se encogió de hombros y continuó su marcha hacia la fila de oficiales. "¡Ah, Dr. Mayhew!" gritó ella en medio de la multitud, "¡allí está usted!" Se paró en frente de él. "¿Quién era ese turulato que se chocó conmigo?" Ella movió la cabeza en la dirección del elevador. "¿Lo conoce usted?"

Alan le sonrió amigablemente. "Buenos días, Babette. ¿Cómo estás?"

"Y buenos días para usted también, doctor, pero realmente, ¿quién es esa bestia?"

"*Esa bestia*, mi querida Babette, es el Doctor Zetisman."

Babette levantó sus cejas, sus ojos mostrando una mezcla de diversión e incredulidad. "¿Dijo usted, Zetisman? ¡Esto es demasiado divertido! Su nombre suena como "Zitsman" (hombre de los granos) -¿en serio ese es su verdadero nombre?

Alan asintió.

Babette lanzó una risilla y se dirigió al Capitán de Tripulación. "Y usted debe ser el Capitán de Tripulación Hans Gromwell," manifestó ella, levantando su mirada hacia el sujeto.

"Sí señora, ese soy yo," respondió Gromwell algo rígidamente. "¿Y usted es?"

"Usted puede llamarme sólo Babette, mi estimado señor." Ella tocó su brazo, lo que hizo que Gromwell se estremeciera. "Mi nombre de pila es Babette, pero ya tendremos tiempo suficiente para hablar de esos detalles íntimos, cuando nos volvamos a encontrar, ¿verdad?" y le lanzó una mirada mordaz.

"Auch…, bueno, sí," respondió Gromwell, evidentemente avergonzado. Bajó la cabeza y no dijo nada más.

Babette lo miró por un segundo más y después se paró al frente del Capitán del barco. "Y usted, Harold, por Dios, ¡qué placer verlo de nuevo!" Una radiante sonrisa adornó sus labios.

"El placer es todo mío, Babette. Es siempre una delicia tenerla a bordo," respondió el capitán cordialmente. "Usted va a tener que sentarse conmigo a la mesa una tarde de estas. Me gustaría escuchar todo acerca de sus últimas incursiones en el teatro, seguro."

"Sí, sí, por supuesto, Capitán," dijo Babette, algo desprevenidamente. Ella parecía tener algo más ocupando su mente. "Pero dígame, ¿quién es el Director de Entretenimiento en este fabuloso viaje?"

El capitán giró su cabeza en dirección a un hombre joven detrás y a la derecha de él. "Ese sería Jean-Pierre Simmons."

"¡Oh Dios, un francés, que absoluta delicia!" exclamó Babette.

"Permítame presentarla…" El capitán dio la vuelta y le indicó a Jean-Pierre que se les uniera. El joven, pelo rojizo, con una seductora sonrisa se acercó y se paró al lado del capitán. "Esta es la señorita Babette, Jean-Pierre; ella es una famosa dramaturga en los Estados Unidos y ha decidido unírsenos en este crucero." Y miró a Babette.

Ella extendió una mano, la cual Jean-Pierre tomó rápidamente y se la llevó a sus labios, haciendo una genuflexión y diciendo en francés. "Encantado, señorita, es realmente un placer tener una personalidad del teatro a bordo."

Babette recuperó su mano y sonrió –Alan hubiera podido jurar que vio su rubor en ese momento. "¡Que excitante! El Francés es un lenguaje tan romántico y hace tanto tiempo que no lo hablo" –levantó su mirada hacia el capitán- ¿verdad Capitán?"

Este último asintió.

"Y han pasado muchos años desde que yo lo hablaba regularmente," dijo Jean-Pierre, "¿quizás me será posible practicarlo en este viaje? Por supuesto ese es mi lengua nativa, pero eso fue hace muchos años, y no discutiremos cuántos, ¿de acuerdo?"

"Ni una palabra…," anotó Babette, dándole una palmadita en su brazo. "…eres una absoluta delicia. Será emocionante trabajar contigo…"

Jean-Pierre lanzó una inquisidora mirada en dirección del capitán. El Capitán Harold Middleton sonrió. "Bueno, sí, ya ves Jean-Pierre, Babette escribe y produce una obra para nosotros cada vez que viaja en uno de nuestros cruceros." Miró a Babette. "Y creería que esta vez no será diferente, ¿verdad Babette?"

"Todo eso es correcto, mi querido Capitán. Ya tengo algo en mente…" Y de repente, como si recordara donde estaba, Babette agregó, "Bien, odio dejarlos, pero pienso que es mejor conseguir los tiquetes para algunos de esos fascinantes viajes a tierra firme que ustedes han organizado para nosotros..." Giró sobre sus talones y se fue.

Capítulo Cinco

Escape a Hamburgo

Gertrude, con su espalda apoyada contra el muro de la escuela, miraba a su amado, acariciando su cara tiernamente. "Tú sabes que no deberíamos estar haciendo esto, ¿verdad?"

Hans anidó su cabeza contra su nuca y volvió a besar a su amada Gertrude, rápidamente desabotonó el frente de su blusa y pasó una mano por sus senos. Con su otra mano bajó el cierre de su pantalón y pronto sujetó su cuerpo contra el de ella. Gertrude, cautivada por la pasión que le invadía, empezó a gemir con delicia y placer. No hubiera podido detenerle, aunque hubiera deseado en ese momento –y ella no deseaba que parara. Lo deseaba dentro de ella; había estado sedienta de su amor siempre desde que él la había besado la primera vez durante un fugaz encuentro dos meses atrás.

Hans, por su parte, había visto el deseo –por no decir las ansias– que Gertrude había mostrado por Hedwig en muchas ocasiones durante los dos años pasados. Él se había jurado que no importaba lo bien parecido y musculoso que era Hedwig, o cuan atractivo le pareciera a Gertrude, él sería el primero en poseerla. Hans era astuto y extremadamente inteligente. Él había observado a Hedwig en la escuela y en ocasiones, cuando ellos se habían encontrado afuera en el parque de la vecindad. Hedwig era sólo apariencia física, pero no había mucho cerebro detrás de aquel grueso cráneo.

El verano era sofocante, y ya que las escuelas habían sido cerradas por un mes, Hans y Gertrude habían escogido un espacio en la parte de atrás del patio de recreo, entre dos edificaciones, para encontrarse y saciar sus deseos sexuales, lejos de los curiosos ojos –exceptuando los de Hedwig.

Recostando un hombro contra un árbol, después de seguir a los amantes desde la casa de Gertrude hasta el escondido sitio y a unos pocos metros para no ser visto, él estaba ahora presenciando lo que sus ojos no querían ver y su mente no podía comprender. Gertrude y ese idiota, Hans Wilhelm, estaban ahí. Escuchó los gemidos de placer de Gertrude cuando Hans le levantó su falda y obviamente la había penetrado. *"Me está traicionando, justo aquí en frente de mis ojos,"* se quejó airadamente. *¿Cómo podía ella? ¿Y cómo podía Hans hacerme esto a mí? Él es mi mejor amigo*, se quejó en silencio. Negó con su cabeza y se fue –imposible de mirar más aquella escena de amor que debería haber sido disfrutada entre Gertrude y él. Sin rumbo alguno, deambuló por las calles de Augsburgo durante horas, sin poder aceptar, e incluso entender lo que había pasado. No podía ir a la casa –su cuarto estaba lleno de fotos de Gertrude y Hans- por temor a encontrarse cara a cara con los oscuros pensamientos que ya estaban tomando forma en su mente. Él deseaba que los dos pagaran por su traición, por todas las mentiras, por los años –literalmente años- de haberle sido negado todo, más allá de un beso robado de Gertrude. "*¿Cómo podía ella hacerme esto?* Se repetía incesantemente.

Cuando finalmente regresó a casa, su padre deseaba saber dónde había pasado la tarde. "En ninguna parte en particular," contestó, encogiéndose de hombros.

"Bueno, si no estuviste en ninguna parte en particular, lo mejor que deberías haber hecho era regresar a la carnicería. Yo siempre necesito una mano en la trastienda los sábados –lo sabías, ¿verdad?"

Despojándose de su chaqueta y sus botas, Hedwig miró a su padre. "Si, lo sé, pero me detuve en la distribuidora de armas para conseguir alguna munición para los rifles…"

"¿Y pensaste que eso era más importante que ayudarme en el negocio?"

Hedwig negó con su cabeza, una máscara de ira reprimía su boca en silencio.

Viendo que su hijo no estaba dispuesto a abrir la boca, von Strom añadió, "de acuerdo, sírvete algo para que cenes y hablaremos después acerca del viaje que tenemos para mañana."

Hedwig asintió y se dirigió a la cocina en silencio.

"¿Qué pasa contigo? Preguntó el señor von Strom, mirando a su hijo. "¿Has comido hoy? Hedwig negó con su cabeza de nuevo. "Bueno, entonces ¿qué pasa?"

Hedwig se agachó ante la puerta del horno, la abrió y sacó una taza de carne guisada que su padre había estado calentando para él. Arrastró una silla de debajo de la mesa de la cocina y fue a tomar un pedazo de pan y una cuchara del mesón de la cocina, sin decir nada.

Von Strom tomó otra silla y se sentó de frente a su hijo. "Bueno, ¿qué está pasando contigo? Puedo decir cuando algo te molesta…"

"¿Cómo?" preguntó Hedwig, abriendo finalmente su boca para hablar.

"Porque no hablas, por eso sé," respondió su padre.

"Bueno, pero no hay nada anormal, papá," mintió Hedwig, colocando otra cucharada en su boca. "Sólo tengo muchas cosas en mi cabeza, es todo."

Su padre se levantó y miró a su hijo por un momento antes de decir, "Bien, estaré en la sala. Cuando hayas terminado, miraremos los mapas y veremos dónde podemos cazar un jabalí y algunas liebres –un par de clientes han estado preguntando por carne de liebre y no tenemos nada en el refrigerador."

"¿Qué pasa con las salchichas?" preguntó Hedwig inesperadamente.

"He molido algo de carne de cerdo y grasa esta mañana, pero podríamos hacer otra tanda el lunes, aunque que será muy pronto. No necesitamos hacer mucho. Es mejor cuando está fresca."

Lejos de saberlo, el señor von Strom había dado el toque final al plan de Hedwig. Él sabía exactamente lo que haría el lunes.

Aquella tarde, cuando regresó a su cuarto, Hedwig descolgó todas las fotos de Hans y de Gertrude de la pared y las rompió en pedazos con sus ojos plenos de incontrolable rabia. Buscó dentro de sus libros y de su mochila de la escuela y sacó cualquier resto de recuerdos de *sus amigos* de sus escondites y los arrojó a la caneca de la basura, junto con las fotos. Una vez su cuarto estuvo depurado de recuerdos dolorosos, fue a lavarse y se escurrió dentro de las sábanas para dormir su pesadilla –deseaba él. Aunque eso no ocurrió. Cada vez que cerraba los ojos, veía el dorado cabello de Gertrude reflejando la luz del sol, y su cabeza balanceada hacia el cielo mientras Hans empujaba su cuerpo contra ella rítmicamente. Se levantó en medio de la noche, abrió la ventana de par en par, deseando que el aire fresco le aclarara su mente. Pero eso no pasó.

Para cuando el sol dejaba caer sus rayos sobre el horizonte de la Selva Negra Alemana aquella mañana –cerca de las 4:00 am- Hedwig estaba acostado sobre las sábanas con su mente acelerada. Cuando su padre golpeó la puerta de su cuarto, rápidamente respondió, "Espérame ahí papá," literalmente saltando fuera de la cama.

Unas pocas horas más tarde, estaban cargando la camioneta con un jabalí y una media docena de liebres. "Muy buena cacería la del jabalí," dijo el padre de Hedwig, sonriendo con satisfacción. "Ese fue un disparo extremadamente bueno, hijo. Parece que manejas el rifle mucho mejor estos días."

Hedwig sonrió disimuladamente pero nuevamente permaneció callado. Él no le podía decir a su padre, pero cuando había apuntado, lo que él había visto en la mira no era la cabeza del jabalí sino la de Hans. Esa era la razón por la cual él no hubiera podido fallar.

"Bueno, volvamos a la ciudad y cortemos estos animales. Necesitamos esperar a que el jabalí…"

Hedwig tuvo que sonreír. Recordó la primera vez que su padre le había explicado por qué ellos tenían que esperar –*para que la sangre se asentara en la parte baja del cadáver*- y él no iría a olvidar ese detalle mañana.

El lunes en la mañana, Hedwig se levantó temprano como era usual, listo para el día, el cual generalmente empezaba para él yendo al matadero a recoger un par de canales de carne de res junto con dos o tres cerdos, dependiendo de la demanda y de las órdenes que su padre hubiera recibido en los días anteriores. Hoy, Hedwig sabía que tendría una carga completa en el platón de la camioneta de la carnicería. La regó con manguera y la limpió cuidadosamente antes de colgarle las lonas sobre los paneles interiores y cerró las puertas traseras. Luego tomó los cuchillos y los ganchos que necesitaría en el matadero, los puso en la cabina frontal, y entonces, fue a sacar su rifle de su armario antes de salir.

Una vez en la vía –estaba demasiado temprano para llamar a *sus amigos*- se dirigió primero al matadero.

Un par de horas más tarde, cerca de las ocho de la mañana, Gertrude estaba esperándole al frente de su puerta. Usaba un bello vestido de verano, su cabello en cola de caballo y sandalias. Hedwig la había llamado por teléfono el domingo en la noche para estar seguro que estaría lista para un día de campo con él y con Hans.

"Bravo, eso va a ser genial," Dijo Gertrude animadamente mientras esperaba al lado de Hedwig en el asiento delantero de la camioneta de la carnicería.

"Sí, pienso que sí." Añadió Hedwig simulando una sonrisa. "Espero que Hans esté listo, porque tengo que vaciar esta camioneta antes de salir para el día de paseo."

"Debería estar," contestó Gertrude, "ya lo llamé por teléfono para asegurarme que estuviera en pie."

Hedwig se encogió. *No podrían esperar hasta que los deje solos en el bosque, apuesto*, pensó.

Cuando regresó al negocio y vació la camioneta, mientras Hans y Gertrude sentados esperaban por él, Hedwig le prometió a su padre estar de regreso en un par de horas para tener algo más de carne molida para las salchichas. El señor von Strom asintió y lo despidió diciéndole "y que tengas un buen rato" mientras regresaba a despellejar el jabalí que habían matado el día anterior.

"¿Listos para salir?" preguntó Hedwig subiéndose detrás del volante de la camioneta y mirando brevemente a Gertrude a su lado.

"Seguro que sí," respondió Gertrude.

"Bueno, entonces vámonos," agregó Hedwig reversando la camioneta fuera del garaje.

Viajaron durante unas cincuenta millas afuera de la ciudad –hacia el corazón de la Selva Negra- antes de que Hedwig parara a un lado de la carretera.

Después de hablar animadamente durante el viaje – Hedwig no permitió que su ira saliera a flote en ningún momento- dijo, "Bueno, amigos, ¿por qué no se van adelante siguiendo éste camino que ven aquí?"- apuntó a un pequeño sendero que conducía a los árboles- "hasta que encuentren un claro." Yo iré detrás de ustedes con las canastas."

"Déjame ayudarte con ellas," se ofreció Hans, ya con sus manos sobre el lado de la plataforma de la camioneta.

"No te preocupes por ellas," se opuso Hedwig, "las llevaré conmigo una vez que haya asegurado el vehículo." Movió la cabeza en dirección del sendero. "ustedes vayan adelante que yo iré detrás de ustedes."

Tan pronto ellos se perdieron de vista, Hedwig tomó su rifle y los siguió. Pero él no se fue del todo hasta el claro; paró unas pocas yardas antes del borde de los árboles, giró a su derecha, se arrodilló y apuntó. Dos minutos más tarde, Gertrude y Hans habían fallecido de una herida de bala en la cabeza. Hedwig sonrió apenas los vio yaciendo uno al lado del otro bajo el sol de mediodía. Rápidamente fue hasta la camioneta, sacó la lona que tenía doblada y regresó hasta el claro a cubrir los dos cadáveres. Ellos estarían allí durante las próximas doce horas por lo menos antes que él pudiera tocarlos, no solamente para dejar que la sangre se asentara sino también para esperar a que la rigidez cadavérica hubiera pasado.

Como respuesta a los interrogantes de los padres de ellos, Hedwig tenía todo preparado. Había comprado dos tiquetes para el tren en camino a su casa y los había destruido apenas dejó la estación, planeando decirles a los perturbados padres que sus queridos hijos habían planeado fugarse y que él sabía que habían ido a Hamburgo, ya que él les había comprado los tiquetes.

Cuando Hedwig regresó a casa aquella tarde, su padre ya había recibido inquietantes llamadas de ambas madres. "¿Dónde están ellos?" le preguntó a su hijo bruscamente.

Hedwig se encogió de hombros. "Ellos querían irse de esta ciudad –se fugaron, es todo."

"¿Es todo?, ¿eso es todo?" estalló su padre. "¿Y tú sabías acerca de esto?"

"No inmediatamente; quiero decir, ellos no me dijeron a mí hasta esta mañana. Traté de disuadirlos, pero dijeron que habían ahorrado suficiente dinero para casarse…"

"Pero ellos no pueden, ellos sólo tienen 17 años, necesitan el consentimiento de sus padres…"

Hedwig volteó a ver a su padre. "Escucha, ese no es nuestro problema. Si ellos desean arruinar sus vidas, dejémoslos a ellos. ¡Tú y yo no podemos hacer nada al respecto!"

Ligeramente desconcertado por los virulentos comentarios de su hijo, el señor von Strom asintió. "Pienso que tienes razón. ¿Has hablado con la medre de Gertrude por lo menos?"

"Tú sabes que sí, papá. La llamé primero y después fui a la casa de Hans." Hizo una pausa. "No podemos hacer nada más que eso," concluyó Hedwig en voz más baja.

"Oh, a propósito, noté que no trajiste ninguna carne para salchichas esta mañana, Pensé que la había escrito en la lista…"

"Sí, creo que lo hiciste, papá. Pienso que lo olvidé. Regresaré en la mañana. Usaré lo que hayas dejado aquí esta tarde y conseguiré el resto en el matadero."

Von Strom asintió y regresó a seccionar la última de las liebres.

Capítulo Seis

Sufriendo blasfemias

A pocas horas de iniciado el primer tramo del viaje, los bares de a bordo de *La Duquesa* estaban abiertos y listos para servir a los sedientos pasajeros. Ya un torrente de los que pronto serían los "clientes regulares" tomaba sus asientos en el mostrador del bar. Algunos de los hombres eran algo viejos, algunos otros eran demasiado jóvenes y parecían estar pasando una muy espléndida mañana en el mar, sentados en una banqueta y el resto parecía ser parejas que habían decidido tener un aperitivo antes de dirigirse a los respectivos restaurantes.

Uno de los hombres sentados al frente del camarero, meciendo su whisky escocés, parecía estar inmerso en un evocador estado de ánimo. Con su cabello escaseando en la coronilla, su mandíbula fláccida por los años y probablemente demasiado licor, definitivamente parecía deprimido. Cuando miró arriba, dijo, "Hoy es mi aniversario número 25…" como si hubiera estado anunciando la muerte de un querido amigo.

"Guau," exclamó el camarero, "eso es fantástico, congratulaciones señor. Y ¿dónde está su querida novia?"

"En alguna otra parte, y estoy feliz de decirlo," gruñó el hombre.

Siendo tomado desprevenido por la respuesta, el camarero continuó limpiando algunos de los vasos que había lavado en el lavaplatos. "¿Está ella sin embargo en el barco con usted…?" Preguntó despreocupadamente.

"Oh, seguro…, siempre aquí" –el hombre movió su mano hacia abajo y apuntó hacia el piso- "justo a mi lado, vigilando cada uno de mis movimientos."

Esto se está volviendo extraño, pensó el camarero. "¿Entonces, Se estará uniendo ella esta noche a nosotros para una cena de aniversario?"

"¿Cuál es tu nombre?" preguntó el hombre al bar tender, sus ojos llorosos mirándolo.

"Yo soy Silvestre, señor."

"¡Silvestre! ¿De verdad? *Sufriendo blasfemias*, ¿en serio?" se burló el hombre. "Bueno, encantado de conocerte, Silvestre." Le extendió la mano por encima del mostrador. "Mi esposa me llama Georgy, pero mi nombre es George."

"Gusto de conocerlo también," respondió Silvestre después de un rápido estrechón de manos con el personaje en cuestión. "La gente me llama Sill, a propósito."

"Eso está un poco mejor," agregó George. "Te apuesto a que has recibido muchos chistes de *Sufriendo blasfemias*, ¿no es verdad?

Sill asintió. "¿Tendremos el placer de conocer a su señora entonces?"

George balanceó su cabeza. "Oh, estoy seguro; estará a mi lado en cualquier momento. Espera y verás." Tomó hasta dejar su vaso vacío. "Y dame otro, ¿lo harás?"

Sill tomó el vaso, lo llenó con un chorro de escocés y lo colocó en frente de George.

"Tú sabes," empezó el último, "unos pocos meses después de que nos casamos, empecé a odiar a Gladys tanto que planeé deshacerme de ella." Llevó el vaso a sus labios y bebió un poco.

"Estoy seguro que usted no quiso decir eso," remarcó Sill gentilmente.

"Oh sí, lo quise –y aún odio esa bruja, ella realmente es una bruja, tú sabes."

Sill había escuchado esta clase de comentarios muchas veces antes, y cada vez, se preguntaba qué tan lejos iría un hombre para deshacerse de su esposa cuando el divorcio no podía ser una opción. "Pienso que usted no hizo nada de eso entonces, ya que usted aún está aquí."

"Oh, pero estuve cerca de hacerlo, y créeme, esa fue la única cosa que yo tuve en mi mente…, hasta que aquel hombre me dijo que yo probablemente tendría que pasar veinte años de mi vida detrás de las rejas si realmente la mataba."

"Le apuesto a que eso hizo que usted lo pensara dos veces para hacerlo."

George afirmó con la cabeza. "Sí, pero no sólo eso; aquel individuo logró disuadirme de ello."

"Adivino que usted estuvo agradecido con su amigo por eso."

"Seguro que él no es mi amigo," murmuró George, tomando un sorbo de su bebida.

"¿Y eso por qué? Sill se estaba poniendo más intrigado cada vez.

"Porque hoy yo sería un hombre libre," concluyó George, moviendo negativamente su cabeza.

Si esa historia no hubiese sido tan trágica, Sill se hubiese reído a carcajada suelta. En vez de eso, sonrió.

Al momento, una exuberante mujer, luciendo un vestido hawaiano suelto y adornada con flores, con el cabello cogido rigurosamente en rulos rojo oscuro, irrumpió en el bar. "Yoo-hoo querido Georgy," estalló ella tan pronto cruzó el umbral de la puerta. "Ahí estás tú, querido. Yo sabía que te encontraría aquí." Se arrojó un colorido y llamativo chal sobre su hombro derecho. "Ven conmigo, querido. Tenemos que conseguir algunos de esos folletos y tarjetas para Yvette... Tú sabes cuánto le gusta coleccionar esa clase de cosas..."

"Espera un minuto, Gladys..." le interrumpió George, atajando el torrente de palabras que emanaban de la boca de la mujer.

"No tengo tiempo para tus tonterías, querido Georgy..., ahora ven conmigo..."

"No es ninguna tontería, Gladys..., seamos corteses con este joven." George señaló a Sill. "Adivina cuál es su nombre, ¡te reto!"

"Bueno, bueno," respondió Gladys, sacando sus gafas para mirar a Sill de arriba abajo. "Bueno, no sé." Hizo una pausa, echando un vistazo de reojo a la escarapela de Sill. "Te llamas Sill, ¿verdad?" Y miró arriba.

Sill asintió.

"Ahí está entonces," dijo Gladys, volviendo hacia su marido otra vez.

Él movió negativamente su cabeza. "¡Ese no es su nombre! Declaró él. "Vamos Sill, dile a mi amada esposa cuál es tu verdadero nombre, adelante."

Sill se recostó sobre el mostrador y susurró, "es Silvestre, señora."

"¡No me digas! Que terrible para ti," dijo bruscamente Gladys. "Tus padres deberían estar avergonzados consigo mismos. ¿Cómo podría un padre con algo de conciencia hacerle semejante cosa a un niño...?"

Sill no tenía intenciones de tomar en cuenta ese comentario. Sus padres eran gente amable, siempre eran atentos, amorosos y cuidadosos de su bienestar. No había habido ninguna malicia en la escogencia del nombre de sus hijos.

Aunque para Gladys, ellos habían cometido un grave delito. "Me agrada ver, sin embargo, que has tenido el buen sentido de cambiarlo por Sill. Bien por ti, muchacho."

Sill volvió a sonreír y retornó a limpiar el mostrador en el otro extremo del bar, donde algunos de los meseros venían a registrar las órdenes de otros clientes. Cuando les había dado la espalda, escuchó a Gladys decir: "Adiós Sill, regresaremos," jalando a Georgy de la manga de la camisa fuera del bar.

Un par de pisos arriba, Alan se disponía a hacer el inventario de medicinas con su enfermera Evelyn. Evelyn era una deliciosa mujer de acuerdo a la descripción de algunos hombres. Su cabello castaño estaba atado en un moño a la altura de su nuca, lo que daba una visión sin obstáculos de sus perfectamente formadas facciones –una cara que le recordaba a Alan aquellas de las diosas egipcias. Y eso no era todo, su curvilínea figura estaba solamente disimulada detrás de su inmaculado uniforme. Sus movimientos eran graciosos y, aunque un poco tensos para el gusto de Alan, su deliciosamente formado trasero y sus largas piernas eran sin embargo, una delicia para la vista cuando caminaba frente a él.

"¿Tenemos algunas de esas jeringas para Epinefrina? No vi ninguna en la lista," preguntó Alan, hurgando entre una semivacía caja de cartón de farmacia.

"Creo que vi algunas allí." Evelyn señaló a otra caja de cartón sobre el estante. La cogió y la abrió. "Sí, tenemos. ¿Dónde quiere que se las ponga?"

"Ponga algunas en uno de los cajones en la oficina. Ambos necesitaremos unas cuantas a la mano, solo en caso de que tengamos algunos locos que piensen que la comida de mar no contiene mariscos."

Evelyn estaba a punto de depositar algunas de las jeringas dentro de uno de los cajones del escritorio cuando la puerta se abrió de golpe para dar paso a un quejumbroso niño colgando de la nuca de su padre.

"Dios mío," dijo Evelyn, aproximándose a los dos. "¿Qué te pasó?" Y le tomó la mano al chico, lo cual hizo que dejara de llorar.

Alertado por la bulla, Alan entró a zancadas al cuarto. "¿Qué tenemos aquí pequeño hombre?" le preguntó al niño.

Llorando como si tuviera hipo, el pequeño volteó su cabeza para no mirar a Alan.

"¿Qué pasa con su hijo, señor?" preguntó Alan al padre.

"Lo siento por molestarlo Doctor, pero aquí Jamie parece que no puede calmarse." Dio media vuelta de forma que Alan y Evelyn pudieran ver la cara del niño.

"¿Ha estado él al sol últimamente?" preguntó Alan sin necesidad, revisando la casi achicharrada cara. "Por qué no pone a Jamie sobre la mesa de examinar y le quita su camisa."

El padre de Jamie obedeció y lo sentó sobre la mesa. Una vez le quitó la camisa, Alan pudo ver que el pequeño aún tenía la marca blanca de lo que debería haber sido una camiseta sin mangas. Tomó el estetoscopio de su cuello y empezó a examinar al chiquillo que había visto en el vestíbulo horas antes.

Suficientemente distraído para ignorar las dolorosas ampollas, Jamie empezó a jugar con la escarapela de Alan y el botón de su camisa.

"Bien, Jamie, has sufrido un poco de quemaduras desagradables por el sol y eso duele, ¿verdad?"

Jamie asintió.

Mientras tanto Evelyn le tomó la temperatura a Jamie con uno de esos dispositivos no invasivos. Le entregó el dispositivo a Alan –la temperatura del pequeño amigo era normal.

Alan exhaló un suspiro de alivio. *Esto hubiera podido ser peor*, pensó. Miró al padre. "Bien, señor, le sugiero que le unte algunas de las cremas que Evelyn le va a dar, en su cara y en sus brazos, y le recetaré algo para calmar la inflamación. Pero, es necesario mantenerlo alejado del sol por mucho tiempo. Él hubiera podido sufrir un golpe de calor y haber estado muy enfermo. De hecho, si empieza a vomitar o su temperatura le sube, tráigalo de nuevo, ¿de acuerdo?"

El padre de Jamie lo levantó en sus brazos después de haberle puesto de nuevo su camisa. "Lo siento," dijo, "pensé que era sólo insolación, como usted dijo. No pensé que era tan serio."

Alan se notaba irritado al decir lo último. "Pero una insolación puede volverse insoportable –diría que aún mortal- cuando usted tiene dos años de edad, señor."

"Aquí tiene," interrumpió Evelyn, dándole una pequeña caja que contenía un tubo de crema al avergonzado padre.

Alan llenó una fórmula en su block y se la entregó al señor. "Dele esto a Evelyn y ella le entregará suficientes píldoras antiinflamatorias para cuatro días. Sólo le da a Jamie una cápsula en la mañana antes del desayuno."

"Gracias doctor," dijo el padre, tomando la prescripción de las manos de Alan y volviéndose hacia Evelyn.

Una vez la puerta se cerró, Alan se sentó en su escritorio y miró a Evelyn. "Pienso que necesitas algo de educación para tener un hijo," subrayó él, afirmando con su cabeza.

Cuando ambos estaban a punto de volver a la bodega, hubo un toque a la puerta.

"Entre," dijo Alan, sentándose de nuevo.

El Dr. Zetisman entró, miró alrededor de él y lanzó una mirada desaprobadora en dirección de Evelyn. "¡Pensé que usted me estaría llamando!" reclamó sin preámbulo. "He estado esperando en mi cabina toda la mañana…"

Alan levantó la mano en frente de él para evitar que el arrogante señor dijera cualquier otra palabra. "Sí, Dr. Zetisman, hubiera estado dichoso de llamarlo o aún de haber ido a su cuarto, si usted no hubiera estado ocupado y si sólo me hubiera dado su número de habitación. Pero ya que no lo hizo, ¡aquí está usted!"

"¿No tienen ustedes una lista de los pasajeros?" inquirió Zetisman. "Ustedes deben saber dónde está ubicado cada uno…"

"Sí doctor, tenemos tal lista… Pero ahora que usted está aquí, ¿qué podemos hacer *nosotros* por usted?". Y miró a Evelyn, quien estaba aún parada al lado del escritorio.

Zetisman siguió la mirada de Alan. "¿Quiénes somos *nosotros*? Yo no deseo hablar con nadie más que usted."

"Bien, Dr. Zetisman, hagamos esto al derecho, si usted vino solicitándome a la enfermería, la enfermera Develon" –movió la cabeza señalando a Evelyn- "estará exactamente donde ella está ahora. A menos, por supuesto, que usted esté sufriendo de una enfermedad que pueda considerarse bajo la categoría de confidencial entre el médico y el paciente, tal como una enfermedad venérea infecciosa."

Zetisman se encogió de hombros y dejó caer su trasero en la silla mirando hacia el escritorio de Alan. "Está bien, si usted desea una testigo en nuestra conversación, hágalo a su manera entonces."

Alan se preguntó inmediatamente qué quería decir el hombre con eso.

"Le dije que deseaba hablarle acerca de aquel pequeño incidente que ocurrió algo así como dos años atrás, ¿sabe a lo que me refiero?"

"Si se está refiriendo a la investigación que descifraba la muerte de Michael, sí, sé lo que usted quiere decir."

Mirando de reojo, Alan notó que Evelyn abrió su boca y luego la cerró mostrando perplejidad.

"Eso es exactamente, doctor. He estado devanándome los sesos para recordar dónde pude haber obtenido esto..." Sacó una cadena y un medallón de su bolsillo y lo puso sobre el escritorio en frente de Alan. "Puede abrirlo para mirarlo usted mismo..."

Alan miró la cadena de oro y el antiguo medallón. "¿Y dónde lo vio por primera vez?" Levantó la pieza de joyería de su escritorio.

"Lo encontré en el bolsillo de una de mis maletas cuando estaba desempacando esta mañana. Pero ábralo y usted mismo verá por qué me intrigó tanto."

Alan volteó el medallón en sus manos y miró con atención la parte de atrás por un momento –no había inscripción que diera una pista acerca del origen del pendiente. Lo desabrochó. Su mandíbula se desencajó. No pudo entender inmediatamente qué significaba cada foto que había dentro de cada portarretratos. La cara de una mujer joven lo estaba mirando a él y le recordaba a alguien que él había conocido. "¿Quién es esta, la conoce usted?" le preguntó a Zetisman.

"A la izquierda, pienso que es la señora Brightman –mucho más joven por supuesto. Y a la derecha, pienso que estamos viendo a nuestro capitán de tripulación, Hans Gromwell." Hizo una pausa. "Y en su momento, quiero decir, cuando la policía arrestó a la señora Brightman, ellos reportaron que ella había asumido dos identidades, una de los cuales era Señora Claphman, creo."

"Sí, eso es correcto..." Alan dejó que las palabras se volvieran imperceptibles. *Si la mujer de la fotografía era en efecto la señora Brightman (alias Claphman), sería interesante descubrir la conexión entre la mujer y nuestro capitán de tripulación,* pensó mientras miraba las dos fotos de nuevo. "¿Qué está intentando usted hacer con esto entonces?" preguntó después de una larga pausa.

"Yo quería devolverlo a la recepción o quizás al contador, pero cuando caí en cuenta quiénes podrían ser las personas en las fotos, pensé que usted podría guardarlo en su caja fuerte o algo..."

"Bueno Dr. Zetisman, lo pondré en la caja fuerte, pero pienso que nada resultará de esto por ahora hasta el final del crucero. Y cuando lleguemos a Mónaco, en un lapso de nueve meses, y nadie lo haya reclamado o preguntado por él, se lo regresaré. ¿Está de acuerdo?

Zetisman asintió y luego miró a Evelyn. "Perdóneme por no presentarme antes, Señorita Develon, pero no me gusta compartir algunas de mis historias con nadie. De todas formas, complacido de conocerla. Y espero que usted no vaya a revelar esto a nuestro capitán de tripulación Gromwell, ¿lo hará, querida?

Evelyn había sido extremadamente paciente durante toda la conversación y bastante curiosa cuando se trató de la historia del doctor Zetisman, pero su altivez y actitud ofensiva eran otro asunto. "Sí, Doctor, esta ha sido realmente una oportunidad para conocer sus experiencias," dijo ella, descruzando sus brazos. "Nos cercioraremos de que el pendiente esté bien guardado para usted..."

"Seguro que eso quiero," dijo Zetisman, parándose de la silla. "mejor regreso a mi cabina ahora y me aplico mi inyección de insulina."

"Oh sí, quería preguntarle acerca de eso," dijo Alan, -¿cómo está su hemoglobina A1C y sus pruebas de glucosa en ayunas por estos días, doctor Zetisman?"

Zetisman giró sobre sus talones como si hubiera sido picado por un insecto. "¡No me pregunte! He estado teniendo pesadillas con eso- y no hay nada que yo pueda o desee hacer al respecto. Pinchar mi dedo con una aguja cada seis horas es simplemente intolerable, sencillamente intolerable, ¿me entiende?"

Alan no deseaba llevar el asunto más lejos. El hombre parecía suficientemente saludable, y si quería continuar con la farsa de su diabetes, él no iba a interferir en eso.

Capítulo Siete

Un lote completo de salchichas

Decidido a no despertar a su padre, Hedwig se dirigió fuera de su casa tan silenciosa y rápidamente como pudo. El sol no se había elevado por encima del horizonte aun, cuando él miró al reloj de la torre de la iglesia. 4:00 am. Asintió y siguió manejando hacia fuera de la ciudad. No había nadie en el camino a esa hora, y eso era lo que Hedwig quería. El olor del rocío sobre la grama siempre le recordaba la frescura de la primavera, aunque ésta hacía rato se había ido y el otoño definitivamente se sentía en el aire.

Paró la camioneta en el pequeño sendero que conduce a la claridad en el bosque donde él sabía que encontraría los cuerpos de *sus amigos* listos para ser descuartizados. Se bajó, tomó las bolsas y las herramientas que pronto necesitaría e hizo el camino dentro de los árboles una vez sus ojos se habían adaptado a la luz del amanecer. Llegó a la claridad del bosque donde encontró los cuerpos, aun cubiertos por la lona, pero ligeramente desordenados. *Probablemente algún carroñero hambriento trató de darse un festín con ellos anoche*, pensó.

Cuando les quitó la carpa, tuvo que parar. Algo inesperado. Hedwig había visto infinidad de animales muertos en su vida, pero nunca un humano asesinado. Sus caras pálidas; sus cuerpos muertos tenían una apariencia de pesadilla que de alguna forma lo afectaba. Se arrodilló al lado de Gertrude, tomó una de sus manos y la puso en su mejilla. "Lo siento, Gertie, pero no deberías haberme traicionado," susurró. "De todas formas, a nuestro amigo Hans no le será posible seducir a ninguna otra mujer ahora, ¿no es verdad?" y sonrió solapadamente.

Una vez se recuperó del golpe de haber visto cadáveres humanos por primera vez, se dedicó a su tarea. Los desvistió a ambos cuidadosamente, apiló todas las prendas en un montículo en el medio de la claridad del bosque y le tiró una cerilla encendida después de haberlo rociado algo de gasolina. Se paró por un rato en frente de la fogata para asegurarse de que todo se quemara. Él no deseaba que alguien se tropezara con un zapato o un pedazo de ropa cuando pasaran por ahí. Esa no era un área bien conocida, *pero uno nunca sabe...*

Tan pronto el fuego se fue apagando, Hedwig volvió a los cadáveres empezó a cortarlos como si fueran jabalíes que habían caído durante la cacería. Se aseguró de desmembrarlos y puso todos los pedazos de carne en las bolsas de carnicería que había traído con él. Luego apiló los huesos en las brasas y vació la caneca de gasolina sobre ellos. Reavivó el fuego y esperó hasta que la fogata se afianzara antes de irse. Exceptuando los hígados y los corazones, llevó todos los demás órganos a la orilla de los árboles, cavó un pequeño agujero y los enterró lo suficientemente profundo para que se convirtieran en fertilizante dentro de unas pocas semanas o menos.

Una vez estuvo satisfecho de que nada quedaba de la dura experiencia –incluyendo raspar lo que pudo de la sangre en la superficie de la grama- regresó a la camioneta y amontonó las bolsas en el platón antes de acomodarse detrás del volante. Manejó hacia el matadero como le había prometido a su padre que haría y se detuvo adentro por un minuto para charlar con uno de los carniceros. Le preguntó si él podría batir y moler alguna carne de su última cacería – algo que él solía hacer ocasionalmente- y cuando el tipo le dijo que podía usar una de las grandes mezcladoras, llevó las bosas de carne a la máquina y molió todo en cuestión de minutos.

Eran casi las ocho de la mañana cuando Hedwig regresó a la tienda de su padre. Lo encontró tomando el desayuno en la cocina.

"Saliste temprano," dijo von Strom, tragando algo de tocino. "¿Fuiste al matadero?

"Sí, todo lo hice, papá. Traje toda la carne molida que necesitaremos para las salchichas. Las mezclaré ahora en la mañana, si deseas."

"Seguro, es una buena idea. Tengo que preparar un montón, pero, ¿por qué no desayunas antes de empezar?

"Sí, claro, pero iré a ducharme antes…," respondió Hedwig, ya subiendo las escaleras hacia el baño. Él quería librarse del olor que impregnaba su ropa y su piel –una mezcla de olor a gasolina y sangre humana.

Después de un baño caliente, un fuerte desayuno y vistiendo ropa limpia, Hedwig se dispuso a mezclar la carne humana con carne de cerdo y suficientes aliños tal como su padre le había enseñado a hacer.

Al final del día, tenía varias bandejas de salchichas almacenadas en el refrigerador.

Limpiándose sus manos en el delantal, Hedwig estaba a punto de apagar las máquinas cuando un hombre entró a la tienda y empezó a hablar con su padre. Al principio él no puso atención a la conversación, pero cuando escuchó que pronunció el nombre de Gertrude, volteó en la esquina del mostrador para ir y pararse al lado de su padre.

"Ah, Hedwig, estaba a punto de llamarte," dijo su padre, volteándose a mirarlo. "Aquí el Sargento Hollman quiere hacerte algunas preguntas acerca de Gertrude…"

"Hedwig von Strom, supongo," preguntó cortésmente el sargento.

"Sí, señor, ese soy yo. ¿Qué puedo hacer por usted?"

"Bueno, Hedwig, hemos sabido que usted fue la última persona que vio a Gertrude y a su amigo Hans juntos el lunes pasado, y nos preguntábamos si usted podría darnos algunos detalles al respecto." Hollamn hizo una pausa y miró la cara de Hedwig.

"¿Por qué no llevas al sargento a la cocina, Hedwig?, será más cómodo para ustedes dos hablar," ofreció el señor von Strom, extendiendo un brazo en dirección de la cocina.

"Gracias señor von Strom," dijo el sargento, siguiendo a Hedwig a la parte de atrás de la edificación.

Una vez se sentaron ante la mesa de la cocina, Hollman repitió la pregunta. "¿En qué invirtieron ustedes su tiempo antes de acompañar a Gertrude y Hans a la estación del tren?"

Hedwig miró abajo, a sus rodillas y sonrió.

"¿Dije algo divertido?" preguntó Hollman.

Moviendo su cabeza negativamente, respondió Hedwig, "no, para nada, sargento. Solo me preguntaba qué pasó para que ellos escaparan. Debe ser divertido enamorarse e irse de aquí."

"¿Deseas irte de aquí, Hedwig?"

"Oh sí, señor. Me gustaría viajar e irme lejos de aquí."

"Y ¿a dónde irías si te fuera posible viajar?"

"No sé, pero me gustaría ver el océano. Usted sabe, yo nunca he estado en la playa."

"¿Piensas que Gertrude y Hans se han ido a la playa?"

"No, creo que no, señor. Ellos tenían suficiente dinero, pero pienso que ellos prefirieron permanecer en Alemania."

"Entonces ellos te manifestaron acerca de su deseo de escapar antes de irse, ¿verdad?"

Hedwig asintió. "Ellos dijeron, quiero decir Gertrude dijo que ella deseaba pasar el próximo invierno en un agradable apartamento en Hamburgo y después de eso, quizás irían a cualquier otra parte."

"Y acerca de Hans, ¿él también quería ir a cualquier otra parte después de estar en Hamburgo para el invierno?"

"No sé, sargento, pero él no hablaba mucho, en realidad. Él sólo deseaba hacer lo que Gertrude quisiera. Eso es todo realmente."

"¿Y, dónde estaban ustedes cuando tuvieron esa conversación?"

"Sólo fuimos al bosque –algún lugar tranquilo- ya que Gertrude deseaba hablar sin ser escuchada por casualidad."

"Ya veo, ¿y podrías mostrarme dónde fueron ustedes aquella mañana entonces?"

"Seguro, eso está cerca de 20 kilómetros sobre la vía, al norte de acá."

Hedwig había estado esperando esta clase de preguntas por parte de la policía, y lo que él estaba describiendo era un sitio bastante bien conocido en la Selva Negra Bávara. Mucha gente joven iba allí a pasar una tarde tranquila con sus amigos.

Hollman cruzó sus brazos sobre su amplio pecho antes de preguntar, "y ¿por qué compraste los tiquetes en tren para Hamburgo? – ¿por qué no lo hicieron ellos?"

Hedwig sonrió de nuevo. "Porque ellos no querían que alguien los viera en la estación. Temían que alguien los reconociera y le dijera a sus padres."

"Pero, tú fuiste allí, y hablaste con sus padres," refutó Hollman.

"Si, pero por entonces ya era demasiado tarde para que alguien los detuviera."

"Y, ¿estás seguro que se fueron para Hamburgo?"

"Hedwig asintió vigorosamente. "Los vi abordando el tren, sí. Pero si ellos pararon en la vía…, eso no lo sé."

"De acuerdo Hedwig, es todo por ahora," dijo Hollman poniéndose en pie. "Pero déjame decirte esto, nadie los ha visto desembarcar del tren en Hamburgo, y en lo que a nosotros nos concierne, Gertrude y Hans han sido reportados como desaparecidos."

"Todo lo que yo quiero es que ellos estén bien," recalcó Hedwig, levantándose de su asiento. "¿Desea usted que lo llame si ellos se contactan conmigo o con mi padre?"

"Seguro, es una buena idea." Hollman sacó una tarjeta personal de uno de los bolsillos de su chaleco, "aquí está el número telefónico de la estación de policía. Puedes preguntar por mí en cualquier momento y ellos te conectarán conmigo."

"Gracias señor," dijo Hedwig, tomando la tarjeta de la mano extendida de Hollman.

"Y si recuerdas algo más, me llamarás, ¿verdad?"

"Seguro que lo haré, sargento, sin problema," respondió Hedwig, conduciendo a Hollamn a la puerta de salida de la tienda, bajo la mirada curiosa de su padre.

Cuando regresó a la estación y se sentó detrás de su escritorio, Hollamn no escribió el reporte de su entrevista con Hedwig inmediatamente. Había algo raro en esa historia. Levantó la cabeza hacia su compañero sentado frente a él. "Algo no está correcto," dijo él, recostándose en su silla.

"Quieres decir con el hijo de von Strom," preguntó Bitterman. Aunque un poco mayor que Hollamn, el detective Constable Bitterman nunca había optado al grado de sargento. Él era un hombre de familia primero y después un policía, mientras la mayoría de los oficiales eran lo opuesto: ponían su carrera primero y por último sus familias.

"Sí. Él está un poco adelante con su información. No sé pero aunque su historia tiene sentido, lo que no lo tiene es el hecho de que dos personas jóvenes fueran al bosque a tener una conversación tranquila con Hedwig y después decidan irse. Si tú deseas dejar tu casa, ¿pararías primero a tener una conversación innecesaria con tu amigo? Hollman dejó la pregunta como estaba, sin esperar respuesta. "Y después tienes a esa joven mujer, vestida con un traje de verano, sandalias, sin cargar ninguna maleta con ella." Movió negativamente la cabeza. "Y entonces tenemos la pregunta de la señora Lowden; aparentemente Getrude le pidió a su madre que le preparara una canasta de viandas para el campo, la cual ella habría llevado consigo el lunes en la salida con Hans Wilhelm y Hedwig. Nadie ha visto o me ha mencionado la tal canasta a mi…"

"¿Le preguntaste a Hedwig acerca de eso?" preguntó Bitterman.

Hollaman sacudió su cabeza negativamente. "Pero hay tiempo aún. Estoy seguro que él sabe mucho más de lo que está deseando decir sobre este tema."

¿Vas a dejar que esto se te escape por ahora entonces?

"No pretendo eso, pero, a menos que encontremos a uno o a ambos –vivos o muertos- estaremos enredando madejas de hilo por nada."

Dos días más tarde, el señor von Strom estaba sentado en un taburete detrás del mostrador de la atienda, leyendo su correspondencia cuando una mujer entró con un canasto en su mano. "Señor von Strom," empezó ella, colocando el canasto sobre el mostrador, "¿le importaría sacar la olla de mi bolsa?"

Intrigado, von Strom puso la canasta a su lado en el mostrador, cogió la olla y la abrió. El olor que emanaba de la cacerola era nauseabundo. "¡¡¡Puf!!! ¿Qué es esto, Frau Ingsbrug? No me diga que esas eran mis salchichas."

Frau Insgbrug asintió. "De nadie más, señor von Strom. Y si usted recuerda, las compré frescas esta mañana."

"Sí, usted lo hizo, absolutamente. Estoy muy apenado con esto. Déjeme reemplazarlas con un lote fresco para usted." Y se encaminó a la parte trasera de la tienda. No podía entender que había pasado. Él había tomado algunas de las salchichas que Hedwig había hecho el martes, por lo tanto eran frescas… Pero para estar seguro, fue al segundo refrigerador de carne y sacó algunas de las salchichas que él mismo había hecho el lunes.

"Ahí están pues…" dijo él, envolviendo la nueva sarta de salchichas alemanas en un pedazo de papel de carnicería. "Estoy seguro que estas están bien, Frau Ingsbrug. Yo mismo las hice."

"Oh, ¿usted no hizo estas que yo cociné entonces?" Cogió el paquete del mostrador y lo puso en la bolsa de tela.

"No, esas deben ser de un lote que hizo mi hijo ayer," dijo von Strom visiblemente apenado.

"Bien, mejor dígale a su hijo que se coma sus salchichas – ¡son absolutamente asquerosas!" Y con esas palabras, Frau Ingsbrug dio unas zancadas para salir de la tienda, dejando la canasta y el fétido olor a carne podrida atrás.

Capítulo Ocho

La Duquesa Misteriosa

Nunca hubo ninguna narración de lo que Babette tenía en mente cuando se trataba de la obra que ella podría poner en escena para los pasajeros al final de ninguno de los cruceros. En efecto, eso era un secreto muy bien guardado. Sin embargo, en esta ocasión, dado que ella avistaba un largo viaje de nueve meses, ella deseaba tener la mayor información acerca de los pasajeros, sus paladares, sus gustos y disgustos -en otras palabras, ella no quería lanzar un espectáculo que le gustara a la audiencia de mediana edad cuando la mayoría de los pasajeros estaba en sus veintes o en sus setentas por ejemplo. Ella tenía que escoger algo que le intrigara y deleitara a jóvenes y viejos por igual.

La mejor forma de hacer esto es llamar a Jean-Pierre, pensó. *El sabría quién es apto para cada cosa.* Miró en el directorio de oficiales sobre el escritorio y pronto encontró su número telefónico.

Jean-Pierre no estaba en su cabina. *Por supuesto*, pensó Babette, mirando su reloj de pulsera, *está probablemente organizando el entretenimiento de la noche.*

Como su plan se frustró por el momento, decidió encontrar a Alan y tener una charla acerca del Capitán de Tripulación. No era que ella esperara alguna nueva información que hubiera surgido temprano en el crucero, pero uno nunca sabe.

Vestida con su traje favorito de verano –uno colorido, con estampado de flores que le sentaba perfectamente- Babette se dirigió abajo en el ascensor y llegó a la enfermería. Tan pronto entró a la oficina de Alan, el pendiente en sus manos atrajo su atención.

"¿Qué diablos estás haciendo con eso?" gritó Babette, entrando y dejándose caer sobre la silla en frente del escritorio. "Oh, hola" – miró a Evelyn- "lo siento…, déjame presentarme; yo soy Babette. Y tú debes ser nuestra enfermera…"

"Si señora, yo soy. Evelyn Develon. Gusto de conocerte."

"Bueno, Evelyn Develon, ¿sabes alguna cosa acerca de eso? Se giró hacia Alan. "¿es eso un regalo para Tiffany?"

Todo el tiempo Alan había permanecido en silencio y tuvo que sonreír ante la mente directa e inquisidora de Babette. "No, mi querida Babette, este no es un regalo para Tiffany…"

"¿Qué es entonces? Inquirió Babette. Miró a Evelyn y luego volvió su mirada hacia Alan.

"Dale un vistazo adentro del medallón," sugirió Alan, "y dime quiénes son las dos personas que están en las fotos." Le entregó la cadena y el pendiente. "Déjame saber si te recuerdan a alguien que tú conoces."

"Por Dios, ¿no estás muy enigmático?" Dijo Babette cogiendo la cadena de las manos de Alan. "Déjame ver ahora." Abrió el medallón. "Oh Dios, estas son fotos viejas… ¿Serían ellas, por si acaso, parte de las fotos de los oficiales que has recibido?"

Evelyn soltó una interrogante mirada a Alan.

"No, no son de esas, no." Alan sostuvo por un momento la mirada de Evelyn. "Esta pieza de joyería fue encontrada en el equipaje de un pasajero nuestro –cuando él estaba desempacando, la encontró en uno de los bolsillos delanteros de la maleta. Él no tiene idea de dónde vino ni cómo fue a parar en su equipaje."

Babette sacó sus gafas de leer de su pequeña cartera, las ajustó sobre el puente de su nariz y empezó a mirar detenidamente las dos fotografías. "Podría decirte que ahora no tengo ni idea de quién es la mujer. Su sonrisa es definitivamente postiza –no natural… Y acerca de este joven…, bueno, este joven…, seguro se parece a nuestro Capitán de Tripulación, Hans Gromwell," concluyó cerrando el medallón. "Tú sabes, esta es una muy costosa pieza; esto no es una baratija que tú encuentras en algunas tiendas de joyería barata." Babette volteó el pendiente un par de veces en sus manos. "Yo diría que tiene al menos treinta años o más."

"Sí, eso es lo que Evelyn y yo pensamos cuando la vimos por primera vez," recalcó Alan, recibiendo la cadena de manos de Babette.

"Y ¿qué te dijeron que hicieras con eso –si lo hicieron?" preguntó ella, mirando a Alan y a Evelyn a su turno.

"Se supone que la guardaremos en nuestra caja fuerte hasta el final del viaje," respondió Evelyn por Alan.

"Si, eso fue lo que el pasajero nos pidió hacer, pero pienso que alguien tendrá que mejorar estas fotos, si es posible, y quizás ampliarlas para confirmar la identidad de esas personas."

"¿Quieres decir que sabes quién es la mujer?" Inquirió Babette, quitándose las gafas.

"Creo que sí. Creo que su nombre es Brightman (alias Claphman)."

Las cejas de Babette se alzaron. "Pero ¿esa no fue la mujer que fue arrestada en Miami haces dos años…? Creo que he leído algo acerca de eso. En aquel tiempo esa noticia ocupó la primera página del Miami Herald. ¿No fue ese un caso archivado…? Miró fijamente a Alan. "Y tú Alan," –apuntó un dedo hacia él- "y no me mires así; tú fuiste fundamental para descubrir quién mató a aquella pobre dama, ¿verdad?"

Una ligera sonrisa escapó de la boca de Evelyn.

Babette dirigió sus ojos hacia ella. "Quizás tú no sabías esto, mi querida, pero nuestro amado doctor aquí presente, es un completo detective por derecho propio." Movió la cabeza afirmativa y vigorosamente. "Y no lo niegues, Alan, Cada vez que algo sospechoso ocurre en el crucero, tú siempre acostumbras descubrir a los verdaderos culpables."

Alan no pudo evitar y arrancó a reír. "De acuerdo, Babette, de acuerdo, lo admito; me he tropezado con uno u otro incidente de vez en cuando, pero te puedo asegurar que no soy el sabueso que tú piensas. Yo solo respondo a preguntas obvias, es todo."

"Oh no seas tan modesto. Una cosa es encontrar respuestas a algunos dilemas, y otra muy diferente es siempre darle claridad a los hechos cuando es debido." Babette miró a Evelyn otra vez. "¿Estás de acuerdo señorita Develon?"

Evelyn sonrió y asintió, descruzando sus brazos. "¿Y piensas que hay algo que relacione a nuestro Capitán de Tripulación con esa señora Brightman, ya que tenemos las fotos de los dos en el mismo medallón?"

"Absolutamente, mi querida," respondió Babette. "No hay humo sin fuego, ¿no crees? Además, y la pregunta debería ser ¿por qué? ¿Por qué Hans Gromwell tiene su foto junto a la de la señora Brightman?"

"A mi modo de ver," se unió de nuevo Alan a la conversación, "deberíamos también preguntarnos cuándo y bajo qué circunstancias fueron tomadas esas fotos."

"Y otra pregunta para la cual me gustaría tener una respuesta," agregó Evelyn, "es ¿por qué poner el medallón en la maleta de un pasajero en particular?"

Alan asintió, jugando con la cadena que aún permanecía sobre su escritorio. "Sí, esa es una pregunta muy importante también, estoy de acuerdo."

"¿Quién es él? Quiero decir, ¿quién es el pasajero? ¿Conozco esa persona?" preguntó Babette.

"Como tal, pienso que no la conoces, pero te has encontrado con él esta mañana, sí."

"Lo siento Alan, pero encuentro demasiada gente en la primera mañana de un crucero; difícilmente puedes recordar a cada uno de ellos…"

Alan sonrió. "Oh, pero a este lo recordarás –es el amigo de pelo rizado que se tropezó contigo cuando salías del elevador…"

"¡No me digas!" exclamó Babette con los ojos desorbitados. "¿Quieres decir el Doctor Zitsman?"

Evelyn y Alan estallaron de risa. Babette sonrió.

"No-no, mi querida Babette. Quiero decir sí, es ese hombre, pero su nombre es Zetisman, no Zitsman…"

"Lo siento, Alan, pero tú no lograrás que yo lo llame por otro nombre diferente a Zitsman –ese individuo es tan insoportable como un grano en la mitad de mi frente."

Aun riendo, Alan dijo, "de acuerdo Babette, Zitsman como tú dices. Pero dinos ¿qué te trajo a la enfermería esta mañana…?" -miró el reloj en la pared de en frente- "quiero decir, esta tarde."

"Realmente, nada en particular, Alan, y pienso que ya tengo mi respuesta," respondió Babette enigmáticamente. "Gracias a los dos por este interesante bocado de información." Alan y Evelyn intercambiaron una mirada perpleja. "Y ahora creo que regresaré a mi cabina. Tomaré un pequeño pasa bocas que me envíen del servicio a la habitación mientras anoto un par de ideas para la obra." Diciendo estas palabras, Babette se puso de pie y caminó hacia la puerta. "Hablaremos acerca de nuestro enigmático Gromwell después de la cena, ¿lo haremos?" preguntó a Alan, su mano ya puesta sobre el pomo de la puerta.

"Todo estará bien, Babette," dijo Alan, mirando a Evelyn. "Te veré a las siete en el restaurante del piso superior entonces."

"Sí, eso está perfecto." Hizo una pausa. "Y dile a Tiffany que espero verla también, ¿le dirás?"

"Seguro que lo haré...," respondió Alan mientras Babette cerraba la puerta.

Evelyn dio la vuelta al escritorio y tomó el asiento que Babette había desocupado. "Ella es una magnífica dama, ¿no es verdad?"

"Oh sí, eso es ella. En efecto, si tienes la oportunidad de familiarizarte con ella, pienso que se convertiría en una de las mejores amigas que hayas podido tener."

"¿Escuché correctamente? Alguien me dijo que ella es una famosa dramaturga, ¿es eso cierto?"

Alan asintió. "Sí, y créeme, cada vez que ella ha puesto en escena una obra para los pasajeros, ha sido un éxito delirante. La señora es muy talentosa."

"¿Eso significa que va a escribir una obra sólo para nosotros?"

"Oh, estoy seguro que lo hará, y no te sorprendas si te pidiera actuar en una parte de la obra."

"Oh no, no puedo actuar más allá de dos palabras, Doctor. Posiblemente no pueda aceptar jugar un papel en frente de tanta gente..."

"Ja, ja," se rio Alan, "sin embargo ella te lo pedirá. Es más, me lo pide a mí –y yo no puedo recitar una línea aún si mi vida dependiera de ello- así que tendrás que persuadirla gallardamente, eso es todo."

Después de un momento de silencio, Evelyn se paró de la silla. "¿Quiere que vaya a la cocina y consiga algo de almuerzo para nosotros?" preguntó ella.

Alan movió negativamente una mano frente a su cara. "Nada para mí, gracias. Pero ve y consigue algo para comer mientras yo termino en la bodega." Se puso de pie, cogió el medallón y la cadena del escritorio y lo bamboleó en frente de él. "Pienso que aseguraré esta cosa en la caja fuerte primero. No querría que alguien pusiera sus manos sobre ello."

Evelyn asintió y dijo después como si fuera un reparo de última hora, "¿Acerca de qué es eso –quiero decir, que usted está recogiendo fotos de los oficiales?"

"No mucho realmente. La compañía me pidió recoger algunas viejas fotos de nuestros oficiales para hacer un collage para una de sus campañas publicitarias," dijo Alan, encogiéndose de hombros.

"Oh, bueno…" dijo Evelyn, antes de darse vuelta y salir de la oficina.

Tan pronto la puerta se cerró, Alan levantó el teléfono y marcó a la oficina de entretenimiento de los niños.

"¿Puedo hablar con Tiffany Sylvan, por favor?" le preguntó a la persona que contestó la llamada.

"Lo siento, Doctor, pero Tiffany no está acá en el momento ¿puedo tomar un mensaje para ella?

"No, señorita…, lo siento, no capté su nombre."

"Soy Melissa, Doctor. ¿Debo decirle a ella que usted la llamó entonces?

"Sí, por favor Melissa, hágalo por mí –nada urgente sin embargo."

"De acuerdo, Doctor. Lo haré."

Una vez regresó a su cabina, Babette difícilmente pudo esperar para abrir su computador portátil. Ella sabía cuál iba a ser su obra. Abrió un nuevo documento y digitó: *La Duquesa Misteriosa*. Miró el título y sonrió para sí misma.

Capítulo Nueve

Demasiados niños

Cuando Melissa le trasmitió a Tiffany el mensaje de que Alan la había llamado cerca de dos horas antes, prácticamente saltó al teléfono.

"Ah, ahí estás tú," dijo Alan cuando escuchó la voz de su chica favorita.

"Si, aquí estoy. Y esto es acerca del tiempo, también," dijo Tiffany, como si no tuviera aliento. "Sabes que estaba deseando, contra todos los demás deseos, lograr este trabajo, ¿verdad?" continuó ella sin darle tiempo a Alan de pronunciar una sola palabra al respecto. "Bueno, ahora no sé. Quiero decir, no sé si podría estar nueve meses en esto. Hay muchos de ellos, Alan, demasiados niños…" Hizo una pausa. "Realmente no hay más de lo normal, pero…"

"Espera Tiff," le cortó Alan, "por favor, y toma un respiro." Esperó hasta que escuchó que Tiffany inhalara y exhalara. "Bueno, ahora, dime ¿por qué piensas que hay demasiados niños…?"

"Es porque ellos parecen ansiosos de hacer la misma cosa al mismo tiempo. Tienen alternativas –muchas alternativas diría yo- para pasar el tiempo, pero por alguna razón, todos quieren jugar los mismos juegos, ir al mismo corralito de entretención y mirar los mismos espectáculos…, te lo aseguro…"

"Pero has logrado que alguien te ayude, ¿no es verdad?"

"Oh sí, realmente dos inexpertas niñeras. Mujeres jóvenes, las cuales no parecen entender que estos chicos son su responsabilidad. Tengo que vigilarlas a ellas como si fueran también niños. No tengo idea quién contrató este personal, pero te digo, serán mi muerte."

"Te escucho," dijo Alan con voz mezclada con comprensión. No debe haber sido fácil vigilar a los niños y a sus niñeras. Tiff tenía razón. Ella necesitaba ayuda. "¿Por qué no abordas el tema con nuestro capitán de tripulación cuando lo veas y le preguntas si alguien del personal de Jean-Pierre Simmons puede darte una mano hasta que tus damas se pongan al día?"

"No sé si me gustaría preguntarle a nuestro capitán de tripulación sobre este aspecto," contestó Tiffany, "pero quizás le pediré a Jean-Pierre que me dé una mano sugiriéndome algo para mantener a estos niños entretenidos –quiero decir, tengo algunas presentaciones en mente, pero mis niñeras no parecen estar dispuestas a involucrar a los chiquillos en ellas. De todas maneras, si Jean-Pierre me diera algunas ideas, estaría dispuesta a escucharlas."

"Sí, creo que sería una buena idea. Y quizás podamos pedirle que se nos una para la cena esta noche con Babette. ¿Qué piensas?"

"No sé si estaré lista para tomar la cena…"

"Oh no, no te voy a permitir que te sumerjas en ti misma a preocuparte, solo porque tuviste un primer día pesado. Tienes que comer, relajarte y descargar tus frustraciones en una buena compañía…"

"Pero estaba pensando," se arriesgó a decir Tiffany, "que podríamos tomar algo de comer en tu cabina…, quizás"

"Cualquier otra noche, yo diría que sí, pero como suena eso, pareces decaída y no me gustaría que te quedes dormida y despiertes mañana en la mañana porque tocaron a la puerta… Tú sabes que quiero decir, ¿verdad?"

"Oh sí…, no necesitas explicarme haciendo un dibujo, especialmente si la persona que golpea la puerta es el mismo Capitán de Tripulación Hans Gromwell."

"Exactamente. Entonces, ¿puedo contar con que te unirás a mí, Babette y quizás Jean-Pierre para la cena a las siete?"

"De acuerdo, me convenciste. Pero te lo diré ahora, no te vas a escapar de mis garras tan fácilmente, Dr. Mayhew. ¿Me oíste?"

"Alto y claro, y no habría otra salida."

"Oh, antes de que cuelgues, ¿por qué fue que llamaste? Perdón, olvidaba preguntarte."

"Algo extraño sucedió esta mañana…"

"Suenas como un comediante haciendo su primera aparición en el escenario," recalcó Tiffany en medio de una ligera risita.

"Bueno, es un poco divertido, pero todo lo que te diré por ahora es que la trama se complica."

"¿Es eso? ¿Fue por eso que me llamaste?"

"No, pero ahora tengo algo que quiero hacer…y que no puede esperar," mintió Alan, "te lo diré todo esta noche. ¿De acuerdo?"

"Está bien, doctor, pero te diré que me estás colmando la paciencia…"

"No resoples de impaciencia, solo espera a que te ponga las manos encima," bromeó Alan.

"Bueno, te veré a las siete entonces," confirmó Tifanny con resignación.

Una vez Alan colgó el auricular, miró a Evelyn. Ella estaba colocando una hoja de papel nuevo sobre la mesa de examinar. "Pienso que ellos tienen un identificador de llamadas en todos los teléfonos ahora, ¿no crees?"

"Oh, sí. Y eso no es todo, en caso de emergencia, tenemos un dispositivo que nos permite interrumpir las conversaciones a bordo para alertar a los pasajeros sobre cualquier peligro inminente."

"Ya veo," dijo Alan, pensativo. Él ya había adivinado esto cuando había escuchado a Melissa llamarlo "Doctor" aun cuando él no le había dicho quién era. Debido a estas interrupciones de emergencia, dedujo, ellos podrían permitirle a alguno de los oficiales, incluido Gromwell, inmiscuirse, e incluso escuchar conversaciones a bordo. Asintió para sí mismo. Tendría que vigilar a quién llamar y cuando hacerlo –o pedirle a Tiffany que use el celular siempre que sea posible.

Después de un momento más de reflexión, Alan se levantó, sacó su minúscula cámara de su escritorio y le pidió a Evelyn "defender el fuerte" por un momento. Ella acogió la petición con una amplia sonrisa mientras Alan dio varias zancadas dirigiéndose a la puerta. Era tiempo de empezar en la búsqueda de las embarazosas fotos para completar el álbum promocional de la compañía. Decidió que el primer puerto de escala tendría que ser el teatro del primer piso. Deseaba encontrar a Jean-Pierre escuchando alguno de los ensayos para la presentación de la noche. Apenas entró al teatro, en la tenue luz, inmediatamente reconoció al director de entretenimiento en su uniforme blanco. Estaba sentado cuatro o cinco filas arriba del escenario escuchando al comediante que representaría uno de los primeros papeles en el show de esta noche.

"Hola, Jean-Pierre, lo siento… ¿puedo sentarme aquí por un momento?" Dijo Alan, desplegando la butaca próxima a Jean-Pierre.

"Por supuesto, Doc. Sólo escuche a este amigo por un minuto y dígame qué piensa."

Alan asintió y volvió su atención al individuo de mediana edad que estaba en el centro del escenario. Tuvo que sonreír; el hombre parecía como si estuviera recién levantado después de una noche de insomnio.

"…Dorothy y Edna, dos viudas maduras, estaban hablando," empezó el hombre. "Dorothy estaba toda entusiasmada cuando se inclinó sobre su taza de té. 'Tú sabes…,' le dijo ella a Edna, 'aquel agradable Tommy me pidió una cita para salir. Yo sé que tú saliste con él la semana pasada, y quería hablar contigo acerca de él antes de darle mi respuesta.' Ante lo cual Edna dijo, 'bueno, te lo diré. Él apareció en mi apartamento puntualmente a las siete de la noche, vestido como un caballero con un vestido fino y ¡me trajo unas hermosas flores! Me bajó al primer piso y ahí había un lujoso carro – una limosina, con chofer uniformado y todo. Luego me llevó a cenar afuera… Fue una maravillosa cena: langosta, champaña, postres, y después de la cena, bebidas. Luego fuimos a ver un espectáculo. Déjame decirte Dorothy, ¡lo disfruté tanto que pude haber muerto de la dicha! Luego cuando regresamos a mi apartamento, se convierte en un *animal*. Completamente loco, me arranca mi costoso vestido nuevo y ¡me posee dos veces!' Ante lo cual Dorothy no se puede contener. 'Dios misericordioso, Edna, ¿me estás diciendo que no debería salir con él? Edna mira a su amiga y frunce el ceño. 'No, no, no… Yo sólo te estoy diciendo que uses un vestido viejo,'…"

Alan se carcajeó y miró a Jean-Pierre. Él estaba sonriendo y asintiendo antes de pararse y subir al escenario a hablar con el comediante. Alan no podía escuchar lo que ellos estaban diciendo y esperó hasta que Jean-Pierre regresara a su asiento.

"¿Por qué no salimos de aquí por un momento?" Ofreció Jean-Pierre. "Ellos están tomando un descanso antes del show para que las mujeres empiecen su ensayo general."

"Seguro," dijo Alan, poniéndose en pie y siguiendo a Jean-Pierre fuera del teatro.

Una vez en el pasillo, Jean-Pierre se detuvo y preguntó, "¿Hay algo especial que usted desee discutir conmigo? ¿O es sólo una visita de curiosidad?"

"Ambas Jean-Pierre. "¿Podemos ir entonces al bar?"

"De acuerdo," respondió Jean-Pierre, lanzándole una sonrisa a Alan. *"Entonces, ¿Qué le pasa, Doctor?"* Soltó una risita. "Siempre he deseado decirle esto a un doctor."

Alan solo esbozó una leve sonrisa; él había escuchado esa ingeniosa conversación también muchas veces. "Bueno, hay un par de cosas con las cuales podrías estar dispuesto a ayudarme."

"¿Y qué podría ser eso? Preguntó Jean-Pierre, presionando el botón para pedir el elevador.

"¿Cenarías tú con Babette, la señorita Sylvan y conmigo esta noche…?"

"Eso no es ninguna ayuda, doctor. Eso sería un placer para mí, por supuesto."

Entraron al ascensor. "No te apresures en aceptar la invitación, Jean-Pierre, porque sospecho que ambas damas necesitarán tu asistencia de una forma u otra."

"Si usted está hablando acerca de Babette, hemos tenido ya una charla temprano esta tarde y ella me ha preguntado si yo podría compartirle algunos trozos de información de nuestro Capitán de Tripulación cuando me cruce con algo que ella pueda incluir en su obra."

"¡Eso fue rápido!" Dijo Alan. Pero conociendo la manera de hacer las cosas de Babette, de alguna forma, él no estaba sorprendido.

"Sí, eso fue lo que yo pensé también, al principio." Las puertas del elevador se abrieron y los dos hombres se encontraron frente a frente con el Capitán de Tripulación Hans Gromwell.

"Ah, caballeros," exclamó él. "Justamente iba abajo para verle, señor Simmons. ¿Podríamos hablar por unos minutos? Miró a Alan. ¿Nos excusará usted, Doctor? No tardará mucho."

No deseando pararse en el corredor a esperar por Jean-Pierre, Alan dijo, "No se preocupe, Capitán de Tripulación…" Volteó hacia Jean-Pierre. "Te veré a las siete entonces."

Jean-Pierre solo asintió a modo de respuesta.

Fuera del alcance del oído, Alan no pudo escuchar lo que los dos hombres estaban diciendo pero notó que Jean-Pierre caminaba sobre la cubierta del pasillo con su cabeza gacha y sus manos cruzadas sobre su portafolio. Alan se encogió de hombros imperceptiblemente y volvió su vista al elevador. Estaba yendo al tercer piso para asegurarse que Tiffany estuviera lista por el momento.

"Entonces, señor Simmons, si usted pudiera arreglarlo, yo estaría muy agradecido," estaba diciendo Gromwell mientras ponía su codo a través del pasamano.

"Sí, Capitán, no sería ningún problema," respondió Jean-Pierre, recostando su espalda contra el mismo pasamano. "Le pediré a ella que se reúna con usted después del espectáculo cuando la vea en el ensayo," agregó.

"De acuerdo, señor Simmons, y si usted necesita algo –alguna cosa durante este crucero- solo venga y dígame, ¿me entiende?"

Jean-Pierre asintió.

"Correcto, mejor me subo," dijo Gromwell, enderezándose, girando y alejándose.

Había dejado a Jean-Pierre en un dilema. Lo que Gromwell le había pedido no era algo que a él le gustara hacer. Movió negativamente su cabeza y regresó al ascensor.

Todo el tiempo que los dos hombres habían estado hablando, alguien había puesto sus ojos en ellos. A primera vista era un pasajero como cualquiera otro –cabello corto ondulado, afeitado, ojos azules brillantes- mirando el barco abrir su camino fácilmente a través del oleaje del Océano Pacífico. Aunque si alguien hubiese echado una cercana mirada a este hombre, hubiera notado que tenía un muy pequeño, casi invisible, dispositivo de escucha en su oído izquierdo. Tan pronto como Gromwell salió del pasillo, lo siguió a una discreta distancia.

Una hora más tarde el mismo individuo, aún en jeans y con una chaqueta holgada, reapareció en el vestíbulo cerca del teatro, aparentemente esperando a alguien mientras hojeaba a través de alguno de los folletos esparcidos sobre el mostrador de recepción.

"¿Puedo ayudarle, señor?" le preguntó una de las jóvenes detrás del mostrador.

"Realmente tengo sólo una pregunta," respondió él, "¿podría decirme a qué horas empieza el show esta noche?"

"Habrá dos espectáculos esta noche, señor; el primero empezará a las nueve de la noche y el segundo a las 11:15. ¿Quiere que le reserve un asiento para alguno de ellos?"

"Tendré que coordinar antes con mi compañero, pero creo que podríamos tomar un asiento en el primero."

"Bueno, no se preocupe, si puedo tener su nombre, lo inscribiré para dos personas en el show de las nueve en punto y cuando usted y su compañero hayan decidido lo que quieran ver, regrese a recoger los boletos –antes de las nueve si es posible."

"Suena como un buen plan. De acuerdo. Mi nombre es Schippman, Kurt Schippman."

La chica tomó nota del nombre y le entregó una pequeña tarjeta la cual él iría a presentar esa noche para recoger sus boletos.

Kurt se retiró, poniendo la tarjeta en el bolsillo de su chaqueta y subió por el elevador a su cabina. Allí, abrió su computadora, ingresó a la Internet y escribió un correo electrónico a su homólogo alemán.

Capítulo Diez

Salchichas de carne humana

"¡Hedwig!, ¡Hedwig! Baja acá por un minuto, ¿puedes?" llamó el señor von Strom desde el pie de las escaleras.

"Sí, papá, que ¿qué pasa?" contestó Hedwig desde el descanso de las escaleras. "¿Querrías que consiga algunos vegetales en el mercado…?"

"No, hijo, no. Sólo quiero que bajes acá y me expliques que hiciste con estas salchichas." Von Strom estaba sosteniendo el recipiente que contenía la cacerola de Frau Ingsbrug, con el brazo extendido.

Ligeramente curioso y preguntando qué quería decir su padre, Hedwig bajó el tramo de escaleras y tomó el recipiente de las manos de su padre.

"¡Ábrelo!" le ordenó el señor von Strom mientras Hedwig ponía la olla en la mesa de la cocina.

"¿Qué es esto?" preguntó Hedwig quitando la tapa. "¡Ufff! ¿Qué es esto? ¡Huele como carne humana chamuscada…!" Miró a su padre. "Esto no pueden ser nuestras salchichas…"

"Estás en lo cierto, hijo, esas no son ¡*nuestras*! salchichas, esas son ¡*tus*! salchichas –las que tú hiciste ayer."

"¿Cómo puede ser eso? Preguntó Hedwig, sabiendo perfectamente bien por qué las salchichas apestaban a infierno. "He seguido las mismas recetas que generalmente usamos…, no entiendo."

"Bien, ya puedes empezar a entender –y mientras más rápido, mejor- porque tenemos dos bandejas llenas de cosas ensangrentadas en el primer refrigerador, las cuales no podemos vender."

"Quizás había algo en los molinos del matadero…, no sé…"

"Tendré que hablar yo mismo con el señor Strauss la próxima vez que vaya al matadero, pero por ahora, tendremos que sacar las bandejas de la cámara frigorífica y tirarlas a la basura."

"Pero, papá, si nosotros necesitamos mostrarle a Strauss la carne dañada, ¿no sería una buena idea conservar algo de eso?"

Y esa fue la pregunta que definitivamente le costaría a Hedwig su libertad por los próximos veinticinco años.

El sargento Hollman estaba mirando las fotos de Gertrude y de Hans cuando el teléfono sobre su escritorio distrajo su atención. "Sí, aquí Hollman," dijo él apenas levantó el auricular.

"Sargento. Estaba justo en el sitio que describió el cazador y hay algo definitivamente extraño que ha estado pasando allí, señor."

"¿Qué quieres decir, Bitterman? ¿Qué significas con *extraño*?"

"Bueno señor... mire, realmente hay tres espacios en este claro del bosque que nuestro patólogo debería ver."

"Pero, pensé que ese cazador dijo que su perro encontró una mancha de sangre coagulada en el claro – ¿encontró usted algo más entonces?

"Sí, el señor Kurtland –o sea, nuestro cazador- me mostró el punto, sí. Pero luego, su perro empezó a cavar algunos metros más allá de la orilla de los árboles, y cuando llegamos allí, el perro estaba trayendo algo como carne blanda y cruda. Parecían ser algunos órganos..."

"¿Sacaron al perro de ese lugar?"

"Oh sí señor, lo hicimos. Y junto con algunos de los compañeros que están conmigo acordonamos el sitio y Kurtland llevó a su perro de vuelta a su camioneta."

"Dijo usted que había tres sitios, ¿cuál es el tercero entonces?"

"Es el sitio donde encontramos residuos de una fogata en el medio de la claridad."

"¿Algo interesante dentro de las cenizas?" preguntó Hollman, mientras tomaba nota de todo lo que el detective estaba reportando.

"Mucho señor. Pero eso es un completo desorden. He mirado a través y he encontrado pedazos de lo que pienso que son huesos, luego, algunos dientes tiznados –sin embargo, Kurtland dijo que no eran dientes de animal- algunos pedazos de ropa quemada..., de cualquier forma, hemos acordonado todo esto y si usted desea, esperaré en el bar hasta que el patólogo llegue."

"Buen trabajo, Bitterman. Y sí, contactaré a nuestro patólogo y lo enviaré allí tan pronto él esté disponible. Deme la dirección del bar..."

Bitterman lo hizo y esperó un par de horas a que el doctor llegara. Aunque el olor de lo que el perro había desenterrado permanecía aún en sus fosas nasales, no le impidió ordenar algo de cerdo y chucrut (una especie de repollo fermentado en salmuera) para almorzar.

Cuando el doctor Kiltern y el agente de policía Bitterman regresaron a la ciudad, Hollman estaba aún esperándolos en la comisaría.

"Bien, doctor, ¿cuál es el resultado de su investigación?" preguntó Hollman sentándose en una de las salas de entrevistas. "Tome asiento," agregó señalando una silla al otro lado de la mesa.

"De acuerdo, sargento Hollman, por supuesto, no estaré absolutamente seguro de mis hallazgos hasta que no realice algunas pruebas, usted entiende, pero le puedo decir esto: todos los restos que encontramos en los tres sitios son definitivamente humanos."

"¿Puede, quizás, darme una descripción de lo que usted encontró en el hoyo que cavó el perro?"

El doctor Kiltern asintió. "Había dos conjuntos de pulmones –dos pares de cada órgano concretamente- pulmones, bazo, estómago, intestinos, genitales…"

"¿Eran ellos órganos de hombre o de mujer?" preguntó Hollman.

"Uno de cada uno realmente," el doctor asintió, acariciándose su bigote en forma de U invertida.

"Entonces, ¿me está diciendo que un hombre y una mujer fueron asesinados en ese claro del bosque?"

"Sí, estoy completamente seguro que eran solamente dos –tan lejos como pudimos ver hasta que tuvimos que salir; estaba ya demasiado oscuro para investigar algo más."

"¿Tuvo oportunidad de mirar entre las cenizas antes de salir?"

El doctor asintió de nuevo. "Sí, lo hicimos. Y había definitivamente algunos pedazos de hueso más largos y dientes chamuscados entre las cenizas. Infortunadamente, no nos será posible hacer ninguna identificación a partir de ahí, ya que estos parece que fueron extraídos del cráneo antes de ser incinerados."

Hollman miró a Bitterman quien estaba recostando su espalda contra la pared –sus brazos cruzados sobre su pecho. "¿Qué piensa usted, detective?"

"Bueno, señor, no sé si tendremos suficientes evidencias para formular cargos contra alguien si no podemos hacer una identificación definitiva."

"Oh, pero hay otras formas de identificar un cuerpo," interrumpió el doctor Kiltern, "además de un conjunto de dientes."

Los ojos de ambos, Holman y Bitterman, miraron al doctor.

La cabeza de Kiltern se movió hacia arriba y hacia abajo. "Sí...,
usted sabe, cuando tenemos alguno de los órganos, podemos
determinar la edad, la estatura y el sexo de la víctima; y después
podemos decirle a usted cuál fue su última comida y aún determinar
la fecha de la muerte a partir del contenido de su estómago. Aparte de
esto, si encontramos cabello o aún ropa –tal como tenemos en este
caso- podríamos determinar si la víctima provenía de una familia
adinerada o era un vagabundo sin techo."

"Y a partir de ahí, podríamos reconstruir los últimos movimientos
de la víctima y correlacionar esto con nuestro registro de personas
perdidas o con las últimas investigaciones de homicidios, ¿es eso lo
que usted quiere decir, doctor?"

"Si, sargento. Yo sé que no es muy frecuente que usted solo
encuentre partes de un cadáver o aún, que no encuentre ningún cuerpo
durante una de sus investigaciones, pero la patología moderna ha
avanzado mucho desde que se podía identificar sólo a partir de las
huellas o la carta dental."

Unas tres semanas más tarde, después de que el doctor Kiltern
había completado todos los posibles exámenes a los restos que él y el
agente de policía Bitterman habían encontrado en la escena del
crimen, Hollman había recopilado un reporte que había llenado, junto
con la oficina de la Policía Federal un par de días después. Hollman
había determinado que Gertrude Lowden y Hans Wilhelm habían sido
asesinados aquel fatal lunes cuando Hedwig von Strom supuestamente
había llevado a la pareja a la estación del tren de Augsburgo.

Armado con una orden de cateo a las instalaciones del local de la
carnicería, ellos no tuvieron problema para localizar las restantes
salchichas del primer refrigerador y, con la asistencia del doctor
Kiltern, determinar que la carne que ellas contenían era
definitivamente carne humana.

Detenido para un interrogatorio más a fondo antes de que una
orden de arresto pudiera ser expedida por la Policía Federal, Hedwig
se resignó a su destino y confesó que él, en efecto, había matado a los
dos traidores. "Ellos traicionaron mi confianza," se mantenía
repitiendo después de cada pregunta.

Capítulo Once

Trio

Mientras subía para ver a Tiffany, Alan pensó que él debería haberle preguntado a Jean-Pierre si ellos tenían un fotógrafo para sus shows abordo. La tripulación en los cruceros alrededor del mundo era más que adecuada para el número de pasajeros, pero aunque la compañía no permitiría un fotógrafo casual abordo en tan lujosa embarcación (o en ninguna de sus líneas por si acaso), Alan se preguntaba si había una persona asignada a tomar fotos promocionales del teatro o del espectáculo de mujeres. No era que estuviera interesado en esa clase de fotos; la persona que las tomara podría tener conexión con un laboratorio que pudiera ampliarle las fotos del medallón. Y él no quería esperar nueve meses para tener una respuesta.

Tan pronto las puertas del elevador se abrieron, Alan vio una pequeña tropa de niños caminando alrededor del patio de recreo más cercano dentro del pasillo de cubierta.

"Oh, hola, Doc," dijo Tiffany alegremente cuando lo vio plantado al lado del ascensor. "Permíteme llevar estos niños a la caja de arena…, y luego estaré contigo."

Alan solo sonrió y la miró caminando delante de los emocionados chicos. *Ese pequeño trasero de ella luce delicioso aun con uniforme*, pensó, recostándose contra la pared. *Quizás la escoltaré a su cabina después de cenar…*

"Bien, aquí estoy," dijo Tiffany, todo sonrisas cuando regresó. "Entonces ¿Qué tienes a tu favor, Dr. Mayhew?"

Alan sonrió, separándose de la pared. "Sólo que tengo unas ansias súbitas de un delicioso beso…"

"¿Es por eso que viniste a visitarme?"

Alan sacudió su cabeza. "No." Se rio. "Pero sin embargo no seré capaz de contenerme de besarte a la primera oportunidad."

"Entonces, ¿eso significa que has cambiado de parecer acerca de tener la cena en tu cabina…?"

"Negativo en eso, señorita Sylvan. Aunque pensaba escoltarte al tuyo esta noche," dijo Alan, bajando su voz hasta un mero susurro cuando vio algunos pasajeros caminando sobre el pasillo. "Ven conmigo por un minuto," agregó, cogiendo a Tiffany por el brazo y guiándola amablemente alrededor del patio de recreo.

Tiffany conocía a Alan demasiado bien para no hacer preguntas bajo esas circunstancias. Una vez fuera de la caja de arena, vigilando a los niños –los cuales estaban suficientemente bullosos para cubrir sus voces- preguntó, "¿traes tu teléfono satelital contigo?"

Tiffany volteó a mirarlo. "Hoy no, ¿por qué?

"Dos razones; una es porque he notado que nuestro capitán de tripulación tuvo sus ojos puestos en mí cuando yo te miraba esta mañana en el vestíbulo,"

"Pero…"

Alan sacudió su cabeza. "Por favor, Tiff, sólo escucha por un minuto." Ella agachó su cabeza. "Él es un hombre astuto –esa es la forma en que él me ve a mí, de todas formas- y él sabe que he movido algunas influencias para que tú lograras este trabajo." Tiffany asintió, sin mirar a Alan. "Y la segunda razón es porque tenemos un dispositivo en este barco que permite a ciertos oficiales interceptar las conversaciones telefónicas en caso de emergencia."

"¿Quieres decir que Gromwell podría espiarnos? Pero eso es indignante…"

"Sí, eso es exactamente lo que pienso y es por eso que te pedí que cargues tu celular contigo todo el tiempo."

"De acuerdo, lo tomaré cuando vaya a cambiarme para la cena de la noche. ¿Qué más? Quiero decir, ¿qué pasó esta mañana que deseabas hablarme acerca de algo cuando me llamaste?"

"He recibido un medallón de manos del Dr. Zetisman esta mañana…"

"¿Un medallón?" exclamó Tiffany, con los ojos abiertos. "¿Qué demonios estaría él haciendo con un medallón? ¿Y por qué te lo daría a ti?"

Alan sonrió. "Que él me diera a mí el pendiente no fue lo más extraño; fue lo que contenía el medallón lo que atrajo mi atención."

"¿Qué fue eso?"

"Dos viejas fotos."

"¿De quién?"

"Una era de nuestra querida señora Brightman y la otra era de nuestro capitán de tripulación –mucho más joven, imagínate."

"¿Me estás tomando el pelo? ¿Quieres decir que esos dos están relacionados de alguna manera? Alan asintió. "¡Increíble!"

"Bueno, eso no es tan increíble como la forma en que el pendiente llegó a las manos de nuestro querido doctor Zetisman."

"Qué, ¿lo robó el de la nuca de Gromwell? No estaría sorprendida si lo hizo," declaró Tiffany, sonriendo mientras imaginaba a Zetisman arrancándolo de la nuca de Gromwell.

"No, para nada. Él lo encontró en el bolsillo frontal de una de sus maletas cuando desempacaba –o al menos esa fue la historia que me dio."

Tiffany pareció pensativa por un momento.

"¿Sabes Alan?," dijo después, "quizás alguien no quería que el pendiente fuera encontrado consigo cuando pasara a través del detector de metales y lo deslizó en el bolsillo de su maleta…"

"Sí, esa es una posibilidad, pero en ese caso no podría haber sido Gromwell –porque él pudo haber abordado el barco sin ser escaneado para nada." Hizo una pausa por un momento. "Aunque pienso que esa es una pista que vale la pena investigar. Sugeriría que alguien más tiene una conexión con esos dos –Gromwell y Brightman- y que esa persona está a bordo de este barco."

"¡Hola doctor!" Una pequeña vino gritando cuando lo vio detrás de la puerta que la separaba a ella del pasillo.

Alan se agacho para estar a su altura. "Hola, Annie, ¿cómo estás? ¿Más problemas en tu barriguita?"

"Oh no, mami dijo que no tendré más dolores de estómago ahora que estoy tomando algunas píldoras."

"Oh que bien. Pero espero que vendrás a visitarme sólo para saludarme con tu mami de vez en cuando, ¿lo harás?"

Annie asintió y pronto regresó a jugar con sus amigos.

"¿Es esa la misma Annie Galbraith del correo electrónico que recibiste en San Francisco antes de salir? Preguntó Tiffany.

"La misma. Y adivino que no le dará sus dedos a su madre para que ella los chupe muy pronto."

Riendo en forma silenciosa, ambos dejaron a los niños y regresaron al elevador.

Tiffany estaba esperando a Alan al frente de las puertas del restaurante cuando él llegó a las 7:00 pm en punto. Alan suspiró cuando la vio. Una vez más tenía que preguntarse dónde había guardado ese vestido tan hermoso. El vestido de lamé no hacía más que resaltar su curvilínea figura. Vestida de azul, su tono de piel y esa tornasolada ropa sólo hacían que su sedoso y ondulado cabello brillara aún más.

"Señorita Sylvan, luce usted verdaderamente radiante esta noche," susurró Alan cuando estuvo lo suficientemente cerca de ella. "¿Entramos? Preguntó después empujando la doble puerta para ella. "¿Has visto a Jean-Pierre o a Babette mientras me esperabas?"

"No he visto ni piel ni cabello de ellos," respondió Tiffany, sonriendo ante la aproximación del jefe de meseros.

"¿Una mesa para dos?" preguntó él.

"No, gracias. Seremos cuatro para cenar," respondió Alan, "¿Tiene usted una mesa lejos de la multitud, quizás?"

"Ciertamente, Doctor, por este lado…" dijo el Maître, encabezando la vía hacia una mesa cerca de las ventanas pero en un rincón solitario de un restaurante bastante grande.

"Esto será perfecto," dijo Alan, arrastrando una silla para que Tiffany se sentara. "Gracias."

En tal lujoso crucero, el menú cada noche era diferente y prometía estad delicioso –tal como eran las comidas invariablemente. Alan estaba contento de ver que tenían multitud de platos vegetarianos en la lista del menú. Esta noche él ya sabía que los espárragos, los langostinos y la salsa holandesa iban a ser unas de sus escogencias, aun cuando eso no era definitivamente vegetariano. Mientras para Tiffany, ella pensó en pescado –mero por ejemplo- sería una excelente opción para una comida en la noche. Ella odiaba comer mucho en la noche, lo que probablemente era una de las razones por las cuales conservaba una buena figura y tenía una salud perfecta.

Cuando estaban aún leyendo detenidamente el menú, escucharon a Babette antes de verla. "Mi Dios, ¡ustedes dos! Podría haberme gastado la noche entera buscándolos si no hubiera sido por nuestro excelente jefe de meseros que me dijo dónde estaban escondidos."

Sin darle tiempo a Alan de pararse a arrastrar una silla para ella, Babette tomó asiento diagonalmente a Tiffany y Alan. "Gracias," le dijo al maître quien le entregó el menú. "Entonces, ¿cómo pasaron su primer día?" Miró a Alan, "¿algunos enfermos ya?"

Alan tuvo que reír ante la franqueza de la pregunta de Babette. Negó con su cabeza. "Si el clima se mantiene, no debería ver a nadie en la enfermería por un tiempo, no."

"Quieres decir, aparte de nuestro amigo el Dr. Zitsman…"

Tiffany soltó la carcajada. "Quieres decir Zetisman, ¿verdad?"

Babette levantó una ceja, una sonrisa adornando sus labios. "No-no, mi querida, como le dije a Alan esta mañana, el hombre es tan insoportable como un grano en la mitad de mi frente –por consiguiente el nombre."

"Bueno, debo admitir que es todo un personaje…" interpuso Tiffany.

"Oh, pero él es mucho más que eso. He estado escarbando un poco en el pasado de nuestro doctor Zitsman mientras miraba algunas otras cosas en la Internet hoy, ¿y saben que encontré? Dejó la pregunta flotando en el aire, mirando a Alan y a Tiffany alternadamente –una mirada desconcertada en sus caras. "Bien, ¿sabían ustedes que él vivió y practicó en Alemania por un tiempo?"

"¿Dónde en Alemania?" preguntó Alan, súbitamente más interesado en ese bocado de información. "¿Así que fue un médico allí?"

La cabeza de Babette se meció de lado a lado. "No. Pero él es de Augsburgo en Bavaria. Su doctorado honorífico es de una universidad en los Estados Unidos. Aparentemente él les ayudó a recolectar tanto dinero en su recaudación de fondos corporativa, que ellos le dieron el doctorado honoris causa en Ciencias de los Negocios."

"¿Cómo descubriste eso?" preguntó Tiffany. "No sabía que la Internet podía ser tan profunda en el historial de las personas."

"Oh, pero así es, Tiffany. Ya ves, cuando algo interesante te ocurre a ti o experimentas algo de interés periodístico, estás destinado a tenerlo publicado en una u otra forma por testigos del evento."

"Bueno, entonces dínoslo, Babette. Difícilmente puedo soportar la intriga," presionó Alan, sabiendo completamente que su dramaturga favorita amaba ser persuadida para revelar sus pequeños secretos.

"Bueno…, nuestro 'doctor' lo estaba haciendo aparentemente bien –vendiendo seguros y otras negocios de empresa- hasta el día en que se encontró con un extraño accidente que lo dejó completamente herido y aparentemente loco."

"¿Quieres decir que sufrió una lesión cerebral o algo parecido?" preguntó Alan.

"Uno pensaría eso, me supongo, pero el artículo no da ningún detalle sobre el tipo de lesión o el consiguiente trauma. Solo decía que él tuvo que cerrar su negocio y desde entonces empezó a viajar por el mundo con el dinero del arreglo que obtuvo de la compañía de seguros."

"¡Guau! ¡Debe haber sido tremendo arreglo!" exclamó Tiffany en tono un poco más alto de lo que ella quería.

"Quizás no es un arreglo para nada," subrayó Alan pensativamente. "Quizás está chantajeando al conductor o a la persona que causó el accidente."

"Sí, es lo que yo pensé, también," agregó Babette. Pero si este es el caso, ¿quién tendría que perder tanto para permitir que esto continuara por tanto tiempo?"

Por supuesto la pregunta tenía que ser hecha. "¿Hace cuánto que esto sucedió?" Preguntó Alan.

"En los años noventa, si bien recuerdo la fecha del artículo."

Tiffany agregó: "Y quién sabe qué clase de póliza de seguro había arreglado para sí mismo, estando metido en el negocio."

"Oh, hola todo el mundo," cortó Jean-Pierre, cuando llegó a la mesa. "Lo siento por llegar un poco tarde, pero tuve que arreglar ciertas cosas para nuestro capitán de tripulación."

"Por nada, Jean-Pierre, siéntate por favor y relájate," invitó Alan. "No hemos ordenado nada aún." Miró al maître significativamente.

"Su mesero estará con ustedes pronto, Doctor," respondió este último, alejándose.

Jean-Pierre tomó un asiento al frente de Babette y le dirigió una conspiradora mirada.

"¿Dijiste que tuviste que *arreglar* algo para el capitán Gromwell?" Babette mordió el anzuelo. "Por favor, cuenta señor Simmons, hazlo…"

Jean-Pierre se rio alegremente, desenvolviendo su servilleta y extendiéndola sobre sus rodillas. "Bien, señorita Babette, parece que nuestro capitán de tripulación está muy interesado en el espectáculo de las chicas –y en alguno de los hombres que bailan en el show, también- y él me pidió que dispusiera una reunión con una de las chicas y uno de los hombres después del espectáculo de esta noche…"

Alan se reacomodó en el espaldar de su silla y lanzó un suspiro de preocupación.

"Yo sé, yo sé doctor, esta clase de cosas se supone que no deben pasar, pero el capitán de tripulación Gromwell me dijo que sólo deseaba entrevistar estas dos personas para cierta clase de sketch satírico que tenía en mente…"

"¿Y tú le creíste?" Preguntó Babette, abriendo sus grandes ojos.

"Por supuesto que no. Pero yo no soy quien para estar yendo contra los requerimientos del capitán de tripulación, cuando el *solamente desea una reunión* con los miembros del elenco después del espectáculo, ¿de acuerdo?"

Alan asintió. "Pero me gustaría sorprender al hombre en el papel que sea que le toque jugar en este sketch –esto daría para una interesante foto para la campaña publicitaria corporativa, ¿no creen?"

"Ya puedo leer los titulares," saltó Babette, 'Trío a bordo de la Duquesa.' Se rio tontamente ante esa idea. "¡Me atrevo a decir que sería uno muy bueno!"

Eran cerca de las 8:30 cuando Jean-Pierre se excusó y dejó la mesa para ir al teatro y estar listo para el show de la noche. Le había dado a Alan el nombre del fotógrafo que podría estar dispuesto a ayudarlo, aunque éste se uniría al crucero mucho más tarde. Alan decidió ver si él podría escanear las fotos en la oficina de administración y enviárselas en un email… Aunque, no era aficionado a envolver mucha gente en esta pequeña investigación.

Mientras todos estaban saboreando su café, Babette dijo, "noté que no le mencionaste lo del medallón y sólo le preguntaste a Jean-Pierre acerca de ampliar fotos, ¿a qué se debe eso?"

"Sólo porque nuestro director de entretenimiento parece estar en la vista de nuestro capitán de tripulación y no quiero poner en peligro su puesto en este momento."

"¿Entonces él está peligrando su trabajo si no hace lo que el capitán Gromwell le pide?" inquirió Babette, agitando su cuchara en su capuchino.

"No iría tan lejos como eso, pero no quiero revelar nada más de lo que debo."

"¿Qué pasa con la conexión entre el pendiente, Zetisman y nuestro capitán de tripulación?" Preguntó Tiffany. "Debe haber alguna, ¿no creen?

"Sí, mi querida, diría definitivamente que sí," respondió Babette antes de que Alan pudiera decir algo. "Mira, acostumbro a imaginarme escenas en mi cabeza; aunque esto no sería ficción, tengo algo en mente…" hizo una pausa ante la mirada curiosa de los compañeros. "Digamos que por alguna extraña coincidencia nuestro doctor Zitsman llegara a tener el medallón en su posesión y él tuviera alguna información acerca del pasado de Gromwell. Algo desagradable asumiría yo –algo ciertamente relacionado con las actividades criminales de la señora Brightman- y ya que él no desearía que el medallón fuera encontrado consigo, si nuestro señor Gromwell tuviera contacto con él en alguna forma, él te lo daría a ti Alan para salvaguardarlo."

"Pero ¿por qué Zetisman se arriesgaría a ser descubierto viniendo a bordo del mismo barco de su chantajeada víctima?" Preguntó Alan, cruzando sus brazos sobre su pecho.

"Confrontación, Alan. Tan loco como es él, Zitsman no puede resistir ver a su presa desmoronándose ante su presión…" Babette paró de hablar y sacudió su cabeza. "De cualquier forma, todo esto son conjeturas de mi parte; realmente debería dejar de tejer hilos que no conducen a nada."

Capítulo Doce

Una bandada de cuervos

Ya que asumían que el capitán de tripulación Gromwell estaría ocupado por un tiempo con sus invitados, Alan y Tiffany decidieron tomarse una tarde de relax juntos en la cabina de ella. Bajándole el cierre de su vestido y dejándolo caer al suelo, Alan envolvió sus brazos alrededor de su sensual cuerpo mientras la besaba fervientemente. No era sexo lo que los conducía a ellos a desearse mutuamente, era un profundo e insaciable amor, dedujo Alan. La condujo delicadamente a su lecho y apagó la lámpara de Tiffany sonriendo. La acarició y la recostó contra las suaves cobijas. Respondiendo a sus caricias, ella frotó su espalda mientras gemía dulcemente con impaciente placer. Sus pechos se sentían suaves, sus labios deliciosos como cerezas en la primavera –Alan no pudo esperar- la penetró con tan electrizante éxtasis que duró hasta que Tiffany arqueó su espalda cuando ambos alcanzaron un excelente clímax.

Agotado y recobrando su aliento, Alan yació sobre ella por un momento antes de dejarse rodar a un lado. "Estás muy buena –te sientes magnífica, Tiff," le murmuró en el oído.

Ella sonrió y giró su cara hacia él. "Y tú, doctor, has realizado una excelente operación esta noche." Acarició su barba. "¿Te la afeitarás siempre?" Preguntó inesperadamente.

"Tú sabes la respuesta a eso, ¿verdad?"

"Solo preguntaba. Porque no desearía ser sorprendida, despertándome un día con un hombre extraño, con barba afeitada acostado a mi lado," se burló.

Jean-Pierre estaba en la parte de atrás del teatro, sus brazos cruzados sobre su pecho mientras sonreía a Iván, el comediante, recitando el último de sus chistes.

"'…y tú has escuchado acerca de un hato de reses, ¿verdad?'" preguntó el hombre.

"'Por supuesto,' dijo George."

"'¿Y de una bandada de gansos?'"

"'Seguro, y de un parlamento de búhos también…, y de una bandada de cuervos y aún de una multitud de palomas.'"

"'Sí, pero ¿qué pasa con los babuinos?, ¿Cómo llamas a un grupo de babuinos?'"

"George miró al otro hombre y frunció el ceño. 'Ni idea,' le contestó."

"'Bueno, sabes que ellos son los más bullosos, los más peligrosos, los más ofensivos, los más brutalmente agresivos y menos inteligentes de todos los primates. Entonces ¿cómo los llamarías?'"

"George se quedó mirándolo fijamente. 'Realmente no lo sé.'"

"El hombre sonrió. 'Ellos son llamados ¡un congreso de babuinos'!"

Iván hizo una pausa hasta que la audiencia paró de reír y de aplaudir.

"...y después, dijo George, '¡imagino que prácticamente eso explica las cosas que salen de Washington!' Gracias damas y caballeros; ustedes han sido una magnífica audiencia," gritó Iván sobre una oleada de descomunales aplausos, haciendo reverencia varias veces al público.

Hans Gromwell entró al teatro cuando los aplausos amainaban y fue al asiento del lado de Jean-Pierre.

"¿Cuánto tiempo falta para que ellos estén listos?" preguntó Gromwell.

"Ellos deberían estar saliendo tan pronto como el teatro esté vacío," respondió Jean-Pierre, conservando su mirada en el escenario.

"Bueno, entonces, señor Simmons, por qué no desaparece que yo me encargo desde ahora," dijo el capitán de tripulación, sin voltear a mirar al director de entretenimiento él tampoco.

Asintiendo, Jean-Pierre pasó en frente de Gromwell y se dirigió hacia la entrada principal. Aunque Gromwell le había dicho que los dos miembros del elenco estarían probablemente de regreso antes de que la próxima cortina fuera levantada, Jean-Pierre había hecho ya los arreglos para que la línea del coro y el reparto de apoyo se realizaran con dos miembros menos. Tenía la corazonada de que Gromwell demoraría a sus invitados mucho más de media hora.

Mientras caminaba cruzando el vestíbulo, el cual estaba casi vacío por entonces, notó a un hombre de cabello rubio merodeando por la recepción. Jean-Pierre no le prestó mucha atención excepto al hecho de que usualmente un hombre apuesto no iría solo al espectáculo. Encogió los hombros ante la idea y presionó el botón de llamada del ascensor. Sólo tenía el tiempo justo para tomar un café antes de retornar al escenario para el próximo show.

Una vez las puerta del elevador se habían cerrado ante Jean-Pierre, Kurt Schippman fue a sentarse en uno de los mini-salones que rodean el vestíbulo, cogió una revista mientras se aseguraba que su línea de visión estuviera focalizada en las puertas del teatro. No tuvo que esperar mucho tiempo hasta que Gromwell salió con un hombre y una mujer que parecían estar disfrutando mucho de su conversación, a juzgar por la hilaridad entre ellos y la alegre expresión de sus rostros.

Cuando Kurt regresó a su cabina, escribió un correo electrónico a su contraparte en la Policía Federal de Berlín.

Señor, Observé a Gromwell salir del teatro con dos miembros del elenco. Sin duda iban a pasar una noche de placer. El director de entretenimiento está seguro por el momento. Continuaré observándolo. El Dr. Mayhew en peligro. El Dr. Zetisman descendió a la enfermería –no pude escuchar la conversación. Visitaré la oficina del Doc esta noche –Próximo reporte mañana.

Para Wiedersehen

Yendo hacia su camarote y pasando en frente de su oficina, Alan paró en seco cuando vio una tenue luz intermitente a través del agujero de la puerta de la enfermería. Por un momento no pudo entender de qué se trataba. *Es alguien tratando de abrir la caja fuerte*, fue su primera idea. Llamar a seguridad no estaba dentro de su baraja –habría tenido que revelar (y discutir) su conversación con Zetisman, sus creciente sospechas acerca del capitán de tripulación- no, definitivamente esa no era una opción que él debería contemplar en ese momento. Luego pensó en colarse y capturar a la persona en el acto. *No, esa no era un sabio movimiento tampoco.* Pero obviamente quería descubrir quién estaba hurgando en su oficina. Definitivamente decidió esperar en la sombra de las escaleras cercanas a que el individuo saliera del lugar. No pasó mucho tiempo hasta que vio lo que parecía un hombre vestido con una sudadera y su cara parcialmente cubierta con una capucha. No lo reconoció pero se preguntaba qué podría haber estado haciendo en su oficina.

Esperó debajo de las escalas hasta que el hombre se hubiera ido hacia abajo a cubierta y entrara a uno de los cuartos adyacentes –no al camarote. Cuando abrió la puerta de su oficina y encendió la luz, se sorprendió al ver que nada había sido alterado en ninguna forma. Cada cosa estaba como él la había dejado esa tarde. Con paso largo entró a la bodega y se agachó a mirar la caja fuerte –esta tampoco había sido tocada aparentemente. Antes de abrirla, sin embargo, tomó un par de guantes de caucho de una caja que había en una repisa y giró la perilla hasta que pudo abrirla. Miró adentro –los frascos de droga controlada estaban todos allí, por lo que pudo ver por encima, los permisos y licencias parecían no haber sido movidos y el sobre que contenía el pendiente con su cadena estaba allí también. Encogió los hombros antes de cerrar la caja fuerte y regresó a su escritorio. Se sentó y abrió uno a uno todos los cajones –nada había sido tocado y nada estaba fuera de su lugar. Permaneció allí sentado por un momento meditando. *¿Qué querría él allí?* Se preguntaba. *Nada había sido robado, nada removido ni movido –entonces, ¿a qué vino este individuo aquí?*

Encogiendo los hombros se paró, caminó hasta la puerta y examinó la cerradura. Una sonrisa cruzó sus labios –había pequeños rasguños a su alrededor. La cerradura obviamente había sido forzada. Por lo tanto, no fue Evelyn quien había entrado, pensó –ella, la seguridad y el capitán de tripulación eran las únicas otras personas que tenían una llave de la enfermería, y ellos no hubieran estado husmeando alrededor con una linterna. Aunque sabía que un extraño había irrumpido en su oficina, se preguntaba, por enésima vez, quién podría ser y por qué. *No podría haber sido Gromwell,* supuso, *el hombre estaba ocupado en alguna parte, además, el hombre que él vio saliendo de allí era mucho más bajo y no tenía la contextura de un buey.*

Alan entonces salió, cerró y aseguró la puerta y decidió "consultarlo con la almohada", si eso era posible. Infortunadamente, sabía que no cerraría un párpado mientras no descubriera por qué alguien había entrado.

Capítulo Trece

Un caso de traición

"Los traidores no deberían vivir," decía Hedwig cuando le preguntaban en su juicio.

"¿Y usted cree que Hans Wilhelm y Gertrude Lowden eran traidores?" Le preguntaba el fiscal.

"Por supuesto que lo eran. Ellos traicionaron mi confianza, y si alguien traiciona mi confianza y mi amor –como lo hizo Gertrude– merece morir."

El fiscal asintió. "Y si usted se enamorara de alguna otra persona en el futuro, y si esa persona lo *traicionara a usted* demostrando su amor por otro hombre, ¿entonces usted también la mataría?"

"Naturalmente," Exclamó Hedwig sin rodeos, mirando abajo a su padre, quien estaba sentado en la fila del frente de la sala de la corte. "Cuando un macho cabrío se atreve a entrometerse con el rebaño de otro, tendrá que pelear con el otro macho hasta que uno de los dos muera…"

"Y usted piensa que Hans Wilhelm era un macho cabrío entrometiéndose en su terreno, ¿no es así?"

"Sí señor, así fue. En efecto, él estaba tomando la única mujer que yo deseaba y amaba. ¡Él tenía que morir!"

"Ya veo," dijo el fiscal, bajando su mirada hacia el papel de trabajo encima de la mesa al frente de él. "Y usted presenció ese *asalto* sobre la señorita Lowden, ¿verdad?"

"Se lo aseguro –justo en frente de mis ojos lo hicieron– sí."

"¿Por qué entonces usted no confrontó a ese *macho cabrío* y peleó con él allí?"

"Porque él era un hombre pequeño y debilucho que no hubiera tenido ninguna oportunidad contra mí."

"Pero ¿no era ese el objetivo? – ¿vencerlo por haber tomado su novia?"

Hedwig sacudió su cabeza vigorosamente. "No señor. Si yo lo hubiera noqueado allí, él se hubiera recuperado o Gertrude hubiera escapado y le hubiera dicho a sus padres lo que había pasado, y yo quería cometer con ellos un asesinato limpio, tal como mi padre me enseñó."

"Entonces, señor von Strom, ¿admite usted haber planeado la muerte de Hans y Gertrude, no es así?"

"Sí señor, lo admito. Los respeté a ellos como lo hubiera hecho con los animales. Pero ellos fueron traidores, y merecían ser castigados por su traición."

"Y si es así, señor von Strom, ¿por qué no se declara usted culpable y nos ahorra el problema de ir a un juicio?"

"Yo no soy culpable de matar gente buena –soy inocente porque sólo he matado a dos que se merecían morir."

"Gracias, señor von Strom," concluyó el fiscal antes de voltear a mirar al juez. "Eso es todo lo que tengo por el momento, su señoría. Gracias."

Habiéndose declarado no culpable por razones de deficiencia mental, cuando el jurado entregó el veredicto de "culpable de todos los cargos", Hedwig fue sentenciado a 25 años en una institución mental localizada en el norte de Alemania cerca de Hamburgo.

El último día del juicio, el detective sargento Hollman salió de la corte en compañía de su hijo, Walter Hollman Junior. Por aquel entonces de veinte años de edad, Walter era la fiel imagen de su padre. Había terminado la secundaría, graduándose de primero en su clase dos años antes y ahora estaba tomando cursos de Criminología Europea en la Universidad de Hamburgo. Su objetivo era entrar a la Oficina de Investigación de la Policía Federal en Berlín tan pronto como una posición en el departamento internacional estuviera vacante. Lejos de estar acostumbrado a que su padre le pidiera asistir a un juicio, Walter había aceptado venir desde Hamburgo ante la insistencia de su progenitor.

"¿Ahora sabes por qué te pedí que asistieras a este juicio, hijo? Preguntó el señor Hollman.

"Supongo que sí, papá," respondió Walter.

"Y ¿cuál es esa razón entonces?"

"En parte porque es bueno para mí ver lo que pasó a un acusado después de haber sido arrestado por ti…"

"¿Y?"

"¿Porque tú piensas que ese individuo se escapará a la primera oportunidad…?

Hollman sénior se paró en medio del pasadizo y giró su cara hacia su hijo. "No Walter. Ese hombre ha sido sentenciado a 25 años en una institución mental cuando él debería haber sido enviado a prisión. Él no está loco. Está probablemente más sano que tú y yo juntos. En efecto, yo diría que Hedwig von Strom es extremadamente inteligente. Y al final de su sentencia, lo hará otra vez. Estoy seguro de eso."

"¿Por qué dirías eso?"

"Simplemente porque he visto esta clase de crímenes ser perpetrados repetidamente por delincuentes que pueden burlar el sistema una y otra vez. Tengo la corazonada de que Hedwig será un prisionero modelo –o paciente diría yo- y tan pronto él sea liberado, se tomará en sus manos el derecho de corregir todos los errores de la sociedad."

"¿Tal como lo hizo con sus amigos?" Preguntó Walter.

"Exactamente. Nada lo convencerá de que él fue culpable de algo. No ha mostrado remordimiento, y continuará reclamando su inocencia mientras viva."

"¿Entonces piensas que oiremos hablar de él cuando salga?"

"No Walter, -yo no, pero tú lo harás. Si te gradúas, de lo que no tengo dudas, y luego vas a la academia, pronto escucharás rumores de un asesino serial suelto en alguna parte de Alemania."

"¿Piensas que él permanecerá en el país entonces?"

Hollman sénior miró a su hijo interrogante. "¿Crees que iría a otro sitio?"

"Sólo estoy recordando el reporte que me hiciste leer cuando me pediste que viniera…"

"¿Me perdí algo?" Preguntó el detective Hollman, cavilando acerca de qué podría haber pasado por alto.

Walter sacudió su cabeza. "Pienso que no, papá. Es solo una frase que se me fijó en mi mente desde que leí el reporte. Cuando le preguntaste a Hedwig en primera instancia –cuando fuiste a la tienda de su padre- él dijo algo al respecto que nunca había estado fuera de Alemania y sonaba muy envidioso de que Gertrude y Wilhelm hubieran escapado a Hamburgo."

"¿Y piensas que eso es una seña de lo que vendrá?" preguntó el señor Hollman.

Walter asintió mientras continuaban su caminata hacia la salida del salón de la justicia.

"Sí papá. Después de escucharlo en la corte, y basado en tus comentarios acerca de su competencia mental, sugeriría que el hombre va a permanecer tan lejos de Alemania como él pueda, una vez que salga de la institución."

Ya que su tienda había sido cerrada durante la duración del juicio, el señor von Strom decidió no abrir sus puertas hasta tener tiempo de recobrarse del trauma de escuchar al juez leyendo la sentencia. Se culpó él mismo de haber criado a su hijo en la forma en que lo hizo. Si Hedwig nunca hubiera ido a cazar con él, nada de esto hubiera pasado, pensó. Las palabras "asesinato limpio" resonaban en su mente desde que él había escuchado a Hedwig pronunciarlas como parte de su excusa por la acción cometida contra Hans y Gertrude. Sin embargo, tenía que admitir que Hedwig había estado ansioso por ir a cazar, por descuartizar los animales con diestra precisión y por aprender rápidamente cómo preparar salchichas. *Hablando de eso,* reflexionó von Strom, *las salchichas alemanas no estarán disponibles de ahora en adelante en mi negocio. Nadie en su estado normal de conciencia compraría salchichas en esta tienda.*
Con estas ideas en su cabeza, fue a la cocina, se preparó algo de cenar y comió rápidamente frente al televisor. Cualquiera que fuera el programa, realmente no lo veía –tampoco lo escuchaba. Estaba perdido en sus pensamientos. Había perdido su deseo de trabajar, de hacer lo que él una vez amó, aunque no estaba a punto de cerrar su tienda. Él solo necesitaba algún tiempo fuera.
Al principio pensó que iría a Hamburgo a visitar a Hedwig y ver la institución en la cual él pasaría los próximos veinticinco años. Luego decidió lo contrario, por ahora. *Esa no es la forma de recobrarme de esta dura prueba,* concluyó, llevando su plato vacío al lavaplatos. Lo lavó y lo puso a un lado para que se secara. Luego giró y miró alrededor de la cocina como si la estuviera viendo por primera vez. Recordó el día en que él y Bernice habían comprado la casa y habían visitado el lugar. *Ella estaba embarazada entonces...* Otra vez, invadido por los tristes pensamientos de momentos pasados, el carnicero subió las escaleras y se dirigió a su alcoba. No quería estar solo. Movió negativamente la cabeza, se volvió a poner su chaqueta y corrió fuera de la casa como si algo lo estuviera persiguiendo. Cuando llegó al bar más cercano y otras personas se dieron cuenta quién había

traspasado el umbral de la puerta, un silencio palpable se sintió sobre los presentes.

"Bueno, todo el mundo," dijo el señor von Strom, dirigiéndose con paso seguro al mostrador, "yo sé que mi hijo es un hombre malo –y si no un hombre malo, al menos un criminal- pero yo no lo soy. Yo no maté a nadie y ustedes lo saben, ¿no es así?" Miró a su alrededor para ver a la mayor parte de los hombres bajando sus cabezas tímidamente. Luego miró sobre su hombro al cantinero. "Entonces, ¿quieres servirle a este cliente una cerveza?" le preguntó.

"De acuerdo, señor von Strom, lo haré," respondió el barman, vaciando un chorro dentro de un vaso grande, "y ustedes chicos…" gritó para que cada uno le escuchara, "mejor cuiden sus modales; ¡nuestro carnicero está aquí para quedarse!"

Todos a la vez continuaron sus temas y animadamente conversaron bajo la vacilante sonrisa del señor von Strom.

Capítulo Catorce

Un micrófono en la oreja

"Por dios, ¡no te muestres tan afligido!" dijo Tiffany una vez tomó asiento al lado de Alan en la cafetería del piso superior a la mañana siguiente. "¿Qué pasó?"

Alan miró abajo a la taza de café que tenía al frente de él. "No sé Tiff, alguien está detrás de mí"

"¿Qué diablos quiere decir con *detrás de ti*? ¿Quién está detrás de ti?"

"No lo sé…"

"Bien Dr. Mayhew, creo que mejor empiezas por el principio…" Tiffany miró arriba y lo palmoteó en su brazo. "Espera solo un minuto. Espera aquí. No te muevas ni un centímetro hasta que regrese con mi desayuno. Estoy hambrienta." Se puso de pie y se dirigió al asadero.

Había allí una valiosa muestra de salchichas, tocino, huevos, crepes y tortillas chisporroteando sobre la parrilla, al lado de la cual había también varias canastas de pan y gigantes tazones de cereales. Tiffany cogió una taza pequeña, la llenó con algunos de sus cereales favoritos, tomó una pequeña jarra de leche, colocó ambas cosas en una bandeja y después de servirse un vaso de jugo de naranja, se dirigió directamente al mostrador del expreso. Ordenó un café grande con leche y esperó, mientras le lanzaba intermitentes miradas al hombre que ahora llenaba gran parte de su vida.

Serpenteando su camino a través del siempre creciente número de pasajeros que invadían la cubierta en ese momento, Tiffany finalmente regresó a su silla y depositó la bandeja enfrente de ella. Vertiendo la leche en la taza de cereal, preguntó, "ahora sería un buen momento como para que me explicaras por qué piensas que *alguien está detrás de ti"* –se detuvo, con una cucharada de cereal frente a su boca- "¿Tiene esto algo que ver con lo del pendiente? ¿Con "el doctor Z"?"

Alan sorbió lo último de su café y después miró a Tiffany con indecisa mirada, "como te dije, no sé las respuestas a esas preguntas, Tiff. He estado devanándome los sesos, tratando de encontrar una respuesta a lo que pasó anoche una vez te dejé."

"¿Alguien te vio salir de mi camarote?" Preguntó Tiffany con un gesto de preocupación cruzando por su frente.

Alan agitó su cabeza. "No, fue cuando llegué, o estaba a punto de llegar a mi cabina que vi una luz en la enfermería…"

"¿Una luz…? ¿Fue Evelyn?"

"No, la luz venía de una linterna de viajero, la cual vi a través del agujero de la puerta cuando iba a mi cabina."

"¿Viste quién era?"

"De nuevo, no. Esperé a que el hombre hubiera hecho –lo que fuera que estuviera haciendo- y saliera. Usaba una especie de sudadera y una capucha sobre su cara, así que no pude ver quién era. Pero sé que era un hombre, a juzgar por sus zancadas cuando se alejaba de mí."

"Obviamente entraste a tu oficina después de eso," conjeturó Tiffany, tomando algo de jugo.

"Sí, lo hice, y por mi vida que aún no sé por qué él entró a la enfermería. Nada estaba fuera de su lugar. Tan lejos como pude ver, nada había sido tocado…"

"¿Qué acerca del medallón?"

"Ese fue mi primer pensamiento, pero la caja fuerte no había sido tocada –todo está aún adentro- incluyendo el pendiente."

"¿Revisaste el gabinete de la medicina?"

"Lo hice anoche, sí, pero le he pedido a Evelyn que vuelva a hacer un conteo de inventario esta mañana, aunque todas las drogas adictivas están en la caja de seguridad." Hizo una pausa y luego se puso en pie. "Conseguiré para mí algunas tostadas y un poco de café," dijo, con una tentadora sonrisa cruzando sus labios, "verte comer me produjo hambre."

Tiffany lo miró ir al mostrador, pensando –como lo habría hecho Alan durante las pasadas siete horas o algo así- en ¿qué desearía alguien de la enfermería, aparte de drogas?

"¡Yoo-hoo! ¡Yoo-hoo!" Tiffany escuchó una voz detrás de ella y se volteó a ver a Babette viniendo a su mesa.

"¿Cómo estás, mi querida en esta gloriosa mañana? Dijo Babette con su respiración ligeramente entrecortada. "Tú nunca adivinarías con quién me crucé esta mañana…"

"Buenos días para ti también," respondió Tiffany.

"¿Y dónde está nuestro buen doctor?" Los ojos de Babette escudriñaron el grupo de gente consiguiendo su desayuno cerca del asadero y el puesto del café. "Oh, allá está él... Espera para que él escuche esto..." Paró de hablar, su mirada se detuvo en la cara de Tiffany. "¿Qué pasa? ¿Hubo una tormenta en el mar anoche? ¿Me perdí de algo?" Puso una mano encima de la Tiffany. "¿Tuviste una pelea con Alan?"

Tiffany negó con su cabeza. "No-no, Babette, para nada. Es solo que alguien se introdujo en la oficina de Alan anoche y..."

"Se llevaron el medallón, ¿no es cierto?"

"No, realmente *ellos* –quienquiera que sea– no cogió nada, pero deja que Alan te contará todo acerca," agregó Tiffany viéndolo venir de regreso a la mesa.

"Hola Babette, ¿cómo estás?" preguntó al mismo tiempo, fingiendo buen humor.

"Yo estoy bien, gracias, pero justo escuché lo que pasaba, y que parece que alguien *está sobre tí*," dijo Babette con un tinte de preocupación en su voz.

"¡Eso es todo!" exclamó Alan a las dos sorprendidas caras que le miraban. "Nadie está *detrás de mí*, pero alguien está *encima de mí* – de nosotros realmente." Miró a Tiffany y a Babette alternadamente. "Miren, justo he recordado algo" –esparció algo de conserva sobre su tostada– "*¡el perro nunca ladró!*" Tomó un bocado de tostada y echó a reírse.

"¿Te has vuelto completamente loco?" preguntó Tiffany, sonriendo. "Hace diez minutos lucías como *un hombre muerto, desmoronándose* y ahora estás hablándonos acerca de un perro que nunca ladró."

"Espera Tiffany," interrumpió Babette, sonriendo. "Pienso que sé lo que Alan quiso decir. ¿Has leído algunos misterios de Agatha Christie por casualidad?"

"Sí, un poco de ellos... ¿Por qué?

"Bueno, en una de sus historias, el detective favorito de Agatha, Hercule Poirot, notó que el perro nunca ladró al criminal –por lo tanto, la víctima conocía la persona que entró a su casa y cometió el crimen."

Tiffany abrió totalmente sus ojos. "¿Sabes quién irrumpió en tu oficina entonces?"

Después de tragar un sorbo largo de café, Alan sacudió su cabeza. "No, Tiff. No es eso. Esa expresión –*el perro nunca ladró*– se ha convertido en una forma de dirección opuesta a lo que estás buscando como respuesta."

"¿Quieres decir, como buscar una pista en dirección opuesta…? Como generalmente un perro le ladra al intruso, pero en el caso de Agatha, hace lo contrario," preguntó Tiffany, aún desconcertada.

"Sí. En este caso, ya que nada fue tomado de mi oficina o de la caja fuerte, la persona que entró debe haber dejado algo en la enfermería."

"Exactamente," estuvo de acuerdo Babette. "¿Y qué piensas que el intruso pudo haber dejado en tu oficina?"

"No estoy seguro aún, pero ¿recuerdan ustedes cuando les dije que alguien más a bordo debe tener una conexión con nuestro capitán de tripulación?" Tiffany y Babette asintieron. "Porque el medallón no llegó por sí solo al equipaje de Zetisman, no estaría sorprendido si alguien quiere saber lo que yo sé acerca de Hans Gromwell."

"Oh Dios…," dijo Babette, "no me digas… ¿Estás pensando que el hombre plantó un micrófono en tu oficina?"

"Sí, eso es exactamente lo que yo pienso, mi querida Babette. Es la única cosa que tiene sentido."

"¿Lo vas a retirar si lo encuentras?" preguntó Tiffany, sorbiendo algo de su café.

"No." Alan meneó su cabeza. "Le alimentaré información al hombre y veré qué pasa."

"¿No crees que es un poco peligroso hacer eso?"

"Creo que no, Tiffany. Si queremos saber quién es él, esa es la mejor forma de hacer que muerda el anzuelo."

"Mientras estés seguro de no divulgar nada que te pudiera poner en peligro, entonces sí, suena como una buena idea," concluyó Tiffany.

Permanecieron en silencio por un momento y después Babette finalmente agregó, "¿Qué pasa si ese hombre está trabajando para Gromwell? ¿No pondría esto tu posición en peligro?"

"Buena pregunta," resaltó Tiffany.

"Pienso que Gromwell no es la clase de persona que haga eso –no soy sicólogo…"

"Oh, eso me recuerda algo," interrumpió Babette. "¿Saben ustedes a quién me encontré en el piso de la piscina esta mañana?" Tiffany y Alan intercambiaron una mirada de desconcierto al ver a Babette cambiar de tema intempestivamente. "¡a Susan Ashland!"

Las caras de sus acompañantes se encendieron. "¿Quieres decir que ella está en este crucero?" Saltó Alan, visiblemente sorprendido.

"¡Oh sí! Y ya que está en uno de sus embelecos de dieta otra vez, ella no se asomaría cerca de la comida esta mañana, o ninguna otra mañana me dijo, pero he organizado para encontrarme con ella más tarde en el Rincón de los Artistas…"

"No me digas que vas a comenzar a bordar," interrumpió Alan jocosamente.

"Bueno, es un pasatiempo verdaderamente relajante según me dijeron –y un buen rincón para chismosear si alguien está interesado en esa clase de cosas –pero no, nada de eso. Susan está realmente tomando una clase de pintura impresionista. Ella ha puesto los ojos en uno de los instructores…"

Alan no se pudo contener. "¡Oh no! ¡Otro marido no…!"

"No, no todavía, pero podríamos tener una boda a bordo de *la Duquesa*. Uno nunca sabe, ¿no es así?"

Capítulo Quince

Un medallón en mi bolsillo

Tan pronto abrió la puerta de su oficina, Alan fue a buscar a Evelyn a la bodega.

"Ah, ahí está… Tengo casi listo el inventario…"

Alan puso un dedo cruzando en sus labios y cogió a su enfermera por un brazo. Más curiosa que preocupada, Evelyn liberó su brazo de su agarre, asintió y lo siguió afuera, a la plataforma. "¿Qué pasa con todo esto?" preguntó, parándose a su lado.

"Pienso que nada de la enfermería ha sido tocado anoche; pero creo que alguien ha instalado un dispositivo de escucha en la oficina o en la bodega. ¿Has notado algo?"

"No. Bueno, no es que yo haya buscado algo como eso, no. Pero, dígame, ¿cómo llegó usted a esa conclusión?"

"Es porque *el perro nunca ladró…*"

Las cejas de Evelyn se alzaron. "¿Qué diablos…?"

"No te preocupes," Alan sonrió. "Si el hombre no tocó nada, creo que ha puesto algo en la oficina."

"¿Y qué va a hacer una vez encuentre el micrófono –o los micrófonos?"

"Nada Evelyn. Al menos nada aparte de entregarle información al hombre, lo cual debería conducir al hombre a descubrirse…"

"¿Desea confrontarlo?" Preguntó ella, con enfado aflorando a sus ojos. "Pero doctor, usted no sabe quién es ese hombre y detrás de qué está, y hasta que usted lo haga, le sugeriría que se mantenga bien lejos de él. Podría ser peligroso."

"Y ¿cómo propones que logre encontrarlo? No puedo simplemente ir a preguntarle a cada pasajero, *'¿irrumpió usted en la enfermería anoche?'*"

"No, pero usted sabe muy bien a que me refiero…"

"Sí, desafortunadamente sí. Y es por eso que quiero que él venga a mí, no ir yo a él."

"¿Buscaremos ese tal micrófono entonces?" Preguntó Evelyn.

Descruzando sus brazos de su pecho, Alan dijo, "por supuesto mi querida Evelyn, lo haremos ahora mismo." Extendió un brazo en dirección de la puerta de su oficina. "Y si queremos decir algo acerca del medallón, sólo asegurémonos de hablar de él tan casualmente como sea posible, ¿de acuerdo?"

Evelyn paró en seco antes de abrir la puerta. "¿Piensa que él sabe que usted lo vio anoche?"

"Sí, supongo que él lo sabe ahora, ya que expliqué la situación cuando vine antes a la oficina. Y si ha instalado un micrófono en la oficina, él escuchó decir que lo vi."

Evelyn asintió y precedió a Alan a la enfermería. La tarea no fue simple, lo cual condujo a Alan a pensar que quien quiera que hubiera plantado el micrófono era quizás un profesional –un espía. Sacudió su cabeza ante esa idea.

"Entonces, ¿no falta nada en el gabinete de la droga? Preguntó Alan en un momento dado.

"No doctor. He contado y recontado cada elemento y nada falta."

"Bueno, entonces, miremos dentro de la caja fuerte," sugirió Alan después de notar algo –un pequeño objeto redondo- debajo del borde la lámpara de su escritorio. *Esa es la trampa obvia,* pensó, *debe haber otro en cualquier otro lugar.*

Cuando se dirigían a la bodega, Alan le susurró en el oído a Evelyn, "encontré uno en la lámpara de mi escritorio."

Ella lo miró pero no dijo nada.

Alan abrió la caja fuerte y desenvolvió el medallón. Lo colocó en el bolsillo de su camisa y cerró la caja de seguridad nuevamente. "Bien," dijo, "es mejor devolverle el pendiente al doctor Zetisman. Sería mejor para él que le pidiera al capitán que lo guarde en su propia caja fuerte."

"¿Qué pasa con las fotos?; ¿todavía las quiere ampliar? Preguntó Evelyn.

Mirándola, se puso un dedo cruzando sus labios otra vez, se giró y apagó la luz dentro de la bodega. "Sí, pero creo que pasaré por la administración cuando vaya para el camarote de Zetisman y le pediré a una de las chicas usar un escáner para ampliar las fotos…" Mientras hablaba, observó un diminuto haz de luz intermitente debajo de uno de los estantes. Apuntó un dedo en esa dirección y dijo, "bueno, mientras estoy fuera, ¿por qué no ves si puedes averiguar dónde están ubicadas la señora Galbraith y su hija? Annie –su hija- me dijo ayer que estaba tomando algunas píldoras para su dolor de estómago. Me pregunto qué clase de medicamento está tomando.

"¿Y qué con las cajas, quiere que continua con el inventario?" Preguntó Evelyn, saliendo de la bodega con Alan.

"Sí, ¿por qué no lo haces tú? Y gracias." Hizo una pausa con su mano sobre el pomo de la puerta. "Y si alguien me llama mientras estoy afuera, solo me timbras, ¿de acuerdo?"

"Bueno doctor, no hay problema."

Alan no deseaba devolverle el medallón al doctor Zetisman en ese momento. Ya que Babette había descubierto que el hombre era de Alemania –lo mismo que Gromwell- quería saber lo máximo posible acerca de la conexión con su capitán de tripulación (si existía alguna) antes de hacer algo con el pendiente.

Yendo hacia la oficina de administración, se encontró con Jean-Pierre bajando las escaleras.

"Oh, contento de encontrarme con usted, doctor," exclamó Jean-Pierre, parando en el descanso superior cuando vio a Alan. "Justo estaba bajando a verle."

"Bueno, aquí estoy. ¿Qué pasa?" Dijo Alan, llegando a lo alto de las escaleras.

"Vamos a cubierta," respondió Jean-Pierre, mirando definitivamente preocupado. "No quiero que alguien nos escuche."

Esto parece una epidemia en desarrollo, resaltó Alan para sí mismo.

"Bien, ¿qué está pasando?"

"Es acerca de Gromwell y su pequeña fiesta de anoche…"

"Ah-Ah, dime por favor… ¿qué pasó?"

"Pienso que el hombre es un voyerista o algo parecido," dijo Jean-Pierre, recostando su espalda contra la baranda.

"¿Qué quiere decir voyerista? ¿Les pidió a ellos tener sexo frente a él? ¿Es eso?"

"No exactamente…"

"Mejor explícame…"

Jean-Pierre asintió. "Bueno, Lillian y Luis –los dos que fueron a la cabina del capitán de tripulación- me dijeron que él les pidió que tuvieran relaciones con diferentes compañeros…"

"¿Quieres decir al mismo tiempo? Preguntó Alan con las cejas levantadas.

"Creo que es lo que él quería decir. Realmente no lo sé. Pero el resultado de todo esto es que Luis y Lillian me dijeron que ellos nunca más querían tener nada que ver con Gromwell. 'Es repugnante' dijo Lillian –por citarla a ella. Y de Luis, está furioso. Él tiene una pareja estable y si una palabra de esta *entrevista* llega a sus oídos, dice él que ella lo mataría. Estoy seguro que lo estaba diciendo en broma, pero aun así, no me gustaría poner a esos dos en el mismo cuarto juntos. No es muy macho que digamos."

"Entonces, ¿qué planeas hacer si nuestro capitán te pide programar otra *entrevista* con esos dos, o con alguien más?"

"No lo sé, doctor. Realmente no lo sé. He escuchado que no es fácil negarle algo a ese señor."

Los oídos de Alan se pusieron alerta. "¿Dónde escuchaste eso?"

Jean-Pierre bajó la mirada. El agua a lo lejos se veía oscura –una señal de que una tormenta podría estar cerca. Levantó la cabeza al firmamento por un momento y volvió su atención a Alan. "El ingeniero jefe fue abajo a escuchar a Ivan Bartel. ¿Recuerda el comediante que usted escuchó durante un ensayo?" Alan asintió. "Y durante una corta conversación, mencionó que había escuchado que uno de sus colegas en otro crucero que trabajó a órdenes de Gromwell, después de rehusarse a marchar al ritmo de su tambor, había sido despedido, o transferido a alguna otra parte."

"Quizás aquel tripulante había hecho algo malo…"

Jean-Pierre sacudió su cabeza. "De ninguna manera. Quiero decir que no conozco al hombre personalmente, pero el ingeniero no es alguien que chismosee o cuente historias sin pensarlo. He trabajado con él antes, y sé que él es correcto entre los correctos."

"Bueno, pero eso no responde mi pregunta -¿qué vas a hacer?"

"No lo sé, doctor. Francamente no lo sé. Desearía saber qué tan lejos podría llegar al decir "no" a nuestro capitán de tripulación, porque seguro que no desearía ser despedido si el hombre no consigue sus *entrevistas.* ¿Qué me aconseja doctor?"

"Bueno, si así es como te sientes, quizás podrías decir "sí" y dejar que los hombres o las mujeres reporten al capitán de tripulación al Capitán del barco –oficialmente es así."

Luciendo definitivamente sin convencer, Jean-Pierre asintió. "Pero ¿qué pasa si el Capitán me pregunta que por qué no me rehusé a arreglar otra entrevista –sabiendo lo que ya sabía?"

"No te diré que hagas una u otra cosa en esta coyuntura, Jean-Pierre, pero me atrevería a sugerir que nuestro capitán de tripulación está bajo vigilancia desde que abordó este barco." Jean-Pierre miró fijamente. "Sí, y no te puedo decir como sé eso, porque serían sólo conjeturas, pero tengo la sensación de que Hans Gromwell está metido en alguna clase de problema."

"Estaría feliz si el problema fuera tan serio que lo lograra sacar de este barco en el próximo puerto." Bajó su mirada de nuevo al agua. "Uno puede solo anhelar…"

Dejando todo así, Jean-Pierre bajó en el elevador al vestíbulo mientras que Alan subió a la oficina de la administración. No estaba seguro si había hecho bien al revelar lo que él pensaba que estaba pasando con el hecho de que a Gromwell lo estaban vigilando, aunque Jean-Pierre había sido involuntariamente tirado a los lobos, por decirlo así, y Alan sentía la necesidad de decirle lo que él pensaba.

Tan pronto él pudo ampliar lo suficiente las fotos e imprimirlas en papel fotográfico, todo lo cual hizo personalmente después de que una simpática joven del personal administrativo le dijo que usara su fantástico y lujoso escáner y copiadora, deshizo sus pasos hacia la enfermería. Cuando estaba a punto de llegar a su cabina, un hombre se paró en frente de él, bloqueándole la vía.

"Discúlpeme, señor, pero si es la enfermería lo que usted desea, es la próxima puerta a su izquierda," le dijo Alan, mirando al hombre a la cara.

Kurt Schippman sacudió la cabeza y sonrió. "No, señor doctor, no estoy enfermo. Yo sólo deseaba hablar con usted."

Alan lo supo instantáneamente, este hombre era el que él había observado la noche anterior –tenía la misma estatura y la misma contextura y usaba la misma sudadera que anoche, aunque la capucha no cubría su rostro ahora. "¿Conmigo? ¿Acerca de qué querría usted hablarme?" dijo tan inocentemente como pudo.

"Creo que usted tiene algo en su bolsillo que yo necesito ver."

"Interesante, pero antes de que yo saque lo que sea que tenga en mi bolsillo, ¿le importaría decirme quién es usted?"

"Mi nombre es Kurt, doctor, y me gustaría hablar con usted."

"Bueno, entonces Kurt, vamos a mi oficina…"

"No, señor doctor, gracias. Pero podría ser mejor si vamos al restaurante."

"De acuerdo, el restaurante está bien entonces."

"¿Puedo ver el medallón, doctor, antes de irnos?

Eso es algo que no lograrás ver ahora, hasta que sepa un montón de cosas más acerca de ti y tus intenciones, pensó Alan.

"No, señor Kurt. No hasta que sepa más acerca de quién es usted." Hizo una pausa, mirando a los ojos al hombre. "Vamos al restaurante, ¿quiere?"

Capítulo Dieciséis

Una dieta insana

Babette entró al Rincón del Artista una hora y algo más antes del almuerzo en busca de Susan Ashland. *La mujer debe estar en alguna parte por acá*, reflexionó ella cuando cruzó el salón alrededor del cual había varios cuartos con sus puertas abiertas. Antes de ver a su amiga, escuchó el sonido de su voz. Aunque Susan había estado en teatro por algunos años, nunca había recitado diálogos o cantado canciones de ópera, pero su voz era tan potente como si ella lo hubiera hecho. Después de ser una Primera Bailarina en Viena –hace muchos años- Susan había conservado el elegante porte de una bailarina. Se había rehusado a permitir que los años tomaran su curso, y estaba siempre a dieta. Pero, ya que Susan no podía estar lejos de los chocolates, los helados o de las delicias de la cocina francesa, conservar la figura bajo control era una constante batalla. Su cabello oscuro, sus bellos ojos azules y su seducción francesa habían atraído a muchos pretendientes en sus días, pero ahora, otra vez soltera, Susan estaba en la búsqueda de alguien más para compartir su vida.

Babette entró al cuarto en silencio y fue a sentarse en una silla inmediatamente al lado de la puerta. Susan, vestida con un seductor jean rosado y con una camisa de velo floreada, parecía estar en una animada conversación con el instructor de arte. *Luce fantástica*, pensó Babette, *y ese hombre no está nada mal tampoco*. Parado era unas pulgadas más alto que Susan, su cabeza de grises, casi blancos cabellos rodeaban una cara bellamente bronceada. La cincelada línea mandibular y sus finas facciones sólo le agregaban un toque de aire artístico al hombre. Vestido con una fina camisa de lino y pantalones, Babette ya lo imaginaba en los escenarios de Ibiza, una pequeña isla fuera de la costa de España, la cual ella adoraba. Había recuerdos de incontables romances que venían a flotar en su mente mientras estaba observando a Susan junto al instructor…

Cuando Susan finalmente vio a su amiga, vino a su encuentro, arrastrando a su nueva conquista de la mano. "Babette, ¡me alegro de que hayas podido venir!" Dijo Susan, sonriente. "Permíteme presentarte a Ghislain. Babette, este es el señor Devreux de Bellas

Artes en París." Giró hacia Ghislain. "Y esta es Babette, nuestra dramaturga residente."

"Encantado, señora," dijo Ghislain, besando la mano extendida de Babette. "¿Se unirá a la clase de pintura de hoy?"

"Oh no, señor Devreux, soy muy mala cuando se trata de poner un pincel sobre un lienzo…"

"Mira Ghislain," cortó Susan, "la pasión de Babette reside en escribir bellas obras y magníficos diálogos."

Mirando a su alrededor, Babette notó solamente otras dos personas sentadas en butacos en frente de sus caballetes y usando algunos carbones para dibujar el bosquejo de una estatua de un caballo que había sido colocado en un pedestal en frente de la clase.

"¿Algún otro alumno?" le preguntó a Ghislain, parándose. "Oh, son los primeros días señora; esperaría un poco más de pasajeros para atender antes de que lleguemos a Hawái."

Aparentemente deseosa de alejarse de la mirada de Ghislain, Susan dijo a Babette, "¿Podemos ir a almorzar entonces?" Sin esperar una respuesta, se volvió hacia Ghislain. "Te amo, pero debo dejarte, mi querido. ¿Me perdonarás por abandonarte…?"

"Debo suplir tu ausencia con tus pensamientos, mi amada. Pero regresa a mí esta tarde, ¿lo harás?"

"¿No es encantador?" Dijo Susan pestañeando. "Y sí, regresaré…" Y con otra fugaz mirada a Babette, se alejó.

Babette tuvo que sonreír ante la actitud de la diva. "Lo siento Ghislain, pero parece que estoy siempre a disposición de la señora. Fue un placer conocerte," agregó, voleando una mano mientras corría detrás de su amiga.

"¿No es precioso? preguntó Susan cuando Babette la alcanzó.

"No sé si usaría la palabra *precioso* para describirlo, pero de verdad que es un personaje pintoresco," respondió Babette.

"¿Y piensas que *pintoresco* se le acomoda mejor a él?"

"Bueno, podríamos decir que es la *perfecta pintura* –o la *pintura perfecta* de un hombre que te estaría escoltando a todas partes."

Ese comentario detuvo a Susan en su carrera. "¿Quieres decir eso? No te creo. Estás diciendo eso porque debo haber mostrado mis sentimientos… Oh querida… ¿fui realmente tan trasparente? Oh mi dios…, no me digas que he hecho el ridículo."

Babette tuvo que reír ante la dirección que Susan estaba siguiendo. ¡Ella era tan francesa! "No, tú lo atraes, es todo. Está embelesado contigo, estoy segura de eso."

"¿Realmente piensas eso?" preguntó Susan, reanudando la marcha. "Ha pasado mucho tiempo desde que me sentí en la forma como me siento con Ghislain." Babette frunció el ceño pero no dijo nada. No había pasado mucho tiempo desde que había escuchado las mismas palabras de la boca de Susan. "Él tiene tal presencia, tal carisma –es irresistible. ¿No crees?"

"No iría tan lejos como para decir que es irresistible, pero me recuerda a alguien que conocí hace mucho tiempo…"

"Oh, por dios, Babette, cuéntame, por favor. Adoro las historias de viejos romances. Son demasiado emocionantes… Entonces, ¿dónde fue? Quiero decir, ¿dónde se conocieron?"

Sin querer divulgar a Susan algunos de sus más íntimos recuerdos justo en ese momento y en ese lugar, Babette respondió, "Te contaré todo acerca cuando lleguemos al Mediterráneo…"

"¡Oh, no!" Susan exclamó. "¿Me harías esperar nueve meses para poder escuchar esa maravillosa historia de tus labios? ¡Que cruel eres!"

Babette se rio. "Bueno, una buena historia siempre vale esperarla, ¿no crees?"

"Está bien, está bien," dijo Susan, haciendo pucheros como haría una niña mimada cuando le negaban una sorpresa. "¿Dónde vamos a tomar el almuerzo entonces?"

"Bueno, pensé que podríamos ir al restaurante del vestíbulo." Babette miró arriba al cielo –nubes cargadas de lluvia amenazaban sobre sus cabezas. "Donde quiera que decidamos comer, pienso que es mejor escoger un sitio cubierto."

Imitando a Babette, y levantando su mirada al cielo, Susan asintió.

Cuando llegaron, el restaurante estaba casi vacío. Estaba temprano y pudieron escoger sitio cerca de una ventana.

"Así que aún estás a dieta, ¿lo estás?" Preguntó Babette echando una mirada al buffet del almuerzo a través del salón.

"Oh sí, lo estoy, querida. Tengo que conservar este cuerpo mío en forma, especialmente si tengo que seducir a un hombre de los gustos de Ghislain. ¿Podrías imaginarme con un trasero gordo o con mis senos rebotando en la cama con él?"

Babette explotó de la risa. Cuando se recuperó, dijo, "Bueno, no. No puedo. No puedo imaginarte con una onza sobre el peso que debes haber tenido desde que tenías dieciocho, estoy segura."

Con visible preocupación, Susan dijo, "¿Y sabías que estoy un kilo por sobre el peso que me gustaría tener?"

"Pero eso es sólo dos libras y algo, Susan, ¿Cómo podría eso preocuparte tanto?"

"Son estos jeans," dijo Susan, extendiendo una pierna debajo de la mesa para que Babette la viera. "Me entran muy ceñidos. Pero lo bueno es que me fuerzan a no comer mucho cuando los uso."

La pierna regresó debajo de la mesa ante la mirada curiosa de Zetisman.

"Oh, mi estimada dama," saltó él mientras se aproximaba a la mesa de las dos mujeres. "¡Que hermosas piernas tiene usted!"

Instantáneamente Babette pensó en el *Lobo grande y malo y la Pequeña Caperucita Roja*, y sonrió ligeramente.

Suspirando, Susan miró arriba y abajo al hombre parado a su lado. "¿Y quién diablos podría ser usted?" espetó como respuesta. "No es que no disfrute de los halagos y los piropos, querido, sino que usualmente me gusta saber quién está profiriendo admiración por mí antes de pestañear.

"Este es el doctor Zitsman…, no, lo siento," apuntó Babette, "este es el doctor Zetisman, Susan." Y volteó a mirar al hombre, "la señora Susan Ashland, doctor," agregó ella.

"¡Oh mi querido doctor Zeetsman, necesito su ayuda!".

Oh no, tú no, pensó Babette, pero permaneció muda. Y ya que el *grano* las había visto y no se podía ignorar totalmente, decidió ver cómo se desarrollaba la conversación.

"A la orden, querida niña," dijo Zetisman, arrastrando una silla de una mesa cercana y sentándose. "¿Cómo puedo prestarte alguna asistencia?"

"Bueno… ¿por dónde empezar? Tengo muchas preguntas." Susan hizo una pausa y luego siguió adelante a toda velocidad. "Doctor, he escuchado que los ejercicios cardiovasculares pueden prolongar la vida. ¿Es eso cierto?"

Zetisman sacudió su cabeza. "El corazón es bueno solamente para determinados latidos, y eso significa que tú no deberías gastar tiempo en ejercicios. Todo se desgasta con el tiempo. Aumentar la velocidad de tu corazón no agregará años a tu vida; es como decir que vas a prolongar la vida de tu carro manejándolo más rápido. Si quieres vivir más tiempo, deberías tomar una siesta."

Babette casi se ahoga con el trago de agua que había tomado.

Aparentemente decidida, a pesar de todo, Susan prosiguió, "yo debería reducir mi ingesta de alcohol, ¿no es cierto?"

"Oh no, no mi pequeña. Mira, el vino es hecho a base de fruta. El brandy es vino destilado y eso significa que ellos extraen porciones de agua con sabor a fruta, así que tú logras aún más bondades en esa forma. La cerveza también es buena ya que está hecha de granos. Entonces, ¡bebamos!" Dijo riéndose el buen doctor.

Bien, bien, pensó Babette, *este hombre está realmente loco –sin duda.*

"Eso es interesante," dijo Susan pensativamente, "pero dígame, ¿cómo puedo calcular mi índice de masa corporal?"

"Bueno, si usted tiene un cuerpo y usted tiene grasa, su relación es entonces de uno a uno. Si usted tiene dos cuerpos, su relación es de dos a uno."

¿Cómo puede ella permanecer seria? Se preguntaba Babette. Ella casi no podía contener la risa.

Pero Susan siguió adelante. "Ya veo, bueno, entonces, ¿cuáles son algunas ventajas de participar en algún programa regular de ejercicios?"

Zetisman sacudió su cabeza otra vez. "Creo que ninguno, lo siento. Mi filosofía es simple: sin dolor es mejor."

Los ojos de Susan lanzaron una fugaz mirada al buffet. "¿Pero las comidas fritas no son malas para usted?"

Ante esto el doctor explotó, "Tú no estás escuchando, ¿verdad?"

Susan lo miró como respuesta.

"Lo siento," dijo él, sacando un pañuelo del bolsillo de su solapa y dándose toquecitos en su frente. "Me dejo arrastrar algunas veces como puedes ver. Pero este tema es de verdad apasionante para mí – realmente es mi vida entera." Hizo una pausa, mirando a los ojos a Susan. "Pero para contestar a tu pregunta; un alimento frito en aceite vegetal es muy bueno. ¿Cómo podría ser malo ingerir más vegetales en tu dieta?"

"Cierto," respondió Susan, aparentemente digiriendo cada palabra del doctor. "Entonces, ¿las abdominales me previenen de tener grasa alrededor de mi estómago?" preguntó mirando abajo a la línea de su cintura.

"¡Oh no! Cuando te ejercitas, tus músculos abdominales crecen. Sólo deberías hacer abdominales si quieres tener un estómago más grande."

Por ahora Babette estuvo mirando fijamente al hombre. *Seguramente Susan no va a tener en cuenta esa basura,* pensó ella.

"Ahora permítame preguntarle doctor; este es un tema muy cercano a mi corazón, entiéndame, ¿Es el chocolate malo para mí?"

"¿Estás loca? ¡Qué te parece! ¡Los granos de chocolate! ¡Otro vegetal! Es el alimento que causa mejor bienestar en el mundo."

Susan simplemente asintió.

Juro que ella adoró esa respuesta, reflexionó Babette mientras Susan presionaba, "¿Es la natación buena para mi figura?"

Zetisman se rio. "Mi querida niña, si nadar fuese buena para tu figura, explícame lo de las ballenas."

"Entonces, usted diría que ponerme en forma no es tan importante, ¿verdad?"

Esta vez el doctor se encogió de hombros. "Mira, 'redondo' es una forma, ¿no es así?"

Susan se rio y volteó a ver a Babette. "Debería decir que el doctor ha desvanecido algunas confusiones que nosotras teníamos acerca de la comida y las dietas, ¿no crees?"

"Ciertamente," dijo Babette, volteando a verlo. "Personalmente debo agradecerle, Doctor, por las respuestas extremadamente interesantes que ha dado a las preguntas de Susan. Muy… 'informativas' por cierto."

Suficientemente acariciado en el departamento del ego, supone uno, el doctor Zetisman no pudo más que agregar, "y recuerden, la vida no debería ser un viaje a la tumba con la intención de llegar seguro en un atractivo y bien conservado cuerpo, sino mejor, deslizándose por los lados –vino en una mano, chocolate en la otra– cuerpo usado profundamente, totalmente desgastado y gritando, *¡¡¡YUJU, que paseo!!!*"

Babette estaba casi llorando de la risa, pero tuvo que decir, "Estoy segura que ese es el consejo apropiado, doctor. Realmente usted debería escribir un libro."

Y eso fue todo lo que hacía falta para que Zetisman agregara, "para aquellas como ustedes que miran lo que comen, aquí está lo que tengo que decir… Es un alivio saber la verdad después de todos esos conflictivos estudios nutricionales. Primero, los japoneses comen muy poca grasa y sufren menos infartos que los americanos. Luego tenemos a los mexicanos que comen mucha grasa y sufren menos infartos que los americanos. Después, los chinos beben muy poco vino rojo y sufren menos infartos que los americanos. Los italianos toman cantidades de vino rojo y sufren menos infartos que los americanos… No dejar afuera a mis compatriotas –es decir los Alemanes- los cuales beben cerveza a chorros y comen lotes enteros de salchichas y grasas y sufren menos infartos que los americanos. Por lo tanto, uno puede solamente concluir que tú deberías comer y beber lo que te venga en gana, ya que hablar inglés es la única cosa que te va a matar."

"¡Que interesante, doctor!" dijo Susan. "Verdaderamente refrescante escuchar todo esto de un calificado doctor como usted. Gracias." Miró a Babette. "Ahora, pienso que deberíamos seguir los consejos de nuestro buen doctor y servirnos nosotras mismas un almuerzo de esos de chuparse los dedos, ¿no crees?"

Antes de que Babette pudiera contestar, el doctor Zetisman se levantó. "Ustedes me excusarán mis damas, pero tengo que ir a mi cuarto a ponerme la inyección de insulina." Y con estas palabras, sacó su enorme jeringa con su aguja del bolsillo del lado de su chaqueta.

Susan miraba boquiabierta a Babette, la cual, aunque igualmente estupefacta, dijo, "por supuesto, doctor, siga adelante y cuídese usted mismo." Ella se levantó. "Vamos Susan, necesitamos los alimentos que el Dr. Zetisman nos recetó."

Como aturdida por el impacto, Susan se paró y siguió a Babette a la mesa del buffet. "¿Qué pasó? ¿Viste esa aguja? ¡Ese hombre debería ser internado!"

"Lo sé, pero ¿le copiaste alguna de sus babosadas?"

"No, por supuesto que no, querida. Sólo me estaba divirtiendo. Cuando vi su pelo marchito, su vestido descuidado y personalmente sufrí sus modales por unos segundos, supe que había algo raro en el hombre."

"Supongo que sí. Había olvidado que eres sicóloga," dijo Babette, llenando su plato con buñuelos de queso, lechuga fresca, espinacas y una cucharada de papas en vinagreta. Solo para completar el pastel, Babette agregó "tú sabes que el doctorado que Zetisman tiene fue un PhD honoris causa en negocios. La universidad para la cual él trabajó, lo graduó por todos los fondos recaudados que él hizo allí – ¡dudo que alguna vez haya estado en un curso de biología en su vida!"

"Oh, querida, ¡tu elección luce absolutamente deliciosa!" Exclamó Susan, "excepto por esos buñuelos de queso –son demasiado grasosos para mí."

Capítulo Diecisiete

Walter Hollman Jr.

Pasar años en una institución mental estaba lejos de ser una cura. Pero, Hedwig tenía muy pocos problemas de adaptación a la vida detrás de las rejas. Aunque no eran barrotes de prisión, ellos estaban ahí, mirándolo a cada momento del día y de la noche. Su celda no era tan triste como aquellas de las penitenciarías; las paredes estaban pintadas de un beige suave, su cama era confortable, y durante los primeros años de su encarcelamiento, él había logrado poner un par de fotos de su padre y de su madre sobre la pared, reunir un poco de recortes de periódicos que fueron distribuidos entre los pacientes cada semana, y por supuesto, mantenerse en contacto con los últimos acontecimientos políticos que ocurrían en el país.

Los siquiatras de la institución lo habían puesto a prueba por medio de exámenes regulares y lo habían encontrado colaborador y aún más, dócil. Había demostrado todas las cualidades de un paciente modelo y amigo confiable para la mayoría de la gente que lo había conocido adentro. Él no hablaba de su juicio ni de lo que había cometido. Sin embargo, eso no significaba que Hedwig hubiera olvidado lo que Hans y Gertrude habían hecho. Permanecía firme en su convicción de que ellos lo habían traicionado. Era cauteloso en sus relaciones, pero tendía a ser amistoso con gente de determinadas habilidades. Los pacientes que parecían llamar su atención eran a menudo *simuladores*. Le gustaba la forma en que ellos se comportaban y eran capaces de engañar a la mayoría de la gente haciéndoles creer que ellos eran profesionales o algo más que ellos no eran. Esa clase de pacientes le intrigaban. Había conocido a un *piloto* que había logrado volar aviones comerciales a través de Europa por unos dos o tres años hasta que el hombre había sido capturado cuando alguien lo recordó pretendiendo ser un corredor de autos. Hedwig se había reído de esto en frente de los vigilantes y de los guardias de seguridad, pero, en los confines de su celda, había tomado nota de cada detalle de sus conversaciones con ese paciente. También había conocido a otro simulador –un oficial naval veterano- quien se jactaba de haber pasado muchos años en el mar con no más que un diploma de bachiller. Este hombre le interesó a Hedwig particularmente. Él también había tenido poca escuela cuando llegó a volar un aeroplano o a pilotear un barco mercante.

Hedwig sabía, principalmente de hablar con ese hombre, que él necesitaba estudiar antes de simular hacer algo que valiera la pena. Así que no pasó mucho tiempo hasta que empezó a pedirle a su padre que le trajera algunos libros de leyes marítimas y de navegación y se puso a trabajar. Estudiar no era ningún problema, tener tiempo para hacerlo, tampoco. También consiguió tener una posición como bibliotecario de la institución, así que pudo conocer otra gente que de otra forma no hubiera podido conocer. Mantenía cercana amistad con algunos de los criminales más notables, tales como falsificadores, ladrones, estafadores y otros que tenían algún oficio que Hedwig pensaba que le sería de utilidad en un futuro.

Cuando el Muro de Berlín cayó entre noviembre de 1989 y mediados de 1990, las cosas empezaron a cambiar en la institución. Las reformas a la rehabilitación, las cuales ya habían sido puestas en práctica hacía algunos pocos años, fueron traídas a la ligera, sin medir las consecuencias –literalmente- permitiendo a muchos de los pacientes lograr un acuerdo o ir a entrenarse fuera de la institución mental. Estas nuevas normas y la reglamentación mejorada incrementaron la determinación de Hedwig de enrolarse en las filas del oficio marítimo de alguna forma. Pero él sabía que aún tenía muchos años de penalización por cumplir antes de ser plenamente libre. Sin embargo, las oportunidades estaban tocando a su puerta, y no era tiempo de holgazanear o relajarse en sus esfuerzos.

El Dr. Zetisman, o Zeitsman como él se llamaba a sí mismo, llegó a las instalaciones en los últimos meses de 1991. Hedwig no se hizo conocido de él hasta unas semanas después de haber sido encarcelado. El día que se conocieron, el hombre fue a la biblioteca preguntando si ellos tenían periódicos o libros relacionados con tratamientos médicos. Sabiendo que esta clase de libros no estaba disponible, Hedwig se esforzó en hablar con este otro *simulador* acerca de lo que él sabía de veterinaria, todo esto en un esfuerzo por extraer más información de él respecto a sus aptitudes particulares. Hedwig había escuchado que Zeitsman había recibido su diploma de bachiller de la Universidad de Hamburgo –con un completo complemento de cursos en negocios y mercadeo médico –pero un accidente un año atrás le había disminuido sus facultades, por así decirlo, y ahora estaba obsesionado con una enfermedad en particular –la diabetes. No parecía ofensivo en ninguna forma, excepto por el hecho de que siempre cargaba consigo una caja de insulina. Afortunadamente, la pequeña caja de metal no contenía una aguja o algún otro instrumento que pudiera ser peligroso para otros pacientes. El frasco de insulina siempre estaba vacío, y Zeitsman siempre estaba buscando a un hombre de bata blanca para que le llenara el frasco o le diera uno nuevo.

Hedwig trató de ignorarlo la mayoría de las veces, pero aun así estaba intrigado por la forma en que este individuo lograba persuadir a la gente de que ellos deberían ser tratados por una enfermedad u otra y que él era un médico verdadero. Para Hedwig, Zeitsman era un interesante prototipo de pérdida de memoria. De tiempo en tiempo, el doctor recordaba momentáneamente quién era él, y otras veces, pretendía nunca haber conocido a Hedwig durante todo el tiempo que había estado encarcelado. *Fingir pérdida de memoria podría ser útil*, pensaba él.

Mientras tanto, el agente Walter Hollman Jr. había hecho un gran avance en su carrera dentro de la Agencia Federal de Inteligencia de Alemania. Él era no solamente inteligente sino que había probado ser astuto resolviendo muchos casos que se le habían atravesado desde que el Muro de Berlín cayó. Pero, en medio de todos esos logros, Walter nunca había olvidado las palabras del padre de Hedwig al cierre del juicio de él. Y discretamente lo vigiló de cerca; especialmente desde que había entendido que él debía ir a un entrenamiento de trabajo en el astillero Blohm & Voss cerca de Hamburgo. Las noticias llegadas no lo sorprendían, ya que el resurgimiento del comercio Alemán había rebasado cada empresa a través del país con una abrumadora demanda de mano de obra desde que el muro cayó.

Walter se anotó un punto al viajar a Blohm & Voss durante uno de sus fines de semana libres y había hecho un tour por las instalaciones. Decir que el astillero era grande hubiera sido subestimarlo. Había varios barcos en construcción y su guía le informó que estaban esperando que un grupo de practicantes llegara al sitio en las próximas semanas.

Su recorrido se completó, Walter regresó a su oficina y empezó a elaborar un plan de vigilancia dirigido específicamente a observar el progreso de Hedwig von Strom.

Se sentía inquieto acerca de los planes de la institución de tener criminales sueltos en tan grande astillero, pero racionalizó el problema persuadiéndose él mismo de que los oficiales de seguridad de Blohm & Voss estaban bien avisados de que su compañía enganchaba un contingente de ex convictos u hombres mentalmente poco estables para trabajar en la construcción de los barcos. Mientras conservaba este hecho en mente, él, sin embargo, llamó a uno de los agentes regionales, un hombre llamado Kurt Schippman, para encontrarse con él en su oficina el miércoles de la siguiente semana. Durante la reunión, Walter informó a Kurt sobre la situación de Hedwig y su libertad supervisada en el astillero Blohm & Voss.

Por el momento, Kurt era un agente bastante joven pero rápidamente ascendiendo en los rangos de la Agencia Federal. Estaba entusiasmado por el trabajo de campo y le dio la bienvenida a la idea de trabajar encubierto en el astillero Blohm & Voss por unos pocos meses. Esa no era una tarea peligrosa y Walter se sentía confiado con la idea de tener a Kurt mezclado con el factor criminal sin ser expuesto a ello en las calles de Berlín o de Hamburgo. Walter también sabía que Kurt no era un novato en las lides de la marina; su padre había servido a la naval por muchos años y le había enseñado a su hijo muchas de las cosas que le servirían a él –como en esta situación en particular.

Capítulo Dieciocho

No más micrófonos

Cuando los dos hombres entraron al restaurante, inmediatamente Alan notó a Babette en una profunda conversación con Susan. Se sintió feliz de que las dos damas le daban la espalda ya que no tenía intención de presentar a su nuevo conocido a nadie que él conociera por el momento.

"Busquemos algo de comer", ofreció Alan, encabezando la vía hacia la mesa del bufet. Kurt asintió y lo siguió en silencio. Por todos los años que él había pasado en trabajos como infiltrado, él sabía que la mejor manera de ganarse la confianza de alguien era aceptar cada sugerencia que la persona bajo observación pudiera hacerle. Tomó un plato de la pila y lo llenó con comida de mar y ensalada. Alan hizo lo mismo y ambos se dirigieron a una mesa vacía cerca de la pared más lejana, lejos de la multitud que tomaba el almuerzo.

"Bueno", empezó Alan una vez que se sentaron, "ahora, dígame por qué usted ha colocado dispositivos de escucha en mi oficina."

Kurt sonrió y empezó a comer sin contestar. "Permítame decir esto, señor Doctor," dijo después, "no sé qué sabe usted, y por mí, no estoy preparado para divulgar lo que nosotros estamos haciendo."

"Ya veo. ¿Y se supone que yo le voy a dar información de uno o más de mis pacientes sin saber acerca de qué es su investigación?"

"No más que de una persona en particular, señor Doctor," dijo Kurt, después de masticar un bocado de langostinos.

"Aún uno es demasiado, Kurt. Como sabes estoy limitado por la confidencialidad paciente-doctor…"

Kurt levantó una mano para parar a Alan. "Creo que hemos tomado por el camino equivocado" –sacudió su cabeza- No estamos interesados en sus pacientes, señor Doctor…"

"Llámeme Doctor –si desea pasar de incógnito- todos lo hacen," le cortó Alan.

"Sí, si usted quiere," Kurt hizo una pausa. "Como estaba diciendo, no estamos interesados en sus pacientes…"

"Perdona Kurt, pero ¿a qué se refiere con *nosotros*?

111

El agente mostró los primeros síntomas de enojo. "No puedo decirle exactamente…"

"No quise decir *exactamente*, pero, usted está trabajando para alguna clase de agencia, ¿verdad? Alan limpió su boca después de tomar algo de agua.

"Por favor seño Doctor, déjeme explicar…"

"Por supuesto, adelante."

"Solamente estoy interesado en un hombre en este barco…"

"¿Y él no es un paciente? Bueno, entonces, él debe ser un pasajero *saludable*. ¿Es así? Agregó Alan jocosamente.

Kurt sacudió la cabeza. "No…"

"¿Un miembro de la tripulación entonces?"

"Sí…, pero no debería serlo."

"¿Quiere decir que está investigando a un impostor? Preguntó Alan con las cejas arqueadas.

"No realmente, señor Doctor, ¡ugh!..., Doctor, quiero decir, él es muy calificado para desempeñar su tarea, pero él no es quien dice ser."

"Ya veo." Aunque Alan no podía ver completamente entre esa confusión. "Entonces, usted y su organización están investigando a un miembro de la tripulación que se ha salido de la línea, ¿es eso?"

Kurt sacudió su cabeza nuevamente, gesto que desconcertó a Alan un poco más. "¿Por qué no empieza desde el principio de forma que yo pueda seguirlo?" Siguió comiendo su ensalada. "Y, a propósito, ¿por qué quería usted ver lo que había en mi bolsillo?"

"Creo que usted tiene un medallón que puede darnos algunas respuestas sobre quién es realmente nuestro sospechoso."

"Está bien, Kurt. No sigamos más por esa vía, ¿de acuerdo?" Kurt levantó la vista del plato. "Dígame a quién están investigando y por qué."

"No puedo decirle, señor Doctor. Tengo órdenes de encontrar un poco de cosas acerca de un miembro de la tripulación y eso es todo lo que estoy autorizado a decir hasta el momento."

"De acuerdo, entonces le diré que el pendiente –ya que usted ya sabe de su existencia, no puedo negar el hecho, no contiene nada de su interés. De eso estoy seguro. Las fotos que contiene son viejas y me las dieron como parte de un álbum que estoy coleccionando para la compañía del crucero. Ellos están planeando una campaña publicitaria usando fotos viejas de nuestra tripulación. Eso es todo."

"¿Le puedo preguntar quién le dio el medallón?"

"Seguro, pero ya que la persona no es propietaria del medallón, no estoy en libertad de darle su nombre. Una vez que sepa a quien pertenece, entonces usted puede pedirle a esa persona el permiso para verlo y hacer lo que quiera con él." Hizo una pausa. "Usted entiende, legalmente hablando, el pendiente no es ni mío ni suyo. Y ya que usted no puede probar propiedad, no tengo obligación de mostrárselo ni aún discutir su contenido."

"Bueno, doctor. Puedo ver que no está interesado en cooperar conmigo o en darme más información acerca del medallón. Sin embargo, le advertiré que sea muy cuidadoso…" Alan bajó su tenedor y se enfocó en el hombre sentado en frente de él. Algo le decía que este individuo era serio. "Sí, le ruego que sea muy cuidadoso. Creo que la persona en la cual estamos interesados puede ser un peligroso criminal…"

"¿Un peligroso criminal dice usted? Pero si ese es el caso, ¿por qué está ese hombre a bordo? ¿Por qué su agencia –o la organización para la cual usted está trabajando- no ha alertado a la Interpol o a otras autoridades apropiadas para este caso?"

"Como le dije, no sé con certeza si el hombre en cuestión es el mismo que estamos buscando."

"¿Y usted espera que yo le revele lo que sé o lo que he descubierto acerca de él (o de ella) para ayudarle a usted a confirmar la identidad de esa persona?"

Kurt terminó de comer y asintió. "Usted no tendría que hacer nada más que compartirme lo que usted ha encontrado hasta ahora o lo que encuentre en el futuro, de forma que *nosotros* podamos confirmar quién es realmente ese hombre. Y, a propósito, es un hombre al que estamos buscando."

Alan reflexionó esto por un momento antes de decir, "de acuerdo, Kurt, jugaré al balón con usted, pero con una condición…"

"¿Cuál sería?"

"Que usted recoja todos los micrófonos que plantó en mi oficina y que usted me permita jugar este juego a mi manera."

"Lo siento pero los micrófonos, como usted los llama, están destinados solamente para escuchar lo que esa persona o cualquiera otra involucrada pudiera decir…"

Alan sacudió la cabeza enfáticamente. "No Kurt. No hay forma de que yo le permita entrometerse en mis conversaciones ya sea con el sujeto de su investigación o con alguno de mis pacientes."

"Pero sería más fácil si usted confiara en mí…"

Alan estaba perdiendo la paciencia. "¿Confiar en usted? ¿Cómo puedo confiar en un tipo que ya se ha inmiscuido en mi vida y en mi trabajo insertando dispositivos de escucha en mi oficina y quien no desea decirme quién es? Dígame cómo"

"Entiendo su frustración, señor Doctor, pero necesitamos ser prudentes en nuestro acuerdo…"

"Por favor, ¡pare esto ahora mismo!" Alan chasqueó los dedos y se limpió su boca con una servilleta. "Este es un barco navegando bajo la bandera de los Estados Unidos y lo que pase aquí está cobijado por las leyes de mi país. Y si usted no sabía, plantar dispositivos de escucha abordo sin el conocimiento ni la autorización de las personas, va contra la ley." Kurt quiso interrumpir, pero Alan levantó una mano para evitarlo. "No, no trate de excusar su falta de ética. Si usted no retira todos sus micrófonos de mi oficina tan pronto salgamos del restaurante, no tendré otra alternativa que avisar a la Capitanía de sus actividades y entregarlo a las autoridades en Hawai –sitio que, como seguro usted sabe, es un estado de los Estados Unidos."

Sin responder, Kurt se paró y dio los primeros pasos para dirigirse a la puerta.

Alan se levantó y lo siguió de cerca hasta que estaban en la cubierta contigua. El viento había repuntado y, aunque estaba aún caliente, el mar de fondo daba fe de que una tormenta se aproximaba. Los pasajeros se habían refugiado ya adentro y Alan y Kurt se hallaban solos, tomados del pasamanos.

"De acuerdo, señor Doctor, retiraré los micrófonos de su oficina, pero si el hombre tiene una ligera pista de su investigación, usted está más muerto que vivo."

"Solo retire esos malditos micrófonos y yo le prometo que trabajaré con usted."

Kurt asintió y se giró en dirección a las escaleras que les conducirían a ambos a la enfermería.

Momentos después ellos habían regresado a la oficina, estruendosos truenos y relámpagos retumbaban en sus oídos. Iba a ser una tormenta severa. Evelyn miró curiosamente al hombre que acompañaba a Alan.

"Gracias a Dios usted regresa," le dijo. "Ya he tenido un poco de llamadas de pasajeros pidiendo píldoras para el mareo y un hombre desea verlo en su suite."

"Gracias," respondió Alan y luego se giró hacia Kurt. "Evelyn, este es Kurt." Este último asintió. "Él es el personaje que instaló los dispositivos de escucha en esta oficina."

"Oh Dios, ¿usted es el personaje? Pero ¿por qué haría usted semejante cosa?" Dijo Evelyn, poniendo ambas manos en sus mejillas. "¿No sabe usted que eso es contra la ley?"

Kurt sacudió su cabeza y sonrió, mirando al piso.

"¿Y además piensa que es gracioso…?"

"Espera Evelyn," se interpuso Alan, "Aquí Kurt es un agente federal y sus intenciones son honestas, te aseguro." Kurt miró arriba. "Y ahora él va a remover cada uno de los micrófonos y me dirá qué cabina ocupa él, así que tú y yo podamos mantenerlo informado si algo inapropiado ocurre a cualquiera de nosotros dos… ¿no es así, Kurt?"

"Estoy en el piso C, cabina 49," respondió, sacando sus manos de sus bolsillos. "Y por favor, usen solamente sus teléfonos celulares para contactarme." Cogió una libreta de notas y un lapicero del escritorio de Alan y escribió su número telefónico.

"Bueno, gracias. Y ahora, ¿sería usted tan gentil de remover los dispositivos de escucha antes de que yo cambie de idea acerca de ayudarle a usted?"

Kurt extendió una mano y recogió el pequeño dispositivo de debajo de la pantalla de la lámpara. Luego, levantó la consola del teléfono y tomó el micrófono de debajo de éste. Después dio unas zancadas hacia la bodega y removió no solo uno sino dos micrófonos de los estantes, bajo la sorprendida mirada de Alan y Evelyn.

"¿Y eso es todo?" preguntó Alan cuando él salía de la bodega.

"Sí, señor Doctor, Había cuatro de ellos…, eso es todo."

"Bueno, entonces vamos. Lo acompañaré a su habitación e iré a ver a mi paciente…" Se giró hacia Evelyn. "¿Quién es el pasajero que desea verme?"

"Oh, es el señor Channing. Está en la cabina 14, piso A."

"¿Piso A? Hum…" preguntó Alan.

"¿Es ese Mel Channing? Preguntó Kurt.

Evelyn asintió. "Sí, ese es el nombre que me dio. ¿Por qué lo conoce?

"No te preocupes," le cortó Alan, "Vamos Kurt, estoy seguro que tienes algún reporte que escribir y yo tengo un paciente por ver…"

"Oh, no olvide esto," agregó Evelyn, entregándole a Alan su maletín médico que estaba en el carro cerca de la puerta.

Él asintió como agradecimiento.

Alan y Kurt se marcharon rumbo al pasillo que los conducía a los ascensores. El balanceo del barco se hacía más intenso a cada minuto. Kurt miró a su alrededor pero no dijo nada.

"Pareces tener piernas de marinero," subrayó Alan, mirando al agente quien obviamente se sentía completamente confortable con el movimiento de balanceo.

"Sí, provengo de una familia de hombres de mar, y siempre he pasado mis fines de semanas en barcos o astilleros con mi padre."

"Tienes que contarme tu historia algún día; suena como que tienes bastante experiencia en el mundo marítimo."

Kurt estaba riendo calladamente cuando el elevador llegó y paró en frente de ellos. Pero su cara pronto retomó su semblante adusto cuando el hombre que había dentro salió.

"Ah, doctor Mayhew. Justo el hombre que necesitaba ver." Gromwell sonrió, ignorando completamente la presencia de Kurt. "¿Me acompañaría a la enfermería…?"

"No, me temo que no me será posible en este momento, Capitán de Tripulación. Voy en camino a ver un paciente…"

"Ah, sí, por supuesto…, las obligaciones llaman a menudo en este clima, ¿no es así?" Se rio alegremente.

"Pero si usted desea esperar por mí en la enfermería, Evelyn Develon está allá y puede tomar los datos de su problema así que yo pueda manejarlo tan pronto como regrese de ver a mi paciente…"

Gromwell movió una mano despectivamente frente a su cara. "No se apresure, Doctor. Hablaré con usted otro día."

"De acuerdo, entonces… ¿podemos?" Dijo Alan, extendiendo un brazo hacia las puertas abiertas del elevador. Kurt ya estaba adentro esperando.

Este último presionó el botón marcado "Piso B" (en lugar de "C") bajo la incrédula mirada de Alan. Gromwell, a su vez, puso el dedo en "Piso A" y Alan presioné "Piso C". Tan pronto las puertas se abrieron en el piso B, Kurt salió disparado y arrancó en carrera. Gromwell y Alan no vieron hacia donde se dirigió, pero Alan sabía que pronto se reunirían al frente de su habitación.

Alan asintió a Gromwell cuando salió del ascensor y se dirigió a la cabina 49, donde encontró a Kurt abriendo la puerta.

"Bien, señor Doctor," dijo con su mano puesta en el pomo de la puerta. "Aquí es donde me alojo. Y acá le será posible encontrarme por los próximos nueve meses, a menos que *ellos* me envíen a otra misión."

"Muy bien, Kurt. Lo llamaré tan pronto tenga algo que reportar. Pero ya que usted no me ha dicho quién puede ser el impostor, no le puedo garantizar que lo que le diga será pertinente."

Kurt abrió la puerta y se paró en el umbral. "Voy a analizar las probabilidades, pero creo que ambos sabemos quién es el sospechoso en esta investigación."

Alan asintió y caminó de regreso a los elevadores.

Capítulo Diecinueve

Una jubilación bien planeada

Tan pronto Kurt cerró la puerta de su cabina, fue al escritorio y abrió su computador portátil. Miró la bandeja de entrada y notó que no había recibido aún ningún mensaje desde Berlín. Se encogió de hombros, se quitó el impermeable y fue a tomar una ducha. Las sudaderas y las capuchas no eran sus prendas de vestir favoritas. Él prefería más los jeans, las camisetas y las chaquetas de cuero.

Una vez se había vestido de nuevo, regresó al escritorio, se sentó y escribió un correo corto a Walter Hollman. Mientras esperaba la respuesta, fue a sentarse en la cama y prendió el televisor. Vio las noticias en CNN hasta que escuchó un tono de alerta de que tenía un mensaje esperando por él.

Contento de que hayas encontrado a Channing. Si es el mismo hombre, no alertes a las autoridades a bordo del barco. Confirma la identidad conmigo primero. Como sabes, MI-5 necesitará tomar el caso. Me cercioraré de eso desde este lado. Deduzco que Mayhew sospecha algo del Capitán de Tripulación. Mantente alerta sobre el doctor, pero no hagas nada, a menos que él esté en peligro.

Mientras tanto, Alan había encontrado a Mel Channing en cama. Estaba sudando profusamente y lucía muy enfermo. Puso su maletín de médico en la mesa de noche, y se sentó al lado del paciente.

"Lo siento por el desorden, doctor," se excusó Channing, "he estado vomitando…, estoy algo agarrotado…," balbuceó cuando Alan le había preguntado sobre su condición.

Alan abrió su maletín, sacó el estetoscopio y el termómetro médico y empezó a examinarlo.

Más o menos un minuto después, viendo la palidez y observando al hombre tiritar intermitentemente, no vaciló en tomar el teléfono sobre la mesa de noche.

"Evelyn," dijo tan pronto ella estaba en la línea, "estoy en la habitación del señor Channing. Si no te importa, ¿podrías traerme una unidad portátil de suero intravenoso, una bolsa de solución salina, algo de quinina y doxiciclina del gabinete de suministros? Trae todo a su cabina, por favor."

"¿Piensa que ha contraído malaria?" Preguntó Evelyn.

"Él está mostrando signos de eso, sí. Ah, y necesitaré extraer algo de sangre…, y por el aspecto de las cosas, pienso que necesito que te muevas rápido con esto…"

"De acuerdo doctor, ya me pongo en camino."

A Alan no le gustaba que Evelyn tuviera que cargar con todas esas cosas, pero pensó en el asistente de cabina. *Él debe estar en alguna parte cercana.* Tomó de nuevo el teléfono y marcó al asistente de servicio. Una vez le había dicho al hombre lo que él necesitaba y había colgado, Alan cogió una silla y se sentó al lado de la cama de su paciente.

Channing lo miró. "Gracias por venir aquí, Doctor. No sé qué está pasando dentro de mí, pero esta mañana yo estaba bien y luego, súbitamente, sentí como si mi cuerpo no se pudiera mover más…"

"Déjeme preguntarle algo, señor Channing," le interrumpió Alan, "¿qué países tropicales ha visitado últimamente?"

Channing asintió, "Sólo Guinea. No podría decir que lo he visitado realmente. Sólo pasé allí un par de días, en Conakry. Usted sabe, para echar un vistazo. Siempre había deseado ver el oeste de África, deseaba montar en camello…," sonrió y tosió. "¿No es eso muy idiota?"

"Para nada idiota. Realmente usted podría tener otra oportunidad de montar en camello cuando lleguemos a Jordania. ¿Ha estado alguna vez allí?"

"No, no he estado en ninguna parte realmente. Estoy recién jubilado."

"¿De dónde es usted?" Preguntó Alan, aún examinando el pulso del hombre cada dos minutos.

"Oh, Bristol, en Inglaterra. No es un lugar bonito, pero nací allí y no pude salir de vacaciones hasta que me jubilé."

Mantenlo hablando, pensó Alan cuando sintió su pulso debilitarse rápidamente. "¿Qué hacía usted antes de jubilarse?"

Channing volteó su cabeza lejos de Alan y tosió de nuevo. "Yo… yo estuve trabajando en el zoológico… por veinticinco años…"

"¡Guau! Exclamó Alan. "Eso es una devoción para usted. ¿Quiso alguna vez hacer alguna otra cosa?"

"Oh, no, yo conocía a todo el mundo y la gente –en el lote- todos me conocían a mí también…" Alan se preguntaba acerca de qué *lote* estaba Channing hablando, pero no le preguntó. "Era agradable ver la misma gente cada día…" Miró al techo y luego giró su cara hacia Alan de nuevo. "Realmente no me siento bien, doctor. ¿Qué tengo?"

"Pienso que ha contraído un parásito indeseado que estaba en alguna parte y por eso es que usted no se está sintiendo bien. Pero mi enfermera está en camino y pronto sabremos suficientemente qué le está pasando. Ella traerá algunos medicamentos… Se sentirá mejor en poco tiempo."

Channing no respondió y cerró los ojos. Alan lo movió para despertarlo. "Bien, señor Channing, dígame dónde estuvo en Conakry… ¿estuvo usted por los mercados…?"

El hombre abrió sus ojos –estaban vidriosos por el violento ataque de fiebre. Justo entonces Alan escuchó que tocaban la puerta y fue a abrirla.

"Oh Dios," dijo él, permitiéndole a Evelyn y al ayudante entrar en la suite. "Gracias por venir aquí con Evelyn," agregó, recibiendo el maletín de manos de ella. "Pongámosle al paciente el gota a gota lo más pronto posible, ¿podemos?"

"El clima está absolutamente horrible," subrayó Evelyn. "Contenta de que usted me pudiera ayudar," agregó ella al joven amigo que la había acompañado, "de lo contrario, no sé cómo hubiera hecho con todo este material…"

"Feliz de ayudar, mucho mejor que cuidar un escritorio. Mi nombre es Harry, a propósito," respondió él, con una sonrisa en sus labios. "¿Qué puedo hacer doctor?"

"Apenas lo hayamos hecho, el señor Channing se sentirá mejor," dijo Alan, sin mirarlo y continuando con el examen del paciente, "tan pronto como le hayamos dado los medicamentos que necesita, veremos…, él podría delirar por un momento antes de que la quinina reaccione."

"¿Quiere decir que él está teniendo un ataque de malaria?"

Alan giró su cabeza hacia Harry. ¿Sabe usted acerca de la malaria?"

"Sí. Un amigo mío la tuvo cuando estuvimos en misión en Irak…" *Probablemente otro hombre de la naval*, musitó Alan. "No es un espectáculo agradable."

"Bueno, entonces, usted probablemente sepa que va a pasar."

"No, no realmente. Sólo sé que si él no puede combatir la fiebre – quiero decir, si el corazón de este hombre no es suficientemente fuerte- puede morir."

La frialdad con que este joven marino describió el advenimiento de la muerte de un hombre sorprendió a Evelyn. Ella no alejó sus ojos de lo que estaba haciendo, pero estaba segura que le preguntaría a él todo acerca de sus experiencias cuando se encontraran otra vez. *Él es un tipo bien guapo*, pensó.

Tan pronto Channing pareció calmarse y paró de quejarse, Alan fue a sentarse ante el escritorio a hacer el reporte clínico en su nueva historia mientras Evelyn terminó de extraer algo de sangre del brazo del paciente. Él le estaba dando un vistazo a los papeles esparcidos cerca del portafolio cuando su vista se fijó en un recorte de periódico.UNA JUBILACIÓN BIEN PLANEADA

En las afueras del zoológico Bristol de Inglaterra, hay un parqueadero para 150 autos y 8 autobuses. Por 25 años, los costos del parqueadero fueron manejados por un simpático empleado. Los costos eran: autos ($1.40), buses (cerca de $7). Un día, después de 25 años ininterrumpidos de nunca faltar un solo día al trabajo, no volvió a aparecer; entonces, el gerente del zoológico llamó al Concejo de la Ciudad y pidió que le enviaran otro empleado para el parqueadero. El Concejo no buscó a nadie y respondió que el parqueadero era responsabilidad del propio zoológico. El zoológico le advirtió al Concejo que el funcionario era un trabajador de la ciudad.

El Concejo de la Ciudad respondió que el funcionario nunca había estado en la nómina de la Ciudad.

Mientras tanto, sentado en su lujosa suite en un hotel o en barco (o algún otro escenario parecido), está un hombre que aparentemente había instalado una máquina de tiquetes completamente para él solo; y simplemente había empezado a aparecer todos los días, comenzando a recolectar cerca de $560 por día –por 25 años.

Asumiendo 7 días a la semana, esta cantidad ascendía a ¡más de $7 millones de dólares!

El Tiempo de Londres, Enero, 2012

Así que es por esto que Kurt estaba tan interesado en este hombre, pensó Alan, regresando el recorte a donde lo había encontrado. Se preguntaba cuál sería la mejor forma de proceder en esas circunstancias. Su primera obligación era con el paciente, decidió. Les quedaban cerca de tres días para llegar a Hawaii. Una vez en Honalulu, él llevaría a Channing al hospital y lo dejaría allí. Pero la idea de no alertar a las autoridades de sus sospechas le molestaba sin embargo. Trató de convencerse a sí mismo de que Channing había estado interesado en el artículo de la noticia por razones completamente diferentes a la de ser un ladrón -¿*o era él realmente un ladrón?*

Entre tanto, Harry se las había ingeniado para conseguir algunas sábanas y almohadas limpias del almacén de conserjería y ahora estaba cambiando expertamente los tendidos de la cama con la ayuda de Evelyn. Ella luego cogió las sábanas y las toallas sucias y las puso en una bolsa para que Harry las llevara abajo a la lavandería.

Horas más tarde, la tormenta había amainado a un aguacero continuo y las actividades del barco habían retornado casi a la normalidad –si algo podía ser normal alguna vez a bordo de un crucero. Evelyn permaneció al lado de la cama de Channing por un rato hasta que la fiebre pareció reducir y el hombre se quedó dormido. Ella entonces llamó a la enfermera auxiliar, Angie, para hacerle saber que necesitaba ser relevada en su trabajo por más tiempo mientras estaba al lado de la cama de Channing. *El doctor probablemente querrá trasladarlo al centro médico esta noche*, pensó ella. *Tenemos todo ese papeleo aún por hacer…*

Finalmente regresando a su cabina en la tarde, Alan sacó el teléfono celular de su bolsillo y le marcó a Tiffany.

"¿Es esa mi chica favorita?" Preguntó con una sonrisa en la boca.

"Sí, es ella –aún viva."

"Seguro que eso deseo. ¿Cómo pasaste tu día?"

"Oh Dios, ni me preguntes. Tuve que cuidar niños enfermos toda la tarde, mientras sus simpáticos padres estaban escondidos de la tormenta en el casino. De todas formas, ¿dónde estuvo Evelyn todo el tiempo? No la encontré a ella ni a ti para este asunto –solamente Angie estaba allí- cuando quería darle a uno de mis pequeños pilluelos algo de Gravol para calmarle el dolor de estómago."

"Bueno, si deseas escuchar todo lo que nos pasó hoy, pienso que mejor cenas conmigo…"

"¿Es un chantaje lo que acabo de oír?"

"¿Qué otra cosa sería?"

"Bueno, entonces, picaré el anzuelo, ¿dónde y cuándo?"

"Digamos que en el restaurante del vestíbulo –bien lejos de la lluvia- ¿qué te parece?"

"¿A las ocho estaría bien?" Necesito ducharme y cambiarme antes de encontrarme con alguien. Luzco tan cansada como me siento."

"No hay problema Tiff. Y anhelo que tengas hambre…"

"¿De qué?"

"De comida, o ¿de qué más podrías estar hambrienta?"

"Bien, bien, Don Juan, te veré a las ocho," se rio Tiffany antes de colgar.

Cuando Alan vio a Tiffany caminar al frente de él en dirección a su mesa, difícilmente pudo fijar sus ojos en algo más que en su hermoso trasero y en sus piernas. *Esta mujer me va a enloquecer,* pensó.

"Bueno, ya he pagado mi chantaje, ahora ¿dónde está la recompensa?" Dijo Tiffany en voz baja, después de que el camarero le había entregado el menú y había regresado a la entrada.

"Lo siento, pero ¿dijiste que habías pagado la totalidad?"

"Bueno, aquí estoy, ¿no me ves?"

"Eso es sólo la cuota inicial," respondió Alan, sonriendo.

"Oh, ¿quieres decir debo algo más?"

"Por supuesto que lo hay, pero seré generoso; te diré lo que pasó hoy, y entonces, después de la cena, te pediré el resto del pago."

Tiffany sonrió feliz y disimuladamente, pero no respondió inmediatamente. "¿Qué te imaginas para esta noche?"

Alan leyó detenidamente el menú. "Algo caliente y reconfortante," dijo él levantando su mirada hacia ella. "¿Y tú que quieres?"

"Por alguna razón, este clima me hizo pensar en sopa de almejas…, y ya ves, ellos tienen algunos platos de esos en su menú."

"¿Es todo lo que vas a pedir?"

"Oh, no, estoy demasiado hambrienta para parar ahí…, creo que pediré lasaña de espinacas más tarde."

"Eso suena como planeado," dijo Alan, poniendo el menú al lado de su plato. "¿Qué te parece un delicioso vino rojo con la lasaña?"

"Absolutamente perfecto," respondió Tiffany, mirando al mesero que se aproximaba.

Una vez habían ordenado y el vino estaba abierto 'resollando' sobre la mesa, Alan dijo, "creo que te deberías preparar para encontrar a nuestro espía de abordo más pronto que tarde."

Tiffany levantó sus cejas. "¿Quieres decir que tenemos un espía de verdad –como un hombre de la CIA- en medio de nosotros?"

"Oh, sí, tuve el dudoso placer de almorzar con ese hombre hoy."

"¡Guau! ¿Y qué tenía él que decir a su favor? ¿Tiene eso algo que ver con lo de los micrófonos? Preguntó Tiffany, bajando su voz a un mero susurro.

Alan asintió, tomando un sorbo del vino que había vertido en ambos vasos.

"Sí, efectivamente, hice que él quitara todos los cuatro dispositivos, dos de los cuales, yo había encontrado después de que habláramos en el desayuno."

"Entonces, Babette estaba en lo correcto, ese espía estaba *sobre ti* por algo -¿o no?

"No, no exactamente. Y no creo que él sea del MI5 o de la CIA. Su nombre y su acento me dicen que es de Alemania. No he revisado la lista de pasajeros aun, aunque pienso que no encontraré el nombre que él me dio, pero si hay algún alemán entre los 200 pasajeros, juraría que ese es el hombre. En cualquier caso, él fue bastante lejos al mostrarme donde está su cabina…"

"¿Suena como que él confía en ti entonces?"

"No diría tanto como eso, pero parece suficientemente genuino y confiable."

"¿Y qué quería él con los micrófonos?"

"Descubrir qué sabía yo acerca de Gromwell y qué contenía el medallón."

"¿Se lo dijiste?"

"No, primero que todo yo no tenía mucho que decirle, y segundo, no quería revelar lo que hay dentro del pendiente. Esa pieza de joyería no le pertenece ni a él ni a mí, por tanto, no le permitiré meter las narices dentro hasta que descubra quién es el dueño."

"¿Qué pasó con las fotografías?; ¿lograste ampliar alguna?"

Allan sacó un pequeño sobre del bolsillo de su chaqueta y se lo entregó a Tiffany. "No pude ampliarlas más que eso; pero pienso que estábamos en lo correcto al pensar que eran las caras de Gromwell y Brightman."

Tiffany examinó las dos fotos y miró arriba. "No lo dudaría ni un minuto. Esos son ellos, mucho más jóvenes, pero son ellos definitivamente." Devolvió las fotos a su sobre y preguntó, "¿qué vas a hacer ahora?"

"Creo que cavaré un poco más hondo en el pasado de Gromwell. No sé aún cómo, pero quizás tú tengas alguna idea…"

Mientras Tiffany asentía, miraba a una pareja de pasajeros que ella y Alan habían visto antes esa misma noche.

El hombre era alto y mucho mayor que su sonriente compañera. Ella ostentaba un par de pechos tan grandes que Alan inmediatamente los clasificó como balones artificialmente inflados, saliendo de la línea del escote. El estridente vestido estampado en flores, moldeaba su delgado cuerpo mientras sus piernas parecían posarse sobre unos sobredimensionados tacones de aguja. Ella definitivamente no era natural, concluyó Alan. Tiffany miró al hombre; su pelo blanco y su tez rojiza, así como su sombrero blanco de vaquero le decían que probablemente era un ranchero o granjero rico –un texano quizás.

Los dos se sentaron en una mesa cercana y el hombre saludó con la cabeza cortésmente a Alan y a Tiffany. Alan le retornó el saludo y Tiffany sonrió.

El hombre soltó una carcajada y estiró un brazo hacia Alan. "John Gainer es mi nombre, encantado de conocerlo, Oficial," dijo, estrechando su mano.

"Doctor Mayhew," respondió Alan, "gusto en conocerlo."

"¿Escuchaste eso querida?, él es un doctor," dijo Gainer, colocando una mano sobre el hombro de la mujer.

La rubia pechugona giró su cabeza hacia Alan y sonrió. "Oh dios, eso es grandioso –quiero decir, tener un doctor verdadero con nosotros. Realmente es bueno conocerlo doctor, genial. Yo soy Lily, a propósito…"

"Y, ésta es la señorita Tiffany Silvan," agregó Alan señalando con su cabeza a Tiffany.

"¿No es usted la viva imagen de la salud, jovencita?" bromeó Gainer. Pienso que tener un doctor como novio ayuda, ¿no es así?"

"La señorita Sylvan es nuestra Directora de Entretenimiento de los niños." Dijo Alan.

"Oh, guau, mi cielo," dijo Lily, girando y batiendo sus pestañas hacia su hombre, "mejor corramos a tener algunos niños…, no tendremos que molestarnos en cuidar a los pequeños mocosos –la señorita Sylvan se hará cargo de ellos, ¿no es así querida?"

La arrogancia de Lily golpeó en medio de los ojos de Tiffany, pero notando que Alan negó con su cabeza, sólo respondió, "Haré lo mejor Lily, por supuesto."

Riendo sin razón realmente, Gainer giró hacia Alan. "¿Cómo es la comida acá, doctor? Confiable de comer, supongo.

"Oh sí, pero yo me alejaría de la comida frita –mala para la digestión, si no es más…"

"Ja ja ja, sí, mi doctor me dijo lo mismo en Dallas. Él siempre está detrás de mí para que haga dieta…"

"Muy buena sugerencia," asintió Alan. "Así que usted es de Texas, ¿verdad?"

"Seguro, ¡el mejor sitio sobre la tierra! Pero Lily, aquí presente" – la mostró con su cabeza- "ella es de Mississipi, ¿no es así, querida?"

"Nacida y criada –sí, esa soy yo, una bella sureña."

"Ustedes saben, con esta lluvia hemos estado encerrados todo el día en el casino, y no puedo resistir contarles un chiste que le escuché a aquel amigo…" Cambió su mirada hacia Lily de nuevo. "¿Cuál era su nombre…?"

"Ivan Bertel," dijo Lily.

"Sí, Ivan Bertel –un sujeto realmente agradable- de todas formas, su último chiste fue algo como esto…"

Alan y Tiffany intercambiaron rápidas miradas -*¡Que no sea otro chiste texano!*

"Había un ranchero que había sido emboscado por algunos indios –era el Llanero Solitario en persona, ¿ven? Y cuando el Jefe Indio lo tenía amarrado, le preguntó que cuál era su último deseo antes de morir." Alentado por las caras sonrientes de Alan y Tiffany, Gainer prosiguió. "En honor a la Fiesta de la Cosecha, serás ejecutado en tres días. Antes de matarte, te concedo tres deseos; ¿cuál es tu *primer* deseo?

"El Llanero Solitario dice, 'me gustaría hablarle a mi caballo.'"

"El Jefe acuerda y Silver es traído ante el Llanero Solitario quien le secretea a Silver en el oído, y el caballo se marcha al galope. Más tarde aquella noche, Silver regresa con una hermosa mujer rubia al anca. El Jefe Indio mira, la rubia entra a la carpa del Llanero Solitario y pasa la noche con él.

"A la siguiente mañana, el Jefe Indio admite que está impresionado. 'Tienes un caballo muy bueno y leal, pero aún, te mataré en dos días. ¿Cuál es tu segundo deseo?'"

"El Llanero Solitario de nuevo pide hablar con su caballo. Silver es traído a él y de nuevo le dice un secreto al oído al caballo. Como antes, Silver se va y desaparece en el horizonte. Más tarde aquella noche, ante la sorpresa del Jefe, Silver de nuevo regresa, esta vez con una voluptuosa trigueña, más atractiva que la rubia. Ella entra a la carpa del Llanero Solitario y pasa la noche con él."

A la siguiente mañana, el Jefe Indio está otra vez impresionado. 'Eres de verdad un hombre con mucho talento, pero aún te mataré mañana. ¿Cuál es tu *último* deseo?'"

"El Llanero Solitario dice, 'me gustaría hablarle a mi caballo… a solas'"

"El Jefe está curioso pero accede y Silver es traído a la tienda del Llanero Solitario,"

"Una vez ellos estaban solos, el Llanero Solitario agarra a Silver por ambas orejas, lo mira directo a los ojos y le dice, 'escucha muy atentamente, *por… última…vez…te…digo, tráeme una pandilla, no una panocha*'"

"Oh, querido, eres tremendo contador de chistes -¿no es así Doctor?" Irrumpió Lily en medio de risas.

"Seguro que lo es," acordó Alan después de parar de reír.

Tiffany limpió de sus ojos las lágrimas de risa que amenazaban con arruinar su maquillaje. "Eso estuvo muy bueno. ¿Dónde aprendió a contar chistes tan bien?"

"Oh, ustedes no saben, siempre estaba escuchando comediantes cuando estaba en casa y aquellos chistes que me gustaban los practicaba repitiéndolos –pienso que es por eso que me volví tan bueno en estas lides."

"Creo que mejor ordenamos algo ahora, querido," le susurró Lily, "el mesero está merodeando un poco por acá…"

Gainer miró al sonriente joven. "¿Te gustó el chiste?"

"Sí señor, seguro que me gustó…" Bajó su cabeza visiblemente apenado. "¿Puedo tomar su pedido?"

Capítulo Veinte

Saludo Hawaiano

Habiendo acompañado a Tiffany a su camarote después de la cena, y una vez haber visto que ella estaba segura –estaba empezando a preocuparse por el próximo movimiento de Gromwell- Alan se sentó al lado de ella sobre la cama.

"¿Acerca de qué es todo esto? Preguntó Tiffany, rodando su cuerpo –lamentablemente para la mente de Alan, cubierto con un camisón de seda- encima de las cobijas.

"Prefiero la seguridad que tener que lamentar, por eso es que estoy previendo que todo esté seguro, eso es todo."

"Pero, ¿no dijiste que ese sujeto Kurt estaba sobre las huellas de Gromwell?"

Alan asintió. "Sí, lo hice," respondió, tomando una mano de Tiffany y besándola. "Pero si Gromwell es tan escurridizo para ser capaz de evadir la Interpol o el MI5 o la CIA y que, incluso nuestro espía alemán no está seguro de que Gromwell es *su persona de interés*, no quiero encontrarte aquí después de que él te haya atacado…"

"Pero, ¿no dijo Kurt que él estaba era detrás de ti –no de mí?

"Sí cariño, sí, pero como te dije antes, estoy seguro que Gromwell sospecha que hay más que una relación de trabajo entre nosotros, y si él decide tomarla contigo, no lo dudará."

"Bueno, entonces, ahora que has logrado atemorizarme y sacarme de mis cabales por el resto de la noche, mejor te saco de aquí antes que te pida que me vigiles hasta mañana."

Alan dejó escapar una risita. "Y sabes que yo haría mucho más que vigilarte, ¿verdad?"

"¡Exactamente!" Saltó fuera de la cama y corrió a la puerta donde Alan la alcanzó. "Bueno, un beso es todo lo que lograrás de mí antes de abrirla," dijo Tiffany contorneando su cuerpo contra la puerta.

"De acuerdo…, sólo un beso…," respondió Alan abrazándola tiernamente y dándole un febril beso, el cual Tiffany devolvió con todo el fervor que sentía.

"Bueno…" dijo ella, empujándolo suavemente, "creo que tienes un paciente esperándote, ¿no es así?"

Mejor me voy de aquí ahora, de lo contrario, me pasaré toda la noche..., pensó él, jurándose a sí mismo que sacaría a Gromwell del barco lo más pronto que él pudiera –si él era en realidad el impostor que suponían.

Una vez regresó a la enfermería, telefoneó a Evelyn y le pidió conseguir una silla de ruedas en la sala de asistencia, y mover a Mel Channing al centro médico donde ella y Angie pudieran hacer turnos monitoreando el progreso del hombre, mientras llenaban algunas de las montañas de papeles y reportes para la oficina de Miami. Pensando en lo que pasó esa tarde con Evelyn teniendo que transportar una unidad portátil para suero intravenoso hacia arriba y hacia abajo en los elevadores, y sin tener el equipo apropiado para monitorear un paciente en alguna circunstancia crítica, Alan una vez más decidió enviar formatos de pedido a la oficina en un renovado intento por obtener los monitores médicos y el equipo necesarios que sentía que hacían falta en el centro médico. Sacudió su cabeza, sabiendo la respuesta que obtendría, ya que el departamento no generaba ningún ingreso y le costaba a la compañía un montón de dinero en cada crucero. En cualquier caso, cualquiera que fuera la respuesta, Alan sentía que era imperativo para él tratar una vez más. Si Channing se pusiera peor, infortunadamente lo sabía, no tenía el equipamiento necesario para estabilizarlo...

Más tarde esa misma noche, cuando él y Evelyn estaban en medio de la escritura de sus reportes, Evelyn notó que Alan se sobaba su pierna izquierda por enésima vez.

"¿Qué le está pasando doctor?" Preguntó ella, "¿se ha lastimado su rodilla o algo parecido?" lanzando una mirada a la pierna de Alan por debajo de la mesa.

Él sacudió su cabeza. "No, pero gracias por preguntar. Es sólo este clima. Tuve una vieja lesión que se mantiene recordándome que no soy tan joven como me gustaría ser."

"¿Ha visto a un especialista para eso?"

"No es suficientemente serio para molestar a un especialista con esto."

"Estoy segura que si un paciente llega a usted con el mismo problema, usted sería el primero en enviarlo a un especialista en el puerto más cercano, ¿verdad?"

Alan tuvo que estar de acuerdo con la suposición, pero calló y siguió digitando.

La media noche se estaba aproximando rápidamente cuando súbitamente la puerta de la enfermería se abrió y una mujer jadeante apareció en el umbral, manteniéndose parada contra el marco de la puerta. Ataviada sólo con una bata de baño azul claro y su cabeza envuelta en una red que probablemente tenía la intención de retener todos sus rulos rosados en su lugar; definitivamente era un espectáculo.

Alan y Evelyn corrieron a ayudarla –estaba sin respiración y parecía a punto de colapsar –antes de caer al piso.

"Por... por favor, ayúdenme...," balbuceó entre jadeos.

"Bien, bien, no se preocupe, se pondrá bien," dijo Evelyn, arrastrando una silla para la señora. Ella se sentó por sí misma y continuó resoplando, poniendo sus manos en sus mejillas como queriendo rasgárselas.

Alan y Evelyn intercambiaron una mirada cómplice.

"¿Cuál es su nombre?" Preguntó Alan, chequeándole el pulso, mientras Evelyn ponía un tanque de oxígeno cerca de la silla.

"Helen..., Helen Godfrey," respondió ella, mirando a Alan con ojos suplicantes.

Unos pocos minutos después, el oxígeno ayudó, Helen se quitó la máscara mientras Alan aún la examinaba. "Es mi asma doctor. He tenido problemas con ella desde hace algún tiempo..."

"¿Ha visto a un doctor para esto?" Preguntó él.

"Seguro..., y se mantiene recetándome esos inhaladores –pero eso no funciona. Cada vez que algo pasa, como cuando estoy sorprendida o algo así, no puedo respirar..."

"¿Trajo un inhalador con usted?"

Helen asintió y sacó un pequeño envase de su bolsillo.

Alan le echó una mirada y se lo regresó diciéndole, "¿Sabe usted como utilizarlo entonces?"

"Por supuesto," respondió Helen, visiblemente ofendida por la implicación del comentario de Alan. "No soy idiota, ¡usted lo sabe!"

Alan ondeó una mano en frente de él. "No pensaría eso ni un minuto, señora Godfrey." Hizo una pausa. ¿Por qué no me muestra cómo usarlo?, así yo podría verificar la reacción de sus pulmones después de eso."

"Seguro…," dijo Helen, rápidamente volteando el frasco boca abajo, dirigiendo la boquilla a un lado de su cuello y bombeándolo dos veces, como uno lo haría con un perfume en aerosol. Repitiendo los movimientos, ella despúes atomizó el otro lado de su cuello y miró a Alan con expectativa.

Evelyn giró en redondo y corrió a la bodega donde se puso sus manos en su boca para evitar explotar de la risa.

Sin poder contener la risa que estaba tratando de aparecer en sus labios, Alan dijo, "creo que necesito mostrarle una manera más eficiente de usar el inhalador. Atomizar su nuca con el medicamento no será tan efectivo como poner la boquilla dentro de su boca e *inhalar* el aerosol una vez usted presione el frasco manteniendo sus labios alrededor de él."

Con ojos desorbitados, Helen dijo. "¿usted quiere decir que tengo que aspirar esta cosa por mi boca?"

"Sí, señora Godfrey, esa es la forma más eficiente de usar un inhalador. Se lo aseguro. ¿Por qué no prueba?"

La prueba se completó, una amplia sonrisa de alivio apareció en los labios de Helen. "¡Guau! ¡Se siente fantástico! Lo siento doctor, pero no tenía idea." Miró arriba a Evelyn y a Alan. "¿Por qué mi doctor no me explicó eso a mí en Los Ángeles? Podría haber muerto, si no fuera porque usted me enseño como usar esto, *este*" –ella alardeó del frasco en frente de ella como si fuera un don preciado- ¡*inhalador*!

La noche anterior a la llegada de *La Duquesa* a Honolulu, Alan fue a ver a Mel Channing a su camarote. Él había enviado al paciente de regreso a su suite la noche previa ya que mostraba muy buenos signos de recuperación de su ataque de malaria.

"Hola doctor," dijo Channing alegremente apenas abrió la puerta de su cabina. "Entre por favor, venga," agregó, extendiendo un brazo hacia la pequeña sala de espera. "¿Hay algo mal…? Yo me siento bien, usted sabe…"

"Gracias señor Channing," respondió Alan, tomando asiento en el sofá frente a su paciente.

Este último parecía haberse recuperado. Su alegre cara había recuperado su saludable color mientras que su comportamiento todo parecía casi normal. Se pasó una mano por su cabeza calva y luego las puso las dos sobre sus rodillas, mirando abajo a sus pantuflas. "Bueno, ¿qué puedo hacer o qué debería hacer con esta malaria, doctor?" Se relajó y se recostó contra el espaldar de la silla. "Sé que usted dijo que yo debería abandonar el barco en Hawaii, pero yo me siento bien…"

Alan mantuvo una mano arriba en frente de él. "Sí, señor Channing, sé que se siente bien hoy, pero usted no se deshará del parásito –si alguna vez lo hace- a menos que usted tome en serio su tratamiento. Esta vez usted fue muy afortunado y se recuperó, pero la próxima vez que ocurra, usted podría no ser tan de buenas."

Channing abrió sus ojos listo a escuchar la peor de las noticias.

Alan afirmó. "Sí. Si usted no es tratado por ese parásito y no tiene chequeos regulares, tendrá problemas."

"Y ¿por cuánto tiempo tendré que proseguir con el tratamiento?"

"Es difícil para mí responderle. Pero tan pronto como lleguemos al hospital de Honolulu y vea a un especialista, quien le hará algunas pruebas, tendrá una respuesta a esa pregunta."

"O sea que usted no me va a permitir continuar en el crucero, ¿no es así?"

"No, señor Channing, no puedo. Soy responsable de su bienestar mientras usted está a bordo de este barco, y no puedo tomar el riesgo de tenerlo a usted sucumbiendo ante la próxima crisis."

"Habla en serio, ¿verdad?"

"Sí señor. Y la malaria es una seria enfermedad. Además, este no es un viaje corto de un par de semanas –es un viaje de nueve meses. Y durante este tiempo, usted podría tener otro ataque que le costaría su vida. Por lo tanto, le sugiero que se prepare para dejar el barco en la mañana. Una vez que usted haya sido dado de alta por el especialista, no hay razón para que usted no pueda regresar al barco – encontrándonos en otro puerto."

Channing se paró y empezó a pasearse a lo largo de su habitación bajo la mirada curiosa de Alan. Vestido sólo con su piyama, el pobre hombre parecía estar enfrentando un dilema de amenaza de muerte.

"De acuerdo, si eso es lo que debo hacer para liberarme de ese parásito, haré lo que usted dijo."

"Bien," dijo Alan parándose también. "Y no se preocupe, lo acompañaré al hospital y le daré su historia clínica al doctor a cargo antes de dejarlo en sus manos." Vaciló y después se detuvo con su mano sobre el pomo de la puerta. "Sólo una pregunta más, señor Channing…" Éste último lo miró, obviamente desconcertado. "Es acerca de su trabajo en el zoológico; ¿usted era el encargado del parqueadero?"

Channing cruzó sus brazos sobre su pecho y sonrió. "Sí, yo lo era doctor, y aunque adoraba el trabajo, estoy feliz de haberme jubilado. ¿Por qué me pregunta?"

"Por nada realmente. Solo me estaba preguntando si tenía algún familiar que lo esperara de regreso después del viaje, es todo."

"No, nadie me espera a mí en ninguna parte doctor. Aparte de mi amigo Bob en Bristol, ya en la Vieja Buena Inglaterra, no hay familia esperando mi regreso, no."

"¿Es allá donde vivía usted?, ¿en Bristol? Preguntó Alan casualmente, ligeramente sorprendido de que Channing le hubiera revelado tanto sin pestañear.

"Bueno, sí. ¿No lo había dicho? Yo era el encargado del parqueadero en el zoológico de Bristol desde que salí de la secundaria."

¿Por qué este hombre está admitiendo ser el encargado del parqueadero en el zoológico si él es el ladrón que las autoridades inglesas sospechan que debe ser? Se preguntaba Alan.

"Bueno, debo dejarlo en paz ahora, señor Channing. Y lo veré en la mañana antes de que lleguemos a Honolulu," concluyó Alan, abriendo la puerta de la habitación. "Que pase una buena noche, y no olvide tomar una cápsula de quinina en la mañana."

"Buenas noches doctor, y gracias por todo," respondió Channing, manteniendo la puerta abierta mientras miraba a Alan dirigirse al corredor.

El mensaje de Walter Hollman fue corto y directo:

Agente MI5 tomará el caso de Channing en Honolulu. Le enviaré inteligencia para Gromwell prontamente.

Kurt asintió y cerró su portátil. Necesitaba esperar información del agente Hollman antes de hacer su próximo movimiento. Si el Doctor Mayhew le iba a ayudar en este asunto, necesitaba ser cauteloso y hacer que él permaneciera "en los conocimientos básicos" por el momento.

La brisa de la mañana estaba soplando suavemente las palmeras que bordeaban la playa cercana; tan espléndido estaba el día que podría adornar las islas Hawaianas en esta época del año, este era uno de ellos. Las arenas blancas y brillantes parecían estar esperando a que los primeros tomadores del sol aparecieran y a que los surfistas hicieran su primera carrera sobre las holas de cresta blanca y redonda.

Tan paradisíaco como era el escenario pero, a un hombre podía no importarle –él estaba asignado a una tarea, y una tarea muy seria.

Gregory era un hombre apuesto pero de encanto indescriptible, que podría pasar inadvertido dentro de la multitud. Su pelo rojizo y sus ojos color avellana, colocados en una cara amable, podrían haber sido los atributos de la figura de un padre, lo cual él no era. Era un solitario –un turista- aparentemente disfrutando el caluroso y tempranero sol de la mañana. Él podría pasar inadvertido en cualquier parte, pero, hoy quería ser notado por una persona en particular. Estaba esperando a que las lanchas de *la Duquesa* desembarcaran sus pasajeros en Honolulu. Se quitó su sombrero con una mano y se rascó la frente mientras miraba el agua clara lamiendo los pontones. Recostado contra la baranda, echó un vistazo al horizonte y se enfocó en el elegante barco fondeado en la bahía. Sacó un pañuelo del bolsillo de su short y limpió los lentes de la cámara antes tomar varias fotos del área alrededor. Mirando abajo la llamativa camisa que estaba usando esa mañana, sacudió la cabeza y volvió a mirar las lanchas que se aproximaban.

Él deseaba tener unas cortas palabras con Kurt. No tomó mucho tiempo en ver al agente descender del pequeño bote y dirigirse al muelle.

"¿Kurt Schippman?" Preguntó Gregory, aproximándose al agente algo cautelosamente.

"¿Quién desea saber?" A Kurt no le gustaba ser abordado de esta forma. Además nadie le había dicho que el MI5 iría a tener a uno de sus agentes esperándolo en el muelle.

"Mi nombre es Gregory. Sólo quiero tener unas cortas palabras con usted."

Kurt se detuvo y giró su cara hacia el hombre. "De acuerdo Gregory, soy Kurt Schippman, y si no estoy errado, vienes de parte del MI5, para encargarte del caso de Mel Channing, ¿no es así?

Gregory movió negativamente su cabeza. "No en ningún caso, agente Schippman. No tengo idea de quién es ese sujeto Channing y tampoco vengo de parte del MI5."

Esta frase no solo sorprendió al agente alemán sino que lo preocupó inmediatamente. "Bueno. ¿Para quién trabajas entonces, y qué estás haciendo aquí?

"Sólo permítame decirle que las autoridades en tierra desean un poco de ayuda con alguien en *La Duquesa...*"

"Permítame pararlo aquí, Gregory," interrumpió abruptamente Kurt. "Si esta es la ayuda que la CIA desea…" Gregory sacudió su cabeza.

"Yo no soy de la CIA…"

Kurt se estaba irritando. "No me importa cuáles de las letras del alfabeto esté usando usted hoy, el hecho reposa en que usted tendrá que pasar su requerimiento a la Interpol y, si ellos están de acuerdo, le avisarán a mi superior de lo que se hará."

Gregory miró abajo a sus pies y sonrió. "El mismo agente federal Walter Hollman fue el que me dijo que lo contactara a usted aquí y ahora."

"¿Le dijo qué?" Soltó abruptamente Kurt. Él no sabía nada acerca de esto. "No he recibido tal aviso, y hasta que lo haga, seguiré mi camino ahora…" Giró sobre sus talones.

Gregory puso una mano en el hombro del agente para detenerlo. Ese fue un error que estuvo a punto de lamentar. La reacción de Kurt fue instantánea; giró sobre sí y puso una pistola en las costillas del hombre. "Le dije que me iré ahora…" le repitió en el oído al sujeto. "Y no hagamos un escándalo, ¿me escuchó?"

Gregory retrocedió un paso, poniendo sus manos en alto en señal de rendición, mientras Kurt rápidamente regresó la pequeña Colt a su chaleco de cazador. "De acuerdo, de acuerdo, siga su camino, pero tendrá que escucharme antes de abordar de nuevo *La Duquesa* esta tarde. Espero que usted reciba una llamada en el hotel Hawaii Hilton en una hora o algo así…"

"Bueno, iré por la recepción esta tarde…" dijo Kurt, "y si necesito encontrarlo, ¿dónde estará usted?"

"No se preocupe por mí, estaré cerca," fue la respuesta de Gregory antes de girar y caminar en dirección a la punta del muelle.

Desconcertado, Kurt lo vigiló por un momento antes de girar sobre sus talones e ir a la calle más cercana a llamar un taxi para ir al hospital.

Cuando llegó, Channing ya había sido admitido para observación y el agente MI5 estaba esperándolo en el área de recepción.

"¡Hola! ¿Kurt Schippman?" Preguntó el sujeto, dando un par de pasos hacia el agente.

"Sí, agente Bright, me supongo."

"Sí señor, así es como ellos me llaman," respondió el agente MI5, sacando su billetera del bolsillo de su short y abriéndola ante los ojos de Kurt. "Conseguí una copia del archivo a través de Interpol esta mañana y llevaré a nuestro amigo de regreso a Inglaterra tan pronto como sea viable."

"Usted podría tener dificultades con la orden judicial Británica," se atrevió a decir Kurt, "las autoridades de los Estados Unidos puede que no lo dejen regresarlo tan fácilmente…"

"No hay problema, mi querido amigo, no hay problema. Mire, no lo estamos arrestando –no aquí de ninguna manera- estoy simplemente conduciéndolo de regreso a las Islas Británicas, o a una parte de las mismas y luego tomo las medidas necesarias." Se rio alegremente como si esto fuera todo un juego para él, lo cual al agente Alemán no le gustó.

"De acuerdo, agente Bright, lo dejaré a su cargo entonces. Y si necesita algo de mí, usted sabe dónde contactarme, supongo."

"Eso hago, señor, eso hago."

Cuando Kurt pisó las afueras del hospital, prácticamente se topó con Alan. "Oh, lo siento…," balbuceó Kurt, "Lo siento, señor doctor, mi mente estaba en alguna otra parte."

"¿En Inglaterra quizás?" Sugirió Alan.

Kurt miró arriba a su interlocutor. "No, no… ¿qué quiere decir con Inglaterra?"

Alan sacudió su cabeza. "Kurt, no vamos a andar con evasivas, ¿podemos? No solamente es aburrido sino también muy improductivo. Sospecho que usted ha descubierto que ese Mel Channing no era nadie más que el encargado del parqueadero del zoológico Bristol que se fugó con cerca de siete millones de dólares en su bolsillo después de 25 años de servicio…"

"¿Cómo supo…?"

Alan tomó al desconcertado Kurt por el brazo y lo condujo lejos de la entrada del hospital. "Déjeme terminar…" Kurt asintió. "Bien, sé acerca de esto porque he leído un artículo en el Londres Time, y atando cabos, he concluido que el sospechoso del robo era Channing cuando usted mencionó su nombre la primera vez que hablamos."

"Correcto, señor doctor, es mi error. No tengo confirmación de que el señor Channing es en efecto el ladrón, por lo tanto, solo pude poner el caso en manos del MI5."

"Bueno, ahora vamos en la dirección correcta, me gustaría hablar con usted acerca de nuestro capitán de tripulación Hans Gromwell. ¿Está él o no bajo vigilancia?"

"No le puedo contestar, señor doctor," respondió Kurt, volviendo a su habitual testarudez.

"¿Eso es porque usted no sabe quién es él o porque no puede hablar?"

"Ambas," fue la respuesta de Kurt.

"De acuerdo entonces. Pero pienso que hay algo que usted debería agregar a su investigación…"

"¿Qué es?"

"Échele un vistazo a la relación entre Brightman y Claphman en 2009 en Miami."

"¿Quiénes son ellos?"

"Eso es todo lo que le voy a decir en el momento, Kurt. Además, usted pronto descubrirá quiénes son esas personas…"

"¿Por qué no dijo usted algo de esto antes?"

"Porque, como usted probablemente sabe, el gran hermano está vigilando; hay cámaras de circuito cerrado de televisión por todo el barco y hablar con usted acerca de este viejo caso, mientras sabemos que Gromwell puede estar espiando, no hubiera sido un movimiento recomendado de mi parte."

"Gracias señor doctor. Me aseguraré de revisar el caso de Brightman y Claphman y le haré saber lo que encuentre. Hizo una pausa, mirando abajo a la acera. "Otra vez tengo que advertirle acerca del señor Gromwell –si él es la persona que estamos buscando, y si descubre que usted está husmeando en su pasado para descubrir algo acerca de él, no pararía hasta encontrar la forma de deshacerse de usted o de la señorita Sylvan."

"Créame Kurt, lo escuché la primera vez. Pero permítame preguntarle entonces, ¿por qué él querría hacerle daño a la señorita Sylvan?"

"Si Hans Gromwell es nuestro hombre, él no tolera infidelidad de ninguna clase…, eso es todo lo que le puedo decir ahora."

Capítulo Veintiuno

Gregory

Hedwig había visto lo mejor y lo peor de los tiempos en el astillero Blohm & Voss. El primer año había sido quizás el peor de los últimos cinco que él había estado allí. Le gustaba la compañía de hombres y el entrenamiento, aunque difícil, era invaluable. Había ido desde trabajador de latonería, a soldador, a aprendiz de arquitecto de barcos y últimamente había aprendido a diseñar cascos y bodegas de carga. Después de eso, había pasado unos dos años en el departamento de ingeniería, aprendiendo prácticamente todos los movimientos internos y la instrumentación de la maquinaria de un barco. Ante tan intensivo entrenamiento, él se sentía ahora, más que nunca, listo para girar hacia el mundo de la industria marina. Sin embargo, había otro paso que él debía tomar antes de ser puesto en libertad después de otros cinco años. Ya que él había sido no solo un modelo como prisionero y paciente mental, Hedwig estaba esperando ser enrolado en las instalaciones del puerto de entrenamiento en Hamburgo

Otra cosa que Hedwig tenía en el fondo de su mente, por supuesto, era lo que él estaría haciendo cuando fuera liberado. Se sabía, sin decirlo, que él planeaba conseguir un trabajo en la industria marina, pero lo que le preocupaba era el hecho de que Hedwig Von Strom nunca sería libre. Aun cuando las puertas de la institución mental se cerraran detrás de él, sería vigilado e imposibilitado para vivir su vida. Ya que ahora Alemania estaba unificada otra vez, la modernización que había tomado lugar desde que el muro cayera, había jugado en pro y en contra de él. Sin ese enorme acontecimiento político y todas sus consecuencias, Hedwig probablemente estaría aun pudriéndose en esa prisión mental. Pero, con ello, la vigilancia y la manera en la cual la Policía Federal conservaba la pista de sus ex convictos (o pacientes criminalmente insanos) una vez liberados, era mucho más de lo que Hedwig hubiera imaginado diez años atrás. En cualquier caso, él había sido suficientemente inteligente para planear a futuro, y mientras mantenía una cercana relación con algunos de sus compañeros de trabajo en el astillero, había logrado construir para sí mismo una nueva identidad y documentos para probar quién era él −o en quién se había convertido- durante los primeros tres años de su entrenamiento en Blohm & Voss.

Había algunos hombres que habían hecho amistad con él fácilmente mientras había otros que no le creían. Entre estos estaba un hombre llamado Carl Dermann. Para Hedwig, Carl era demasiado bulloso a su modo de ver. Así que se aseguró de que Carl nunca estuviera al tanto de sus futuros planes. Y para alivio de Hedwig, no pasó mucho tiempo para que Carl fuera transferido, aparentemente, a otro astillero. Habían pasado casi diez años desde que Hedwig había visto al individuo. Pero este encuentro había permanecido en el inconsciente de su mente. Definitivamente, Hedwig decidió que no solamente cambiar su nombre sino también su apariencia, sería una muy buena idea tan pronto como lograra su libertad.

Carl Dermann —el nombre que Kurt había adoptado mientras trabajaba encubierto en el astillero Blohm & Voss- estaba solo viendo pasar el tiempo observando a Hedwig; esto se tronchó cuando el agente Hollman lo llamó de regreso a Berlín. Hollman asumió que Kurt era demasiado bueno como agente para gastar su precioso tiempo trabajando al lado de un paciente mental construyendo barcos. Por lo tanto, cuando Hedwig fue enviado a las instalaciones del puerto de Hamburgo para más entrenamiento, él estuvo libre de supervisión por bastante tiempo, lo cual le llegó como anillo al dedo.

En Hamburgo, no le tomó mucho tiempo en, literalmente, probar algo nuevo, y aprender el arte de cargar y descargar embarcaciones provenientes de todo el mundo. Estas portaban banderas de países como Holanda, Finlandia, Bélgica, Inglaterra y tantos otros, que él no pudo llevar más la cuenta. Pero los barcos de carga de los Estados Unidos eran los que más atraían su atención. Hedwig deseaba ir a América —por todos los medios, ¡él lo lograría!

Gregory Voinovich había desertado de Alemania Oriental a Alemania Occidental cuando tenía sólo dieciséis años. Por pura coincidencia, su camino se había cruzado con un Agente Federal Alemán cuando éste último estaba inspeccionando los "ires y venires" de algunos de los sospechosos de traficar armas que cruzaban la frontera frecuentemente. Una vez que el agente había confirmado que el chico era en efecto quien había dicho que era —huérfano de padre y madre y solamente un chiquillo- lo llevó a Berlín y lo adoptó. Lo que él tenía en mente estaba lejos de ser el cariñoso padre adoptivo que él desearía ser sino un mentor y un guía para lanzar al inteligente joven a una carrera con la Policía Federal. Gregory pasó por el riguroso entrenamiento de la Academia. Después, por el aparentemente interminable entrenamiento de la Policía para terminar en la Oficina Alemana de Inteligencia por el tiempo en que él tenía veinticinco años. Walter Hollman llevó al dedicado joven bajo su cuidado y, con el tiempo, le cogió cariño. Envió a Gregory a más misiones delicadas de las que el habría podido contar con los dedos de las manos –siempre con resultados satisfactorios.

Por el año 2007, Gregory era un experimentado y muy inteligente agente. Walter sintió entonces que estaba listo para misiones más grandes y mejores; una de ellas era seguir el rastro de Hedwig von Strom. Desde su liberación, el paciente del viejo asilo había desaparecido –literalmente se había esfumado. Ya que Hedwig no había sido puesto en libertad condicional, nadie tenía pistas de él desde que dejó Hamburgo. ¿Estaba él aún en el país? ¿Había abordado un barco de carga? Nadie parecía tener respuesta a esas preguntas. Fotografías del ex paciente habían circulado, pero ya que no se había reportado ningún delito que pudiera ser relacionado con el viejo modus operandi de Hedwig, Walter no tenía motivos oficiales para perseguirlo, tampoco los recursos en su presupuesto para hacerlo.

Así que Hedwig von Strom ahora era libre de recorrer el mundo a su placer.

Capítulo Veintidós

Kurt desaparece.

Tiffany y una media docena de niños, acompañados de sus padres, desembarcaron de la siguiente lancha y fueron recibidos por varias mujeres jóvenes de la localidad que les distribuían collares a los pasajeros y a la tripulación a medida que se aproximaban a lo que servía como cabaña de bienvenida para los visitantes. El embriagante aroma de las flores y de las veraneras que trepaban por los rincones de la choza soplaba sobre los recién llegados a la isla como una cautivadora brisa flotando sobre las pegajosas tonadas cantadas por los sonrientes intérpretes de ukulule – instrumento nativo de cuatro cuerdas. Los ojos de Alan recorrieron distraídamente por sobre las jóvenes bailarinas de hula, admirando la flexibilidad de sus movimientos y las expresivas facciones de sus rostros y de sus ondeantes cuerpos. Pero su mente estaba en alguna otra parte –Tiffany estaba en peligro.

Jean Pierre estaba también en la fiesta y tan pronto vio a Alan esperándolos al final del muelle, empujó el codo de Tiffany.

"Mira, el doctor está esperándonos. Quizás podamos convencerlo para que vaya a la Luau de los niños (tradicional fiesta Hawaiiana acompañada usualmente de juegos de entretención) con nosotros."

Tiffany levantó su mirada hacia Alan y saludó ondeando su mano. "No sé si él podría, pero sería agradable tenerlo a nuestro lado."

"Preguntémosle," dijo Jean Pierre cuando el grupo llegó hasta él.

"¿Preguntarme qué?" inquirió Alan cuando Tiffany estuvo a su alcance.

Con los niños a su alrededor y los padres disparando sus cámaras, Tiffany y Jean Pierre sólo sonrieron como respuesta.

Entre el grupo de chiquillos estaba la pequeña Annie Galbraith. Toda vestida de blanco, el collar de orquídeas rojo púrpura alrededor de su cuello acentuaba más sus grandes ojos azules y sus rubios crespos.

"¡Hola doctor Mayhew!" dijo ella, girando su cara hacia arriba para mirarlo. "Usted sabe que iremos a una gran Luau con la señorita Tiffany. ¿Vendrá usted con nosotros también? Será muy divertido…"

Obteniendo sólo una sonrisa como respuesta, Annie insistió. "Oh, por favor, por favor doctor Mayhew, por favor venga con nosotros."

Alan se agachó. "¿Estás segura que la señorita Tiffany estará de acuerdo?" la miró. "Creo que mejor le preguntas a ella."

Annie giró sobre sus talones y fue hacia ella. "Por favor señorita Tiffany, ¿puede el doctor Mayhew venir con nosotros?"

¿Cómo puede uno decir no a Annie? Se preguntó Tiffany para sí misma. "Si el doctor está de acuerdo, estoy segura que podemos encontrar un asiento para él." Se giró hacia Alan. "Pienso que Annie sólo hizo la pregunta por nosotros," dijo ella sonriendo.

Jean Pierre, entretanto, fue a hablar con los padres y un momento después, el grupo entero estaba marchando felizmente en dirección al pasillo en donde un par de camionetas estaban esperando por ellos.

"Hola doctor," dijo la señora Galbraith, pasando junto a él. "Yo realmente debería ir a verlo cuando regresemos a bordo. Pero no hemos tenido tiempo para nada desde San Francisco; todo ha sido muy divertido…"

"Está bien señora Galbraith, mientras que usted y Annie estén bien; las veré a ambas cuando ustedes tengan tiempo. No hay problema," respondió Alan, esperando a que ella se montara en la camioneta y antes de voltear a mirar a Tiffany.

"Necesito decirte algo cuando tengas un minuto Tiff," le susurró a ella en el oído antes de que se subiera a unirse con los niños en la segunda camioneta.

Ella se volteó hacia él, mostrando un poco de ansiedad. "No me digas que algo ha pasado…"

"No, nada en particular, pero hablemos tan pronto podamos, ¿está bien?"

"De acuerdo…," respondió Tiffany, montándose en la camioneta de los niños y cerrando la puerta.

Jean Pierre dijo, "venga conmigo doctor, tomaremos la próxima camioneta para ir al Hilton."

"Bueno…, voy detrás de usted."

Cuando Kurt llegó al Hotel Hilton Resort en la Playa Waikiki, fue directamente al mostrador de información y preguntó si un mensaje había sido dejado para él. Estaba ansioso por tener la llamada que Gregory había mencionado. Su mente estaba atiborrada con las posibilidades. *¿Por qué no me habló Hollman acerca de Gregory o* *de la llamada telefónica?* Se preguntaba mientras la joven mujer en el escritorio buscaba en la pantalla de su computador el mensaje en cuestión. Apenas lo encontró, le solicitó a Kurt una apropiada identificación, le pidió tomar el teléfono en una cabina cerca al escritorio así que ella pudiera conectarlo con el interlocutor.

No deseando revelar su identidad, apenas escuchó el clic indicando que la línea estaba abierta, esperó.

"¿Hola? Dijo Walter.

"Sí. ¿En qué puedo ayudarle?"

"Kurt Schippman, por favor," respondió Hollman.

"Habla con Kurt señor. Obtuve su mensaje apenas me bajé del barco. ¿Qué pasa?"

Su conversación duró sólo treinta segundos, si acaso.

Kurt miró el auricular antes de devolverlo a su plataforma. Sabía que el agente Hollman estaba en lo cierto. Él había sido Carl Dermann por mucho tiempo cuando estuvo trabajando con Hedwig, ¿y si Gromwell lo había reconocido…? *Pero ¿qué pasa con Jordania?,* se preguntaba antes de dirigirse afuera del hotel y desaparecer entre la multitud de la calle.

El escenario había sido instalado cerca de la piscina de los pingüinos y del césped de los flamencos donde los niños habían disfrutado acercándose a esas pequeñas criaturas, chapoteando alegremente adentro y afuera del agua antes de que les pidieran que se sentaran cuando la Luau estaba por comenzar. Si los chicos habían estado temerosos frente a los flamencos acicalándose sus plumajes, ahora estaban boquiabiertos cuando la música empezó y las bailarinas entraron al escenario. Las pequeñas mujeres que danzaban al ritmo de la música, dejaron a todo el mundo llenos de admiración y algunos tuvieron de sobra para el festín que pronto se iba a servir en un sitio cercano.

Sin hambre y casi reacio a participar de la carne que estaba en el menú del Luau, Alan se aproximó a Tiffany apenas las bailarinas se fueron atrás del telón del escenario.

"¿Estamos bien?" preguntó él, extendiendo una mano para ayudarle a ella a ponerse en pie desde su sitio sobre el piso.

"Segura…" respondió ella, girando hacia la señora Galbraith quien había estado sentada a su lado. "¿Nos disculpa por un momento…? Regresaré enseguida," agregó para la señora.

"¿Por qué? Por supuesto, mi querida. No hay problema. Estaremos aquí mismo…," respondió la señora Galbraith, rápidamente girando hacia la mujer que estaba preparando las bandejas para ser llevadas a los invitados prontamente.

"Bueno, ¿Qué está pasando?" preguntó Tiffany tan pronto estuvieron fuera del alcance de los oídos de los demás.

"Nada ha pasado aún Tiff. Pero tuve otra conversación con nuestro agente y él está particularmente preocupado por ti…"

"¿Por mí? Preguntó Tiffany con los ojos bien abiertos. "¿Por qué diablos estaría él preocupado por mí?"

"Déjame repetir esto; Kurt está preocupado de que Gromwell vaya a dar pasos para atacarte a ti de alguna manera."

"Por Dios, Alan, esto se está poniendo demasiado serio para mi gusto." Hizo una pausa escudriñando en los ojos de Alan. "¿Y cuándo vas a intentar ir donde el capitán Middleton con todo esto?" Tiffany se estaba enojando visiblemente.

Él bajó la cabeza y la sacudió negativamente. "Si la Interpol está mezclada en esto, diría que nuestro Capitán está ya informado de la situación."

"Sí, puede ser, ¡pero es acerca de mi seguridad que estamos hablando! ¿Esto no es ahora una pelea entre ese individuo Kurt y nuestro Capitán de Tripulación?

Alan miró alrededor para ver si nadie estaba mirándolos antes de tomar a Tiffany por los hombros y arrimarla cerca de él. "No permitiré que nada te pase, cariño, te lo prometo," le susurró en el oído mientras la acariciaba tiernamente.

Ella se soltó y lo miró, sus ojos brillaban por las lágrimas. "Cuidemos uno del otro, ¿podremos?"

"Esa es mi chica," dijo Alan sonriendo. "Cojamos a ese bastardo con las manos en la masa antes de que él decida hacer algo contra uno de nosotros."

Cuando el sol se estaba poniendo, presentando un espectáculo para una fabulosa tarde –el cielo estaba adornado con ostentosos colores naranja y rojo- dos mujeres estaban hablando de su viaje alrededor de la isla. Estaban sentadas en las afueras del café cerca a la piscina del hotel, admirando los bañistas vespertinos y particularmente a la mujer vestida con un bikini que conversaba al lado de la piscina. Greta era una dama de entrada edad, de carácter feliz; siempre había mantenido el fascinante porte que la edad deseaba borrar de su agradable rostro. Con respecto a su compañera, Jamie, estaba también en los años de su ocaso, pero sus brillantes ojos y su atractiva figura no era para ser ignorada entre los hombres solteros que había conocido desde que su esposo había fallecido unos pocos años atrás.

"Bien, dime que pasó después de que te dejé en el sembrado de piña esta tarde. ¿Fuiste a alguna otra parte? Preguntó Greta a Jamie, sorbiendo su té.

"No realmente, pero comí algo con dos de mis amigas que viven en Hawaii –tú sabes, las dos muchachas que te presenté…" respondió Jamie.

"Ah sí -ellas son mujeres bien parecidas también, respondió Greta.

"Bueno sí, pero están solteras, lo sabes."

"¿Lo están? Eso explica lo que supongo –ellas han logrado mantenerse en forma por si alguna vez desean cautivar un hombre, ¿no es así?"

"Oh, pero ambas han tenido novios, lo sabes…" Jamie hizo una pausa. "De cualquier manera, hablamos por un rato y luego ellas me recordaron algo que nos pasó a las tres cuando aún vivíamos en San Francisco."

"¿Qué fue eso? Preguntó Greta, tornándose interesada. Jamie siempre tenía historias interesantes que contar.

"Una estaba comprometida, tú sabes, y la otra fue amante o "la otra mujer" –como ustedes llaman a las chicas por estos días- de un millonario en Los Ángeles, y por supuesto, yo había estado ya casada durante veinte años por ese entonces. Eso fue antes de que Fred muriera…"

"Oh, ¿eso pasó entonces hace tres o cuatro años? Anotó Greta.

Jamie asintió, bebiendo hasta dejar su taza vacía. "De cualquier forma, estábamos hablando de nuestras relaciones y decidimos sorprender a nuestros hombres recibiéndolos en la puerta usando brasier negro, zapatos de tacón alto y máscara en los ojos."

"¿De verdad fueron tan atrevidas? Guau, eso debe haber sido excitante. ¿Y lo cumplieron?

"Oh sí, seguro que lo hicimos. Y acordamos encontrarnos unos pocos días después para intercambiar experiencias."

"¿Y cómo les fue?" Greta se estaba poniendo entusiasmada por escuchar lo que había pasado después de que ellas sedujeran a sus hombres con sus disfraces.

"La primera en ejecutar su plan fue Lidia –la que estaba comprometida para casarse unos pocos meses después. Cuando su novio llegó, la encontró con un corpiño negro de cuero, zapatos de tacón alto y su máscara, y cuando él la vio, dijo, 'eres la mujer de mis sueños... te amo.' Después Lidia dijo que hicieron el amor frenéticamente toda la noche."

"Guau, eso es grandioso... ¿y qué pasó con la amante?

"Ya que ella no podía ir libremente a su casa, ella –a propósito, su nombre es Megan- se le presentó al millonario en su oficina vistiendo sólo un abrigo; debajo de éste llevaba brasier negro, zapatos de tacón alto y la máscara sobre sus ojos. Aparentemente, cuando Megan abrió el abrigo el hombre no dijo una sola palabra, pero empezó a temblar y terminaron haciendo el amor toda la noche."

"Creo que el brasier negro funciona –yo debería tratar con Peter- y ver si me hace el amor toda la noche," comentó Greta pensativamente.

Jamie sonrió al pensar en Peter y Greta haciendo el amor –*dos viejos compinches en la cama...* Borró la imagen de su mente y continuó con la historia. "...Y luego yo tenía que compartir lo que pasó entre Fred y yo."

"Oh, cuenta... ¿Qué pasó?"

"Bueno, cuando él llegó a casa yo estaba usando el corpiño negro, medias veladas negras, zapatos de tacón alto y máscara sobre mis ojos. Cuando él entró por la puerta y me vio dijo –van a gozar con esto- '¿Qué hay para la cena, Zorro?' ¿Pueden creer?"

"*¿Qué hay para la cena, Zorro?* ¿Eso fue lo que te dijo realmente? Preguntó Greta en medio de jadeos para poder respirar. Ella había estado riendo bastante y las lágrimas que le corrían estaban arruinando su maquillaje.

"Te lo digo, ¡mi Fred era muy querido, pero él realmente no veía más allá de la punta de su nariz!"

Una vez que Alan regresó a bordo y antes de dirigirse abajo al restaurante a tomar un almuerzo ligero, decidió hablar con Kurt. Quería saber qué tenía de Gromwell y lo que él sospechaba que el hombre había hecho –si era en efecto la persona que Kurt estaba buscando.

Tocó un par de veces a la puerta de la habitación de Kurt sin obtener respuesta. Como el aseador de las cabinas venía por el corredor, Alan fue a hablar con él. El joven llevaba una pila de toallas dobladas en sus brazos y sonrió cuando Alan lo alcanzó.

"Lo siento, ¿pero me podría decir si el hombre de la cabina 49 ya regresó de la isla?"

"No sé doctor. Apenas iba a arreglar las camas y a cambiar las toallas." Miró a Alan. "¿Hay algún problema con él?"

"No que yo sepa," respondió Alan. "Sólo toqué y nadie respondió. Me preguntaba si usted lo había visto."

"No, aún no lo he visto, pero si no le importa, he estado ocupado arreglando los cuartos del lado del puerto. ¿Quiere venir conmigo y ver si él está bien?"

"Sí, ¿por qué no lo hacemos?, ¿le importaría?"

"Para nada doctor," respondió el joven asistente, dirigiéndose a la cabina de Kurt con la llave maestra en la mano.

Alan lo siguió y se paró en el umbral de la puerta, después de que el joven la abrió.

"Pienso que no ha regresado aún," dijo el asistente, saliendo del cuarto de baño con las toallas sucias bajo el brazo. "Déjeme mirar en el closet…, quizás ya dejó el barco…" Dejó las toallas sobre la silla y abrió el closet. Había sólo un par de vestidos y pantalones colgando de ganchos y dos o tres suéteres doblados en el estante superior. "Parece no haberse ido, señor. Por lo que veo, su ropa está toda aquí." Se volteó hacia Alan, cogiendo las toallas sucias de la silla y las limpias de la cama. "¿Quiere que le deje una nota sobre el televisor para que se contacte con usted cuando regrese?"

"No, no, está bien, probablemente me encuentre con él en la cena. Gracias de todas formas." Dijo Alan, girándose y dirigiéndose abajo al pasillo. Su rodilla aun le molestaba, así que, en vez de tomar las escaleras para bajar al vestíbulo, decidió tomar el ascensor. Apenas las puertas se abrieron, salió un hombre de camisa estampada con flores, subió y bajó la cabeza, sonrió y se dirigió a la esquina hacia las cabinas al lado de estribor. ¿Fue una corazonada o simplemente curiosidad la que condujo a Alan a desandar sus pasos y esperar hasta que el pasajero hubiera doblado la esquina? Pero, una vez que el hombre estuvo fuera del alcance de la vista, asomó su cabeza y observó al hombre entrando a una cabina, la cual, estaba seguro, era la número 49. Sacudió su cabeza y regresó a presionar el botón del elevador.

Cuando llegó al vestíbulo, Alan se dirigió directamente a la recepción.

"¿Podría decirme si todas las lanchas regresaron? Le preguntó a la dama que atendía el mostrador.

"Sí señor, ya regresaron." Sus grandes ojos de color café lo miraron. "¿Hay algún problema, doctor?" Le preguntó.

"No que yo sepa, Melanie," respondió, después de haberle dado una mirada a su escarapela. "¿Está nuestro contador en su oficina?

"Solamente Steve… ¿quiere que se lo llame?

"¿Le importaría?"

"No, en absoluto. Él debería estar mientras todos los demás estén cenando." Digitó el número en su teclado y tuvo a Steve en línea en unos segundos. "Hola Steve," miró a Alan mientras hablaba en su Bluetooth. "Si, me preguntaba si tienes un minuto para venir a hablar con el doctor Mayhew…" Hizo una pausa. "Sí, él está aquí… Bueno, le diré. Gracias." Ante estas palabras, presionó otro dígito y dijo, "ya sale, doctor."

"Gracias Melanie," respondió Alan. "¿No va a ir a cenar?"

"No ahora, tengo otra hora para ir…"

"Doctor Mayhew," interrumpió Steve, saliendo de la oficina del contador. "¿En qué puedo ayudarle, señor?"

"¿Por qué no vamos y nos sentamos un minuto?" Dijo Alan, extendiendo un brazo en dirección a uno de los sofás cerca de la pared.

"Seguro… ¿Es algo serio…? Preguntó Steve mientras se sentaban.

"No, creo que no, pero me gustaría saber si tenemos nuevo pasajero a bordo. ¿Puede revisar la última lista y ver si alguien ha reemplazado a uno de nuestros pasajeros iniciales, por si acaso?"

"¿Reemplazar?" Preguntó Steve, abriendo sus ojos. "¿Qué quiere usted decir?"

"Bueno, déjeme explicarle… Yo había ido a la cabina 49 del piso C y el hombre con el cual yo deseaba hablar no estaba allí. Luego, cuando estaba dispuesto a tomar el elevador, vi a otro individuo entrando a la que, podría jurar, era la misma habitación, esa es mi pregunta."

"¿Usted quiere decir que un pasajero de la 49C ha sido reemplazado por alguien más…?

"Sí, es lo que pienso que pasó. ¿Es eso posible?"

"Bueno, supongo que pudo pasar si la primera persona le dio su llave a la segunda y le entregó sus papeles de abordaje…, pero, no sé si tenemos el nuevo personaje ya registrado" –Steve se levantó del sofá- "Déjeme revisar la lista de pasajeros,"

"Bueno, gracias. Esperaré aquí," dijo Alan, levantándose también.

No tuvo que esperar sino unos pocos minutos hasta que vio a Steve venir con una lista parcial de los pasajeros impresa. "Aquí está; el señor Kurt Schippman está aún registrado en la cabina 49 y nadie más se ha registrado a bordo del barco en Hawaii.

Capítulo Veintitrés

El recién llegado.

Cuando Alan dejó el vestíbulo, fue directamente a la habitación de Tiffany. No estaba de humor para jugar a las escondidas con espías o con Gromwell. Necesitaba proteger a Tiffany. No tenía idea de lo que probablemente iría a suceder si Kurt realmente había dejado el barco. Además, no se imaginaba por qué él dejaría el crucero así tan de repente y sin llevar sus pertenencias consigo. Cuando llegó a la cabina de Tiffany, se sorprendió al encontrar la puerta entreabierta. La única idea que tuvo fue que algo le había pasado, corrió adentro solo para chocarse con ella tan fuerte que ella casi cae al piso, pero él la cogió y la atrajo hacia sus brazos con su corazón acelerado.

"Gracias a Dios estás bien," le susurró, manteniéndola muy cerca por un momento.

"¡Alan! ¿Qué está pasando? Dijo Tiffany, soltándose de su abrazo. "Sólo estaba recogiendo las llaves del baúl de los juguetes…"

"Yo sólo soy un viejo loco, Tiff," se burló, aun temblando. Acabo de ver algo cuando regresaba que realmente me ha preocupado pensando en tu seguridad."

"Ven y siéntate," lo invitó ella, tomando su mano y llevándolo a una silla cerca de la mesa. "Luces como si hubieras visto un fantasma real. ¿Qué ha pasado que te ha preocupado tanto?"

Una vez que Alan le contó que había visto un individuo diferente entrando en la cabina de Kurt y que éste último no había regresado de la isla, Tiffany se sentó de nuevo en la silla y cruzó sus brazos en su pecho.

"De acuerdo. Esto se está tornando un poco angustiante para ambos. Estoy preocupada por mi seguridad, sí –no hay duda- pero sabes también como yo que, al menos que descubramos más acerca de nuestro capitán de tripulación, permaneceremos temerosos por el resto del viaje. Y no permitiré que eso suceda." Afirmó ella con semblante inflexible.

"¿Y qué propones para descubrir más acerca de Gromwell ahora que Kurt ha abandonado el corral?"

"Hagamos una visita a nuestro recién llegado –eso propongo," respondió Tiffany, parándose de su asiento. "Tengo que sacar los juguetes de los niños ahora…, pero almorcemos juntos…"

"Pero ¿no almorzaste en la luau?" Preguntó Alan poniéndose en pie también.

Tiffany sacudió su cabeza, caminando hacia la puerta. "De ninguna manera. No pude comer nada de carne; realmente, el aroma era muy fuerte para mí."

Alan tuvo que sonreír – *¿estaría percibiendo una vegetariana en Tiffany ya?* Pensó.

"Está bien, estaré abajo en una hora; tiempo suficiente para cerrar la oficina y cambiarme. ¿Está bien para ti?"

Antes de que ella pudiera dar un paso afuera, Alan cerró de golpe la puerta y la tomó en sus brazos. "Necesito un beso, pequeña," le pidió. "Y no te dejaré salir hasta que logre lo que necesito."

Sonriendo, Tiffany obedeció y le dio lo que él *necesitaba*. "¿Y sabías lo que yo necesitaba? Preguntó Tiffany recostando su cabeza amorosamente.

"Si tuviera que adivinar, diría que necesitas algo de comida…"

Riendo esta vez, Tiffany asintió. "Sí pero de la clase que podemos compartir en la cama."

"De acuerdo, ahora que hemos logrado dilucidar el asunto, te veré en una hora," comentó él, liberándola de sus brazos y abriendo la puerta –finalmente.

Alan miró a Tiffany por un momento antes de regresar al elevador, aún intranquilo con todo ese asunto. Él tenía que ir a la enfermería. Tenía que estar lejos prácticamente todo el día y eso era algo que él no acostumbraba hacer. Pensó en Evelyn y aunque había verificado con ella apenas regresó al barco, quería oír si tenía algún paciente que hubiera llegado con picaduras de insectos, gastroenteritis, salpullidos o quemaduras por el sol –lo usual en Hawaii.

Al abrir la puerta de su oficina, encontró a Babette acostada sobre la mesa de examen. Una mirada le bastó para saber que tenía algún dolor.

"¿Qué pasó?" Le preguntó a ambas.

"Parece que me paré sobre algo cortante en la playa, doctor," respondió Babette, haciendo gestos de dolor mientras Evelyn le limpiaba la herida en la planta de su pie.

"Es una cortada profunda," dijo Evelyn, mostrándole la cortada a Alan para que la examinara.

"¿Te aplicaron la vacuna contra el tétano antes de salir de Miami? Le preguntó a Babette, mirándola.

"Me temo que fue hace muchos, muchos años," respondió riendo y haciendo bizcos.

"Creo que hay que suturar después de comprobar que no hay cuerpos extraños adentro. No querrías llevar regalos a casa dentro de tu pie. También te aplicaré la vacuna contra el tétano, por si acaso," agregó Alan.

"Pensé que irías a visitar algunos amigos de teatro mientras estabas en Honolulu. ¿Qué pasó con ese plan?"

"Oh, lo seguí, seguro. Pero ellos son del tipo que les gusta caminar por la playa y hacer todo tipo de rutinas saludables –Alan no pudo más que sonreír- "y tú sabes, esa clase de cosas no entusiasman mi imaginación." Hizo gestos de dolor otra vez. "Así que, fui y mientras ellos trotaban a lo largo de la playa, yo caminaba detrás… Y, por supuesto, estaba descalza, me paré sobre algo…"

"¿La enfermera del hotel te miró el pie antes de regresar?"

Babette negó con la cabeza. "No, yo sólo me vendé mi pie con una bufanda y tomé la lancha tan pronto como pude. Telefoneé a mis amigos y les dije lo que pasó para que no se preocuparan por mí…"

"Bueno Babette, la sutura está hecha," dijo Alan, mientras Evelyn recogía el resto de vendajes y los instrumentos de la mesa. "Te puedes parar ahora pero te sugiero usar zapatos confortables o pantuflas por unos pocos días –y no caminar en la playa."

Parándose, Babette sonrió. "Puedes estar seguro que no lo haré pronto. He aprendido mi lección."

Mientras tanto, Evelyn había preparado la inyección contra el tétano y estaba lista a aplicársela cuando Babete, mirando la jeringa palideció.

"¿Estás bien? Preguntó ella. ¿Quieres permanecer acostada por un rato más?"

"No, no, sigue adelante, pero por favor, no me muestres esa cosa otra vez –no soporto verlas."

"Bueno, no hay ningún problema," dijo Evelyn, sonriendo. Y antes de que Babette tuviera tiempo de respirar, ya había hecho su trabajo. "Y ahora mi querida Babette, me aseguraré de que Evelyn te acompañe a tu habitación donde deberás descansar el pie por las próximas doce horas. ¿Está entendido? El servicio a la habitación te alimentará bien y Evelyn irá a cambiarte los vendajes regularmente."

"¿Quieres viajar en nuestra lujosa limusina? Preguntó Evelyn alistando la silla de ruedas para la paciente.

"Realmente preferiría caminar…"

"No, todavía no," intervino Alan. "Suficiente tiempo hay para caminar cuando hayas descansado el pie, ¿de acuerdo?"

Babette asintió resignada y se bajó de la mesa con la ayuda de Alan.

Pocos minutos después de que las dos damas habían dejado la oficina, alguien tocó a la puerta.

"Entre, la puerta está abierta," dijo Alan, mirando desde la pantalla de su computadora.

El hombre que entró y se sentó frente a Alan era el mismo que él había visto entrando a la habitación de Kurt. Su pelo rojizo y su piel bronceada hacían resaltar sus penetrantes ojos color castaño. Su camisa estampada de flores y su short caqui no le lucían. Aunque no era un experto conocedor, Alan lo hubiera visto mejor con chaqueta y pantalones sport, por alguna razón.

"Siéntese, ¿por qué no?" Dijo Alan, visiblemente molesto por la intromisión en su oficina después de horas de trabajo.

"Sí, gracias doctor," respondió, poniendo sus antebrazos sobre los brazos de la silla. Su actitud era toda tensa y alerta. Su mirada recorría a toda velocidad de un rincón a otro a través de la sala. "Mi nombre es Kurt Schippman…"

"¿Es Kurt Schippman 'el segundo' por casualidad? Preguntó Alan jocosamente, reclinando su espalda contra la silla.

"¿Por qué? No, sólo Kurt Schippman," dijo él, levantando una ceja perplejo. "¿Por qué me hace esa pregunta?"

"Porque, hablé con un hombre llamado Kurt Schippman en un par de ocasiones, y podría jurar que no es nada parecido a usted."

"Ya veo. Entonces tendremos que hacer esto al derecho, ¿no cree?"

"Sí, creo que a estas alturas del partido…"

"Esto no es un juego doctor," le interrumpió Kurt.

Alan llevó su espalda atrás del escritorio y puso sus codos sobre sobre él. "Lo siento; fue error mío. Sin embargo, creo que es tiempo de que me ponga al tanto. Y créame, no estoy de humor para que usted trate de evadir mis preguntas."

"De acuerdo, entonces ¿cuál es su primera pregunta?"

"Ja-ja, estoy feliz de preguntarle. ¿Cuál es su nombre? Esa es mi primera pregunta."

"En lo que respecta a todos a bordo de este barco –y eso lo incluye a usted doctor- mi nombre es Kurt Schippman."

"Oh sí, como diría Shakespeare, "¿Qué hay en un nombre? ¿Es eso?"

Kurt asintió. "No tengo otro para darle en el momento, además, el nombre solamente es importante cuando se trata de Gromwell, el capitán de tripulación," dijo Kurt, cambiando de posición en su silla.

"Ah-ah, ahora venimos con eso. Entonces, aquí está mi segunda pregunta; ¿qué están ustedes sospechando que él haya hecho para justificar la vigilancia de su gobierno?"

"Yo no dije que él estaba bajo vigilancia..."

Alan ya tenía demasiado. Golpeó su puño contra el escritorio. De esa forma ellos estarían dando círculos por las siguientes horas, y él estaba cansado de eso. "¡Pare ahí! Ya he estado en esto con su gente. Ustedes están tratando de extraerme información, han plantado micrófonos en esta oficina, se han entrometido en mi trabajo y lo peor de todo, me han alertado a mí en contra del señor Gromwell amenazando violencia contra la señorita Sylvan. Entonces, ¡no me diga que nuestro capitán de tripulación no está bajo vigilancia!"

"Está bien doctor. No le diré lo que es él –lo dejaremos así, ¿podemos?"

"¡No! Absolutamente no. Sólo dígame qué sospecha usted de él, y entonces quizás yo pueda ayudarle."

"No puedo hacer eso doctor. Hasta que yo esté seguro de que él es el hombre que estamos buscando, no puedo decirle nada más."

"Quiere decir que necesita confirmar su verdadera identidad antes de que oficialmente pueda ponerlo bajo vigilancia, ¿es eso?"

"Exactamente. Y si esto termina en que el señor Gromwell no es la persona que sospechamos que es, mi gobierno estaría en un problema."

"Pero para cuando usted obtenga esa información, podría tener otro incidente en sus manos; ¿ha pensado acerca de esa posibilidad?"

"Por supuesto," respondió Kurt, aparentemente relajado –lo contrario de Alan que estaba enfurecido. "Y una de las razones por las cuales vine a verlo a usted es para decirle por qué estoy aquí y qué clase de protección puedo ofrecerle a usted y a la señorita Sylvan."

"De acuerdo, diga entonces," respondió Alan con expresión no comprometedora.

"Esto viene de atrás, de la advertencia que le hizo usted a Kurt 'el primero' –como lo llamaría usted- de que sería bueno escudriñar en el caso de Brightman y Claphman de hace dos años." Alan asintió. "Hemos tenido en cuenta su advertencia y hemos descubierto que la señorita Brightman en cuestión tuvo un *amigo*, podríamos decir, el cual concuerda con la descripción de nuestro capitán de tripulación Gromwell. Obviamente, ambos más jóvenes."

"Ahora, esto es lo que yo llamo caer en el meollo del asunto," remarcó Alan, recostándose de nuevo en su silla.

"Bueno, sí. Pero aun no podemos confirmar que el *amigo* y el señor Gromwell sean una misma persona. Nuestro agente en Miami está trabajando con el FBI, buscando la conexión. Creemos que el *amigo* estaba de alguna manera conectado con la señorita Brightman cuando él llegó a Miami. ¿Por qué? No estamos seguros aun."

"Si ustedes buscaron en el pasado de la señorita Brightman, estoy seguro que habrán encontrado que ella tuvo conexiones con la mafia rusa. Quizás el *amigo* tuvo conexiones similares o estuvo de alguna forma en contacto con miembros de esa organización."

La sugerencia de Alan logró una sonrisa como respuesta.

"Sí, esa es una fuerte posibilidad. En efecto, estamos casi seguros que el *amigo* había recibido el nombre de Claphman (alias Brightman) como un contacto en los Estados Unidos."

"¿Interrogaron a la mujer acerca de esto?"

"El FBI está haciendo eso mientras hablamos, sospecho, sí."

En este punto, Alan apaciguó su mente... "Me esperaría aquí por un momento, Kurt? Tengo algo para mostrarle," dijo, parándose y dirigiéndose a la bodega.

"¿Es el medallón lo que usted desea mostrarme? Preguntó Kurt cuando Alan estaba a punto de poner su mano sobre el pomo de la puerta.

Él se paró y se giró. "Sí. Adivino que Kurt 'el primero' le contó acerca de él."

"Él no dijo mucho, excepto que usted tenía un medallón en su poder que podía ser una pista para desenredar este asunto."

"No sé si lo hará, pero puede ayudar," estuvo de acuerdo Alan, caminando dentro de la bodega. Abrió la caja fuerte, retiró el pendiente, y estaba a punto de cerrarla cuando escuchó a Evelyn entrar a la oficina.

"Oh, hola..., ¿en qué puedo ayudarle?" le preguntó ella a Kurt.

Alan cerró la caja fuerte y regresó a la oficina. "No, gracias Evelyn. El señor Schippman está aquí solo para hablar conmigo." Le sonrió. ¿Ya tomaste la cena?

"No, aun no. Realmente, iba en camino para el restaurante del vestíbulo y me preguntaba si usted quería que Angie viniera si usted quería ir a comer algo."

Alan negó con su cabeza y se sentó en su escritorio. "Tú sigue adelante. Si yo estoy listo antes de que regreses, yo mismo llamaré a Angie."

"Bueno, entonces, lo veré más tarde...," dijo Evelyn antes de hacerle un gesto de despedida con la cabeza a Kurt. "Encantada de conocerlo, señor Schippman. Que pase una feliz noche."

"Sí, gracias, lo mismo para usted," respondió Kurt, sonriendo a la espalda de la encantadora mujer. Volvió su atención a Alan. "Usted tiene todos los beneficios, ¿verdad doctor? Una bella enfermera y una hermosa novia, ¿qué más podría esperar un hombre?

"Soy afortunado, supongo," estuvo de acuerdo Alan e hizo una pausa, sacando el medallón de su envoltura. "Bueno, este es el pendiente que fue dejado en mi poder para guardarlo seguro hasta el final del viaje." Le estregó la cadena y el medallón a Kurt. "Dígame quiénes son las personas que están en las fotografías –si usted las conoce."

Kurt abrió el medallón y miró detenidamente las minúsculas fotos por un momento. "Habiendo visto solamente fotos de Brightman y Gromwell, no podría jurarlo, pero creería que esas son las mismas persona, sí."

"Me alegra que usted piense eso, porque ambos, la señorita Sylvan y yo creemos que esos dos son en efecto nuestro capitán de tripulación y la señorita Brightman, pero más jóvenes."

"¿Puedo preguntar dónde consiguió el medallón o quién se lo dio?" Preguntó Alan devolviéndoselo.

"No quería divulgar la identidad de la persona a Kurt 'el primero', pero ya que usted ha sido un poco más abierto conmigo hasta ahora de lo que él fue, se lo diré." Devolvió el pendiente a su envoltura. "El doctor Zetisman lo encontró en su maleta y vino a dejarlo conmigo el día que salimos de San Francisco…" Alan vio al hombre sentado en el lado opuesto de él abrir su boca y cerrarla de nuevo. "¿Eso es importante?" Preguntó.

"¿Se da cuenta usted?... Por supuesto, usted no…, pero si Brightman era una *posible* pista en cuanto a su conexión con los rusos, esto es probablemente –lo más probablemente aun- el enlace que nosotros necesitábamos desde el principio para identificar a Hans Gromwell como el criminal que él ha sido."

Ahora fue Alan el que miró fijamente. No tenía idea de que podría haber habido alguna conexión entre los dos hombres.

Capítulo Veinticuatro

Descifrando a Zetisman

Cuando Alan finalmente llegó al restaurante – quince minutos tarde – era todo sonrisas.

Viendo el positivo cambio en su expresión, Tiffany olvidó el regaño que pensaba darle por llegar tarde. "Dios mío, ¿qué elíxir te auto medicaste? Luces como si te hubieras tragado el canario."

"Quizás lo hice," estuvo de acuerdo Alan, sentándose al frente de su atractiva novia. Sus ojos viajaron arriba desde sus rubios crespos hasta su sonrisa burlona y abajo al muy bajo escote de su vestido rojo. Se delató a sí mismo y volvió sus ojos a su cara.

"Bueno, dime que pasó para transformarte de viejo gruñón a feliz duendecillo en el transcurso de una hora –por favor."

"¿Te importaría si comiéramos algo primero?" Preguntó Alan, mirando alrededor a los platos que parecían como para chuparse los dedos y que adornaban prácticamente cada mesa del restaurante. "Estoy absolutamente muerto de hambre."

Tiffany lo miró fijamente desde atrás de su silla. "Sí, me importa, pero ya que no desearía romper el buen humor, solo te voy a pedir que me des una corta versión de los sucesos y dejes el resto para después de la cena, ¿de acuerdo?"

"Está bien. El desenlace de todo esto es que pasaré la noche en tu habitación hasta que obtengamos algunas respuestas desde Miami."

Tiffany abrió y cerró su boca dos veces. Desconcertada, aturdida, perpleja y quizás un poco dubitativa, todo mezclado en una amplia sonrisa, ella finalmente pronunció, "adoro esa clase de desenlace, pero creo que merezco una larga y dedicada explicación antes de abrir mi cama y mis brazos para este cambiado personaje, ¿no crees?"

"Shhhh, por favor, mi pequeña, este restaurante tiene oídos y ojos, ¿recuerdas?"

"Bueno, bueno..., pero no estás fuera del anzuelo –no por mucho tiempo," respondió ella, lanzando una mirada al mesero que pasaba.

Una hora más tarde, estaban sentados cada uno con un café al frente cuando Alan terminó de relatar su conversación con Kurt II.

"Así que Zetisman conoce al fugitivo que ellos están buscando y él podría reconocerlo en uno de sus momentos de lucidez, ¿es eso lo que me estás diciendo?" Preguntó Tiffany.

"Mejor que eso. Pienso que Zetisman –o Zeitsman como él era conocido cuando estuvo en Alemania- recuerda algo acerca de dónde habría ido nuestro hombre cuando dejó la institución."

"Bien, pero, y acerca de que vas a pasar la noche en mi cabina, ¿no es ese un movimiento peligroso?"

Alan sacudió su cabeza. "No según Kurt II, Gromwell tiene dos opciones –realmente tres. Primera, él podría ir a la cabina 49C a confrontar a Kurt, el hombre que él conoció años atrás, y encontrar la habitación vacía. Segunda, él podría intentar visitar mi cabina, caso en el cual, se encontrará cara a cara con un pasajero que él no ha visto antes, y quien le dará una buena batalla. Y tercera, él puede optar por sorprenderte en tu cabina, movimiento que te aseguraría, le implicaría a él el despido inmediato de la Línea de Cruceros de Oro."

"Primer y segundo caso, diría que Kurt II está en lo cierto –nuestro capitán de tripulación obtendría su merecido. Pero no estoy muy segura acerca de la tercera posibilidad; si él te encuentra a ti en mi cabina, ¿no estarías arriesgando que te despidan?"

"Realmente, no. Mira, si yo tuviera que entrar a tu habitación con la llave maestra del dependiente de habitaciones–es decir, sin ser invitado- arriesgaría a ser despedido, sí, igual que Gromwell si él lo intentara."

"Pero no significaría eso que yo estaría arriesgando mi empleo ya que yo te habría invitado, contrariando las reglas"

Alan sorbió su café y sacudió su cabeza. "No en esta instancia."

"¿Cómo? Quiero decir, ¿en qué me diferencio yo de las demás mujeres de la tripulación?"

"¿Recuerdas que te dije que si el FBI o la CIA estuvieran involucrados en el caso, estaba seguro que ellos habrían informado al capitán Middleton del peligro al que estarías expuesta?"

"Sí, pero nadie ha probado aun que Gromwell debería ser sospechoso de nada, así que ¿cómo puede nuestro Capitán levantar siquiera un dedo contra el capitán de tripulación?"

"Solo digamos que este es un ataque en ambos flancos." Alan tuvo que sonreír ante el ceño fruncido de Tiffany. Ella obviamente no era muy versada en maniobras de batalla. "Si el capitán de tripulación se decide a entrar a tu cabina, o la mía, sin ser invitado, le serán formuladas muchas preguntas que él no desearía contestar. Aun el mero hecho de intentar tal entrada le daría poder al capitán Middleton para echársele encima y permitir al FBI o la CIA encargarse de él desde ese momento."

"Entonces, lo que estás diciendo es que nosotros mismos nos ofrecemos como carnada en la punta del anzuelo, ¿no es así?"

"En resumidas cuentas, sí."

Permanecieron en silencio por un momento.

"¿Qué pasa con Zetisman?, ¿está en peligro él también?"

"No, al menos que él apunte un dedo hacia Gromwell y lo identifique como el alemán fugitivo."

"¿Y no crees que él lo hará?

"No, pienso que no. Es más, pienso que nadie más que él mismo puso el medallón en su maleta. O él lo puso allí hace mucho tiempo y lo encontró de nuevo cuando desempacó."

"¿Y crees entonces que él ha olvidado todo acerca de su estancia en el manicomio?"

"No, para nada, pero ya que las fotos en el medallón son las de Gromwell y Brightman, él probablemente ha olvidado la conexión inicial. Más de eso no podría decir."

Pero ¿no dijiste que Kurt II contaría con nuestro extraño doctor para identificar a Gromwell? ¿Qué pasa si él no lo puede hacer?

"Zetisman puede ser olvidadizo o incluso un poco raro, como dices tú, pero no es estúpido, ni mucho menos. Está jugando a la perfección. Hasta ahora, él ha tenido muchas oportunidades de hacer pública la personalidad anterior de Gromwell, pero él no se moverá hasta tener la certeza de que obtendrá los galardones por el arresto."

"Típica personalidad narcisista," concluyó Tiffany, tomando el último sorbo de coñac del fondo de su copa. "Oh…, una pregunta más,… ¿te importa?"

"No, siempre y cuando nos vamos a la cama después de haberla respondido," respondió Alan, sonriendo sin hacer ruido.

"Trato hecho. Aquí va la pregunta: ¿Por qué ellos necesitan al FBI y a la CIA en este caso? -¿No sería suficiente con una sola de esas manadas de buitres?"

"Realmente solo uno de esos cuerpos actuará cuando llegue el tiempo. Mira, me he enterado esta tarde, hablando con Kurt II, que si Gromwell comete algún error en aguas territoriales de los Estados Unidos, entonces los del FBI serán los que lo aborden. Si, por otro lado, él decide esperar hasta que estemos más allá del límite de 200 millas marinas, entonces la CIA se hará cargo."

"¿Por qué eso así?"

"Porque el FBI solo puede actuar dentro de los Estados Unidos o de sus territorios, mientras que las normas de la CIA requieren que ellos actúen fuera de la jurisdicción federal."

Capítulo veinticinco

Un viaje al baúl de los recuerdos

Si Alan y Tiffany pensaban que la noche estaba por terminar, se llevaron una sorpresa cuando Susan y su nuevo prometido entraron a las zancadas al restaurante y fueron directamente a su mesa.

"¡Oh no!, ahí vienen problemas," susurró Alan a Tiffany.

Ella no había notado la entrada de la gran Primera Bailarina y giró su mirada hacia la pareja. "Problema grande," dijo ella, desde debajo de la servilleta que rápidamente se había colocado sobre la boca.

"Oh Dios, estoy feliz de encontrarlos a ustedes dos aun aquí," exclamó Susan, abriendo sus extremidades superiores para abrazar a Tiffany y darle un sobrecogedor beso en ambas mejillas.

Alan, cortésmente se paró y estrechó la mano del instructor de artes. "¿Cómo la están pasando? Disculpe, no hemos sido presentados..."Ghislain Devereux, doctor. Muy complacido de conocerlo," respondió el hombre.

"¿Por qué no se unen a nosotros...?" Les ofreció Alan bajo la mirada con ceño fruncido de Tiffany.

"Oh, sí, sí," dijo Susan, "tengo mucho, mucho que contarles. ¡Ha sido tal la aventura! No puedo recordar haberme encontrado en un aprieto así..."

"¿Por qué no te sientas?" Le pidió Ghislain, arrastrando una silla vacía para que Susan se sentara. "¿Puedo ordenar otro trago de licor para ustedes?, ¿doctor?, ¿Tiffany? "

"Tomaré un Armagnac," dijo Susan antes de que Alan y Tiffany pudieran responder.

"Gracias por el ofrecimiento Ghislain, pero estoy bien así," dijo Alan. "¿Ya cenaron?" Miró de a uno a los recién llegados.

"Oh, no..., quiero decir hemos tomado algún bocado esta noche temprano," respondió Susan. "Nosotros..., quiero decir, yo tenía que encontrarlo a usted, doctor. Necesitaba decirle qué me había pasado cuando estuve en tierra..."

Cuando estaba ya a punto de relatar su aventura, el mesero vino a tomar su pedido.

Una vez Ghislain había pedido los Armagnac para los dos, y el hombre se había retirado, Susan dijo, "primero, fui al centro de la ciudad a comprar algunos vestidos –son muy coloridos aquí; no puedo encontrar algo así en Miami o Los Ángeles –de cualquier manera..., una vez terminé mis compras, fui al hotel para un coctel antes del almuerzo..."

El mesero escogió ese momento para interrumpir y depositó dos vasos sobre la mesa.

Susan lo miró arriba, visiblemente enojada. "Odio las interrupciones, ¿tú no?" Preguntó ella, dirigiendo su pregunta a Tiffany, quien asintió y sonrió.

"Bueno..., ¿dónde iba?" Se dirigió a Ghislain.

"Habías terminado tus compras y fuiste al hotel, mi amor," respondió él ayudándola.

"Ah, sí... Exactamente. Estaba a punto de ordenar un Cinzano en el bar del hotel Hilton cuando el doctor Zetisman entró y se dejó caer en una butaca al lado mío."

"¿Él hizo eso?" Preguntó Alan con una sonrisa intentando aflorar de sus labios.

"¡Absolutamente! Y, es más, no preguntó si yo deseaba compañía, que no la quería, y justo se sentó a mirarme con furia por un largo rato, hasta que el bar tender le preguntó que desearía tomar."

"¿Y qué ordenó él?" Preguntó Tiffany, ahora llena de curiosidad.

"No me van a creer esto, pero pidió la misma bebida que yo, y una vez tomó un sorbo de ella, empezó a toser, a farfullar y a balbucear algo al respecto de que yo no debería tratar de envenenarlo con esa ¡asquerosa bebida!"

La risa de Alan y la sonrisa disimulada de Tiffany fueron cortadas solo por una desaprobadora mirada de Susan. "Oh, pero deberían escuchar el resto – ¡y tampoco es gracioso!"

"Pero debes admitir, Susan, que tú describiste un emocionante cuadro," dijo Tiffany, aun temblando de risa.

"Sí, sí, eso puede ser cierto, pero el hombre realmente debería ser internado. Él ha sobrepasado el estado de loco." Tomó un sorbo de su Armgnac. "Verdaderamente está necesitando atención urgentemente, pero él me recordó los casos que yo he tratado no hace mucho tiempo."

163

"¿Qué hizo después de que te acusó de envenenarlo?" Preguntó Alan, poniéndose impaciente por escuchar el final de la historia de Susan.

"Bueno..., primero debo decirles que yo tenía las bolsas de mis compras dobladas al lado de mi butaca..., y lo que hizo a continuación me dejó realmente preocupada. Él se agachó, sacó todos mis vestidos de las bolsas y los arrojó cerca del lugar, diciendo que nosotros los franceses éramos todos iguales, ¡que no teníamos gusto para la sobriedad y la humildad! ¿Se pueden imaginar a alguien haciendo eso en medio de uno de los más famosos bares de las islas del Pacífico?"

Alan hizo lo mejor que pudo por reprimir una estridente risa, y finalmente preguntó, "¿hizo él algo más aparte de insultar los gustos para vestir de los franceses?"

Susan asintió mientras Ghislain se inclinó atrás para evitar que su última conquista viera que él tampoco podía contener la risa que estaba a punto de dejar escapar.

"La siguiente cosa que él dijo es la razón por la cual estoy aquí – quiero decir, eso es por lo que yo deseaba verlo, doctor, antes de que la noche pasara."

Alan era todo oídos ahora.

"Él empezó hablando acerca de Alemania y de un hombre que él conoció por el nombre de Hedwig von Strom –estoy completamente segura que ese es el nombre que mencionó en medio de su vociferación- y dijo que no podía creer que un sujeto alemán como ese realmente hubiera viajado a un país como Francia."

"¿Estás segura que dijo Francia?" Preguntó Alan, ahora visiblemente interesado.

"Absolutamente. Mira, él estaba, creo, en medio de una recolección de eventos que deben haber sucedido en Francia cuando estaba probablemente en compañía del sujeto Hedwig."

"Y ¿qué le dispararía su memoria? ¿Qué piensas Susan?"

"En mi experta opinión, fue el sabor del Cinzano. Mira, nuestros sentidos, especialmente nuestros sentidos del gusto y el olor, son muy poderosos detonantes de la memoria. Y nuestro buen doctor debe haber ido al baúl de los recuerdos inmediatamente después de probar el Cinzano. Este tiene un sabor especial que uno no olvida fácilmente.

"¿Qué pasa con Francia?, ¿Qué le hizo pensar que él viajó con el sujeto von Strom a Francia?" Fue el turno para Tiffany preguntar.

"Esa es otra observación sicológica bien interesante, querida. Mira, el gusto no está solamente asociado con la memoria sino también con los lugares donde el recuerdo de un evento ha ocurrido."

"De acuerdo, déjame entender eso," interrumpió Alan. "Tú entraste al bar, pediste un Cinzano y Zetisman fue a unirse a ti – ¿con qué propósito inicial? No lo sabemos- pero luego, cuando él probó la bebida, empezó a hurgar entre tu ropa, la cual, supongo, era de diseñadores franceses" –Susan asintió- "y empezó a insultar tu preferencia por el tipo de prendas, recordando a un sujeto en Alemania con el cual él presumiblemente viajó a través de Francia. ¿Eso lo sintetiza todo?"

"Sí. Y el enlace entre el individuo Hedwig y Zetisman le trajo algo de sorpresa al doctor, sospecho. Porque, cuando observé su cambio de actitud al momento que pronunció el nombre, era como que él no había escuchado ese nombre en siglos. Y juraría que si le preguntaras acerca de eso esta noche, no recordaría una sola cosa de lo que hizo."

"Quizás él viajó a Francia cuando salió de Alemania y conoció a este individuo von Strom mientras degustaba un Cinzano en alguna parte," sugirió Tiffany.

Abriendo su boca por primera vez desde que Susan empezó el recuento de su aventura en el Hilton, Ghislain dijo, "usted sabe doctor, mientras estoy enseñando artes en mi escuela, a menudo tengo pupilos que han aparecido con dibujos de lugares que ellos no recuerdan haber visitado nunca, y los pintan solo porque vieron un cuadro del lugar o de la escena en una gran pantalla que representa la locación vívidamente y se les queda impresa en su mente."

"¿Y usted piensa que este es el caso del doctor Zetisman, que puede que él nunca haya visitado Francia?" Preguntó Alan, deseando que la respuesta no fuera a descartar las posibilidades que ya se había fijado en su mente.

Susan movió negativamente su cabeza. "No doctor. Si él no hubiera tocado los vestidos o probado el Cinzano, estaría de acuerdo con Ghislain, pero ya que él hizo ambas cosas, estoy convencida de que el hombre ha estado en Francia en algún momento."

"Sé que los recuerdos no son algo que puedes prender o apagar cuando se trata de un individuo inestable como Zetisman, pero ¿sabrías de alguna forma de inducir sus remembranzas de Francia o su encuentro con Hedwig von Strom?" Preguntó Alan a Susan, cruzando sus brazos sobre su pecho.

"Seguro," replicó ella, asintiendo. "La mejor manera sería hipnotizarlo, por supuesto. Pero, no sé dónde ni cómo podríamos persuadirlo a sentarse por un gran rato y que esté de acuerdo en ser hipnotizado. Verán, yo podría ser acusada por malas prácticas si el ejercicio se torna complicado de alguna forma."

"¿Qué sucede si tienes luz verde de las autoridades para realizar esa prueba a nuestro buen doctor, lo harías entonces?"

"¿De qué autoridades estamos hablando?" Preguntó Susan, sintiéndose ahora una profesional.

"Primero tendría que verificar si esto podría ser hecho con el beneplácito de las autoridades, antes de poderte dar una respuesta," dijo Alan.

"Quieres decir, si la gente que tiene al doctor Zetisman en el radar por alguna razón u otra, están de acuerdo en que yo ponga al doctor bajo hipnosis, ¿es eso?"

Alan afirmó con la cabeza.

"Bueno, entonces, doctor, si estoy protegida por nuestros chicos de azul, lo haré." Dudó antes de agregar, "pero aun necesitaría la colaboración del doctor Zetisman, usted me entiende. Porque sin eso, pienso que no sería un buen candidato para ninguna clase de prueba – especialmente una de esta naturaleza."

"¿Podría él ser engañado para que se someta a la prueba?" Preguntó Tiffany, enrollando y desenrollando su servilleta nerviosamente.

"No querida," dijo Susan. "Mira, esa clase de treta podría funcionar con algunos pacientes, pero, de lo que yo conozco del doctor Zetisman, él no sería engañado fácilmente. Resalto mis palabras, el hombre es extremadamente inteligente y sospecharía ante cualquier tipo de inducción que le hiciéramos."

Capítulo veintiséis

Un caso de despido

"Señor Simmons," empezó Gromwell, "creo que necesitamos discutir su posición abordo de este barco debido a una situación."

Los dos hombres estaban sentados en la oficina del capitán de tripulación la tarde después de que *La Duquesa* había dejado el puerto de Honolulu. Jean Pierre sabía que, debido a que él se había rehusado a servir de intermediario una vez más, iría a tener alguna clase de problema con el capitán de tripulación. Esto se presentó después de la actuación de Hula que su grupo de bailarinas habían realizado a bordo del crucero para aquellos pasajeros que no habían querido o no habían podido desembarcar en el último puerto de escala.

"Y ¿qué situación sería esa, capitán de tripulación?" Preguntó Jean Pierre tan inocentemente como pudo.

"Usted sabe muy bien a qué situación me refiero," respondió Gromwell en forma agresiva. "No necesito recordarle que categóricamente se rehusó a presentarme a una muy *interesante* bailarina anoche, cuando yo solamente deseaba tener una conversación con la jovencita..."

"Sí señor, yo estaba completamente al tanto de sus intenciones," le interrumpió Jean Pierre, "sin embargo, la joven mujer no quería ir a su cabina más tarde del crepúsculo, ya que ella está comprometida a casarse cuando lleguemos a Mónaco.

"¿No podía usted convencerla de que mis intenciones eran solamente tener un conversación con ella?"

"¿Eso era todo lo que usted deseaba?" Preguntó Jean Pierre con su sangre francesa empezando a hervir a fuego lento.

"Deberá saber que no soy un pervertido, señor Simmons, a diferencia de muchos de nuestro miembros de la tripulación y de la gente joven de su reparto." Gromwell estaba a punto de derramar todo su disgusto contra todo el que cruzara la línea si se trataba de relaciones extramatrimoniales, cuando decidió controlar sus emociones y agregar, "cuando yo le pida que me presente a alguien, señor Simmons, mis intenciones no son otras que tener una conversación con la persona en cuestión –ni más ni menos. Y si eso no concuerda con su sentido del deber, entonces tendremos que tomar las medidas apropiadas para reemplazarlo."

Esto no conduce a ninguna parte, pensó Jean Pierre. *No voy a continuar haciéndole ofertas a este hombre por el solo hecho de estar en este barco.*

"Puedo ver que ya usted ha preparado su mente, capitán de tripulación, pero yo no puedo ir por todas partes pidiéndole a la gente -quienquiera que sea- que pase el tiempo en su habitación, cuando la última vez que pasó, los dos jóvenes regresaron con el más preocupante reporte acerca de su comportamiento."

"*¿Mi comportamiento?*" Protestó Gromwell. "Le pondré de presente que mi comportamiento ha sido completamente correcto. Además, no tengo que justificar nada ante usted en ningún momento..."

"No, usted no, señor," le cortó de nuevo Jean Pierre. "Y a mí, personalmente no me importa si usted decide colgarse desnudo, de las uñas de sus pies del techo de su cabina, pero no quiero ser responsable por invitar jóvenes que no desean estar en ninguna parte cerca de usted, cuando su conversación con ellos es extraña, por decir lo menos."

"Como le dije, no tengo que justificar mis acciones ante usted en ningún momento. Además, si usted no obedece mis órdenes la próxima vez que yo le pida que me presente a alguien, tendrá que empacar sus maletas y encarar su despido en el próximo puerto. ¿Está entendido?"

"¿Por qué no empacar mis maletas ya mismo?" Replicó Jean Pierre acaloradamente, "porque no tengo la intención de ser parte de sus extraños pedidos de entretenimiento a ningún miembro de mi elenco en su habitación." Gromwell estaba a punto de interrumpirle pero Jean Pierre no le permitió y agregó, "además, lo que los miembros de mi elenco hagan en su tiempo libre es problema de ellos. Igual que usted valora su privacidad, ¡ellos también, señor!"

"De acuerdo entonces, no tendré más alternativa que despedirlo de su puesto y contratar los servicios de alguien más tan pronto como sea posible."

"Haga usted lo que considere correcto, capitán de tripulación, sin embargo, usted estará presionado a encontrar a alguien que desee trabajar con usted bajo esas circunstancias," declaró Jean Pierre poniéndose en pie.

"Siéntese señor Simmons," gritó Gromwell cuando vio que Jean Pierre estaba presto a salir. "No he terminado..."

"Pero yo sí, señor. Usted haga lo que quiera, y yo haré lo que necesite con respecto a sus injustificadas peticiones."

"¿Eso es una amenaza? " Preguntó Gromwell cuando Jean Pierre estaba a punto de llegar a la puerta de la oficina.

Él dio un giro en sus talones y miró fijamente al capitán de tripulación. Estaba iracundo. "Tómelo como quiera, capitán de tripulación. Pero la oficina central será informada de la razón real detrás de mi despido, de una manera u otra. Y si esa es la pelea que usted quiere, pues ¡tengámosla!" Y con estas palabras, Jean Pierre se dirigió a la puerta, la abrió y la cerró bruscamente detrás de él.

Jean Pierre no era un principiante en su carrera. Había sido especialmente seleccionado para trabajar en este crucero debido a su impecable hoja de vida y su tino para atraer gran audiencia entre los pasajeros a los innumerables shows que él había producido, sea a bordo o en tierra. Cuando abandonó la oficina de Gromwell, estaba no solamente aliviado de haberle dejado saber sus sentimientos sino también por tener ahora la opción de ir a trabajar en otro crucero donde tan raro bicho no estuviera a cargo de la tripulación.

Por su parte, Gromwell no estaba nada aliviado ni satisfecho con la forma en que se había desarrollado la conversación. Esa clase de intimidación había funcionado con muchos de la tripulación en cruceros anteriores, pero no esta vez. Si ese pequeño mocoso fuera a reportar sus acciones, aunque ellos habían sido benignos y bien intencionados, él sabía que sería arrastrado por los cuestionamientos –algo que él temía más que a nada. Él no había pasado un montón de años de infortunio y duro trabajo para alcanzar su actual posición solo para verla sacrificada en las manos de un chismoso como Jean Pierre Simmons. Algo tenía que hacerse acerca del pequeño sapo, decidió. Cuando él había trabajado en Inglaterra, en Brest para ser más precisos, Hans Gromwell había conocido a muchos de esos indeseables sapos, siempre listos a intentar con alguna mujer que se les cruzara en su camino. Gromwell no podía convenir con ese comportamiento. Una mujer, en lo que a él concernía, pertenecía a un hombre y viceversa. Y tener sexo por fuera del matrimonio no era parte de la ecuación de las relaciones. Sí, ¡el señor Simmons tendrá que pagar por fomentar la promiscuidad sexual!

Jean Pierre tenía que hablarle a alguien, y la única persona que él sabía que le entendería su dilema o le ayudaría en esta espinosa situación sería el doctor Mayhew. Ya había confiado en él el segundo día del crucero, y Jean Pierre creía que el doctor sería probablemente la mejor persona para aconsejarlo sobre qué acción seguir ante las actuales circunstancias.

Tomó el elevador hacia abajo hacia el piso de la enfermería y tan pronto como llegó a la cabina del doctor, golpeó un par de veces y esperó. Sin escuchar respuesta, tocó de nuevo. Cuando la puerta se abrió, se sorprendió de no ver a nadie. Golpeó de nuevo la puerta, esta vez empujándola ligeramente hasta abrirla completamente. Al principio, él no podía entender por qué no había nadie –en lo que podía ver- y cuestionó el hecho de que la puerta hubiera sido abierta por un fantasma invisible.

"¿Doctor Mayhwe?" Llamó. "¿Está usted adentro?"

"No, señor Simmons," le contestó una voz desde detrás de la puerta. "El doctor Mayhew no está acá, como usted puede ver," dijo Kurt, cerrando la puerta tras el visitante.

"¿Quién es usted?" Preguntó Jean Pierre, intrigado de encontrar un extraño en la habitación del doctor.

"Mi nombre es Kurt Schippman, señor Simmons. Y con respecto a su próxima pregunta, déjeme decirle que el doctor Mayhew no se estará quedando aquí por los próximos días."

Pero, ¿por qué? ¿Se ha quedado en tierra? ¿Está atendiendo algún paciente...?"

"Ninguna de las anteriores, señor Simmons. ¿Por qué no nos sentamos y hablamos acerca de las razones de su visita?" Invitó Kurt, extendiendo un brazo hacia la mesa y la silla junto a la pared.

"No tengo nada de que hablar con usted, señor Schippman, vine aquí a visitar a mi amigo, es todo."

"Sí, ya sé, pero yo tengo algo que decirle a usted, señor Simmons, esto podría interesarle bajo las actuales circunstancias."

"Y ¿qué circunstancias son esas?"

"Solo siéntese y relájese," insistió Kurtman, tomando él un asiento.

Jean Pierre lo hizo, aunque renuentemente curioso.

"Bueno, el punto en cuestión es la conversación que usted ha tenido recientemente con el señor Gromwell..."

"¿Cómo supo usted que yo hablé con el capitán de tripulación?" Interrumpió Jean Pierre, desconcertado.

"Simplemente porque estamos escuchando cada conversación de él," respondió Kurt, esbozando una sonrisa.

"¿Usted está escuchando sus conversaciones?" Repitió Jean Pierre, estupefacto. "Pero eso es ilegal. ¿Quién es usted?"

"De nuevo, eso no importa, señor Simmons. Pero lo que sí es importante sin embargo, es que ahora usted se ha puesto en una posición peligrosa con respecto a su capitán de tripulación."

"¿A qué posición peligrosa se refiere? Él me está despidiendo – como usted debe haber escuchado- y eso es el principio y el final del tema por lo que a mí respecta."

"Pero no en lo que respecta al señor Gromwell, me temo."

"¿Qué quiere decir? Yo solo lo demandaré por injusto despido a la primera oportunidad, eso es todo," declaró Jean Pierre, encogiendo los hombros.

"Ese es el punto, señor Simmons. Su capitán de tripulación no se podría dar el lujo de tener su posición en entredicho o en peligro por alguien en esta coyuntura. Y su única opción es deshacerse de usted – usted se ha convertido en otro individuo preocupante en su juego, y él no puede permitir que usted se entrometa.

"¿Es por eso que usted está aquí? Quiero decir, ¿el doctor Mayhew está en peligro también?"

La cabeza de Kurt se movió hacia arriba y hacia abajo. "Sí, señor Simmons. Nuestro doctor ha estado entrometiéndose en el pasado del señor Gromwell desde que empezó a cuestionar el hecho de que el hombre no parece tener ningún pasado de qué hablar."

Tiffany y Alan estaban disfrutando la tarde juntos en la cabina de ella, respondiendo a los deseos el uno del otro. Durante los pocos días pasados, sus mentes habían estado enfocadas solamente en lo que Gromwell estaría elaborando como represalia contra uno de ellos, y sus preocupaciones habían apagado sus deseos de hacer el amor una vez estaban solos. Pero esta noche, Alan había logrado hacer a un lado todos los pensamientos relacionados a su capitán de tripulación, al propósito de hipnotizar al amigo Zetisman o a averiguar algo más del extraño pasado de Gromwell.

Estaba cada uno enlazado en los brazos del otro, mientras Alan daba tiempo a que sus labios viajaran abajo hacia los deliciosos pechos de Tiffany. Estaba tocando sus pezones y alistándose para poseerla cuando el estridente timbre de su teléfono celular desinfló todas las partes de su deseoso cuerpo como un pinchazo de alfiler en un globo.

Maldijo bajo su aliento, tomó el teléfono y le dio a la persona que llamaba un cortante "Hola."

"Lo siento por molestarlo doctor, pero algo ha pasado..."

"¿Qué?" Resonó la voz de Alan como respuesta. "Qué podría ser tan urgente Kurt? Y al menos que alguien le haya disparado a usted en su trasero, no quiero escuchar de usted hasta mañana – ¿está claro?"

Estaba a punto de colgar la llamada cuando escuchó que Kurt explotó a través de la línea.

"Jean Pierre está en un serio peligro."

"¿Qué dijo?"

"Ya me escuchó. Dije que Jean Pierre está en peligro y no es una broma, doctor."

"¿Dónde está él?" Preguntó Alan saliendo de la cama bajo la mirada inquisitiva de Tiffany.

"Él está en su cabina conmigo justo ahora Pero él no puede ir a cualquier parte desde aquí, a no ser que queramos encontrarlo muerto en algún sitio de este barco en la mañana..."

"Está bien, bajaré ahora mismo. No se muevan ni un centímetro," dijo Alan, golpeando la tecla de finalizar la llamada.

"¿Qué está pasando?" Preguntó Tiffany, poniéndose de pie. "¿Alguien está herido?"

Alan sacudió su cabeza como respuesta, "no, aun no," mientras se subía sus pantalones.

"¿Qué significa aún no? ¿A quién te refieres?"

"Jean Pierre. Probablemente entró en confrontación con Gromwell y ahora está huyendo."

"¿Dónde está él? Y ¿por qué él tendrían que ver algo con el capitán de tripulación?"

Deslizándose dentro de sus zapatos, Alan se sentó sobre la cama y besó tiernamente a su chica favorita antes de abandonar su habitación.

Cuando estaba presto a entrar al ascensor, escuchó a Kurt decir su nombre, "Doctor, espere..." Corrió hacia él. "¡Se ha ido!"

"¿Cómo? ¿Por qué no lo esposó..., o algo parecido?"

"Yo estaba en el teléfono con usted y cuando giré mi cabeza por un minuto, se escabulló fuera de la puerta."

"¿No pudo correr detrás de él?"

"Traté, pero con tantas escaleras y pasillos por todas partes, no podría decirle en qué dirección se fue para el momento en que llegué al corredor..., lo siento."

"Bien, no se preocupe, lo encontraremos –esto podrá ser una pequeña ciudad sobre el agua, pero hay solo unos pocos agujeros en los cuales Jean Pierre puede refugiarse."

"Espero que lo encontremos antes que el capitán de tripulación lo haga, de lo contrario, será 'un hombre en el agua' por la mañana."

"Pienso que lo mejor es que me digas que pasó...," dijo Alan, antes de entrar al elevador con algunos otros pasajeros que habían escuchado parte de su conversación y presumiblemente iban al casino.

Parado en el fondo del ascensor, un hombre viejo se dirigió a Alan. "Espero que no sea un esposo perdido el que ustedes están buscando," dijo el hombre, "porque usted sabe lo que ellos dicen: 'Cuando él creó a los esposos, Dios prometió a las esposas que hombres obedientes se encontrarían en los cuatro costados del mundo'. Y después creó la tierra redonda."

Contra toda su voluntad, Alan tuvo que reír junto con la gente en el elevador.

"Vamos a mi oficina," sugirió Alan cuando llegaron al piso de la enfermería. "Bueno, sentémonos por un minuto, antes de empezar a buscar por el barco," dijo Alan, sentándose detrás de su escritorio.

Una vez Kurt le había relatado en detalle la conversación que Jean Pierre tuvo con Gromwell, Alan se recostó contra el espaldar de la silla y cruzó los brazos sobre su pecho. "Sí, creo que estás en lo cierto, mejor encontremos a nuestro director de entretenimiento antes de que Gromwell ponga sus garras sobre él."

Capítulo veintisiete

Un acercamiento a la hipnosis

Después de un par de horas (o más) de búsqueda en el barco, desde arriba hasta abajo – incluso mirando bajo las lonas de algunos de los botes salvavidas –Alan y Kurt no sabían dónde más buscar al fugitivo. Ellos no podían alertar a nadie más de la desaparición de Jean Pierre por temor a que la noticia llegara a oídos del capitán de tripulación.

"Y él tampoco habría ido a la sala de máquinas, pienso" concluyó Alan, lentamente resignándose al hecho de que Jean Pierre había encontrado el lugar perfecto para esconderse.

Cuando Alan regresó a la cabina de Tiffany, ella ya estaba dormida –probablemente demasiado cansada de esperar a su errante novio. Mientras se quitaba la camisa, pensaba en el comentario del viejo hombre en el elevador, con una sonrisa en sus labios y le dio a ella un beso de buenas noches.

Kurt, Alan y Tiffany estaban sentados en el café cerca de la piscina cuando escucharon los '¡buenos días!' de Babette desde el otro lado del corredor.

Su vestido de flores ondulaba a su alrededor, mientras su cabello volaba con la brisa de la mañana. Alan no pudo evitar pensar en el *Nacimiento de Venus,* la pintura de Botticelli que había visto en un museo en Roma. Él no podía entender por qué las flores le hacían pensar en esa pintura en particular; ¿o quizás era el cabello…? Borró la imagen de su mente y sonrió a Babette cuando se aproximó a la mesa.

"¿Por qué no traes una silla?" le sugirió, "¿y tomas el desayuno con nosotros?"

"Oh, no, Alan, gracias, pero posiblemente no pueda comer otro bocado," respondió Babette, sentándose sin embargo.

"¿Otro bocado?" Preguntó Tiffany con las cejas alzadas. "¿Quiere decir que ya desayunaste?"

"Bueno..., sí..." Babette miró a Kurt. "Lo siento, pero, ¿lo conozco?"

Kurt sonrió amigablemente. "No señorita, creo que no. Mi nombre es Kurt Schippman –a su servicio."

"Oh Dios, no me diga que usted es el espía..." Babette se sorprendió a sí misma, "Oooops, no debería haber dicho eso. Quiero decir, usted es un agente, ¿verdad?"

Alan miró la reacción de Kurt – pero, él no mostró ninguna.

"Quizás lo soy, señorita Babette, quizás lo soy," respondió Kurt frívolamente.

"Pero habla Babette, ¿por qué tomaste el desayuno tan temprano? – son apenas las siete en punto..." Inquirió Tiffany, aun intrigada. Babette no era ciertamente la persona de levantarse temprano por ninguna razón.

"Sí, lo sé, querida, lo sé..." Dudó y miró los rostros alrededor de la mesa, cada uno a su turno. "Lo sé, pero tuve un invitado anoche, ya ves..."

Alan rompió el momento tenso con una sonrisa. "¿Y quién fue el afortunado amigo?" Preguntó.

Babette fijó su mirada en Kurt. "Bueno agente Schippman, el hombre que usted probablemente estuvo buscando durante la mitad de la noche, está en mi cabina." Hizo una pausa. "Y él se va a quedar allí hasta que hayamos encontrado una forma de sacarlo en forma segura de este barco una vez lleguemos al próximo puerto."

Kurt asintió y cruzó los brazos sobre su pecho. "De acuerdo, señorita Babette, usted es muy gentil en darle refugio a nuestra víctima, pero pienso que usted misma está poniéndose en una posición peligrosa…"

"Para nada, agente Schippman. Como pasajera de este barco, a menos que alguien sea tan valiente de entrar a mi habitación sin permiso y encontrarse con un serio problema por hacerlo, pienso que Jean Pierre es mejor que esté conmigo." La firmeza en la voz de Babette no le dejó a nadie en la mesa ninguna duda de que ella estaba lista a enfrentar alguna eventualidad.

Alan cambió de posición en su silla. "Lo siento, Babette, pero si puedo sugerir, ¿no sería una mejor idea si yo llevara a Jean Pierre al centro médico?, así él podría estar bajo cuidado, digamos, 24 horas al día."

"¿No piensas que ese sería el primer lugar donde él lo buscaría?" Preguntó Tiffany.

"No creo que él se atrevería a buscar a alguien en la enfermería..."

"Quizás lo haría," intervino Kurt, él está desesperado, lo saben, y…"

"Pero también es un individuo cauteloso, ¿no es así?"

"Mira Alan," apuntó Babette, "aprecio el hecho de que prefieras tú mismo mantener vigilado a Jean Pierre, pero nadie sabe –ni tú– dónde ha ido él. Y el capitán de tripulación no tiene mi número en su discado directo, ¿verdad?"

"Estaremos en Japón en cuatro días," dijo Kurt, "y ¿piensas que nuestro sospechoso no encontrará al hombre en ese tiempo?"

"Estoy segura de eso, agente Schippman," respondió Babette decididamente. "Y si usted fuera a buscar a mi cabina, le puedo asegurar que no encontraría ni al escondido ni a un pelo de él."

"¿Dónde lo metiste?" Preguntó Tiffany.

"Eso, querida, permanecerá en secreto. Tú solo recuerda que soy una persona de teatro, y esconder a alguien es tan simple como hacerte creer que él está justo ahí en frente de ti en el escenario."

"Guau." Exclamó Kurt, sonriendo de nuevo. "Espero que usted no tenga una mente criminal, señorita Babette, porque odiaría ser forzado a capturarla en medio de la confusión; usted probablemente sería capaz de desaparecer ante mis ojos."

Babette se rio. "Usted nunca sabe, agente Schippman, usted nunca sabe."

"De acuerdo entonces, aceptaré su ayuda en este asunto," se reconcilió Kurt, "sin embargo, hasta cierto punto. Si usted o Jean Pierre se encuentran en peligro, necesito que me llamen, ¿de acuerdo?"

"De acuerdo, agente Schippman, pero no esté llamándome a cada cinco minutos, porque estoy demasiado ocupada con mi escritura por estos días y no me gusta ser interrumpida, ¿estamos?"

Kurt asintió. "Está bien, y gracias."

Una vez Babette dejó a sus amigos en su desayuno, Alan le preguntó a Kurt, "¿no piensa que ella está tomando un riesgo innecesario escondiéndolo?"

Masticando un pedazo de tocineta, Kurt sacudió su cabeza. "No, no por el momento, de todas maneras..." tragó, "la señorita Babette es una persona renombrada y con su talento innato como escritora de obras de teatro, ella probablemente ha escrito la historia antes de que el evento se desarrollara."

"Parece que sabe mucho de teatro," comentó Tiffany, esparciendo jamón sobre su tostada. "¿Hizo usted entonces algún estudio previo sobre cada persona que posiblemente encontraría aquí?"

"No de cada uno, no, sino de aquellos que tienen vínculos cercanos, diríamos, con el sospechoso o quienes serían las víctimas en este caso; siempre lo hacemos."

"Entonces, no puedo entender por qué usted no ha sido capaz de confirmar si nuestro capitán de tripulación es la persona que ustedes están buscando, contrapuso Alan.

"Es simplemente porque hay un espacio considerable entre el tiempo en que el hombre del cual sospechamos abandonó Hamburgo y el tiempo en que este sujeto, Gromwell, apareció en escena."

"¿Pero que hizo que usted o su agencia pensaran que los dos hombre eran la misma persona? Eso es lo que no puedo entender."

"Bien doctor, la compañía de cruceros es la que primero formuló las preguntas que necesitaban ser contestadas. Mire, ellos analizan a cada uno de los que están asignados para trabajar en un crucero como estos, y cuando el pasado del señor Gromwell se detuvo de repente siendo un adolescente –o podría yo decir, su lugar y fecha de nacimiento no podían ser verificados, ellos se intrigaron. Es más, recibieron algún reporte de miembros de la tripulación siendo despedidos inesperadamente sin ninguna justificación cuando habían trabajado para su capitán de tripulación.

"Así que ustedes no pueden encontrar al real Hans Gromwell, ¿es eso?"

"Así es. Si el real Hans Gromwell nació en Alemania del Este antes de la caída del muro, no habría forma de nosotros verificar su fecha y lugar de nacimiento. Él pudo, incluso haber muerto en un campamento en Alemania Oriental por todo lo que conocemos."

Y si él fuera el sujeto que ustedes sospechan que es, ¿cuál sería su nombre?" Preguntó Alan.

"Hedwig von Strom."

Tiffany dejó caer su cuchillo y abrió su boca totalmente sorprendida. "Pero… ¿ese no es…?"

"¿Conoce usted ese nombre, señorita Sylvan?" Preguntó Kurt, fijando su mirada en ella.

"Sí, ambos escuchamos ese nombre," dijo Alan, cambiando su mirada de Tiffany hacia Kurt.

"¿Dónde? Quiero decir, ¿dónde lo escucharon?"

"Espera Kurt, antes de nosotros contestar más preguntas, creo que necesitamos contarte una pequeña historia."

177

Kurt era todo oídos ahora. Arrastró su silla más cerca de la mesa. "De acuerdo, contémosla."

Cuando Alan había finalizado de contarle acerca de la aventura de Susan en el Hilton, Kurt sacudió su cabeza. "¿Y la señorita Ashland estaría preparada para hipnotizar al doctor Zetisman si pudiéramos convencerlo de ofrecerse para esa prueba?"

"Sí, realmente ella fue la primera que lo propuso," apuntó Tiffany.

"Pero no podemos tomar la responsabilidad de tal invasión a la privacidad del doctor sin el consentimiento de las autoridades, por supuesto," dijo Alan.

"¿Estamos fuera del límite de las 200 millas marinas?" Preguntó Kurt inesperadamente.

"No lo sé," respondió Alan, "pero fácilmente puedo averiguar por usted, ¿por qué?"

"Porque, personalmente puedo autorizarlo a usted o a la señorita Ashland para realizar cualquier clase de pruebas en el doctor Zetisman sin la colaboración del FBI o de la CIA, ¿entiende?"

"Sí, lo entiendo," dijo Alan, "pero, ¿piensa que hay posibilidades sin embargo?"

"Por supuesto doctor que siempre hay una posibilidad cuando se trata de esta clase de procedimientos investigativos."

Capítulo veintiocho

Serine

Durante los cuatro días que separaban a *La Duquesa* del siguiente puerto de destino –Tokio – Susan y Ghislain hicieron todo lo posible por hacerse amigos del doctor Zetisman. Susan necesitaba tener un mejor conocimiento de sus peculiaridades sicológicas, sus fortalezas y sus flaquezas. Esperaba descubrir a qué temía el hombre, qué quería lograr en el crucero –si es que algo quería- y si tenía un poco de consciencia o recordaba algo de su tiempo en la institución para locos criminales de Hamburgo. Una vez hubieran compilado los datos necesarios de su comportamiento y su pasada experiencia, deberían entonces estar listos a invitarlo, o persuadirlo a someterse a una sesión de hipnosis.

Al principio, el buen doctor recibió muy bien a Susan ya que ella le recordaba haber sido muy receptiva cuando le habló de nutrición. El almuerzo que él, Susan y Babette habían tomado había sido memorable. Y Susan hizo lo posible por invitarlo a la fiesta de la comida de grasa una tarde, para ratificar su posición personalmente ante sus ojos. Por el contrario, en lo que a Ghislain concernía, Zetisman mostró algo de reticencia; él era obviamente reacio a abrirse a un hombre; no así a una dama. Ya que Ghislain tenía que atender a los pasajeros que estaban inscritos en las clases del Rincón de los Artistas, se ausentaba a la primera oportunidad, dejando a Susan con las manos libres para guiar al doctor a través del laberinto de la recolección de datos.

Ellos estaban sentados en uno de los salones de coctel una tarde, saboreando un jugo de frutas, cuando Susan pensó que ya era tiempo de que ella le hiciera tan importante pregunta.

"Bueno doctor, entonces pienso que podemos hacer una excursión por la ruta de la memoria, si usted está listo para mi exhausto interrogatorio acerca de sus oscuros y profundos secretos," dijo ella, sabiendo ya que Zetisman adoraba recolectar y divulgar secretos –él era el chismoso por excelencia.

"Oh, mi querida señorita Ashland, que amable de su parte que me preguntara," respondió Zetisman, sonriendo. Tengo tantos y *tan oscuros y profundos secretos* que podría escribir un libro sobre ellos."

"¿Cuál es el más profundo, doctor? Ese que usted guardaría de alguien que tratara de sacarle a la fuerza."

Zetisman cambió de posición en su silla antes de mirar alrededor, probablemente para capturar a alguien escuchándolo. "No sé si debería decirle, pero usted parece ser una persona confiable," –miró por sobre su hombro de nuevo- "y si usted puede guardar lo que estoy a punto de contarle" –Susan asintió y adelantó su cuerpo en la silla – "pienso que usted debería saber que una vez fui llevado a un hospital después de mi accidente, y esa gente borró mi mente…"

"¿Qué quiere decir con *borró su mente*? Interrumpió Susan con interés creciente.

"¡Ellos solo lo hicieron!" Exclamó Zetisman. "Fui transportado a esa *prisión* –porque eso es todo lo que es, una prisión- y una vez que estaba allí, ellos me confinaron en una celda, me dijeron que me debería *comportar*, como si yo fuera un niño, y procedieron a borrar de mi mente cada cosa que yo sabía."

"¡Pero eso fue espantoso! ¿Y cómo hicieron ellos eso?"

"Bueno, no recuerdo exactamente, pero sé no puedo recordar nada de lo que yo sabía antes de ir a ese lugar, cuando trato de hacerlo."

"¿Y usted sabe dónde está ese lugar?" Preguntó Susan

"Yo solo recuerdo que todos hablaban alemán. Quiero decir, yo hablaba alemán y ellos también. Y cuando todo estaba hecho, me dejaron regresar de ese lugar." Después Zetisman asintió y se recostó en su asiento, aparentemente satisfecho con su explicación.

"¿Conoció a alguien en el hospital que usted recuerde?" Deseosa de no abandonar al sujeto en ese preciso momento.

"Hummm…" balbuceó Zetisman, sacudiendo su cabeza y tomando luego un sorbo de su jugo. "Todo es muy vago, señorita Ashland. Puedo ver gente –todos hombres- caminando alrededor, pero no puedo recordar quiénes son. Ellos deben haber borrado eso de mi mente también."

"Y ¿qué pasó después de que usted dejó el hospital?"

"No mucho realmente –no que yo pueda recordar de alguna forma- hasta que yo recuerdo estar en Miami y ser tratado de mi diabetes" – sacó la jeringa de su bolsillo una vez más- "y desde entonces yo tengo que usar esto cada seis horas." Miró el objeto de su obsesión curiosamente, antes de devolverlo a su lugar.

"Bueno, ese es realmente un profundo secreto," dijo Susan algo compasiva. "¿Usted tenía diabetes cuando estuvo en el hospital?" Preguntó ella después.

La cabeza de Zetisman se movió hacia arriba y hacia abajo. "Sí, yo la he tenido siempre. No puedo recordar cuándo empezó, pero sé que ellos no me darían libremente la insulina en ese lugar. Tuve que hacer tareas –que yo recuerde- para ellos darme una inyección." Sacudió su cabeza. "era un lugar horrible…"

"¿Y se sentía mejor cuando le daban esas inyecciones?"

"No realmente, porque todo era tan borroso." Se dobló sobre la mesa y adoptó una actitud como de complot, mirando alrededor de él antes de continuar, "usted sabe, creo que ellos mezclaron la insulina con suero" –asintió- "y luego, lo que sea que yo les haya dicho, lo borraron." Se estiró hacia el espaldar de la silla. "Estoy seguro que eso fue lo que hicieron."

Susan se preguntaba si su insistencia con gente borrándole la memoria era una retorcida forma de hacerle saber a ella que él no deseaba decirle lo que realmente había pasado en aquella institución. Quizás estaba jugando al gato y al ratón con ella, adivinando que ella estaba tratando de excavar en su pasado.

Era importante para Susan saber si él fingía todo o realmente no recordaba nada. Por otro lado, algunos pacientes sufren de amnesia voluntaria por lo que rechazan eventos de su mente para protegerse de recordar algunos hechos horrendos.

Cualquiera que fuese el caso, se decidió a preguntar, "¿querría usted recordar algunas cosas del tiempo que usted pasó en el hospital? –quizás usted hizo algunos amigos…"

"Oh, pienso que no podría recordar nada, señorita Ashland. Una vez su memoria ha sido borrada en la forma en que ellos hicieron con la mía, nadie podría retraer sus recuerdos, usted sabe."

"¿Y hace cuánto fue eso?"

"Yo realmente no recuerdo –es como una gran oscuridad. Pero yo sé yo no era un niño…, y tampoco era tan viejo." Se rio, estirándose un mechón de cabello gris.

Susan intentó con otra táctica. "Y, ¿qué pasó cuando usted llegó a Miami? ¿Practicó la medicina después?"

"Ja, ja, ese es mi otro secreto, señorita Ashland," respondió rápidamente. "Antes de mi accidente, creo que yo estaba curando gente; solo puedo recordarlos sonriendo cuando les hacía una visita. Pero luego, cuando estaba en Miami, le di mucho de mi dinero a *mi* universidad para su recaudación de fondos y ellos me dieron un doctorado en ciencias." Sonrió como recordando el evento.

Susan no quería seguir adelante con lo que, sentía ella, no la conduciría a ninguna parte en lo que se refería a descubrir si el buen doctor había conocido a Hedwig von Strom cuando vivió en Alemania.

"Sí, creo que he leído algo acerca de que fue premiado con el doctorado –felicitaciones- usted debe haber estado muy orgulloso de ayudar a toda esa gente necesitada."

Zetisman sonrió con orgullo. "Sí. Pero, usted sabe, si yo hubiera sabido lo que ahora sé cuando estuve en aquel hospital en Alemania, no les hubiera permitido trabajar en mi mente en la forma que ellos lo hicieron."

Susan empezó a preguntarse si Zetisman había sido sometido a tratamiento con electrochoques. *Muy posible*, se supuso.

Mientras Zetisman y Susan estaban hablando, alguien había estado escuchando la conversación. La mujer era alta, con un torneado cuerpo, cabello negro cayendo hasta su cintura y ojos penetrantes de forma de almendra. Su cara era una máscara de perfección. Uno hubiera pensado que ella había salido directamente de la portada de la revista Vogue. Se había tomado una Margarita y había pagado sin mostrar atención hacia Susan y Zetisman, pero cada palabra de su conversación había sido grabada. La diminuta MP3 estaba colocada sobre la mesa, grabando todo lo que ellos habían dicho. Y ahora era el momento de ella actuar.

Se puso de pie, guardó la grabadora en su bolsillo, tomó su bebida y avanzó hacia la mesa de Susan y Zetisman. "Disculpe doctor..., quiero decir, usted es el doctor Zetisman que yo conocí en Miami, ¿no es así?" Sin darle tiempo de responder, arrastró una silla a la mesa, se sentó, depositó su bebida en frente de ella y continuó. "Lo siento, pero lo he estado observando desde que entró... y ahora estoy segura de que usted es el doctor Zetisman..."

"Oh Dios, no sabía que mi reputación aún me perseguía," respondió él, rápidamente tomando su vaso casi vacío. "Pero sí, yo soy el doctor Zetisman…, pero no creo que hayamos sido presentados alguna vez, ¿verdad?"

"No, mi querido doctor. Mi nombre es Serine Blanchard." Se volteó hacia Susan. "Y si no estoy errada, usted debe ser la señorita Susan Ashland, la Primera Bailarina, que adornó los escenarios de Europa por un tiempo."

A Susan no le gustaba esto. Tales intromisiones eran siempre sospechosas para ella. Pero ya que la mujer aparentaba estar solo acariciando el ego de Zetisman y parecía saber algo acerca de él, se decidió a sonreír y a contestar cortésmente. "Sí, en efecto Serine. Estás en lo cierto. Pero ¿de dónde apareciste?" Yo no te vi dentro de los pasajeros…"

"No deberías haberme visto Susan. Abordé en Hawaii y permanecí trabajando en mi cabina…, mi jefe nunca me deja descansar, ya ves."

"Oh, ¿estás trabajando los fines de semana entonces?"

"No solo los fines de semana. Pero ya que tengo algunos diseños para terminar antes de que nuestro esclavista jefe me libere, me tuve que confinar yo misma, antes de que pudiera disfrutar el resto del viaje en paz."

Durante todo el pequeño intercambio, Zetisman no pudo borrar la sonrisa de su cara. Miraba a la hermosa figura con interminables piernas que, de vez en cuando, mostraba a través de una rajadura en su vestido de verano. Era una mujer hermosa, pensó.

"Ahora que usted mencionó que me reconoció, ¿dónde nos hemos encontrado entonces?" Preguntó él, aun sonriendo.

"Oh, ¿no lo dije? Dios" –Serina se rio- "que pena. Realmente no fuimos presentados, pero usted dio un discurso en la Universidad del Sur de la Florida una noche cuando yo estaba estudiando allí, y recuerdo cuan revelador fue usted, contándonos acerca de la gente que usted había conocido en Alemania Oriental antes de la caída del muro."

Eso debe ser una maraña de mentiras, pensó Susan. *Él puede haber estado en Alemania del Este, o aun dando discursos en la Universidad del Sur de Florida, pero, no me digas que él estuvo recordando los eventos que ocurrieron antes del accidente. A menos que, todos nosotros hayamos sido tomados del pelo.*

Cuando Kurt abrió el correo electrónico, lo leyó dos veces y se desplomó en el espaldar de su silla. Respiró profundamente y sacudió su cabeza. Previamente había leído el archivo sobre Gromwell, pero esta información adicional era algo que él no había esperado. De acuerdo a las últimas informaciones de inteligencia, Gromwell era ahora sospechoso de haber despedido rápidamente al menos a cinco miembros de la nómina mientras era capitán de tripulación en otra línea de cruceros. Pero eso no era todo. Había un miembro de la tripulación que había desaparecido hacía dos años. El reporte de Gromwell había descrito el incidente como que su director de entretenimiento abandonó el barco mientras estaban en un puerto y nunca se le vio de nuevo. La familia del joven hombre había hecho todo lo necesario y adelantado judicialmente los pasos con las autoridades correspondientes, conduciendo a la Interpol a intervenir. ¿Habría sido lanzado por la borda? Era la pregunta que Kurt se hacía a sí mismo. Y, ¿era ese el destino que le esperaba a Jean Pierre?

Ahora, *¿dónde está el sujeto?* Kurt decidió hacerle una visita a Babette. Él necesitaba hablar con el hombre.

Encontró a la famosa escritora acomodada confortablemente en una silla del teatro del barco, mirando un ensayo.

Kurt se sentó a su lado y le susurró, "necesitamos hablar, señorita Babette, algo ha sucedido."

"Venga conmigo," respondió Babette rápidamente, poniéndose en pie. "Él está detrás del escenario."

Sorprendido de que Babette, diligentemente lo iría a conducir hasta Jean Pierre, Kurt se paró y la siguió sin ningún comentario.

Cuando llegaron detrás de la cortina del escenario, Kurt se detuvo. Jean Pierre estaba usando un cabestrillo soportando su brazo derecho. *¿Le hizo Gromwell eso?* Se preguntó inmediatamente.

"Hola señor Schippman," dijo Jean Pierre, con un intento de sonrisa cruzando sus labios. "Como puede ver, aún estoy vivo…" tal vez no tan bien como se esperaba, pero sobreviviré."

"¿Quién le hizo eso?"

"Ah, quiere decir, ¿quebrar mi brazo?" Respondió Jean Pierre, mirando abajo a su brazo. "Solo tropecé bajando las escaleras la otra noche y caí estrepitosamente, es todo."

"¿Está seguro que no tuvo una pelea, con su perseguidor, quizás?" Jean Pierre sacudió su cabeza.

"Le puedo garantizar eso, agente Schippman, yo iba justo detrás de él cuando eso ocurrió." Apuntó Babette ayudándolo.

"¿Y dónde consiguió el cabestrillo?"

"Oh, nuestra enfermera fue muy amable en sujetar mi brazo…"

"¿Sabe el doctor Mayhew lo que le pasó entonces?"

"Pienso que sí, si Angie reportó el accidente."

"De acuerdo, entonces, ¿y dónde se está quedando ahora?"

"Ah, aquí y allá… hay una cama cómoda en la oficina del perseguidor, y algunas veces me acuesto en uno de los camerinos que hay aquí atrás."

"Pero, el capitán de tripulación, ¿ha tenido contacto con usted, o trató de encontrarlo?"

"Pienso que no, señor Schippman. Este brazo no me deja dormir, usted ve, así que yo escucho prácticamente todo lo que pasa a mi alrededor durante toda la noche."

"¿Qué pasa con los analgésicos? ¿Está tomando alguno?"

Jean Pierre sacudió su cabeza. "Tuve un gran accidente en el escenario una vez, y empecé a tomar oxycodone, hasta que me volví adicto…"

"¿Sabe el capitán de tripulación acerca de eso, quiero decir que usted tuvo una época de adicción?"

"Creo que no, siempre he dado negativo en los exámenes aleatorios para drogas a través de los cuales la compañía nos ha sometido. He estado limpio desde hace mucho tiempo –gracias a mis padres- cuando aún vivía en Francia."

"Bueno, esperemos que usted no se encuentre con él en un callejón oscuro antes de que lleguemos a Japón, porque de lo que leí hoy, no estaría sorprendido si nuestro capitán de tripulación recurre a medidas drásticas para deshacerse de usted."

"¿Le hizo daño a alguien en otro crucero entonces?" Preguntó Babette, visiblemente desconcertada.

"Parece que sí, señorita Babette. Y, de alguna manera, es una buena noticia, porque ahora tenemos un crimen para investigar, con él como primer sospechoso."

Capítulo veintinueve

El ilegal gana

Alan recibió la noticia de que Jean Pierre había sufrido una caída y que a consecuencia de ello se había fracturado el 'hombro' derecho (escápula/clavícula/húmero) –un hecho que no podría verificar hasta que el barco llegara a Japón y él tuviera acceso a los rayos X. Él estaba ahora regañando a Angie por no haber conservado al paciente en la enfermería hasta que él pudiera revisarlo.

"Yo sé que pasó en medio de la noche, pero bajo tales circunstancias, usted debería haberme llamado inmediatamente," dijo él a la visiblemente apenada enfermera.

"Lo siento doctor, pero el señor Simmons salió como alma que lleva el diablo tan pronto le puse su brazo sobre el cabestrillo…"

"¿Por qué no me llamó en el momento en que él se fue? Eso es lo que me gustaría saber."

"Bueno, porque la señorita Babette estaba con el señor Simmons y ella me pidió que no le contara…"

"¿Y usted está siguiendo las órdenes de los pasajeros antes que las mías?" Alan no estaba contento obviamente. "Además, eso va contra las normas, y usted lo sabe."

"Lo siento señor…, pero le aseguro que no volverá a pasar," balbuceó Angie. Una mujer madura y algo corpulenta con un buen temperamento y una sólida figura, los rasgos faciales de Angie se desvanecían en una bochornosa expresión. Sus mejillas coloradas y las lágrimas que amenazaban aflorar de sus ojos cafés, mostraban el arrepentimiento que debía estar sintiendo en ese momento.

Alan vociferó, "¿y usted lo envió a su cabina después?"

"Bueno, yo lo hice…, pero la señorita Babette dijo que ella velaría porque él tuviera una buena noche de sueño."

"Bueno, trataré de localizarlo y lo traeré de regreso aquí de forma que pueda examinar la fractura completamente y si hay algo más que podamos hacer antes de llegar a Japón," concluyó Alan, listo a salir por la puerta.

Rumbo abajo al teatro, las puertas del elevador se abrieron para dejar entrar a Susan y al doctor Zetisman.

"Ah-ah, ahí está usted doctor Mayhew," exclamó Zetisman sonriendo. "¿Cómo va su día hasta ahora, mi querido colega?"

Reconociendo el dedo de Susan sobre sus labios –queriéndole decir que no contestara al comentario de Zetisman- Alan respondió, "estoy bien doctor. Y usted parece de buen semblante; ¿qué pasa? ¿Es culpa de la señorita Ashland?"

"Oh sí…, solo en parte sin embargo." Zetisman lo miró de cerca. "Ya ve, me encontré la más maravillosa mujer, justo ahora, en el salón de coctel. Y usted no adivinaría; ¡ella fue una antigua alumna mía! Levantó sus mejillas en señal de auto admiración.

Con las cejas arqueadas, Alan no pudo evitar y preguntó, "¿se la encontró? ¿Y dijo usted que era una de sus estudiantes? ¿Es una pasajera?"

"Sí," apuntó Susan, "de la Universidad del Sur de la Florida aparentemente. Ella apenas abordó en Hawaii…"

Las puertas del ascensor se abrieron antes de que Susan pudiera terminar su descripción de la recién llegada.

"Lo siento," dijo Alan, saliendo de prisa, "pero tendré que atender a un paciente ahora mismo. Los veré más tarde."

Dando zancadas a través del vestíbulo, Alan no pudo evitar notar a dos hombres en lo que parecía una acalorada discusión. Uno de ellos tenía un vendaje puesto en su frente. Viendo al doctor venir hacia ellos, el hombre con la frente herida lo abordó diciendo, "ah, doctor, tendré que ir a verlo a usted hoy en algún momento," señaló su vendaje- "porque ellos me dijeron que usted debería cambiarme esta cosa hoy. ¿Estaría bien?"

"No hay problema, señor..."

"Robert, Robert Gillman es mi nombre doctor." Miró a su amigo. "Y este es George," agregó, ambos hombres extendiendo la mano para saludar a Alan, a lo cual él correspondió sonriendo superficialmente.

"Pero dígame, que le pasó a usted señor Gillman? ¿Fue eso el resultado de una caída?" Preguntó Alan con curiosidad.

"Oh no, doctor, mucho más que eso, respondió Robert. "Mire, yo estaba en ese taxi en Honolulu, ocupándome de mis asuntos en el asiento de atrás cuando me di cuenta de que el conductor iba en contra vía. Mire, yo conozco esta ciudad como la palma de mi mano, y él pensó que me podría dar un tour por la ciudad y hacer correr el taxímetro. De todas formas, me levanté de mi asiento y fui a tocar su hombro, y ahí fue cuando pasó." Asintió Robert enfáticamente.

"¿Qué pasó...?" Alan solo pudo imaginarse al taxi envuelto en un accidente y al señor Gillman golpeando su cabeza en alguna forma.

"Bueno, usted no me va a creer doctor cuando le diga. El conductor gritó, perdió el control del carro, casi golpea un bus, se montó sobre el andén y paró a solo unos centímetros de una inmensa ventana de vidrio. Por unos segundos, todo fue silencio en el taxi. Después él me preguntó si yo estaba bien, pero yo me había golpeado con el gancho del cinturón de seguridad y me hice esta cortadura" - puso su dedo en el vendaje- "y estaba sangrando tanto que me dio miedo. De todas maneras, el hombre dijo que él estaba terriblemente apenado y que me llevaría a la clínica más cercana, y lo hizo. Pero, cuando le pregunté por qué se había vuelto loco de repente, me dijo, 'lo siento, usted me dio un susto de muerte'"

"¿Solo porque le dio un golpecito en el hombro lo asustó?" Preguntó Alan, frunciendo el ceño.

"Fue justo eso lo que yo dije. Y cuando le pregunté por qué le había producido tanto miedo un golpecito en el hombro, me dijo, 'lo siento señor, pero hoy es mi primer día manejando un taxi. ¡He estado conduciendo un coche fúnebre durante 25 años!'"

Aunque Alan no estaba de humor para reírse, soltó la carcajada junto con George y Robert.

"Y ya ve, doctor," dijo George, abriendo por fin la boca, "es por eso que le estaba diciendo a Robert justo aquí, que la próxima vez que fuéramos a tierra, el debería rentar un auto cuando quiera ir a algún lugar, nadie sabe que podría pasar con esos taxistas."

Cuando vio que Robert estaba a punto de continuar arguyendo acerca de su elección de transporte, Alan decidió retirarse de la conversación. "Bueno, señor Gillman, por qué no va a la enfermería en un par de horas, y mi enfermera o yo le cambiaremos ese vendaje."

"Eso funciona," dijo Robert a la espalda de Alan, "no hay problema, allí estaré."

Antes de entrar al teatro, Alan se detuvo en la oficina del contador. Steve estaba adentro.

"¡Hola doctor!" El joven contador levantó su mirada de sus papeles de trabajo. "¿Qué puedo hacer por usted?"

"Hola Steve, ¿cómo te está yendo?"

"Muy bien doctor, ¿qué pasa?"

"¿Podría decirme si tenemos nuevo pasajero a bordo –quiero decir alguna dama que hubiera abordado en Hawaii?"

"Déjeme ver," respondió Steve, volteando a ver la pantalla de su computadora. Recorrió hacia abajo la lista. "Bueno, sí. Una señorita llamada Serine Blanchard." Miró a Alan. "¿Desea su número de habitación?"

"No ahora, gracias. Pero supongo que tendré que actualizar la lista en mi computadora..."

"Sí, usted lo debería hacer ya," Steve asintió, recostado contra el espaldar de su silla.

"De acuerdo... y gracias de nuevo. Te veré más tarde," repitió Alan dirigiéndose hacia la puerta, pero se detuvo y rehízo sus pasos hacia el escritorio de Steve. "¿Sabemos de dónde es la señorita Blanchard? Quiero decir, ¿cuál es la dirección de su domicilio?"

Steve arrimó su silla a la computadora, recorrió la lista sobre la pantalla de nuevo. "Ella es de Miami –es la ciudad donde actualmente vive."

Alan estaba ya en la puerta cuando agregó, "bueno, gracias..., ahora creo que lo estoy molestando demasiado."

"No se preocupe, doctor," dijo Steve a su espalda, apenas Alan cerró la puerta de la oficina del contador.

Estaba a punto de abrir la puerta del teatro, cuando Babette la empujó para encontrarse cara a cara con Alan.

"Oh, feliz de encontrarlo aquí," irrumpió ella, tomando al doctor de un brazo y jalándolo a un lado del teatro antes de que él pudiera pronunciar una sola palabra. "Iba en camino a buscarlo."

"Estabas feliz, porque yo tenía la intención de tener una charla contigo..."

"¿Quieres decir acerca de Jean Pierre y de mi forzando a la pobre Angie a dejarlo ir conmigo?"

"Sí. Además de ser contra las reglas, si Jean Pierre hubiera necesitado algo más que un cabestrillo, yo hubiera enfrentado cargos por negligencia..."

"Oh, por favor, Alan," exclamó Babette, interrumpiéndolo a mitad de camino bajando hacia el pasillo. "Sé que estás preocupado, pero después de que tú hayas hablado con Kurt…"

"¿Quieres decir que el agente Schippman está aquí?" Preguntó Alan ahora más sorprendido aún.

"Por supuesto, quiero decir, yo tuve que traerlo hasta Jean Pierre, después de que él supo que nuestro sospechoso probablemente había asesinado a otro director de entretenimiento..."

La boca de Alan se abrió y se cerró de nuevo antes de balbucear, "¿me hablas en serio?" Babette asintió. "Vamos entonces... ¿Dónde están ellos?" Exigió él, agarrando gentilmente a Babette por un brazo y conduciéndola atrás del escenario.

Kurt y Jean Pierre se pararon cuando Babette y Alan entraron al cuarto de vestuario de la estrella principal.

Sin preámbulo, Alan fue directamente hacia Jean Pierre. "Bueno, veamos qué te has hecho en el hombro." Le ayudó al hombre a quitarse su cabestrillo y cuidadosamente examinó su magullado hombro y su brazo mientras Jean Pierre se encogía cada vez que Alan le tocaba ligeramente un sitio resentido. "Bien. Tan pronto lleguemos a tierra en Japón, lo llevaré al hospital y le tomaré algunos rayos X y probablemente un ultrasonido de su brazo. Pero por ahora, usted necesita descansar. ¿Desearía algún analgésico...?

Jean Pierre negó con su cabeza. "No puedo tomar ninguna clase de morfina, doctor..."

"Y ¿eso por qué? ¿Es alérgico?"

"No..., es solo que, hace mucho tiempo me volví adicto a eso, y ahora mejor estoy lejos de todo lo relacionado con esa sustancia."

Alan miró a su paciente y frunció el ceño. "Exactamente ¿cuánto hace que eso pasó?

"Realmente hace mucho tiempo. Tuve un accidente cuando estaba en Francia..."

"Bueno, no necesito entrar en detalles ahora. Vamos a la enfermería donde quiero que esté hasta que atraquemos y pueda darle algunas medicinas sin narcóticos."

Cuando Jean Pierre y Babette estaban a punto de oponerse, Alan alzó la voz, "escúchenme; no quiero más excusas. Si algo le pasara a usted" –señaló a Jean Pierre- "yo sería responsable de ello. Así que, desde ahora, y hasta que usted esté en el hospital, jugaremos esta mano a mi manera, ¿de acuerdo?"

Viendo que no había forma de argüir más, Jean Pierre asintió.

"Mientras tanto, agente Schippman, ¿por qué no acompaña a la señorita Babette a su cabina donde me reuniré con ambos apenas me haya asegurado del bienestar de Jean Pierre, estamos?"

"Bueno doctor," estuvo de acuerdo Kurt, sin objeción ni más sugerencias.

"¿Qué pasará con el espectáculo de mañana? Preguntó Jean Pierre ya en la puerta con Alan.

"No te preocupes por eso, cariño," Babette estuvo rápida al contestar, "lo que se necesite hacer, yo lo haré. Tú solo ve con el doctor que yo iré y te veré más tarde."

Una vez Jean Pierre estuvo descansando confortablemente en el centro médico bajo los cuidados de Evelyn y Alan le había dado algunas tabletas de Toradol para aliviar el dolor, éste último se dirigió a la cabina de Babette.

Él tenía que recordarse a sí mismo que Babette había estado colaborando en este caso lo mejor que ella pudo, aunque no idealmente. Solo tuvo que golpear ligeramente antes de que Kurt abriera la puerta.

"Entra," escuchó a Babette decir desde el pequeño sofá en el bar de su suite. "Y antes de que digas algo más respecto a que yo escondí a Jean Pierre, quiero que sepas que estoy muy apenada por no permitirle a él quedarse en la enfermería. Solo pensé que lo mejor era que estuviera lejos de la vista de los demás."

Kurt tomó asiento frente al sofá donde Alan se sentó al lado de Babette.

"Yo sé por qué hiciste eso Babette, pero tú y Jean Pierre podían haberse metido en serios problemas si se hubieran encontrado con nuestro capitán de tripulación," le dijo Alan, fijando su mirada en la dramaturga. "Quizás, él no les habría puesto un dedo encima, pero, estoy seguro que no se habría detenido si se tratara de confrontar a Jean Pierre.

A esto, Kurt asintió vigorosamente. "Absolutamente. Y si él pensara en algún momento que usted había sido la responsable de las heridas de Jean Pierre, a propósito de pensar, no se hubiera detenido en hacer el resto del crucero demasiado desagradable para usted."

"Y ¿por qué haría eso?" Preguntó Babette. "Él no se atrevería a irse contra un pasajero, ¿o sí?"

"De acuerdo con las últimas investigaciones de inteligencia que he recibido esta mañana, el capitán de tripulación se considera a sí mismo el guardián de su personal, y cualquiera que se pase de la línea, logra su merecido. Y cuando se trata de pasajeros, él favorece a aquellos que aparentemente *merecen* estar viajando en estos cruceros, según su opinión. Y eso quiere decir, gente que tiene los medios para hacerlo. El resto, sea pasajeros del piso bajo o trabajadores de medio tiempo, como personal del restaurante o del casino, no cuentan –no son parte de *su familia.*"

"Entonces, ¿está usted diciendo que cuando él encuentra que un miembro de la tripulación se ha salido de la línea, de acuerdo a él, busca la forma de despedirlo? Preguntó Alan.

"Sí, en resumen, parece que eso ha estado pasando."

"¿Y qué pasa con los pasajeros?" Preguntó Babette, "¿tiene usted algún reporte acerca de que él haya maltratado a alguno de ellos durante un crucero?"

"No, nada de esta clase, realmente todo lo contrario…" respondió Kurt.

"Pero pensé que usted dijo que él no cuidaba muy bien a los pasajeros del *piso bajo…*" insistió Babette.

"Bueno, tomémoslo desde el principio," sugirió Kurt. "Hans Gromwell tiene una hoja de vida brillante desde que abordó su primer barco. Aún más, durante uno de los cruceros, Gromwell aparentemente fue capaz de solucionar un problema de motor muy difícil, evitando que la embarcación fuera a encallar en San Bart y ahorrándole a la compañía decenas de miles de dólares en gastos extras. Por supuesto, eso le trajo una buena reputación al capitán de tripulación, con brillantes cartas de recomendación. Y ahí fue cuando él decidió escalar y trabajar para las Líneas de Cruceros Dorados."

"Sin embargo, llamó la atención de las líneas de cruceros para las cuales él trabajó que, cada vez que un miembro de la tripulación se salía de la línea de su comportamiento, la persona se viera abocada a abandonar el barco en el siguiente puerto, sin transporte de regreso a casa. Y una de esas personas desapareció sin dejar rastro alguno, lo cual ha conducido a que la Interpol fuera llamada a investigar el asunto."

"Ya veo," concertó Alan. "Y ese empleado era otro director de entretenimiento según entiendo."

"Sí. Los padres han estado buscándolo desde que él desapareció"

"Y ¿es por eso que a usted le han pedido entrar? Preguntó Babette.

"No inicialmente, no. Mi tarea aún es la misma en lo que al gobierno alemán respecta -¿está Hedwig von Strom llamándose Hans Gromwell ahora? Y si es así, hay muchos casos que concordarían con su modus operandi inicial que están aún sin resolver, por lo cual sospechamos que Gromwell es el delincuente."

"Y qué pasa con los pasajeros; ¿ha hecho algo?" Preguntó Babette de nuevo.

"Como le dije, no, de acuerdo con las últimas inteligencias." Kurt volvió su atención a Alan. "Y gracias doctor, ahora hemos recibido el reporte que habíamos estado esperando desde Miami" Babette se movió hacia adelante en su asiento –"y parece que Hans Gromwell en efecto ha hecho amistad con la señorita Brightman durante uno de sus anteriores cruceros, y ha heredado, a través de testamento en vida, un condominio en el cual él vive en Miami."

"Oh Dios, me pregunto, ¿cómo logró eso?" Soltó Babette, visiblemente sorprendida.

"Bueno, como les dije, nuestro Hans Gromwell adora granjearse el cariño de pasajeras viejas y ricas. Pero, en este caso, el gobierno alemán se ha interesado en los vínculos de la señora Brightman con la mafia rusa y, aunque yo no estoy en libertad de discutir ningún detalle acerca de la investigación en curso, podría comentar que quizás Hans Gromwell se ha beneficiado en alguna forma de los negocios fraudulentos de la señora Brightman."

Capítulo treinta

Un director de entretenimiento por otro

Estaban cerca de un día de llegar a Tokio cuando Hans Gromwell entró a la oficina de Alan sin golpear la puerta. "Doctor Mayhew, estoy feliz de encontrarlo aquí, en su puesto," dijo amablemente, caminando y tomando un asiento opuesto al del doctor.

"Tome asiento, ¿por qué no?" Pronunció Alan, ya exasperado.

"SÍ, sí, gracias. Y la razón por la cual deseaba encontrarlo, lo cual no ha sido fácil últimamente, es porque tenemos un problema."

"¿Y qué problema médico o de salud pública podría ser, capitán de tripulación?"

Gromwell empezó con el ataque. "Usted sabe tan bien como yo de qué problema se trata. ¡No empiece a jugar conmigo!"

"No pensaría eso," dijo Alan recostándose contra el espaldar de su silla.

"Usted ha secuestrado a nuestro director de entretenimiento en el centro médico durante las pasadas 48 horas, creo, y ahora él está inhabilitado para realizar sus tareas…"

Ese fue el detonante que encendió el fusible de Alan. "Lo siento si mis métodos de tratar mis pacientes no concuerdan con su sentido del deber, capitán de tripulación, pero el señor Simmons ha tenido una seria caída y no está en forma para reasumir sus responsabilidades hasta que él esté totalmente recuperado de su brazo y de su hombro fracturados."

"¿Y cuánto tiempo estará fuera de servicio entonces?"

"¿Qué le importa a usted? En lo que entiendo de lo que él me dijo, usted lo despidió el día que regresó de Honolulu…"

"Pude haber hecho eso, pero si él se queda o se va no es la cuestión. Todo lo que quiero es tener un reemplazo para él lo más pronto posible. Mi mayor preocupación tiene que estar con el buen manejo de este crucero, y eso significa no perder espectáculos ni tener que dar excusas a pasajeros que han pagado para ser entretenidos a través del viaje sin intermitencias."

"Solo puedo decirle que el señor Simmons no estará disponible para regresar a las tareas normales por las próximas cuatro semanas, por lo menos."

"Y ¿qué propone usted que yo haga mientras tanto?" Gritó Gromwell. "Eso significa un mes sin entretenimiento…"

"Puedo contar tan bien como usted, señor, pero yo esperaría que la oficina central le asistiera en encontrar un reemplazo prontamente…"

"No, ellos no lo harán," le cortó Gromwell. "Ellos me han dicho que no espere a nadie disponible por los próximos diez días por lo menos."

"Ya veo", dijo Alan, sentándose derecho de nuevo. "Entonces, no tengo sugerencias que hacerle."

"Bien, *yo tengo una para usted,*" dijo Gromwell, adelantando su cuerpo para poner sus antebrazos sobre el escritorio de Alan. "¿Por qué no le pedimos a su amante que asuma la responsabilidad mientras tanto?"

Alan acusó el golpe sin mover una pestaña. "Bueno, ya veo a dónde quiere ir usted con esto; está tratando de chantajearme a mí o a la señorita Sylvan para que hagamos su voluntad, ¿no es así?" Se burló. "Y eso no funcionará, capitán de tripulación. Si está intentando acusar a la señorita Sylvan de mala conducta, tendrá que caminar mucho antes de conseguir su objetivo."

"¿Es así? ¿Qué pasa si le digo que he estado observando sus entradas a la cabina de la señorita Sylvan cada noche, durante las últimas tres noches y nunca sale hasta la mañana siguiente? ¿Cambiaría eso su forma de pensar?"

Alan sacudió su cabeza. "Para nada, capitán de tripulación. Si usted está espiando a su personal, aquí estamos entonces."

"¿Qué diablos significa eso?"

"Eso significa que yo sé lo que usted ha estado haciendo, y el acoso sexual es una cosa que la compañía no mira con buenos ojos. ¿O quizás usted piensa que está por sobre tales consideraciones de mala conducta?"

"Yo no he estado acosando sexualmente a nadie," explotó Gromwell defensivamente. "Solo estuve teniendo una conversación amistosa con miembros del elenco, es todo."

"Bueno, si piensa que todo lo que tuvo fue una 'conversación amable', las personas que usted ha invitado a su cabina piensan de otra manera. Además, le sugeriría que el señor Simmons tendría muchas cosas que decir acerca de su injustificado despido, cuando el apele la decisión, ¿no creería usted?"

"Puedo ver que esto no nos está llevando a ningún lado y tendré que tener una charla muy seria con la señorita Sylvan con respecto a su próximo trabajo." Concluyó Gromwell, levantándose de la silla.

Alan se puso de pie también. "De acuerdo capitán de tripulación, pienso que es lo mejor. Pero sí tengo un consejo para darle a usted, y es que trate de no sacudir el bote en este momento, de lo contrario, podría lanzarse usted mismo a la consabida agua caliente."

"¿Qué quiere decir?" Gruño Gromwell, mirando a Alan.

"No trate de chantajear a su personal, señor Gromwell, es todo lo que le podría sugerir."

Ante estas palabras, el capitán de tripulación se marchó fuera de la oficina, cerrando de golpe la puerta tras de sí. Alan se sentó de nuevo y miró hacia la puerta sacudiendo su cabeza. Sacó el teléfono celular de su bolsillo y marcó el número de Tiffany para dejarle saber lo que le esperaba en los próximos minutos.

Apenas ella escuchó lo que Gromwell estaba intentando hacer, todo lo que Tiffany dijo fue, "aquí viene, déjamelo," colgándole el teléfono a Alan.

El capitán de tripulación se aproximó a Tiffany cuando ella estaba a punto de terminar de organizar las marionetas en el pequeño escenario de teatro –listo para el espectáculo de los niños en la tarde.

Ella tomó "el policía" y deslizó su mano dentro de la marioneta. Y adoptando una voz de mujer gruñona, dijo, "buenos días, capitán de tripulación, precisamente usted era el hombre que deseaba ver." Con un dedo estirando la mano del pequeño policía hacia una de las sillas del teatro, agregó, "¿por qué no toma asiento?"

"De acuerdo señorita Sylvan," respondió Gromwell, aparentemente no dispuesto a jugar ningún papel en ese espectáculo, "estoy aquí para pedirle que me haga un favor..." Se sentó al lado de Tiffany y puso un brazo sobre el espaldar de la silla de ella.

"¿Y qué favor sería?" Preguntó Tiffany, mirando su brazo extendido.

"Como usted probablemente debe saber, el señor Simmons se ha fracturado su brazo y su hombro recientemente, y hablando con el doctor Mayhew hace poco, él me dijo que tomaría, al menos un mes, antes de que él reasumiera sus funciones." Tiffany miró abajo a su pequeño policía. "Y me estaba preguntando si usted estaría dispuesta a asumir sus tareas mientras él está en recuperación."

Girando ligeramente, Tiffany respondió, "no sé, capitán de tripulación. Quiero decir, no sé si yo estaría deseando asumir tal responsabilidad para mí..."

"Oh, pero usted no tiene nada de qué preocuparse al respecto, señorita Sylvan..."

"¿No por ahora? Porque por lo que he escuchado, usted está muy listo a enviar a cualquiera de su personal a tierra apenas alguno de ellos se decida a no hacer su voluntad –como está intentando hacer con el señor Simmons, ¿no es así?"

"No, no, señorita Sylvan, usted no puede estar más errada al respecto. Yo trato a todos como miembros de *nuestra familia*, puede estar segura."

"¿Niega usted entonces haber enviado al señor Simmons a empacar antes de su accidente?"

"Yo puedo haber hecho eso en el calor del momento, pero realmente yo no habría llevado a cabo esa orden, le aseguro..."

"Y si yo fuera a cometer un error debido a mi inexperiencia con el escenario, ¿también me despediría en 'el calor del momento'?"

Gromwell sonrió y sacudió su cabeza. "Por supuesto que no, mi querida..."

"Mi nombre es señorita Sylvan, capitán de tripulación, no 'mi querida', y apreciaría si usted lo recordara la próxima vez que hablemos. Si es que hay una próxima vez." Tiffany se puso en pie y fue a devolver la marioneta al escenario de los niños. "Y acerca de aceptar tomar el puesto del señor Simmons por un tiempo, lo tendré que pensar."

Gromwell se paró y caminó muy junto a ella. "Permítame decirle que yo podría haberla enviado a tierra ahora por mala conducta, señorita Sylvan, así que le sugiero que acepte la asignación o sufrirá las consecuencias de su negativa."

"Acerca de eso era que estaba hablando hace un momento; usted ha estado listo a enviarme a tierra siempre, desde que yo pisé abordo de *La Duquesa*. Yo sé por qué está tratando de hacer esto, pero usted puede estar seguro que no le funcionará, señor Gromwell. Como le dije, pensaré acerca de ello y le dejaré saber después de Tokio."

"Pero hay un show para esta noche, ¿qué sugiere que hagamos entre tanto?"

"Créame, capitán de tripulación, puedo apreciar su problema, pero no puedo abandonar a los niños en favor del entretenimiento de los padres, ¿podría? Además, no he tenido tiempo de preparar..."

"Oh, pero me dijeron que no hay nada que preparar –la presentación está lista," dijo Gromwell, obviamente quedándose sin el hilo de la madeja.

"Bueno, en ese caso, capitán de tripulación, no tiene de qué preocuparse, ¿verdad?"

"Perdóneme por interrumpirle capitán de tripulación," ambos escucharon la voz de Babette decir cuando se movió campante dentro del salón del teatro. "No pude evitar escuchar lo último de su conversación cuando entraba. Pero usted" –fijó su mirada en Gromwell- "no tiene de que preocuparse acerca de una cosa. Cuando se trata de teatro, mi buen hombre, yo soy la mujer que usted estaría buscando. Y mientras todos ustedes van a Tokio a disfrutar del escenario, yo estaré ocupada preparando un show que nunca olvidarán. Y si usted está preocupado por la presentación de esta noche, no lo esté. Como dijo usted correctamente, el reparto está listo."

Gromwell y Tiffany no sabían qué decir –excepto el balbuceo del capitán, "pero yo no me hubiera soñado pidiéndole ayuda a usted, señorita Babette, una de nuestras más estimadas pasajeras" –*ahí vamos con las adulaciones*, pensó Babette- "si usted asume tal responsabilidad, yo estaría fallando en mis tareas, y…"

"¿Y qué señor Gromwell? ¿Sería mejor escuchar las quejas de los padres privados de la directora de entretenimiento de sus niños porque usted no aceptó mi ayuda? Y por favor, no me diga que usted no puede quebrar las reglas un poco cuando se trata del bienestar de *su personal* y de los miembros del elenco. Yo escuché todo acerca de sus pequeñas invitaciones a su cabina…"

"¿Quién le dijo a usted tales cosas?" Demandó Gromwell, ahora verdaderamente arrinconado.

"Nunca importa quién dijo qué, capitán de tripulación. En este momento, creo que usted tiene dos opciones; o me acepta para trabajar como su directora interina o me envía al carajo ahora mismo y no hablaremos más del tema. Así que, ¿cuál será su decisión?"

"De acuerdo, de acuerdo," se acogió Gromwell, aunque de mala gana. "Pero si usted necesita algo, por favor déjeme saber."

"Por supuesto, señor Gromwell, "estaré molestándolo cada vez que pueda," dijo Babette jocosamente. Y se volvió hacia Tiffany. "Y acerca de ti, mi querida, me gustaría cenar contigo esta noche y con nuestro buen doctor para que me ayuden con los planes del show, si él está disponible, obviamente."

"Seguro, señorita Babette, respondió Tiffany, visiblemente aliviada.

"Entonces bueno." Babette miró a Gromwell. "¿Estamos capitán?" Ofreció ella, tomándolo de un brazo y conduciéndolo fuera del salón, bajo la mirada perpleja de Tiffany.

Tan pronto las dos estuvieron fuera del alcance del oído, sacó su celular del bolsillo de su delantal y marcó el número de Alan.

Él contestó al primer sonido. "¿Cómo te fue?" Preguntó él ansiosamente.

"Hubo una situación un poco embarazosa por un momento, pero apenas Babette…"

"¿Quieres decir que Babette estuvo ahí…? Exclamó Alan. "¿Qué hizo ella?"

"Ella solo lo puso en su lugar y dijo que ella asumiría el trabajo de Jean Pierre por un tiempo."

"¿Y Gromwell estuvo de acuerdo?"

"Absolutamente. Ella lo arrinconó extremadamente bien. Él no tuvo más opción que aceptar. Te lo digo, Gromwell no es rival para nuestra Babette."

Capítulo treinta y uno

Petra –un lugar de encuentro

Mirando la fotografía del templo de Al Deir –el centro de atención de uno de los sitios arqueológicos en Petra- Serina tenía recuerdos del poema escrito por William Burgon – *Petra*

> It seems no work of Man's creative hand,
> by labour wrought as wavering fancy planned;
> But from the rock as if by magic grown,
> eternal, silent, beautiful, alone!
> Not virgin-white like that old Doric shrine,
> whereerst Athena held her rites divine;
> Not saintly-grey, like many a minster fane,
> that crowns the hill and consecrates the plain;
> But rose-red as if the blush of dawn,
> that first beheld them were not yet withdrawn;
> The hues of youth upon a brow of woe,
> which Man deemed old two thousand years ago,
> match me such marvel save in Eastern clime,
> a rose-red city half as old as time.

Sí, en efecto, Petra era una "rosa medio roja tan vieja como el tiempo," musitó Serina. Ella había conocido a Gregory allí, en medio de las ruinas y las viejas excavaciones. Él había ido a unirse a *La Duquesa* en Hawaii a asumir el nombre de Kurt Schippman. Y ella, Serina, estaba para inducir al señor Gromwell a entrar en acción. El último había acrecentado el interés no solo del FBI mientras estaba en Miami, la CIA cuando él se había deshecho del joven Terry Cortland en el Caribe y la Interpol cuando los padres habían empezado la búsqueda de su hijo, sino también, y ahora, del Servicio de Inteligencia de la Seguridad Canadiense (CSIS, por sus siglas en inglés), cuando una miembro de la tripulación canadiense había reportado que el señor Gromwell intentó violarla.

Serina era la espía por excelencia. Su apariencia era notada en cualquier parte, pero pronto era olvidada cuando se esfumaba en el escenario. Encontrar a Gregory en Petra tenía otro objetivo sin embargo. El CSIS había entendido que Hedwig von Strom era sospechoso de varias muertes inexplicables que habían ocurrido desde que él había dejado el Instituto de Hamburgo para la Criminología de Personas Insanas y dondequiera que sus viajes lo habían llevado antes de haber empezado a trabajar para la línea de cruceros. En cada ocasión, el sospechoso había desmembrado a dos víctimas – un hombre y una mujer- que se habían conocido para comprometerse o para vivir en unión libre. Las seis víctimas, hasta la fecha, extrañamente se parecían a las presas originales de Hedwig.

Ya que CSIS disfrutaba "espiando en libertad" bajo las reglas de la Comunidad Británica, la policía federal alemana, junto con la Interpol y la CIA habían pedido a las canadienses su ayuda siguiéndole los pasos a Hedwig. Sin embargo, la identidad del último era todavía una incógnita. Como habían supuesto con exactitud los germanos, no había pruebas de que Hans Gromwell no era quien pretendía ser y que Hedwig estaba en alguna otra parte – ¿quizás en Petra?

Entre muchas otras cualidades listadas en su hoja de vida, Serina era reconocida por identificar pasaportes u otros documentos oficiales falsificados. Ella había aprendido el oficio, por decirlo así, a través de las enseñanzas de su padre chino quien había muerto en los sucesos de la Plaza de Tiananmen.

Sola en su habitación aquella mañana, esperando el anuncio de que el barco había atracado en Tokio, Serina decidió confrontar al capitán de tripulación tan pronto como desembarcaran. Dependiendo del país y las reglas en vigencia en el momento, a los miembros de la tripulación les miraban sus pasaportes en masa y a bordo del barco por los oficiales de inmigración, dejando los pasaportes en el barco. El personal de países que no se les permitía desembarcar por razones de visa, eran categóricamente dejados a bordo. Esto aseguraba al barco que los miembros de la tripulación retornarían si ellos bajaban de él. Esto también aseguraba al país donde estuviera el puerto localizado que elementos 'indeseables' potencialmente no se escabulleran a través de las ranuras y permanecieran en su país. Cuando a un tripulante le fuera permitido bajar a tierra, recibía su credencial de identificación y un pase temporal en tierra, firmado por las autoridades. Otros países solamente usaban la 'tradicional rutina individual de pasaporte de mirada al sello de la mano'. Las autoridades de inmigración japonesa similarmente hacían una somera mirada a los pasaportes de la tripulación antes de que ellos pusieran un pie en la pasarela generalmente. En esta ocasión, Serina había pedido la asistencia de los japoneses reteniéndole el pasaporte al señor Gromwell por el tiempo necesario, hasta que ella pudiera examinarlo. También había solicitado dejar al hombre ir a tierra sin obstáculos y que él pudiera llevar su pasaporte consigo antes de que le permitieran tomar el transporte a la ciudad, así que él no sospechara nada.

A Gromwell le entregaron su pasaporte de la ordenada pila que el auxiliar de tripulación mantenía para proceder luego hacia los oficiales de inmigración. Sin sospechar, Gromwell entregó su pasaporte al oficial y lo siguió a su oficina en tierra. Al principio, él no parecía estar molesto hasta que preguntó, "disculpe, oficial, pero ¿cuánto tiempo tendré que esperar para mi pase temporal a tierra?"

"No mucho tiempo ahora, señor Gromwell. Tenemos que tomar precauciones..., después del nueve-once," explicó el hombre. "Solo permanezca sentado y estaremos terminando pronto."

Visiblemente impaciente ahora, Gromwell no quería formar un escándalo. Él solo deseaba continuar con lo que había planeado para el día, lo cual era comprar algunas telas de seda para su apartamento en Miami y quizás un tapiz, si encontraba el correcto.

En una sala anexa, Serina estaba ocupada examinando su pasaporte de Estados Unidos. Infortunadamente, ya que había sido expedido hacía unos tres años, ella no había podido encontrar ninguna marca de falsificación que había estado buscando. Así que decidió seguir su plan B.

"Muy apenado de haberlo tenido esperando," dijo el oficial de servicio al cliente a Gromwell cuando le entregó su pase y devolvió su pasaporte a la organizada pila del auxiliar, listos para devolverlos a la caja fuerte del barco, "pero ya que usted no nació en los Estados Unidos, tuvimos que poner particular atención a su pasaporte – demasiadas falsificaciones, usted sabe."

Ante esas palabras, Gromwell gruñó un agradecimiento al hombre, se puso de pie y se marchó fuera de la oficina, metiendo en el bolsillo su pase y caminando en dirección al transporte que tomaría hacia el centro de Tokio.

Sin embargo, había alguien esperando por él en la camioneta – Serina.

"¿No son ellos unas alimañas cuando quieren serlo?" Dijo ella, apenas Gromwell se subió a bordo. "Me hicieron lo mismo a mí, ¿sabe?" –Sonrió, acariciando con sus ojos la cara de Gromwell burlonamente –"ellos ni siquiera se disculparon por ser irrespetuosos." Le dio una palmadita al asiento de al lado. "¿Por qué no se sienta aquí? Yo no muerdo."

Gromwell forzó una sonrisa y se movió de su asiento al que Serina le había indicado.

"Usted es una nueva pasajera, ¿verdad?" Preguntó él tentativamente, tratando de esconder su enojo.

Serina asintió y sonrió. "Que observador es usted, capitán de tripulación, y sí, apenas abordé *La Duquesa* en Hawaii. Es una hermosa dama; no me podía perder este crucero –realmente emocionante.

Gromwell se giró hacia ella. "Lo siento, pero no puedo recordar su nombre..."

"Qué torpe soy. Lo siento. Mi nombre es Serina Blanchard. Muy encantada de ser su conocida, señor Gromwell, halagada en efecto."

"¿Y a dónde va a ir hoy?" El capitán de tripulación preguntó, deseando que Serina fuera a cualquier parte menos a la ciudad de Kiryu, donde él esperaba encontrar la seda que deseaba.

"Pensaba dar una vuelta a través de los jardines de Shinjuku, adoro los retoños de la primavera. ¿Qué pasa con usted?, ¿A dónde estará yendo?"

"Creo que tomaré el tren a Yokohama y visitaré el museo de seda."

"Oh, usted está interesado en la fabricación de la seda entonces."

Gromwell asintió. "Sí, siempre he estado atraído por sus delicados diseños –quiero decir, los de la seda japonesa- los encuentro muy descansados para la vista."

"¿Irá a comprar algunas?" Preguntó Serina, girando hacia él y sentándose de lado.

Gromwell sacudió su cabeza y miró directo al frente. "No, no allá. Ellos han logrado reunir una interesante muestra de gusanos de seda, pero me dijeron que mejor fuera a comprar las telas en otro lugar."

"Bueno, suena como que va a tener un interesante día," concluyó Serina volteando a mirar a través del vidrio en frente de su asiento. Ella sabía ahora que iba a lograr tener el pasaporte original de él.

Más temprano esa mañana, antes de que Gromwell pisara tierra, Alan había acompañado a Jean Pierre al hospital en donde encontró al cirujano ortopedista de turno el cual se haría cargo del recién llegado.

"Bueno, señor Simmons," dijo él tan pronto Alan y Jean Pierre habían llegado a su departamento, "mi nombre es doctor Sukudo. Voy a darle un vistazo a su brazo y a su hombro, y luego tomaremos unos rayos X, un ultrasonido y quizás un tomografía computarizada."

Jean Pierre asintió, mirando a Alan. ¿Piensa que es posible que yo regrese al barco hoy?" Preguntó Jean Pierre, doblándose de dolor cuando el doctor tocaba su hombro.

"No puedo decirle hasta que haya visto las imágenes que tomemos, pero ya veremos."

Una vez que volvió a poner el cabestrillo alrededor del brazo de Jean Pierre y le pidió a un asistente llevar al paciente a Rayos X, el doctor Sukudo volteó hacia Alan. "Como usted sospechaba doctor Mayhew, el señor Simmons se ha fracturado el húmero, lo cual ha causado una fractura angulada de la cabeza del mismo. Y supongo que sabe qué significa eso."

"Sí, lo sé, infortunadamente doctor. Jean Pierre requerirá de una cirugía si el examen de Rayos X confirma su diagnóstico."

"Exactamente. No será una operación de importancia, pero significa cirugía de todas formas, y no me será posible dejarlo ir hasta que esté completamente seguro que esté perfecto para viajar de nuevo."

"Entendible, y probablemente hayamos zarpado para entonces," estuvo de acuerdo Alan, cruzando sus brazos.

"¿Hay algún problema con su repatriación?" Preguntó el doctor Sukudo, viendo los ojos de preocupación de Alan.

"Realmente sí, doctor. Verá, por razones que no le puedo explicar en este momento, es muy importante que el señor Simmons regrese al barco antes de que partamos en 36 horas."

"Bueno, entonces mejor nos damos prisa y lo tendremos a él a bordo, ¿no cree?"

La respuesta del doctor Sukudo sorprendió a Alan. "Si esto se pudiera lograr, estaría muy agradecido."

"No luzca tan sorprendido, doctor Mayhew. En efecto, prefiero operar tales fracturas el día que ocurren, porque los huesos son muy rápidos para juntarse cuando se trata de la cabeza humeral, especialmente en personas jóvenes, como usted probablemente sabe.

Es más, no tengo el personal para cuidar de la recuperación de él después de la cirugía. Así que, nos podemos ayudar el uno al otro y actuar rápidamente."

Alan se rio y empezó a relajarse. "Pero la única preocupación que tengo es si nuestro paciente empeora después de la operación –no tengo el equipo necesario para…"

"No se preocupe mucho acerca de eso, doctor Mayhew, si yo sospechara que el señor Simmons estaría en dificultades durante su recuperación, no le permitiría salir del hospital. Y ya que quiero hacer esto tan pronto como sea posible, ¿estaría dispuesto a asistirme en la cirugía?"

"Bueno," estuvo de acuerdo Alan. "Siempre y cuando eso no esté contra las reglas."

"Infortunadamente, no le será posible entender lo que se diga, al menos que usted hable japonés. El procedimiento es pura rutina. Haremos una fijación interna con una varilla de acero inoxidable y usaremos un alambre en forma de ocho para prevenir rotaciones."

"Genial, doctor. Gracias. ¿Iremos de bata blanca?"

"Sí, y como recompensa, creo que me gustaría acompañar al paciente a bordo del barco para asegurarme de que tenga todo lo que él requiere durante su recuperación. ¿Sería eso posible?"

"¡Absolutamente!" dijo Alan. "Y, es más, lo invitaré a cenar a bordo, si le gusta. Solo tome su pasaporte y envíe una copia escaneada al auxiliar de tripulación del barco y nosotros haremos los arreglos para que usted vaya a bordo como invitado."

"¡Hemos hecho un trato!, como dicen ustedes los americanos," concluyó el doctor Sukudo, visiblemente encantado con el "trato" que logró."

Cuando Jean Pierre regresó de Rayos X y del ultrasonido, el diagnóstico del doctor Sukudo fue confirmado y como una ventaja adicional, no había ligamentos rotos del manguito rotador. Durante la siguiente hora, el paciente y los cirujanos estuvieron preparados para la operación, la cual tardó solo media hora bajo las expertas manos del cirujano japonés.

Mientras tanto, Alan había tomado nota del equipo extra que él necesitaría para complementar el centro médico de a bordo de *La Duquesa*. Sacudió la cabeza ante la idea de enviar otra requisición a la oficina central. Pero él no era corto en persistencia o perseverancia, y el infortunado accidente de Jean Pierre era ciertamente un buen ejemplo. Él argumentaría ser menos costoso comprar unos pocos elementos y conservar el pasajero a bordo, que tenerlo interno en un hospital japonés y luego tener que ser trasladado en avión a los Estados Unidos.

Una vez Serina y Gromwell descendieron de la camioneta cerca de la terminal del tren, Gromwell le deseó a ella un buen día y se dirigió a la estación. Serina esperó por un momento hasta que vio a su presa desaparecer en la multitud de la sala y luego se dirigió a las casetas donde venden los tiquetes. Notó que Gromwell estaba en la cola esperando para comprar un pasaje para Yokohama. Corrió hasta la esquina más cercana, sacó un chal de su espacioso bolso y se lo envolvió en su cabeza y sus hombros. Luego corrió la cremallera en la cintura de su falda, la cual se desdobló en una larga bata negra y adoptó la apariencia encorvada de una mujer vieja, deslizándose mientras tanto en unos zapatos planos. Su experta y rápida transformación hubiera engañado aún a quien la hubiera observado. Se dirigió hacia la cola donde Gromwell todavía esperaba ser atendido y, con velocidad pero simulando movimientos torpes, caminó hasta tropezarse con el capitán de tripulación. Disculpándose por su inapropiado comportamiento, se escabulló lejos balbuceando un "perdóneme, estimado señor," en japonés al aturdido Gromwell, quien se encogió de hombros y volvió su atención a la persona frente a él.

Apenas salió de la estación, Serina fue al hotel al otro lado de la calle y corrió al servicio sanitario en el lobby donde se transformó en la joven mujer que se había bajado del transporte del crucero hacía unos pocos minutos –con una excepción- el pasaporte de Gromwell estaba ahora en su bolso. Ella fue lo suficientemente cuidadosa para dejarle el pase a tierra cuando se 'tropezó con él'."

Capítulo treinta y dos

Por un diamante, por una libra

El señor Bright, agente MI5 quien había acompañado al señor Channing en su viaje de regreso a Inglaterra, había confirmado que el hombre en efecto era el mismo que había atendido el parqueadero del zoológico de Bristol durante 25 años y se había retirado con una considerable suma de más de siete millones de dólares para sus gastos. Pero eso no era todo lo que el señor Bright descubrió; de hablar con el individuo durante su travesía, había deducido que el botín de millones no estaba ahorrado en ningún banco, o en algún portafolio de inversión obscura, sino que estaba en algún lugar en Guinea, África Occidental. Como el agente alemán le había dicho a Bright, Channing había pasado una semana o algo así en aquel país donde él había contraído la malaria. Pero dónde estaba el dinero era aún la pregunta. ¿Y por qué Guinea? No había nada que guardar en inversiones en ese país, a menos que uno deseara invertir en bauxita o en minas de oro, lo cual, Bright no pensaba que fuera el caso del señor Channing. El MI5 había ido con lupa a través de las declaraciones de renta del tipo y no habían encontrado nada que pudiera ascender a las ganancias del hombre más allá de una razonable cantidad para sobrevivir –para nada aproximándose al tope del millón.

Sin obtener prueba de que el hombre efectivamente había defraudado a la ciudad de Bristol, el agente Bright había sido forzado a abandonar la investigación y dejarla a la policía de Bristol para que la descifrara. Sin embargo, ahora en sus cincuentas y lleno de paciencia, Bright no quería renunciar a encontrar el dinero de una forma u otra. Si era en Guinea donde estaba el botín escondido, Guinea sería su lugar de destino a la primera oportunidad. Pero, antes de que él diera el primer paso en esa dirección, fue atrás a sus notas, las cuales había tomado cuando había entrevistado a Mel Channing durante su viaje de retorno. Había algo que lo molestaba acerca de algunas de sus conversaciones. Channing parecía más que feliz nunca de admitir que en efecto él había sido el encargado del parqueadero en el zoológico por todos esos años. Nunca parecía perturbado por el descubrimiento de su fraude. ¿Por qué eso? Además, Channing nunca mostraba ninguna de las características de un ladrón exitoso. No tenía deseos de presumir de su riqueza, tampoco compraba nada fuera de lo ordinario, tal como vestidos extravagantes o regalos costosos, o entretenimientos suntuosos. Tenía unos ahorros modestos, como los tiene la mayoría de los jubilados –nada que se aproximara a la cantidad que se suponía él había "ganado" mientras parqueaba carros durante 25 años.

Para Bright, era claro que el hombre se había embolsillado ese dinero cada día y lo había "cambiado" por algo que no sería notado y no estaría sujeto al escrutinio de las autoridades cuando se retirara. Y esta deducción llevó al agente MI5 a la siguiente conclusión –*él debe haber comprado algo que no se pudiera rastrear. Quizás compró una colección de arte robada, o algún objeto raro de mucho valor- ¿pero qué?*

Y otra vez la pregunta de Guinea -¿por qué Guinea?- retornó a su mente; él tenía que descubrir la respuesta, así fuera lo último que hiciera en su carrera.

Cuando Alan finalmente regresó a *La Duquesa* esa tarde, Tiffany estaba esperándolo en su cabina.

"¿Cómo te fue con Jean Pierre?" Le preguntó apenas había traspasado el umbral de la puerta.

La cara de Alan estaba radiante, con una amplia sonrisa adornando sus labios. "Me fue tan bien que no puedo creérmelo," respondió, tomando a Tiffany en sus brazos y besándola febrilmente.

"¡Guau!" dijo ella, una vez le permitió liberar sus labios de los de él. "¿Qué pasó? ¿Lo vieron tan bien que ha retornado a sus labores?"

"¡Casi! Regresó a bordo y el cirujano está con él ahora…"

"¿Cómo lograste eso? Quiero decir, ¿cómo un cirujano ocupado estuvo dispuesto a dejar el hospital y venir a bordo…? No entiendo."

"Tú sabes, Tiff, cosas extrañas suceden, pero ahí está. El doctor Sukudo pasará la tarde con nosotros y luego de que se haya asegurado que Jean Pierre esté verdaderamente en vía de recuperación, regresará al hospital. También lo he invitado a que se una a ti y a mí para la cena."

Tiffany frunció el ceño, mirando a Alan con líneas de preocupación apareciendo en el ángulo exterior de sus ojos. "¿Él es otro agente por casualidad?"

Alan se rio y volteó su cabeza, divertido. "No, te puedo asegurar que no. Lo asistí en la operación del brazo de Jean Pierre y te puedo decir sin ninguna duda que nuestro doctor Sukudo es un cirujano – nada más."

"Bueno…," dijo Tiffany luciendo no muy convencida. "¿Y a qué horas se supone que vamos a cenar con el buen doctor entonces?"

Alan miró abajo a su reloj. "En una hora aproximadamente," respondió, "tiempo justo para refrescar en mi memoria algunas cosas que me he perdido," deslizando su mano a través del escote de la blusa de Tiffany para coger uno de sus senos.

Sacando suavemente su mano y besándola, ella dijo, "que magnífica idea. He estado agonizando por ir por esa línea de la memoria durante un tiempo." Se desabotonó su blusa y la dejó deslizar mientras conducía a Alan a la cama.

Sin dar tiempo a desvestirse y aparentemente hambrientos de las caricias del otro, hicieron el amor con la pasión que siempre parecía brillar en un millón de estrellas cada vez que llegaban al clímax. El amor del uno por el otro parecía, de algún modo, insaciable. En cualquier forma que él lo mirara, tenía que concluir que estaba enamorado de ella.

Se entrelazaron en los brazos, uno del otro bajo la cobija por un rato y antes de saltar fuera de la cama e ir a la ducha, un fuerte golpe a la puerta los asustó a ambos. Si era Gromwell, haría carne picada con ellos, Tiffany estaba segura. No les hubiera quedado ventaja contra él o contra sus sospechas –éstas se hubieran basado en hechos al momento de abrir la puerta.

"¿Quién es? Gritó Tiffany desde la puerta del baño, donde Alan ya se había refugiado.

"Es el camarero señorita Sylvan, ¿necesita toallas limpias?"

"Oh, no-no, no en el momento, gracias. Estoy en la ducha; ¿podría regresar más tarde?"

"Bueno, no se preocupe. Regresaré al final de mi ronda," dijo el hombre alejándose de la puerta.

Exhalando un suspiro de alivio, Alan tomó a Tiffany en sus brazos y la condujo al espacio debajo de la regadera, donde encontraron otra oportunidad para hacer el amor una vez más –antes de permitir que el agua mojara sus cuerpos enlazados. Tuvieron que hacerlo abrazados ya que la casilla de la ducha de la cabina de Tiffany era aún más pequeña que la de Alan, la cual era suficiente solo para un adulto de tamaño medio, ¡no más!

"Oh, a propósito," dijo Tiffany, poniéndose su camisa una hora más tarde, "la señora Galbraight y Annie se unirán a nosotros para la cena -¿estás de acuerdo?" Miró a Alan mientras éste se peinaba su cabello.

"No veo por qué no; estoy seguro que al doctor Sukudo no le importará conocerse con la pequeña Annie," respondió Alan distraídamente. "¿Estamos listos entonces? Preguntó él volteando hacia su amada.

"Absolutamente. ¿Por qué no me voy yo primero y tú te quedas para irte cuando no haya 'moros en la costa'?"

"Hazlo," estuvo de acuerdo Alan, abriendo la puerta para ella. "Te veré en unos pocos minutos..."

Yendo abajo por las escaleras, Tiffany se encontró con Babette. Ella iba subiendo a los pisos superiores.

"Hola querida. ¿Cómo estás?" Preguntó ella.

"Estoy bien, Babette, gracias. ¿Y tú qué? ¿Cómo están los preparativos para el gran espectáculo de mañana?"

"Realmente, mucho mejor de lo que yo esperaba. Jean Pierre tiene un hermoso elenco; me gustaría llevarlos a todos conmigo de regreso a Nueva York."

"Estoy segura que él estaría complacido de escuchar eso..."

"¿Quieres decir que él regresó? Iba justo a ver cómo le había ido en Tokio... Pero ¿cómo? Quiero decir, pensé que él tendría que permanecer allí para una cirugía, de lo que deduje cuando hablé con Alan la última vez."

"Bueno, realmente él tuvo tal intervención quirúrgica, pero de alguna manera, Alan convenció al cirujano para que permitiera a Jean Pierre regresar a bordo."

"¿Y cómo logro eso? ¿Compró la salida de Jean Pierre?" Preguntó Babette, sonriendo.

"En verdad no sé cómo lo hizo, pero, incluso trajo al cirujano con él..."

"¿Quieres decir que el cirujano está aquí?" Babette sonaba más sorprendida ahora.

"Sí…" Respondió Tiffany, dándole una palmadita a Babette en su brazo, "pero debo irme, la señora Galbraight y su hija están esperándome en el restaurante."

"Bueno, querida, te veré allá abajo en un rato –difícilmente puedo esperar para escuchar cómo logró Alan todo eso… Adiosito" dijo Babette, reasumiendo su ascenso por las escaleras.

Cuando Tiffany llegó al restaurante, notó que Alan estaba ya sentado con Annie y la señora Galbraight a su lado y el amigo japonés tomando asiento al frente de ellos.

"Que pena por llegar tarde," dijo Tiffany a las personas congregadas, mientras el doctor Sukudo se ponía en pie y le hacía una venia.

"Yo soy el doctor Sukudo, señorita Sylvan, el doctor Mayhew me ha hablado bastante de usted, y me place conocerla."

Ligeramente apenada con tal familiaridad, Tiffany devolvió la venia y dijo, "un placer, doctor. Bienvenido a bordo de *La Duquesa*."

Una vez estuvieron listos para comer, y con sus platos en frente de cada uno, la señora Galbraight preguntó a Alan, ¿le importaría si Annie bendice la mesa antes de comer?"

"No, para nada," respondió Alan sonriéndole a Annie.

"¿Te gustaría decir la bendición entonces?" Le preguntó la señora Galbraight a su hija.

"No sabría qué decir," respondió Annie, visiblemente cohibida.

"Sólo di lo que has escuchado a mami decir," respondió su madre.

Asintiendo, Annie bajó su cabeza y dijo, "Señor, ¿por qué diablos yo invité a toda esta gente a cenar?

No tomó una fracción de segundo para que todos en la mesa explotaran de la risa, bajo la mirada curiosa de Annie. "¿Dije algo incorrecto, mami?" Preguntó ella, mirando suplicante a su madre.

Capítulo treinta y tres

Una sesión de hipnosis para no recordar

Sentada al frente del doctor Zetisman en el bar de su suite, Susan Ashland estaba preparándose para hipnotizarlo. La invitación a su cabina había sido una agradable sorpresa para el buen doctor. La hermosa bailarina de ballet iría verdaderamente a jugar un papel en ese encuentro de sueños hechos realidad. Siempre, desde que ella lo había invitado para un "refrigerio", él no se podía contener; veía a los dos haciendo el amor y él dirigiéndola a ella en la siguiente presentación de baile –ignorando totalmente que Susan había cambiado de carrera desde que ella dejó los escenarios muchos años atrás.

"¿Le gustaría algún jugo helado, doctor, mientras esperamos a que los emparedados lleguen?" Preguntó Susan, sirviendo dos vasos de jugo de naranja de una botella que había tomado del refrigerador. Sin que supiera el buen doctor, ella adicionó una pequeña píldora a su bebida –un relajante moderado que haría efecto pocos minutos después de que el tomara algo de jugo. Ella esperaba que el estuviera relajado y se volviera como la conocida arcilla en sus manos antes de que ella empezara a hipnotizarlo.

"Ahora, doctor," dijo Susan, depositando los vasos sobre la mesa de té, "¿por qué no me cuenta un poco más acerca de su tiempo en Alemania? –me hubiera gustado estar allí cuando el país finalmente se deshizo del Muro de Berlín. Debe haber sido un momento memorable para usted, ¿no es así?"

"Oh, mi querida niña, eso fue un *momento grandioso*, es correcto. La felicidad que sentimos fue tal que estuvimos bailando en las calles." Susan difícilmente podía imaginar a Zetisman bailando en ninguna parte, menos sólo en las calles de Berlín. "Ya ve," continuó el doctor, "justo había salido del hospital, y fue un alivio para mí no tener que lidiar más con esos lavadores de cerebro. Fue un doble placer para mí." Asintió un par de veces como si pudiera ver sus recuerdos en torbellino en la superficie del vaso de jugo.

Ya había tomado la mitad de su vaso cuando Susan pensó que era tiempo de que él regresara al pasado en Hamburgo. Aunque ella dudaba de que su liberación de la institución hubiera coincidido con la caída del Muro de Berlín, se decidió a tratar de tocar esa tonada como una introducción a su sesión de hipnosis.

"Déjeme mirarlo, doctor," empezó Susan moviéndose hacia adelante en su asiento y fijando su mirada en la cara del hombre, "usted tiene unos ojos tan intrigantes…"

Zetisman estuvo instantáneamente cautivado por la belleza de los ojos cafés de Susan. Casi que de inmediato fue atraído hacia ella como si ella hubiera capturado sus sentidos.

"Relájese doctor, sólo siéntase usted mismo yendo atrás a la época en que usted era muy, muy feliz… Reclínese en su asiento" – Zetisman lo hizo- "y encuéntrese usted mismo rodeado por sus amigos…" Esperó a que el doctor cerrara los ojos y parecía que durmiera. "Usted está en el hospital… ¿Ve a sus amigos ahora?" Le preguntó suavemente.

Gimiendo primero y sonriendo después, él respondió. "Sí, sí, ahí está él… Mi mejor amigo…"

"Y ¿quién es él? ¿Quién es su mejor amigo?" Preguntó Susan.

"Es Hans…, no…, no Hans…, Es Hedwig…"

"¿Y dónde está Hedwig?"

"Él está… Él está en la biblioteca… Él siempre está en la biblioteca."

"¿Y qué está haciendo Hedwig?"

"Está leyendo un periódico…, y yo estoy leyendo el mismo periódico…"

"¿Ve la fecha del periódico, doctor? ¿Cuál es la fecha del periódico?"

La cabeza de Zetisman se balanceó de un lado a otro lentamente. "No puedo ver la fecha…, no, espere… dice que…, no, es Hedwig…, está diciendo que nosotros iremos a América…"

"¿Va a ir Hedwig a América entonces?"

Esta vez Zetisman sacudió su cabeza. "No…, él va a ir a los astilleros" –asintió- "él está buscando un barco…"

"¿Está buscando un barco para ir a América?"

Otro movimiento afirmativo de su cabeza. "Sí…, él dice…, él dice que tiene que tomar un barco…, en el astillero…, no, después de terminar el trabajo, él irá…, no, no, espere…"

"¿Qué ve doctor? ¿Está Hedwig aún allí, en la biblioteca?"

"Sí, sí, pero…, pero él tiene un pasaporte en su mano…, pero ese no es su…"

"¿Sabe usted de quién es el pasaporte?"

"No, no, él tiene un pasaporte americano… Es un pasaporte americano…, no es un pasaporte alemán…"

Susan decidió tratar algo más. "¿Usted sale después de dejar la biblioteca?"

"Sí, sí, tengo que salir…, es tiempo de cenar…, y tenemos que salir…"

"¿Va usted con Hedwig a la cantina?"

"No…, no puedo ir con Hedwig…"

"¿Por qué no puede ir con Hedwig?"

"Porque, porque tengo que ir con el doctor…, a conseguir mi inyección…, no puedo comer…"

"¿Usted ve al otro doctor?"

"Sí, sí, él no es…" De repente Zetisman se puso muy agitado. Ondeaba sus brazos y sus manos en frente de él como defendiéndose. "No quiero máaasss…," gritó.

Susan no tenía duda de que el hombre estaba evocando algún terrible episodio en la institución –tenía que regresarlo.

"Está bien, doctor, está bien, el doctor se está alejando…, relájese…, no se preocupe, él no regresará…, sólo relájese…, él se ha ido ahora, y a la cuenta de tres, usted despertará y no recordará nada de lo que ha pasado aquí en los pocos minutos pasados…, uno…, dos…, tres…"

Desconcertado, Zetisman abrió los ojos y miró abajo a su bebida. "Ese jugo de naranja es delicioso, Susan. Debería pedir el mismo para mi habitación."

Susan sonrió moderadamente y también bebió un poco de su vaso. "Sí, es delicioso, está en lo cierto. Pero dígame, doctor, ¿cuánto tiempo ha pasado después de que usted llegó a los Estados Unidos?" Preguntó, discretamente apagando la pequeña grabadora que ella había retirado de la mesa apenas Zetisman estaba volviendo de su estado de hipnosis.

Una media hora más tarde, Susan acompañó a Zetisman a su cabina, ya que él dijo que quería aplicarse otra inyección de insulina. Ella no dudaba de que él muy pronto se dormiría por un rato. Mientras tanto, ella esperaba escuchar la cinta y escribir un reporte de hechos para el doctor Mayhew. Había unos pocos puntos a resaltar en esa grabación que serían de mucho valor investigativo posteriormente. Por una parte, la primera persona que Zetisman recordó ver fue a un hombre llamado "Hans" –aunque rápidamente se corrigió él mismo y llamó al amigo "Hedwig". El segundo elemento intrigante fue que Hedwig mostraba un pasaporte americano al doctor. ¿Podría ser que Hedwig, de alguna manera, obtuvo un pasaporte falso aún antes de dejar la institución?

Susan miró su pequeño reporte y sacudió su cabeza –una vez más, ella (y los demás) tenían más preguntas que respuestas en este asunto. Girando su cabeza distraídamente hacia la mesa de té donde estaban aún los dos vasos sin lavar, primero se reprendió ella misma por dejarlos desatendidos, pero luego saltó fuera de la silla, cogió el vaso de Zetisman y lo miró muy de cerca. La respuesta estaba frente a ella. *¿Por qué nadie pensó acerca de eso antes –si es tan simple?*

Cuando Serina regresó al barco, después de un día haciendo turismo por los jardines y algunos de los centros comerciales de Tokio, estaba a punto de sentarse a su mesa y reportar a su agencia en Ottawa cuando un golpe en la puerta la interrumpió.

"¿Quién es?" Preguntó a través de la puerta.

"Gromwell, el capitán de tripulación," respondió el hombre, sonando impaciente.

"Bueno, hola, capitán de tripulación," dijo Serina alegremente, abriendo la puerta totalmente. "¿Por qué no entra…?"

Sin darle respuesta, Gromwell dio unas zancadas hasta la mitad de la sala y volteó su cara hacia ella, mientras Serina cerraba la puerta y permanecía plantada donde estaba, mirando fijamente a su visitante.

"¿Qué puedo hacer por usted?" Preguntó, sintiendo al hombre irritado.

"¿Dónde está?" Gritó agresivamente. "Yo sé que usted lo cogió…"

"¿Y qué piensa usted que yo he cogido, capitán de tripulación?"

"¡Mi pasaporte! Yo sé que usted fue la última persona con quien hablé antes de tomar el tren a Yokohama –y no lo encontré cuando regresé al barco después de eso- así que ¿dónde está?"

Gromwell dio un par de pasos hacia ella. "Antes de que venga más cerca, capitán, permítame preguntarle esto; ¿por qué querría yo su pasaporte? Y a propósito, su actitud es bastante ofensiva…"

"Eso es porque no me gustan los ladrones, y usted es una ladrona…, además, yo no tengo que justificar mi actitud a nadie, especialmente a usted."

"Ya veo," dijo Serina tranquilamente. "Pero eso no me dice por qué usted piensa que yo he robado su pasaporte, y con qué propósito."

"Usted probablemente lo va a vender –si es que no lo ha hecho ya– a algún japonés haragán quien pagaría una buena suma para usarlo e inmigrar a los Estados Unidos."

"Tan extraño que suena eso, pienso que usted cree que está logrando algo aquí, señor Gromwell. Pero le diría que no tengo ningún uso que darle a su pasaporte, o ninguna cosa por el estilo, porque no necesito más dinero del que tengo, y la perspectiva de ser acusada de robar es muy desagradable, por decir lo menos."

"Bueno, suficiente –no tengo tiempo para nada– solo regréseme mi pasaporte y no presentaré cargos contra usted."

"Bueno, si esa es la forma en que usted quiere plantear el juego, ¿por qué no busca en mi cabina para convencerse usted mismo de que su preciado pasaporte no está aquí?"

"Si usted ya lo vendió, sería una pérdida de tiempo…"

"Y pienso que de todas formas está perdiendo su tiempo, señor Gromwell, porque su pasaporte no está aquí, ni se lo vendí a nadie, se lo puedo asegurar. Además, si usted fuera a presentar cargos, me vería obligada a llamar a la oficina central de la línea de cruceros y reportarlo a usted por acoso a un pasajero –y pienso que no le agradaría abrir esa caja de gusanos, ¿o lo haría usted ahora?"

"¿Me está amenazando?" Gritó Gromwell acercándose más a Serina.

"No, señor Gromwell, yo no. Solo le estoy diciendo lo que haré, en caso de que usted decida acusarme a mí de un delito que yo no cometí y por lo tanto usted no tiene pruebas." Se apartó de la puerta y fue a pararse a unos pocos centímetros de la enrojecida cara de Gromwell. "Ahora, le sugiero que salga de mi cabina inmediatamente, antes de que llame a alguien que atestigüe su intromisión en mi privacidad."

"Bueno, bueno, voy a salir" –la empujó y abrió la puerta –"pero esta no es la última vez que usted escuchará de esto, señorita Blanchard," gruñó Gromwell antes de aventar la puerta.

Una vez sola, Serina se encogió de hombros y sacó el pasaporte de Gromwell de su doblada falda. Lo miró, y le dio unos golpecitos un par de veces antes de sentarse ante su escritorio a escribir un email para Ottawa. Luego deslizó el pasaporte por debajo de su portátil, cruzó sus brazos y reflexionó sobre el problema que tenía en sus manos. El mayor desafío, suponía, era identificar a Gromwell como Hedwig von Strom. Hasta ahora, varias agencias habían fracasado en su intento.

Probar la identidad de alguien era generalmente sencillo. Obtener un primer pasaporte en cualquier parte del mundo requería de varias piezas de identificación –un registro de nacimiento, un certificado de matrimonio o prueba de divorcio, cualquiera fuera el caso, y una prueba de residencia. Sin embargo, cuando se trataba de pasaportes falsificados, todo lo que los falsificadores necesitaban por estos días era un pasaporte original y una foto, la cual sería laminada en el pasaporte y ahí está, la persona tenía su documento. En este caso, cuando Serina examinó el pasaporte de Gromwell, no había marcas visibles en la página laminada que pudieran indicar que la fotografía había sido reemplazada en ninguna forma. Además, el pasaporte no era una falsificación, hasta donde ella podía decir. Sin embargo, el pasaporte original podría haber sido robado, y era ahí donde la CSIS podía dar asistencia. Si el pasaporte original había sido dejado con las autoridades de los Estados Unidos tras su renovación, este hubiera sido destruido. Por otro lado, si el original hubiera sido devuelto a Gromwell, entonces quizás ella podría encontrarlo aún. Lo peor, que Gromwell mismo lo hubiera destruido, después de recibir el nuevo documento. Si este fuera el caso, Serina tendría que empezar de nuevo. Pero por ahora, ella necesitaba saber dónde había sido expedido el pasaporte original. Si no existía registro de expedición en los Estados Unidos, entonces estaba en la pista correcta –el original podría haber sido una falsificación.

La CIA ya había buscado en los registros de Alemania Oriental tratando de encontrar una persona con el nombre de Hans Gromwell –vivo o muerto- en los archivos viejos. Estos habían sido vaciados. El otro registro que generalmente trae respuestas a una identidad cuestionable es el número de seguridad social. Si este número prueba era de alguien más, uno podría asumir que la persona no era quien pretendía ser. En el caso de Hans Gromwell, su certificado de nacimiento indicaba que había nacido en Miami de una pareja inmigrante que había muerto unos 20 años atrás. *Otra muerte más*, pensó Serina. Los Gromwell de Florida, en efecto habían vivido y muerto en ese estado después de haber emigrado desde Alemania después de la Segunda Guerra Mundial. Sus registros estaban incompletos y no conducían a ninguna parte. Su hijo, Hans, siendo el único hijo, no dejaba forma de seguir el rastro de su familia en Norte América o en Europa.

Sin embargo, si su hijo hubiera muerto, habría existido un registro de su muerte –que no era este el caso.

Pero luego, y yendo en un círculo completo, estaban las fotografías que Hans Gromwell había remitido al doctor Mayhew, mostrando al padre cazando en la Selva Negra de Baviera. ¿Eran las fotos del padre de Gromwell o del padre de Hans? Serina decidió que esa era una pista para investigar en el futuro –aun si ella tuviera que ir a Augsburgo donde Hedwig von Strom nació.

Capítulo treinta y cuatro

...*Hazme un niño más bueno*

El agente Bright encontró a Mel Channing en su nueva residencia en Bristol. El hombre había decidido rentar un modesto piso en un sitio comercial de la ciudad. No era lujoso, pero de todas maneras, muy confortable.

Channing había llamado al agente MI5 para invitarlo a tomar una taza de café. Decir que Bright se había sorprendido por la invitación hubiera sido una sutileza. La policía de Bristol había estado interrogando al individuo por mucho tiempo, pero ya que no había pruebas del fraude –añadido al hecho de que los usuarios del parqueadero hubieran, voluntariamente, pagado al dependiente; y ya que ninguno de ellos quería poner cargos contra el viejo hombre –la policía de Bristol estaba lista a poner el archivo en "casos no solucionados", en gran medida por su gran desgano. Si Bright hubiera logrado persuadir a Channing de que revelara dónde estaba el botín, entonces le hubiera dado aviso a la policía para que tomara medidas posteriores, pero, por el momento, él no creía que Channing estuviera dispuesto a darle la información que necesitaba para reabrir el caso. Además, Bright no tenía intención de ir deambulando por África en búsqueda del tesoro perdido sin pistas como en qué fueron invertidas las libras esterlinas.

"Buenos días, agente Bright," dijo Channing, cuando le abrió la puerta de su apartamento. "Entre por favor," agregó, encabezando la vía hacia la sala.

"Ha conseguido un bonito lugar aquí," dijo Bright, mirando a su alrededor el apartamento elegantemente amoblado. *Debe haber contratado un diseñador para decorar el apartamento*, pensó. "Gracias por invitarme; pero realmente no sé qué más quisiera usted agregar a lo que ya hemos discutido..."

"Estaremos en eso prontamente," respondió Channing, "pero por qué no se sienta primero y yo encenderé la tetera."

"Hum, sí, gracias," murmuró Bright, sentándose en una de las cómodas sillas frente al sofá.

"¿Lo toma con leche y azúcar?" gritó Channing desde la cocina.

"Solo leche estará bien para mí," respondió el agente, aún intrigado.

Cuando Channing regresó con dos tazas, que puso sobre la mesa de té, dijo, "sé que se está preguntando por qué lo he invitado a mi casa, ya que, como dijo usted, no hay mucho que decir acerca de mi caso..."

"Excepto por el hecho de que usted no ha revelado a nadie dónde está el dinero," apuntó Bright, sorbiendo su té.

"Y es por eso exactamente que le he pedido que viniera hoy."

Bright no se encogió, pero sin embargo se echó hacia atrás. También pensó que esta podría ser una estrategia para tenerlo a él en caza del tesoro al final del arco iris, mientras él, Channing, escaparía a alguna parte – para no ser visto de nuevo.

"¡No me diga!" respondió con indiferencia el agente MI5.

"Yo sé que usted no me cree, pero déjeme explicarle algo; desde que regresé a Inglaterra, he estado un poco ansioso. Esta malaria me está volviendo loco. Aunque el tratamiento es muy efectivo, nunca sé si voy a tener otro ataque mañana o en las próximas horas. A decir de todos, podría morir de eso en cualquier momento –y no estoy dispuesto a dejar que alguien más se lucre de mi larga vida de trabajo."

"¿Quiere decir que alguien más está guardando el dinero por usted?"

Channing sonrió y agitó su cabeza. "No el dinero, agente Bright, no." Bright puso su copa abajo en la mesa y miró al estafador fijamente. "Ah, ah, ya veo que he logrado sorprenderlo..."

"Eso, lo ha logrado, Channing," le interrumpió Bright. "Así que, si las ganancias que usted ha hecho del uso del parqueadero no están en moneda corriente, ¿en qué están entonces?"

"Déjeme preguntarle esto: ¿por qué piensa que yo fui a Guinea?"

"De acuerdo con el reporte, usted le dijo al doctor Mayhew que quería ir a montar en camello..."

"Si esa hubiera sido la razón real de mi visita, ¿no pensaría usted que yo hubiera escogido otro país más cerca del Sahara tal como Mauritania por ejemplo?"

"Yo diría eso, sí. Pero, ¿por qué fue entonces a Guinea?"

"Por el Río Baoule, agente Bright," declaró Channing, bajando su taza después de tomar un largo trago de su té.

"Y ¿qué es el Río Boulay?"

"No-no, no el Boulay..., se llama el Río Ba-ou-la. Es un río que baja por las montañas Fouta-Djalon en el noreste de Guinea."

"¿Para qué diablos fue usted allá?"

"Es exactamente mi punto –nadie tiene mucho conocimiento acerca del tesoro que corre por sus aguas."

"Bueno, nunca fui bueno en geografía, pero me puedo imaginar un río corriendo montaña abajo –pero ¿cuál ha sido el logro que usted ha hecho con sus millones de libras, y qué clase de tesoro lleva el río?"

"Bueno, le sugiero que vaya a Internet y haga una búsqueda rápida sobre algunos de los recursos de Guinea..."

"Pero ya lo he hecho, y todo lo que he encontrado es Bauxita y algunos escasos depósitos de oro..."

"Ah-ah, pero entonces usted no ha encontrado la gallina de los huevos de oro, ¿o sí?"

"¿Está diciendo usted que compró oro con sus millones?"

Esta vez Channing se burló. "¿Puede usted imaginarme cargando lingotes de oro por donde yo pasara, agente Bright?"

El último tuvo que admitir que a Channing le hubiera sido muy difícil pasar desapercibido mientras cargaba una fortuna en lingotes de oro. "No, no puedo, señor Channing, así que, ¿qué encontró en ese Río Ba-oul...?"

"Ba-ou-le," repitió Channing. "Yo no encontré nada por mí mismo, pero los nativos lo hicieron, y yo compré cerca de siete millones de libras en ¡diamantes sin cortar, señor Bright!"

"¡Guau! Pero eso aún es una cantidad considerable –y esos "nativos", como usted los llama, ¿no tenían ninguna noción de lo que ellos estaban vendiendo?"

"Oh, ellos lo sabían bien, no se preocupe por eso –mire, ellos han estado dragando los diques del río durante siglos y en algún momento, tuvieron que vender sus derechos a una compañía australiana. Pero cuando la empresa abandonó, acumularon sus recursos y vendieron algunos de los diamantes a diferentes personas como yo hasta que otra firma se hizo al permiso del dragado un par de años atrás."

"Entonces usted compró los diamantes –pero es una gran cantidad de ellos- ¿y dónde los almacenó entonces?"

"Ahí es donde el viaje en *La Duquesa* viene al cuento..."

"¿Quiere decir que están aún a bordo del barco?"

Channing asintió enfáticamente.

No había información de lo que Babette hacía cuando acompañaba a los niños a la capilla del barco. A ella le había gustado hacer voluntariado un par de horas de su tiempo, ahora y entonces, para reflexionar y retornar a donde los niños pudieran ser niños en un ambiente sagrado, como era ese. Babette a menudo fungió en varios viajes como la capellana del barco y dio los sermones a bordo, cuando ningún otro capellán, cura, rabino o pastor hubiera sido contratado por la compañía naviera para cubrir los servicios. Aunque Babette había sido criada como católica, ella se volvió una verdadera devota de Dios en sus muchas formas, pero principalmente como era explicado en los diversos libros de la Biblia. Ella era una ministra ordenada y sirvió una pequeña iglesia no tradicional por varios años. Mucha gente decía que ella daba un excelente sermón por su ferviente amor a la humanidad y por la forma artística en que ella lo presentaba, habiendo sobresalido en las artes escénicas. Ella adoraba a Dios y sus diferentes formas de servirle, tales como con los niños y los enfermos y desvalidos. A ella no le gustaban las políticas de las diversas iglesias organizadas.

Esa tarde, unos cuantos niños habían decidido cada uno decir una plegaria a Jesús agradeciéndole por los buenos momentos que pasaban en el barco, o lo que fuera que tuvieran en mente. Babette los tenía sentados en la banca frontal de la iglesia para tomar su turno y arrodillarse a rezar. Después de empujones y empellones para sentarse lo más cerca posible del altar, ellos vinieron a arrodillarse uno a uno cerca de Babette para decir su oración. La mayoría de los niños recitaba algo de las oraciones del domingo que les habían enseñado en la escuela, excepto un pequeño niño quien parecía totalmente seguro de sí mismo.

Él dijo, "Señor, si tú no puedes hacerme un niño más bueno, no te preocupes. Estoy siendo feliz como soy."

Ante estas palabras, Babette volteó hacia él y le dijo, "estoy segura de que estás contento de estar pasando buenos momentos, Luke, pero, ¿no crees que tú puedes volverte un mejor niño por ti mismo?"

"Oh no, señorita Babette," respondió él, sus manos aún unidas en frente de él como para orar, "quiero decir, si Jesús no puede hacerme un mejor niño, ¿cómo puedo yo hacer todo eso por mí mismo?"

Cuando todos habían terminado y estaban próximos a retornar al patio de juegos, la puerta de la capilla fue empujada para abrirla y Susan entró. En silencio hizo una genuflexión en el centro del pasillo, cruzó y miró a Babette, quien se estaba preguntando qué había traído a su amiga a la capilla en medio de la tarde.

Susan se aproximó a ella en silencio y se dirigió a la media docena de niños rodeándola. "Lo siento niños, pero ¿piensan que me puedo robar a la señorita Babette por un minuto?"

"¿Nos la devolverá después?" Preguntó Luke, frunciendo el ceño.

"Seguro que lo haré..."

"Sí, estaré con ustedes aquí el domingo, seguro." Dijo Babette, "pero por ahora, pienso que deberían regresar todos al patio de juegos y encontrarse con la señorita Tiffany, ¿no creen?"

"Sí, sí," dijeron los chicos hablando un poco más fuerte de lo que deberían, bajo la mirada amonestadora de Babette.

"Shhhh, sin gritar..., y sin correr. Vamos…," dijo ella como réplica, invitando a los niños, en voz baja, a tomarse de la mano uno del otro y a seguirla al pasillo fuera de la capilla.

Una vez los chicos se habían reunido con los otros en el patio de recreo, Tiffany llegó a hablar con las otras dos mujeres. "¿Qué pasa?" Preguntó. "¿Ya estuvieron en tierra"?

"¿Tienes tiempo de tomar un descanso?" le Preguntó Susan. "Me gustaría decirles algo de nuestro caso..."

"¿Quieres decir del señor Gromwell...?" Dijo Tiffany en tono bajo.

"No aquí, mi querida, vamos al café por la piscina," sugirió Babette.

"Bueno, solo denme un minuto," respondió Tiffany, regresando hacia una de las niñeras y entregándole las llaves del patio de recreo.

Una vez las tres damas estaban sentadas cada una en frente de un capuchino, Babette preguntó, "entonces, ¿cómo le fue al doctor Zetisman?"

Susan no pudo evitar reírse. "Estuvo mucho mejor de lo que yo esperaba, de verdad." Tomó un sorbo de su café. "Cuando lo tenía bajo hipnosis, me dijo dos cosas que podrían ser importantes..."

"¿Cuáles fueron?" Interrumpió Tiffany, aparentemente entusiasmada de escuchar el resto.

"Bueno, por un lado, confundió el nombre de "su mejor amigo" en el hospital. Primero lo llamó Hans y después se corrigió a sí mismo y lo llamó Hedwig."

"Eso está interesante," dijo Babette. "Y tú piensas que él estaba hablando de Hans Gromwell, pero después pensó en Hedwig?"

"Sí, es exactamente como yo interpreté ese lapsus al hablar."

"¿Cuál fue la otra cosa?" Preguntó Tiffany.

"Esto es quizás lo más interesante de la sesión. Nuestro buen doctor describió a Hedwig mostrando un pasaporte americano, y después los dos hablaron de viajar a América."

"¿Y piensas que eso está basado en la realidad? ¿O podría ser un invento?"

"No, Tiffany, no creo que el doctor Zetisman pudiera fingir algo bajo hipnosis ni simular estar hipnotizado. Su estado mental es muy vulnerable desde que estuvo en esa institución."

"¿Qué te hace pensar eso?" Preguntó Babette.

"De varias conversaciones con él, he llegado a la conclusión de que el hombre ha sido sometido a alguna clase de tratamiento con electrochoques."

"Guau!" Exclamó Tiffany. "¿Por qué le harían eso a ese pobre hombre? —El también resultó herido en un accidente, ¿no fue así?"

"Eso es lo que yo entiendo, sí, pero lo que no está claro para nada es lo que pasó después del accidente para tenerlo institucionalizado —especialmente en Alemania Occidental donde tales prácticas no hubieran sido recomendadas, a menos que nuestro doctor hubiera cometido un crimen."

"¿Y sabemos cuándo fue liberado?"

"No exactamente, pero lo puedo averiguar fácilmente." Susan hizo una pausa. "Pero lo que realmente quería hablar con ustedes era si alguna de ustedes sabe si la línea de cruceros tiene un registro de las huellas digitales de la tripulación. ¿Lo sabes?" Miró a Tiffany.

"No que yo sepa, no. Yo tuve que dar mi registro de empleos cuando me uní a la compañía la primera vez, y ellos me preguntaron si estaba "comprometida", pero aparte de eso y de hacerme unas pruebas físicas, nadie preguntó por mis huellas digitales, no."

"Eso es muy malo," dijo Susan, bajando su taza, "porque si tuviéramos un registro de las huellas de Gromwell, podríamos compararlas con las de Hedwig en el registro del hospital en Hamburgo."

"Y nosotros podemos tomar sus huellas, ¿no es así?" Dijo Babette con una sagaz sonrisa en sus labios.

"¿Cómo?" Preguntó Tiffany. No es como que él vaya a aceptar que se le tomen las huellas ahora, ¿o sí?"

"Ah, pero nosotras no le vamos a pedir permiso, ¿verdad?" Contradijo Babette.

"Creo que estamos en la misma onda," apuntó Susan. "Fue cuando examiné el vaso del jugo que tomó Zetisman cuando entendí que nadie -que yo sepa- ha mencionado comparar huellas..."

"Entonces quieres invitarlo a tomar un trago y guardar el vaso para analizarlo, ¿es eso?" Preguntó Tiffany.

"Sí, y pienso que él no solamente estaría demasiado complacido de tomar una copa contigo después del show de esta noche – ¿qué piensas tú?" Se dirigió a Babette.

"Absolutamente. En realidad él ha venido a preguntarme si había alguno de los bailarines en el reparto interesado en tomar un "discreto" trago con él esta noche..."

"Él no renuncia a eso" Subrayó Tiffany. "Uno pensaría que después de lo que pasó con Jean Pierre, él se abstendría de pedirle a alguien ir a su cabina, ¿verdad?"

Susan y Babette asintieron al unísono.

"Pero ya ves Tiffany," continuó Susan, "los hombres como él no conocen límites. Ellos creen que pedirle a alguien tomar una copa e investigarle su vida amorosa es muy inocente. Quieren ignorar las implicaciones adjuntas a tales invitaciones, y una vez que ellos se han enterado de cuan involucrados están sus invitados, es cuando se vuelven peligrosos."

"Entonces, ante sus ojos, tener una relación por fuera del matrimonio u otra unión es intolerable. Él básicamente quiere que el mundo actúe como él lo ve y no de otra manera." Dijo Tiffany.

"Precisamente. Nuestro señor Gromwell debe haber presenciado a uno de sus padres o algún familiar cercano o incluso a su propia novia traicionándolo a él con alguien más, lo cual debe haber disparado una muy peligrosa forma de celos o resentimiento en su mente. Tenemos que agradecerle a Dios que fuimos puestos en esta tierra en una forma y un lugar particular. Sólo piensen en algunos lugares en donde ustedes podrían haber nacido, y la clase de padres que ustedes hubieran podido tener. El señor Gromwell fue nacido de un padre que adoraba cazar, de acuerdo a las fotos que Alan recolectó de su juventud. Para él eso era un negocio, matar para tener comida para vender. Él creció en un ambiente donde matar y comer carne era normal. No es un gran avance ver que él podría hacerle daño a alguien que no se ajuste a sus normas y estándares. Hay cientos de casos de algunos de estos ejemplares en los manuales de sicología. Son muy difíciles de tratar." Se lamentó Susan.

"Bueno, entonces me acercaré a él con tu invitación la próxima vez que lo vea," dijo Babette con franqueza. "Realmente puedo darle gracias a Dios de que yo no fui levantada en ese tipo de ambiente. Afortunadamente, en Francia cuando chicos, nos enseñaron que las buenas costumbres, la educación apropiada, ser respetuosos con los padres, ser una dama, ir a la iglesia, cualquiera que fuera, eran cosas importantes. Si tú te guiaras por algún tipo de directriz que un Dios, quien quiera que él sea, te diera, él te alumbraría y te daría una vida buena y plena. Yo fui capaz de pasar mi juventud y mi temprana adultez, haciendo esa clase de cosas y haber disfrutado de una vida sana. Tendré que admitir que ninguna de mis tías tenía muchas esperanzas en mí. Después de mi primer bautizo, varias de ellas fueron y, en secreto me hicieron bautizar de nuevo –para asegurarse de que yo retornara al camino correcto. No puedo ver como el señor Gromwell puede sentirse sicológicamente limpio. Sería como si los recolectores de deshechos del basurero de las grandes ciudades de Filadelfia, o los nómadas de Roma, los Somalíes o los refugiados Afganos se sintieran pulcramente vestidos."

Capítulo treinta y cinco

Una belleza fantasmagórica

Aquella tarde Alan y Tiffany decidieron cenar en tierra. Esperaban perderse entre la multitud, tener tiempo para caminar y disfrutar la vida nocturna de Tokio lejos de sus obligaciones a bordo de *La Duquesa*. Lo primero que Tiffany deseaba ver era el Times Square de Tokio. Ese inmenso paso peatonal rodeando la estatua de Hachiko está literalmente envuelta por resplandecientes señales y luces de neón. Alan sabía que esa no era una intersección para ser cruzada inadvertidamente con miles de peatones corriendo a través de las calles cuando los semáforos cambiaran a verde. Él no quería perder a su amada en medio de la multitud. En vez de eso, le sugirió subir por las escaleras eléctricas que conducen al segundo piso del Starbucks más cercano, de donde ellos podrían mirar a las masas corriendo por las cuatro esquinas de ese increíble mundo de luces. Tiffany estuvo impresionada cuando ella y Alan disfrutaron el vibrante show de afuera. Era un increíble visón de señales y avisos digitales de neón yendo aparentemente en todas las direcciones mientras la gente abajo peleaba y se atropellaba por hacerse camino en la intersección.

Sentados al frente de una refrescante y veraniega bebida, Alan preguntó, "¿Hans Gromwell se ha aproximado a ti últimamente?"

Tiffany, con su labio superior adornado por un agradable bigote de espuma, agitó su cabeza. "No lo he visto desde que tuvimos aquel altercado, no." Se limpió su boca. "Pero pienso que va a dar pasos sobre Susan esta noche."

Las cejas de Alan se alzaron. ¿Qué querría él con Susan?"

"Es sólo que ella y Babette vinieron a verme esta tarde, y Susan dijo que sería una buena idea si, de alguna manera, nosotras pudiéramos conseguir las huellas digitales de Gromwell." –Alan se movió hacia adelante en su silla- "y Babette va a organizar, para las dos, tomar una copa juntos esta noche después del show."

Alan regresó atrás en su asiento y se rio. "No tengo duda de que si alguien podría llevarlo a cabo, Susan es la persona. ¿Dijo ella alguna cosa de su sesión de hipnosis con Zetisman? Ella me dijo que estaba planeando hacerlo hoy en cualquier momento…"

"Sí, y ella lo hizo. Y nos dijo a Babette y a mí que cuando Zetisman estaba en el hospital –quiero decir cuando ella lo llevó atrás durante la hipnosis- él llamó a "su mejor amigo" Hans y luego le cambió rápidamente el nombre por Hedwig.

"Eso está interesante," resaltó Alan.

"Sí, eso fue lo que Babette dijo, Y luego Zetisman aparentemente habló acerca de ir a América con Hedwig y acerca de ver un pasaporte americano…"

"¿Quieres decir que el amigo Hedwig tenía un pasaporte americano antes de salir de Hamburgo?"

Tiffany asintió. "Creo que eso fue lo que Zetisman dijo."

"Ya veo," dijo Alan reflexivamente. "A propósito, ¿ya conociste a nuestra nueva pasajera, Serina Blanchard?"

"No, ¿quién es ella?"

"Bueno, aparentemente ha sido una estudiante de nuestro buen doctor cuando él enseñaba en la Universidad del Sur de Florida…"

"¿De verdad? ¿Y tú le creíste? Quiero decir, ¿Ella te contó a ti acerca de eso?"

"No, ella no, pero Susan la escuchó decir eso, lo cual me hizo preguntarme qué está haciendo la mujer a bordo del barco." Alan hizo una pausa. "Ya que ella ya conocía a Zetisman y él parecía creerle, quizás Susan podría organizar otra reunión –en el desayuno de mañana- con ella."

"¿Has sabido algo de Kurt últimamente?"

"No. Realmente no lo he visto desde que me regresé a mi cabina," respondió Alan. "Pienso que está sobre la pista de Gromwell desde entonces. Los alemanes necesitan acorralarlo de alguna manera. Ellos han tenido un par de crímenes sin resolver en sus manos, y si Hans es en efecto Hedwig, ellos lo querrán de regreso para un juicio."

"Y ¿qué pasa con la desaparición del otro director de entretenimiento, han encontrado algo de eso ya?" Preguntó Tiffany.

"Hasta ahora no, pero tengo la corazonada de que Interpol está cerrando su red sobre Gromwell por ese crimen –si el hombre se ha encontrado con algún extraño accidente en alguna parte."

"¿Cuál es su nombre?"

"Creo que nadie ha dicho su nombre –no a mí- pero yo podría descubrirlo."

Unas pocas horas más tarde, después de una excelente cena Tepanyaki de vegetales asados en una rejilla de acero en el Ukai-Tei, uno de los mejores restaurantes de esa clase en Tokio, los dos regresaron al barco a sus respectivas cabinas, pero no antes de tener un pequeño juego de acurrucadas en la habitación de Tiffany. Ella siempre disfrutaba esas pequeñas sesiones con Alan. La sensual provocación de sus manos viajando abajo de sus cuerpos los conducía a ambos al clímax en pocos minutos y, sin freno, ellos hacían el amor y después se acurrucaban. Esos interludios de amor eran preciosos para Alan –él no podía imaginarse sin hacerlos por mucho tiempo.

Cuando abrió la puerta de su habitación, encendió las luces y encontró a Serina esperándolo, su fantasmagórica belleza lo cautivó. No pudo dar otro paso antes de preguntar, "¿puedo ayudarla en algo?" balbuceando en total asombro. La mujer no era nada corta de imponencia. Su pelo negro parecía brillar en la tenue luz del cuarto, mientras los pliegues de su vestido de flores descubrían sus tobillos, cayendo en cascada en un jardín de suave tono a sus pies.

"Buenas tardes doctor Mayhew," dijo Serina sin moverse de su asiento. "Y antes de que usted diga algo, o me haga otra pregunta, permítame presentarme. Yo soy Serina Blanchard. Y esta noche necesitaba entrometerme en su privacidad porque usted tiene en su posesión un par de cosas que podrían ayudar a resolver parte de un problema común."

"Y cuál, le ruego que me diga, podría ser ese "problema común", señorita Blanchard?" Preguntó Alan, yéndo a sentarse al borde de su cama.

"Pienso que ambos estamos buscando identificar al señor Gromwell, su capitán de tripulación, como nadie más que el hombre conocido alguna vez como Hedwig von Strom – ¿estoy en lo correcto?"

"Quizás lo estemos. Pero eso no me dice a mí por qué usted necesitaba venir sin ser invitada a mi cabina a estas horas de la noche en un piso que sabe muy bien que a usted no le es permitido estar. Es más, me gustaría saber más acerca de mis invitados antes de permitirles entrar a mi habitación por algún período de tiempo, y cómo logran ellos entrar al cuarto privado de un oficial."

"Ah, sí, entiendo su preocupación doctor, pero solo permítame decir que no deseaba que nadie notara nuestro encuentro ni escuchara nuestra conversación."

"¿Y por qué pasaría eso?"

"Porque, como usted debe haber concluido, el señor Gromwell probablemente está mirando cada movimiento suyo desde que usted ha hecho público sus ocasionales indecencias con miembros de la tripulación y del elenco de teatro."

Alan miró abajo, a sus manos aun sosteniendo la tarjeta-llave de su cabina. "Sí, está en lo cierto, señorita Blanchard. Pero aún me tengo que preguntar cómo entró a esta cabina sin una llave –una tarjeta-llave electrónica- como esta."

"Afortunada o infortunadamente para algunos, he sido entrenada por el mejor para obtener acceso a cualquier cuarto en cualquier parte del mundo."

"¿Sería usted el agente de Interpol que algunos de nosotros hemos estado esperando ver entonces?"

"No exactamente doctor, pero casi, sí."

"¿Y dijo usted que yo tengo algo en mi poder que podría ayudar a resolver nuestro problema común?" Preguntó Alan, levantando la mirada hacia ella. "¿Qué podría ser, señorita Blanchard?"

"Fotografías doctor. Más precisamente las fotos del padre de Gromwell yendo de cacería en Baviera. ¿Las tiene usted?"

"No los originales, no, pero tengo un duplicado de esas fotos en mi portátil."

"Bien. ¿Podría mostrármelas?"

"Sí, por supuesto, si ellas pueden ayudar, seguro," Alan respondió parándose y caminando al escritorio de al lado de Serina.

Ella se puso en pie y fue a pararse detrás de Alan mientras él abría el laptop.

"Pero antes de mostrarle cualquier cosa, ¿le sería posible decirme cuál es la otra parte del problema?"

"Ah, sí. Cuidar de usted es sólo una faceta del mismo problema, pero también muy pertinente. Nuestro señor Gromwell es sospechoso de haber violado a dos miembros de la tripulación el año pasado –una joven de Vancouver en Canadá y su compañero de baile, un joven de Rusia."

"Espere," interrumpió Alan, girando su cara hacia ella. "¿Está usted diciendo que nuestro capitán de tripulación ha ido más allá de ahuyentar tripulantes indeseables de los barcos en los cuales ha trabajado?"

"Sí doctor. Como usted debe saber, estoy segura, él ahora es el primer sospechoso de la posible muerte de Terry Cortland, el director de entretenimiento que fue dejado súbitamente en las Islas Gran Caimán hace dos años, después de una cuestionable relación que se había desarrollado entre Gromwell y Terry."

"Bueno, sí, aunque yo no sabía el nombre del joven, eso era lo que me había dicho otro agente, sí."

"¿Sería el agente conocido como Kurt Schippman en este crucero?"

"Sí, pero no estoy muy seguro de que ese sea su verdadero nombre, pienso."

"¿Por qué dice eso?"

"Porque, he conocido al hombre que en realidad es Kurt Schippman antes de haber llegado a Hawaii."

"Bueno," dijo Serina inesperadamente. "Yo debería decir que para el momento en que lleguemos a Mónaco, en unos ocho meses, probablemente usted habrá conocido a cada persona involucrada en este caso."

Alan sonrió y retornó a buscar las fotos en los archivos del portátil. Los detuvo sobre la pantalla y señaló las dos fotos que Gromwell le había enviado un par de meses antes del crucero.

Serina se inclinó, permitiendo a sus generosos pechos, inocentemente estar en línea directa con los ojos de Alan y su cabello caer sobre el escritorio entre ella y él. La esencia a gardenias de su vestido de seda era embriagador.

"¿Podría agrandarlas para mí?" Le pidió ella, girando su cara hacia él.

"Seguro," dijo Alan, dando clic en la función de zoom del programa.

"Gracias doctor. Eso era lo que yo estaba buscando," dijo ella, señalando al padre de Hedwig. "Y si le doy una memoria USB, ¿podría usted copiármelas en ella?"

"¿La trajo consigo?"

"Sí," contestó ella, sacándola del profundo escote de su vestido y entregándosela, haciendo que él prácticamente olvidara lo que ella le había pedido que hiciera.

Alan, mientras tanto, se preguntaba por qué hacía tanto calor en su oficina… la misma temperatura de la memoria USB… estaba hirviendo.

Unos pocos minutos después, él sacó la memoria de su portátil después de haber copiado no solamente las dos fotos en Baviera sino también, un par más que él había tomado de Gromwell recientemente.

Cerró su laptop y fue a sentarse en la cama –por alguna razón, estar sentado o parado muy cerca de Serina lo perturbaba. Ella no solo era hermosa sino seductora. Y una atracción sexual de esa clase no había tenido Alan en su vida.

"¿Qué pasa con sus huellas dactilares?" Preguntó él cuando vio que Serina estaba a punto de salir.

Ella se regresó abruptamente desde la puerta. "¿Cuáles huellas digitales?"

"Las de Gromwell. ¿Ha conseguido un registro de ellas en algún sitio?"

"Hemos tratado de obtener las que le fueron tomadas a Hedwig von Strom cuando fue arrestado –hace casi treinta años- pero no hemos tenido éxito hasta ahora. No."

"¿Y eso por qué? Uno debería pensar que el gobierno alemán estaría demasiado dispuesto a ayudarle a usted de forma que ellos puedan…"

"Oh, ellos lo están, doctor, pero es solo cuestión de encontrar los registros primero. Eso fue hace treinta años –antes de las computadoras."

"Ya veo," dijo Alan mirándola. "Solo estaba pensando en algo más cuando mirábamos las fotos -¿qué pasa si Hedwig necesitó tener un permiso para ir de caza y si él tuvo que imprimir sus huellas para obtener tal permiso?, Quizás usted podría conseguir una fotocopia del permiso…"

"Esa es una buena sugerencia, doctor Mayhew, y haré mención de eso a la agencia si ellos no pueden obtener el juego de huellas de la Policía Federal de Berlín." Serina regresó a la puerta y la abrió.

Alan se puso de pie; para cuando llegó a la puerta, ya Serina había desaparecido a la vuelta de la esquina.

Regresando a la cama, se sentó y luego se acostó, mirando al techo. La visita de Serina se había sentido tan irreal que se preguntaba si él había soñado todas esas cosas.

Apenas Serina regresó a su cabina, insertó la memoria USB en su computadora y envió otro email a Ottawa, pidiendo al equipo forense hacer una reconstrucción facial de Gromwell –yendo desde el cráneo hasta las posibles características faciales que coincidieran con la foto del padre. En un espacio de treinta años, aún sin cirugía plástica, las características faciales cambian dramáticamente. Algunas veces le es prácticamente imposible a una persona reconocer a otra cuando las dos se han dejado de ver por más de diez o quince años. Luego, si hay una cirugía plástica involucrada, la historia cambia por completo.

Casi inmediatamente después de que ella envió el email, recibió respuesta a otro sobre su pregunta acerca del pasaporte.

Pasaporte original expedido a miembro de familia Gromwell fue para Hedwina Gromwell, de soltera von Strom. Pasaporte de Hans Gromwell expedido en Florida es genuino. Sin huellas digitales recuperables del proceso o del registro de la policía.

Esa no era ciertamente la respuesta que Serina esperaba recibir. La única conexión entre el capitán de tripulación Gromwell y Hedwig era el nombre de la familia von Strom. Hans pudiera haber sido el sobrino del padre de Hedwig, lo cual pudiera haber solucionado parte del caso; perseguirlo por el probable asesinato de Terry Cortland y la presunta violación de los miembros de la tripulación de Vancouver y de Rusia. El último caso era muy difícil de probar y el primero era una pesadilla la persecución ya que ningún cuerpo fue encontrado jamás.

…A menos que Hedwig hubiera logrado conseguir el pasaporte de Hedwina de alguna forma y hubiera reemplazado la foto…

Capítulo treinta y seis

No llegar a ninguna parte rápidamente

"¿Kurt?" Aquí Walter Hollman. ¿Cómo está? ¿Cómo le fue en su viaje a la Florida?"

"Bien –todas las cosas tenidas en cuenta," respondió Kurt, cruzando un tobillo sobre la otra pierna y recostándose contra el espaldar de su silla.

Durante las dos pasadas semanas, desde que él había dejado *La Duquesa*, Kurt se había dirigido a Miami en busca de información respecto a la relación entre Gromwell y la señora Brightman (alias Claphman), su pasado –después de conocer de la CSIS que él había mostrado un certificado de nacimiento expedido en Jacksonville, Florida, cuando él aplicó para el pasaporte actual-, si los Gromwell de Miami eran en realidad sus padres y si Hedwina von Strom, su madre, estaba relacionada con los von Strom de Ausburgo en Alemania.

"He leído su reporte, pero me gustaría tener una reunión con usted tan pronto usted pueda hacerlo en mi oficina de forma que podamos tratar algunos de los hechos sin resolver en este caso."

"Bueno, no hay problema, señor. Puedo estar allá en treinta minutos, ¿está bien así?"

"Sí, hágalo. Lo estaré esperando," dijo Hollman, colgando.

No habían transcurrido los treinta minutos cuando Kurt golpeó en la puerta de Hollman.

"Entre," dijo el último, sin levantar su mirada de la pantalla de su computadora. "Tome asiento…"

Kurt lo hizo, y esperó a que su jefe terminara lo que estuviera haciendo.

"De acuerdo…, justo ahora recibí un mensaje transmitido desde la CSIS en Ottawa, diciendo que necesitan un registro de huellas comparativas para confirmar la primera identidad de Gromwell."

"Pero señor, ¿no sabía usted que no había record de las huellas de Hedwig en ninguna parte?" Preguntó Kurt

"Eso es correcto. Esa oficina no guardó el registro inicial de huellas de cuando Hedwig fue arrestado primero, al vaciar la carpeta de archivos en 1992, pero luego yo recordé que mi padre había guardado un archivo de Hedwig en nuestra vieja casa en Ausburgo; fui a buscar en sus pertenencias en nuestro ático y encontré la carpeta en la caja de sus registros de casos."

"Guau, ¡eso sí es un golpe de suerte!" Exclamó Kurt sonriendo. "¿Y hay algunas huellas entre esos papeles?

"Oh sí, y además algunos…," respondió Hollman, sacando un fólder de un cajón de su escritorio. "Échele un vistazo a esto." Le entregó el formato de huellas impresas a Kurt.

El último las miró detenidamente y frunció el ceño. "No soy un experto, pero, ¿serán suficientemente claras para una comparación?"

"Esperaría que sí. Y hablando a nuestros expertos forenses, he aprendido algo muy interesante hoy." Hollman se volvió hacia la pantalla de su computador de nuevo. "Venga y dele un vistazo a esto."

Kurt se puso en pie, fue alrededor del escritorio y se paró en frente de la pantalla y detrás del hombro de Hollman.

"Mire; a la derecha están las actuales huellas que tenemos y lo de la izquierda es una fotocopia escaneada de la hoja que le he mostrado." Kurt asintió. "Y si usted mira de cerca el dedo pulgar de la mano derecha, hay un gancho distintivo al final de una de las rugosidades. Eso se llama "gancho de carnicero", lo cual es aparentemente demasiado extraño en cualquier huella."

Cuando Hollman miró a su agente, el último tenía una sonrisa de oreja a oreja. "¿Y no es ese un nombre apropiado para las huellas de Hedwig?"

"Sí, creo que diría eso mismo–dado que él es hijo de un carnicero."

"¿Y cuándo confirmarán los amigos forenses que esos dos juegos de huellas son de la misma persona?" Preguntó Kurt, regresando a su asiento.

"Ellos me prometieron una respuesta en las próximas veinticuatro horas."

"Eso es genial, ¿pero será eso suficiente? ¿Qué pasa con el ADN? La saliva recolectada a bordo de *La Duquesa*, ¿se podría usar?"

"Absolutamente. Mire, nosotros hemos recolectado AND de las escenas del crimen donde las seis muertes ocurrieron, y si usted puede cotejar las muestras recolectadas a bordo del barco con las que ya nosotros recolectamos, hemos cogido a nuestro hombre."

"Señor, lo siento, ¿pero cómo probarán que Hedwig von Strom estuvo en la escena de alguno de esos crímenes, cuando él pasó la mayor parte del tiempo a bordo de un barco u otro desde que fue liberado?"

"Ah, ahí es donde su próxima tarea viene al cuento," respondió Hollman. "Hemos preparado una lista de puertos donde los barcos de Gromwell han parado, y hemos comparado estas con las fechas de los crímenes y sus localizaciones. En las tres instancias, los barcos de Gromwell han atracado en esa ciudad por un par de días –fechas que han coincidido con aquellas de los crímenes."

"Y ¿usted quiere que yo descubra si hay algunos testigos que reconozcan a Hedwig o a Gromwell en, o cerca de la escena, es así?"

"Sí, aunque, ya hemos entrevistado a algunas personas que pudieran haber visto a alguien en la vecindad –sin éxito, podría agregar-, tener otra conversación con esa gente no sería una pérdida de tiempo, pienso yo."

"¿Y cuáles son las tres ciudades donde los crímenes han ocurrido?" Preguntó Kurt, cambiando de posición en su silla.

"La primera es Helsinki, la cual, diría yo, es probablemente la más difícil de las tres…"

"¿Por qué dice usted "difícil"?" Interrumpió Kurt.

"Porque los asesinatos fueron perpetrados en un área exclusive de la ciudad –para nada cerca del Puerto- y las partes del cuerpo de las víctimas fueron esparcidas en y alrededor de un parque cercano. No hubo testigos del crimen y las víctimas fueron reportadas como desaparecidas dentro de las siguientes horas de la desaparición."

"Entonces, ¿piensa usted que esas muertes podrían no estar relacionadas con Hedwig en absoluto?"

"Tal vez; pero el detalle que aún coincide es que las dos víctimas, como las otras, estaban comprometidas a casarse y se sabía que pasaban su tiempo en ese parque."

"Bueno, ¿cuál es la siguiente ciudad?"

"Esa es Amberes en Bélgica. Aquí, de nuevo, solo tenemos un par de testigos que aparentemente vieron a un hombre hablando con las dos víctimas el día que desaparecieron. Pero, tenemos una discontinuidad en el patrón…"

"¿Qué quiere decir?"

"Bueno, las víctimas -o sus partes- fueron encontradas en un campo de lúpulos, a millas de la ciudad."

Kurt asintió, comprendiendo que su nueva tarea no iba a ser nada fácil. "¿Y la última escena del crimen…?"

"Ah, en esa me gustaría que usted se concentrara desde el principio. El crimen fue perpetrado en Le Havre, en Brittany, Francia. Aunque usted se tendrá que enfrentar con curtidos hombres de mar y trabajadores portuarios, en esta instancia estamos tratando con una pareja que era bien conocida en la comunidad del puerto. El joven estibador se iba a casar con su prometida la semana siguiente a su asesinato. Y la comunidad entera de marineros está aún levantada en armas contra las autoridades francesas, porque ellos no han hecho ningún progreso en el caso."

"¿Entonces, puedo esperar de ellos su absoluta cooperación? – quiero decir, ¿de los marineros?"

"Sí, y si la policía francesa quiere el crédito por algún arresto, está bien por mí y por la oficina."

"Qué pasa con la muerte de Terry Cortland?"

Hollman levantó y agitó una mano en frente de su cara. "No sabemos si el hombre fue asesinado. Solo sabemos que desapareció en Gran Caimán. Además, la CIA está cubriendo eso. Y después de hablar con sus agentes allí mismo, me quedó la impresión de que nuestros servicios no son requeridos en este caso." Se rio y sacudió su cabeza. "Esos sujetos siempre saben más…"

Kurt asintió pero no dijo nada.

Después de pasar un momento en silencio, Hollman preguntó, "ahora dígame, que descubrió usted acerca de la relación Brightman-Gromwell, ¿pudo confirmar algo al respecto?"

"Sí," dijo Kurt, aparentemente más relajado por alguna razón. "Resultó que el señor Gromwell, como usted sabe, heredó un apartamento de la señora Brightman. Pero, ya que esa propiedad fue adquirida con ganancias provenientes de un delito, es posible –y aún probable- que el FBI pueda formular cargos en aras de una confiscación de la propiedad una vez se haya probado eso."

"Correcto; y adivino que eso podría tomar años, ya que estamos tratando con la 'intocable' mafia rusa, ¿es así?"

"Sí. Además de eso, la CIA está andando con pies de plomo en este caso porque el gobierno ruso está en un período de incertidumbre en el momento –Putin ha sido restaurado al poder, lo cual ha creado toda clase de problemas en Moscú."

"Odio esos políticos," concluyó Hollman cortantemente, antes de que ambos decidieran enfocarse en los seis asesinatos por las siguientes horas.

Capítulo treinta y siete

De nuevo el medallón.

"Oh, Dios mío, ¡eso duele!" Estaba diciendo Lydia a su madre cuando ella empujaba para abrir la puerta de la enfermería.

"Disculpe doctor, pero..." La madre hizo una pausa, conduciendo a su hija a la mesa de examinar.

"No se preocupe," dijo Alan, ayudando a Lydia a subirse a la mesa. "¿Qué pasó?"

"Ella pisó algo cortante en el piso de arriba..." Lo siento, mi nombre es señora Hamilton y ella es Lydia, mi hija." Sacó un pañuelo de papel del bolsillo de su short y empezó a limpiar las gotas de sangre del piso cerca de la puerta. "Lo siento. Hemos ensuciado mucho..."

"No se preocupe por eso, señora Hamilton," dijo Alan, mirando abajo a la ocupada madre. "Solo tome asiento y yo me ocuparé del pie de Lydia." Se volteó hacia su paciente. "¿Dóndes sucedió eso?"

"Fue en el piso de cubierta..." contestó la señora Hamilton por Lydia.

"¿Fue un pedazo de vidrio?" Preguntó Alan volviendo a mirar a la hija.

"No-no, al menos eso pienso," respondió la madre por su hija otra vez.

"Déjeme ver," dijo Alan cogiendo suavemente el pie de la joven mujer. "Bueno. Es una cortada desagradable. La limpiaré y veré si algo quedó dentro de la herida."

"¡Ouch...!" Gritó Lydia en el oído de Alan cuando él le roció la cortada con antiséptico.

La señora Hamilton se aceleró. "¿Qué está haciendo?" Cuestionó tratando de interponerse entre el doctor y Lydia.

"Señora Hamilton, por favor siéntese...," dijo Alan lo más cortés que pudo. "Necesito limpiar la herida de Lydia y ver si necesita sutura."

"¡Sutura!" Gritó la madre. "Pero si es solo una pequeña cortada..."

"Tal vez lo sea..., pero necesito examinar para ver que se requiere hacer."

Cuando Alan estaba mirando la herida, la señora Hamilton, de nuevo, trató de meterse entre él y su hija.

"¡Mami, por favor!" Soltó Lydia, abriendo al fin su boca. "Yo estoy bien."

"Oh Dios, ¿qué tenemos aquí?" Dijo Evelyn entrando después de un descanso y parándose junto a la mesa de examinar.

"Necesito que prepare una inyección de tétano para Lydia," dijo Alan como respuesta. ""Esta es mi enfermera, Evelyn, señora Hamilton." Miró arriba a la entrometida madre brevemente. ""Y si usted quisiera permanecer sentada por ahora, podríamos tratar a su hija y dejarla regresar a sus actividades normales lo más pronto posible."

La firmeza del tono de voz de Alan no dejó dudas en la mente de la señora Hamilton de que ella debería sentarse y dejar que el doctor atendiera a Lydia. Pero, eso no quería decir que ella tuviera que callarse. "Bueno... ¿ella necesita puntos de sutura?" Preguntó impacientemente.

"Un par deberían ser suficientes," respondió Alan sin mirar a la madre.

"¿Le va a dar algo para el dolor?"

Esta vez Alan tuvo suficiente. "De acuerdo señora Hamilton, creo que es mejor que usted salga por un momento, mientras yo atiendo a su hija. La llamaré cuando haya terminado."

"Pero yo necesito estar aquí."

"¡Mami, por favor sal!" Le gritó Lydia airadamente, apenas Evelyn regresó de la bodega, trayendo una bandeja de sutura con lo que Alan necesitaría para tratar la herida y una jeringa lista para la vacuna contra el tétano.

Al momento en que la señora Hamilton vio la jeringa, sus ojos dieron vueltas en su cabeza y al instante se desmayó a los pies de Evelyn.

"¡Mami!" gritó Lydia, sacando sus piernas de la mesa y saltando abajo para arrodillarse al lado de su madre. "¡Mami!, ¡mami!" continuó gritando, mientras Alan la tomaba de sus hombros y la paraba. "¿Qué le está pasando a ella, doctor?"

"Nada importante, querida," respondió Evelyn después de haber depositado la bandeja y la jeringa sobre la mesa de al lado. "Ella solo se desmayó al ver la jeringa."

"¿Ha ocurrido esto antes?" Preguntó Alan, pasando un frasco de sales aromáticas por delante de la nariz de la mujer.

"Nunca la he visto hacer eso, no," respondió Lydia, subiéndose de nuevo a la mesa.

"¿Qué pasó? ¿Dónde estoy?" Soltó abruptamente la señora Hamilton, poniéndose en pie y mirando a su alrededor. "Oh, lo siento, doctor..., realmente..., le tengo mucho miedo a las agujas...," admitió ella, aceptando la ayuda de Evelyn para regresar a su silla.

"Evelyn, ¿por qué no va arriba con la señora Hamilton y toma una taza de café con ella mientras termino aquí con Lydia...?"

"De acuerdo. Eso suena bien. Venga conmigo, señora Hamilton, vamos arriba a la cafetería a tomar un rico capuchino..."

"Pero..., me gustaría quedarme..."

Alan se giró hacia ella y la tomó suavemente de un brazo. "Pienso que no, señora Hamilton. Llamaré a Evelyn cuando hayamos terminado y entonces usted puede venir y llevar a Lydia de regreso a su cabina, si desea," dijo él, conduciéndola a la puerta, "no tomará mucho tiempo, se lo prometo," agregó, cerrando la puerta tras de las dos mujeres.

"Qué pena por eso, doctor. Mami puede ser muy abrumadora algunas veces, usted sabe. Así es ella siempre. Ella quiere ver todo lo que yo hago..."

"Cuántos años tienes, Lydia?" Preguntó Alan, una vez que había desinfectado la herida de nuevo y se estaba preparando para aplicarle un analgésico local antes de suturar la cortada.

"Quince, ¡ahora llegando a los treinta y cinco!"

Alan tuvo que reírse.

"¡No se ría!" Así es como debo actuar con ella. Cuando ella no está vigilándome, yo tengo que cuidar que ella no se meta en problemas con los hombres. Como ella es bien parecida y todo eso, pero ella no sabe decir no a los hombres..., quiero decir, ella piensa que todo hombre que se encuentra se enamorará de ella."

Alan levantó su mirada hacia ella y sonrió. "Pero tú estás en lo cierto acerca de una cosa, tu madre es una mujer muy bonita."

Y eso era verdad; a los treinta y cinco, la señora Hamilton podría ser tentadora para algunos hombres que se cruzaran en su camino. En cuanto a Lydia, aunque una clase de chica más desabrida, tenía un fascinante rostro y un hermoso y largo, muy largo cabello ondulado. *Ella debe parecerse más a su padre*, pensó Alan descuidadamente.

"Bueno..., terminamos, quedaste mejor que nueva," dijo él, poniendo un vendaje sobre la herida suturada. "Lo siguiente es aplicarte la vacuna contra el tétano, al menos que me digas que ya te la han aplicado dentro de los últimos cinco años, ¿te la aplicaron?"

"No..., pienso que no. Tuve algunas otras vacunas, pero la del tétano, no."

Cuando Alan frotó su brazo con alcohol después de ponerle a Lydia su inyección, le dijo, "ahora no vas a sentir nada hasta que tu pie despierte de la anestesia, pero entonces, me gustaría que te acuestes y descanses por un rato en vez de ir a caminar a alguna parte o poner algún peso sobre ese pie, ¿de acuerdo?"

Lydia asintió y se bajó de la mesa. "¿Puedo llamar a mi madre ahora?"

"Por supuesto," respondió Alan, ayudando a la chica a sentarse en una silla.

No habían pasado más de cinco minutos desde que Lydia y su madre se habían ido, cuando la puerta de la oficina se abrió y entró Susan. Se acomodó en la silla de los visitantes y lo miró.

Reclinado en su asiento, Alan dejó caer su lapicero sobre el escritorio y sonrió. "¿Qué pasa señorita Ashland?"

"Me tomó dos días recuperarme, eso es lo que pasa, doctor," respondió ella.

"¿Recuperarte de qué?"

"De haber tomado una copa con esa bestia," dijo ella, aun visiblemente enojada.

Alan se rio. "No quieres hablar de nuestro capitán de tripulación, ¿o sí?"

"¡Eso es justamente! ¿Cómo podría ese hombre ser un capitán de alguna cosa? Él es absolutamente bestial, te lo digo."

"¿Por qué no empezamos desde el principio? Yo sé que tomaste una copa con el señor Gromwell la noche que salimos de Tokio..., es todo lo que sé."

"Precisamente," Interrumpió Susan. "Si hubiera sido solamente una copa, hubiera estado bien, ya que todo lo que yo quería conseguir –quiero decir guardar- era su vaso para obtener sus huellas digitales, pero al final, cuando me invitó a dar una caminada en el pasillo aquella noche, estuvo siempre pendiente de mí. Te digo, él es un bruto, más que eso, repugnante."

"¿Te hizo alguna insinuación indebida?" Preguntó interesado Alan.

"Eso es lo quiero decir; el hombre tiene manos viajeras y horribles maneras. Era como si no lo conociera. Quiero decir, pareció transformarse en un animal apenas estuvimos solos."

"¿Reportaste el incidente a nuestro capitán de embarcación?"

"No, Alan. Y pienso que no sería una jugada muy sabia de mi parte en el momento."

"¿Por qué no? Esa sería una forma de deshacernos de él."

"Si es todo lo que queremos lograr, estaría de acuerdo. Pero preferiría tenerlo bajo nuestras narices hasta que podamos probarle que es culpable de algo más grave."

"Pero eso podría tardar tanto como el viaje..."

"De alguna manera, pienso que no." Susan sacudió su cabeza. "Yo sé que no tengo autoridad de ninguna clase en este asunto, pero sugiero que alguien de tu lado o del mío esté trabajando muy duro para lograr arrestarlo antes de que le haga daño a alguien más."

"¿Qué te hace decir eso?"

"Bueno, por una cosa, por aquel extraño encuentro con la señorita Blanchard. La mujer parece saber mucho acerca del doctor Zetisman que era parte de su registro..."

"¿Su registro?" Preguntó Alan. "¿Qué quieres decir con "su registro"?"

"Bueno, mira, como sicóloga, y después de que tuve mi sesión con nuestro buen doctor, envié un email al Instituto de Hamburgo para preguntar si ellos habían guardado algún registro de su estadía como paciente allí…"

"¿Y…?" Alan ahora estaba definitivamente interesado.

"Y, el hombre había sido internado durante varios meses después de su accidente de tránsito y durante su recuperación.

"¿Me estás diciendo que el hombre recayó?

"No exactamente. Pero parece, como sospechaba, que el doctor Zetisman había sido sometido a un tratamiento con electrochoques para refrescar su memoria, lo cual es bárbaro de por sí, y como consecuencia, desembocó en su actual estado de esquizofrenia."

"¿Pero aún piensas que el doctor Zetisman tiene algunos recuerdos de su encuentro con Gromwell durante el tiempo que estuvieron juntos en el instituto?

"Oh, sí; imagínate, él nunca estará dispuesto a testificar en una corte el hecho de que él conoció al señor Gromwell como Hedwig von Strom, pero pequeños pedazos de recuerdo están aún allí."

Alan acercó su silla al escritorio y puso su antebrazo sobre él. "¿Qué pasa con la señorita Blanchard? ¿Has tenido oportunidad de hablar más con ella acerca de su encuentro con el doctor Zetisman en Florida?"

"No, Alan. Y eso es lo que me está aburriendo a mí…"

"¿En qué forma?"

"No me ha sido posible encontrarla. Esa mujer es como un fantasma. En un momento está aquí y luego desaparece."

"¿Has ido a su cabina?"

"Bueno, solo una vez, pero no obtuve respuesta." Susan hizo una pausa, aparentemente indecisa. "La única cosa que quería preguntarle era si ella podría decirme cuándo conoció al doctor Zetisman —una fecha aproximada sería de mucha ayuda."

"¿De ayuda para qué?" Alan fijó su mirada en Susan. "Solo dime ¿qué estás tratando de conseguir?"

Ella dudó. "No sé. Pero ese pobre hombre ha sido maltratado y me gustaría saber por qué. Además, como sicóloga, no puedo ignorar su mala situación o hacerme la de la vista gorda profesionalmente, ¿no es así?"

"¿No piensas que te estás sirviendo más de lo que puedes comer? Él parece tan contento en la forma en que está…, y él no le está haciendo daño a nadie hasta lo que yo sé."

"Sí, sé todo eso, Alan. Pero él va cuesta abajo, es lo que te puedo decir." Se acomodó en su silla. "Mira, él está contento por un rato, y después podría caer en depresión y matarse él mismo con la jeringa que él lleva a todas partes…"

"¿Y tú quieres bregar a tratarlo?"

Susan asintió. "Al menos tratar, sí."

"Déjame decirte algo, Susan, de profesional a profesional, el doctor Zetisman es solo un individuo entre miles, que se comporta extrañamente pero que no parece recordar nada de importancia, como correctamente señalaste, que lo pudiera conducir al suicidio."

"Sí Alan, entiendo todo eso, por supuesto. Pero, no puedo ignorar el hecho de que él puede hacerse daño él mismo si, o cuando, una de sus pequeñas pizcas de memoria le desencadenen más significativas y desastrosas remembranzas." Alan asintió. "La mente es un sitio raro y extraño por sus reacciones incongruentes." Podemos estudiar su funcionamiento interior todo lo que queramos, pero cuando se desciende a ella, tenemos que esperar lo inesperado si el cerebro está involucrado."

"No podría estar más de acuerdo con esa afirmación, Susan, y si en este barco estuviéramos equipados para conducir alguna suerte de pruebas al doctor Zetisman, sería el primero en darle la bienvenida a tu intento de tratarlo. Pero, salta a la vista, no estamos en un hospital siquiátrico y no podemos imponer ninguna clase de tratamiento a un hombre que no ha mostrado ninguna hostilidad hacia los pasajeros, la tripulación o hacia sí mismo."

Fue el turno para que Susan asintiera. "De nuevo, entiendo lo que estás diciendo, pero sin embargo, me gustaría mantenerme pendiente de él."

"Sí, por todos los medios, hazlo. Y tal vez, en esas, lo puedas convencer de echarle una mirada al medallón que él me dejó desde el primer día de viaje.

"¿Cuál medallón?"

"Una pieza de joyería que el doctor Zetisman encontró en su equipaje apenas desempacó una maleta una vez llegó a su habitación."

"¿Puedo verlo?"

"Seguro, déjame traerlo." Ante esas palabras, Alan se puso en pie, fue a la caja fuerte en la bodega, retiró el pendiente y se lo trajo a Susan.

Ella lo cogió, y aparentemente admirando su complicado diseño, lo abrió. "¡Pero esa es la foto del señor Gromwell!"

"Exactamente. Ese es el medallón y las fotos, entre otro poco de cosas, que empezaron esta investigación completa sobre el pasado de nuestro capitán de tripulación."

"¿Y conoció o reconoció el doctor Zetisman al hombre de la fotografía?"

"Sí, él lo hizo, Susan. Es más, él conocía a la mujer también. Él se la había encontrado en uno de sus anteriores viajes."

"¿Quién es ella?"

"La mujer es responsable de la muerte de un director de tour que viajaba conmigo en el 89."

"¿Cómo lograron esos dos juntarse entonces?; ¿Lo sabe alguien?"

"No. Al menos nadie me ha dicho que nuestro capitán de tripulación se granjeó el cariño de la vieja señora para lograr que le dejara un apartamento en Miami, por medio de un testamento en vida."

"¡Guuau! Y el doctor Zetisman encontró este medallón en su maleta; pero, ¿por qué te lo dio a ti?"

"Porque, él no podía recordar haber puesto nunca sus ojos en el medallón antes de abrir su equipaje y porque él no deseaba tener nada que ver con él –eso parecía."

Cerrando el medallón y frotándolo entre sus dedos, Susan miró a Alan. "Esto pone otra dimensión a la historia. Si nuestro buen doctor reconociera a este hombre –mucho más joven en la foto- como el señor Gromwell, entonces él podría tener más recuerdos de su estadía en Florida."

"Es lo que yo pensé, y ya que tenemos a una de sus "estudiantes" a bordo, quizás ella podría revivir algunos de esos recuerdos perdidos en la memoria del doctor Zetisman," sugirió Alan, recibiendo el medallón de manos de Susan.

Capítulo treinta y ocho

Tres ciudades y seis cuerpos

Antes de llegar a la Isla de Jeju, localizada en el estrecho de Corea, Gregory (o Kurt Schippman como él era conocido en *La Duquesa*) recibió un mensaje del MI5 –un desconcertante mensaje por decir lo menos. Gregory lo leyó dos veces antes de sentarse y preguntarse dónde empezaría él la búsqueda de la bolsa de diamantes a bordo del crucero. El MI5 le estaba también avisando que el agente Bright se uniría también al crucero una vez hubieran atracado en la Isla de Jeju. Para Gregory, eso significaba que el sujeto estaría volando para dirigirse al barco en un par de días.

Si este hombre espera que yo encuentre la bolsa de diamantes antes, entonces está soñando, se dijo a sí mismo.

Su respuesta para el MI5 fue corta:

Esperaré la llegada del agente Bright antes de emprender la búsqueda en el barco.

Mientras tanto, Gregory esperaba ponerse en contacto con la escurridiza Serina. Hollamn lo había contactado, diciéndole que ellos habían encontrado las huellas del señor Gromwell y que ya las estaban comparando con las de Hedwig von Strom. La comparación del ADN era aún cuestionable aparentemente. Las muestras de ADN recuperadas de las escenas de los crímenes, hasta ahora, no eran humanas. *Por supuesto, ¿cómo podrían ser?* Gregory se había preguntado a sí mismo por el tiempo en que él recibió el mensaje. Era razonable que Hedwig von Strom (alias Gromwell) hubiera usado guantes cuando descuartizó a las víctimas. Por otro lado, y lo que nadie había mencionado en ninguno de los informes de inteligencia que él había recibido, era la forma en la que las víctimas habían sido asesinadas. ¿Fueron ellas muertas con un rifle o con un cuchillo, o fueron baleadas con un revólver a corta distancia? Esas eran todas preguntas pertinentes que no habían sido formuladas hasta lo que Gregory sabía.

Los asesinos seriales –los dementes al menos- estadísticamente siempre habían usado un arma predilecta cuando mataban a sus víctimas. Además, su firma era casi siempre la misma. En el caso de Hedwig, su arma preferida había sido un rifle, y su firma había sido el desmembramiento de sus primeras dos víctimas. Aunque el descuartizamiento había sido el patrón repetitivo en todos los tres siguientes casos, el uso de un rifle en los asesinatos era todavía una incógnita, y la dispersión de las partes del cuerpo no coincidía con el patrón original en la forma de deshacerse de los cadáveres. En el crimen inicial, Hedwig había apilado los restos de las víctimas en medio de una pradera y los había incinerado hasta que los huesos carbonizados se convirtieron en ripio de aquellos seres humanos. Otra pregunta, la cual estaba aún sin responder en los otros seis crímenes, era que ninguno de los órganos había sido recuperado –se presumía que probablemente los habían devorado los animales salvajes que merodeaban por el campo. Sin embargo, para Gregory esto no tenía sentido cuando revisó las descripciones de las localizaciones donde fueron halladas las partes de los cuerpos. En el caso de las muertes de Helsinki, los restos humanos fueron encontrados en un bien frecuentado parque cerca de un exclusivo vecindario –no en un sitio recóndito donde se pudiera incinerar nada, mucho menos partes humanas. En el segundo caso, los restos esparcidos habían sido hallados en un sembrado de lúpulos –no en un lugar donde tú puedas encontrar carroñeros que comieran órganos humanos si éstos hubieran sido dejados alrededor del sitio. Y en el caso de Havre, ahí de nuevo, el crimen había sido cometido en o cerca del puerto –donde una fogata de restos humanos hubiera sido notada inmediatamente, y donde no hay animales que comieran restos de ninguna clase –excepto gatos salvajes o perros cazando ratas ocasionales.

Así que, Gregory necesitaba encontrar a Serina; ella era la única persona que él conocía que podría poner sus manos sobre casi todo sin nunca ser cogida –o si alguien tenía el infortunio de cogerla con las manos en la masa, probablemente se tendría que arrepentir de haberlo hecho por el resto de su vida. Gregory sabía de su constante deseo de soledad. También sabía que donde fuera que ella se pudiera dar el lujo de estar sola –y esto sucedía muy a menudo- a ella le gustaba leer o hacer ejercicio.

Eran las 5:00 am cuando miró su reloj y abandonó su cabina en busca de la espía canadiense. Apenas los primeros rayos de sol aparecían en el horizonte, y solamente la brisa marina envolvía el barco, y unos pocos caminantes tradicionales empezaban su rutina diaria de trote alrededor de la cubierta de paso, se dirigió al piso superior y a la piscina. Serina no fue a trotar pero sí a nadar. Ella amaba hacer diez o veinte vueltas a través de la solitaria piscina. Para ella, no había una mejor forma de despertar y entrar al día fresca y con los músculos tonificados.

Gregory se agachó y luego se sentó en el borde del adoquinado azul, mirando la belleza del cuerpo de Serina rompiendo el agua con graciosa facilidad. Verla a ella era como admirar a una gimnasta en el agua cuando fácilmente se deslizaba a través del agua en forma perfecta por sus alternantes vueltas de espalda y de frente. Había solamente un par de sujetos sentados en la mesa del desayuno en la cafetería cercana –nadie más alrededor.

Apenas Serina lo vio, se detuvo, se sumergió bajo la superficie para luego emerger al lado de Gregory. Poniendo sus antebrazos y codos en el borde de la piscina, preguntó, "¿quieres nadar conmigo?"

Gregory se quitó sus gafas de sol y sonrió. "Oh no, no, no puedo soportar el cloro."

"¿Entonces esto es una visita de negocios o de amistad?"

"¿Podrían ser ambas?" Preguntó Gregory, estirando su mano para ayudarla a salir del agua.

"Nunca mezcles negocios con placer, Gregory, es muy malo para la salud de uno, te lo digo," respondió Serina, yendo a traer la bata de baño que había dejado sobre uno de los sillones.

"Sentémonos por un minuto," –le dio una palmadita al descansabrazos de una silla al lado de ella- "y dime qué tienes en mente."

"Supongo que has escuchado lo que Hollman ha descubierto acerca de las huellas del sospechoso y que envió a Kurt a Le Havre a recolectar evidencias."

"Sí, he leído lo último, y hay algo que me molesta acerca de su forma de investigar..."

"¿Como que no hay mención del arma usada en los asesinatos...?"

Serina estaba secándose su cabello con una toalla cuando contestó, "no solamente eso, sino que el ADN recolectado "no es humano". ¿Qué significa eso?"

"Solamente que es de animal, ¿por qué?"

"Ese es precisamente mi punto. Ya que no hay rastros de ningún animal comiéndose alguno de los restos, ¿cómo puede ser el ADN de animal?"

"Todo lo que yo podría deducir de esa conclusión es que algunos perros han dejado algo de su ADN cuando estaban buscando los cuerpos –o partes de ellos."

"Sí, es una posibilidad, por supuesto, pero encontré muchos vacíos en esos informes."

"Yo también," respondió Gregory reflexivamente. "Y esa es una de las razones por las cuales quería hablar contigo..."

"Ah-ah, ahora venimos. ¿Qué necesitas que yo haga?" Serina se enrolló una de las toallas alrededor de su cabeza como si se estuviera vistiendo para una fiesta elegante, y la toalla fuera una trenza de seda dorada.

"Encuentra el arma que él usó."

"¿Eso es todo?" Serina se burló. "¿Y piensas que él la carga encima o que la tiene en su cabina?"

"Puede ser... No sé. Solo sé que él debe conservarla con él en el barco, ya que él querría estar listo a aprovechar cualquier oportunidad que se le pudiera presentar durante uno de sus cruceros."

"De acuerdo, lo puedo intentar, pero no puedo garantizar nada, especialmente dado que él ya está en guardia desde el incidente de Tokio."

"Oh sí, cogiste su pasaporte, ¿verdad?"

"No sé si yo quisiera ser conocida como la ladrona de un documento de viaje, pero déjame decirte que el señor Gromwell ha elegido no estar en compañía mía nunca más."

"¿Se lo regresaste?"

"Mi querido Gregory, tú, entre toda la gente, deberías saber que yo nunca me quedo con lo que no es mío."

Gregory sonrió y asintió, estirándose en uno de los sillones y reubicándose las gafas encima de su nariz. "A propósito, ¿recibiste un mensaje del MI5 últimamente?"

Sorprendentemente, Serina no contestó y continuó aplicándose algo de aceite bronceador en sus piernas.

Gregory la volteó a ver. "Adivino que lo hiciste." Retornó su mirada hacia el horizonte a través del domo de la piscina. "¿Vas a hacer algo al respecto?"

"Solo me estoy preguntando por qué el MI5 te enviaría a *ti* alguna clase de mensaje."

"Quizás porque les gusto," apuntó Gregory jocosamente.

"En verdad, tú eres un tipo simpático, pero encontrar esa clase de botín, primero, está más en mi línea de trabajo, y luego, un espía Germano-Ruso no tiene por qué entrometerse en la Comunidad Británica generalmente.

"Como te dije, tal vez alguien piensa que soy un chico lindo," contestó Gregory, ahora riendo a carcajadas.

""De acuerdo, señor chico lindo, ¿serías tan amable de traer para ambos un delicioso batido de frutas de la cafetería, ya que veo que han abierto al público?

Aun sonriendo, se puso de pie y se inclinó frente a Serina, diciendo, "¡a su servicio, mi Princesa China!"

Una hora o algo más tarde, Tiffany estaba mirando la salida del sol en el piso de cubierta, cuando escuchó un pequeño niño llamándola.

"Señorita Tiffany, señorita Tiffany," gritaba alegremente el niño de cuatro años mientras corría hacia ella.

"Bueno, hola Peter, ¿cómo estás? Dijo Tiffany, poniéndose en cuclillas al nivel del pequeño amigo.

"Lo siento, señorita Tiffany," dijo su madre, llegando hasta ellos. "Pero pienso que Peter quiere hacerle una pregunta. Él ha estado preguntándome a mí y a su padre lo mismo desde la última noche cuando estaba viendo una película para niños con Babar el Elefante."

"Bien Peter, entonces, ¿qué es lo que deseas saber?"

"Bueno, mire, cuando estuvimos en la catequesis con la señorita Babette el otro día, ella dijo que Jesús, quiero decir Dios, creó todos los animales sobre la tierra y después nos creó a nosotros…"

"Eso es correcto," dijo Tiffany animándolo.

"Bueno, no puedo entenderlo, señorita Tiffany…"

¿Qué es lo que no puedes entender, Peter?"

"Es solo cómo Babar, se va volviendo grande" —estiró ambos brazos a su lado- "dientes grandes como así, y todos de marfil, y nunca tiene que ir al dentista o nada parecido, porque nunca tiene caries. ¿Ve? No puedo entender por qué Dios hizo eso."

"¿Te estás preguntando entonces por qué nosotros no tenemos dientes grandes como Babar?

Peter sacudió su cabeza vigorosamente. "No-no, no es eso. Es por Dios, él nos hizo a nosotros mejor que a los grandes animales, luego ¿por qué él le dio mejores dientes a los elefantes que a nosotros?"

"¡Guau! Nunca había pensado en eso, Peter, y creo que le preguntaré al doctor Mayhew acerca de eso y te devolveré la respuesta, ¿está bien?"

Peter lucía desilusionado en su propósito y volteó su cara hacia su madre mientras Tiffany se ponía en pie.

"¿Ve lo que quería decir?" le dijo la madre a ella. "No tengo ninguna respuesta tampoco." Se rio nerviosamente y tomó a su hijo de la mano.

"¿Por qué no tiene una charla con el doctor Mayhew hoy en algún momento?, tal vez él pueda explicarle eso a Peter."

"Sí, pienso que lo haré. Sin embargo, gracias por escucharlo."

"Para nada; realmente, no me importaría lograr una respuesta a eso por mí misma."

Minutos más tarde Tiffany estaba yendo a la cafetería cuando notó a dos mujeres sentadas más al fondo al lado del pasillo, aparentemente escarbando algo.

Intrigada ante esa vista –ellas parecían como si estuvieran haciendo algo de jardinería- Tiffany se aproximó a ellas, preguntando, "¿puedo ayudarles a encontrar lo que sea que estén buscando?"

Ambas, la joven y la vieja, levantaron sus cabezas sobresaltadas, visiblemente sorprendidas –si no avergonzadas- ante la intrusión de Tiffany.

"Oh, no es nada…, quiero decir…, nada que le importe a usted, estoy segura," pronunció la vieja, parándose. "Lo siento…, yo soy la señora Hamilton, y esta es mi hija, Lydia…," agregó, mirando el objeto en su mano. "Estábamos tratando de descubrir por qué Lydia se cortó su pie ayer." Apuntó su dedo hacia el pie de su hija –el cual estaba cubierto con una media. ¿Y usted es?"

"Yo soy la señorita Sylvan, señora Hamilton, la directora de entretenimiento de los niños."

"Hola," dijo Lydia a manera de introducción.

"¿Y ya encontraron lo que cortó el pie de su hija entonces?"

"Bueno sí, eso pienso," respondió la señora Hamilton, mostrando lo que a Tiffany le pareció ser una hoja de un cuchillo.

"¡Por Dios! Eso no es algo que uno debería encontrar por estos lados…," dijo ella, tomando la cuchilla cautelosamente y examinándola cuidadosamente. "¿Y estaba metida entre las tablas?" Les preguntó a ambas mujeres.

Lydia se agachó con Tiffany para mostrarle donde había sido metida la cuchilla entre dos de las tablas. "Mire, es como si se hubiera caído entre las tablas del pasillo y se hubiera incrustado. El filo estaba hacia arriba, y por eso fue que me corté," explicó Lydia.

"Bueno," dijo Tiffany, parándose, déjenme entregársela al personal de mantenimiento para ver que reparen el piso, y, en cuanto a esta hoja de cuchillo" –la miró curiosamente- se la entregaré a nuestra gente de seguridad para que la identifiquen."

"Entonces, ¿usted piensa que es un cuchillo de un terrorista?" Preguntó la señora Hamilton, poniendo su mano en su boca, visiblemente lista a hacer un escándalo del incidente.

"Oh no, señora Hamilton, nada de eso. Probablemente es un cuchillo viejo que ha sido desechado, no más."

"Mami, ¿por qué siempre estás sobre-dramatizando todo?"

"No-no Lydia, tu mami está correcta al estar alerta y cuidadosa por estas cosas; pero en este caso, estoy segura de que no hay nada de que preocuparse. Además, como ustedes saben, a ningún pasajero o tripulante le está permitido cargar cuchillos a bordo de este barco."

"De acuerdo entonces, señorita Sylvan, pero ¿nos permitirá saber todo acerca de esto de todos modos?"

"Seguro, puedo hacerlo. Tan pronto como sepamos de dónde vino esta hoja, le dejaré saber." Tiffany hizo una pausa. "¿Cuál cabina ocupan ustedes?"

"48 D y 48 E, Lydia está en la 48 D y yo en la cabina 48 E."

"Bueno, entonces. Dejaré esta cosa en las manos apropiadas ahora, y luego tomaré el desayuno. Que tengan un día placentero…," dijo Tiffany, alejándose en dirección a los elevadores.

Ambas mujeres la vigilaron y luego reasumieron su paseo sobre el pasillo.

Capítulo treinta y nueve

Una cuchilla de sobra

En vez de llevar la hoja de cuchillo a la oficina de seguridad, Tiffany, en una corazonada, regresó a su cabina, hurgó entre uno de los cajones del tocador y después de encontrar una bolsa plástica, deslizó la hoja dentro y la llevó con ella a la cafetería. Apenas tuvo visión sobre la piscina, notó a Babette y a Jean Pierre caminando adelante de ella. Apresuró el paso, los alcanzó y los tomó por sorpresa a los dos.

"Buenos días," dijo ella alegremente, yendo al lado de Jean Pierre. "¿Cómo está el hombro?"

"La mejor de las mañanas para ti, mi querida," respondió Babette, sin darle tiempo a Jean Pierre de desatar una sola palabra. "¿Cómo estás tú?"

"Estoy bien, Babette, perfectamente." Miró a Jean Pierre.

Él sonrió. "Sí, señorita Sylvan, en efecto es una linda mañana. Como usted puede ver, finalmente estoy fuera de la cama, y disfrutando de una caminata matinal."

"Me alegra ver eso," dijo Tiffany, yéndose adelante tan pronto vio a Alan ya sentado a la mesa cerca de la piscina. "Buenos días, doctor," agregó ella, tomando asiento al lado de él.

"¿Podemos unirnos a usted?" Preguntó Babette, una vez ella y Jean Pierre llegaron a pararse al lado de la mesa.

"Por supuesto, Babette," dijo Alan, mirando a Jean Pierre. "¿Cómo estuvo la caminata?" Le preguntó a él.

"Muy bien, doctor. Pienso que algo de desayuno me aliviará la excitación."

"¿Qué deseas comer?" Le Preguntó Tiffany, ya de pie.

"Tocineta y huevos," respondió Jean Pierre para sorpresa de todos. "Sí, y por favor no me miren así, doctor, yo sé lo que usted me dirá, pero solo permítame tener ese festín antes de volvedme loco."

Alan se rio. Él sabía que su paciente estaba hambriento y aunque había cientos de cosas mejor para comer al desayuno, pensó que no intervendría esta vez. "De acuerdo, Jean Pierre, no diré nada." Luego miró a Tiffany.

Ella asintió y se dirigió al mostrador de servicio.

Alan luego volteó su cabeza hacia Babette. "Estás muy callada esta mañana, ¿qué te está molestando?"

Ella sacudió su cabeza. "Es solo que temo por Jean Pierre aquí." Le dio una palmadita a él en el hombro sano. "Caminando la cubierta para llegar acá, me sentí muy intranquila, como si alguien nos estuviera siguiendo, esperando para emboscarnos –terrible sensación."

Alan sonrió, cogió su pocillo de café, se lo llevó a sus labios y tomó un sorbo. "Estoy seguro que tu imaginación te está jugando una mala pasada, Babette. No hay nada que el hombre pueda hacer ahora. Él podría incluso despedirte, Jean Pierre." Fijó su mirada en él. "Pero eso atraería no solo demasiado la atención de la oficina central sobre él, sino también algún malestar de las autoridades que están merodeando en este barco."

"¿A qué te refieres con las autoridades?" Preguntó Babette.

"Bueno, parece que tenemos un par de espías reales a bordo, y ellos no están propiamente disfrutando del crucero, estoy seguro."

"¿Quieres decir que hay alguien más vigilando a nuestro hombre?"

Alan asintió justo cuando Tiffany estaba regresando con una bandeja llena de todo lo que Jean Pierre podría haber soñado comer al desayuno.

"Ahí está entonces," dijo ella, poniendo el plato de tocineta, huevos ligeramente fritos y tostadas en frente del paciente.

"Gracias, señorita Sylvan, eso luce fantástico," dijo Jean Pierre, cogiendo uno de los pedazos de tostada y mojándolo con yema de huevo.

Aunque vegetarianos, sus tres acompañantes tuvieron que reír ante el entusiasmo con el que Jean Pierre estaba devorando su comida.

Cuando Tiffany empezó a comer su cereal, miró a Babette. "¿Tú no estás comiendo?"

Ella sacudió la cabeza. "Ya tomé té y tostadas en mi cabina, gracias."

"Eso no suena como suficiente. ¿Quieres que te consiga algo más?"

"No-no, gracias, Tiffany. Estoy bien así."

Alan había conocido a Babette por mucho tiempo y estaba seguro que pasaba algo raro con su amiga.

"Vamos Babette," dijo Alan con ánimo de alentarla, "dínoslo. Estoy seguro que hay más que una sospecha de alguien siguiéndolos a los dos esta mañana."

"De acuerdo, de acuerdo," dijo Babette, girando hacia Jean Pierre, "es solo que no deseo alarmar a nadie con lo que probablemente no es nada más que mi imaginación, como dijo Alan. Pero mientras estaba hablando con una pareja de jóvenes bailarines en el reparto de anoche, estoy segura que vi a nuestro capitán de tripulación acechando detrás del telón." Hizo una pausa. "Hay un par de muchachos que están deseando regresar a su Isla nativa de Jeju –ellos son de Corea y están con contrato con el elenco por 10 meses, y no querría que algo les pasara."

"¿Qué te hace pensar que algo les podría pasar?" Preguntó Tiffany.

"No lo sé realmente; es solo una sensación. Si decimos que nosotros no aceptamos más de esos encuentros en su cabina, quizás él se las arreglará para tenerlos mientras esté en tierra y sepa que esos dos adorables pajarillos estarán allí también."

"¿Por qué no les hablamos a ellos antes de que lleguemos?" Preguntó Babette.

"Yo podría hacer eso," replicó Babette, "pero eso no evitaría que ellos vayan a tierra y nadie posiblemente podría escoltarlos cuando estén yendo a visitar amigos o familiares en la isla.

Limpiando su boca con una servilleta y tragando un bocado de tostada, Jean Pierre asintió. "Bueno, hay algo más que yo podría sugerir." Hizo una pausa suficientemente larga para tomar algo de café. "Si nosotros necesitáramos algo de accesorios para los disfraces que estaremos usando en el próximo espectáculo, tal vez podríamos ir todos con ellos a tierra. Se tornaría muy difícil para nuestro capitán de tripulación aislarlos en alguna forma." Miró alrededor de la mesa para ver la reacción de cada uno.

"Sí, esa es una buena idea," dijo Alan, pero sería mejor si tú, Jean Pierre, te quedaras bien lejos de la escena."

"¿Por qué? Cuantos más seamos, mejor, ¿no?"

"No, Jean Pierre," Babette hizo eco de los sentimientos de Alan. "Tú no querrías encontrarte cara a cara con Gromwell en alguna parte en la Isla de Jeju, ¿verdad?"

"Hablando de encontrarse uno cara a cara con una asesino," se unió de nuevo Tiffany, sacando la cuchilla envuelta del bolsillo de su chaleco, "aquí está lo que dos de nuestras pasajeras encontraron esta mañana." Puso la bolsa sobre la mesa.

Sus tres acompañantes se agacharon para mirar el objeto antes de que Alan lo cogiera para examinarlo.

"¡Guau, esa es una hoja de cuchillo!" Dijo Jean Pierre un poco más alto de lo que él había querido.

"¿Dijeron las damas quiénes son ellas?" Preguntó Alan a Tiffany.

"Oh sí –la señora Hamilton y su hija Lydia. ¿Por qué?"

"Porque eso explicaría la sangre en esta cuchilla," respondió él, poniendo la bolsa de plástico de nuevo en la mesa.

"¿Una de ellas se cortó con esto?" Preguntó Babette.

"Sí," dijo Alan, "Lydia se cortó, yo le suturé su pie ayer."

"¿Ella entonces se paró en eso?"

"Sí, eso es lo que Lydia me explicó una vez que las encontré a las dos desenterrándolo del piso," dijo Tiffany.

"¿Estaba eso enterrado entre las tablas del piso?" Preguntó Alan.

"Sí, estaba realmente donde ha sido acondicionado el piso de madera para la gente que quiere hacer ejercicio o calentar antes de trotar. ¿Sabes dónde quiero decir?" Preguntó Tiffany volteando a mirar a Alan.

"Sí, lo sé." Él tomó la hoja de cuchillo de nuevo y agregó, "lo llevaré y le pediré a alguien que conozco que le dé una minuciosa mirada a esto," parándose de la mesa. "Ahora, si me disculpan, mejor voy a empezar mi jornada."

"¿Nos veremos más tarde doctor?" Preguntó Tiffany.

"Sí, por supuesto. ¿Nos reunimos para almorzar?" Respondió Alan mirando a sus tres amigos.

"Podría ser," dijo Babette. "Creo que Susan también desea hablarte."

"Bueno, entonces, en el almuerzo nos vemos," concluyó Alan, alejándose y lanzando una dulce mirada en dirección de Tiffany.

Esa hoja no ha sido deslizada entre las tablas del piso por accidente, pensó Alan al dirigirse a la cabina de Kurt. Al llegar, tocó un par de veces y pronto, el agente abrió la puerta.

"Doctor Mayhew. ¿Qué puedo hacer por usted en esta gloriosa mañana?" Preguntó, extendiendo un brazo para invitar a Alan a entrar.

"¿Podría decirme si esto podría ser el arma de un criminal?" Dijo Alan sin preámbulo una vez Kurt había cerrado la puerta, colgando la bolsa plástica en frente de él.

"Oh-oh, ¿qué tiene usted ahí?" Tomó la bolsa y miró detenidamente la cuchilla.

"Eso es lo que me gustaría que usted me dijese," respondió Alan.

Kurt fue a tomar asiento ante su escritorio, tomó algunos guantes plásticos del cajón y sacó la hoja de la bolsa. La giró un par de veces, y después levantó su mirada hacia Alan. "Tome asiento," dijo, señalando la silla al lado del escritorio. "Lo escanearé y entonces podremos descubrir qué clase de cuchillo usaría tan impresionante hoja."

Kurt estaba en lo correcto al decir una "impresionante" hoja. Esa no parecía como una hoja de cocina o para trinchar –más bien parecía como un puñal o el cuchillo doble filo de un cazador.

"¿Y de quién es esa sangre? ¿Sabe usted?"

"Algo de ella debería ser de una de mis pacientes" –Kurt le lanzó una mirada escrutadora- "pero no, yo no uso ese instrumento así para rajarlos, si eso es lo que se está preguntando." Ambos hombres se rieron ante la réplica. "Pero pienso que hay alguna sangre diferente o manchas de sangre más viejas en las ranuras de la hoja." Puso su dedo cerca de la mancha de sangre seca que él había notado. "Tal vez alguno de sus amigos forenses pueda identificar la sangre…"

Kurt asintió y sacó un escáner portátil del maletín de su computadora, lo conectó en uno de los puertos USB del laptop y empezó a escanear la cuchilla. "Yo podría investigar la clase de cuchillo al cual pertenece esta hoja, pero con respecto al tipo de sangre o a la identificación del ADN, tendría que enviar la hoja a la agencia."

"¿Cuál agencia?" Preguntó Alan, mirando fijamente a Kurt.

"¿Por qué pregunta?"

"Bueno, no juguemos de nuevo, Kurt. He tenido la visita de la hermosa Serina –si ese es su nombre verdadero- y ella me dijo que CSIS de Canadá ha sido asignada para investigar el caso del capitán de tripulación. Así que, estamos hablando de que los canadienses están involucrados ¿o qué?"

"Sí, usted está en lo cierto, Serina está en el caso." Kurt lo miró después de que había terminado de escanear la hoja de cuchillo. "¿Le ha hablado ella acerca del caso canadiense?" Preguntó él, devolviendo la cuchilla dentro de la bolsa de plástico.

"Creo que ella lo mencionó, sí. Pero no tenía mucho más que decir."

"Bueno entonces déjeme completarle con el hecho de que esa agencia, a través de tres continentes, están buscando al señor Gromwell como el posible sospechoso de, no solamente violación, sino también de otros seis asesinatos" - Alan levantó sus cejas; esas eran nuevas noticias para él- "eso ha ocurrido en Europa entre el tiempo en que Hedwig von Strom fue liberado del Instituto de Hamburgo y el tiempo en que el señor Gromwell era un oficial en barcos mercantes antes de abordar líneas de cruceros."

"¿Dijo usted seis asesinatos?" Preguntó Alan, lejos aún de creer que el hombre que él conoció como Hans Gromwell –un respetado capitán de tripulación a bordo de lujosas líneas de crucero- pudiera haber sido responsable de tantas muertes en un período de pocos años.

"Sí, doctor Mayhew. Ya ve, como usted probablemente sabe, Hedwig von Strom era un lunático de la peor clase cuando era mucho más joven. Él mató a una chica y a su novio, desmembró sus cuerpos y quemó sus partes en una hoguera en medio de una pradera."

"¿Pero saben ustedes por qué hizo todo eso?"

"Oh, sí. Nuestro Hedwig no fue tímido al confesar que la joven lo había "traicionado" a él con ese otro chico, y que ambos merecían ser muertos y quemados por esa traición."

Alan sacudió su cabeza y cruzó sus brazos sobre su pecho. "Y ahora todos piensan que él ha hecho lo mismo con otras tres parejas mientras estaba abordando barcos mercantes, parando en varios puertos alrededor de Europa, ¿es eso"?

"Sí, doctor, eso es exactamente lo que ha estimulado a nuestra agencia, entre otras, a entrar en acción. Necesitamos descubrir si Gromwell es realmente von Strom y si el sospechoso ha cometido esos crímenes."

"Qué pasa con el caso del director de entretenimiento que desapareció después de ser bajado en Gran Caimán; ¿alguna noticia?"

"No hasta lo que yo sé, y antes de que me pregunte, la Policía Federal está al margen de ese caso ya que la CIA parece estar cubriéndolo. Pero, si descubriéramos algo sobre la desaparición de Terry Cortland, tendríamos que compartir la inteligencia con las otras agencias involucradas."

Alan suspiró. "Eso me suena a muchos involucrados. Justo me tropecé con algo que se está convirtiendo en un nido de avispas creo."

Hizo una pausa por un minuto, mirando a Kurt digitando un email a quien que fuera en el otro lado del mundo. "La única razón –bueno, dos razones realmente- por las cuales yo le traje esa hoja de cuchillo" -Kurt lo miró arriba mientras digitaba- "es porque no creo que eso estaba entre dos tablas del piso en la pasarela por accidente, como primero; y si esa hoja pertenece a alguien con intenciones de matar a bordo de este barco, me gustaría saber tan pronto como sea posible."

"Entiendo eso doctor. Y eso es lo que justo ahora le pregunté a la oficina en Berlín –si los asesinatos pudieron haber sido cometidos usando un cuchillo como ese."

"Bueno, ¿qué acerca de estar metido entre las tablas del piso?; ¿Cuál es su opinión sobre eso?"

"Mi primera reacción sería decir que alguien ha estado tratando de esconder la hoja en un lugar donde pudiera no ser encontrada fácilmente esperando que el detergente que el personal de mantenimiento usa contribuyera a descomponer la sangre. Pero esas son solo conjeturas mías."

"Sí, pero hay muchas y más simples formas de deshacerse de una hoja a bordo de un crucero que calzarla en medio de dos tablas del piso –tirarlo por sobre la borda, primero, sería lo ideal. Y además, estoy seguro que, en algún momento, iría a ser encontrado antes de este viaje si el cuchillo hubiera sido escondido en el piso del pasillo antes de salir de San Francisco."

"De acuerdo, dejemos eso así por el momento -hasta que obtenga alguna respuesta de Berlín, ¿podemos?"

"Sí," Alan estuvo de acuerdo, levantándose de la silla. "Pero pienso que me gustaría tener una charla con la señorita Blanchard; aún hay una pregunta acerca de su encuentro con nuestro doctor Zetisman en Miami algunos años atrás. Tal vez ella sabe más acerca de él que quiera revelar."

Kurt se rio y sacudió su cabeza. "Mire, doctor, Serina no le va a revelar nada que ella no quiera compartir. Ella logra cosas en su propio tiempo, en su propia forma y produce resultados. Pero, cuando se trata de su colaboración o de responder preguntas, no le va a colaborar en ninguna forma."

"¿Qué pasa si nuestra sicóloga le hace las preguntas...?"

"Si quiere decir la señorita Ashland, diría que no. Ella ni siquiera debería tratar. Se estrellaría contra una pared."

"Creo que dejaré eso entonces solo por un tiempo." Dijo Alan resignadamente.

"Es lo mejor, doctor, pero no se preocupe, lo mantendré al corriente lo más que pueda.

Bajando en el elevador al teatro, Alan no pudo evitar pensar en lo que Babette le había dicho en el desayuno. Si Gromwell había matado esas víctimas en Europa, él podría estar intentando hacer lo mismo aquí, en Corea, sabiendo que, siendo coreanos los dos miembros del elenco no se notaría entre la multitud –un sobrecogedor pensamiento en efecto.

Capítulo Cuarenta

El cuerpo de un ingeniero

Había algo más que siempre había molestado a Gregory desde que Hollman le había hablado acerca de las víctimas desmembradas –dos cosas realmente- y ahora, el doctor Mayhew trayéndole a él la hoja le recordó el hecho de que cada una de las seis víctimas debió haber sido muerta en algún lugar diferente de donde ellas habían sido encontradas, y que desmembrar un cuerpo requiere no solo de destreza sino también de fuerza. Hedwig tenía ambas a los diecisiete, pero ¿tenía Gromwell aún la fuerza para realizar tal hazaña? ¿Y dónde podría él haber hecho todo eso?

Una respuesta de Hollman concerniente a la hoja lo sacó de su estado de reflexión. Leyó las tres líneas y maldijo en voz baja. En resumen, el cuchillo no había sido usado en las muertes de las víctimas europeas. Pero después, la posdata, atrajo su atención. Ella decía:

ADN humano encontrado bajo las uñas de víctimas en Le Havre.

Finalmente llegando a alguna parte, pensó él.

Apenas Alan regresó a la enfermería, encontró a Evelyn en una seria conversación con el ingeniero jefe.

"Hola, Peter," dijo Alan apenas cerró la puerta. "¿Qué lo trajo a usted aquí arriba?"

"Creo que usted debería ir abajo, doctor," respondió el hombre, mirando a Evelyn y a Alan a su turno.

"¿Qué pasó? ¿Alguno de sus hombres está enfermo?"

Evelyn sacudió su cabeza y miró abajo a sus pies. "Creo que necesitamos ir abajo, doctor," dijo sin levantar su mirada hacia Alan.

"Bueno, iremos, pero no antes de que alguno de ustedes me diga qué está pasando."

"Tan simple como esto, doctor, Jeremy y yo estábamos haciendo nuestra usual lista de chequeo de maquinaria –como lo hacemos cada vez que nos estamos alistando para llegar a un puerto, como pasará mañana - y ahí fue cuando notamos algo extraño en una de las plataformas. Hay un cuerpo caído allí, doctor, obstruyendo los accesorios de la grúa. No tenemos idea quién es o de dónde vino."

Alan no había esperado eso. Si hubo alguna vez un pasajero muerto a bordo, fue usualmente debido a una enfermedad crónica o latente, o casos agudos como ataques al corazón, pero ningún caso como caer entre la grúa y la plataforma. "¿Está seguro? ¿Fue allá y verificó que no fuera algo más como una bolsa de lona o de tela sucia?" Preguntó él con el ceño fruncido.

"No, yo no, pero Jeremy lo hizo, y él se enfermó allá... Así de feo está, doctor."

"De acuerdo, vamos entonces," dijo Alan, sin esperar más comentarios de Evelyn o de Peter. "¿Avisó a alguien más sobre esto?" Le preguntó al ingeniero jefe.

"No, aún no doctor. Esperaba estar seguro de que el hombree no esté en coma o algo parecido antes decirle algo al capitán Midleton."

Bajando al cuarto de máquinas, los tres permanecieron en silencio. Alan tenía una desagradable sensación de que la cuchilla que habían encontrado estuviera relacionada, de alguna manera, con la persona que yacía sobre la grúa.

La subida a la grúa no era fácil para Alan –a su rodilla no le gustaba tener que usar el cuádriceps ni siquiera un poco. Con suerte, la persona estaría solo durmiendo después de una mala noche, pensó Alan brevemente, pero tenía que examinar al hombre "in situ" como fuera, si él había sido víctima de un crimen. El papeleo sería increíble si, en efecto, alguien cayó y murió.

Cuando finalmente logró caminar apropiadamente, se masajeó su rodilla un poco antes de dirigirse a la escena. Jeremy estaba aún allí, pero sin mirar al hombre extendido sobre la rejilla.

"Vaya abajo," le dijo Alan, "y cuando yo esté convencido de que lo podemos mover, necesitaré que vaya con Evelyn, mi enfermera, a la enfermería para traer la camilla y una bolsa."

Jeremy asintió en respuesta, se alejó del cuerpo –el pobre hombre definitivamente estaba muerto, Alan estaba seguro - y se marchó adelante de él, dirigiéndose hacia la escalera.

Apenas se arrodilló al lado del hombre, Alan notó que había sido apuñaleado varias veces en el pecho, y después de examinar sus brazos, también le vio un par de heridas que indicaban que había tratado de defenderse de su asaltante. Era un tipo asiático de mediana estatura y joven. Alan inmediatamente pensó en los miembros del elenco que Babette le había mencionado esa mañana. Meneó su cabeza y sacó el celular de su bolsillo.

"Evelyn," dijo en voz baja, "tenemos un cuerpo aquí, así que me gustaría que regresaras a la enfermería con Jeremy y trajeras una camilla aquí abajo tan pronto como puedas. También necesitaré la bolsa para transportar cadáveres que guardamos en la bodega. ¿Estás bien para hacer eso?"

"Seguro doctor, pero que pasará con la conservación del cuerpo, ¿dónde tiene pensado hacer eso?"

"Le dejaré saber apenas baje, ¿de acuerdo?"

"Sí, está bien. Lo veré en unos pocos minutos."

Apenas Evelyn y Jeremy se fueron, Alan miró al ingeniero jefe subiendo la escalera.

"¿Qué conclusión saca usted doctor?" Preguntó Peter apenas estuvo cerca para ser escuchado.

"El hombre fue acuchillado múltiples veces –eso es lo que podría decirle por ahora."

"¿Puedo llamar al Capitán y a seguridad entonces?"

"Sí, Peter, creo que debería. Dígale a él que nos encontraremos con ellos aquí arriba lo más pronto posible, luego acordaremos lo de la conservación del pobre hombre durante la noche."

"¿Piensa que necesitaremos enviarlo en avión a casa?"

"No sé Peter. El capitán Midleton tendrá que decidir... y eso será algo que podemos discutir mucho más tarde."

¿Cree que es un pasajero?"

"Una vez regresemos abajo, y yo pueda voltearlo, le miraré su billetera, pero por ahora, no te podría decir, aunque a primera vista, no lo reconozco como miembro de la tripulación. ¿Lo reconoce usted?"

"No." Dijo Peter, sin lucir muy bien en el momento.

Aquella tarde Serina decidió darle descanso a su mente. Había estado viajando a través de sus pensamientos en búsqueda de una respuesta acerca del paradero de esa bolsa de diamantes que Gregory le había mencionado más temprano ese día. Para ella, darle descanso a su mente no tenía nada que ver con dormir algo o hacer ejercicio, tenía que ver más con jugar una mano de póker. Lo encontraba más relajante y muy divertido. Ella no jugaba a las cartas sino a los jugadores. Adoraba observar a los hombres, y a veces a las mujeres, alrededor de la mesa, naufragando en la profundidad de la adicción al juego, mientras perdían cada apuesta que se habían atrevido a hacer contra los adversarios. Ella ganaba más a menudo de lo que perdía, pero cuando lo hacía, se excusaba y se retiraba del juego. Mirar a la gente jugar era un pasatiempo entretenido para ella y lo que adoraba hacer cuando los problemas parecían sin solución o la estaban abrumando.

Cuando llegó al casino, fue directamente al bar, ordenó un escocés, y se volteó a mirar la mesa del póker colocada en un rincón discreto y silencioso de ese inmenso salón. Ella ignoraba las otras mesas de juego –la ruleta no ofrecía los retos que ella deseaba, mientras que los juegos de bacará, los cuales parecían estar en todo su apogeo, no se imponían a sus sentimientos combativos. En cuanto a las máquinas tragamonedas, aunque sofisticadas, eran o representaban solo un juego de azar, en el cual ella no se interesaba.

Volteando hacia el bar apenas su bebida estaba servida en frente suyo, miró a los dos hombres sentados en butacas al lado de la suya, y empezó a escuchar la historia que uno de los amigos, llamado Sam, le estaba contando a su amigo Bert.

"Te tengo que decir esto," empezó Sam, "he visto bellezas en mi vida pero nada mejor que las chicas que fueron a mi sembrado de árboles frutales una noche."

"¿Chicas en tu sembrado?" Preguntó Bert, con las cejas levantadas. En sus cincuentas, Bert era un hombre corpulento con una barriga para armonizar. Su cara enrojecida –probablemente por haberse acostado en la piscina durante demasiado tiempo expuesto al sol- era de esos hombres bonachones que habían estado trabajando para complacer a su esposa y a sus hijos toda su vida.

"Sí," respondió Sam, riendo ante la remembranza. "Eran hermosas las tres." Tomó un largo trago de wiski.

"¿Pero cómo llegaste a verlas en el sembrado? Es un poco extraño, ¿no crees?" Preguntó Bert.

Sam giró su desgarbada figura en la butaca para estar seguro de que su esposa estuviera todavía sentada en la máquina tragamonedas a su espalda. "Así fue Bert, y fue de suerte que las pillé."

"Vamos, Sam, no vuelvas eso una epopeya como sueles hacer todo," le reclamó Bert, "prosigue, ¿qué pasó?"

"Bueno, esa tarde yo decidí ir abajo, al estanque. No había estado allí por un tiempo, y quería coger algunos duraznos de los árboles que lo rodean. Cogí un balde de cinco galones y me dirigí hacia allá.

Cuando estuve cerca, escuché voces gritando y riendo que venían del agua. Me paré detrás de uno de los árboles, y fue cuando las vi –tres de ellas nadando desnudas y chapoteando alegremente."

"Y entonces, ¿qué pasó?" Preguntó Bert ansiosamente; entusiasmado por saber si Sam había aprehendido a alguna.

"Bueno..., yo no quería asustarlas pero les hice saber que yo estaba ahí, detrás de mi árbol. Y grité en dirección a ellas, "esto es propiedad privada", les dije. "¿No pueden ustedes leer las señales?" Una de las mujeres me gritó en respuesta, "¡saldremos, pero no lo haremos hasta que usted se vaya!" Eso se estaba volviendo difícil... De cualquier forma, dije, "no vine aquí abajo a mirarlas a ustedes, nadar desnudas o a hacer que ustedes salgan del estanque sin ropa." Y luego, una de ellas me gritó, "sí, sí; sólo váyase de ahí..."

"Y entonces, ¿qué hiciste?"

"No mucho, alcé mi balde y les dije, "solo estoy aquí para alimentar mis caimanes mascotas." Deberías haberlas visto, Bert; ¡salieron de allí como un tiro y yo estaba ahí, viendo las bellas bañistas a la luz de la luna!"

Aunque no era dada a la hilaridad, Serina no pudo evitar reírse antes de bajarse de la butaca para ir a pararse detrás de los jugadores en la mesa de póker. Las apuestas estaban muy altas, según lo que vio en frente del jugador más cercano a ella. El sujeto tenía "póker" –una buena mano, pero no suficiente como para lograr lo que estaba en medio de la mesa, juzgando por la expresión del rostro del jugador a su derecha. Serina no podía ver sus cartas desde donde ella estaba parada, pero él estaba mostrando todos los signos de alguien que difícilmente espera para revelar su mano y coger el botín del pozo.

Estaba esperando a la próxima mano para reclamar cartas cuando notó algo que ella no podría ignorar. Caminó de regreso al bar, dejó su copa vacía sobre el mostrador y salió dando zancadas del casino sin mirar atrás.

Sam y Bert la miraron saliendo y sonrieron.

"Me hubiera gustado verla saliendo de mi estanque," resaltó Sam, sonriendo.

"Juro que lo harías," se unió Bert al comentario, riendo a carcajadas. "Es mucho más que hermosa, ¿no es así?"

Cuando entró a su cabina, Serina corrió a su escritorio, abrió su laptop y luego su bandeja de entrada de correo. Había un nuevo email desde Ottawa diciendo que las reconstrucciones de la cara que ellos habían intentado hacer a partir de las fotos que ella había enviado estaban lejos de ser concluyentes. Serina se encogió de hombros y exhaló antes de empezar a digitar un mensaje encriptado al MI5. Su pregunta fue corta y directa, "¿están raídas o cortadas?"

Capítulo Cuarenta y uno

Un Cuerpo para preocuparse

Tiffany podía sentir su fortaleza arropándola. Él la desnudó con delicadas caricias. La besó por donde quiera que ella necesitaba sentir sus labios amándola. Sin notar que lo estaba haciendo, se había despojado de su ropa. Su esculpido cuerpo, desnudo y deseoso, estaba ahora cerca del de ella, sin prenda alguna que separara sus ardientes pieles. La acarició hasta que el éxtasis era inaguantable. La bajó y la colocó sobre la cama. Ella podría haber gritado de placer y alivio cuando él la penetró; su magnífica presencia la elevó hasta el hechizo. Cada vez que ella estaba al borde del clímax, él se detenía porque deseaba que ella anhelara que cada momento, cada pulso de sus corazones durara la vida entera. Besó sus pechos, cada uno a su turno, chupando sus pezones como un infante. Alan estaba provocándola. Era paciente y ya su contacto era estimulante. La excitó con sus labios hasta que ella le imploró retroceder.

"No. Todavía no, Tiff." Siguió besándola hasta que ella gritó de deseos. Le dio media vuelta a su cuerpo suavemente y la penetró de nuevo. La sensación era profunda y con una mezcla de dolor y éxtasis. Tiff lo necesitaba ahora más que nunca. Luego, ella volteó su cuerpo de frente a él y súbitamente, él estaba dentro de ella, profundo y fuerte una vez más, golpeando su cuerpo contra el de ella. Su placer fue tan largo que le pidió a él, rogándole que se detuviera.

"¡No! Yo..., te amo, Tiff," le declaró en un murmullo, casi inaudible.

Ella luego sintió relajar su amor y derramó lágrimas de infinito placer. Él se bajó, lentamente anidando su cabeza sobre su hombro y le susurró, "¿cómo estuvo esto para un descanso de la tarde?"

"Maravilloso, sencillamente increíble, doctor Mayhew, el mejor remedio para la frustración," respondió Tiffany, riendo y dirigiéndose a la ducha.

Alan se acostó de espaldas y miró al techo. Él no le había dicho nada a nadie del cuerpo que Peter había encontrado sobre la grúa. Este crucero se estaba convirtiendo rápidamente en una pesadilla flotante. Él y Evelyn habían trasladado el cuerpo en una bolsa para transportar cadáveres, evitando cualquier área de pasajeros, tomando solo el elevador destinado a los tripulantes, usando su llave maestra para lograrlo rápidamente. Él hubiera preferido hacer eso en la noche, pero no podía dejar el cadáver en el cuarto de máquinas por tanto tiempo, a menos que quisieran que la tripulación entera –y a su turno los pasajeros- se alertaran del fallecimiento del hombre. Las evidencias le decían a Alan que el joven probablemente había sido asesinado en las primeras horas del día anterior, ya que la rigidez cadavérica había pasado por el tiempo que Peter lo había encontrado.

El capitán Midleton no había subido a la grúa, pero se había comunicado varias veces vía radio. El oficial de seguridad fue efectivo manteniendo la gente lejos del sitio. Alan no estaba deseando la reunión programada para esa tarde con el capitán Midleton. Gromwell estaría allí, por supuesto, y aún quizás Kurt y Serina, si esos dos (o sus respectivas agencias) habían informado al capitán del barco de las razones por las cuales ellos estaban en el crucero. Pero, esa era solo una suposición de parte de Alan; si Gromwell iba a estar presente en la reunión, tal vez los dos agentes estarían lejos de ella.

"Estoy lista," le dijo Tiffany desde la puerta del baño, sacando a Alan de sus reflexiones.

"Oh, bueno, cariño, lo siento..., balbuceó, saliendo de la cama. "Mi mente estaba en algún otro lugar."

"¿Y dónde habría estado?" preguntó Tiffany mientras Alan se dirigía a la ducha.

"Solo pensando acerca de lo que Babette había dicho esta mañana sobre los dos chicos coreanos que irían a Jeju mañana. ¿Dijo algo más acerca de eso en el almuerzo?"

"No, realmente no. Solo dijo que no había estado detrás del telón ni en el ensayo de hoy ya que Jean Pierre había tomado las riendas de nuevo."

"¿Cómo le está yendo a él, a propósito?" Preguntó Alan, mientras se enjabonaba.

"Bueno, él parecía estar bien, pero sin embargo preguntó dos veces que dónde estabas tú. Tal vez él no está tan fuerte como pensaba..., no sé..."

"¿Y estuvo Susan allí también?"

"Oh, sí. Ella no podía parar de hablar acerca de Zetisman. Suena como que ella deseara tomarlo como paciente cuando regresemos a los Estados Unidos."

"¿Y qué pasa con su nuevo novio?... ¿Cuál es su nombre?" Preguntó Alan mientras se secaba con la toalla.

"¿Quieres decir el artista francés?"

"Sí, ese es el hombre..., ¿era Ghislain o algo parecido?"

"Sí, creo que sí," respondió Tiffany organizándose el cabello distraídamente. ¿Por qué?"

"Porque, creo que si ella está pasando el tiempo con el doctor Zee, quizás esté olvidando a su última conquista."

"Suena como si no te gustara que ella escudriñara más en el pasado del doctor Zee – ¿has cambiado de opinión acerca de él entonces?"

"No, realmente no, pero no me gustaría que Susan mordiera más de lo que puede masticar, es todo."

"¿Por qué? Si ella pudiera descubrir algo importante acerca de nuestro capitán de tripulación, ¿no sería una buena cosa?"

Alan volteó a Tiffany de forma que él no viera su reflejo en el espejo y la atrajo hacia él. La miró a sus ojos y le dijo, "escúchame, Tiff, desde este momento, no quiero que tú ni nadie trate de jugar más al detective. Esto se está poniendo demasiado peligroso. Deberíamos dejarle eso a los profesionales."

Soportando su mirada, Tiffany preguntó, "¿y por qué todo esto de repente? ¿Ha pasado algo acerca de lo cual no me hayas contado?"

Alan asintió y bajó sus ojos por un momento. "Encontramos un cuerpo en el cuarto de máquinas esta mañana, Tiff..."

"¿Ustedes qué?" balbuceó Tiffany, estupefacta. "¿Quieres decir que alguien murió..., en el cuarto de máquinas...?" Miró fijamente a la cara de él. "¿Qué estás diciendo Alan...?

"Estoy diciendo que alguien ha sido asesinado en el cuarto de máquinas, y Peter –nuestro ingeniero jefe- encontró el cuerpo esta mañana mientras hacía un chequeo de maquinaria"

"¡Buen Dios! ¿Me hablas en serio?" Exclamó Tiffany, zafándose de los brazos de Alan. ¿Y ya alertaron al capitán Midleton?"

Alan asintió. "Tenemos una reunión programada para esta tarde."

"¿Y qué hicieron con el cuerpo?"

"Tenemos dos enfriadores en la morgue de a bordo, diseñadas para muertes eventuales, usualmente de pasajeros de avanzada edad..."

"¿Y sabes quién es, quiero decir, quién era?"

Alan afirmó de nuevo. "Sí, su nombre es Yeng Chu. Era un miembro del elenco..."

"Buen Dios," reiteró Tiffany, poniendo una mano en su boca. "Quieres decir que él era el joven hombre que quería ir a visitar a sus padres en la Isla Jeju?"

""Creo que es él, sí. Pero hasta que el capitán me dé el visto bueno para divulgar su identidad –y que antes sus padres sean informados- no le puedo decir a Jean Pierre ni a nadie más si era la misma persona.

"¿Pero no habría la chica –quiero decir su pareja- notado su ausencia por ahora?" Tiff paró de hablar súbitamente y le clavó a Alan un dedo en su pecho. "Es probablemente por eso que Jean Pierre preguntó por ti después del almuerzo. Él parecía preocupado, ahora caigo en cuenta."

Alan la cogió por ambos hombros y la miró a sus ojos. "¿Ahora, entiendes por qué no quiero a ninguno de ustedes involucrados con este asunto? Si el comportamiento de Gromwell se está acrecentando y se está poniendo fuera de control –matando gente solo porque le niegan sus frustrados placeres o lo desobedecen- no quisiera encontrarte a ti, ni a nadie más, muerto en alguna otra parte de este barco; ¿me escuchaste?"

Fue el turno para que Tiffany asintiera. "Sé lo que estás diciendo, Alan, pero tenemos que decirle a Babette y a Jean Pierre al menos. Babette está en serio peligro con ese maniático ahora, ¿no crees?"

"Sí, pienso que sí," respondió Alan, liberando los brazos de Tiffany de sus tenazas. "Aunque eso podría ir contra las normas, pienso que es mejor tener una conversación con ellos antes de esta noche," agregó, regresando al cuarto y vistiéndose.

"¿Qué piensas de Susan, deberíamos decirle también?"

"No, por ahora, Tiff. Ella ha hecho del doctor Zee su proyecto de mascota, y la dejaremos hasta que haya hablado con el capitán Midleton. Pero la preferiría a ella caminando alrededor con su amigo Ghislain mejor que con Zetisman, para serte sincero."

Para este momento, Tiffany estaba lista y esperando a Alan para salir de la habitación. "De acuerdo, déjame asegurarme de que no haya moros en la costa para que salgas...," dijo ella, abriendo un poquito la puerta. Tan pronto ella había echado una rápida mirada afuera, cerró la puerta de nuevo y pegó su cuerpo contra la misma, luciendo pálida. "Él está justo allí..., afuera..., en el pasillo...," balbuceó.

"Bueno, no entres en pánico, Tiff. Él no te hará nada con los niño alrededor..."

"Dios, odio esto..."

"Solo sal de aquí y ve al patio de juegos o a alguna otra parte donde encuentres gente a esta hora de la tarde, y actúa lo más normal que puedas..."

"¿Qué pasa si empieza a hablarme..., qué le digo?"

"Él no lo hará, estoy completamente seguro de eso. Lo que él está esperando no es a ti sino a mí."

"¿Crees eso?"

"Sí Tiff." Hizo una pausa, avanzó un par de pasos que los separaban y la atrajo hacia él, abrazándola estrechamente por un momento. "Ahora, ve," le susurró, "e ignóralo, ¿estamos?"

Asintiendo, Tiffany abrió la puerta de nuevo, salió y en un momento se había ido.

Solo en la cabina, Alan esperó unos pocos minutos antes de sacar su teléfono de su bolsillo y marcar el número de Gromwell.

"Aquí Gromwell, capitán de tripulación," Dijo indiferente.

"Contento de conseguirlo, capitán de tripulación, habla con el doctor Mayhew. Me estaba preguntando si usted podría bajar a la enfermería por un momento. Me gustaría mostrarle algo..."

"¿Dónde está usted?" ladró Gromwell sobre la línea.

"Esperándolo a usted en la enfermería, capitán de tripulación, ¿por qué me lo pregunta?"

"Porque estuve allá hace una media hora y usted no estaba."

"Ah, sí, estaba abajo en la morgue, consiguiendo algunas huellas ocultas de nuestro cuerpo..."

"Está bien, está bien, doctor..., estaré en la enfermería tan pronto pueda," respondió Gromwell, colgando su teléfono.

Alan esperó unos pocos minutos antes de abrir la puerta y mirar afuera. Como esperaba, nadie estaba en el pasillo. Corrió al elevador, aunque contaba con que Gromwell estuviera bajando a la morgue antes de dirigirse hacia la enfermería. Si Alan estaba en lo correcto, su capitán de tripulación habría deseado examinar el cuerpo por sí mismo para ver de cerca de qué tipo de "huellas ocultas" estaba hablando Alan.

Capítulo Cuarenta y dos

El tesoro de un joyero

La única palabra de respuesta que Serina había recibido desde CSIS fue suficiente para que ella se dirigiera abajo al piso de comercio. Los almacenes no eran numerosos pero muy exquisitos. Había una sastrería, una joyería, una licorera, un almacén de relojes, una de suvenires en general y una pequeña perfumería.

Ataviada con un vestido veraniego de colores, zapatos de tacón alto y unos accesorios muy costosos adornando sus orejas y su garganta, Serina entró a la joyería, de inmediato interesada en los anillos mostrados en la vitrina cerca de la puerta.

"¿Puedo ayudarle señora?" Preguntó el hombre detrás del mostrador a la espalda de Serina.

Ella giró en sus talones y fue a pararse ante el pequeño y visiblemente intimidado sujeto. Su vestido azul naval, camisa blanca y corbata de seda lograban hacer maravillas con su pálido cutis. Su cabeza casi calva de cabello gris reflejaba la luz del foco del techo con un brillo rojizo, el cual produjo una imperceptible sonrisa en los labios de Serina. Él miró sobre el aro de sus anteojos a la hermosa mujer que parecía ignorar su presencia completamente mientras miraba dentro de la urna de vidrio bajo su mano.

"Estoy segura que usted podría ayudarme, ¿señor...?" Dijo Serina, finalmente levantando su mirada hacia el hombre.

"Jerome, señora, señor Jerome, a su disposición."

"Bueno, señor Jerome, lo que he estado mirando hasta ahora, no es lo que estoy buscando...," dijo Serina, volviendo su atención hacia los brazaletes y los anillos exhibidos artísticamente en el pequeño armario detrás de él.

"¿Y que podría ser?" Preguntó él.

"Un diamante grande sin montar, señor Jerome, un brillante diamante de tres quilates –eso es lo que estoy buscando."

Evidentemente tomado por sorpresa por el pedido de Serina, Jerome sacudió su cabeza. "Tenemos solamente un par de piedras de ese peso en este almacén, señora, pero me temo que ya están montados en sendos anillos..."

"¿Los puedo ver?"

"Humm..., sí..., supongo, pero ya están vendidos."

"¿Usted mismo los monta?"

Con su radiante sonrisa, ella ya tenía la respuesta.

"Bueno, sí, por supuesto. Soy un diseñador ya ve...," declaró el joyero orgullosamente.

"¿Y dónde consigue las piedras, señor Jerome?"

Él sacó su pañuelo del bolsillo del pecho y se dio toquecitos en su brillante frente, dándose cuenta que había caído en la trampa que le tendió Serina.

"Permítame traerle los anillos," dijo rápidamente como respuesta, "están en la caja fuerte...," y se dirigió a la parte de atrás del diminuto almacén.

Serina lo siguió después de echarle seguro a la puerta del frente.

Tan pronto estuvieron fuera de vista, Serina dejó que Jerome abriera la caja fuerte y entonces se abalanzó sobre el pequeño hombre. Le dio vuelta y lo empujó contra la pared. "De acuerdo señor Jerome, ahora que le he echado el guante, solamente quiero una respuesta; ¿dónde consiguió las piedras?"

"Yo..., yo..., yo las tengo en consignación..."

"¿En consignación? ¿De quién?" Preguntó Serina, sin rebajar ni un poco la presión de su brazo contra el cuello del hombre.

"Él era un pasajero. Quiero decir..., él los dejó conmigo hace algún tiempo..."

"¿Y qué se supone que usted haría con ellos?"

"Bueno..., yo..., yo..."

"Vamos, señor Jerome, no tenemos todo el día."

"Se supone que yo los cortaría cada vez que yo necesitara para el almacén..., y luego los vendería, eso es todo."

"Estoy segura que hay más de esa historia, señor Jerome," dijo Serina, liberando al hombre y dando unos pasos atrás. "Pero por ahora, veamos que hay en su caja fuerte, ¿podemos?"

Bajándose la chaqueta del vestido, resoplando de enfado y ajustándose la corbata, Jerome asintió.

"Están aquí adentro," dijo él, caminando a abrir la puerta de la caja fuerte y estirando una mano para sacar una caja que había dentro de ella.

Serina, sin confiar en el hombre, lo empujó a un lado y agarró la caja. Cuando ella la abrió, frunció el ceño. "¿Es esto lo que usted quería mostrarme?" Sacando una pequeña pistola de la caja, la dejó colgar por el gatillo en frente de la nariz de Jerome. "¡Pícaro, travieso, señor Jerome!" Se burló ella. "Ahora, y ya que esto no es lo que estoy buscando, por qué no me dice ¿dónde están realmente los diamantes?" y apuntó la boquilla de la pistola a la cabeza de él.

Temblando como una hoja, "están, están en..., en..., ahí," tartamudeó, apuntando un tembloroso dedo hacia la caja fuerte.

Los ojos de Serina no se apartaban de la cara del hombre. "¡Muéstreme!" le ordenó, dando un paso al lado.

Jerome se agachó, presionó un botón en la base de la caja fuerte, el cual liberó una puerta deslizante, dejando ver un pequeño compartimiento por detrás. Miró arriba a Serina. "Están ahí adentro." Sacó una bolsa de terciopelo negro de su lugar de escondite y se la entregó a la agente CSIS.

"Bueno, entonces ahora regresemos al frente del almacén y veamos que tenemos." Ella giró en dirección de la puerta de la bodega, todavía apuntando el arma a la cabeza de Jerome.

Apenas llegaron al mostrador del almacén, Serina bajó la pistola, la colocó encima del vidrio y abrió la bolsa cuidadosamente. Dejó que unos pocos diamantes brutos salieran. Estos eran definitivamente magníficos –todo blancura y ya brillando a la luz.

Satisfecha, deslizó las piedras dentro de la bolsa. "Bueno, señor Jerome, antes de dejarlo en paz con su tesoro, quiero que me conteste una pregunta; ¿cómo pagó usted por ellos?"

Sorprendentemente, Jerome sacudió la cabeza. "Yo no lo hice."

"¿Usted no lo hizo? No me diga...," dijo Serina sonriendo, "Esos están realmente en consignación, ¿no es así?"

Jerome asintió.

"¿Y cómo está pagando por los que usted venda?"

"Yo envío un cheque a una caja postal en Inglaterra, nunca por la cantidad total de una vez, sino algo cada mes o cuando llegamos a un puerto." Jerome parecía un poco relajado ahora que había divulgado su gran secreto

"Hermoso el pequeño negocio que usted montó aquí, señor Jerome. Felicitaciones. Y estoy segura que usted saca una buena tajada por cada piedra que usted corta, ¿no es así?"

"Eso solo paga por el trabajo..."

"Oh, estoy segura que paga más de eso, pero yo no soy la persona que vaya a investigar ese asunto..."

"¡Pero, yo no he hecho nada incorrecto, realmente...! Argumentó Jerome.

"¿No? Pienso que sí lo hizo, señor. Creo que la compañía para la cual usted trabaja puede tener algunas ideas sobre este asunto también. Pero no es porque yo les vaya a decir. Y de aquí en adelante, vamos a hacer esto" –balanceó la bolsa frente a los ojos de él- "regrese esto a su escondite y nos vamos a quedar muy callados acerca de este asunto, ¿lo haremos, señor Jerome?"

El joyero asintió sin replicar.

"De acuerdo entonces, cojamos la bolsa y pongámosla donde corresponde por ahora, y cierre la caja fuerte, ¿lo haremos?"

"¿Puedo conservarlos?" Preguntó Jerome cuando se arrodilló a colocar la bolsa en la base oculta de la caja fuerte.

"Sí, señor Jerome, hasta mañana. Después de eso, veremos. Pero si usted tuviera la urgente necesidad de moverlos o disponer de ellos de alguna forma, entonces lo encontraré, y no le garantizaré nada acerca de su futuro. ¿Me entiende lo que le estoy diciendo?"

Mirándola, Jerome se puso de pie después de cerrar la caja fuerte y regresó dentro del almacén sin decir una sola palabra.

Capítulo cuarenta y tres

De apacible a agresivo

No habían pasado cinco minutos de haber recuperado su puesto en la oficina, cuando la puerta de la enfermería se abrió de golpe y Gromwell entró.

"Bueno, doctor Mayhew, ¿a qué se debe todo esto?" exigió, sentándose sin permiso frente a Alan. "¿De qué clase de huellas ocultas está usted hablando?"

"Oh, sí, capitán de tripulación, estaba tratando de usar uno de los métodos forenses que nos enseñaron en clase de patología, para levantar huellas de un cadáver, las cuales podrían ser comparadas con las huellas que se conservan en el archivo y lo cual a su vez, permita a los investigadores identificar al culpable."

Calmándose un poco aparentemente, Gromwell preguntó, "¿y tuvo éxito?"

"En cierto grado, pero cualquier huella que conseguí fue solo parcialmente y no estoy seguro que vayan a servir para ningún uso."

Ahora visiblemente aliviado, Gromwell sonrió. "Pienso que usted debería dejar su pequeña investigación a los profesionales, doctor. El capitán Midleton tiene, o pronto estará contactando a las autoridades y ellos harán lo que sea necesario para resolver este caso, estoy seguro."

Este sujeto está demasiado confiado, pensó Alan. *A esta hora, él probablemente ya borró todos los rastros de su asalto a Yeng Chu.*

"De todas formas, usted dijo que tenía algo para mostrarme, ¿qué es?" Preguntó Gromwell.

"Solo esto," respondió Alan, sacando el medallón con la cadena de la gaveta de su escritorio, y poniéndola en medio del papel secante del escritorio.

"¿Dónde consiguió esto?" Gruño Gromwell, con su cara delatando no solo reconocimiento sino también mostrando un par de manchas más rojas de lo normal.

"¿Recuerda usted al doctor Zetisman; uno de nuestros pasajeros?" Preguntó Alan, recostándose en el espaldar de su silla, mientras Gromwell tomaba el medallón y lo abría.

"Sí, ¿no es el individuo de pelo marchito que se mantiene blandiendo una jeringa ante las mujeres jóvenes...?"

"Sí, ese es el hombre," respondió Alan, sus ojos no se movían de la cara de Gromwell mientras él estaba mirando las fotos dentro del medallón. "Y él es quién dejó esa pieza de joyería conmigo desde el día que zarpamos de San Francisco."

Gromwell levantó su mirada de las fotos para mirar a Alan. ¿Por qué cargaría él esto en su equipaje?"

Alan sonrió –Gromwell había cometido un error fatal.

"¿Cómo sabía usted que él lo cargaba en su equipaje? Yo nunca le dije como entró él en posesión del medallón, capitán de tripulación."

"Bueno..., adivino, solo asumí..."

"Sí, en efecto, el doctor Zetisman descubrió el pendiente cuando desempacaba, y no quería conservarlo ya que no era de él en primer lugar."

"Pero ¿lo abrió él y reconoció a las personas de las fotos?"

"Pienso que una mejor pregunta sería, ¿las reconoce usted, capitán de tripulación?"

Con manos temblorosas, Gromwell cerró el medallón y lo volvió a poner sobre el escritorio. "No puedo decirlo con seguridad," respondió dudando, "pero a primera vista la dama parece como a la señora Brightman, la mujer que viajó con nosotros en varias ocasiones, creo..."

"Y el hombre es usted, no es así, señor Gromwell?"

"Quizás, pero nunca recuerdo haber posado para esa foto. No."

Gromwell sabía que había caído en una trampa pero ¿qué clase de trampa? No estaba seguro. "Entonces, ¿qué quiere el doctor Zetisman que usted haga con este medallón?"

"Yo solo se lo estoy guardando hasta el final del viaje. Si nadie lo ha reclamado para cuando lleguemos a Mónaco, se lo regresaré a él. Después de eso, supongo que depende de él hacer lo que crea conveniente."

"Tal vez pertenecía a la señora Brightman y nosotros deberíamos preguntarle a ella acerca de eso –quiero decir, enviarle un email o algo parecido...," sugirió Gromwell, poniéndose en pie.

"Esa sería una solución, pero ya que la señora Brightman está en prisión en el momento..."

Gromwell giró sobre sus talones y plantó su puño en el escritorio de Alan, mirándolo abajo amenazadoramente, ante la sorpresa del doctor. El hombre súbitamente había cambiado completamente su personalidad de apacible a agresivo. "Le sugiero que deje ese asunto quieto como está, doctor Mayhew, ¡y deje de entrometerse en lo que no le concierne!"

"Pero, capitán de tripulación..." Alan trató de hablar, levantándose de su silla.

"Sin peros acerca de eso, doctor. La señora Brightman ha sido suficientemente amedrentada y usted no la va a perturbar más con sus infernales cuestionamientos; ¿me escuchó?"

"Perfectamente, capitán de tripulación," respondió Alan, asintiendo y cogiendo el pendiente de encima del escritorio. "Yo solo pondré esto en la caja fuerte, y no lo mencionaré de nuevo." Dio la vuelta al escritorio y condujo al visiblemente *trastornado* capitán de tripulación hacia la puerta.

"De acuerdo entonces," dijo Gromwell, lentamente volviendo a su compostura inicial, "lo veré más tarde," y salió.

Alan, con el medallón aún en su mano, vigiló al hombre yendo abajo al hall y sacudió su cabeza. *Este hombre es increíble*, musitó, *y pienso que tal vez Susan estaba en lo cierto cuando dijo que él sufría de desorden de múltiple personalidad.*

Alan entró a la oficina del capitán del barco, la más agradable de las cabinas para tripulantes de cualquier barco. Cuando usted entra, hay un salón con asientos confortables alrededor de una mesa de café adornada con un modelo grande de un barco navegando en una botella, montado en una base de plata con otros adornos, de plata también, en la misma mesa. Un estante de libros en caoba cristalizada sostenía una variedad de recuerdos y suvenir de varios puertos en los cuales el barco había atracado. Cada vez que Alan entraba allí, parecía como que había algún nuevo recuerdo (las placas normales que todos los puertos le dan a un barco en su primera llegada, eran generalmente montadas en masa en algún sitio sin importancia del barco –tal como el lobby de un elevador o en la bodega- los diseñadores no sentían que es el elemento más importante para ser exhibido). La idea era elegante, y estuvo bien desarrollada en las salas del capitán. Su escritorio y su cuarto de dormir iban a un lado y recostados al puente. Alan estaba sorprendido de ver solo dos personas sentadas al lado opuesto de él. La oficina privada, con la puerta abierta de par en par para que todos la vieran, podría haber sido una más de una casa cualquiera, dado que la decoración le recordaba a Alan los refugios ingleses con estantes de libros recostados contra las paredes y un majestuoso escritorio de caoba, rodeado por tres sillas de cuero. La tenue luz del barco navegando en la tabla de las botellas y las lámparas de lectura daban a la sala principal una sensación de tranquilo reposo– tal vez algunas veces el capitán lo necesitaba más que nadie.

Serina se giró y lo propio hizo Kurt apenas Alan caminó hacia la silla del tercer visitante.

"Siéntese doctor Mayhew," le ordenó Midleton, su cara no delataba ninguno de sus pensamientos.

"Gracias, capitán," respondió Alan, sentándose a la derecha de Serina.

Ella le sonrió pero ni dijo nada.

"Como usted ha notado, estoy seguro," empezó Midleton, "he aplazado hablar con el señor Gromwell en esta reunión hasta que haya tenido la oportunidad de escuchar de ustedes tres una recapitulación de los eventos que han ocurrido a bordo de *La Duquesa* en los últimos pocos días." Se recostó en el espaldar de la silla, empezó a jugar con su lapicero entre los dedos y miró a los dos agentes y a Alan cada uno a su turno. "Primero, y antes de que usted mencione el tema, doctor Mayhew, estoy bien informado de los comentarios acusatorios del señor Gromwell contra usted y la señorita Sylvan, y le puedo asegurar que no tengo ninguna preocupación acerca de sus relación personal con la joven dama, tampoco la oficina principal, podría agregar. Sin embargo, el señor Gromwell parece estar buscando alguna forma de despedir a alguno de los tripulantes sin motivo –un buen ejemplo, el señor Jean Pierre Simmons, nuestro director de entretenimiento. Y les digo ahora, ¡no lo permitiré!" volvió a poner sus antebrazos encima de su escritorio, y mirando fijamente a Alan, continuó, "oficialmente, el capitán de tripulación es cabeza principal y el policía a cargo del comportamiento de la tripulación a bordo de un barco. Pero este barco y su tripulación son al final mi responsabilidad y no toleraré ninguna intromisión de la clase que el señor Gromwell ha estado repartiendo últimamente." Hizo una pausa y volteó a mirar a Serina. "Ahora que usted ha hecho algo de limpieza a la casa, señorita Serina Blanchard, déjeme escuchar de usted; creo que ha logrado alguna proeza esta tarde, ¿no es así?"

Alan se giró hacia ella, visiblemente tomado fuera de base por el anuncio del capitán y preguntándose qué pudo haber hecho ella esa tarde.

"Gracias, capitán, por el cumplido, pero realmente no fue una proeza –yo solo recordé *La Carta Robada*, de *Edgar Alan Poe* y fui a la joyería a buscar los diamantes que el MI5 quería que yo encontrara."

"Ah sí, escondidos a plena vista, ¿verdad?" subrayó el capitán.

Serina agachó su cabeza con una tentadora sonrisa saliendo de sus labios.

"Bueno, pero ahora la pregunta es, ¿qué intenta usted hacer con nuestro señor Jerome? ¿Lo va a arrestar? O ¿qué puedo esperar a este respecto en los próximos días?"

"Como agente canadiense, no puedo actuar en ninguna forma contra el señor Jerome, capitán. Mi trabajo era hallar los diamantes y devolverlos al agente MI5 con quien me encontraré en Jeju mañana. Después de eso, él vendrá a bordo y le estará avisando a usted cómo proceder."

"Muy bien entonces, señorita Blanchard, esperaré la llamada de él..., ¿cuál es su nombre?"

"Señor Bright," respondió Serina.

"Ahora entonces, vamos con usted señor Schippman, ¿qué está pasando por su lado?"

Kurt volteó hacia Alan brevemente antes de responder, "después de recibir la noticia de Berlín de que aún no hemos podido verificar si el señor Gromwell es Hedwig von Strom de Ausburgo, mi agencia ha enviado a otro agente a la escena de una de las otras masacres que han ocurrido en Europa desde que el señor von Strom alias Gromwell estuvo en esos puertos en las mismas fechas correspondientes.

"Entonces, lo que usted está diciendo es que no estaremos más con esta investigación juntos como lo estuvimos desde hace un par de semanas, ¿es correcto?"

"En lo que a mi agencia concierne, sí, capitán, así es como estamos."

"Y qué pasa con sus sensaciones personales, señor Schippman, ¿qué piensa usted?"

"Bueno, hablando francamente, capitán, me gustaría tener una estaca donde colgar mi sombrero antes de sacar una conclusión. Pero, si las intuiciones son buenas para algo, diría que Gromwell no es ninguno otro que von Strom, y ya que hemos logrado" –le lanzó una mirada de reojo a Alan- "bloquear cada una de sus maniobras hasta ahora, se sintió acabado y mató a Yeng Chu de frustración."

"Ah, sí," dijo el capitán Midleton, mirando a Alan, "y ¿supongo que usted ha verificado que el pobre hombre en efecto ha sido asesinado, verdad?"

"Sí capitán. No hay duda al respecto. Pero, no pienso que haya sido muerto donde lo encontramos..."

"¿Cómo determinó eso doctor?" Preguntó Midleton.

"No había ninguna salpicadura de sangre en ninguna parte alrededor del cadáver, señor. Y ya que fue acuchillado cinco veces, cada puñalada alcanzando órganos vitales, él hubiera sangrado profusamente antes de acaecer la muerte."

"¿Tuvo oportunidad de descubrir dónde ocurrió el crimen en el tiempo que ha pasado desde que encontró la víctima?"

"No, capitán, no lo he hecho. Y el único lugar donde sospecharía que se pudo haber cometido tal crimen es en la parte de atrás del teatro."

"De acuerdo, entonces," dijo Midleton. Hizo una pausa. "Pienso que puede ser una buena idea si usted diera una mirada atrás del escenario esta noche, doctor, para verificar si ese infortunado joven fue asesinado allí o no, y lleve a uno de estos agentes con usted."

"Capitán, si yo pudiera...," interrumpió Serina.

"¿Sí, señorita Blanchard...?"

"Mientras tanto, quizás yo debería quedarme en compañía del señor Gromwell, con su permiso obviamente."

"¿Tuvo usted algún contacto con él hasta ahora?" Preguntó Midleton.

"No realmente; solo me encontré con él en Tokio mientras tomábamos el transporte..."

"Lo siento capitán," interrumpió Alan, "pero no creo que sería recomendable para usted, señorita Blanchard, aproximarse al señor Gromwell, en esta coyuntura..."

"¿Por qué no?" Preguntó Serina, aparentemente no complacida de tener frustrado su plan tan fácilmente por un doctor. Ella deseaba otra oportunidad de confrontar al hombre.

"Porque el hombre es altamente inestable. Justo antes de venir a esta reunión, tuve una conversación con él, y literalmente cambió su personalidad conmigo, sin justificación, dos veces. Esa podría ser la razón de sentirse frustrado y matar al joven bailarín."

"¿Y usted piensa que yo no podré manejar tal situación...?"

Alan sacudió su cabeza y sonrió. "No, señorita Blanchard, creo que es exactamente lo contrario. Pero me temo que si ese animal atrapado es forzado tan rápidamente a alguna clase de movimiento defensivo, ¡usted lo mataría en el instante!"

Serina se rio. "Usted podría estar en lo cierto, doctor. Pero le aseguro que antes de yo llegar a matar a alguien, usaría un poco de métodos diferentes para dominar a mi adversario."

Midleton había estado escuchando este intercambio con algo de interés, pero tuvo que admitir que Alan estaba correcto; espías matando un miembro de la tripulación no era una idea que él deseara contemplar en el momento, tampoco las montañas de papeles y entrevistas con la oficina central que resultarían.

"El doctor Mayhew tiene razón en ese aspecto, señorita Blanchard, y pienso que ustedes tres deberían resolver esto entre todos y dejarme saber si algo inapropiado ocurre, ¿de acuerdo?"

"Por supuesto capitán."

Midleton sin embargo no parecía satisfecho ni dispuesto a suspender la reunión. "Pero hay algunas cosas que me molestan del caso del señor Yeng Chu." Hizo una pausa. "Tres cosas realmente. La primera es la razón por la cual el señor Gromwell –si él es el culpable– no esperó hasta llegar al puerto para matar a su víctima prevista. La segunda cosa que aún me desconcierta es, ¿cómo logró él transportar el cuerpo desde el teatro –si fue allá donde cometió el crimen– hasta la grúa del cuarto de máquinas sin que nadie lo viera? El cuarto de máquinas nunca está vacío. La tripulación se encarga de ese departamento las veinticuatro horas del día. Y después tenemos el cuchillo siendo localizado en el piso superior, donde, aunque, no a plena vista, alguien se pudiera tropezar con él." Dirigió su atención a Alan.

"Si puedo, doctor, antes de que usted conteste," se involucró Kurt, lanzándole una mirada a la cara de Alan, "me gustaría contestar una de esas tres preguntas, capitán."

"Por todos los medios, señor Scippman, adelante."

"Si estamos de acuerdo en que el señor Gromwell es un asesino serial –y no estoy diciendo que lo es, comprenda usted– tenemos entonces que entender que el hombre ha sido conducido hasta el punto de irritación máxima, e incrementar sus formas de matar es el resultado directo de esa exasperación."

"¿Está diciendo que nosotros somos de alguna forma responsables de este último ataque?" Preguntó Midleton, no del todo complacido, al parecer, con esta última afirmación.

Kurt sacudió su cabeza enfáticamente. No, capitán. Todo lo que estoy diciendo es que el hombre ha sido acorralado sin medios de escape. Esto pasó al tiempo que su siguiente víctima probablemente se le rebeló ante la insinuación de él de que estaba teniendo relaciones sexuales con su prometida antes de casarse."

"Y conociendo a los asiáticos como los conozco," se unió Midleton, "ese ofensivo ataque a su carácter lo habría empujado a confrontar a Gromwell."

"Sí," estuvo de acuerdo Alan. "Y en lo de esperar hasta que lleguemos al puerto mañana, el señor Gromwell no lo hizo. Probablemente él conversó con Yeng Chu justo allí y en ese momento. Pero no creo que esa muerta haya sido premeditada como fueron las otras, por cuanto, él no pudo realizar el ritual del desmembramiento a bordo del barco.

Y eso puede explicar por qué la señorita Sylvan encontró el cuchillo donde ella dijo," apuntó Serina.

"¿Cómo es eso?" Preguntó Midleton.

"Bueno, el señor Gromwell probablemente no tiene acceso a ninguna otra arma a bordo del barco y si logró obtener ese cuchillo de alguna forma, él no estaba deseoso de tirarlo por la borda pronto. Él pudo haber sido diagnosticado con paranoia temprana y tener un cuchillo le daría la sensación de seguridad que necesita hoy para proseguir con su tarea. Tal como muchos prisioneros sienten más poder cargando un punzón cerca de ellos mientras están tras las rejas.

"¿Por qué no lo guardó en su cabina entonces?"

"Porque, capitán, el hombre no querría que alguien encontrara la hoja en ninguna parte de su cuarto o de su cuerpo, si él pensaba que alguien sospechaba que él había perpetrado el crimen," respondió Kurt.

"Bueno, pero que me dicen de transportar el cadáver hasta la grúa; ese es ciertamente el tema que más me molesta. ¿Podría ser que el asesino limpió la sangre de la escena?" Midleton le dirigió la pregunta a Alan.

"Es posible, capitán, sí. Le daré una mirada detallada al sitio donde fue encontrado el cuerpo, y me llevaré a uno de los agentes conmigo para estar seguro. Pero, aún si Yeng Chu fue asesinado en el cuarto de máquinas, ese no es aún el sitio donde una pelea de ese tipo pudo haber ocurrido sin pasar desapercibida, sospecho."

"Sí, doctor, pero ya que podríamos estar tratando con el capitán de tripulación del barco, algunos testigos del incidente presumiblemente hubieran podido conservar sus bocas cerradas por temor a represalias de él, ¿no dirían ustedes lo mismo?"

"Sí, es más que posible, capitán," estuvo de acuerdo Alan. "Esos hombres, si vieron algo, no están dispuestos a irse de la lengua con el suceso."

"El mismo señor Gromwell hubiera advertido a la tripulación de que guardaran silencio si ellos no querían sufrir las mismas consecuencias," sugirió Kurt.

"Ya veo," dijo Midleton, cruzando los brazos sobre su pecho. "Pero no puedo hacer nada o tomar ninguna medida contra él hasta que sepamos que él es realmente ese sujeto von Strom, o aún el asesino del señor Yeng Chu, ¿no creen?"

La siguiente sugerencia de Alan fue que iba a ir a Jeju con ningún otro objetivo que a hacer turismo con Tiffany. "Creo que podríamos alertar a la policía en Jeju y pedirle a alguien que se encargue de la investigación tan pronto le hayamos avisado a los padres de la muerte de su hijo."

"Sí, por supuesto, no es necesario decir que me contactaré con las autoridades apenas lleguemos al puerto, pero pensaría que lo mejor es que usted, doctor, y el señor Simmons acompañaran a la prometida del señor Chu a la casa de sus padres, ¿lo harán?"

"Sí, capitán, y le pediré a Jean Pierre que mañana me acompañe cuando hable con él esta noche."

"Bueno entonces, pienso que eso está cubierto," concluyó el capitán Midleton, levantándose. "Tendré una conversación con el señor Gromwell ahora, y sugiero que los cuatro se reúnan de nuevo cuando regresen de Jeju mañana en la noche."

Capítulo cuarenta y cuatro

El tratamiento silencioso

Alan se sentó en la parte de atrás del teatro mientras Ivan Bartel terminaba el show con un poco de bien escogidos chistes.

""¿...efectivo, cheque o débito?" Preguntó el vendedor, después de envolver los artículos que la mujer quería comprar. Mientras ella buscaba a tientas su billetera, el vendedor vio un control remoto de televisor metido en su cartera."

""¿Así que usted siempre carga un control remoto de televisión en su cartera?" le preguntó a ella""

""No," respondió la mujer, "pero mi esposo se rehusó a venir conmigo de compras, y yo asumí que esa era la cosa más malvada que yo le podía hacer a él legalmente.""

"Después de que las carcajadas amainaron un poco, Ivan dijo, "yo sé que no estoy ni siquiera cerca de entender a las mujeres. Nunca entenderé cómo ellas pueden tomar cera hirviendo, derramársela en la parte más alta de su muslo, arrancar el pelo de raíz, y aún tener miedo a las arañas.""

""Pero no es como para decir que los hombres son 'todo conocimiento' tampoco..." hizo una pausa en medio de otra ronda de risas. "Mientras yo estaba asistiendo a un cursillo matrimonial relativo a las comunicaciones, Tom y su esposa, Grace, escuchaban al instructor, "es esencial que los esposos y las esposas conozcan de cada uno lo que le gusta y lo que le disgusta," y luego le preguntó a Tom directamente, "¿puede usted nombrar las flores favoritas de su esposa?""

"Tom se inclinó, tomó el brazo de su esposa suavemente y susurró, "es la flor Pillsbury, ¿no es así?""

""De acuerdo, amigos," continuó Ivan, "yo sé que no siempre es posible adivinar lo que su esposa desea. Tengo un amigo que realmente buscó problemas la última vez que él trató. Él entró a una farmacia y deambuló arriba y abajo de las islas hasta que la chica de ventas lo vio y le preguntó si ella podría ayudarlo. Mi amigo caminó hacia el mostrador y le dijo a ella que estaba buscando una caja de tampones para su esposa. Asintiendo, ella lo guio a la isla correcta.

Unos pocos minutos después, él depositó una enorme cantidad de bolsas de bolas y bolas de algodón en cadena en el mostrador." Ivan sonrió. "Quizás ustedes adivinan que va a pasar, pero déjenme decirles que pasó... La dependiente miró confundida y luego le preguntó a mi amigo, "señor, pensé que usted estaba buscando algunos tampones para su esposa." Él asintió y respondió, "mire usted, es como esto, ayer, envié a mi señora a la tienda a conseguirme un cartón de cigarros, y ella regresó con una lata de tabaco y algunos rollos de papel; dizque porque 'así salía más barato' dijo ella." ¿Sí, la cogiste...? Dijo mi amigo, "entonces, si yo tengo que hacer mis propios rollos, ¡que los haga ella también!""

El aplauso no cesó por otro minuto, después de lo cual, Ivan continuó, "deduzco que estaremos atracando mañana en la mañana a eso de las 5:00 am, lo cual me recuerda otro amigo mío –les cuento, tengo algunos amigos raros y maravillosos- pero cuando él me dijo lo que le pasaba, pensé que debería compartir esa experiencia con ustedes y los exhorto a hablar con su media naranja antes de dormirse esta noche." Miró alrededor a las caras sonrientes entre la audiencia." "Una vez mi amigo y su esposa estaban teniendo algunos problemas en casa y se estaban dando el uno al otro el tratamiento silencioso aquella noche. De repente, él recordó que al siguiente día, él necesitaría que su esposa lo despertara a las 5:00 am para un vuelo de negocios. No deseando ser el primero en romper el silencio (y perder), escribió en un pedazo de papel, "por favor me despiertas a las 5:00 am." Lo dejó donde él sabía que ella lo encontraría. A la mañana siguiente, mi amigo, se despertó, solo para descubrir que eran las 9:00 am y que había perdido su vuelo. Furioso, estaba a punto de ir a ver por qué su esposa no lo había despertado, cuando vio un pedazo de papel sobre la cama. El papel decía, "son las 5:00 am. ¡Despierta!""

Ivan de nuevo esperó hasta que los aplausos amainaran para decir, "los hombres no están preparados para esa clase de respuestas... Dios pudo haber creado al hombre antes que a la mujer, ¡pero hay siempre un borrador antes de la pieza maestra!" Él luego hizo una venia, y agregó, "buenas noches y gracias por ser tan pacientes conmigo... ¡Ustedes son maravillosos!"

En unos instantes ya se había ido, y la multitud desfilaba saliendo del teatro aun riendo, mientras caminaban frente a Alan. Él no pudo evitar devolver algunas sonrisas a la mayoría de las personas, aunque su mente estaba agobiada con problemas mucho más serios que darle a la esposa el tratamiento silencioso.

Se paró de su asiento y se dirigió a la parte trasera del escenario donde encontró a Jean Pierre desplomado en una silla en uno de los camerinos. Babette estaba sentada en el sofá frente a él, ambos visiblemente abatidos y Jean Pierre luciendo vaciado del último poco de energía que él podría tener esa mañana.

"Oh, Alan, gracias a Dios usted ha venido ahora. Estaba a punto de llamarlo... Jean Pierre está realmente agotado. Pienso que debería estar en cama en vez de tratar de coordinar el show..."

"Está bien, Babette," dijo Jean Pierre, suspirando. "Me mejoraré..."

"No pienso lo mismo," dijo Alan, "has pasado por una cirugía, y tu cuerpo está concentrado en reparar tu hombro y tu brazo y no te hará la vida fácil si no le das tiempo a que lo haga."

"Eso fue lo que yo le dije," se unió Babette al comentario, su cabeza moviéndose arriba y abajo. "Tú deberías dejarme esto a mí por unos pocos días más, Jean Pierre... Te prometo que te preguntaré si tengo alguna duda o si algunos cambios parecen evidentes... Te prometo."

"Pero..., realmente, estaré bien...," insistió él.

"No, no lo estarás, Jean Pierre," le dijo Alan. "Y ahora, a la cama contigo..."

"Pero..."

"Nada de peros..., vamos, ¡andando!" Le ordenó Alan. "Quiero tener una charla contigo en cualquier parte, entonces vamos juntos... ¿podemos?"

Jean Pierre se paró resignado y miró a Babette. "¿Harás los arreglos para el ensayo de mañana a las diez...?"

"Por supuesto que lo haré."

"Pero tú no estarás ahí," dijo Alan, "Irás conmigo a Jeju."

"¿Por qué? ¿A qué? Tengo bailarines coreanos que van a venir..."

"Te hablaré acerca de eso una vez te hayas metido en la cama." respondió Alan, lanzándole una significativa mirada a Babette.

"Sí, sí..., váyanse los dos ahora...," ella asintió, sabiendo que Alan quiso decir que llevaría a Jean Pierre con él donde los padres de Yeng Chu. "Me aseguraré de que Sim Lee esté lista, Alan."

"Si no te importa, Babette. Lo siento por dejar todo esto en tus manos pero tengo que llevar a nuestro director aquí," señaló a Jean Pierre, "a una confortable cama."

"Está bien -no hay problema- ya le había hablado a Sim Lee justo después de que me telefoneaste esta tarde y ella estará lista apenas tú quieras que ella se una a ustedes. ¿Debería ella reunirse con los dos en la enfermería?"

"Sí, hagámoslo a las 9:00 am, ¿de acuerdo?"

"Allí estará ella…" concluyó Babette, mirándolos mientras salían del camerino.

Apenas Babette los vio yendo por el pasillo central y dejando el teatro, fue a buscar a Sim Lee al otro camerino. La pequeña mujer estaba sentada ante la mesa de maquillaje, limpiando su cara y secando sus lágrimas con un pañuelo facial que tenía en su mano. La deslumbrante luz no permitía ver fácilmente sus facciones. Los parches manchados en sus mejillas daban fe de su aflicción. Su cabello largo y negro estaba aún atado expertamente en un complicado moño en la parte de atrás de su cabeza, aparentemente desesperado por desenredarse en algún momento.

"Oh, señorita Babette…," gimió ella, parándose apenas Babette entró. "Estoy muy agradecida de que usted esté aquí," dijo extendiendo ambos brazos hacia Babette para abrazarla.

"Te dije que estaría aquí después del show," dijo Babette, abrazando a la joven mujer. "Deberías regresar a tu habitación y tomar un descanso. Tienes un día muy largo mañana…"

"No puedo, señorita Babette…, no puedo," dijo abruptamente Sim Lee en medio de sollozos, soltándose de los brazos de Babette.

"¿Qué es lo que no puedes hacer, pequeña?

"No puedo darle la cara a los padres de Yeng Chu…, no puedo."

"¿Por qué?" Preguntó Babette.

"Su muerte fue por error mío… ¿no ve?" Respondió Sim Lee, limpiándose más lágrimas de sus ojos.

"Nada es tu culpa; no tienes que culparte de nada…"

"Pero lo es, señorita Babette, lo es. Si yo no le hubiera dicho a Yeng Chu que el capitán de tripulación me había invitado a su cabina esa noche, Yen no habría ido tras él. Esa…, esa es mi culpa, no debería haber dicho nada."

"¿Y entonces qué? ¿Habrías ido a la habitación del señor Gromwell como pidió él?"

"No, por supuesto que no. Pero si él no estaba contento con mi rechazo, él me hubiera despedido a mí y no hubiera atacado a Yeng Chu." Se sentó de nuevo y puso su cabeza entre sus manos. "Todo fue por mí."

Miró arriba a Babette quien estaba sobándole la espalda suavemente y viendo su reflejo en el espejo. "No debería haberle dicho a él."

Babette haló una silla del otro lado del cuarto y se sentó al lado de la consternada muchacha. "Dime algo –y esto es muy importante." Hizo una pausa, fijando su mirada en los ojos de Sim Lee. "Tú seguiste a Yeng Chu cuando él fue tras el señor Gromwell?"

"Sí, pero cuando llegué al elevador, ya era muy tarde…, y yo no estaba vestida adecuadamente para que los pasajeros me vieran…, entonces, regresé corriendo al teatro y esperé."

"Y ¿regresó Yeng Chu aquella noche?"

Sim Lee movió negativamente su cabeza. "Nunca lo vi de nuevo…," respondió ella con renovados sollozos entrecortados.

"Está bien, Sim Lee. Todo estará bien. Pero mañana en la mañana debes ir con el doctor Mayhew a ver a los padres de Yeng Chu."

Sim Lee sacudió su cabeza obstinadamente. "Mírame," demandó Babette, poniendo su mano sobre la mejilla de la joven mujer. "Sé que los padres de Yeng Chu no entenderán una sola palabra de lo que estos dos hombres le estarán diciendo cuando se encuentren con ellos. Así que, tú necesitas estar fuerte y explicarle todo a ellos y aún si ellos te culpan a ti al principio, no importa, porque tú, prácticamente eres ya su hija, así que pienso que ellos estarán agradecidos de verte."

"¿Usted piensa eso?"

Babette asintió, dejando tranquila la mejilla de Sim Lee. "Estoy segura de eso. No tengo dudas que ellos apreciarán que estés ahí en vez de tener a dos hombres extranjeros yendo a su casa a anunciar la muerte de su hijo."

Capítulo cuarenta y cinco

El gancho de carnicero

Cuando Alan regresó a su cabina, encontró a Kurt esperándolo en su puerta.

"Pensé que usted estaría en la cama a esta hora," dijo Alan, sonriendo. "¿Desea entrar o decidió estar de guardia en mi puerta por el resto del viaje?"

"Si usted tiene un trago de Schnapps en su nevera, no me importaría entrar por unos minutos," respondió Kurt, separándose de la pared.

"No conozco el Schnapps, pero creo que tengo algo que podría ser de su gusta, sí." Abrió la puerta y dejó que el agente entrara primero. "Tome asiento, y yo veré que nos ofrece el mini-bar de esta oficina," dijo él, dejando su tarjeta-llave sobre el escritorio.

"Usted sabe doctor, cuando usted dijo algo sobre las huellas en el cuchillo el otro día, y cuando mencionó acerca de no encontrar salpicaduras de sangre en la grúa, me llevó a pensar acerca de algo que el agente Hollman dijo desde Berlín en uno de sus emails."

"Oh sí, y ¿qué es lo que dijo?" Preguntó Alan, colocando una botella pequeña de vodka frente a Kurt.

"Bueno, mi predecesor, usted lo recuerda" –Alan asintió- "él se fue a Miami cuando los dejó a ustedes en Hawaii y en el apartamento de Gromwell, encontró un conjunto de huellas que nosotros mismos hemos estado tratando de cotejar con las huellas viejas de von Strom..."

Alan interrumpió al sujeto con una mirada, mientras ponía un vaso sobre el escritorio y se sentaba. "¿Y usted tiene algunos resultados de la comparación?"

"Bueno, sí y no..."

"¿Qué está diciendo? Pensé que no podía haber ninguna duda cuando usted tiene dos juegos de huellas..."

"No, doctor, realmente esa no es la forma como funciona. Mire, usted tiene que tener al menos de nueve a doce puntos de coincidencia entre dos huellas digitales para ser aceptadas en una corte -al menos en Alemania- así es como funciona."

Alan miró a Kurt tomar un sorbo de su escocés. "Y usted me está diciendo que ustedes no tienen suficientes puntos para confirmar coincidencia, ¿es eso?"

"Sí. Pero si nosotros tuviéramos otro set de huellas –aún sea parciales- podríamos estar en capacidad de superponerlas a las que están en el archivo en Berlín, y argumentar en una corte..."

Alan se rio, para máxima sorpresa de Kurt. "¿Dije algo chistoso?"

"No-no, Kurt, no es eso, es que pienso que usted está de suerte."

"¿Cómo así?"

"Bueno, yo tomé algunos cursos forenses el año pasado –por ninguna otra razón que para examinar un cadáver eso sí- y descubrí que las huellas ocultas, las cuales no son visibles a simple vista, podrían ser reveladas y levantadas casi de cualquier superficie, incluyendo la piel de una víctima."

"Sí, he oído hablar de eso," dijo Kurt, bebiendo hasta dejar su vaso vacío. "Y me está diciendo que usted levantó algunas huellas del cuerpo de Yeng Chu?"

Alan admitió. "Sí, y las he guardado para los investigadores – quienes quiera que sean- cuando lleguen a bordo mañana..."

"Pero ¿podría usted dejarme escanearlas antes de que se las dé a la Interpol?"

"¿Piensa usted que los hombres de Interpol son los que estarán involucrados?" Preguntó Alan.

"Eso creo, sí. Ellos son los únicos que podrían actuar en esta parte del mundo, además de la CIA, por supuesto, pero deberíamos estar agradecidos de que ellos son los únicos buscando en otro sitio en el momento."

"¿Dónde es eso?"

"Gran Caimán, por lo que me han dicho. Ellos aún no han encontrado el cuerpo de Terry Cortland, e Interpol no está contenta con el progreso del caso... pienso que los padres están presionando desde algún alto cargo de algún lugar en los Estados Unidos..."

"Eso me recuerda," Alan le interrumpió, "yo he contactado a la oficina central con respecto a otro despido súbito que ha ocurrido cuando Gromwell estuvo a bordo de uno de nuestros cruceros..."

"¿Y...?"

"Y ellos me enviaron algunos nombres..." Alan se puso de pie. "¿Quiere otro?" Preguntó, señalando el vaso vacío.

"No, gracias, doctor." Kurt meneó la cabeza. "¿Fueron directores de entretenimiento también?"

"Solamente Terry, pero la única cosa que hay en común, es que ellos supuestamente fueron todos suspendidos repentinamente porque fueron encontrados usando drogas, aunque, nadie había sospechado nunca de eso antes". Respondió Alan, yendo a la nevera a conseguir un té helado para él.

"¿Drogas? Eso es nuevo para mí. Pensaba que fueron despedidos por su conducta indeseable o algo por el estilo."

Alan regresó a su puesto y sorbió el frío líquido de su vaso. "Así fue, sí, pero como un extra agregado, sus papeles de despido decían que su comportamiento probablemente era debido al uso de drogas."

"¿Les han hecho pruebas a ellos después de regresar a casa?, ¿Lo sabe usted?"

"Sí, y aparentemente solo uno de ellos dio positivo para alguna de las cinco principales drogas, pero fue un consumo casual de marihuana, eso fue todo. Nada de cocaína, heroína, morfina, anfetaminas, oxycontín, etc."

"¿Y usted piensa que Terry pudo haber sido forzado a tomar una sobredosis o algo así...?"

"Eso suena como una posibilidad, en mi opinión, sí."

"Bueno, creo que le pediré al agente Hollman que investigue eso y tal vez él pueda enviar noticias a la CIA." Kurt sacudió su cabeza y exprimió sus manos, aparentemente nervioso o insatisfecho con algo.

"Pero, de lo que usted me ha contado acerca de esos amigos de la CIA, ellos están haciendo sus propias cosas y no quieren que alguien más se inmiscuya."

"Sí, doctor. Y eso es lo que me molesta. Quiero decir, no saber lo que está pasando me hace pensar que hay más de la historia de lo que podemos ver, o de lo que nos han dicho."

"Bueno," dijo Alan, sorbiendo de su vaso de té helado, "Pienso que tal vez con las huellas del cuerpo de Yeng Chu, nos sería posible dar un paso en la dirección correcta."

"Sí, y si usted tiene las huellas aquí, me gustaría escanearlas ahora y enviárselas al agente Hollman, lo más pronto posible..."

"Está bien; vamos entonces" dijo Alan, "Las tengo en la caja fuerte en la enfermería..."

Media hora más tarde, los dos hombres estaban sentados al frente del computador de Kurt, mirando las huellas escaneadas. Con la punta de un lápiz, el agente señaló la huella de uno de los pulgares que Alan había levantado del antebrazo de Yeng Chu. "¿Ve ese garabato?" dijo él, "Eso es lo que llaman un *gancho de carnicero*." Alan miró más cerca y, en efecto, notó el pequeño gancho cerca del centro de las rugosidades. "Y esa es una marca muy rara. No conozco las estadísticas exactas, pero se presenta en una escala de uno en un par de millones, creo."

"Y las otras huellas que tienen sus amigos en el archivo, ¿tienen el mismo *gancho de carnicero*?" Preguntó Alan, sentándose en la silla al lado del escritorio de Kurt.

"No deberíamos contar los pollos antes de que salgan del cascarón, como dicen ustedes los americanos, pero sí; una de las huellas tiene la misma rugosidad en forma de gancho, o así me dijo Hollman."

"Entonces, si las huellas que yo conseguí del cuerpo coinciden con las de Berlín y usted obtiene los doce puntos, podríamos entonces confirmar la identidad del señor Gromwell, ¿correcto?"

"Podemos solo tener esperanzas, doctor. Pero pienso que estamos más cerca que nunca de tener nuestro problema de identificación solucionado, sí."

"¿Y qué pasa con la sangre?" Alan preguntó, "porque, según lo que me han dicho, ustedes necesitarían ADN para confirmar que el señor Gromwell estuvo en la escena, ¿no es así?"

"De lo que usted ha descrito, creo que no podemos esperar recuperar algo de ADN de la escena, a menos que podamos poner nuestras manos sobre la ropa de Gromwell de alguna forma. Y quizás es demasiado tarde para eso..."

"Venga conmigo," dijo Alan parándose abruptamente. "Vamos al departamento de lavandería..."

"¿Pero no deberían ellos haber lavado ya el uniforme...?" Explotó Kurt, siguiendo a Alan fuera de la cabina. "Han pasado más de veinticuatro horas desde que el asesinato tuvo lugar..."

"Veremos," respondió Alan, marchando en dirección de los elevadores más cercanos. "Pero si el uniforme estaba demasiado manchado, sería descartado en vez de ser lavado. Usted no puede remover fácilmente la sangre de la tela, como usted sabe."

Kurt conocía bien ese hecho, pero no estaba muy esperanzado en que ellos fueran a encontrar el uniforme tan fácilmente. *Eso sería un golpe de suerte demasiado grande*, pensó pesimistamente.

La joven mujer asiática en la lavandería miró a Alan apenas él y Kurt entraron, con una amplia sonrisa aflorando en sus labios. "¿Vino a verme doctor? Pero yo no estoy enferma, usted sabe," dijo ella prosiguiendo con la tarea de doblar toallas frente a una mesa larga.

"No, señorita Chow, yo sé que usted no está enferma –solo mirarla me dice que usted está fuerte como un roble," respondió Alan, volteando hacia Kurt. "Este es el señor Schippman, señorita Chow, y estamos buscando una prenda de ropa con manchas fuertes sobre ella."

"¿Por qué? ¿Para qué querría usted ropas manchadas, doctor? Usted sabe que nosotras lavamos todo tan pronto llegan las bolsas..."

"No, no para mí, Kristen, pero verá, el señor Schippma tiene un nuevo método para remover manchas muy difíciles de la ropa y pensé que usted podría tener algo como eso..."

"Bueno, tengo unos jeans y una camiseta" –Kurt y Alan intercambiaron una fugaz mirada- "con sangre desde hace un par de días, pero iba a enviar esas prendas al incinerador..., y hoy, no hay nada nuevo como eso..."

"¿Tiene todavía la bolsa pare el incinerador?"

"Seguro doctor," dijo la señorita Chow, guiándolos a la parte trasera de las inmensas máquinas de lavar a lo largo de la pared lejana. "Aquí está." Ella cogió la pequeña bolsa y se la entregó a Alan. "¡Diviértase!" declaró ella toda sonriente, caminando de regreso a su mesa bajo la mirada inquisidora de sus compañeros de trabajo.

Apenas Alan desató la cuerda que ataba el extremo de la bolsa y sacó el par de prendas, los dos sacudieron sus cabezas. La camiseta y los jeans obviamente pertenecían a un niño que debió haber sangrado por la nariz. "Definitivamente no era lo que estábamos esperando," dijo Alan, amarrando la cuerda alrededor de la bolsa de nuevo. "Llevémosla de todas maneras," sugirió, "así la señorita Chow no entrará en sospechas," saliendo del salón de la lavandería escoltado por Kurt.

"¿Dónde está el uniforme entonces?" Preguntó el agente, una vez estuvieron de regreso en el ascensor.

"Usted puede estar seguro de una cosa; el señor Gromwell no va a dejar ningún rastro de su tránsito en ninguna parte."

Kurt aprobó y agachó la cabeza. Lucía como si justo hubiera perdido otro combate contra un encorvado enemigo. "Solamente espero que la Interpol encuentre algo mañana," murmuró como si estuviera hablando para sí mismo. "Ellos van a ir sobre la grúa y a la parte de atrás del teatro a hacer una búsqueda minuciosa…"

"Ellos no encontrarán nada en la parte de atrás del teatro, estoy seguro," remarcó Alan, conservando la puerta abierta para que Kurt saliera del elevador.

"¿Le dio otro vistazo entonces?"

"No, no lo hice, pero me han dicho que Yeng Chu fue el único en ir detrás de Gromwell después de que él le pidió a su chica visitar su cabina."

"¿Tiene usted un testigo de eso?" Preguntó Kurt, apenas llegaron a su habitación y él abrió la puerta.

"Sí. Por cierto, la novia de Chu, los siguió pero no pudo pasar del vestíbulo –ella no fue suficientemente rápida para tomar el mismo ascensor."

"Pero vio a Chen Chu yendo tras Gromwell, ¿lo hizo?"

Alan asintió, depositando la bolsa de la lavandería al lado del escritorio de Kurt. "Y ahora creo que usted necesita devolverme la hoja de cuchillo para yo entregársela a quien esté siguiendo con la investigación mañana – ¿la tiene usted?

"Seguro…," afirmó Kurt, "está en mi maleta," yendo al closet y abriéndolo. "Pero todavía no le he enviado los escáner a Hollman" – su cara se enrojeció mientras rebuscaba entre sus pertenencias- "¡no está aquí!" gritó. "¡El bastardo debe haber entrado y haberla cogido!"

"Eso no es una buena señal," dijo Alan, completamente enojado. "No solo no podemos probar que él está implicado en las muertes en Europa, sino que ahora no podemos vincularlo al asesinato de Yeng Chu."

Capítulo cuarenta y seis

La Isla Jeju

Greta estaba diciendo, "... creo que no quiero rentar un carro acá," cuando ella y Jamie estaban desembarcando.

"¿Por qué no?" Preguntó Jamie, sacando el pasaporte de su bolso de mano. "¿No quieres visitar el lugar?"

"No es eso, querida, es solo que no he traído lo que uso en caso de emergencia," respondió Greta, entregando su pasaporte al oficial de aduana distraídamente.

Los ojos de Jamie se abrieron ampliamente. "¿A cerca de que estás hablando?"

"Te lo diré apenas salgamos de aquí," dijo Greta, mirando al pequeño amigo asiático, que estaba examinando sus pasaportes.

"¿Irán de turismo por el área hoy?" les preguntó.

"Pienso que es por eso que estamos aquí, sí," respondió Jamie por Greta.

"Bueno, entonces, señoras, bienvenidas a la Isla Jeju," dijo el hombre, diciéndoles adiós con la mano a las dos para que siguieran hacia la salida.

"Gracias, señor," dijo Greta cordialmente, regresando su pasaporte a su bolso de mano.

"Bueno, ahora me puedes decir ¿por qué no podemos rentar un carro?" Demandó Jamie, pensando, *¡eso sería lo mejor!*

"Bien, eso data desde la vez que se me pinchó una llanta en la interestatal..."

"Oh Dios, no es un buen lugar para tener una llanta desinflada," subrayó Jamie.

"Exactamente, y es por eso que siempre cargo algunos elementos de seguridad en el baúl del carro..."

"¿Qué clase de cosas?"

"Pronto lo entenderás...," dijo Greta, dándole una palmadita en el hombro a su amiga. "Cojamos alguno de esos buses" –señaló a una de las van alineadas al lado de la acera- "y te diré lo que pasó."

Una vez ellas estaban sentadas, Greta se zambulló en su cuento. "... así que me estacioné, salí del carro y abrí el baúl. Saqué mis hombres de cartón, los desdoblé y los paré en la parte de atrás de mi carro, mirando a los vehículos que se aproximaban. Parecían tan reales que ¡tú no lo habrías creído! Justo lo que yo quería, los carros empezaban a mermar velocidad mirando a los hombres, lo cual hacía que yo estuviera más segura para trabajar a un lado de la vía. La gente tocaba la bocina y me saludaban con la mano, pero no pasó mucho tiempo antes de que un carro de la policía se detuviera detrás de mí. Ellos querían saber qué diablos estaba haciendo yo, entonces calmadamente les expliqué que estaba cambiando mi llanta desinflada. Él me dijo que él podía ver eso, pero pidió saber qué demonios estaban haciendo esos hombres de cartón parados detrás de mi carro. ¡Yo no podía creer que él no lo sabía! Entonces le dije... ¡Ellos son mis *luces intermitentes de emergencia*!"

Riendo a carcajadas con una mano en su boca, Jamie preguntó, "y entonces ¿qué pasó?"

Greta encogió los hombros. "¡Tuve que ir a la corte por exponer hombres indecentemente en la carretera!"

"¡Pero, eran solo pedazos de cartón...!" Dijo Jamie, ahora casi llorando.

"Esa es la policía para ti – ¡no tienen sentido del humor! Al menos el juez no me envió a prisión y le dio un buen ataque de risa por eso,"

"Pero no creo que sería una buena idea tener tus *luces intermitentes de emergencia* exhibidas detrás de un carro en alguna parte de este sitio de todas formas...."

"Exactamente, ¡y es por eso que yo no quiero que rentemos un carro aquí!"

La lógica detrás del comentario se escapó del entendimiento de Jamie completamente. Ella solo encogió los hombros como respuesta.

Desde el aire, Jeju (o la provincia de Jeju) podía ser comparada con una concha de ostra flotando cerca del océano verde-azul. Es la única provincia autogobernada en Corea del Sur, y emergiendo de tiempos de problemas como recientemente del levantamiento de 1948, Jeju es la perla del Estrecho de Corea. De origen volcánico y dominada por su más grande pico –el Monte Halla- Jeju está dotada de muchas bahías, atractivas costas y caídas de agua en el interior, tal como el Cheonjiyeon, que cae sobre charcos verdes y azules rodeados de una exuberante vegetación.

Sin embargo, ninguna de las atracciones estaba en la agenda de la visita de Alan. Él, Jean Pierre y Sim Lee estarían haciendo la visita a los padres de Yeng Chu tan pronto *La Duquesa* llegara al puerto. Esto iba a ser una difícil tarea, pensó Alan. No solamente él no hablaba el lenguaje, sino que nunca nadie estaba preparado suficientemente para una reunión dirigida a anunciar la muerte de un ser querido a una desprevenida familia.

Apenas los tres salieron de las instalaciones del puerto e iban caminando hacia un paradero de taxis, una limusina frenó al lado de ellos.

"¿Doctor Mayhew?" Preguntó un hombre, después de haber bajado la ventana del asiento del pasajero cerca a Alan.

"Sí, ¿quién pregunta?" Inquirió él, agachándose.

"Interpol," dijo el agente, abriendo la puerta y bajándose del carro. "Yo soy el agente Gilford, doctor, y este es el agente Quan Ly," agregó, moviendo la cabeza en dirección del conductor que ya se había apeado del vehículo.

"Contento de conocerlos a los dos," dijo Alan, estrechando la mano de cada agente a su turno. "Este es Jean Pierre Simmons y la señorita Sim Lee." Se volteó hacia ella. "Estoy seguro que usted ha sido informado de las razones por las cuales estamos aquí."

"Sí," respondió Gilford, "y es por eso que le he pedido al agente Ly que nos acompañe a la residencia del señor Yeng Chu."

Bajando su mirada al piso, Sim Lee dijo, "gracias, agente Quan Ly, estoy agradecida por su ayuda." Y retornando su mirada hacia Alan, preguntó, "¿les importa si hablo con el agente Quan Ly en nuestro idioma por un minuto?"

Escuchando la súplica detrás de sus palabras, Alan miró la cara de la preciosa porcelana y dijo, "por supuesto que no –adelante."

Todos los ojos voltearon a verla. Ataviada con un kimono azul claro, Sim Lee podría haber sido colocada en una vitrina de muñecas chinas y haber sido la figura central atrayendo las miradas de todos por su perfecta e intrínseca belleza.

Después de una conversación que, para Alan, pareció más larga de lo que realmente fue, Sim Lee dijo, "le he preguntado al agente Quan Ly si él podría ayudarme y él dijo que sí, si usted está de acuerdo."

"¿Pero eso está bien para el agente Gilford?" Preguntó Alan, mirando hacia el hombre.

"Es por eso que estamos aquí, doctor. Si usted quisiera venir con nosotros, podemos ir a la casa del señor Chu juntos."

"¿Le ha avisado Interpol a los padres de la muerte de su hijo?" Inquirió Jean Pierre, apenas todos estaban sentados en el carro.

"Creo que nuestro superior en Washington les ha comunicado la noticia a ellos, sí," respondió Gilford.

"Oh no," chilló Sim Lee. "Ellos no habrían entendido..."

"No se preocupe señorita Lee," dijo Quan Ly, "fue un amigo coreano quien les habló –nadie les habló en inglés."

Alan miró abajo a sus rodillas. Él entendió la situación rápidamente. Desde los primeros meses del año anterior, los americanos estaban construyendo una base naval en la Isla Jeju y esta renovada invasión americana no fue recibida con los brazos abiertos por ninguno de los residentes de Jeju. Ellos eran ferozmente protectores de su libertad, por lo cual habían argumentado duramente desde la mitad del siglo pasado que alguna incursión foránea en sus vidas solo representaría problemas para ellos. Tener un hijo muerto bajo misteriosas circunstancias en un barco americano confirmaría de alguna forma sus temores.

Rompiendo el silencio que había reinado en el carro por unos minutos, Gilford preguntó, "se encontrará el agente Gregory Voinovich con ustedes más tarde?" girándose en su silla para encontrarse con la mirada perpleja de Alan. Viendo sus cejas alzadas, Gilford sonrió. "Asumo que usted conoce al agente Schippman," agregó.

"Err..., sí; creo que él se está reuniendo con nosotros en el Hyatt Regency."

Apenas giraron en la calle donde los padres de Yeng Chu vivían, Alan pudo ver las lágrimas de Sim Lee como perlas en la orilla de sus ojos.

"Todo estará bien, Sim Lee," dijo Jean Pierre, tratando de alcanzar su mano por debajo de su cabestrillo.

Ella asintió un par de veces, pero Alan sabía que esto no iba a estar bien hasta que ella fuera perdonada por el señor Chu padre, por violar la paz y el bienestar de su hijo.

Cuando ellos se bajaron del carro frente a una modesta pero espaciosa casa cerca a la costa, un hombre vestido con un kimono negro bajó los escalones del frente y esperó a los invitados.

Sim Lee se paró frente al hombre, Quang Ly a su lado. Ella hizo una genuflexión respetuosamente y cuando el padre le había hablado en tono suave y dado la bienvenida al agente de Interpol con unas pocas palabras, el señor Chu se situó adelante y físicamente en medio de Sim Lee y Quan Ly.

"Bienvenido a mi casa, doctor Mayhew," dijo él haciendo una venia en frente de Alan.

"Gracias, señor," Alan simplemente expresó, imitando el gesto de respeto.

"¿Y usted es el señor Simmons?" preguntó el señor Chu, mirando a Jean Pierre. El último aprobó e hizo la venia. "Lo siento por su herida. Yeng me había hablado de su accidente. Es bueno ver que se ha recuperado."

"Gracias, señor, y también siento mucho por lo que le pasó a su hijo."

El señor Chu frunció el ceño. "No es necesario disculparse por algo que ninguno de ustedes hizo, señor Simmons." Volteó luego su mirada hacia el agente de Interpol. "¿Y usted debe ser el agente Gilford...?"

"Sí, señor Chu," respondió él, doblándose hacia adelante. "¿Puedo presentarle mis condolencias por su pérdida, señor?"

"Usted puede, agente Gilford, y las aceptaré una vez que usted me diga que el asesino de mi hijo está tras las rejas o ejecutado por su crimen."

Habla acerca de poner a la Interpol en su lugar, pensó Alan, *este hombre no tolerará fallas ni aún excusas por falta de ética en su investigación.*

Unos pocos minutos después, el grupo se dirigió adentro de la casa para ser presentados a la madre de Yeng Chu. Ella estaba sentada en medio de un desolado cuarto, solo adornado con unos cojines de seda de color alrededor de una bellamente tallada pero muy baja mesa.

Ella hizo una genuflexión respetuosamente pero no dijo una sola palabra. Su kimono blanco exquisitamente adornado, hablaba de su fe en la muerte siendo presentada como un signo de la pureza del alma en el paraíso.

El señor Chu invitó a los hombres a arrodillarse y después a sentarse sobre los cojines mientras les ordenó a su esposa y a Sim Lee salir del cuarto por un momento –las cuales fueron a preparar té.

Alan y Jean Pierre se arrodillaron dándole la cara a los dos agentes mientras que el señor Chu tomó asiento en la cabecera de la mesa. "Estoy agradecido por su visita," empezó él, "sin embargo, es con el corazón adolorido que los conozco. Debo informarles que no descansaré hasta que la muerte de mi hijo sea vengada, aún si la venganza tiene que provenir de mis propias manos."

"Señor, lo siento..." Gilford trató de interrumpir al viejo hasta que éste levantó una mano para detenerlo.

"¿Por qué no le explica al agente Gilford lo que quiero decir con el comentario, agente Quang?"

Quang Ly hizo una genuflexión antes de girar hacia su compañero. "El señor Chu no irá de cacería detrás del asesino, pero se asegurará de que haya justicia por el medio que sea."

Gilford aceptó y bajó la mirada.

"Usted ve, señor Gilford," continuó Chu, "las palabras para las cortes serán mis armas. Me aseguraré de ser escuchado cuando llegue el momento."

"Señor, si yo puedo," se aventuró en voz baja Jean Pierre, "yo sé que usted dijo que yo no debería disculparme, pero deseo expresar mi deseo de reparar una situación que ha sido padecida por alguno de nosotros a bordo de *La Duquesa*..."

"¿Y qué situación sería esa, señor Simmons?" Preguntó Chu.

"Yeng Chu ha salvado el honor de su novia cuando fue tras el hombre que le hizo propuestas indecentes a ella –Sim Lee no merece ser culpada de nada de lo que le ocurrió a Yeng Chu."

"Entiendo lo que usted está diciendo, señor Simmons, y aunque mi esposa y yo no hemos tenido oportunidad de hablar con Sim Lee, ya sabía que ella era una joven respetable desde el momento en que ella traspasó nuestro umbral por primera vez. Sus padres, aunque fallecidos, serán honrados por medio de su acción."

Jean Pierre se sintió visiblemente aliviado. "Gracias, señor. Sim Lee, uno entre muchos miembros del elenco, es mi responsabilidad, y yo personalmente habría ido detrás del hombre que la insultó, si no hubiera sido por mis condiciones" –miró abajo a su brazo- "lo cual es también el resultado de mi intento de escapar de la furia del hombre."

"Ya veo," estuvo de acuerdo el señor Chu. Girando hacia Alan, preguntó, "¿tiene usted una hija, doctor Mayhew?"

La pregunta tomó a Alan desprevenido. "Bueno..., sí, sí, señor Chu."

El viejo movió su cabeza afirmativamente. "Entonces ¿recomendaría usted enviar de regreso a su hija al barco, sabiendo que su presencia podría irritar a aquel innoble sujeto?"

"No, señor, no podría enviar a mi hija de regreso en similares circunstancias y con una situación peligrosa y sin resolver."

"En ese caso, señor Simmons, Sim Lee permanecerá en mi casa por el tiempo que elle desee, y no regresará a su barco." La decisión en la voz del viejo era inequívoca. "¿Estoy seguro que usted puede arreglar eso con los otros oficiales a bordo?" Esto era más una afirmación que una pregunta.

Después de que el té ceremonial había sido servido, los cuatro hombres tomaron la salida deseándole a la señorita Lee lo mejor en el futuro. Ella no parecía muy complacida con la decisión del señor Chu al principio, pero Alan estaba seguro que ella, a la larga, no lo iba a lamentar. El viejo hombre estaría velando por ella. Alan haría los arreglos para que sus pertenencias le fueran entregadas y para que ella recibiera una carta de la compañía, acreditando que ella cumplió satisfactoriamente su contrato y renunció en buena forma.

Cuando llegaron al Hotel Hyatt, visiblemente cansados, Jean Pierre estaba desesperado por acostarse y por tomar algunos medicamentos que le aliviaran el dolor de su adolorido brazo. Le estaría tomando otras cuatro o cinco semanas antes de que él pudiera ver el final de esa dura experiencia y él no disfrutaría la posibilidad de poder dormir más de un par de horas al tiempo hasta entonces.

"Déjame conseguirte un cuarto por el día," le sugirió Alan. "Yo necesito refrescarme de alguna forma antes de que Kurt se encuentre con nosotros y de que nuestros dos amigos de la Interpol regresen."

Jean Pierre solo asintió y recostó su cabeza contra el espaldar del sofá en el cual estaba sentado.

El señor Bright había escogido un sitio apartado en una de las playas que rodean al Hyatt para encontrarse con Serina. Luciendo un típico traje de lino inglés, un sombrero con el cual permanecía abanicándose, él podría haber posado para una revista de los años 1920s y ninguno hubiera sabido en qué siglo vivía él. En lo que a Serina respecta, ella había elegido envolverse en una elegante falda asiática y sus colores naranja contrastaban alegremente contra sus cremosos hombros.

"¿Cómo le ha ido, señorita Blanchard?" Preguntó Bright, caminando hacia ella.

"Muy bien, gracias, señor Bright, respondió Serina, peinándose su largo cabello negro detrás de una de sus orejas. "¿Y usted?"

"Espléndido, señorita Blanchard, simplemente espléndido." Extendió un brazo en dirección al café Hyatt Resort bordeando la playa. "¿Caminamos?"

"Sí, por supuesto, hagámoslo," dijo Serina, caminando al paso del agente MI5.

"Su email no fue para nada una agradable sorpresa, mi querida. Tuve que decodificarlo dos veces para estar seguro de que no había un error en su encriptación."

"¿Tenía usted alguna duda en que yo tendría éxito?"

"Para serle franco, señorita Blanchard, la idea había cruzado por mi mente." Serina le lanzó una cínica mirada. "Permítame repetir esto –tuve mis dudas acerca de nuestro amigo Gregory. Él es muy bueno en lo que hace, no me malinterprete, pero para mi gusto, él no está preparado para las retorcidas e imprevistas argucias como lo está usted."

Serina se rio en respuesta al disimulado piropo. "¿Yo soy retorcida, en su modo de ver, señor Bright?"

"Yo corregiría mi descripción de sus habilidades diciendo que usted tiene magia negra, señorita Blanchard, lo cual encuentro insuperable en nuestro gremio."

"De acuerdo, señor Bright, volvamos a los negocios –o al resultado de mi diabólico plan- ¿podemos?"

"Por supuesto, hagámoslo. ¿Asumo que usted ha traído la bolsa con los diamantes con usted?"

"No, no los he traído."

Esta respuesta frenó al MI5 en su camino. Volteó a mirarla. "¿Puedo saber por qué no?"

"Habría pensado que era obvio. El señor Jerome, nuestro joyero, aún está en posesión de los diamantes; y si yo se los hubiera decomisado, no tendríamos ninguna base para aprehenderlo o para seguir los cheques a la caja postal en Inglaterra. ¿No es así?"

Bright afirmó y continuó caminando al lado de Serina, quien dijo, "supongo que usted no desea tenerlo arrestado en este momento."

"No, yo no –quiero decir, no hasta que lleguemos a un puerto de la comunidad británica o hasta que estemos seguros que el señor Channing no está sospechando nada de nuestro descubrimiento."

"¿En ese caso sí actuarías arrestándolo?" Preguntó Serina

"Eso sería bueno, excepto por el hecho de que fue el mismo Channing el que reveló que los diamantes estaban a bordo de *La Duquesa.*"

"¿Quieres decir que él quiere ser capturado o ha hecho alguna confesión?" Pregunto Serina con los ojos abiertos.

"Sí, absolutamente. Mire, el hombre está muriendo de malaria cerebral…"

"¡Ouch…! Pronunció Serina, gesticulando.

"Sí; y ya que él no sabe cuándo el próximo ataque lo enviará al paraíso de los ladrones, él quiere tener sus diamantes de regreso lo más pronto posible."

"Bueno, en ese caso, señor Bright, me retiraré del juego. Regresaremos al barco después de que hayamos tomado un té helado grande" –se rio ante el ceño fruncido por el disgusto del agente MI5- "o una rica taza de té para usted."

Ahora sonriendo, apenas él sintió el brazo de Serina deslizándose sobre el suyo, dijo, "como le dije, no me gustaría arrestar a ese amigo Jerome sólo por unos minutos. Tengo la sensación de que sería mejor si lo dejáramos en paz de aquí en adelante, ¿estás de acuerdo?"

Serina admitió y sonrió. Ella también pensaba que lo mejor era dejar al pequeño joyero con su tesoro. Este caso y sus muchas ramificaciones sería difícil de probar, ya que Jerome no había "esgrimido" –como dice el término- nada y ya que los diamantes no habían sido robados, continuar esa investigación sería una gran pérdida de tiempo.

Capítulo cuarenta y siete

El cuchillo en cuestión

"¿Está usted diciendo que la hoja de cuchillo desapareció de su habitación?" Preguntó Gilford a Gregory.

Él, Gilford, Quang Ly y Alan estaban sentados en el pequeño salón de espera de la suite que habían rentado por unas pocas horas. Las inminentes discusiones no eran para ser escuchadas por el público en un restaurante.

"Sí," respondió Gregory. "Después de enviar las copias escaneadas a Berlín, puse la hoja en mi maleta, y ayer ya no estaba allí."

"¿Ha usado la maleta recientemente, desde la vez que usted escondió la hoja y cuando la buscó ayer?"

"No. Además, esa maleta solo contiene elementos personales – nada más."

"Bueno, Gregory, no podemos iniciar una búsqueda en la cabina del señor Gromwell en este momento, pero tan pronto lleguemos a bordo, y obtengamos el visto bueno de las autoridades de Washington, tendremos suficientes poderes para empezar una investigación seria a bordo del barco."

"Disculpe la interrupción, agente Gilford," dijo Alan, "pero ¿el capitán Midleton está avisado de la inminente investigación a bordo del crucero?"

"Absolutamente, doctor. Incluso, no podríamos abordar *La Duquesa* -con todos los documentos del mundo- sin su autorización."

"Bueno, porque creo que él no estaría deseoso de tener investigadores merodeando en el barco entre los 200 pasajeros."

"Nosotros no estaremos "merodeando" por el barco como usted sugiere, doctor," apuntó Quang Ly, "solo estaremos mezclados con los pasajero siempre y cuando la investigación lo requiera."

"¿Qué significa eso?" Preguntó Alan, "pienso que nuestros pasajeros no estarían enloquecidos de ver a dos "hombres de negro" *mezclados* entre ellos."

Con risa alegre, Gregory interpuso, "a este amigo inclusive no le gustaron mis shorts y mi camiseta cuando nos conocimos por primera vez -¡dijo que no me quedaban bien!"

Ahora riendo, Alan se congració, "y aún pienso que no le quedan bien."

"Bueno amigos," dijo Gilford, tratando de borrar la sonrisa de su cara, "creo que no necesitamos buscar la hoja. Si estoy en lo cierto, aparecerá de nuevo…"

"¿Qué le hace decir eso?" Preguntó Alan.

"Lo digo porque el señor Gromwell se está poniendo delirante y en su paranoia, ese cuchillo representa una forma de protección contra cualquier clase de intromisión en su vida."

"Yo solamente deseo que no encontremos esa daga en otro cuerpo…" remarcó Alan reflexivamente.

"Y nosotros deseamos concluir la investigación antes de que tal accidente ocurra, por supuesto." Incluso los crespos dorados de Gilford parecía satisfechos con esa afirmación cuando los rayos del sol vagaban a través de su cabello.

Pero, eso no calmaba nada la sensación de premonición de Alan. "¿Qué pasa con el señor Yeng Chu? ¿Han organizado ustedes su autopsia?"

Gilford confirmó. "Sí, el cadáver ha sido desembarcado con otros varios cajones apenas la mayoría de los pasajeros habían ido a tierra. Está ahora en la base militar de los Estados Unidos en Jeju. Y antes de que usted pregunte, doctor, los restos del señor Chu deberían ser retornados a sus padres en un par de días para su cremación o su entierro."

"De acuerdo entonces," Gregory asintió, "y ha recibido noticias de la CIA acerca del caso de Terry Cortland?"

Gilford lanzó una rápida mirada a su compañero, el cual confirmó casi imperceptiblemente. "Sí, hemos estado en contacto con ellos ante la exigencia de sus padres desde que la CIA se hizo cargo del caso," dijo Gilford.

"¿Y…?" inquirió Alan, queriendo más que una afirmación de lo que él sabía era un hecho registrado.

"Y, ellos no han tenido nada nuevo para contarnos hasta el momento."

"Bueno, creo que el doctor tiene algo para ustedes, amigos." Gregory forzó una sonrisa en dirección de Alan. "¿Trajo la lista doctor?" Le preguntó.

Alan sacó del bolsillo de su camisa un pequeño pedazo de papel y se la entregó a Gilford. "Esa es la lista de miembros de tripulación que fueron despedidos de cruceros en los cuales el señor Gromwell estuvo trabajando." Gilford le pasó la lista a Quang Ly. "Como usted notará, algunas de esas personas fueron consideradas sospechosas de haber usado drogas ilegales mientras asumían varias funciones a bordo del barco. De ninguno de los tres se sospechaba antes que eran consumidores, excepto por uno, que en efecto resultó haber casualmente consumido THC (tetrahidrocannabinol)."

"¿Dónde consiguió el señor Gromwell las drogas o cómo las plantó en el interior de esas personas?" Preguntó Quang Ly, mirando fijamente a Alan.

"Bueno, solo puedo suponer que él entró, las robó de la enfermería y la introdujo en las cabinas de esos miembros de la tripulación, del mismo modo que él sacó el cuchillo del cuarto de Kurt…, quiero decir, de Gregory. Recuerden que el capitán de tripulación está legalmente autorizado a entrar a cualquier parte del barco 'para preservar la seguridad del barco' y tiene llaves de todo excepto de la reserva oculta de licor de los capitanes."

"¿Y ha notado usted si falta alguna droga de la enfermería en este crucero?" Preguntó Gilford.

Alan negó con la cabeza. "No, no he notado que falte algo, pero le he pedido a Evelyn, mi enfermera, que haga un recuento hoy. Ella debería tener el resultado para cuando regresemos."

Quang Ly asintió antes de agacharse a recoger su laptop de su estuche, el cual había colocado abajo al lado de la silla cuando entraron a la suite. Abrió la súper delgada computadora y la colocó sobre la mesa. "Voy a transferir la lista a nuestra oficina en Washington," dijo, con sus dedos ya viajando a través del teclado a increíble velocidad mientras estaba hablando –todo para el asombro de Alan. "También preguntaré si han recibido algún informe de inteligencia de la CIA…"

Mientras tanto, Gregory, sediento, dijo "¿alguien quiere algo de beber?" Se paró de su silla.

"Si tienen algo de jugo en el mini-bar, no me importaría," respondió Gilford.

"Lo mismo para mí," se unió Alan, conservando su mirada sobre Quang Ly.

Trayendo dos botellas de jugo a la mesa, Gregory preguntó, "¿Y para usted Quang, alguna cosa?"

El último sacudió su cabeza. "No, gracias, no por ahora."

"Si ustedes amigos no tiene ninguna objeción, tomaré algo un poco más fuerte," anotó Gregory, regresando del mini-bar con una botella de vodka alojado en su puño cerrado y un vaso anclado entre sus dedos. "Deben ser mis ancestros rusos pidiéndome un refresco," murmuró, ahogando una sonrisa. Sentándose y destapando la botella, volteando su mirada hacia Quang Ly. "¿Alguna cosa ya?"

"No, no aún, agente Voinovich," respondió Quang, con sus ojos aún fijos en la pantalla. Pero un momento después, exclamó, "¡sí! Lo encontraron."

Los tres pares de ojos se volvieron hacia él. "¿Qué dicen ellos?" Preguntó Gilford, ladeándose para mirar la pantalla del laptop.

Quang lo volteó hacia sus compañeros. "Encontraron un cuerpo descompuesto en una apartamento en Gran Caimán que fue alquilado recientemente por unos turistas, había estado vacío durante dos años," explicó él.

"¿Están ellos seguros de que es el cuerpo de Terry?" Preguntó Alan, después de tomar un largo trago de su refrescante jugo de naranja.

"Por lo que sé, sí, doctor," respondió Gilford. "Aparentemente aún estaba vestido con su uniforme."

"Al menos sus padres tendrán algo concluido ahora," remarcó Alan, sacudiendo su cabeza.

"¿Dicen ellos cómo murió?" inquirió Gregory, ya vaciando su vaso de vodka.

"Deberíamos tener un reporte completo esta noche," dijo Gilford en respuesta a la pregunta de Gregory.

Después de empujar el laptop al frente de Gilford, Quang Ly lanzó una dudosa sonrisa en dirección de Gregory y se levantó. Fue al mini-bar y sacó otra botella de jugo antes de regresar a su asiento. "Trajo su memoria USB con las huellas," le preguntó luego a Gregory.

"Oh…, sí. Casi lo olvido. Lo siento," dijo Gregory, parándose para meter su mano en la profundidad del bolsillo de su short. Hurgando por un momento, finalmente sacó el dispositivo y lo puso sobre la mesa.

"¿Ha conseguido usted copia de las huellas alemanas?" Preguntó Alan, ansioso de ver si alguno de los sets coincidía de alguna forma.

"Sí, doctor," respondió Gilford, insertando la memoria en uno de los puertos USB y esperando a que la imagen apareciera en la pantalla. "Esas están excelentes, doctor. ¿Cómo logró conseguir un conjunto tan perfecto?"

"Tuve un buen profesor forense...," dijo Alan, dejando la respuesta con final abierto.

"Pienso que tenemos una coincidencia, caballeros," declaró Gilford unos pocos minutos después.

Visiblemente imposibilitado de contener su excitación, Gregory le dio un golpe a Alan en el brazo, estallando con, "sabía que usted lo tenía, doctor; *¡bien hecho!*"

Después de que la risa de los cuatro cesó un poco, Gilford dijo, "odio ser el primero en estropear nuestra victoria, pero esto es solo prueba de identificación; y ahora tenemos que poner al señor von Strom (alias Gromwell) en la escena del último crimen, o tendremos que partir de cero."

Como si alguien hubiera pinchado su globo, en una fracción de segundo, los cuatro hombres lucían tan desilusionados como se sentían. Tenían un largo camino por recorrer para probar que el capitán de tripulación había cometido alguna infracción y, más aún, para probar que había matado a alguien hasta la fecha –fuera a bordo de *La Duquesa* o en Europa.

Una hora más tarde, Alan fue a sacar a Jean Pierre de su hibernación.

"Guau! Se siente magnífico," dijo Jean Pierre saliendo de la cama. "No soy de los que hace siesta en las tardes, pero ésta fue increíble. Me dormí profundamente..., ¿me dio alguna píldora para dormir o algo parecido?" La preguntó a Alan quien estaba sentado en frente de él.

"No, pero tu cuerpo solo tenía que hacerse cargo de tu testarudez por un tiempo y darte la dosis de sueño que necesitabas, tal como el monje de oriente que intercede por el tiempo necesario para llegar a Nirvana. Bienvenido de regreso por ahora."

"Seguro que lo hizo," dijo Jean Pierre, poniéndose en pie y dirigiéndose al baño. "Discúlpeme, doctor, pero la naturaleza me está llamando..., dijo él sobre su hombro.

Alan sonrió. El joven hombre definitivamente se estaba recuperando, si él solo comprendiera que no podría tratar su cuerpo en la forma en que lo hacía antes del accidente.

"De acuerdo, ¿a dónde vamos?", preguntó Jean Pierre brillando de entusiasmo otra vez, mirando a Alan quien había estado ojeando una revista al lado de la mesa mientras estaba confortablemente acomodado en la silla al otro lado de la cama.

"Vamos a ir abajo al restaurante donde Tiffany y Babette deberán estar esperándonos," respondió él, poniéndose en pie.

"Hubiera deseado poder ir con ellas a la excursión," remarcó Jean Pierre, "dicen que las cataratas de Cheonjiyeon son espléndidas."

"¿Y perderte ese buen sueño?"

"Bueno, doctor, ya lo escucho..., adivino que siempre podría hacer un tour mañana..."

"Sí, tú podrías..., con alguien que vaya contigo," dijo Alan, parado en la puerta.

"¿Qué quiere decir?" No necesito que nadie me transporte..."

"Sí, lo necesitas, Jean Pierre. Nadie irá a ninguna parte solo de ahora en adelante."

"¿Y eso por qué?"

"Porque tú, y cualquiera que, aunque remotamente, esté en los intereses de nuestro capitán de tripulación, necesitará tener mucho, mucho cuidado."

Permanecieron en silencio hasta que llegaron al restaurante donde encontraron a Babette y a Tiffany conversando en una mesa cerca de la ventana que da sobre la playa.

"Hola, damas," dijo Jean Pierre alegremente apenas llegaron a sus asientos.

"Bueno, ¿no luces muy bien? Dijo Babette, sonriendo. "¿Qué droga milagrosa te dio el doctor?"

"Solo dormir," respondió Jean Pierre.

Aparte de colocar un brazo sobre el espaldar de la silla de Tiffany, Alan no había dicho una sola palabra aún, aunque su sonrisa lo decía todo.

El sol del final de la tarde lanzaba largas sombras a lo largo de la blanca arena, dibujando escenas con toallas playeras de color que eran azotadas contra un cielo casi naranja y azul descansando sobre una paleta de ondas grises agonizantes.

"Magnífico," dijo Alan, como fascinado.

"Bueno, ¿no es ese un cumplido muy bello?" Resaltó Babette, mirando a Tiffany fijamente, esperando que le saltaran las palabras de bienvenida.

"Él no estaba hablando de mí, lo sabes," respondió Tiffany con una sonrisa. "¿Verdad, doctor?"

"Oh, no..., lo siento... ¿Qué fue qué?" Alan miró a las damas, saliendo de su fantasía. "¿Cómo están ustedes? ¿Cómo les fue en el tour?"

"Simplemente hermoso, Alan," dijo Babette. "Y colijo que tu día fue maravilloso también..., ¿cómo te fue con el señor y la señora Chu?"

"Estuvo bien," respondió Alan. Sim Lee permanecerá con la familia De Yeng Chu por el momento, lo cual creo que es lo que ella necesita ahora -algunos brazos amorosos que le den consuelo."

"¿Qué pasa con la madre de Yeng?" Preguntó Tiffany.

"No hablamos mucho con ella, pero se podía notar que conserva una máscara de cortesía cubriendo una cara afligida," dijo Jean Pierre, mirando al espacio, como reviviendo el momento en que ellos compartieron la ceremonia del té con ella.

Capítulo Cuarenta y ocho

Birdie

Mientras cada uno estaba ocupado haciendo algo en alguna parte, Babette había dedicado su tiempo a finalizar su obra. Se había convertido en un ritual – una costumbre realmente. Cada vez que ella viajaba en uno de los viajes del Crucero Dorado, ponía su imaginación y su creatividad a trabajar. Aunque, ella tuvo que admitir más tarde, en este crucero había tenido mucho más en su mente que solo la escritura de la obra. La muerte de Yeng Chu y el capitán de tripulación siendo sospechoso de ser un maniático homicida no eran situaciones ideales durante las cuales uno pudiera dedicar tiempo a escribir. Sin embargo, Babette no iría a ser vencida. Su obra estaba casi lista y ella decidió informar al capitán que los pasajeros, el elenco y la tripulación que había contribuido con su tiempo a producir la obra, estaban listos ahora para la puesta en escena.

El capitán Midleton en efecto estaba sorprendido de que Babette hubiera tenido tiempo de organizar una obra entera; ella sola la escribió.

"Pero, usted sabe capitán, como dicen ellos; "el show debe continuar" y yo no podía dejar a mi dedicado elenco y a los muy pacientes pasajeros defraudados. Además, todos nosotros necesitamos un descanso de los horripilantes sucesos que han agobiado este viaje, ¿no es así?"

"Sí, por supuesto, señorita Babette, sin duda –de verdad necesitamos no solo un descanso de lo "horripilante" como dice usted, sino también, retornar a la normalidad." Hizo una pausa. Babette sonrió. "Y entonces, ¿cuándo pretende usted poner la obra en escena?"

"Realmente, me gustaría tenerla dividida en dos noches. Mire, es una historia muy envolvente y me gustaría mantener a la audiencia en suspenso y presentar el segundo acto un par de días después del primero –por supuesto, si eso concuerda con su calendario, capitán."

"Sí, sí, en efecto se ajustará, mi querida señorita Babette. La noche que sea mejor para todos, estará bien para mí. Y ya que expediré invitación especial para la noche de la presentación, por favor, déjeme saber la fecha cuando la tenga programada, si no le importa."

"Absolutamente, capitán, usted será el primero en conocer la fecha y la hora." Luego Babette sacó una pila de papel de su espacioso bolso y se lo entregó a Midleton. "Y le traje el prólogo para que lo lea, capitán –es solo un preámbulo..."

Obviamente complacido de que le dieran esa oportunidad, el capitán explotó, "Oh Dios, señorita Babette, gracias. De verdad disfrutaré leyendo esto y estaré esperando para ver la obra con el corazón en un puño."

Devolviendo la amplia y agradecida sonrisa, Babette se paró y estaba a punto de dejar la oficina del capitán cuando agregó, "y por favor, recuerde, esto es hecho en completo secreto –quiero que sea una sorpresa para todo el mundo." Una sonrisa de conspiración acompañó la salida de Babette.

Que mujer tan fabulosa, reflexionó el capitán Midleton al ver a la dramaturga cerrar la puerta tras ella.

Birdie

Prólogo

(Actuado sobre la plataforma del escenario) Hay una pantalla plegable que está cubierta de deshechos de China, India, México, etc. Fotos de Birdie bailando.)

Birdie (Está en el teléfono –ella puede moverse cerca de la plataforma.)

Birdie Escúchame –Lance, hijo. No quiero ir a un asilo de ancianos. Yo puedo sentarme, pararme y caminar (hace demostraciones –se para de su silla y muestra) Háblame –yo soy tu madre. No te pongas sarcástico conmigo. Esa no es excusa. No te atrevas a colgarme el teléfono. Tenemos que hablar de esto. Tengo que tomar la decisión más grande de mi vida. Bueno, casi la más grande –tú fuiste la mayor. Te mantuve, ¿no lo hice? (Murmullos a un lado) por todos estos años yo perdí mi hermosa figura. Cuando pienso en todo el dinero que me has costado. Te robaste mi tiempo. Las veces, también, cuando no pude conseguir una niñera (Birdie está estirándose como una bailarina calentando) no estoy murmurando. Te di el tiempo, ahora dame algo de tiempo –eres todo lo que yo tengo (llanto). No, no, no, no estoy llorando. ¿Quieres hacerme llorar? Odio una casa de retiro. Todas esas mujeres viejas sentadas alrededor. No me gustan las mujeres, pero adoro los hombres. (Pausa rápida) Oh, seguro, hay un hombre viejo para diez mujeres. Puedo ser buena, pero no tan buena. Aun así, ¿quién desea un viejo Alzheimer? ¿Un viejo rico? Por supuesto, si un viejo tiene dinero, él quiere guardarlo para sus hijos. Está bien. Hay muchos viejos bastardos. ¿Cómo sé todo eso? Lo he descubierto. (Pausa ligera) segura, segura, podría contratar a alguien que cuide mi apartamento (gritos) Yo no necesito a nadie que cuide de mí. (Suavemente) ¿Cuánto tiempo más dura el poco dinero que tengo? ¿Tal vez una semana? ¿Un mes? Quiero dejarte algún dinero, querido. Cuando yo haga mi última aparición en la tierra –yo sé que no quieres mi dinero. (A un lado) No seré una carga para ti. ¿No piensas que sé lo duro que ha sido para ti ser un Euroasiático? Desde que fuiste a la escuela por primera vez y después, pero siempre la misma vieja pregunta. "¿Estás blanco o lo eres?" Tú no quieres hablar acerca de eso. Tienes que hablarle a alguien acerca de eso y ¿quién más cercano a ti que tu propia madre? (Pausa ligera). Yo sé…, yo sé que el dinero se escurre entre mis dedos -¿tienes que irte ahora? No he terminado con lo del dinero, los asilos, la experiencia. Que dura es la vida –lo entendí. Tienes miedo. No te preocupes. No iré a vivir contigo. (Risas). De cualquier forma, no podría llevar a Fred Astair conmigo a un asilo. Yo sé que es un gato. Él es mi precioso gatito y él va a donde quiera que yo vaya. Él es el único amigo que yo he dejado. Lance -Lance- Hola, operador, me han cortado la comunicación. Nunca importa, Marcaré yo misma, gracias. (Balbucea –yo soy cuidadosa con mi dinero…). La línea está ocupada –Lance dejó el auricular descolgado. (Suspiros). Mira esto. Mi anuario de la secundaria. Todos estos años lo he conservado, pero nunca saco mucho tiempo para mirarlo. (Carga el gato). Bueno, bueno, Fred Astair, tú eres lo máximo. Ese era Sanka, mi gato cuando yo era adolescente. Ahora él sería llamado 'Leche'. Creo que no hay más Sanka. En la actualidad la gente toma leche. Seguro la foto de Sanka está en el libro, él era gran parte de mi vida, pero, como la mayoría de gente en el libro, ahora está muerto. Aquí está Angelina –ella era una bailarina también. Esa chica tuvo muchos amantes. Finalmente se casó con un hombre, pero ella se murió en su luna de miel. Aquel es Horton F. Él fue el primero de nuestra clase que murió de SIDA. Eso fue hace pocos meses. Lo leí en un periódico. Mira a Miller. Le habían dicho que él era el más opcionado para tener éxito como graduado. Él fue un vagabundo sin techo. Su éxito fue eso, de alguna manera. Él siempre tenía una botella. Este es Tiny. Él casi se gradúa del bachillerato, pero no lo hizo totalmente. Tiny realmente era un buen amigo. Su familia y la mía pasaban juntas cada verano. Estábamos siempre juntos los fines de semana. La única cosa acerca de Tiny era... Él no era muy brillante. Su hermana era Phi Beta Kappa. Inteligente familia, tú sabes, el dinero habla. Sus padres eran muy, muy ricos. Ellos mantenían a Tiny en la escuela poniéndole un instructor privado. Creo que ellos hacían lo que fuera por él. Pobre Tiny. Tiny no era un enano –bueno, quizás en su cabeza, pero de cuerpo, él era un gigante. Seis pies y algo. Su padre era un hombre pequeño. Yo diría que cerca de cinco pies y cuatro pulgadas. Tiny y yo nos la llevábamos realmente bien. Nos divertíamos mucho juntos. Me pregunto si está vivo. Por puro entretenimiento, miremos si está en el directorio telefónico de Chicago. Bien, aquí está el número familiar. No mencionan los números de los hijos. Debería llamarlo, ¿o no? ¿Qué le diría? Hola, hablas con Birdie. Sí – ¿me recuerdas? (piruetas y zapateos en el tiempo apropiado) Yo no te he olvidado a ti. ¿Qué estás haciendo contigo? Estás igual. Siempre fuiste modesto. ¿Estás casado? ¿Alguna vez lo estuviste? (A un lado) Por supuesto, eso le da la oportunidad de preguntarme si yo estuve alguna vez casada. Mejor seré cuidadosa. Por supuesto, no puedo decir que yo soy muy moderna. Las chicas de hoy prueban antes de comer. (Marca el teléfono y espera un segundo, luego habla para sí) Si esto no funciona, yo podría robar un banco y con todo el dinero limpio y puro, yo me divertiría. Aún, si ellos me capturaran, me enviarían a prisión (estremecimientos) donde yo podría pasar mis últimos años. No, no, no –no hay hombres en una prisión de mujeres. Así que esa es la razón por la cual yo no robo un banco y además, no te podría llevar conmigo Freddy. No les permiten mascotas a los prisioneros. No te preocupes, no te dejaré. (Abraza al gato) Hablaremos más después de que haga esta llamada (ligera pausa) Todavía está timbrando –creo que no está. (La voz de Tiny tras bambalinas)

Tiny   ¿Quién es?

Birdie   Me gustaría hablar con Tiny, por favor.

Tiny   (más tímido) ¿Quién es?

Birdie   Birdie (pajarito en español.)

Tiny   Yo no soy idiota. Tú no eres un pájaro verdadero.

Birdie   (a un lado) Nunca supe que Tiny tenía un hermano. Ellos deben haberlo guardado en el closet.

Tiny   Te escuché. Estabas hablando de mí con alguien más.

Birdie   No, yo no. Yo soy Birdie. Solía jugar contigo cuando éramos niños.

Tiny   ¿Por qué no me dijiste eso? Está bien. Creo que tú no entiendes muy bien. Yo lo entendí.

Birdie   Hola –soy yo.

Tiny   Por qué no pasas por mi casa ahora y juegas conmigo.

Birdie   Porque vivo muy, muy lejos.

Tiny   ¿Entonces qué quieres?

Birdie   Hablar contigo.

Tiny   Eres un pájaro. Por qué no vuelas por aquí. (Pausa ligera) Eso fue una broma. Te explicaré la broma.

Birdie   No, no, Tiny. (Risas) Mira, me estoy riendo. Yo vuelo... pero solo en aviones.

Tiny   Nunca he volado en un avión. ¿Cuándo estarás aquí? Espera un minuto; por favor espera en el teléfono (Luces tenues sobre Tiny solamente.)

Birdie Tiny, ¿sabías que esto me está costando dinero? (Alzando la voz) Tiny regresa –bueno, coge el teléfono, idiota.

Tiny   (La audiencia puede ver a Tiny –luces sobre él) Me estabas llamando. Miraba en mi refrigerador y no tengo Seven-ups ni Dr. Peppers, así que mejor que pases por acá otro día. Me tengo que ir ahora.

Birdie No quiero ninguna bebida –no cuelgues. Si tú recuerdas, estaré allí en tres días. Tres días. Miércoles, jueves, viernes. Quiero jugar. ¿Cómo sé si querré verte en tres días?

Birdie Tengo que empacar y coger el avión. ¿Me puedes recoger en el aeropuerto? Tú manejas, ¿verdad? Yo recuerdo que tú eras un buen conductor.

Tiny   Seguro. Yo manejo. Tengo licencia de chofer. Soy un chofer profesional y tengo el Buick de papá. ¿Lo recuerdas? Di –no me dijiste qué día estarás aquí.

Birdie Debería estar allá el viernes, temprano en la mañana.

Tiny   ¿Qué tan temprano? Me gusta dormir. Ven en la tarde y te recogeré en el aeropuerto. Envíame un telegrama. Bueno. Di "Adiós, adiós." Me tengo que ir.

Birdie ¡Colgó!

Tiny   ¿No entendió ella? Le dije que tenía que irme. ¿Qué quiere ella que haga? ¿Que me orine en los pantalones? (Quitan la luz sobre Tiny)

Birdie (Haciendo ejercicios de calentamiento y conversando) ¿Debería ir? ¿O vivir en un asilo de ancianos? Cualquier cosa es mejor que eso. La casa de Tiny era un lugar grande y hermoso. Siempre fue mi otro hogar. Bien, señor Tiny –te recordaré tus buenos modales. "Tengo que irme", veremos quién se va. Sí, iré y manejaré tu dinero –eso, si tienes algo. Pero tienes una casa y eso es mejor que nada. Además, él es un chofer – un chofer profesional. El niño viejo tiene trabajo. Bien, Fred Astair. Las cosas están mejorando para mí –para nosotros. (Hace una danza de taconeo, alzando a Fred bien alto. Las luces empiezan a atenuarse hasta que se apagan).

Una vez que terminó de leer el prólogo, el capitán Midleton sacudió su cabeza y de nuevo alabó el talento de Babette. *Con razón sus obras fueron puestas en escena en Broadway*, pensó él. La mujer tiene una increíble imaginación.

Capítulo Cuarenta y nueve

Le Havre

Si Kurt estaba esperando una recepción cálida y diligente del Capitán del puerto, se llevó un chasco. Al corpulento y barbado lobo de mar no le gustaba ser interrumpido en su rutina diaria o que vigilaran el apropiado y calmado funcionamiento de uno de los más grandes puertos de Europa. Las instalaciones de Le Havre consisten de una intrincada serie de canales que se adentran en tierra unos veinticinco kilómetros, siendo el principal el Canal Tancarville, que se dirige por el Río Sena y se adentra en París. Debido al número de servicios ofrecido por el puerto y sus diversas facilidades anexas, tal como la marina, la desconfianza en la actitud del capitán del puerto era incomprensible.

"Entonces, agente Schippman," empezó diciendo Duval, el capitán de puerto, "usted quiere hablarme acerca de las muertes, eso es correcto, ¿sí?"

Ellos estaban frente a frente en la oficina principal, mirando abajo las instalaciones de embarque desde la torre de control. Él, sentado detrás del escritorio cubierto de carpetas, artefactos, una foto de su familia y un par de pantallas de computadoras, y Kurt reclinado en la silla para visitantes.

"Sí, señor, si no le importa, me gustaría saber quién dio primero la alerta del descubrimiento de las partes de los cuerpos."

"Fue el superintendente Morris quien vino primero con la noticia," respondió Duval. "Él no está directamente relacionado con el puerto de embarque, usted ve, él es de la superintendencia marina."

Eso era nuevo para Kurt. "Pero entendíamos que ustedes –quiero decir un estibador- había hecho el descubrimiento..."

Duval sacudió la cabeza. "No agente Schippman, eso no fue lo que pasó." Arrastró la silla hasta el escritorio. "Los dos cuerpos eran los de uno de los estibadores y su prometida, pero fueron encontrados en la marina –no en el puerto como tal."

"¿Y por qué descendieron ellos a la marina, supone usted algo?" Preguntó Alan.

"No sé exactamente. Pero me han dicho que por aquel entonces el padre del chico estaba planeando darle a ellos un bote como... ¿cómo lo llaman ustedes?" Duval miró a Kurt, visiblemente contrariado por no recordar las palabras en inglés.

"¿... un regalo de bodas?" Sugirió Kurt.

"Ah, sí, sí..., un regalo de bodas. Así que, es posible que los dos fueran a ver el bote..., no sé..."

"Bueno, gracias, señor Duval, no tomaré más de su tiempo," dijo Kurt poniéndose en pie. "Si usted pudiera indicarme dónde encontrar al superintendente Morris, yo iría allí ahora mismo."

"Sí, sí, por supuesto," dijo Duval, levantándose de su silla y acompañando a Kurt a la puerta. "Le pediré a uno de mis muchachos que lo lleve." Se rio a carcajadas inexplicablemente. "No querríamos que usted perdiera el camino ahora, ¿no es así?"

Kurt se quedó sin palabras. Realmente él no entendía a los hombree franceses. Siempre se reían del chiste malo. Y ese no era ciertamente tema para un chiste. Él no solo necesitaba encontrar el lugar donde las dos muertes habían sido perpetradas, sino también encontrar a alguien que pudiera haber estado en contacto con von Strom. Y en este momento, él no creía que pudiera tener éxito en alcanzar ninguna de las dos tareas.

Cuando ellos estuvieron en el elevador, descendiendo de la torre de control al piso de las oficinas, Kurt sacó una fotografía de Gromwell de su folder del caso. "¿Ha visto a este hombre antes?" Le preguntó a Duval.

"¿Es el hombre que mató a Jean y a Eva?" Preguntó él, examinando la foto de cerca.

"No sabemos aún, señor Duval. Pero este hombre era un oficial a bordo del *Ridgeway* cuando estuvo atracado en su puerto en el momento de los crímenes."

Ah-ah, sí..., ahora lo recuerdo" –miró por encima del aro de las gafas- "este hombre. Él era el Primer Oficial en el *Ridgeway*, sí."

Ahora estamos encaminados, pensó Kurt. "¿Y por qué lo recordaría usted? ¿Hizo él algo fuera de lo normal?"

"No pensé eso en ese momento, no. Pero cuando el barco atracó, él vino a la torre a preguntar dónde podía encontrar un bote privado para navegar a lo largo de la costa."

"Y, ¿usted supone que eso es algo que los oficiales no hacen usualmente?" Inquirió Kurt, sabiendo ya la respuesta.

"No-no, agente Schippman. Como usted dice, los oficiales de un barco se valen por sí mismos. Ellos no vienen a nosotros por información turística." Duval se rio nuevamente.

Apenas las puertas del ascensor se abrieron, el capitán de puerto tomó a Kurt por un brazo, lo cual lo sorprendió muchísimo, y lo condujo hasta el escritorio de una mujer joven, frente al cual se detuvo. "¿Marie, le pediría a Paul que lleve al señor Schippman a la marina?"

"Sí, capitán de puerto, ahora mismo," contestó Marie en francés, ya digitando unas pocas palabras en el teclado que tenía frente a ella.

"Bueno, agente Schippman, debo dejarlo ahora," declaró Duval, sonriendo. "Queda en buenas manos..."

"Gracias, señor," respondió Kurt, devolviéndole la sonrisa. "Lo mantendré informado del progreso de mi investigación..."

"Sí, sí, haga eso..., y no olvide informar a seguridad también, ¿de acuerdo?"

Kurt asintió mientras se estrechaban sus manos.

Miró al capitán del puerto regresando al elevador y pensó que necesitaría hablar con el de nuevo. Este hombre controlaba a todo el mundo alrededor del puerto de Le Havre y si él decidía tomar medidas por sus propias manos, sus acciones podrían implicar problemas para Kurt más adelante.

"Señor Schippman," dijo Marie, interrumpiéndole a Kurt su momentánea meditación. "Paul está afuera, esperándolo."

"Oh..., lo siento. Sí, gracias, Marie," balbuceó Kurt, girando hacia la puerta.

"Adiós, señor," dijo ella, ondeando una mano sobre el mostrador.

Les tomó casi media hora a Paul y a Kurt para llegar a la marina.

Paul era un joven bien presentado –*madera de oficial*, pensó Kurt– con corte impecable, cabello rubio ceniza y una cara fresca que reflejaba la saludable fortaleza de sus años. Una vez sentado al lado de él, Kurt le preguntó a Paul si él conocía a las dos personas que habían asesinado cerca del puerto.

Con un balanceo de cabeza, Paul respondió, "Oh sí, señor. Yo era amigo de Jean desde la escuela. Tomamos nuestro entrenamiento de marina y embarque juntos..." Dejó que sus palabras se fueran apagando, su voz se fue ahogando lentamente.

"¿Conocía también a Eva?"

"Realmente no, pero era conocida en la escuela también. La veía con Jean la mayor parte del tiempo."

"¿Estaba ella involucrada con alguien más antes de conocer a Jean?" Preguntó Kurt, girando su cabeza para mirar al joven. Su respuesta a la pregunta podría ser crucial.

"No estoy seguro, señor, pero escuché comentarios de que estaba saliendo con otro hombre antes de irse con Jean."

Esta es la clase de triángulo amoroso que irritaría a von Strom, meditó Kurt. "¿Conoce usted al otro hombre?" Preguntó él.

Paul sacudió su cabeza. "Yo no lo conozco, no. Solamente escuché hablar acerca de él. La gente decía que Eva estaba saliendo con un oficial de un barco…"

"¿Quieres decir de un barco francés?" Preguntó Kurt.

"No-no, señor. Él es un oficial en uno de los barcos…"

"¿Sabe de cuál?"

Paul volteó su cabeza para mirar a Kurt. "No, señor. Mi hermana dijo que era un tipo mayor que ella –eso es todo lo que sé."

"¿Le importaría si hablara con su hermana y le preguntara acerca de ese oficial?"

Paul se encogió de hombros. "Me tiene sin cuidado" –sonrió- "pero ella no habla inglés y ha pasado mucho tiempo desde que eso pasó y no sé qué podría decirle ella."

"Bueno, pero probaré mi francés con ella" –se sonrió con aire de superioridad ante la idea- "le daré mi número telefónico en el hotel de forma que ella pueda contactarme cuando esté dispuesta, ¿de acuerdo?"

Aprobando, Paul sonrió y dijo, "a ella le gusta la gente alemana, usted sabe."

Ambos se rieron y después quedaron en silencio por un momento; Kurt volvió su atención a los muchos edificios a lo largo de callejones y vías que entrecruzaban el puerto.

Cuando llegaron a la marina, el superintendente Morris salió del edificio principal y abrió la puerta del pasajero del vehículo para saludar a Kurt con un estrechón de manos firme.

"Agente Schippman, muy complacido de conocerlo," dijo y luego volteó a mirar al joven. "Gracias, Paul. Llevaré al agente Schippman de regreso al hotel cuando hayamos terminado."

"Muy bien, superintendente, gracias," respondió Paul, regresando a su asiento detrás del volante de su pequeño carro eléctrico, no sin antes recibir de Alan un pequeño pedazo de papel con su número telefónico en el hotel, ya que sería Paul quien lo conduciría de regreso al hospedaje.

"Venga, venga," dijo Morris, extendiendo un brazo hacia el bajo edificio. "Hablaremos en mi oficina."

Kurt siguió al desgarbado hombre a la puerta y entró. Las paredes de la recepción estaban prácticamente cubiertas, de rincón a rincón, con fotos viejas y nuevas de botes, yates y varias placas y trofeos.

Notando la mirada viajera de Kurt, Morris dijo, "veo que usted no sabe por qué la marina es tan famosa, ¿lo sabe?"

"No, debo confesarlo, no tenía idea de que sus yates participaban en algunas regatas como parece…"

"No solamente en regatas, agente Schippman, sino también en carreras, y en una en particular; *Le semana de la navegación de Normandía* cada año en junio desde Le Havre hasta Normandía." Se volteó hacia la desconcertada recepcionista detrás del escritorio. "Nicole, este es el señor Scippman –estaremos en mi oficina."

"Muy bien, superintendente," respondió ella, lanzándole una rápida mirada a Kurt antes de regresar a lo que fuera que estaba haciendo.

"Bueno, tome asiento, agente Schippman," invitó Morris, indicando una silla detrás del escritorio. Él se sentó y sacó un folder de un cajón del escritorio. "Tengo aquí las notas que tomé por el tiempo que descubrí las partes de los cuerpos." Le entregó el cartapacio de papeles a Kurt. "También hay una lista de preguntas que el jefe de seguridad me hizo en el momento."

Mirando abajo al muy cuidadosamente digitado conjunto de páginas, Kurt dijo, "gracias superintendente. Ciertamente esto es algo que yo no esperaba…"

"Ah sí, pero usted ve. yo soy algo así como un detective aficionado, y un caso como este me intrigó."

"¿Y tenía usted una respuesta para cada pregunta que el jefe de seguridad le hizo?"

"No, no para ese momento, debo decirle. Pero el jefe Masson no quería divulgar ninguna información que pudiera ponerme por la ruta correcta; dijo que él no podía contestar ninguna pregunta durante una investigación en curso. Usted entiende."

"Sí, generalmente esa es la norma," aceptó Kurt, ojeando a través del extenso reporte. "En cualquier caso, ya que estoy aquí, ¿le importaría responderme unas pocas preguntas?"

"No, para nada. Adelante." Morris parecía más dispuesto a ayudar, y no displicente como había sido Duval antes.

Morris era un tipo alto y su cara impecablemente afeitada junto con sus ojos castaños casi brillantes hablaba de un individuo que obviamente disfrutaba la vida y lo que estaba haciendo.

"De acuerdo, empezaré por preguntarle si usted alguna vez ha visto a este hombre." Kurt sacó una foto de Gromwell y se la entregó a Morris.

Él la miró y asintió. "Sí, recuerdo a ese individuo porque él quería alquilar un yate para el fin de semana que él estuvo en la ciudad."

"¿Y le rentó el bote entonces?"

"No el que él quería, no. Por razones de seguridad, nosotros no podíamos permitirle tener un yate de 40 pies sin un capitán. Y ya que él quería navegar sólo, solo le pude dejar tener uno de 18 pies."

"Ya veo, y ¿le mencionó usted eso al jefe Masson de seguridad?"

"No, y él nunca me mostró ninguna foto de ese hombre. ¿Sabía él algo de ese oficial?"

"Pienso que no," respondió Kurt, "no al momento del descubrimiento. Lo cual me lleva a la siguiente pregunta; ¿cuándo y cómo descubrió usted los cadáveres?"

Morris juntó los dedos de sus manos y empezó a flexionarlos antes de responder, "encontré los dos barriles…"

"¿Dijo usted barriles, como los barriles de aceite?" Preguntó Kurt.

Morris confirmó. "Sí, generalmente son usados para almacenamiento de la basura en la cocina antes de que el transportador los recoja, son incinerados de alguna forma y vertidos al mar más allá del límite internacional…"

"Disculpa por interrumpirle de nuevo, superintendente," le cortó Kurt, "¿quiere decir que los dos estaban en barriles de basura que deberían haber sido desechados la semana después de su descubrimiento?"

"Sí. Y la razón por la cual yo abrí esos barriles fue porque uno de ellos estaba soltando líquido y ensuciando el embarcadero. Estaba intentando transferir la basura a un nuevo barril y desechar el otro, sí."

"Pero ¿por qué usted abrió el segundo? ¿Estaba filtrando líquido también?"

"No, lucía tan viejo como el primero, así que pensé que haría lo mismo que con el primero."

"Bueno, ¿y qué pasó después?"

"Llamé por teléfono primero al capitán del puerto y luego al Jefe Masson. El resto lo reporté en esos papeles que usted tiene en la mano."

"Una última pregunta, señor; ¿Alguna vez le habló al oficial que rentó el yate?"

"No, yo no. Ya que estamos abiertos 24/7, el joven de turno debe haberse hecho cargo de la embarcación en la noche cuando fue devuelto."

"¿Hubo algo fuera de lo normal en el yate después de que fue regresado? ¿Lo sabe?"

"No que yo haya sido informado, no. Pero si hubiera habido algo inusual, el personal de limpieza lo hubiera reportado, estoy seguro."

"Bueno, muchas gracias por su tiempo, señor. Realmente aprecio esto, también," dijo Kurt, apuntando hacia el reporte sobre sus piernas. "¿Es una copia que yo puedo conservar?"

"Sí, lo es, agente Schippman, pero en recompensa, me gustaría escuchar más acerca de este caso, ¿es posible eso?"

Kurt asintió, parándose de su silla. "Y, por favor, conserve la copia de la foto que le di. Si alguien de su personal reconoce al hombre, me llama por favor…"

"Absolutamente," respondió Morris. "Y ahora permítame llevarlo a su hotel. ¿Está alojado cerca del puerto?"

"Sí, realmente es muy cerca del puerto…"

"¿En el Richelieu?"

"Sí," contestó Kurt, sorprendido de que Morris conociera el pequeño hotel. "¿Lo conoce usted?"

"Sí, a menudo alojo a mi familia ahí cuando ellos vienen a visitarme desde Dover."

"Oh, es por eso que usted habla inglés tan bien," dijo Kurt, sonriendo y saliendo a través del área de recepción. "Adiós Nicole," agregó, mientras Morris abría la puerta en frente de él.

Capítulo cincuenta

Birdie –Primer acto

"Alan, mira esto," dijo Tiffany, entregándole un sobre con una tarjeta. Ellos estaban tomando un café en la cafetería esa tarde.

"¿Qué es eso?" Preguntó Alan, recostado en su silla y leyendo la tarjeta distraídamente. "Esta es una invitación a la obra de Babette…"

"Sí, yo se eso, doctor Mayhew, pero la pregunta es ¿cuándo tendría ella tiempo para escribir y producir una obra completa? Yo sé que la mujer es una escritora prolífica pero dado todo lo que ha sucedido, uno hubiera pensado que ella no hubiera tenido tiempo…"

"Además, ella ha estado cuidando de los shows diarios desde que Jean Pierre se lesionó…, demasiado asombroso, estás en lo cierto." Dijo Alan, regresando la tarjeta a su sobre y devolviéndoselo a Tiffany.

"¿No recibiste la misma invitación?" Preguntó ella, sorprendida de que Alan no hubiera visto la invitación del capitán Midleton antes.

"Debe estar en la ranura de mi buzón –no he estado allá abajo durante un tiempo. ¿Pero cuándo es?"

"Este viernes en la tarde, creo." Tiffany sacó de nuevo la tarjeta del sobre. "Pero será presentada durante dos noches –el segundo acto es el lunes en la noche."

"Bueno entonces, me aseguraré de que Evelyn y Angie estén programadas para esas dos noches…" Otra vez, Alan pareció distraído.

"¿Qué pasa?" Preguntó Tiffany. "Esta tarde pareces estar en alguna otra parte."

"Lo siento, Tiffany, pero todo esto me desconcierta. Son demasiadas coincidencias, demasiada gente susceptible de ser lastimada… No sé… Ir a la obra un viernes será como "el doctor me lo recetó"."

* * * *

El teatro estaba a reventar. Era el caso del conocido 'sitio solo de pie'. A Alan y a Tiffany les habían reservado asiento al lado del capitán y los primeros oficiales, y apenas el telón se levantó, el escenario de fondo tomó a todo el público por sorpresa. El capitán sonrió –él había leído el prólogo y estaba esperando el primer acto de alguna forma impaciente.

Después de que los oohs y los aahs habían cesado, y el rugir de los aplausos había acompañado el final del prólogo, Alan volteó hacia Tiffany. "Ella es una artista impresionante, ¿no es así?"

"Esta historia será un éxito, estoy segura," respondió Tiffany.

Unos pocos minutos después, el telón se levantó para el primer acto.

BIRDIE

Por

Babette

Birdie –Primer acto

La sala de estar de Tiny está en ruinas –sucia– necesita una limpieza. Hay sacos de cabuya en las dos ventanas. La alfombra está atiborrada de cosas rotas. La chimenea está llena de herramientas –alguna vez le sala había sido hermosa.

<u>Birdie</u> (Fuera del proscenio –una campana suena, seguido por un golpe en la puerta y después otro golpe) (Birdie grita) Tiny. Soy Birdie.

<u>Tiny</u>   (Sobre el proscenio) (Cautelosamente va a la puerta, se asoma a través de la mirilla de la puerta) (Comenta al margen) Juraría que esa es Birdie. Ella no vino inmediatamente –Ahora no quiero que ella venga (Grita) ¿Trajiste 7-up y Dr, Peppers?

<u>Birdie</u> No, por supuesto que no. Viajé cientos de millas en avión.

<u>Tiny</u>   (Grita) Ve a traer algo de 7-up y Dr. Peppers, después quizás te dejaré entrar. (Comenta al margen) Esto debería liberarme de ella. (Gritos) (Birdie entra con dos maletas) ¿Cómo lograste entrar?

<u>Birdie</u> Recordé dónde solía tu familia esconder la llave.

<u>Tiny</u>   ¿Qué estás haciendo aquí?

<u>Birdie</u> Te dije por teléfono que estaría viniendo a visitarte. Déjame verte.

<u>Tiny</u>   ¿He cambiado?

<u>Birdie</u> No has crecido más.

<u>Tiny</u>   He perdido un poco de pelo arriba y aquí. (Empieza a bajarse los pantalones.)

<u>Birdie</u> Te creo -¿no me vas a pedir que me siente?

<u>Tiny</u>   ¡No! Porque (Siempre prolonga la palabra "porque") todo está lleno de cosas. ¿Qué es eso que traes en esa jaula?

<u>Birdie</u> Este es Fred Astair.

<u>Tiny</u>   ¿Qué es quién?

<u>Birdie</u> Un gatito inteligente y hermoso y ese es Tiny, tu nuevo pariente conocido. (Se ríe)

<u>Tiny</u>   Él se me parece más a un gato gordo. Él puede quedarse afuera.

<u>Birdie</u> Él va donde yo vaya.

<u>Tiny</u>   ¿Por qué quieres quedarte afuera? Algunas veces llueve – otras hace frío- algunas veces incluso nieva.

Birdie Entonces ¿cómo podrías pensar siquiera en tenernos viviendo afuera?

Tiny ¿Yo dije eso? ¿Cómo estoy relacionado con Fredy?

Birdie Es una larga historia. Te contaré acerca de eso en algún momento.

Tiny ¿Prometido?

Birdie Promesa de Scout.

Tiny Yo fui Boy Scout, pero renuncié.

Birdie (Caminando y recogiendo cosas y dejándolas de nuevo en una pila) ¿Por qué renunciaste?

Tiny Porque todos eran unos estúpidos.

Birdie ¿Tú eras más inteligente? (Tiny asiente con su cabeza, sí)

Tiny Era una tropa de niños retrasados mentales. La casa está aún como siempre fue. No le he hecho nada.

Birdie ¿Cómo conseguiste la casa?

Tiny Papá me la dejó cuando murió.

Birdie ¿El dinero fue para tu hermana Marsha?

Tiny Error. Marsha había muerto antes que papá, entonces todo el dinero fue para mí.

Birdie ¿Qué hiciste con él?

Tiny El juez Smith –el mejor amigo de papá- tú lo recuerdas, ¿verdad? De todas maneras, él paga las cuentas y los impuestos por mí y me da algo de dinero. Pero yo tengo dinero escondido de todas formas.

Birdie ¿Dónde?

Tiny No le voy a decir a nadie (Susurra) ¿Ves? Tengo un secreto.

Birdie No para mí. Juramos que nunca tendríamos secretos entre nosotros.

Tiny Tú no estabas cerca, así que ¿cómo podría yo decirte? Creo que debería decirte que antes de papá morir, él me dijo "nunca vayas afuera, solo cuando realmente tengas que hacerlo –como una emergencia y ten mucho cuidado con las personas que dejes entrar a la casa– Solo deja entrar amigos. Yo dejo entrar a Hardy porque él dijo que es mi amigo. Birdie, recuerdo a Wilkins Hight, tú estabas siempre en la oficina principal y metida en problemas porque tú fumabas. Yo nunca fumé. Es por eso que crecí mucho. (Sonríe) De cualquier forma, recuerdo que tenías un gato llamado Sinco, no, era mejor como Sanka y él se subía a un árbol grande y después no se podía bajar. (Él está imitando) Tú, tú fuiste y te subiste al árbol detrás del gato y lo agarraste entre tus brazos y luego tú no te podías bajar, entonces yo me subí y te monté en mi espalda. Tú estabas todavía sosteniendo a Sanka, pero en el momento en que yo envolví tus pies a mi alrededor, Sanka saltó de tus manos y se sentó sobre mi cabeza con su larga cola colgando sobre mi cara. Él estaba maullando fuerte muy fuerte. De todas formas, yo decidí que nunca iba a tener un gato con la cola puesta sobre mi cara.

Tiny ¿De qué estábamos hablando? (Birdie estaba estirándose)

Birdie Estabas próximo a decirme dónde tenías escondido el dinero.

Tiny (Con un manotazo, tira todo fuera de una parte del sofá) Siéntate -¿ves? Ya limpié un lugar para ti.

Birdie Gracias.

Tiny Yo vi una dama real bailando en la calle. (Imita) Eso fue un sábado en la noche cuando yo venía de donde el dentista, porque me sacaron un diente. Fue una emergencia. Por eso llegué muy tarde en la noche. El dentista me tuvo que poner a dormir. (Abre la boca, señala el espacio) Ahí fue. De todas formas, yo vi la dama justo en frente del edificio del banco, bailando así: (Hace una demostración).

Birdie Nunca bailé en la calle. Dancé en espectáculos –sobre el escenario.

Tiny ¿Usabas uno de esos pequeños short, camiseta ajustada que llega arriba hasta aquí? (Muestra sobre sí mismo) (Se ríe) Me gustaría verte en una de esas cosas.

Birdie Eso es un Tutú.

Tiny (Se ríe) Tu, tu, también tu para tú.

Birdie Un tutú es… Nunca importa. Esto es una clase de baile que yo hacía. Mírame. Es llamado baile del taconeo (Baila) Yo acostumbraba hacer acrobacias también. Ahora que estoy más vieja…

Tiny Seguro te envejeciste.

Birdie Todos envejecemos –incluso tú.

Tiny Yo no quiero envejecer, porque luego moriré.

Birdie Incluso los niños mueren.

Tiny Entonces vuélvete pez dorado. Una vez tuve un pez dorado. La extraño. Su nombre era Goldie, porque ella era dorada. Ella nunca regresó, porque se murió.

Birdie Te sentirás mejor cuando yo baile una danza especial, solo para ti. (Ella baila al final. Tiny trata de seguir el paso de Birdie)

Tiny Enséñame a bailar eso. Por favor.

Birdie Vamos a ver.

Tiny ¿Prometido?

Birdie Por favor, trae mis maletas.

Tiny Seguro, yo soy fuerte. ¿Dónde las dejaste?

Birdie Más allá del otro extremo del porche del frente. (Tiny sale) (Regresa con tres maletas grandes, Tiny deja caer una) Ha habido muchos robos aquí en la vecindad. Hubo un hombre que le dijo a una muchacha que era familiar de ella y luego lo hizo (con las manos sobre la cabeza) No quiero hablar acerca de eso. Le robó toda clase de cosas, pero no temas, Birdie, porque yo estoy aquí para cuidarte. ¿Cuánto tiempo te vas a quedar?

Birdie Vamos a ver.

Tiny ¿Por qué siempre dices, "vamos a ver?" ¿Qué significa eso?

Birdie Hay cinco maletas más ahí afuera. No olvides las dos que yo entré. (Tiny sale. De nuevo, llamadas detrás de él.) Hay un baúl pequeño. (Se siente un estruendo fuera del proscenio) ¿Estás bien Tiny?

Tiny Umhum –Una de tus maletas era una maleta deteriorada y se me escapó de las manos…

Birdie Solo trae dos maletas al tiempo.

Tiny Esa es una buena idea. (Sale y regresa de nuevo) ¿Dónde pondremos todas estas cosas?

Birdie ¿dónde me vas a ubicar a mí?

Tiny En mi cuarto arriba de las escaleras. ¿Recuerdas que ese solía ser el cuarto de papá?

Birdie Tienes por lo menos cinco habitaciones –Seguramente tienes uno para mí.

Tiny Seguro. Podría encontrarte uno, pero ¿para qué usar más sábanas y cosas? Podríamos compartir – ¿O no quieres compartir?

Birdie No tu cuarto (cruza la alfombra y tropieza con un pedazo de arcilla inútil) (Tiny corre hacia Birdie)

Tiny ¿Qué estás haciendo? Esas son mis colecciones.

Birdie (Recogiendo los pedazos hechos añicos) Están todos quebrados. ¿Cuándo hubo un tornado en Chicago?

Tiny Tornado no. Mira, las arreglé. Seguro, algunas veces yo quiebro algo, pero siempre lo arreglo. Mira. Mis herramientas están todas aquí en la chimenea. (Están todas tiradas en la chimenea)

Birdie ¿Por qué no pones tus herramientas en el sótano?

Tiny   Porque tendría que buscarlas y despúes tendría que correr atrás y adelante, del sótano hasta aquí y desde aquí hasta el sótano y subir las escalas hasta aquí y...

Birdie Ya capté la idea –gracias.

Tiny   Escoge algún cuarto que te guste. (Birdie toma dos de sus maletas, empieza a subir las escaleras seguida por Tiny) Ten cuidado con estas escaleras, porque todavía crujen. Las voy a rreglar. (Tiny está cargando otra maleta.)

Birdie (sarcásticamente) ¿Estás seguro que no está muy pesada para ti? (Sale)

Birdie (Fuera del proscenio) Tomaré el pequeño cuarto con plataforma.

Tiny   (Tiny carga una maleta –murmura) ¿Plataforma? Yo no tengo una plataforma –solo un balcón grande. ¿Qué tienes en esta maleta? ¿Plomo?

Birdie Tengo un regalo para ti.

Tiny   ¿Qué es? Déjame verlo. ¿Está en esta maleta?

Birdie No. Está en esta.

Tiny   Por favor, ábrela ya. Difícilmente puedo esperar.

Birdie (Se ríe) Bueno (Abre la maleta y saca una caja con una corbata, hermosamente empacada)

Tiny   Déjame adivinar lo que es.

Birdie Debes saber lo que es por la caja.

Tiny   Uhuh. Porque nunca vi esa caja en mi vida. ¿Son dulces?

Birdie No.

Tiny   ¿Galletas? ¿Estoy caliente?

Birdie No. Adelante –ábrela.

Tiny   Sabré lo que es cuando mire adentro de la caja. (La mira de inmediato) Es una corbata.

Birdie ¿Te gusta? Es azul y te saldrá con tus ojos.

Tiny   Yo nunca, nunca uso corbata.

Birdie (aparte) La usarás. Veamos como luce puesta. (Le pone la corbata a Tiny, sin anudarla) ¿Qué haces durante todo el día?

Tiny   Me levanto –como y veo televisión. Como y después voy a la cama.

Birdie (Aparte) Como en un asilo de ancianos. Nosotros –tú y yo vamos air a lugares y a hacer cosas.

Tiny   ¿Cómo qué?

Biride Vamos a ver.

Tiny   ¿Harías algo por mí, Birdie? Nunca vuelvas a decir "vamos a ver" –Prométeme que nunca lo volverás a decir.

Birdie Vamos a…

Tiny   Ahí estás de nuevo.

Birdie Haremos toda clase de cosas juntos.

Tiny   Yo haré el desayuno y tú puedes hacer el almuerzo.

Biride Yo nunca cocino.

Tiny   Yo no voy a hacer el desayuno y también el almuerzo.

Birdie Comeremos afuera.

Tiny   ¿Dónde?

Birdie Vamos a (se ríe) ir a diferentes lugares. Ir de compras es lo máximo en mi lista –arreglar esta casa. Iremos a viajar. Mi Lance vendrá a visitarnos, luego tú y yo podemos ir a visitar a mi hijo Lance.

Tiny Yo soy Freddy –el tío del gato. ¿Lance es mi hijo?

Birdie No. Él es mi hijo. Creo que solo con ser un tío para Freddie es suficiente familia por un día. (Empieza a ir hacia la cocina) ¿La cocina está todavía por aquí?

Tiny   Pensé que no cocinabas.

Birdie Yo no, pero Freddie tiene que comer. (Birdie sale de la cocina) ¿Cuándo fue la última vez que lavaste los platos?

Tiny No recuerdo.

Birdie Ve y lávalos e iremos a comer afuera.

Tiny   No quiero ir.

Birdie ¿Por qué no?

Tiny   Porque no quiero usar ninguna corbata vieja.

Birdie Ve sin corbata.

Tiny   ¿Qué usaría? (hablando desde fuera del proscenio)

Birdie Escoge tú. Cualquier cosa limpia.

Tiny   La única prenda que está limpia es mi traje de baño. ¿Podría usarlo?

Birdie No esta noche. (Aparte) Quizás solo iremos a comer afuera.

Tiny   Fred Astair está caminando sobre mi cama. (Birdie dice en voz alta hacia arriba de las escaleras)

Birdie Fred Astair, sal de la cama o será tiempo de cortina para ti.

Tiny   Estás en lo cierto, ¿Birdie? Aquí está el gato. (Pone el gato sobre las piernas de Birdie.) ¿Cómo se la llevan bien un pájaro y un gato? (Se ríe) Eso es un chiste. ¿Te lo debería explicar? (Tiny se sienta en las escaleras, tratando de ponerse sus zapatos)

Birdie No, no. Lo entendí. (Las risas amainan) Quiero llamar a Lance y dejarle el mensaje de que yo llegué a salvo.

Tiny   Yo recuerdo a Lance. Él es el hijo –también mi hijo. Quiero compartirlo. ¿Birdie? ¿Cuándo vendrá Lance a visitarme?

Birdie No sé. Apenas llegué aquí, así que él probablemente espere hasta Navidad –o quizás vendrá.

Tiny   ¿Estará Lance quebrando cosas y orinando todo en mi casa?

Birdie No, por supuesto que no. Lance es un hombre grande.

Tiny   Eso no significa nada. Yo conozco a algunas personas grandes que quiebran cosas.

Birdie Yo también.

Tiny   Esas personas grandes también se orinan.

Birdie Por favor no le menciones a Lance sobre la orinada.

Tiny   Si tú lo dices, Birdie (Tiny sentado en las escalas, aun tratando de atar sus zapatos)

Biordie (Aun en el teléfono) Nadie contesta. (Cuelga) Es tarde en New York.

Tiny   ¿Qué tan tarde?

Birdie Algo como que el sol se está yendo a cama.

Tiny   No sabía que el sol tenía cama. Pensaba que el sol quemaría todo si estaba suficientemente cerca, entonces ¿cuándo y dónde?

Birdie Tú no vas a usar eso. Está lleno de manchas.

Tiny   Ya me la puse.

Birdie ¿Te gusta la pizza?

Tiny   Sí –si tiene bastante queso.

Birdie ¿Sabes de algún lugar para llamar a que traigan (ligera pausa) la Pizza?

Tiny   Conozco gente que trae cosas, también. Entonces hay pizzas, hamburguesas y papas fritas. Tú tienes que decirles lo que deseas en tu pizza y qué tan grande es la pizza que te comes. ¿Qué deseas en tu pizza?

Birdie Queso (Tiny va al teléfono) Regresaré en un minuto (Empieza a subir las escaleras)

Tiny   No te orines en tus pantalones.

Birdie (Se detiene en las escaleras) No deberías decir eso.

Tiny   Es la verdad, ¿no es así?

Birdie No siempre tienes que decir la verdad.

Tiny   ¿Quieres que mienta?

Birdie Por supuesto que no, pero si vas a herir a alguien –no digas absolutamente nada. Solo guárdalo para ti.

Tiny   (En el teléfono) Quiero pizza, por favor. (La voz se desvanece, las luces se atenúan muy lentamente –el reloj repica el tiempo) (Tocan la puerta)

Birdie La recibiré. ¿Cuánto debo? (Va por su billetera)

Hardy (Forzando la entrada) Tú no me debes nada, todavía.

Birdie ¿Dónde está la pizza?

Hardie No traje ninguna.

Birdie Entonces, ¿qué está haciendo aquí?

Hardy Vine a ver a Tiny. Quiero hablar con él.

Birdie (Aparte) Eso es extraño. Él quiere hablar con Tiny antes de traer la pizza. (Grita hacia arriba) El chico de la pizza quiere hablar contigo antes de dejar la pizza.

Tiny   Oh, eres tú. Este es Hardy.

Birdie (Aparte) Hospitalidad del medio oeste. Ahora ellos presentan al chico repartidor, excepto que este es el viejo repartidor que yo he visto (voz) Ahora caballero, ¿puedo pagar por la pizza mientras está aún caliente?

Tiny   Hardy es mi jefe –te lo dije que yo era un chofer profesional.

Hardy Él es un buen chofer.

Birdie (Repitiendo) Él es un buen chofer.

Hardy Donde quiera que yo tenga un trabajo especial, yo recurro a Tiny para que me maneje –usualmente yo llamo antes, pero la línea ha estado ocupada. Quiero que estén lejos del teléfono.

Tiny   (Susurra) Él me da billetes.

Hardy Si usted nos permita, quiero hablar con Tiny.

Birdie Adelante.

Hardy Hombre a hombre.

Birdie Bien (murmura) Hombre a hombre. ¡Chauvinista! (Sale de las escaleras)

Hardy ¿Qué está haciendo esa fulana aquí? (Se quita las gafas negras de aro pequeño)

Tiny   No te pongas furioso.

Hardy No estoy furioso –todavía, pero pronto lo estaré.

Tiny   Cada vez que coges tus gafas así y te las quitas, te pones furioso como un toro. ¿Te conté alguna vez acerca del toro que yo conocí? Era como tú, solo que él no usaba gafas pequeñas y negras.

Hardy Cállate y contesta mis preguntas.

Tiny   (pone los dedos sobre su boca)

Hardy (Gritando) ¿Qué estás haciendo con tus dedos sobre tu boca?

Tiny   (A través de sus dedos) Tú me dijiste que me callara. (Hardy retira los dedos de la boca de Tiny, doblándolos hacia atrás –Tiny grita) ¡ouch!

Hardy Te lo diré una vez más. ¿Qué está haciendo esa perra vieja aquí?

Tiny   Ella no es una perra. Ella es mi amiga y me está visitando.

Hardy Deshazte de ella.

Tiny De ninguna manera. Me gusta tener a alguien cerca de mí.

Hardy Si eso es lo que te gusta, te conseguiré una amante.

Tiny   ¿Lo harás? No, quiero conservar a Birdie. Ella era una bailarina –eso es una danzarina. Deberías ver su contoneo cuando baila. (Demuestra)

Hardy Perdóname. Consérvala bailando y no le digas nada. ¿Entendiste eso? (Tiny mueve afirmativamente su cabeza) Repíteme lo que te dije.

Tiny   Consérvala bailando y no le digas nada mientras está danzando.

Hardy (retorciendo los dedos de Tiny) No le vas a decir a ella dónde vamos o qué hacemos.

Tiny   (Retorciéndose) Lo entendí. Ni dónde ni qué. ¿Me puedes regresar mis dedos? ¡Por favor!

Hardy ¿No vas a ir a ninguna parte este fin de semana? Quiero que manejes.

Tiny   ¿Cuándo? ¿Dónde? -¿A qué horas me necesitas?

Hardy En las horas de la noche, veré que tengas el cuándo, dónde y la hora. (Señala el teléfono) Deja la línea abierta. Te llamaré. Hasta la vista, niño. (Pisa sobre un chicle –trata de quitarlo de su pie) ¿Por qué me soporto un estúpido como tú? Mantén este lugar limpio. (Sale)

Tiny   (Convoca) El señor Hardy ya se fue.

Birdie (Entra) ¿Qué vende él? ¿Letrinas?

Tiny   Dijiste que no deberíamos hablar de cosas que tengan que ver con mierda.

Birdie Es correcto. Mierda es una mala palabra.

Tiny   (Se rie) Lo sé.

Birdie ¿A dónde llevas a ese zángano Hardy?

Tiny   No lo sé.

Birdie ¿Has estado conduciéndole por mucho tiempo?

Tiny   (Mira el reloj, manteniendo su brazo arriba) Realmente mucho tiempo.

Birdie ¿Y no sabes donde lo llevas? ¿Qué quiere él ahora?

Tiny   Nada que te importe.

Birdie Me estoy interesando en eso.

Tiny   No quiero que tú ni nadie más meta sus narices en mis negocios. Mejor que te vayas.

Birdie Seguro –si realmente quieres decir eso, me iré.

Tiny   ¿A dónde irías?

Birdie Es mi problema.

Tiny ¿Ves? ¿Ves? Tú puedes tener tus problemas, pero yo no puedo tener los míos.

Birdie ¡Democracia! (Empieza a subir las escaleras)

Tiny   ¿A dónde vas? ¿Por qué?

Birdie (Se detiene en las escaleras) No lo sé. Vine aquí porque cuando éramos niños, lo pasábamos muy bien. Tú de verdad me amabas. Eras siempre familia para mí y creo que estoy realmente sola en mis años dorados que se están marchitando más y más. Cuando pienso en esta vieja casa –en mi mente- siempre ha sido mi segundo hogar. Luego cuando vine y vi la casa en ruinas, pensé, la tengo que restaurar. Tengo buenas ideas de decoración. Siempre quise probar reparando una casa o un apartamento, pero viviendo en hoteles, fuera de las maletas, eso no me da la oportunidad. Cuando te vi de nuevo, supe que necesitabas una buena amiga.

Tiny   El hombre, Hardy dijo que me consigue una amante.

Birdie ¡Aclaremos esto! Yo no soy una amante.

Tiny   Lo siento, Birdie. Acostumbraba a jugar a las damas y a los policías y ladrones contigo. Pero ahora, ¿por qué no quieres ser mi amante?

Birdie Amante –no. Seguro, jugaría contigo algunos juegos. Tiny, tienes que entender. Soy muy orgullosa. Nunca estaría donde alguien que no me deseara, o donde alguien que tuviera secretos conmigo. (Empieza a subir las escaleras)

Tiny   (Siguiendo a Birdie) ¿Cuándo regresarás?

Birdie Si salgo ahora, nunca, nunca regresaré. Así tú puedes tener a tu amante.

Tiny   Mejor te tengo a ti –te contaré cosas- palabra de Scout.

Birdie Lo pensaré.

Tiny   ¿Pensar qué?

Birdie Acerca de estar aquí.

Tiny   Creo que a Fred Astair le gusta estar aquí también. Birdie, Fred Astair y yo te necesitamos.

Birdie Es horrible no ser necesitada. Pero peor no ser deseada –y eso le pasa a las personas que se envejecen. Pierden todas sus buenas apariencias. Además, ellos se sientan alrededor a esperar la muerte. Yo no haré eso. Tengo un montón de vida por vivir.

Tiny   Yo quiero vivir contigo.

Birdie Pobre Tiny. No sabe lo que está diciendo.

Tiny   Quiero que te quedes. También te diré donde escondo mi dinero.

Birdie Yo no podría decir "no" a eso. (Abraza a Tiny –ambos lloran) La primera cosa que haremos es conseguir dos hombres del club de los Billonarios para empezar a trabajar en esta casa.

Tiny   ¿Qué es el club de los Billonarios?

Birdie Ellos no son realmente billonarios.

Tiny   ¿Quién va a pagarles?

Birdie Tú, por supuesto.

Tiny   Yo nunca dije que pagaría.

Birdie Lo harás ahora. No te preocupes. Tú solo déjame manejar todo el dinero. Solo di "sí". Seré muy cuidadosa de todo el dinero en efectivo que tengas. ¿Adivina qué? Pondría esta casa de pie de nuevo. ¿Cuánto dinero tienes?

Tiny   ¿En el banco? No sé cuánto hay allá. ¿Tú recuerdas al juez Smith, el mejor amigo de papá? Él podría decirnos cuánto hay, porque él toma nota de todo.

Berdie Si tienes suficiente efectivo, no tendríamos que tocar lo que está en el banco. Dime, Tiny, ¿cuánto tienes escondido?

Tiny   ¿Cómo sabría cuánto tengo en efectivo? Cuando éramos niños, siempre podías encontrar mis juguetes –incluso cuando yo los escondía. Tengo un millón de dólares escondidos. ¿Es suficiente?

Birdie Si son dólares reales, no de juguete. ¿Cómo sé que es un millón de dólares?

Tiny   Porque, los conté. Me tomó días y semanas y meses. Es un millón de dólares en efectivo. Papá era un hombre bueno en los negocios. Él tenía todos esos grados y mi hermana Marsha, con su PhD. Su esposo era un político –pero mírame. Tengo todo el dinero (se ríe) y yo abandoné la escuela secundaria.

Birdie Querido, no tienes que ser más un chofer profesional.

Tiny Por favor, no te alejes de mí, porque yo quiero ser necesitado también.

Birdie Yo puedo entender eso.

Tiny ¿Sabes algo? Hoy es un buen día. Tú te vas a quedar aquí conmigo. Yo aún soy un chofer profesional y soy un tío de Freddie, el gato.

Birdie Es un buen día para mí. He venido a casa y te tengo a ti. Eres mi chico querido que nunca crecerá y me dejará. Tú eres mi guardaespaldas, mi chofer profesional, mi compañero. Iremos a cine, a teatro, a conciertos de rock –cenas en todas partes y bailaremos en la noche- si queremos. Lo que queramos hacer, lo haremos. Oh Tiny, todo lo que necesitaremos es tu millón de dólares y esta casa dorada. Buenas películas de misterio. (Las luces suben de intensidad sobre el proscenio y rebajan fuera de él) (Se forma una mancha oscura sobre el escenario) (Sonidos de zona costera)

Birdie ¿Por qué estamos aquí?

Tiny Difícilmente deseabas hablarme en privado.

Birdie ¿Qué estoy haciendo aquí?

Tiny Viniste conmigo.

Birdie ¿Dónde está él?

Tiny Probablemente en un bar.

Birdie Él me recuerda a un barman que se volvió bandido.

Tiny Yo no debería llamarlo así, porque a él le gusta herir a la gente –especialmente a las mujeres viejas, las paraliza – (aparte) Hablando del diablo, y aquí viene él.

Hardy ¿Qué está haciendo la perra vieja aquí?

Tiny Vino conmigo. Ella puede trabajar para ti, también. Yo sé que ella puede hacer muchas cosas. Pregúntale. (Se voltea hacia Birdie)

Hardy Es demasiado tarde para cambiar nuestros planes. Hey, tú perra, mantén tu boca cerrada. Te utilizaré. Tendrás que hablarles a los guardias. Si ellos te preguntan qué estás haciendo aquí, diles que estás buscando una dirección. (Rasguña un papel –se lo da a Birdie) Di que tu estúpido chofer está perdido, ellos podrían dirigirte en la dirección correcta. ¿Entendiste todo eso? Mejor que lo hagas. Luego Tiny conduce el carro en la dirección que el guardia le sugiera.

Birdie ¿Eso es todo?

Hardy En diez minutos, tú regresas haciendo sonar la bocina y cuando el guardia vaya al carro…

Tiny ¿Qué digo?

Hardy Tú solo te callas. No dices ni una palabra. Tú dejas que la vieja haga todo el diálogo. Adelante, Tú primero, Tiny. Repíteme lo que te dije. (Agarra sus manos) Dilo o te quebraré todos tus dedos; uno a uno.

Birdie No soy idiota. (Las luces destellan señales)

Hardy Olvídalo por ahora. Ahí está mi señal… Mira. Tú, vieja perra, manéjate bien y hay veinticinco dólares para ti ahí adentro.

Birdie (Empieza a decir) Yo no trab…

Hardie Toma el dinero. Eso te hace una profesional (un haz de luz sobre el proscenio –luces sobre el escenario) (El escenario está ahora ordenado, limpio, atractivo, etc.)

Birdie ¡Que noche! Nunca pensé que estaría involucrada en algo como esto.

Tiny ¿No es esto excitante? (Señales de luces) ¡Detente! ¡Sigue! (Imitación)

Birdie Eso no sería excitante cuando vayamos a la cárcel. ¿No sabes lo que estamos haciendo?

Tiny (Parodiando) Yo estaba siendo un chofer profesional y tú eras una – (pausa) Tú estabas felizmente hablando con el guardia.

Birdie ¿Sabes por qué estábamos haciendo lo que estábamos haciendo? Déjame decirte. Tú estabas manejando un carro de escape.

Tiny Eso es correcto. En cualquier momento que tú conduzcas, tú te estás escapando de alguien o de alguna parte.

Birdie Hardy pudo haber estado robando el lugar.

Tiny En la televisión yo vi hombres y mujeres también, robando bancos, almacenes –todo tipo de lugares. Pero esto es la vida real. Tú me dijiste que la vida es diferente a las películas de la televisión.

Birdie ¿Dónde crees que los escritores consiguen sus historias?

Tiny Cuentos de hadas (Se ríe) Eso es otro chiste. Te lo explicaré.

Birdie No sería un chiste si nosotros pasáramos un tiempo en la cárcel.

Tiny ¿Quieres decir en la cárcel de verdad?

Birdie Eso es exactamente lo que quiero decir.

Tiny Hardy no dejaría que eso nos pase. Él es mi amigo.

Birdie ¿Quieres decir que él quebraría mis dedos en una forma "amigable"?

Tiny ¿Qué quieres que haga yo?

Birdie Lo estoy pensando. Yo sé qué deberíamos hacer. Deberíamos ir a la policía.

Tiny ¿Nos escucharían a nosotros y se pondrían de nuestro lado? ¿Especialmente cuando les dijéramos que Hardy nos pagó para llevarlo? Yo podría decirles que yo era un retardado mental. Aunque no soy un idiota como la gente piensa. (Se ríe)

Birdie ¿Conoces a algunos policías?

Tiny Buenos policías –malos policías- Yo veo eso en la televisión. Yo podría conseguir un policía, quizás dos policías rápidamente, si quiebro la ventana de la señora Twitt. Ella siempre está mirando por la ventana. Ella se para derecha en aquella ventana allá arriba. Yo podría lanzar algo a la ventana y Twitt tendría a los policías en el lugar inmediatamente. (Se ríe) Eso es un chiste. ¿No puedes decir?

Birdie Borra esa sonrisa de tu cara y vuélvete serio. Esto es…

Tiny (Rápido en la jugada) ¿Una cosa seria?

Birdie Una cosa muy seria.

Tiny (Avanza hasta Birdie –pone su brazo alrededor de ella) No tengas miedo Birdie. Te dije que cuidaría de ti.

Birdie Yo sé eso, querido.

Tiny (Se ríe) ¿Quieres una barra de helado? ¿O un pedazo de pastel de crema? Iré a traerte uno. Quiero una barra de Dove porque siempre me hace sentir mejor. (Sale)

Birdie No, gracias. Echaría a perder mi cena. También lo haría con la tuya. Voy a llamar a Lance. Deseo, por una vez, que su línea no esté ocupada. (Pausa) No, dejó el teléfono descolgado. (Lance entra y se acerca sigilosamente atrás de Birdie y va a abrazarla)

Lance ¡Te cogí!

Birdie Si tú te atreves a coger siquiera uno de mis dedos, te demandaré y…

Lance (Le da vuelta a Birdie) ¿Demandarme? Eso no es de una persona como tú. ¿Cuál es el problema Birdie?

Birdie Nada, yo puedo manejarlo.

Lance Yo soy ahora un chico grande. ¿Cuál es el problema? ¿Podría ayudarte?

Birdie Es una larga historia. ¿Podemos hablar de eso en otro momento? (Empieza a "calentar") ¿Qué estás haciendo en Chicago?

Lance   Voy en camino a la costa oeste –principalmente Los Ángeles –pero estaré en San Diego)

Birdie Ten mucho cuidado con los terremotos. Recuerda, si hay alguno, ve al marco de la puerta y espera hasta después del temblor, y me llamas.

Lance Llamarte –sí madre- dime que no estás teniendo problemas con Tiny, ¿lo estás?

Birdie ¡Nunca! Él es maravilloso.

Lance No te estás enamorando de él, ¿O sí?

Birdie ¡Por supuesto que no! Yo lo amo, pero nunca como para enamorarme.

Tiny   (Entra) ¡Mira! ¿Escucharon ustedes que Birdie me ama, yo la amo y ambos nos amamos?

Birdie ¿Te vas a quedar aquí con nosotros? Tenemos un montón de habitaciones para ti –incluso sábanas extras.

Lance (En voz baja) "Con nosotros". Te advierto, Birdie, esta cosa con Tiny se está saliendo de control. No puedo permitirlo. Si esto continúa, no tengo otra opción que confinarte a un asilo de ancianos.

Tiny   Nadie va a confinar a Birdie en ningún asilo de ancianos.

Lance No tendrías que decir nada al respecto.

Tiny   El dinero habla. Eso es lo que papá siempre decía. Tú no puedes igualar mi dinero y así yo te combatiré con pilas y pilas de dinero. Lo mejor que puedes hacer es hacer sonar tus tambores (Zapatea y bate los brazos como si estuviera tocando un tambor.)

Lance Yo no quería hacerte enojar, Tiny, o lanzarte un ataque. Sólo piénsalo. ¿Dónde tendrías esa cantidad de dinero?

Tiny   Es un secreto que yo tengo y tú nunca lo vas a encontrar.

Lance No quiebres tu alcancía. (A Birdie) ¿Tú no entiendes lo que estoy diciendo, Birdie? (Empieza a salir –regresa- Besa a Birdie)

Birdie No te vayas así. Tenemos que hablar.

Lance Regresaré en seis semanas. Te lo prometo, y hablaremos entonces. Hasta luego, Tiny. Cálmate (Sale)

Tiny   (Tiny expresa detrás de Lance) Estaré aquí y cuidaré bien de Birdie. (Habla más fuerte) ¿No quieres usar la John, antes de irte? (Se le atraviesa a Birdie) Como dices tú, siempre le tienes que recordar a los niños que vayan a la bacinilla. ¿Qué dije que estaba incorrecto? Ser un padre no es divertido. Vamos, sonríe Birdie. Le voy a comprar a Lance un juguete y una caja de barras de Dove –tengo una idea mejor. Llevemos a Lance a Disneylandia. Yo pagaré todo. Barras de

Dove y Dr. Peppers extras. (Birdie lo besa en lo más alto de la cabeza y sale) (Susurros) Voy a hacer algo, porque eso es la que debería hacer. Llamaré al juez Smith. (Marca el teléfono) ¡Hola! Es Tiny. Quiero hablar con el juez Smith, por favor. (Repiquetea un lapicero como un tamborilero) Él me dijo que en cualquier momento que quisiera llamarlo, estaría bien. Yo podría –podría- ¿Qué quiere decir, que él no está? ¿En audiencia? Sí, yo puedo esperar (Parado) Hola juez, su excelencia. Habla Tiny. ¿Cómo está? ¿Usted dice que yo soy una pasa al sol? (Luce desconcertado) Tengo un problema. No, no es con Birdie. Amo a Birdie. ¿Por qué no puedo yo amar a Birdie? No. Hay algo más. (Baja la voz casi a un susurro –enciende la música- Birdie, con gran entusiasmo, empieza a bailar intensamente) Realmente tengo que hablar con usted muy pronto, (Las luces se atenúan) (Las luces se encienden sobre el proscenio con espacios oscuros sobre el escenario cuando Birdie dice, sin aliento)

Birdie No estoy segura de rejuvenecer. (Las luces se apagan) (Espacios iluminados sobre el proscenio)

Hardy (Hablando desde un teléfono portable) Es evidente que es seguro. Me aseguré de eso. ¿Dónde estoy? (Él se está paseando) Te estoy hablando desde un callejón sin salida de un avión de carga fugitivo. Nadie está alrededor, ni una rata. Dime, tenemos un problema. Hey, sí, tengo un problema, lo que tú digas. Sí, sí. Entiendo que es mi problema. El idiota ahora tiene a cierta fulana vieja viviendo con él. Completamente vieja –Él está por los sesenta. No, él no está tomando píldoras para volverse más fértil. Eso es porque nunca lo conociste. Ella está por los sesenta, así que, ¿cuál es el problema? Él maneja el carro de escape por nosotros. Él piensa que es mi chofer – muy divertido. ¿Yo con un chofer? Sí, una risa. Ahora la perra viene con él. (Saca una bebida en una botella dentro de una bolsa de papel que dice "Duty Free") Seguro, es un buen pretexto. Por supuesto, pienso en mí mismo. Pero la vieja no es estúpida. Sí, él sabe que no voy a ir a la ópera (dijo simulando) Yo hice eso. He amenazado con quebrar sus dedos si ella va a la policía –o si trata alguna cosa. Eso la detendrá mientras tanto. Entonces, cuando ella tenga segundas ideas, le quebraré esos dedos. Sí, eso la mantendrá callada. Realmente ella tiene una artritis mala en sus manos. ¿Cómo sabría si es hereditaria? El idiota no hablará, porque él piensa que yo soy su amigo. ¿Por qué te estoy diciendo todo esto? Porque, cuando yo los desaparezca, quiero protección y para que tú tengas en mí el mejor portavoz. Tú me consigues esa mujer Sally L. Ella es costosa, pero es la mejor. Te lo estoy diciendo ahora, no estoy perdiendo ningún tiempo. No, no estaré involucrado. Tú deberías conocerme. No me importa nadie y no tengo conciencia. Seguro, puedo escaparme de cualquier situación. Dime, eso es por lo que tú me pagas. Sí, sí, sí. Me mantendré en contacto. Tú no puedes llamar aquí. ¿Dónde quieres que te llame? Bueno, esperaré tu llamada. Hazlo pronto. Diablos, no puedo cargar con todo esto solo. (Luces atenúan sobre el proscenio –suben sobre el escenario)

Birdie (Ella tiene una tabla de Ouija sobre sus muslos –Tiny se sienta al lado opuesto de Birdie) ¿Recuerdas la última vez que le hiciste preguntas a la tabla de la Ouija?

Tiny   Seguro. Estaba enfadado contigo, porque tú no irías conmigo al baile de promoción. Me dijiste que era porque la tabla de la Ouija te dijo que no fueras conmigo. No me gustan las tablas de Ouija. ¿Sabes lo que hice? Tiré esa vieja y horrible tabla dentro de la chimenea cuando estaba encendido el fuego, pero ahora la tabla ha vuelto a perseguirme como un fantasma. Me va a perseguir a todas partes (imitando) y yo tendré mala suerte.

Birdie Esta es una tabla nueva. Yo envié por ella y el repartidor de correo la trajo hoy. Ven. Veamos que tiene para decirnos, pero sin trampas. Recuerda, tú no puedes deslizar la tabla para que te diga lo que tú quieras.

Tiny   Tú también. No puedes presionar o empujar la tabla. ¿Qué le vas a preguntar a la tabla? (Risas)

Birdie ¿Qué hay de malo?

Tiny   Me hiciste cosquillas.

Birdie Lo siento. Ahora, vuélvete serio.

Tiny   Quiero hacer mi pregunta. Mi pregunta es: ¿deberíamos ir a la policía por lo de Hardy?

Birdie Estás empujando.

Tiny   Yo no. ¡Mira! Dice "Sí" después dice "No"

Birdie Esos eran mis pensamientos también. Sí y no. Pero se supone que nosotros no pensamos mientras jugamos.

Tiny   No pensar es fácil para mí. ¿Piensas que esta tabla puede decirnos cosas?

Birdie Creo todo hasta que ella pruebe que está errada.

Tiny   ¿Realmente la tabla de la Ouija te dijo que no fueras conmigo al baile de promoción?

Birdie (Dulce azucarada) ¿Por qué otra cosa no hubiera ido contigo al baile de promoción?

Tiny   Eso no tiene ningún sentido. Tú solo me contestas mis preguntas con un sí o un no.

Birdie ¡Cállate! Solo no pienses en nada.

Tiny   Eso es lo que usualmente hago. No pienso en nada y…

Birdie ¿Deberíamos ir a la policía? (Susurra) Se está moviendo.

Hardy (Hardy entra, toma la tabla de la Ouija, manteniéndola en lo más alto sobre las cabezas de Birdie y de Tiny) Ustedes mejor no van a la policía. Habrá dedos quebrados –doce de ellos para ti.

Tiny   Ella tiene solamente diez dedos. ¿De dónde vienen los otros dos?

Hardy (Los dedos listos como una pistola –emite sonidos como balas sin fin) ¡Bang! Eso es para ti, Tiny –muerto.

Tiny   Entonces nuestra amistad se acabó. (Suena puf, puf)

Birdie ¿Qué quieres?

Hardy Está lista mañana en la noche. ¡Aquí! (Tira una bolsa de ropa vieja a Birdie) Quiero que te pongas esa ropa.

Tiny   ¿Y yo?

Hardy Humm. Usa lo normal.

Tiny   ¿Ropa de chofer, otra vez? Estoy cansado de eso. Me gustaría usar algo más, como una falda escocesa (Se ríe)

Birdie Shhh, querido, no digas nada. (Hardy se va)

Tiny   Ponte la ropa. Por favor, Birdie, para mí. Quiero ver.

Birdie Bueno, para ti (se para detrás de los muebles y se cambia sus ropas mientras Tiny trata de espiarla) Mírame. Luzco como una dama idiota. (Gritos) Ahora lo tengo, es eso lo que él quiere que yo parezca. ¿Por qué? (Las luces se encienden y se apagan inmediatamente)

*   *   *   *

No era necesario decir o incluso describir el placer dibujado en el rostro de cada persona cuando el teatro entero se puso de pie y aplaudió a rabiar a los actores y a los miembros del elenco durante tres minutos, estimó Alan –las palmas de sus manos empezaban a dolerle.

"Guau, eso fue fantástico," dijo Tiffany cuando pudieron escucharse uno al otro sobre la baraúnda de los espectadores saliendo del teatro.

"Absolutamente, yo mismo no lo hubiera hecho mejor," respondió Alan de forma burlona.

"¡Tú!" Tiffany volteó a mirarlo con cara divertida. "Tú ni siquiera podrías escribir tus prescripciones legiblemente..."

Alan reventó en risas; "estás en lo cierto, los actores podrían pasar un mal momento leyendo sus libretos."

Esperaron a que el teatro se vaciara antes de dirigirse a la parte trasera del escenario para felicitar a Babette personalmente. La encontraron en medio de una seria conversación con uno de los miembros del elenco.

No deseando interrumpir, Alan sugirió que él y Tiffany esperarían hasta otro momento más oportuno para hablar con ella. "En cualquier caso, esperemos hasta la función del lunes en la noche," dijo él, "y quizás después podamos organizar una fiesta para ella."

"Buena idea," manifestó Tiffany mientras estaban saliendo del vestíbulo. "Conseguiré a algunos de los chicos de la iglesia para que canten el martes una pequeña canción de gratitud, ¿qué opinas?"

"Bueno entonces, cariño, te veré un poco más tarde," dijo él, saliendo del elevador y dirigiéndose a la enfermería.

Capítulo cincuenta y uno

¿Inspector general Clouseau?

Al día siguiente, después de enviar las copias escaneadas del extenso reporte de Morris a Hollman en Berlín, y de recibir un email de congratulaciones de él, Kurt se dirigió a las oficinas de la seguridad localizadas en el centro de Le Havre.

El jefe Masson mostraba un fuerte parecido con el famoso Inspector General Clouseau de la, igualmente famosa, serie de TV La Pantera Rosa, hecho que le dibujó una sonrisa en los labios a Kurt apenas vio al hombre viniendo hacia él abajo del corredor. El fino bigote, los movimientos rápidos de sus ojos cafés, las mejillas ligeramente amarillentas y el delgado y negro cabello completaban la brillante sonrisa de suficiencia en la cara del inspector apenas él le extendió la mano a Kurt para estrechársela.

"Es un placer conocerlo, señor Schippman," dijo el inspector, literalmente sacudiendo las manos de Kurt varias veces. "Yo soy el Inspector General Jacques Masson. Hablaremos en la oficina, ¿sí?"

Guau, pensó Kurt, *su acento va a poner las cosas difíciles.*

"Sí, Inspector General, dirija el camino," respondió Kurt, marchando al compás de Masson hacia la pequeña oficina recargada de archivadores, sillas, y un escritorio cubierto de pilas altas de carpetas y cachivaches.

"Siéntese, siéntese," urgió Masson, limpiando una de las dos sillas colocadas en la esquina de la pobremente alumbrada oficina. "Hemos recibido noticias desde su laboratorio forense y hay buenas, muy buenas noticias," empezó él, sin permitir en ningún momento exponer las razones de la visita. "Los dedos sucios de la mano de la chica nos dan la respuesta; sí. El ADN es de un hombre –no del prometido de Eva Holstrom, ¿sí?"

"¿Usted quiere decir que el ADN recuperado de debajo de las uñas de Eva es de alguien diferente a su novio?" Kurt tradujo, obviamente ofendiendo al inspector, el cual frunció el ceño y lanzó un dardo de desaprobación a la cara del agente.

"¿Eso no fue lo que yo dije?" Preguntó Masson.

"Sí, sí, por supuesto. Y son buenas noticias en efecto, Inspector Masson..."

"Inspector General Masson," corrigió el hombre.

¿Un poquito de ego tiene usted, Inspector Clouseau...? "Lo siento, Inspector General, ¿y usted ha identificado a quien pertenece el ADN?"

"Ah, pero claro," el inspector se echó a reír, "nosotros, nosotros lo hicimos. Su jefe Hollman dijo que es el ADN de un tal señor von Strom..."

"Eso es genial," dijo Kurt, realmente apreciando ese pedazo de informe de inteligencia. Pero preguntándose instantáneamente por qué Hollamn no le había informado del hecho en su último email. Pero, si estaba verificado, debería ser suficiente para permitir a la Interpol interrogar a Gromwell, meditó él, mirando expectante a su interlocutor.

"Sí, sí, es genial. Pero ahora, necesitaremos traer al señor von Strom de regreso a Francia para que enfrente al tribunal, ¿sí?"

Kurt sacudió su cabeza, ante el visible desaliento de Masson. "Nosotros no podemos hacer eso ahora, inspector general. Tenemos otro crimen a bordo del crucero, del cual el señor von Strom es también sospechoso..."

"Pero, pero," protestó Masson, "nosotros tenemos que ser primero. Las muertes de Jean y Eva fueron primero que la muerte a bordo de La Duquesa, ¿no?"

"Sí, usted está en lo cierto, inspector general, pero necesitamos establecer si el señor von Strom es culpable o inocente con respecto al crimen cometido a bordo de *La Duquesa* antes de que comencemos el procedimiento de extradición a Francia."

Visiblemente desalentado, el inspector Masson se paró de la silla y empezó a pasearse a lo largo de su oficina –todos los seis pies de espacio de ella- acariciándose su mostacho rítmicamente.

"¿Eso estará tomando mucho tiempo?' Preguntó Masson, finalmente regresando a su asiento al lado opuesto de Kurt.

"No lo sé, inspector general. Los agentes de Interpol son los que están involucrados en esa investigación, pero usted siempre puede ofrecer su asistencia para ayudar a agilizar las cosas, si usted desea."

"Interpol, ¿sí?" Masson se asomó a los ojos de Kurt por un momento. "¿Tiene usted los nombres de los agentes?"

"El agente Hollman en Berlín le puede suministrar los nombres, estoy seguro."

"Dios, entonces voy a escribirle al agente Hollman y tomaré una decisión después de eso."

Kurt no sabía qué quería decir Clouseau con eso, pero decidió dejarlo tranquilo. Él ya no se preguntaría más por qué la investigación de las muertes de Jean y Eva había tomado tanto tiempo o por qué no había fructificado, como debiera haber sido; de alguna manera autoritario, conjeturó Kurt, el nacionalismo y el ego de Masson lo habría conducido por un camino errado en vez de haber hurgado en el caso profundamente.

Después de dejar la Seguridad, Kurt tomó un taxi de regreso a su hotel y escribió un email a Hollman. Quería saber si el ADN recuperado de debajo de las uñas de Eva era en efecto de Hedwig von Strom. Además, de nuevo se preguntaba por qué Hollman le había ocultado las noticias a él.

El email de retorno le dio las respuestas que estaba buscando –y hasta más.

Kurt,

El laboratorio forense francés confirmó ADN es de hombre. La comparación del laboratorio en Berlín con el ADN de von Strom no es concluyente. Por eso fue que no te di información de inteligencia ayer. Continúa entrevistando testigos (por ejemplo la hermana de Paul). Necesitamos poner a von Strom en la escena del crimen –tal vez en el yate que el alquiló. Pregunta: ¿por qué él no arrojó las víctimas por la borda entonces?

Agente Hollman

Kurt sacudió su cabeza –no le gustaba lo que había leído. ¿Por qué entonces estaba Masson pensando que von Strom era el sospechoso? Quizás no entendió algo en la traducción del mensaje de Hollman, parecía que tan pronto como ellos estaban acercándose a la conclusión, eran empujados atrás –tres pasos adelante y dos hacia atrás.

Una hora más tarde, después de un exquisito almuerzo en uno de los pequeños restaurantes cerca de su hotel, Kurt estaba esperando a Jacqueline Libier –la hermana de Paul- que se iba a reunir con él a tomar un café. Apenas entró al restaurante contiguo, la joven mujer miró alrededor de ella. Kurt supo instantáneamente que era ella. Su parecido con Paul era obvio. Su esbelta figura y adorables piernas habían atraído inmediatamente la atención de Kurt. Agitó una mano hacia ella y sonrió.

Una vez se sentó al otro lado de la mesa, Jacqueline dijo, "discúlpeme señor Schippman, pero no hablo inglés. ¿Puede usted hablar francés?"

"Sí," dijo Kurt, y abrió la conversación en su lengua natal.

Jacqueline era una mujer hermosa con cabello negro y corto y sonrientes ojos almendrados. Ataviada con un elegante vestido y con blusa blanca –demasiada apariencia de oficinista- ella parecía ser una mujer joven muy segura, que no sería fácilmente persuadida a tomar en dirección errada.

"Cuánto tiempo estará en la ciudad, agente Schippman?" Preguntó ella después de que Kurt le había explicado brevemente a qué conllevaba su reunión.

"El tiempo que me tome adelantar la investigación de la muerte de sus amigos," respondió Kurt, cuando el mesero había dejado su mesa después de depositar dos cafés expresos en frente de ellos.

"Le pregunté porque no tengo mucho tiempo ahora para hablar, pero puedo ir a su hotel esta noche después del trabajo, si usted gusta..."

Kurt ondeó una mano en frente de él. "No-no, señorita Libier, solo tengo dos o tres preguntas para usted, así que no tomará mucho tiempo."

"De acuerdo entonces, ¿qué le puedo decir?" Preguntó Jacqueline, dejando caer un terrón de azúcar en su café.

"¿Vio usted a Eva con el oficial con el cual ella se estaba viendo antes de conocer a Jean, o de salir con él?"

"Solo los vi juntos una vez, pero no fuimos presentados."

"¿Y cuándo fue eso, lo recuerda?"

"Eso fue hace un par de meses antes de ella empezar a citarse con Jean. Ellos iban para el puerto, me imagino, pero ellos no me vieron a mí..."

"¿Fue en la calle donde usted los vio juntos?"

"Sí, yo estaba de compras con mi madre, y justo los vi a los dos cruzando la calle."

Kurt sacó una segunda copia de la foto de Gromwell del maletín que había colocado a su lado sobre la mesa. "¿Reconoce a este hombre?" Preguntó él, volteando la foto de frente a Jacqueline.

"No puedo decir con seguridad, agente Schippman, pero realmente luce parecido al hombre que vi con Eva en aquel entonces."

"Bueno. ¿Recuerda que Eva le haya dicho algo acerca de este oficial –quiero decir el hombre que ella estaba frecuentando?"

"Sí, ella estaba muy entusiasmada, porque él estaba trabajando en un pequeño barco crucero aparentemente y le prometió llevarla en el crucero la siguiente vez que estuviera en la ciudad."

"¿Dijo ella algo más?"

"No realmente, pero recuerdo que dijo que él vivía en América – en Miami, pienso que dijo ella."

"¿Sabe por qué rompieron ellos...?, quiero decir, ya que ella salía con Jean después de que el oficial se fue, ellos deben haber roto relaciones."

Después de vaciar su taza, la cara de Jacqueline se iluminó con una amplia sonrisa. *Oh Dios, Desearía no estar en servicio*, pensó Kurt.

"Simplemente porque el amor no es solo un paseo en barco, agente Schippman," respondió Jacqueline con una adorable sonrisa.

Él le retornó la sonrisa y asintió. "Sí, puedo entender eso, y Jean representaba un futuro más seguro, ¿verdad?"

"Sí. Ya ve, Eva era una chica muy seria –fue por eso que le gustó el oficial al principio. Él era atento y nunca se sobrepasó con ella. Incluso, ella dijo que no le gustaba besarla en público, que eso era algo que una joven no debería hacer. Yo pensaba que quizás era por su estricta educación alemana..."

"¿Él era alemán entonces...?" Preguntó Kurt, como si eso fuera nuevo para él.

"Oh, sí, de muy buenas costumbres y siempre cortés, decía Eva. Él le traía flores a ella e incluso le dio un pequeño pendiente..."

"¿Sabe usted si Eva estaba usando el pendiente cuando usted la vio por última vez?"

"Yo no recuerdo, pero ella siempre lo usaba, aún después de haber terminado con él. Tal vez usted debería hablar con la señora Holstrom –la madre de Eva- ella lo sabría, pienso."

"Sí, esa es una buena idea. Creo que iré. ¿Sabe si ella está en su casa esta tarde?"

"Oh, creo que sí. Ella no está trabajando por estos días –la muerte de Eva ha sido un duro golpe para ella."

"Estoy seguro que lo fue," dijo Kurt, lanzando una mirada de tristeza a través de la mesa. "Que un miembro de la familia sea asesinado nunca es fácil para nadie."

"¿Tiene usted su dirección? Preguntó Jacqueline.

"No, yo no, pero fácilmente podría averiguarla con el inspector general en la seguridad." Dijo terminando su café.

Jacqueline meneó su cabeza. "No es necesario, yo se la daré. No es lejos de aquí..."

"Bueno entonces," dijo Kurt sacando una hoja de papel y un lapicero de su maletín. "Y pienso darle una llamada antes de aparecerme a su puerta..."

Jacqueline de nuevo sacudió su cabeza, y alejando su vista del pedazo de papel, dijo, "yo la llamaré, así ella sabrá qué –quiero decir a quien- esperar." Ella sonrió y sacó su celular de su bolso.

Unos pocos minutos de rápida conversación le tomó a Jacqueline para cerrar bruscamente el teléfono, levantarse de su silla y decir, "¿por qué no vamos juntos hasta la esquina desde donde yo le pueda señalar la dirección correcta...?"

"Bien..., gracias. Permítame yo pago los cafés y la alcanzo en la puerta," respondió Kurt. La impulsividad francesa siempre le había fascinado.

Una media hora más tarde, Kurt estaba sentado ante la mesa del comedor de la casa de Eva.

"Gracias por verme, señora Holstrom," empezó diciendo Kurt, una vez la dama había traído algo de café y galletas de la pequeña cocina contigua al comedor. Era una residencia francesa tradicional de estilo viejo donde no había salón ni sala de estar como tal –solo una mesa y sillas en el cuarto del frente donde la mayoría de los visitantes eran bienvenidos a sentarse a comer con la familia.

"Estoy muy contenta de que haya venido, señor Schippman," respondió la vieja señora.

Vestida de negro, su semblante parecía haber estado afligido por una gran pena –la cual obviamente tenía. Parecía estar resignada a su suerte, la tristeza se dibujaba en las profundas líneas a lo largo de su agradable cara.

"¿Eso por qué, señora Holstrom?" Preguntó Kurt, sirviéndose él mismo una galleta.

"Porque, el inspector general parece pensar que no puede hacer más que culpar a cualquiera que no tenga todas las respuestas a sus preguntas." Bebió un sorbo de su café. "Y no estoy diciendo que sea incompetente, usted me entiende, pero él nunca me preguntó por la vida de Eva. Quiero decir, él siempre habló y habló pero no me preguntó mucho acerca de ella. Y creo que me gustaría decirle mucho más acerca de mi hija. Incluso Adrián –mi esposo- dijo lo mismo. "Él es pura habladuría," dijo él. Así que estoy complacida de ver a alguien más tomando cartas en el asunto."

"Bueno, gracias, señora," respondió Kurt con una sonrisa después de tragar otro bocado. "Y esas están geniales; ¿usted las horneó?"

"Esas eran las favoritas de Eva, sí. Sí..., yo siempre las horneo los jueves...," dijo la señora Holtrom, con lágrimas saliendo por las comisuras de sus ojos. Tomó un pañuelo del bolsillo de su chaqueta y se limpió con manos temblorosas.

"¿Por qué no abordamos algunas de las preguntas más simples entonces...? Quizás las más simples para usted," sugirió Kurt.

"Sí, por favor, no me importa..., quiero ayudar."

"Bueno, veamos si usted puede decirme quién es este hombre" Una vez más él sacó la fotografía de su maletín y se la entregó a la consternada mujer.

Un movimiento afirmativo con la cabeza era todo lo que Kurt necesitaba en el momento, y tan pronto la señora Holstrom balanceó su cabeza arriba y abajo, y colocó su pañuelo bajo su nariz, él supo que tenía su respuesta.

"¿Lo conoció usted?" Preguntó él.

"Sí, él vino a la casa una vez. Dijo que era el Primer Oficial Hans Gromwell. Recuerdo muy bien cuando él entró, porque inmediatamente me hizo recordar a los oficiales alemanes que iban a la casa de mis padres durante la guerra siempre repiqueteando sus talones y parándose en posición de firmes cuando eran presentados a alguien. Y él lo hizo también.

"¿Dijo él en qué barco estaba él en ese momento, lo recuerda?"

"No lo recuerdo, no. Lo siento. ¿Es importante?"

"No-no, señora Holstrom, está bien." Hizo una pausa. "Como usted sabe, yo hablé con Jacqueline antes de venir aquí" –Ella estuvo de acuerdo- "y ella me habló de que el oficial Gromwell le había dado a Eva un collar con un pendiente; ¿lo tiene usted o ella lo estaba usando cuando usted la vio por última vez?"

"Conozco el pendiente al que usted se refiere, señor Schippman, pero ella debe haber estado usándolo porque cuando yo revisé sus cosas no estaba ahí... Yo quería que ella lo tuviera puesto cuando la fueran a enterrar..." Se detuvo a derramar un poco más de lágrimas. "Lo siento..., pero ya no nos fue posible verla o besarla o decirle adiós aunque su cuerpo fuera liberado de la morgue..."

"Yo entiendo, y eso está bien, señora Holstrom. Si puedo encontrar el pendiente, me aseguraré de que sea regresado a usted," prometió Kurt, haciéndose el propósito mental de cumplirlo tan pronto como pudiera poner sus manos sobre él.

Eso era algo que el inspector general no había hecho tampoco – los asesinos seriales generalmente toman trofeos de sus víctimas- él no había recolectado ninguna información de ese tipo de la familia de Eva, aparentemente.

"De acuerdo, señora Holstrom, debo salir ahora, pero me mantendré en contacto con usted y con Jacqueline de forma que usted conocerá cómo va progresando nuestra investigación. ¿Estaría bien para usted?"

"Sí, señor Schippman, estaría complacida de mantenerme informada del progreso –eso será un cambio muy agradable...," concluyó ella, levantándose y tomando un par de galletas del plato. "Lleve estas para usted, y si usted aún está en la ciudad el próximo jueves, puede venir y tomar un poco más."

Kurt estaba conmovido por el gesto. "Oh, puede estar segura de que tocaré el timbre de su puerta cada jueves que esté en Le Havre, señora Holstrom; están muy buenas como para desaprovecharlas," dijo él con una sonrisa que demostraba su gratitud.

Capítulo cincuenta y dos

Una "caída" horrible

Tan pronto regresó a su cabina, Gregory fue a su laptop y se aprestaba a escribir un reporte para el agente Hollman, cuando vio que tenía un mensaje esperándolo del jefe de la Policía Federal. Sacudió su cabeza, y empezó a escribir su respuesta. Le tomó casi quince minutos para resumir lo que había ocurrido en los últimos dos días, y concluyó diciendo que enviaría fotos del pendiente a Kurt cuando consiguiera localizarlo.

Cerró su computadora y se dirigió abajo hacia la enfermería. Estaba ya tarde –casi las once de la noche- y decidió no molestar al doctor hasta la mañana siguiente. Estaba a punto de tomar las escaleras de regreso a su habitación cuando vio algo que lo detuvo al pie de las escalas.

En la cuasi-penumbra de solo las luces del corredor, él no estaba seguro quiénes eran las dos personas, aunque ninguno a bordo tenía un cabello marchito similar a ese. Se movió entre las sombras de las escaleras y a lo largo de la pared hasta que estaba parado en un rincón oscuro pero justo en frente de los dos hombres.

Gromwell estaba diciendo, "ahora doctor Zetisman, yo sé que usted ha encontrado mi medallón en su equipaje..."

"¿Cómo sabe usted eso?" Le interrumpió Zetisman.

"Porque yo lo puse en su maleta. Y quiero que me lo devuelva."

"Pero yo ya no lo tengo," respondió el doctor Zetisman visiblemente agitado.

Gromwell agarró al pobre doctor por la solapa de su siempre arrugada chaqueta y lo sacudió. "Escuche, pequeño gusano, usted y yo sabemos dónde está eso, ¿verdad?"

El doctor Zetisman balanceó la cabeza dos veces. "Pero..., eso está en una caja fuerte..."

"También sé eso, idiota. Usted solo pida que se lo regresen, ¿lo hará ahora?"

La cabeza del doctor se movió arriba y abajo otra vez. "Pero..., pero él no va hacer eso..."

Gromwell gruño de disgusto y empujó al pequeño hombre lejos de él. "No me importa cómo lo hace, doctor Zetisman pero quiero mi medallón de regreso."

Gregory había escuchado suficiente. Él necesitaba conseguir el pendiente para los agentes Gilford y Quan tan pronto como él pudiera lograr que el doctor abriera la caja fuerte. Sin desear salir corriendo de su rincón, se escabulló hasta que alcanzó el siguiente corredor. Él sabía que Zetisman tomaría la misma ruta si Gromwell había sido tan persuasivo como pareció.

Cuando llegó a la cabina de Alan, tocó suavemente y no obtuvo respuesta. Se preguntó si el doctor se había quedado a pasar la noche en la habitación de la señorita Sylvan. Tocó de nuevo, y al no escuchar ningún movimiento desde adentro, pensó en correr escalas arriba hasta la cabina de Tiffany antes de que alguno de los dos, Gromwell o Zatisman dedujera lo mismo que él. Una vez en frente de la entrada de la clínica, golpeó su puño contra la puerta y esperó por unos instantes.

Alan refunfuño cuando fue sacado de su sueño. "¿Qué pasa ahora?"

"Doctor, por favor..., la voz de un hombre venía del otro lado de la puerta.

Gruñendo más, Alan se puso en pie y fue a dejar que el hombre entrara. "Que diab... ¿Qué pasa?" Preguntó, desconcertado al ver a Gregory sangrando por ambas rodillas y con varias cortadas en su cara. "¿Perdió usted un paso de las escaleras?"

Gregory obviamente adolorido, miró arriba. "No, doctor. ¡Estoy completamente seguro que golpeé cada uno de ellos!"

"Se lo dije; esos shorts no le quedan bien a usted," le repitió Alan, soltando una carcajada. "¿Pero qué estaba usted haciendo afuera a media noche?"

"Larga historia," dijo Gregory, moliendo las palabras entre los dientes apretados mientras se subía a la mesa de examinar.

Probablemente tiene un esguince de tobillo, pensó Alan apenas vio a su paciente encogiéndose cuando se paró ante la mesa.

"Pero ¿qué está haciendo durmiendo en la enfermería?" Preguntó Gregory, acostándose.

"Esa es otra larga historia. Pero usted primero, ¿qué pasó?"

"Bueno...," empezó Gregory, aparentemente con alguna dificultad para respirar, "cuando regresé esta noche, recibí un mensaje de

Hollman pidiéndome conseguir una fotografía del pendiente..." Tomó un respiro de dolor. *Y una costilla rota probablemente...* "Y cuando fui a buscarlo a usted, y..., usted no estaba en su cabina, fui a donde la señorita Sylvan..."

"¿Eso hizo usted?"

Gregory asintió. "Pero antes de ir a las escaleras, vi a Gromwell hablando con el doctor Zetisman, preguntándole –no, realmente exigiéndole- que le pidiera el medallón a usted."

"Bueno y después ¿qué pasó?" Preguntó Alan, ya empezando a limpiar los tobillos del hombre. "Esa es la cosa extraña..., respondió Gregory antes de gemir.

"De acuerdo, Gregory, tiene una costilla rota, entonces tenga cuidado y no trate de doblar su torso por el momento."

"Ouch..., eso duele, doctor; ¿qué está haciendo?" Preguntó el agente, tratando de levantar su cabeza de la almohada para ver a Alan limpiando uno de sus tobillos con antiséptico.

"¿Tiffany abrió la puerta?" Preguntó Alan, sin descuidar su tarea.

"No, y eso fue lo que me preocupó. ¿Ella está durmiendo en su cabina esta noche?"

Alan meneó su cabeza. "Después de todo lo que he sabido por la Interpol hoy, pensé que lo mejor para ella era desaparecer."

"¿Dónde está ella entonces?" Preguntó Gregory, mirando desde la almohada.

"Créame, está en alguna parte donde Gromwell nunca se atrevería a ir."

"¿Dónde es eso?"

"Eso, agente Voinovich, es para yo saberlo y para que usted y cualquiera otro afectado con este asunto nunca lo descubra." Alan sonrió con satisfacción, mientras aplicaba los toques finales al vendaje de cada uno de los tobillos de Gregory.

"Escúcheme doctor, ¿cómo la podría proteger, si no la puedo encontrar...?"

"Y usted, Gregory, no estará habilitado para proteger a nadie por el momento." El último le lanzó una mirada de resentimiento. "Clínicamente, usted tiene una costilla rota, un esguince de tobillo, y probablemente un ligero traumatismo craneoencefálico, a juzgar por el creciente hematoma en su frente. ¿Cómo logró hacerse usted mismo tanto daño cayendo por las escaleras?, no me puedo imaginar."

"Solo es eso, doctor. ¡Yo no lo hice!"

Alan miró fijamente a su paciente ahora. "¿Qué quiere decir con eso? ¿Se metió usted en una pelea con Gromwell antes de caerse?"

Gregory asintió e hizo una mueca con el siguiente suspiro que dio. "Pero, sin embargo, aun necesito una foto del pendiente..., murmuró como hablando para él mismo.

"Eso lo puede tener," dijo Alan, yendo al cajón de su escritorio. "Ya había tomado unas pocas fotos de eso antes de asegurarlo la última vez que tuve que ir a la caja fuerte." Sacó una memoria de su escondite, la conectó en el puerto USB de su computadora y ojeó a través de los archivos. Después envió dos fotos a su celular, cerró el sistema y regresó a atender a Gregory. "Bueno, le enviaré dos fotos a su celular y le sugiero que las trasmita a Gilford y a Quan apenas pueda..."

"¿Pero qué acerca del pendiente real; no preferirían esos amigos tenerlo...?"

"No ahora. De lo que usted está diciendo, yo podría esperar una visita de nuestro doctor Zetisman muy pronto, o inclusive de Gromwell. Entonces, y al menos que nuestro capitán de tripulación desee dispararle a la caja fuerte para abrirla, él no tendrá el medallón de regreso."

"Pero...," Gregory trató de interrumpir.

"No; no hay peros acerca de esto, Gregory. He tenido otra reunión con el capitán Midleton esta tarde –a petición de él- y será mejor que Gromwell se concentre en moderar su comportamiento desde ahora. Ambos, la tripulación y el personal de teatro han tenido suficiente de él hasta ahora, y créame, usted no desea exasperar a un marinero cuando ha perdido un compañero."

Gregory, un solitario de profesión, fue tomado desprevenido. Tuvo un mal rato comprendiendo cómo una tripulación completa era tan unida. Se sentó en la mesa después que Alan le había vendado su tobillo y le había dado una tableta sin esteroides para tomar en la mañana.

"Y por ahora, Gregory, vamos a estar juntos por el momento..."

"Pero qué pasa con las fotos..., tengo que enviárselas a Hollman."

"Puede hacerlo desde su teléfono, estoy seguro," le dijo Alan, dándole una mano para bajarse de la mesa. "Y creo que usted no debería regresar a su cabina esta noche."

"¿Por qué?" Preguntó Gregory, desconcertado. "Me vendría bien un maravilloso y largo período de sueño ahora."

"Y eso es exactamente lo que no quiero que haga, al menos que usted quisiera caer en coma. Estaré despertándolo para chequear sus signos vitales cada hora, el resto de la niche." Sonrió ante la mirada que le dio Gregory.

Los agentes Gilford y Quan habían decidido tener una cena tardía en el restaurante del casino esa noche. Se sentaron en una mesa cerca de otra donde un hombre estaba aparentemente insatisfecho con el cangrejo extendido en un lecho de lechuga que el mesero había depositado cuidadosamente en frente de él.

"¿Qué piensa usted que le pasó a esto?" Parece que le falta la pinza," se quejó el pasajero.

"Probablemente se metió en una pelea en el tanque," respondió el mesero con una sonrisa de suficiencia atravesando sus labios.

"¡Muy divertido!" dijo el hombre. "Bueno entonces, por qué no se lleva esto y ¡me trae el ganador!"

Gilford tuvo que suavizar la risa doblándose sobre la mesa, simulando recoger su servilleta.

Quan, por otro lado, cubrió su cara con el menú –una risita nerviosa que se convirtió en una risotada también.

Habiendo recuperado su compostura, los dos agentes trataron de concentrarse en el menú antes de que el mesero regresara con un cangrejo entero para el vecino.

"¿Servirá esto, señor?" Preguntó el joven hombre.

El pasajero miró el plato y luego al mesero. "Sí, pienso que este luce como un ganador con mucho mejor gusto que el otro."

Aunque la chanza era difícil de ignorar, el agente Gilford, volvió su atención hacia el mensaje que había acabado de recibir de Gregory y frunció el ceño.

"¿Qué es eso?" Preguntó Quan, agachándose para leer la pantalla del teléfono. Luego levantó su mirada hacia Gilford. "Por qué ese medallón es importante, ¿lo sabe?"

"Sí," respondió Gilford rápidamente. "He escuchado desde Alemania. Schippman ha entrevistado testigos en Le Havre y están seguros que ese medallón" –le dio una palmadita a su teléfono- "es el que Eva Holstrom estaba usando cuando murió."

"¿Alguna cosa del ADN ya?" Preguntó Quan.

"Inconcluso hasta ahora, aparentemente," respondió Gilford, lanzando una mirada al mesero que se aproximaba.

"¿Qué puedo traerles, caballeros?" Preguntó, parado entre los dos agentes.

"¿Qué le parece una ensalada de cangrejo con el perdedor?" Preguntó Gilford, tratando de conservar su cara seria.

Ante eso, Quan no pudo contener la risa, lo cual le mereció una extraña mirada del joven mesero.

"¿Sería eso con papas fritas, señor?" Preguntó este último con un despectivo encogimiento de hombros.

"Sí, y Perrier."

"Sirva lo mismo para mí," respondió Quan, entregándole el menú.

"De acuerdo, caballeros, ya mismo," concluyó el mesero, cerrando su block de pedidos y alejándose en dirección de la cocina.

"Dijo usted que Voinovich se metió con Gromwell?" Preguntó Quan, una vez sus comidas estaban en frente de ellos.

Gilford estuvo de acuerdo y empezó a comer. "Hum..., sí..." Tragó. "Gromwell aparentemente sorprendió a Voinovich tratando de entrar a la cabina de la señorita Sylvan y se trenzaron en una pelea lo cual produjo la caída de nuestro Gregory por las escaleras."

"¿Él está bien?"

"El doctor Mayhew dice que está fuera de circulación –conmoción cerebral, costilla fracturada, esguince de tobillo, cortadas y raspaduras aparentemente...," contestó Gilford, llevándose a su boca otro tenedor con cangrejo y ensalada.

Obviamente sorprendido, Quan preguntó, "pensé que Voinovich era un boxeador profesional o algo parecido."

"Ah-hum, sí, pero recuerda que no hay mejor entrenamiento que una temporada de 25 años en prisión para aprender como pelear."

"De pronto yo le debería enseñar al señor Voinovich unos cuantos movimientos de Tai-Chi," sugirió Quan, sonriendo ante la idea de enfrentar a Gregory en una pelea Ruso-Coreana.

Después de cenar, los dos agentes, ahora vestidos apropiadamente para la ocasión –costosos vestidos de lino, camisas de cuello abierto y luciendo como billonarios- se aproximaron a la mesa de póker donde se habían estado llevando a cabo juegos de alto riesgo durante horas aparentemente. El hombre de un solo ojo parecía estar ganando en grande y a menudo. Los perdedores lucían obviamente frustrados. Sin embargo, no era tiempo de desahogar frustraciones con un duelo abierto sobre la mesa. Después de todo, esto era un crucero para el bienestar y el esparcimiento de la gente.

No obstante, uno de los jugadores obviamente no pudo contener su enfado cuando se puso de pie y manifestó, "lejos está de mí, caballeros, lanzar calumnias sobre alguna persona aquí. Entiendan, señores, no estoy acusando a nadie de hacer trampas. El hecho de que yo esté perdiendo hasta la camisa no es culpa de nadie. Pero, si pierdo una mano más porque alguien decide hacer trampa, juro, caballeros, ¡le sacaré a su otro ojo!"

Capítulo cincuenta y tres

Birdie – Segundo acto

Mientras la Interpol estaba ocupada explorando el terreno para hablar y recoger información de varios sospechosos o 'colaboradores', Tiffany y Alan se reunían con los oficiales y el capitán en el vestíbulo –antes del segundo acto de "Birdie" que estaba a punto de empezar.

"¿Cómo está nuestro camarada ruso?" Le inquirió el capitán Midleton a Alan. "Una vez más, estamos tratando con lo que parece un accidente. Él pudo haberse quebrado su cuello en la caída, ¿no es así?"

"Absolutamente cierto, capitán," respondió Alan, mirando abajo a sus pies. "Gregory y el señor Gromwell tuvieron una pelea, la cual pudo ser ciertamente la razón de algunas de sus heridas, pero precipitarse por un grupo completo de escalas, como él lo hizo, no era lo que él quería, estoy seguro."

El capitán asintió y cruzó sus brazos. "Usted sabe, doctor Mayhew, realmente debo expresarle mi gratitud..."

"¿Perdón...?" Soltó abruptamente Alan, "yo solo traté de ayudar a un grupo de agentes muy bien entrenados..."

"No, no, doctor, eso no es lo que quiero decir –usted ha demostrado una actitud de calma a través de esta dura prueba, que ha ayudado mucho a la tripulación a mantenerse con cabeza fría, no he escuchado ni una queja de ningún pasajero –y eso, doctor, merece mi agradecimiento."

"Bueno, gracias, señor, pero debo insistir en el hecho de que gran parte de mantenerme calmado, como usted mencionó, es debido a tener gente tal como la señorita Babette."

"Ella es maravillosa, ¿no es así?" Apuntó Tiffany inesperadamente, mirando al capitán.

"Sí, ella lo es, pero usted ha hecho su parte también, mi querida. Como directora de entretenimiento de los niños, no he escuchado más que elogios acerca de usted."

"Oh Dios, gracias, señor. Me aseguraré de recordar eso la próxima vez que alguno de los pequeños mocosos me haga pasar un mal rato."

Los tres rieron con entusiasmo, entraron al teatro apenas las puertas se abrieron y tomaron sus asientos en la primera fila. Una vez más, Alan notó la ausencia del capitán de tripulación. *Espero que no esté merodeando en busca de otra pelea,* pensó él.

Birdie – segundo acto

(El escenario está vacío –Birdie entra en traje de dama)

Birdie (Se sienta) Que larga noche. Los nervios de esos bajos fondos, Hardy, desfilándome arriba y abajo.

Tiny   Con todas esas bellas mujeres siguiéndote.

Birdie Yo sé que fue eso –fue una distracción. (Se estira) siento un baile avanzando. (Birdie baila, Tiny se contonea detrás de Birdie) (Birdie se detiene) Ese bastardo, Hardy, me deseaba a mí.

Tiny   Y a las chicas.

Birdie La estrategia para cubrir cualquier cosa que él estuviera tramando. Me pregunto ¿qué estaba haciendo esta vez?

Tiny   Preguntémosle a tus cartas.

Birdie Estoy empezando a no creer en ellas.

Tiny   Entonces tú mentiste, porque tú estabas sentada allá en aquel sofá y dijiste "cosa segura –es una cosa segura- las cartas nos dirán lo que nosotros queramos saber.

Birdie Ellas lo harán, pero eso no significa nada.

Tiny   (Trae las cartas) Vamos, Birdie, no seas una vieja gatita amargada. Cortaré las cartas. (Baraja las cartas)

Birdie Bueno. Si eso significa mucho para ti. Elije una carta y devuélvemela.

Tiny   Veamos. ¿Qué dice?

Birdie (Lee las cartas) El pasado se fue. Pronto el futuro será pasado.

Tiny   ¿Es eso bueno o malo?

Birdie Podría ser ni bueno ni malo.

Tiny   Para mí suena como una galleta China de la fortuna. ¿Nos quedan algunas galletas de la fortuna?

Birdie No, te las comiste todas hace tiempo.

Tiny   (Tocan la puerta) Yo abriré. ¿Por qué la gente toca la puerta si hay un timbre? Todos son estúpidos hoy en día. (En la puerta) ¿Qué es eso? Yo no sé si debería firmar eso o no. Birdie, ven acá y mira. (Birdie cruza hacia la puerta) (Fuera del escenario –susurros como si hubiera una hermosa mujer)

Birdie Voy a ignorar eso. Gracias por el cumplido. (Cierra la puerta – ríe) Creo que nuestro repartidor de correo se retiró.

Tiny   Él me dijo que si no trabaja, no puede encontrar algunas mujeres bellas de más de sesenta.

Birdie Debe estar bromeando.

Tiny   Él va a empezar montañismo y a escalar el monte McKinley.

Birdie Las mujeres no lo seguirán... ¿Acerca de qué es todo esto?

Tiny   Veamos. (Va a agarrarla)

Birdie No la agarres. (La mantiene lejos de él) La leeré para ti. No, te diré qué dice –un Sargento Vegas.

Tiny   ¿De la armada de los Estados Unidos?

Birdie No, la policía estuvo ayer aquí para hablarnos, pero nosotros estábamos afuera. Ahora este sargento quiere una cita con nosotros para hoy o para mañana.

Tiny   Eso es fácil. Dile "no, estamos ocupados."

Birdie No puedo hacer eso. (Va hacia los abrigos –toma el de Tiny y el suyo) (Empieza a salir)

Tiny   ¿Vas a salir así? (Birdie se mira abajo a sí misma)

Birdie (Ríe) Creo que mejor no. Mientras me estoy cambiando, llama a la estación de policía y pregunta por el sargento Vegas, luego dile que sentimos haber perdido su visita.

Tiny   Eso es mentira –una mentira atrevida.

Birdie Dile que estaremos en la comisaría, comisaría quiere decir estación de policía, para verlo.

Tiny   Yo no quiero ir.

Birdie Yo tampoco.

Tiny   Entonces ¿por qué vamos?

Birdie Porque tenemos que ir. Aún me pregunto, qué quiere él.

Tiny   Quizás el juez Smith habló con él.

Birdie (Bajando las escaleras hacia Tiny) ¿Qué tendría que decirle el juez Smith a él?

Tiny   No lo sé. Yo no estaba ahí.

Birdie ¿Tienes algo que ver con eso?

Tiny   ¿Por qué siempre me culpas a mí?

Birdie Porque es tu culpa.

Tiny   ¿Cómo sabes eso? Incluso tú no estabas a mi alrededor cuando yo llamé al juez.

Birdie ¿Qué hiciste? No importa. ¿Tú llamaste al juez? ¿Qué le dijiste?

Tiny   Nada.

<u>Birdie</u> Tú llamaste al juez y dijiste "hola, juez". (Remedándolo) ¿Yo soy Tiny?

<u>Tiny</u>   Le dije todo acerca de Hardy y de mí conduciéndole profesionalmente. Te juro que fue todo lo que le dije.

<u>Birdie</u> Dijiste más de lo necesario. ¿Qué dijo el juez?

<u>Tiny</u>   Él dijo "esto es serio". Él debe haber ido a la policía.

<u>Birdie</u> Tú no me dijiste nada acerca de eso. ¿Qué pasa con no tener secretos entre nosotros?

<u>Tiny</u>   Yo te lo iba a decir. Honor de Scouts, pero lo olvidé.

<u>Birdie</u> ¿Dónde encontraste a ese policía?

<u>Tiny</u>   ¿Usé mi cabeza? Seguro que lo hice. Fui a un bar, porque yo sé que siempre hay policías alrededor de los bares. Le pregunté al bar-tender, porque los bar-tenders saben casi todo e incluso lo que ellos no saben, ellos te lo dicen. No, yo pregunté cortésmente, dónde podría yo encontrar un policía. Él dijo, "mira, hay un carro patrullando la cuadra." Entonces, salí corriendo del bar, silbé así –paré al policía. Hice algunos movimientos con los dedos. (Demuestra) Este no. (Se ríe) El policía salió de la patrulla. Yo salté dentro del carro. Le conté la historia completa. Él escuchó y me condujo a la estación de policía. El policía me dio una 7-up porque ellos no tenían Dr. Pepper y hablamos más. Yo me tomé la 7-up, luego puse mi nombre en un papel y el policía me llevó a casa. Adivina, me ganaré una medalla.

<u>Birdie</u>   ¡Seguro! Apenas Hardy te mate.

<u>Tiny</u>   (Llora) Yo no quiero morir. Haz algo, Birdie. Ayúdame, Birdie.

<u>Biddie</u> Lo haré. (Ella está paseándose –él siguiéndola) Primero iremos a ver al sargento Vegas y después lo sacamos de ahí, pero no te atrevas a decirle nada a Hardy.

<u>Tiny</u>   ¿Qué pasa si él me pregunta?

<u>Birdie</u> Escúchame ahora. (Pronuncia cada palabra) No le digas nada.

<u>Tiny</u>   ¿Por qué no? Estás de mal humor conmigo, ¿no es verdad?

<u>Birdie</u> No, pero lo estaré si le dices a Hardy Har Har alguna cosa.

<u>Tiny</u>   Solo te hice una simple pregunta. (Birdie pone el papel sobre la mesa) Huelo algo quemándose en la cocina. (Birdie sale – Tiny la sigue)

<u>Birdie</u> (Fuera del escenario) Tira todo a la basura –incluso la sartén. (Lance entra –olfatea el aire)

Lance Algo se está quemando. (Suspira) Ella está cocinando de nuevo. (Recoge la carta y la lee) (Grita) Birdie, ¿qué es esto?

Birdie (Le quita el papel a Lance) Eso no es tuyo.

Lance Yo lo sé.

Birdie Entonces sabes que no estás para leer las cosas de otras personas.

Lance Háblame acerca de eso.

Birdie No es nada que yo no pueda manejar.

Lance Solías decirme todo. Ahora eres muy reservada. Éramos dos almas confundidas en el mundo, pero algo que teníamos era un vínculo entre nosotros. ¿Dónde está esa unión ahora? Se ha ido desde que viniste aquí y te enrolaste con ese idiota. Bueno, Birdie. Estoy esperando una explicación.

Birdie ¿Te gustaría una 7-up o un Dr. Pepper?

Lance Tú sabes que de lo que estoy hablando no es de bebidas suaves ni de bebidas fuertes. (Se tranquiliza) Si estás en problemas, trataré de ayudarte. Tú sabes eso, incluso si estoy dentro o fuera de la ciudad.

Birdie ¿A dónde vas ahora?

Lance Me estás cambiando la conversación. No hagas eso. Ya mismo, quiero saber acerca de qué es todo esto.

Birdie ¿Qué? (Ella está calentando, estirándose, etc.)

Lance Para eso. Para de estar calentando ahora. Apenas tus músculos estén calientes, te pondrás a bailar y eso será el fin de nuestra discusión. Eso es lo que has hecho toda mi vida.

Birdie Realmente no hay nada de qué hablar.

Lance Estás citada para comparecer ante la policía y llamas a eso ¡nada!

Birdie Nada. Esa es la verdad. No será nada hasta que averigüe que quiere la policía. Yo solo tengo que acordarme de ir.

Lance ¿Qué es eso de olvidar las cosas? ¿Qué tan mala es tu falta de memoria?

Birdie Yo no soy desmemoriada. Es solo una figura literaria.

Lance Creía que te estabas volviendo vieja. Olvidé que tú ya eres vieja. Otra gente te llamaría despistada. Cualquier hombre menos yo pensaría que eres adorable. Yo también tolero tus hábitos optimistas. Olvidaba que Pollyanna ha evitado cualquier cosa desagradable. Por una vez, enfrentemos la vida –no como la bailarina primero, la madre

369

segundo, sino como un hombre y una mujer. Bien, Birdie, ¿qué tienes que decir?

Birdie Todo está correcto. Realmente, lance, Todo está bien.

Lance Entonces, tú no me vas a decir nada acerca de eso ahora. (Birdie sacude su cabeza "no –sonríe- saca sus brazos como si deseara un abrazo) Aunque mi abogada me aconsejó encomendarte a una institución inmediatamente, lo dudé. Es una cosa terrible apartar a tu propia madre. Mi abogada dice que el lugar que ella recomienda es un excelente sitio para ti.

Birdie ¿Ella ha vivido allí?

Lance Me costará un dineral, pero te debo eso.

Birdie Si te queda algo de dinero después de que Yvonne M. te cobre sus servicios y todos los extras que tendrás que pagar. Solo reúne tus centavos y dile a ella "no, no, no…" (Marca el ritmo "no, no, no" hablando y zapateando con sus pies)

Lance Voy a poner tu futuro en espera, pero después de tu falta de comunicación conmigo, eso solo fortalece los argumentos de Yvonne M. (Sacando un documento de su bolsillo) Este es un documento legal, que manifiesta mis intenciones de tenerte interna. Lo siento, madre, realmente no quiero hacerlo. (Sale)

Birdie (Lee el papel –estalla en llanto – Birdie está sollozando)

Lance (Lance regresa) Lo olvidaba, aquí está el regalo de navidad para ti. Deseo que lo disfrutes. Feliz Navidad, Birdie. (Sale)

Birdie (Llama a Lance) ¡Lance! ¡Lance, regresa! Yo no estoy tratando de evitarte. Te necesito ahora. Esta vez, de verdad te necesito. (Tiny entra cuando ella dijo "necesito")

Tiny Tú me necesitas y aquí estoy. Hice lo que me dijiste que hiciera. Boté la sartén con toda la comida quemada que tenía. (Parodiando) Luego, abrí la ventana para que el humo tuviera algún otro sitio a donde ir. Ya pedí una pizza. No llores, Birdie. Yo cuidaré de todo.

Birdie Desearía que fuera tan simple.

Tiny Yo hago todo simple. Entonces, nada está mal. ¿Dónde está el hombre de la pizza? (Se enoja) Él debería estar aquí ya. Quizás ellos tienen un nuevo muchacho repartidor y oh, ¿qué pasa si él no puede encontrar la casa? Eso es un asunto realmente preocupante. Eso no es algo simple. Es un asunto de verdad serio. Tú puedes llamarlos. Diles que se den prisa y que yo tengo hambre.

Birdie (Se ríe - toma el teléfono) ¡Correcto! Les diré que tú tienes hambre. Tiny, ¿cerraste la puerta de atrás? Siento una corriente de aire.

Tiny   Iré a cerrarla. (Murmura) Pobre Birdie. Es una miedosa, teniendo todos los seguros puestos otra vez. Ella piensa que alguien la está mirando todo el tiempo. Por qué ellos querrían mirar a Birdie. Muy vieja. ¡Oops!, olvidé conseguirle a Birdie su taza grande. Ella siempre tiene que beber de alguna taza vieja. A mí, a mí me gusta tomar bebidas con un pitillo. Eso hace un buen sonido. Dos direcciones. (Se ríe – sale)

Hardy (Entra desde detrás de la cortina donde ha estado escondido)

Birdie Solo quiero saber, quién está guardando mi pizza. (Hardy agarra a Birdie y le pone su mano en la boca – la golpea) (Tiny entra con un cántaro de agua y una taza grande)

Tiny   Deja a Birdie quieta. (Lanza la jarra y el agua sobre Hardy)

Hardy Espera un minuto. Soy yo, tu amigo Hardy.

Tiny   Qué le hiciste a Birdie? (Mira a Birdie) La mataste – mataste a Birdie.

Hardy Todavía no. Solo estamos...

Tiny   ¿Jugando? ¿Puedo jugar yo también? Adoro los juegos.

Hardy Bueno. Ve a tu cuarto y luego cuenta hasta cien en reversa. (Hardy gira a Birdie sobre el piso)

Tiny   No puedo contar en reversa.

Hardy Entonces, cuenta hasta doscientos, desde uno hasta doscientos.

Tiny   Hey, Birdie, ¿qué pasa?

Hardy (Se ríe) Ella está jugando a hacerse la muerta. (Saca una pistola – va a la salida) Cuando tú regreses, tengo algo para ti. (Tiny sale) (Tiny vuelve a entrar al instante)

Tiny   Uno, dos, tres, bla, bla, bla, noventa y nueve, cien –Allá voy, listo ¿o no? Hardy, no juegues con una pistola. Te podrías hacer daño tú mismo. ¡Para ya! Podrías herir a Birdie. (Tiny salta sobre Hardy –Hardy cae al piso – Tiny se sienta sobre Hardy – las luces bajan y suben de intensidad inmediatamente) Birdie, ¿estás bien?

Birdie Creo que sí. ¿Hardy está muerto?

Tiny   No, Hardy está callado, porque yo me senté sobre él.

Birdie (Recostada sobre Hardy) Le sacaste el aire. (Ambos se ríen) Tenemos que atarlo antes de que vuelva en sí. ¿Dónde está el lazo y la mordaza para su boca? ¡Dime! ¿Dónde está el lazo?

Tiny   Yo no sé.

Birdie Tiene que estar en alguna parte. Bueno, bueno, tú puedes golpearlo en la mandíbula.

Tiny   ¿Para qué?

Birdie Solo golpéalo duro de verdad. Puedes usar esto – (una piedra pulida grande) (Tiny empieza a usarla) No la uses, porque podrías matarlo con eso.

Tiny   ¿Qué haremos con él?

Birdie No he pensado en eso hasta ahora.

Tiny   Yo podría ponerlo afuera con la basura, porque ahí es donde pertenece.

Birdie No. Pongámoslo en nuestro lugar secreto. ¿Crees que lo puedes cargar hasta el segundo piso?

Tiny   Seguro. ¿Por qué no? Yo lo puedo arrastrar arriba por las escaleras.

Birdie Bueno. Golpéalo con toda tu fuerza.

Tiny   ¿Dónde?

Birdie En la mandíbula. (Tiny golpea a Hardy en la mandíbula) Trae la cuerda de las cortinas de tu cuarto y lo amarras.

Tiny   ¿Por qué tienen que ser las cuerdas de mi cuarto?

Birdie Bueno, bueno. Toma las cuerdas de mi cuarto (Tiny empieza a arrastrar a Hardy escalas arriba, Birdie corre a ayudarle) (Rápido apagón apenas Birdie y Tiny salen del escenario – las luces se encienden)

Birdie ¿Está quieto ahora?

Tiny   ¿Tú querías matarlo?

Birdie No. No me gusta la violencia.

Tiny   ¿Cómo llamas a lo que hiciste?

Birdie Autoprotección.

Tiny   ¿Cómo podemos auto-protegernos cuando él vuelva en sí?

Birdie No lo sé. Estoy pensando en eso.

Tiny   No tienes mucho tiempo para pensar acerca de eso, porque Hardy se despertará pronto, pero yo lo aseguré. Le rellené la boca con el cepillo del sanitario, así que ahora él no puede gritar.

Birdie ¿Dónde aprendiste esas cosas?

Tiny   En la televisión.

Birdie ¿Qué te diría tu televisor que hicieras ahora?

Tiny   Estaba pensando en llamar a Oprah. (Birdie le da a Tiny una furiosa mirada) – Simplemente, no lo haré, porque tú me dijiste que no le dijera nada a nadie. Iré a vigilar a Hardy. (Sale) (Golpean la puerta – Tommy entra)

Birdie Yo abriré. ¿Sí?

Tommy (Fuera de escena) Yo trabajo con los Servicios Sociales para los Padres Geriátricos.

Birdie Aquí no hay padres geriátricos.

Tommy ¿Usted es Birdie? Entonces usted es la madre geriátrica a la cual yo le quiero hablar. ¿Puedo entrar, madre?

Birdie Estoy muy ocupada.

Tommy Esto solo tomará un minuto. (Gruñe) Puedo conseguir una orden.

Birdie Entre, pero solo por un minuto.

Tommy ¡Que hermosa casa! No la envidio a usted queriendo vivir aquí. ¿Esa silla es una Victoriana 1860 auténtica?

Birdie Usted no vino aquí a hablar de decoración de interiores.

Tommy ¿Me puedo sentar? Tengo aquí, en estas notas, información de que usted está viviendo con un retardado mental geriátrico.

Birdie Él solo es un poco retardado.

Tommy ¿Usted no tiene trabajador social velando por usted, madre? Este retardado mental no tiene ninguno de nuestra oficina trabajando por él.

Birdie No hay necesidad de eso. Y deje de llamarme madre. Yo no soy su mamá.

Tommy Ya veo dónde está teniendo problemas con la policía.

Birdie No exactamente.

Tommy Usted no come adecuadamente. Me dijeron que su nevera está llena de 7-up y Dr. Peppers. Usted vive a base de pizza, cuando quiera que yo he tratado de localizarla a usted por teléfono, alguien está diciendo pizza en la línea. Me parece que está descuidada. Usted necesita ser guiada en su higiene personal.

Tiny   (Sonido de un cuerpo arrastrándose fuera de escena) Está extremadamente pesado.

Birdie Esto está tomando más de un minuto.

Tommy ¿Qué es ese ruido? (Se para) Iré solo a darle vuelta a ese retrasado mental "amigo" suyo. Luego, me iré.

Birdie (Poniéndose al frente con un salto de bailarina) Él debe estar vistiéndose. Yo lo llamaré. (Lo llama) Tiny, podrías por favor bajar acá.

Tiny   No puedo ir, porque me tengo que sentar sobre el hombre.

Tommy He escuchado suficiente. (Tiny entra)

Tiny   Lo metí dentro de la bañera.

Birdie Esta es Tommy. Ella es una trabajadora social.

Tiny   Tommy? Ese es el nombre de un hombre.

Tommy Tiny, yo soy una mujer,

Tiny   Puedo notarlo, con esos senos suyos tan grandes. Ahora ellos tienen cirugía plástica para eso. Yo tengo un anuncio acerca de pequeños y grandes senos. Incluso el antes y el después. ¿Le gustaría verlo?

Tommy Gracias. Eso no será necesario.

Tiny   Con un nombre como Tommy, ¿usted va al cuarto de hombres o al de mujeres?

Tommy ¿Quién lo mantiene? ¿Quién cuida de usted?

Tiny   Yo me cuido y cuido a Birdie –Birdie hace cosas por mí también.

Tommy Ya veo. Tendré que entregar mi reporte y también le daré a su hijo, Lance, una reseña de lo que he encontrado. Gracias por su tiempo. (A Tiny) Me aseguraré de escribirle.

Tiny   No deje sus senos en el camino. (Tommy sale) ¿Necesita mi foto para eso? No me gusta ella.

Birdie Gracias a dios se fue. Tenemos que alistarnos para ir a la comisaría.

Tiny   ¿Qué hacemos con Hardy Har Har, mientras estamos afuera?

Birdie ¿Podríamos dejar a Hardy dentro de la bañera?

Tiny   ¿No me crees? Seguro, yo lo hice. Ahora todo lo que tengo que hacer es cerrar el agua de la bañera.

Birdie Hagámoslo. (Empiezan a salir) ponte tu vestido.

Tiny   ¿Cuál? Yo solía tener un vestido todo-propósito, ahora tengo tres. Uno para la iglesia y los funerales, uno para las fiestas y uno...

Birdie Cualquiera de tus vestidos irá bien. ¿Pero cuál usaré yo?

Tiny   (Fuera de escena) Me gusta esa falda corta ajustada, porque ese lo muestra todo.

Birdie Te gustaría ese. (Las luces empiezan a menguar) No importa. (Se obscurece –el reloj suena – las luces se encienden inmediatamente) (Birdie entra seguida de Tiny – Tiny actúa como si estuviera tratando de sostener la puerta del frente)

Birdie ¿Aseguraste la puerta?

Tiny ¿Por qué debería asegurarla?

Birdie ¿Escuchaste a esa gente allá afuera? ¿Quieres que ellos entren? ¿Lo quieres?

Tiny No. Ellos solo quieren que nosotros salgamos. Eso está todo adentro y afuera de mi mente. De todas formas no lo entendí.

Birdie (Se sienta en el sofá – Tiny hace movimientos para sentarse cerca de ella) Ven siéntate. Hardy es un ladrón de poca monta, pero él trabaja para un pez gordo. Hardy ha sido buscado por la policía por muchas cosas.

Tiny Él va por todas partes quebrándole los dedos a las mujeres y cazando peleas con personas ciegas. Él es un bravucón. Como si eso no fuera suficientemente malo. Bien, todo lo que voy a hacer es vigilarlo. Él es una manzana podrida. Hay muchos bravucones por ahí. Me he encontrado muchos de ellos. No entiendo todo esto. Dijiste que estábamos en un gran problema, porque yo conduje el carro – tú – bueno, tú estuviste conmigo.

Birdie Cierto, pero para traer de regreso a Hardy. Nosotros estábamos…

Tiny Desde ahora y para siempre, lo voy a llamar a él Hardy Har Har. Tú lo llamas Hardy Har Har también. (Se ríe) Eso es un chiste. Te lo explicaré.

Birdie Ahora no. Solo voy a decir esto una vez, así que escucha querido. Nosotros capturamos un bandido. Un tipo realmente malo y ahora la policía y la gente está orgullosa de nosotros. Somos héroes reales y la prensa espera hablar con nosotros.

Tiny Yo no quiero – eso no debería pasar.

Birdie No puedes hacer nada acerca de eso ahora. Dime, ¿cuándo le hablaste por teléfono a la policía acerca de Hardy?

Tiny Algo de esto les dije. Yo conocía un hombre que le gustaba quebrarles los dedos a las mujeres.

Birdie ¿Eso fue antes o después de que hablaras con el juez Smith?

Tiny Yo le dije todo al juez Smith. ¿Ves? Yo he sido un soplón de la policía durante mucho tiempo. ¿Piensas que el juez Smith está orgulloso de mí?

Birdie Nosotros aún tenemos otro problema.

Tiny   Cuando yo nunca dejaba la casa, no había todos estos problemas.

Birdie No tenías toda la diversión que tenemos.

Tiny   Algo me gusta de todas estas cosas divertidas, pero Birdie, hagámoslas sin problemas.

Birdie Los problemas van con el territorio, pero siempre tenemos que descubrir una forma de hacer lo mejor de lo peor. Solo entérate que nosotros crecimos con cada problema.

Tiny   Yo no quiero crecer más.

Birdie No crecerás más. Podría decirte también nuestro último problema. Ellos quieren llevarme a mí a un asilo de ancianos y a ti a una institución.

Tiny   ¿Quién quiere hacer eso? No, no me digas. Puedo adivinarlo –Esa mujer Tommy y nuestro hijo, Lance. Podríamos escondernos en nuestro lugar secreto, si nos pusiéramos en una dieta primero.

Birdie Tú no te puedes esconder. Tienes que encarar las cosas.

Tiny   Yo no voy a encarar nada ni a nadie que yo no quiera encarar.

Birdie Querría que fuera como eso.

Tiny   Bueno (se mira en el espejo) yo encaré eso. ¿Ahora qué hago?

Birdie Si no sabes, ¿por qué no preguntas?

Tiny   Me pregunto quién sabría. Tal vez el presidente Carter – él siempre le está diciendo a cada uno cuál es el problema.

Birdie Solo acerca del gobierno.

Tiny   Si eso funciona para el gobierno, debería funcionar para nosotros, porque nosotros somos parte del gobierno de alguna forma. Tuve otra idea. El anterior presidente - ¿cuál es su nombre? Oh, sí, como un arbusto – el señor arbusto. No, el señor Bush. Él era un hombre inteligente. Él podría decirnos. Él no está muy ocupado ahora.

Birdie No. Por favor, no los llames. Recuerda a tu padre. Él siempre decía "no laves tu ropa sucia en público."

Tiny   Yo nunca he hecho eso. Lavar cualquiera de mis cosas. ¿Por qué tengo la culpa de todo lo que pasa alrededor de aquí? (Golpean la puerta – Lance entra) Oh, eres tú. Si quieres hacerle daño a Birdie, me tendrás que responder a mí. Yo me senté en un hombre y lo dejé fuera de combate y no hubo violencia de mi parte.

Lance ¿De qué está chismoseando éste?

Tiny   Tú eres el chismoso. Esta es mi casa y quiero que salgas. (Ellos se miran uno al otro, cara a cara – juntos) (Birdie viene cortésmente entre ellos y los separa)

Lance Escuché que tú estabas en peligro. Que tú habías capturado a un criminal buscado.

Tiny   Eso es correcto.

Lance (Ignorando a Tiny) ¿Por qué, madre, por qué?

Birdie Podrías llamarlo auto preservación.

Lance Tommy solo tuvo cosas terribles para decir acerca de ti – y las condiciones de esta casa y ese "degenerado sexual" como ella llamó a Tiny. Aquí tengo un documento oficial, que te envía al hogar para madres ancianas "Casa de Papá."

Tiny   No te preocupes Birdie, iré contigo.

Lance Eso es solamente para mujeres.

Tiny   Entonces, usaré una falda y ellos nunca notarán la diferencia.

Lance Tú no puedes ir.

Birdie No te preocupes, Tiny. Encontraré la forma de que permanezcas aquí. Tú mejor que te vayas, Lance.

Lance Deshacerte de mí no funcionará. Dejaré este papel contigo.

Birdie Espera. Yo también tengo un documento legal. Mi abogado lo escribió la última vez que me amenazaste. Éste dice que tú has estado en las drogas – consumidor y vendedor, expendedor. Perdóname Lance, pero, problemas difíciles necesitan refutaciones severas.

Lance ¿Tu abogado hizo eso?

Tiny   ¿Refutaciones? Todo esto está dando vueltas en mi cabeza.

Lance Esto (golpea el papel) es un chantaje. Tú sabes que estoy limpio. Siempre he estado limpio.

Birdie ¿Quién te creerá? Ellos tendrán la palabra de una madre, una madre que ahora es una heroína ante los ojos del mundo.

Lance ¿Harías eso contra mí, tu propio hijo?

Birdie Tú no te hiciste esa pregunta acerca de irte en contra de tu propia madre.

Lance Tu nunca creías en el "ojo por ojo."

Tiny   Eso es violencia.

Birdie No. Estoy decorando esto con amor. Evitando que tú, Lance vivas con una terrible culpa que te acompañaría por el resto de tu vida. Algo que nunca, nunca podrías reversar. Es puro amor por ti, querido.

Tiny   Si yo hago algo, es violencia. Si tú lo haces, es amor. Yo no entiendo.

Birdie Si quieres, contrataremos una pareja que cuide de nosotros e incluso, otra pareja para que se haga cargo de la casa. Nosotros dos estaremos bien.

Lance Es tu abogado el que está hablando, no tú.

Birdie Para eso es un abogado.

Lance No tengo dinero para toda esa ayuda. ¿Dónde conseguirás ese montón de dinero?

Tiny   Yo se lo daré.

Lance Oh, ¡cállate! ¿Dónde conseguirías ese montón de dinero?

Tiny   De la misma parte de donde yo saco mi dinero.

Lance De acuerdo, yo traté. Has que tu abogado lo escriba y que me lo entregue.

Birdie ¿A dónde puedo escribirte?

Lance Regresaré (Birdie suspira y sonríe) (Lance se va y dice al salir) Gracias a Dios solo nos dieron una madre. (Birdie y Tiny se abrazan) (Las luces se apagan) (Se cierra el telón)

Capítulo cincuenta y cuatro

Un desagradable agente coreano

Ellos habían estado rastreándolo apenas vieron que salió de su cabina.

"¿Es eso lo que pienso que es, señor Gromwell?" Preguntó Gilford, doblando la esquina del vestíbulo y yendo a pararse a centímetros de la cara del capitán de tripulación.

"¿Qué...?" Gritó Gromwell agresivamente. "¿Y quién es usted?" Demandó él, regresando el delgado objeto dentro del bolsillo de su chaqueta.

"Mi nombre es Gilford," respondió el agente, haciendo una seña imperceptible con la cabeza a Quan quien había estado parado detrás de Gromwell.

Siguiendo la mirada de Gilford y antes de que el capitán de tripulación tuviera tiempo de darse vuelta, Quan le había dado un rodillazo a Gromwell en los riñones, enviándolo de rodillas a gemir.

"Lo siento mucho, señor Gromwell," dijo Quan inexpresivamente, "yo solo quería evitar que usted nos pusiera a volar escaleras abajo esta tarde como hizo usted con nuestro amigo."

"¿Qué... infiernos piensa usted que está haciendo?" Dijo Gromwell entre jadeos de dolorosa respiración. "Los haré arrestar..."

"Oh, lo siento," dijo sonriendo Gilford, "¿no le dije? Somos de la Interpol y si hay algún arresto que hacer esta noche, a usted será al que enviaremos al calabozo."

"¿Bajo qué cargo? Ustedes no tienen derecho..." El capitán de tripulación explotó, poniéndose en pie con dificultad.

"Como aperitivo, pienso que debería responder unas pocas preguntas relativas a la muerte de Yeng Chu," expuso Gilford, "así que, aprehenderlo a usted bajo sospecha de asesinato sería una buena entrada, ¿no diría usted eso?"

Quan se rio y golpeó la palma de su mano y su antebrazo contra el cuello de Gromwell para sujetarlo contra la pared detrás de él. "Veamos qué tiene usted dentro del bolsillo de su chaqueta, ¿podemos?" Dijo él con su otra mano deslizándose por detrás de la solapa y sacando la bolsa plástica que contenía la hoja de cuchillo que había desaparecido de la cabina de Gregory.

"¡Oh, Dios! Qué tenemos aquí, señor Gromwell," dijo Gilford, recibiendo la bolsa de Quan. "Esto es exactamente lo que estábamos buscando, ¿no era eso, compañero?"

En un ademán que estaba dirigido a enviar a los dos agentes lejos de él, Gromwell trató de empujar a ambos hombres a un lado, pero pronto fue detenido por la formidable agilidad de Quan. Incluso Gromwell no tuvo tiempo de entender que estaba pasando antes de encontrarse tendido sobre su espalda.

Gilford se agachó hacia el hombre. "Pienso que debería tratar de ver las cosas de un modo diferente, señor Gromwell," dijo él. "El señor Quan aquí, tiene muy mal humor y no lo dejará fuera de su vista hasta que consigamos algunas respuestas de usted – ¿está claro?" Él esperó alguna clase de respuesta y cuando obtuvo un movimiento afirmativo de la cabeza del capitán de tripulación, agregó, "ahora levántese y vamos calmadamente a su habitación, ¿podemos?"

Era una noche muy atareada para otras tres personas –los agentes forenses que habían despachado desde el servicio de la policía coreana en Jeju. Su tarea era simple pero detallada. Ellos tuvieron que ir a la escena del crimen localizada sobre la grúa encima de la casa de máquinas. Habían ya trabajado fervientemente por horas bajo las órdenes específicas de su superior. Necesitaban encontrar rastros de la presencia de alguien más en la grúa –sangre u otro elemento de ser posible- antes de que el barco tuviera su salida hacia el próximo puerto.

En efecto, la autopsia había revelado que un cuchillo similar al que Gilford había recuperado de la posesión de Gromwell una hora antes, había sido el arma mortal. El equipo forense necesitaba llevar el cuchillo de regreso al laboratorio de Jeju para una comparación.

Cuando terminaron y estaban a punto de bajar a la pasarela, el capitán Midleton detuvo al supervisor del equipo. "Gracias, señor, por su diligencia. Y, por favor, asegúrese de expresarle mi aprecio a su superior."

Inclinándose hacia adelante en el acostumbrado gesto de respeto, el hombre respondió, "gracias a usted, capitán, y me aseguraré de trasmitirle sus agradecimientos a nuestro superintendente."

Y así fue; el capitán Midleton miró a los tres hombres alejarse con recelos. Deseaba que ellos hubieran encontrado la respuesta a la insufrible pregunta que le había abrumado su mente por varios días,

"¿realmente Gromwell cometió el crimen?" La verdad sea dicha, él personalmente lo dudaba. El capitán de tripulación era limpio y detallado en todo lo que hacía. Incluso en su paranoia –si esa valoración era correcta- él no parecía dudar en ser estrictamente controlado y para nada impulsivo. Pero, existían esos reportes desde Alemania... *Maldito Gromwell, ¿qué estaba usted haciendo en Le Havre detrás de una chica?*

El capitán sacudió su cabeza y regresó a su cabina. Deseaba poder dormir un par de horas antes de que debiera retornar al puente cuando *La Duquesa* fuera a dejar Jeju a las 7:00 AM.

Cuando Alan y Gregory escucharon que Gilford y Quan habían logrado poner a Gromwell bajo arresto domiciliario temporal en su cabina, se dirigieron a la habitación del agente alemán para contactar a Kurt en Le Havre y enviarle las fotos del medallón.

Aun con dolor, principalmente en su costilla rota, Gregory se sentó en su escritorio y le pidió a Alan que le sirviera un trago de vodka de la nevera. A lo cual, Alan respondió, "no es una buena idea, Gregory. No quiero que te desmayes sobre mí ahora. Tengo trabajo que hacer, ¿recuerdas?"

Después de recibir un par de malas palabras bien escogidas con resentimiento por parte da la boca de Gregory, Alan sonrió y el germano renegó.

"Oh, hay un email desde Washington también," dijo Gregory, mirando la pantalla de su laptop. "Veamos que están diciendo..."

Alan esperó, mirando al agente alemán decodificando el mensaje encriptado con la destreza de un experimentado digitador; sus dedos volaban a través del teclado, ante el asombro de Alan. Comparó aquella pequeña demostración a su digitación de tres dedos y sacudió su cabeza.

"Bueno," dijo Gregory con una radiante sonrisa cubriendo su rostro. "Ellos han determinado que Terry Cortland fue muerto con un rifle de francotirador de largo alcance y la bala que recuperaron del cráneo del pobre hombre ha sido enviada al laboratorio para comparación. Y piensan que fue disparado por un rifle alemán." Se detuvo y miró a Alan. "Podría no ser el rifle original que Gromwell usó cuando era un jovencito, pero si ellos pueden rastrear el rifle hasta su propietario, podríamos tener suerte."

"Creo que este es otro paso en la dirección correcta, supongo." Alan no sonaba muy entusiasta.

"Yo sé que no es una respuesta definitiva, doctor, pero créame, es mejor que una herida de cuchillo sin pruebas." Alan afirmó y cruzó sus brazos sobre su pecho. "¿Qué le molesta, doctor? ¿No está convencido de que estamos buscando al hombre correcto?"

"Totalmente no, no," respondió Alan. "De alguna forma, encuentro más fácil creer que Gromwell haya cometido los asesinatos de Le Havre que verlo matar a Yeng Chu.

"¿Por qué?"

"Porque, Yeng Chu parecía haber sido asesinado en un ataque de ira en un lugar donde nuestro capitán de tripulación regularmente no iría." Hizo una pausa y colocó un antebrazo en un lado del escritorio. "Usted ve, la psicología está toda errada." Inclinó su cabeza. "Aquí tenemos a un hombre inclinado a suministrar la pena capital a los amantes traidores, lo cual sería el caso si Sim Lee hubiera aceptado sus pretensiones tal como la chica de Le Havre había hecho. Pero Sim Lee no. Ella se rehusó a traicionar a Yeng Chu. Y la otra cosa que está totalmente fuera de contexto para Gromwell y que difiere grandemente con las muertes de Le Havre es la forma calculada mediante la cual esas muertes han sido cometidas. Mientras que en el caso de Yeng Chu, no solamente fue sin calcular sino también perpetrado con un cuchillo –y nosotros no sabemos de dónde provino la hoja de cuchillo."

"¿Por qué entonces Gromwell sacó la hoja de mi cabina?"

"A mi modo de ver, creo que tenemos una tercera parte involucrada en esta batalla."

"¿Quién?" Preguntó Gregory, poniéndose más desconcertado.

"La persona que mató a Yeng Chu," concluyó Alan. "Mire; de lo que sabemos hasta ahora, Gromwell salió del teatro enfadado, y fue Yeng Chu quien lo siguió a él, pero la pregunta es, ¿qué pasó después de eso? ¿Alguien más siguió a los dos hombres y por último llevó a Yeng Chu al cuarto de máquinas? Con respecto a la razón por la cual Gromwell sacó el cuchillo de su cabina, solamente puedo deducir que él sabe quién cometió el crimen y estaba tratando una de dos cosas, lanzarlo por la borda para proteger al asesino o devolvérselo al capitán Midleton cuando estuviera seguro de sus hechos."

"¿Qué pasa con la muerte de Terry Cortland? ¿Piensa usted que se ajustaría al perfil de Gromwell?"

Alan se puso en pie y fue al mini bar bajo la mirada expectante de su paciente. "De nuevo, si estuviéramos hablando del rifle de cacería, estaría inclinado a endilgárselo a Gromwell, pero ya que usted describió la bala siendo disparada desde un rifle de francotirador, no lo sé."

"¿Alguna teoría sobre el doctor Zetisman envuelto en todo esto?" Preguntó Gregory, después de que Alan le entregara una botella de agua.

Alan tomó un largo trago de su propia botella antes de responder, "pienso que el pobre hombre es una marioneta en las manos de Gromwell. Ellos tienen un largo pasado en común, lo cual Zetisman no quiere o no puede recordar. Él ha sido objeto de varios tratamientos crueles en el Instituto de Hamburgo y probablemente no puede recordar nada de lo que pasó cuando estuvo compartiendo algo de su tiempo con Gromwell." Tomó un trago más. "Lo cual es en la actualidad un arma en contra de él que nuestro capitán de tripulación parece usar a cada oportunidad."

Capítulo cincuenta y cinco

Una confesión

La noche siguiente, Serina fue a sentarse en la parte de atrás del teatro para escuchar a Iván Bartel por unos instantes antes de poderse dirigir a los camerinos detrás del escenario.

Iván estaba en su último trozo de monólogo. "…Un día tres hombres viajeros se toparon con un turbulento y embravecido río. Ellos necesitaban pasar al otro lado pero no tenían idea de cómo hacerlo. El primer hombre rezaba a Dios diciendo, "Por favor Dios, dame la fortaleza para cruzar este río." ¡Puf! Dios le dio brazos y piernas fuertes, y él fue capaz de nadar cruzando el río en cerca de dos horas. Viendo esto, el segundo hombre oró a Dios diciendo, "por favor Dios, dame la fortaleza y la habilidad para cruzar este río." ¡Puf!" Dios le dio un bote de remos y él pudo remar a través del río en aproximadamente una hora. El tercer hombre, viendo cómo esto había funcionado para los otros dos, también rezó a Dios diciendo, "por favor Dios, dame la fortaleza, habilidad e inteligencia para cruzar este río." ¡Puf! Dios lo convirtió en una mujer. Ella miró el mapa y luego caminó sobre el puente por donde cruzó en cerca de quince minutos."

Anegado por una ronda de carcajadas, Iván hizo una venia y dijo, "eso fue para todos ustedes, caballeros; nunca duden de la fortaleza, habilidad e inteligencia de las damas cuando se trate de cruzar cualquier cosa... Ustedes han sido una maravillosa audiencia una vez más. Tengan una feliz noche, todo el mundo," concluyó él, retirándose rápido del escenario justo por donde estaba esperándolo Serina.

Tomando una toalla que uno de los asistentes de escenario le había entregado, Iván se secó el sudor y la pintura de grasa de su rostro, y miró a la preciosa Serina. "¿Y quién podría ser usted?" preguntó, sonriendo a la máscara de porcelana que lo miraba.

"Una mujer interesada en respuestas," respondió Serina, bloqueándole el paso hacia abajo a Iván.

"¿Respuestas?" Cuestionó Iván, visiblemente tomado por sorpresa. "¿Respuestas acerca de qué?"

"Vamos a su camerino, señor Bartel," dijo Serina, moviéndose detrás del hombre, "donde yo le haré unas preguntas a las cuales usted me dará respuestas."

"¿Podemos hacer este juego en alguna otra parte?" Preguntó Iván, descendiendo las escalas rápidamente, y parando súbitamente. Dio media vuelta. "En serio, ¿por qué no vamos a mi cabina y tomamos un baño juntos...?" Su sonrisa sarcástica le mereció una bofetada en su cara, la cual él, obviamente, no esperaba. "¿Por qué fue eso?" Preguntó estupefacto.

"Eso fue por su insolencia, señor Bartel. No me gustan aventuras de una noche y no me gusta tomar baños con extraños."

La cara de ella estaba inexpresiva. No denotaba rabia, ni ofensa ni remordimiento –solo una feroz determinación.

"Bueno, de acuerdo," dijo Iván, sobándose su mejilla y dirigiéndose abajo al corredor que conduce a los camerinos. "Hagamos eso entonces." Abrió la puerta y fue a sentarse en frente del espejo.

Serina lo siguió adentro y se paró en las sombras detrás de él.

Él giró el asiento y la miró. "Entonces, por qué no empieza diciéndome ¿quién es usted?"

"Quien sea yo se volverá importante si sus respuestas me dan razones para pensar que yo debería hacerme conocer."

"¿Qué quiere decir eso?" Preguntó Iván, poniéndose en pie y sentándose a horcajadas en la silla para estar de frente a Serina. *Dios,* pensó, *¿por qué es tan hermosa? Debe ser un pecado para ser tan atractiva.*

"No importa, señor Bartel. Empecemos con esto: ¿qué tan bien conocía usted a Sim Lee?"

Iván se carcajeó, "¿Y qué le importa eso a usted?"

"De nuevo, señor Bartel, yo haré las preguntas y usted me dará las respuestas –no me las devuelva."

Parada y con su espalda recostada a la pared, esta princesa asiática lo intrigaba. "Bueno, supongo que le diría que conocí a la chica muy bien. Ella era amiga y estuve apenado cuando no regresó de Jeju."

"¿Qué tan buena amiga fue de usted? ¿Tuvo amores con ella?"

Iván sacudió la cabeza y se rio. "Si usted quiere saber, Sim Lee me hizo confidencias a mí..."

"¿Y por qué haría eso, señor Bartel? ¿No se las decía ella a su novio?"

"No, señorita –cualquiera que sea su nombre- ella no le hablaba a su novio. Ella no le podía hablar a él."

Con sus manos dobladas al frente, Serina continuó con su mirada fija en el comediante. "Odio repetir mi pregunta, pero ya que usted no me ha contestado aun, le preguntaré de nuevo; ¿por qué vino Sim Lee a usted como confidente?"

"Para hablar claro, ella le tenía miedo a Yeng Chu. No sabía a quién acudir cuando había algún problema entre los dos. Chu era un pequeño bastardo pretensioso y un tirano."

"¿Le dijo Sim Lee eso a usted o usted mismo dedujo ese defecto de carácter de Yeng Chu?"

"Ambos," replicó Iván, parándose de la silla y desabotonándose la camisa bajo la mirada vigilante de Serina. "Él consideraba a Sim Lee su pertenencia, su muñeca china –o diría yo, su muñeca coreana. Era un tradicionalista; la clase de hombre que solamente podría vivir bajo leyes ancestrales..."

"Eso está interesante, señor Bartel, pero yo estoy más interesada en su reacción cuando usted escuchó que Sim Lee había recibido insinuaciones de parte del señor Gromwell, el capitán de tripulación. ¿Corrió Sim Lee hacia usted en busca de ayuda también esa vez?"

Habiéndose quitado la camisa y descargado en la canasta de la ropa para lavar, Iván tomó una bata de baño de un gancho de la pared al lado del pequeño sofá, se la puso y se sentó. "Ella vino corriendo a mí, sí, después de que no pudo alcanzar a Yeng Chu. Él corrió detrás del capitán de tripulación como un loco." Se rio. "Ella solo me dijo lo que había pasado después de eso."

Serina se movió de la pared, rodó el asiento que Iván hacía poco había dejado y se sentó en frente de él. "Pero, si usted vio a Yeng Chu saliendo a la carrera del teatro como un loco, como usted lo describió, señor Bartel, ¿por qué Sim Lee tuvo que ir hacia usted a decirle lo que había pasado? – ¿no fue usted testigo del altercado?"

"Sí, lo fui, pero yo solamente vi a Yeng Chu salir furioso del camerino de Sim Lee..."

"Y usted lo siguió a él, ¿lo hizo?"

"No, ¿por qué lo iba a hacer?"

"Usted me dijo, señor Bartel; ¿por qué iría usted a perseguir a ambos, al capitán de tripulación y a Yeng Chu?"

"Yo no dije que yo perseguí a ninguno de ellos. Yo dije que lo vi saliendo furioso del teatro..."

"De acuerdo, señor Bartel. Pienso que iremos a su cabina ahora y continuaremos esta discusión en un ambiente más apropiado." Se paró y esperó a que Iván hiciera lo mismo, pero él no hizo ningún movimiento.

"¿Y quién me va a obligar a hacer eso?" Preguntó él, con la petulancia iluminando sus ojos.

"Yo lo haré," contestó Serina.

Tiffany había regresado a su cabina esa mañana después de que Alan le había dicho que Gromwell estaba ahora bajo arresto domiciliario hasta nueva orden.

"¿Él ha confesado entonces?" Preguntó ella, con sus brazos enlazados en el cuello de Alan.

"No, todavía no. Además, él no puede confesar un crimen que no ha cometido," respondió Alan, bajándole los brazos pero conservando sus manos envueltas en las suyas contra sus mejillas.

Frunciendo el ceño, Tiffany preguntó, "pensé, quiero decir, ¿no era obvio que él debió haber matado a Yeng Chu?"

Alan sacudió la cabeza. No, no es así, Tiff..." La condujo a la cama y la arrastró abajo para que se sentara al lado de él. "Mira, cualquier cosa que Gromwell hizo siempre fue preciso, calculado, planeado, y la muerte de Yeng Chu no fue planeada ni calculada. Fue perpetrada en un ataque de ira y en un lugar donde él no se atrevería a ser visto teniendo ninguna clase de altercado con alguien."

"¿Pero quién lo hizo entonces? Quiero decir, Yeng Chu siguió a Gromwell afuera del teatro."

"Sí, él lo hizo, pero alguien más fue detrás de los dos..."

"¿Quién?" De nuevo preguntó Tiffany, con sus ojos resplandeciendo por la impaciencia.

"Hasta que la policía haya recibido el reporte del laboratorio forense en Jeju, ellos no lo dirán."

"¿Pero, tienes alguna idea?"

"Sí, la tengo, Tiff. Infortunadamente, conozco al hombre y aún no puedo aceptar lo que él hizo." Hizo una pausa, mirando el piso debajo de sus pies. Eso sí, yo no lo conocía a él como amigo, solo como alguien que estaba siempre ahí para darle una mano a alguien que lo pidiera."

"¿Me vas a mantener adivinando, o me vas a decir?"

"No te lo diré..."

"¿Por qué no?" Demandó Tiffany con ese irresistible mugido que la caracterizaba y mirando a Alan.

Él se rio. "Solamente te podré decir lo que Serina descubrió cuando analizó los registros del personal uniformado y de los miembros del elenco –a petición de la Interpol."

"Bueno, ¿y qué fue eso?"

"Ella descubrió que el hombre en cuestión había sido arrestado por atacar a alguien en alguna ciudad europea cuando fue a ayudar a una mujer que había sido acosada sexualmente saliendo de un teatro..."

"¿Quieres decir que es un miembro del elenco?"

"Yo no dije eso, Tiff, pero tú puedes sacar tus propias conclusiones."

"De acuerdo, todavía no puedo pensar en quién podría ser entre dos docenas de personas, pero ¿le has contado a Babette? Porque, ella aún está trabajando con él presumiblemente..."

"Él no es peligroso en la forma que piensas. Necesitas recordar que esto fue un crimen pasional y el hombre solamente quería proteger a Sim Lee."

"No entiendo," determinó ella, mirando a Alan en forma inquisidora. "¿No estaba Yeng Chu tratando de corregir un error?"

"No, Tiff. Mira, Yeng Chu había sido criado en una familia muy estricta, con valores tradicionales y, aparentemente él no era suave ni comprensivo cuando se trataba de la forma en la que él se relacionaba con Sim Lee. Él era ferozmente celoso y posesivo."

Alan miró los adorables ojos de la chica. Ella estaba a punto de llorar. "Ahora, cariño, por favor no te preocupes, Sim Lee estará bien."

Tiffany se levantó de la cama y se paró enfrente de Alan. "¿Cómo es posible que el amor transforme a un hombre en una bestia?"

"Instinto animal, Tiff," respondió Alan, mirando a esa mujer que él adoraba.

"¿Y tú eres susceptible de experimentar esa metamorfosis en un animal?"

Alan tuvo que sonreír ante la pregunta. Sacudió su cabeza. "La respuesta es no, Tiff. Pero no seas tonta, la mayoría de los hombres son celosos y yo también. Yo estoy ferozmente celoso de nuestro tiempo juntos. No deseo compartirte con nadie, pero yo no estoy dispuesto a matar a nadie que se atreviera a sobrepasarse contigo."

Ella cruzó sus brazos sobre el pecho. "Entonces ¿tú no estás listo a defender mi honor, es eso?"

Ahora él tuvo que reír. "Si escogieras a otro hombre, me retiraría, es todo. Pero, si fueras atacada por una bestia como Gromwell, no sé de qué sería capaz, Tiff. Así que, la respuesta es tal vez –podría estar en mí, matar a la persona que te haga daño."

Susan encontró al doctor Zetisman holgazaneando en una de las sillas reclinables a lo largo de la cubierta del pasillo superior. Estaba mirando la larga jeringa y su aguja, aparentemente ensimismado.

"Mi querido doctor," le expresó Susan cuando fue a sentarse a su lado en una silla cercana. "¿Cómo le va?"

Él volteó su cabeza y la miró como si ella no estuviera ahí; su mirada vacía parecía ser de alguien ausente. "Me está yendo tan bien como se podría esperar, señorita Ashland." Se detuvo y le dio un capirotazo al vidrio de la jeringa vacía, mirándola con una sonrisa que cruzaba sus labios. "...para un hombre que está preparado a morir, me está yendo espléndidamente." Regresó el objeto de su contemplación al bolsillo del pecho de su chaqueta.

Susan sabía que el hombre era inestable pero suicida, en su opinión, no lo era. Ella se preguntaba qué podría haber disparado ese revés de actitud. "¿Está usted realmente preparado para morir? Y ¿qué, le ruego que me diga, le hizo cambiar de idea acerca de permanecer con nosotros un poco más?" Contradecirle hubiera sido desastroso; así que había decidido seguirle el juego mientras tanto.

"Déjeme contarle una pequeña historia, señorita Ashland, y después, creo que usted entenderá por qué estoy preparado a ir ante el creador."

"Adelante entonces, soy toda oídos."

Zetisman giró hacia ella y descansó su hombro contra el espaldar de su silla. "Como usted sabe, solo tengo recuerdos escasos e incompletos de mi tiempo en el Instituto de Hamburgo para Criminales Locos, pero las imágenes que han venido a mi mente desde que encontré un medallón en mi equipaje al comienzo de este viaje, son muy frescas y no pueden ser ignoradas." Hizo una pausa larga, suficiente para que Susan notara que su paciente ahora tenía un discurso más coherente de lo que ella hubiera creído. Él le sonrió. "Mire, las dos personas en las fotos contenidas en el medallón han encendido una serie de remembranzas que yo no podría pasar por alto, aunque traté de sacar de mi mente esos fragmentos, sin mucho éxito."

"¿Es por eso que usted le dio el pendiente al doctor Mayhew?"

"Parcialmente sí. Pero la razón principal fue que yo deseaba descubrir la verdad detrás de lo que, al principio, yo pensaba eran imaginaciones mías. Yo quería que la gente experta me hiciera las preguntas que yo no podía hacerme a mí mismo para responder a mis preocupaciones."

"¿Y cuáles son esas preocupaciones?" Preguntó Susan, tratando de no sonar muy deseosa o entusiasta.

"Como primero, quería saber si el hombre en la fotografía era el mismo joven que yo había conocido en el instituto. Su nombre en ese tiempo era Hedwig von Strom. Por lo que supe entonces, él había sido condenado por la muerte de dos personas. Las circunstancias alrededor de estos crímenes no eran conocidas para mí. O, al menos, no puedo recordarlo a él alguna vez contándome la historia detrás de la acusación. Y luego estaba la mujer en la otra fotografía. Ella también, aparentemente era una maníaca homicida consumada. Yo la conocí la primera vez que aterricé en Miami hace muchos años y ella nos ayudó a mí y a Hedwig…"

"Usted quiere decir que usted vino a los Estados Unidos con Hedwig?" Le cortó Susan; deseando que Alan estuviera ahí para escuchar eso.

"Eso sí, todo fue casualidad, pero sí." Zetisman hizo un movimiento afirmativo con su cabeza. "Como recuerdo, la señora Brightman estaba reclutando, podemos decir, hombres y mujeres a través de Europa para transportar varios elementos como sus pertenencias, de ese modo evitando aranceles de aduana cuando se entra a un país que no es el de origen. Yo no tenía idea de en qué estaba ella involucrada realmente hasta mucho después."

¿Tuvo usted algo más que ver con ella una vez que llegó a Florida?"

"No, realmente no. Ella tomó sus muebles que me había pedido que trajera desde Alemania, y una vez ubicado en mi nueva vida, evité tener contacto con ella."

"Y cuál era su 'nueva vida' - ¿qué hacía usted?"

"Francamente, señorita Ashland, no lo sé. Es solamente por haber visto las fotografías en el medallón que fui capaz de unir los pedazos de esa parte de mi vida. Pero después de eso, está todo nublado para mí."

"Y cuando la señorita Blanchard le dijo a usted que ella había asistido a una de sus conferencias en la universidad, ¿no le activó ningún recuerdo de su vida?" Susan presionó el tema, deseando que él abriera otra puerta en esta historia del hombre.

Zetisman meneó su cerviz. "Nada tan real o tan importante como esas imágenes que han venido a mi mente acerca del capitán de tripulación." De nuevo hizo una pausa, mirando la inmensidad del océano estirándose ante sus ojos. "De alguna forma, adivino que siempre supe que el señor Gromwell y Hedwig von Strom eran la misma persona."

"¿Confirmó el doctor Mayhew esta conjetura con usted?"

"No aún, señorita Ashland, pero no hay necesidad de hacerlo." Ella lo miró ahora. "Mire, el señor Gromwell vino hasta mí hace dos noches y me pidió que recuperara el medallón de la caja de seguridad de la enfermería. Desde ese momento, todo se me volvió claro como el cristal. No tuve duda de que el individuo a quien le estaba hablando en ese momento, era el hombre que había conocido en Hamburgo. Él era, y es un tipo resuelto; siempre consigue lo que quiere –no importan los costos ni las consecuencias- y yo sabía que si me rehusaba o si no aparecía esa misma noche en el mismo piso con el medallón, ¡el me mataría!"

"Pero, ¿usted sabía que está en custodia para protegerlo ahora?

La sonrisa de Zetisman al oír la noticia se apagó de repente. "Él lo logrará, señorita Ashland. Él nunca deja suficientes evidencias de su paso para ser condenado por ningún crimen. Créame, aún si yo escapo de su venganza esta noche, me encontrará."

"No si está muerto," remarcó Susan, sombríamente.

Capítulo cincuenta y seis

Una conclusión

Jean Pierre y Babette estaban esperando a Alan en la cafetería aquella tarde. Ellos no podían hablar. El impacto de escuchar sobre el arresto del comediante Iván fue demasiado duro. Babette permanecía sacudiendo su cabeza y lanzándole miradas vacilantes a Jean Pierre. Éste parecía estar perdido en sus pensamientos. Él había dicho que era su culpa; que debería haber escuchado los rumores y haberles prestado atención. Le habían dicho que Sim Lee había pasado mucho tiempo con Iván y que Yeng Chu era un tipo irritable. Pero él no se había querido involucrar. Esas nimiedades detrás del telón sucedían todo el tiempo, y nunca terminaban en un desastre como este.

"Oh, ahí estás," exclamó Babette al momento en que vio a Alan doblando la esquina de la cubierta. "Casi renunciamos…"

"Realmente, y yo pensaba que solamente estaba llegando tarde *como es la moda*," dijo Alan todo sonriente y sentándose frente a un Jean Pierre visiblemente afectado. "¿Cómo está su brazo?" Le preguntó a él. "¿Has hecho algunos de tus ejercicios?"

"¿Cómo puede usted ser tan frívolo acerca de todo esto, doctor?" estalló Jean Pierre, con una penetrante mirada de dardos acusatorios a Alan. "Yeng Chu ha sido asesinado ante mis ojos por un miembro de mi elenco, y todo sucedió bajo mis narices. Yo debería haberle contado a alguien acerca de los rumores e indirectas que flotaban en el aire en los corredores. Pero no, este director de entretenimiento fue muy petulante para poner atención a lo que estaba pasando…"

"Permíteme detenerte ahí," le interrumpió Alan cortantemente. "No solamente tú no deberías culparte de nada de lo que pasó detrás del escenario sino que deberías, de hecho, estar agradecido de que ninguna de las personas del elenco te culpen a ti. Ellos son tus pupilos, Jean Pierre, y les gusta un buen maestro, tú simplemente necesitas entender que ellos te miran a ti en busca de sus respuestas, no de remordimientos infundados."

"¿Y qué clase de respuestas tengo que darles?"

"Escúchame," se interpuso Babette, palmoteando suavemente el brazo bueno de Jean Pierre. "Lo que Alan está tratando de decir es que tú deberías ser la torre de la fortaleza que ellos esperan de ti; a alguien que los esté liderando en todo este camino hasta el final del crucero. Cuando ellos lleguen a Mónaco, necesitan considerar este aspecto del viaje como una experiencia inolvidable por todos los motivos correctos."

"Pero eso no me aclara qué clase de respuestas esperan ellos de mí," dijo Jean Pierre, mirando a Alan y a Babette a su turno.

"Esas respuestas no son específicas, Jean Pierre; ninguno sabe lo que estos chicos preguntarán en los meses que vienen, pero todos ellos necesitarán un oído que los escuche y un buen hombro sobre el cual llorar. Tú no puedes permitirte revolcarte en el auto-desprecio, de lo contrario, todo el mundo perdería."

Todos cayeron en silencio por un par de minutos hasta que Babette preguntó, "Ahora, Alan, dinos por qué querías hablarnos."

"Ah, sí. Todavía tenemos un problema con nuestro capitán de tripulación."

"Pero pensaba que él estaba bajo arresto domiciliario hasta nueva orden…"

"Sí, él lo está, Babette, pero ya que el sospechoso de la muerte de Yeng Chu ha sido capturado y la culpabilidad de Iván ha sido confirmada, dada la evidencia que la Interpol ha recibido del equipo forense en Jeju, Gromwell es aún solo un sospechoso de las muertes que ocurrieron en Europa, y no hay nada que pueda justificar su arresto domiciliario más allá de 48 horas."

"¿Quieres decir que ellos lo van a liberar esta noche? Preguntó Babette, visiblemente horrorizada.

Alan asintió, bajando su mirada. "Realmente estamos esperando a que los dos agentes de Interpol se unan a nosotros," dijo él. "Ellos querían hablar con ustedes dos, dado el hecho de que el elenco fue objetivo de Gromwell desde nuestra salida de San Francisco."

"¿Por qué no dejan al sujeto en el próximo puerto y terminan con él?" Sugirió Jean Pierre ansiosamente. "Aun si es solamente sospechoso de la muerte de alguien, de alguna forma, ¡él no debería abordar este barco para nada…!"

"Sé que el sujeto es una amenaza, jean Pierre, por decir lo menos, pero las repercusiones legales y el hecho de que estamos a cientos de millas fuera de algún puerto de Estados Unidos, no podemos hacer nada, a menos que el capitán Midleton ordene su arresto por conducta peligrosa a bordo de su barco."

"¿Por qué no lo hace entonces?" Preguntó Babette a Alan.

"Porque nuestro capitán no tiene bases firmes para probar tales acusaciones. Gromwell ha sido muy inteligente. Desde el principio, él solamente le hizo propuestas a miembros del elenco, las cuales le han conducido no más que a una deplorable conducta –nada peligroso en aquellos términos."

"Buen Dios, Alan, ¿significa eso que tenemos que estar cuidándonos nosotros mismos de ese demonio las veinticuatro horas del día por el resto del crucero, solo porque la ley no le permite ni siquiera al capitán arrestarlo? ¡Eso es absurdo!

"Hola, doctor," manifestó el agente Gilford apenas llegó a la mesa. "Señorita Babette, señor Simmons." Se sentó, y lo mismo hizo Quan Ly a su lado, de frente a las tres personas a través de la mesa redonda.

Ninguno contestó, excepto Alan. "Hola, agente Gilford, ¿cómo está? ¿Y usted señor Quan?"

"Solo un poco de dificultad para adaptarnos al rock and roll algunas veces," contestó Quan, sonriendo.

Ninguno de los dos parecía estar molesto en absoluto por el silencio de bienvenida poco amigable que reinaba alrededor de la mesa.

"¿Qué tal un capuchino granizado para cada uno?" Sugirió Alan para cortar la mala atmósfera que estaba flotando por la pequeña intromisión de ellos en el momento.

"Buena idea," dijo Babette, sonriéndole apenas se puso de pie.

"¿Para ustedes qué, caballeros?" Preguntó Alan, mirando a los dos agentes.

"Suena bien para mí," respondió Gilford."

"Mejor un jugo para mí, doctor, si no le importa." Dijo Quan.

"¿Y para ti Jean Pierre?"

"Sí, un capuchino granizado me parece una buena idea. Gracias, doctor."

"Bueno…, ya regreso," dijo Alan sobre su hombro, dirigiéndose hacia el mostrador.

"Lo siento, no quisimos ser descorteses, agente Gilford," empezó Babette, "pero aún estamos un poco consternados…"

"Sí, podrías decir eso," respondió Jean Pierre de mala gana. "No solo haber sabido que un miembro de mi equipo es un asesino, sino también que el doctor Mayhew nos diga que ustedes tendrán que liberar a ese chifl…"

"Que pena, señor Simmons, pero eso no es correcto…" intentó decir Gilford.

"Oh, por favor, díganos que el doctor Mayhew ha sido mal informado."

"Quizás él no obtuvo toda la información que nosotros hemos logrado desde que hablamos la última vez con él," agregó Quan con sobriedad.

"¿Por qué no tiran a ese loco por la borda? De todo lo que sé, ustedes hacen ese tipo de cosas de vez en cuando y nadie se molesta ni se da por enterado de eso."

Claramente, la beligerancia francesa de Jean Pierre estaba aflorando rápidamente y Babette pensó que necesitaba apaciguar su furia tan rápido como estaba emergiendo. "Lo siento, caballeros, pero nosotros estamos al margen…, entonces, si ustedes nos pudieran dar las últimas primicias, antes de que ambos explotemos, lo apreciaríamos."

"Yo seguramente deseo que no hagan eso," dijo Alan, depositando una bandeja con sus bebidas en medio de la mesa y sentándose.

"Gracias, doctor," dijo Jean Pierre, tomando su capuchino granizado tamaño grande con visible ansiedad.

Los otros confirmaron sus agradecimientos mientras Gilford miró a Alan por un momento antes de hablar. Tomó un gran sorbo. "Muy bien, doctor Mayhew, el señor Simmons y la señorita Babette tienen la impresión de que tenemos que liberar al señor Gromwell esta noche, pero eso no pasará, a menos que recibamos órdenes desde Washington de que no tenemos otra alternativa."

"Entonces, ustedes no tienen autorización para tenerlo arrestado ni para liberarlo, ¿es eso?" Preguntó Alan, cruzando sus brazos sobre el pecho.

"Eso es correcto, doctor. Después de que hablamos con usted esta mañana, estuvo claro para nosotros que liberar un sospechoso bajo las actuales circunstancias no era solamente inseguro para los miembros de su elenco, señor Simmons, sino también para los pasajeros –y en particular para el doctor Zetisman."

"¿De verdad? Explotó Babette, quitándose sus gafas. "¿Por qué sería esa situación insegura para él específicamente?"

Gilford sonrió. "Yo sé que todos ustedes han considerado al doctor Zetisman más una molestia que un testigo material, y debo decir que también lo hice hasta esta tarde temprano…"

"¿Qué le pasó a él?" Preguntó Jean Pierre, ahora con creciente interés, "¿finalmente recuperó su memoria?"

"Usted podría decirlo así, señor Simmons, sí," respondió Quan por Gilford.

"Sí..." prosiguió Gilford, "la señorita Ashland, como ustedes saben, ha tomado al doctor Zetisman bajo sus alas, por decirlo así, y esta tarde, ella aparentemente hizo un avance. El doctor Zetisman le reveló que él estaba "preparado para morir" esta noche, ya que él no había sido capaz de recuperar el medallón de su caja fuerte, doctor, tal como se lo había ordenado Gromwell antes de ser aprehendido hace dos noches."

"¿Está diciendo usted que él finalmente identificó al hombre?" Preguntó Jean Pierre.

"Sí, señor Simmons. Mire, desde que él estuvo en posesión del medallón, empezó a recordar fragmentos de lo que había ocurrido mientras estuvo en el Instituto de Hamburgo con el señor Gromwell, y algo de lo que pasó cuando ambos se dirigieron a la Florida."

"¿Usted quiere decir que Growell y Zetisman llegaron juntos a la Florida?" Alan no lo podía creer –el tratamiento de Susan estaba viéndose compensado de alguna forma.

"Sí, doctor, eso es lo que aparentemente pasó, aunque los detalles del viaje de ellos desde Hamburgo hasta Miami son aún muy exiguos. El doctor Zetisman ha revelado también que la señora Brightman fue en efecto la que pagó sus pasajes a Estados Unidos junto con un contrabando de antigüedades."

"Increíble," dijo Alan, moviendo de lado a lado su cabeza. "y pensar que todo este tiempo nosotros no le pusimos atención a las divagaciones de Zetisman..."

"Realmente, doctor, no eran divagaciones, como usted las llama, eran solamente piezas y pedazos de información que sonaban incoherentes para todos ustedes en el momento, pero si una sicóloga de Washington hubiera estado involucrada desde el principio, hubiéramos sido capaces de entender ese cuadro mucho antes."

"Pero ¿usted puede confirmar ahora que Gromwell cometió los asesinatos en Le Havre?"

"Todavía no, doctor. Infortunadamente, solamente podemos ubicar al hombre en Le Havre en el momento de los crímenes, y también hemos recibido confirmación de la señora Holstrom de que el pendiente era, en efecto, el que Gromwell le dio a su hija en los meses previos a su asesinato."

"Entonces, ¿por qué es posible que ustedes aún no puedan arrestar formalmente a ese hombre?" Preguntó Jean Pierre. "¿Cuándo irá a pasar eso?"

Quan apuntó como respuesta. "Eso pasará solamente cuando podamos ubicar al señor Gromwell en la escena del crimen, lo cual creemos será en el yate que el hombre alquiló durante su última visita a Le Havre."

"¿Y cuánto tiempo se tardará probablemente?" Insistió Jean Pierre, aún enojado ante el paso de tortuga con el cual el sistema de justicia movía sus ruedas.

"Ahora que tenemos lo último en tecnología a nuestra disposición, señor Simmons, no tomará mucho tiempo, pensaría yo," concluyó Quan, sorbiendo otro largo trago de su jugo.

"¿Puedo tener uno de esos también?" Preguntó Tiffany llegando alegremente, a la mesa y señalando el capuchino granizado de Alan por encima de su hombro.

"Hola, Tiff...," dijo Alan, mirándola y tomando su mano en la suya. "Te traeré uno." Se puso en pie. "Esta es la señorita Sylvan..."

"Hola, señorita Sylvan, yo soy el agente Gilford," dijo él, parándose para estrechar su mano extendida. Luego se giró hacia su compañero. "Y este es el agente Quan Ly..."

"Muy encantado de conocerla, señorita Sylvan," dijo el coreano, haciendo una venia hacia ella como era su costumbre.

"El placer es todo mío, caballeros, les aseguro," respondió Tiffany, aceptando tomar asiento en la silla que Quan había arrastrado desde otra mesa para ella. "Gracias." Miró al agente y le sonrió. "He escuchado mucho acerca de ustedes dos –es increíble lo que ustedes han logrado hacer desde que llegaron a *La Duquesa*..."

Gilford ondeó una mano al frente. "Nosotros no hemos hecho nada más que finalizar la tarea que los agentes y otras personas a través de tres continentes, incluyendo su gente buena en este barco, han estado haciendo por años. El crédito va para ellos, no para nosotros, señorita Sylvan."

"Aquí tienes, Tiff –un moca capuchino granizado como te gusta," dijo Alan, colocando un vaso alto frente a ella.

"Gracias Alan. Esto es agradable después de un largo día con demasiados niños bulliciosos." Miró a Babette y a Jean Pierre, cada uno a su turno. "Lo siento, no quería ignorarlos, ¡pero ustedes no parecen muy complacidos con los arrestos! ¿Por qué es eso?"

"Por mi parte, mi querida," dijo Babette, "estoy intrigada por ver el final cercano de este sufrimiento, pero aún estoy preocupada..."

"¿Preocupada por qué?" Preguntó Tiffany, tomando un largo sorbo de su bebida.

"Preocupada acerca del hecho de que nuestros agentes de la Interpol aquí, no han podido acusar de nada a nuestro capitán de tripulación," apuntó Jean Pierre por Babette.

"¿Es eso cierto?" Tiffany lanzó una interrogante mirada en dirección de Gilford.

"Sí, señorita Sylvan, hasta que no tengamos suficientes pruebas de su culpabilidad, no podemos arrestarlo."

"¿Me está diciendo que lo van a liberar...?"

"No del todo, señorita Sylvan," replicó Quan. "Él permanecerá bajo arresto domiciliario por la seguridad de los pasajeros hasta que lleguemos al próximo puerto. Sitio en el cual, será entregado al consulado de los Estados Unidos del lugar o a agentes locales – cualquiera sea el caso- para un interrogatorio posterior."

"¡Bien!" Dijo Tiffany, regresando su vaso sobre la mesa. "¿Entonces por qué tan triste Jean Pierre?"

"Porque, Tiffany, nosotros todavía tenemos un elenco a punto de un ataque de nervios y yo soy incapaz de estar de acuerdo con esa situación totalmente."

Capítulo cincuenta y siete

¡Al fin!

Cuando la noticia explotó, Gregory estuvo mirando detenidamente los últimos emails de Hollman desde Alemania. Él no podía quitar la vista de los cortos mensajes. Aparentemente, la policía federal había estado en disponibilidad de confirmar que todas las huellas recuperadas desde varios lugares, coincidían con las de Hans Gromwell (también conocido como Hedwig von Strom). Las huellas de Le Havre eran definitivamente las del capitán de tripulación, pero lo que era más impresionante era el descubrimiento de algo de ADN en el yate que Gromwell había rentado durante el fin de semana de la desaparición de Eva Holstrom. El capitán de tripulación había limpiado la embarcación profundamente, pero no tan bien como él debería haberlo hecho, ya que trazas de sangre habían sido encontradas debajo del mástil, y sus propias huellas habían sido levantadas de los guantes que él había usado para lavar las tablas del piso. Todas estas evidencias probaban que Eva había estado a bordo del yate el día de su muerte. ¿Pero qué acerca de su novio? Se había preguntado a sí mismo antes de haber abierto el siguiente mensaje. Él entonces tuvo su respuesta. La evidencia de esa muerte o de la presencia de Gromwell en la escena había sido encontrada en el barril que contenía los miembros y la cabeza del joven hombre. Después de un detallado examen de las mejillas de la víctima, una huella oculta del característico dedo de Gromwell había sido encontrada en una de ellas. El capitán de tripulación, aparentemente, había sujetado la cabeza del joven con sus manos y le dejó una huella del dedo en su mejilla derecha, justo encima de la comisura de su boca. No había dudas –ambos asesinatos habían sido cometidos por Hedwig von Strom.

Gregory tomó el bastón que Alan le había dado y cojeando, salió de su cabina con una memoria portátil en su bolsillo, hacia los elevadores. Su costilla fracturada no le permitía respirar profundamente ni hacer esfuerzos de ninguna clase. Se sentía tan inútil como lucía, demasiado para su desencanto. Sin embargo, con una sonrisa en su cara dobló la esquina y fue a dar cara a cara con Gilford y Quan Ly.

"Su sonrisa me dice que usted ha escuchado las noticias," remarcó Quan, sosteniendo la mirada de Gregory.

"Sí, señor Quan, aunque me duele para reír, ahora desearía poder rugir de la risa. " Volteó a ver a Gilford. "¿Iban ustedes a verme?" Le preguntó a él.

Gilford asintió. "Sí, íbamos a ir a preguntarle si querría asistir al interrogatorio del señor Gromwell."

"Usted apostaría. ¿Cuándo planean hacerlo?"

"Ya que el barco es considerado "suelo americano", necesitábamos tener al capitán Midleton presente durante la entrevista. Así que él nos dijo que estaría disponible después de la cena."

"¿Y cómo lo está tomando el sospechoso?"

Quan esbozó una sonrisa. "Creo que él está ansioso por admitir todo, pero sin embargo pienso que no lo hará..."

La llegada del ascensor interrumpió su conversación.

"Hablemos en alguna otra parte," dijo Gilford, sosteniendo las puertas abiertas para Gregory. "¿A dónde se dirigía usted?" preguntó él, listo a presionar el botón de nivel.

"Pensaba que el doctor Mayhew debería ser el primero en saber la noticia. El hombre ha sido una gran ayuda y merece saber todo esto hasta la culminación exitosa."

"Bueno, vamos entonces," dijo Gilford, oprimiendo el botón.

Cuando llegaron a la enfermería, se llevaron una sorpresa. Evelyn estaba escuchando a un anciano que tenía una larga historia para contar. Ella abrió la puerta a los tres hombres y les pidió que tomaran asiento. "El pobre hombre está sufriendo un ataque de Alzheimer prematuro y viene de vez en cuando, pensando que yo soy su esposa..." susurró ella.

"¿Quiere que nos devolvamos?" Preguntó Quan en forma inaudible.

Evelyn negó con su cabeza. "Solo escuchen, él terminará pronto...," respondió ella, retornando su atención al hombre que estaba sentado al lado del escritorio de Alan, mirando aturdido, o perdido en sus pensamientos.

"¿Quién estaba en la puerta, querida?" Preguntó él.

"Solo alguna gente que vendrá más tarde para el té..., pero no te preocupes; ¿por qué no me cuentas que pasó en el bote esta mañana?"

"Ah, sí, ¿te conté que fui a pescar...?" Preguntó el frágil y debilitado viejo a Evelyn.

"No, querido, me estabas contando acerca del capitán del barco..."

"Oh, sí, eso es lo que es tan extraño, tú sabes..., he visto a nuestro capitán, y él debe ser nuevo..." Movió su cabeza y miró arriba al estante de los libros. "Bien, de todas maneras, nosotros estábamos en el barco y el capitán era muy exitoso en lo que hizo durante años; él guiaba cruceros alrededor de todo el mundo. Nunca tuvo tormentas de mar ni los piratas lo vencieron. Fue admirado por su tripulación y sus compañeros capitanes. Sin embargo, había algo diferente en ese capitán. Cada mañana él hacía un extraño ritual. Se encerraba en su cuartel de capitán y abría una pequeña caja fuerte..." Se detuvo y miró a Evelyn. "¿Tú tienes una caja fuerte?" Le preguntó a ella.

"Sí, nosotros tenemos una, ¿por qué?"

"Porque encontrarías un sobre en la caja fuerte con un pedazo de papel adentro. Y nuestro capitán miraría detenidamente el papel por un minuto, luego lo aseguraría de nuevo. Después él estaría listo para sus tareas diarias. Por años esto pasó, y su tripulación se volvió curiosa."

"¿Era el mapa de un tesoro?" Le preguntó Evelyn a él. "¿O una carta de un antiguo amor perdido?"

El hombre sacudió la cabeza. "No, mi querida," se rio. "Como tú, todos se preguntaban acerca del extraño contenido del sobre."

"¿Y alguna vez lo descubrieron?"

"Oh sí, pero sin embargo todos ellos tuvieron que esperar hasta que el capitán muriera para descubrirlo. Después de acostar el cuerpo del capitán para que descansara, el primer compañero condujo a la tripulación completa al cuartel del capitán. Abrió la caja fuerte, sacó el sobre, lo abrió y..." Hizo una pausa, aparentemente recolectando sus recuerdos. "¿Tú sabes que decía?" Miró a Evelyn y luego, de repente se giró hacia los tres agentes cuya presencia había ignorado hasta el momento. "¿Qué pasa con ustedes, compañeros; saben que decía el pedazo de papel?"

Ellos negaron con sus cabezas, mirando expectantes al viejo hombre.

"Bien, yo vi la carta con mis propios ojos, y decía…" Sonrió ante el suspenso que había creado alrededor de él. "Ah-ha, los pillé…, ustedes no la han visto, ¿o sí?"

Evelyn suavemente le volteó la cara hacia ella. "Ahora, querido, dime que decía en ese pedazo de papel, por favor."

"Bueno –sin embargo, solo para tus oídos," balbuceó. "Decía: ¡Puerto izquierda, estribor derecha!"

"¿Verdad? Dijo Evelyn, sonriendo, "¿Eso es todo lo que decía?" en medio de una pizca de risitas de parte de los tres agentes.

"¿Decía qué?" Preguntó el viejo, de nuevo con la mirada perdida en medio de otros pensamientos.

"¿Por qué no dejas que te dé tus medicamentos antes de que te vayas a dar un paseo, querido? Respondió Evelyn, tomando un pequeño frasco de jarabe del bolsillo de su chaqueta.

Una vez le había dado una cucharada de la medicina, Quan y Gilford ayudaron al viejo amigo a recuperar su orientación mientras lo acompañaban al elevador y lo conducían a su cabina.

Mientras esperaban por su regreso, Gregory preguntó, "¿sabe dónde está el doctor Mayhew?"

"Fue a ver al capitán Midleton," respondió ella. "Pienso que debería regresar a la enfermería dentro de poco." Ella se agachó para mirar los vendajes de los tobillos de Gregory. "¿Los cambió usted esta mañana?"

Gregory siguió su mirada. "No, yo no lo hice."

"Bueno entonces, ¿por qué no salta a la mesa para asegurarme que estén bien?" Gregory se rio. "¿Qué? ¿Dije algo gracioso?"

"Solo que yo no pienso estar "saltando" sobre ninguna mesa en ningún momento, señorita Evelyn," respondió con una sonrisa de superioridad en su rostro y cojeando desde su silla hasta la mesa de examinar.

Unos pocos minutos después, Gilgord, Quan y Alan llegaron juntos. Gilford no pudo evitar sonreír cuando él y sus acompañantes vieron a Evelyn examinando "tiernamente" la caja torácica de Gregory.

"¿Quiere que regresemos más tarde?" Preguntó él sin poder contener la risa.

"No la empieces conmigo," dijo Gregory, levantándose hasta sentarse y gruñendo con cada movimiento.

"¿Cómo está la costilla?" Le preguntó Alan a Evelyn, tomando a Gregory por un brazo y ayudándolo a llegar a la silla más cercana.

"Extremadamente sensible aún en esa área, pero debería estar en convalecencia prontamente."

"De acuerdo entonces, pero por si acaso, me gustaría programar a nuestro paciente para unos rayos X en el próximo puerto, ¿está bien?"

"Seguro, doctor, me contactaré con el hospital y haré que lo vean cuando arribemos…"

"Espere un poco," objetó Gregory, "no quiero ir a ningún viejo hospital…, quiero es ir a casa lo más pronto posible…"

"Y usted lo hará, Gregory, pero no antes de que le tomemos algunas fotos a su costilla."

"¿Las quiere tener usted enmarcadas para su oficina o algo así?"

Hubo risas por todos lados, pero pronto Alan regresó a su sitio detrás del escritorio y preguntó, "Bueno. Estoy seguro que, ustedes amigos, no vinieron a visita para discutir sobre la caja torácica de Gregory, ¿o sí?"

"No, por supuesto que no," respondió Quan, aun sonriendo. "Nosotros y Gregory hemos recibido noticias desde Berlín que confirman la culpabilidad de Gromwell en las muertes de Le Havre."

"¿De verdad? Eso es fantástico," exclamó Alan con el tonillo de un hombre que ha sido llevado a su entera satisfacción.

"Sí, de verdad, doctor."

"Bien, eso finalmente hace méritos para celebrar," dijo él enlazando sus dedos sobre su estómago y recostándose sobre el espaldar de su silla. "¿Ya le dijeron al capitán Midleton?"

Gilford asintió. "Sí, como usted sabe, teníamos que mantenerlo informado, y debemos entrevistar a Gromwell en su oficina esta noche." Le lanzó una interrogante mirada a Alan. "¿No le dijo él acerca de la entrevista cuando usted subió a verlo ahora?"

"No, eso nunca vino al cuento en nuestra conversación. Como le dije cuando veníamos para acá, el capitán Midleton quería discutir el tema de los reemplazos para ambos, el señor Simmons y el señor Gromwell."

"¿Y por qué querría él reemplazar a Jean Pierre?" Preguntó Evelyn, visiblemente en desacuerdo con el anuncio de Alan. "Él debería estar listo ahora que su brazo está en mejoría…, ¿no es así?"

"No del todo, Evelyn. Mira, él ahora se siente desmoronado. Y si no fuera porque la señorita Babette conserva el departamento funcionando normalmente, ya hubiéramos tenido problemas."

"Eso está muy mal -él es un tipo agradable," concluyó Evelyn.

"Sí, estoy de acuerdo, pero necesitamos pensar primero en los pasajeros; ellos pagaron para estar entretenidos y no para pactar con un miembro del elenco faltante o con un director que no pueda reagruparse después de la batalla."

"¿Qué hay sobre el señor Bartel?" Preguntó Gregory desde su silla, mirando abajo a su, aún hinchado tobillo. "¿Va a ser reemplazado?"

"Sí," respondió Alan. "La oficina central ya tiene contratados tres reemplazos para Yeng Chu, Sim Lee e Iván Bartel. Usted ve, si esto hubiera sido un crucero corto de una semana o algo, no nos hubiéramos molestado, pero ya que tenemos otros siete meses de ruta, necesitamos los nuevos empleados."

"¿Esto pasará después de que el señor Gromwell sea acusado formalmente?" preguntó Quan.

"Absolutamente. No habrá contacto entre el nuevo personal ni los nuevos tripulantes con nuestro sospechoso." Miró a los tres hombres cada uno a su turno. "Pero estoy seguro que ustedes tampoco han venido a verme a mí para discutir sobre nuestro personal; ¿qué hay en sus mentes entonces?"

"Bien, solo deseábamos que usted nos entregara el medallón," empezó Gilford, "para tenerlo oficialmente archivado como evidencia, junto con las huellas ocultas que usted tomó del cuerpo de Yeng Chu, si aún las tiene."

"Ah sí," dijo Alan, poniéndose en pie. "Se los traeré." Salió a las zancadas hacia la bodega, seguido en fila por los tres hombres. "Pero díganme algo; ¿no son esas huellas ocultas las de Gromwell?" Él estaba en cuclillas en frente de la caja abriéndola.

"Sí, lo son," respondió Gregory desde detrás de Quan y Gilford. "Pero la otra evidencia tal como la sangre en el cuchillo y la confesión de Iván ha demostrado que Gromwell debe haber agarrado violentamente a Yeng Chu en algún lugar –probablemente antes de que Iván lo alcanzara."

"De acuerdo," dijo Alan, poniéndose en pie, "aquí está el botín." Le entregó las bolsas a Gilford. "Pero, si no les importa, me gustaría que me dieran un recibo por esto."

"Por supuesto, doctor," dijo Gilford, mirando a Quan.

Éste último sacó una libreta de su bolsillo lateral y fue al escritorio de Alan con un lapicero en la mano.

"¿No necesitarán ustedes el medallón para entrevistar al doctor Zetisman también?" Preguntó Alan, de alguna forma preocupado por ver salir el pendiente de su cuidado.

"Oh, sí," respondió Quan, todavía escribiendo la descripción del recibo. "Primero lo usaremos esta noche cuando entrevistemos a Gromwell, y luego se lo dejaremos para cuando la señorita Ashland encuentre un momento propicio para entrevistar al doctor."

"¿Piensa que Zetisman necesitará dejar el crucero antes de llegar a Mónaco?"

"No, doctor, creo que no," dijo Gilford. "Mantendremos a todo el mundo informado de las apariciones en la corte y de toda clase de cosas tan pronto las ruedas de la justicia empiecen a moler."

Alan recibió los dos recibos de manos de Quan y fue a colocarlos en la caja fuerte. Cuando regresó, Gilford y Quan estaban prestos a salir.

"Bueno, doctor, ha sido un placer trabajar con usted y si usted o cualquiera que usted conozca necesita ayuda –especialmente durante el resto del crucero- por favor, no dude en llamar, ¿de acuerdo?" Él le entregó su tarjeta personal.

Alan asintió, triste, en efecto, de ver partir a esos dos hombres. En secreto deseaba nunca tener que tratar con ellos otra vez, pero si él tenía que llamar a la Interpol por cualquier razón, se aseguraría de buscar a Gilford y a Quan.

Apenas la puerta se cerró detrás de ellos, Gregory vino a sentarse de cara a Alan en su escritorio. "No sé si es porque tengo una conmoción cerebral o porque aún no puedo moverme como quisiera, pero tengo la corazonada de que no hemos visto el final de esta historia."

Alan se tomó un momento para responder. Él, también, sentía algún detalle sin terminar en alguna parte. "¿Tuvo alguna noticia acerca de los otros asesinatos en Europa?" Preguntó, adelantando su silla hasta el escritorio.

Gregory miró a Evelyn por alguna razón. Ella estaba sentada en su escritorio, obviamente absorta en el trabajo que tenía entre manos.

Alan, quien había seguido la mirada de Gregory, miró a su enfermera. "¿Evelyn?" Ella levantó la mirada de la pantalla de su computadora. "¿Le importaría conseguirnos algunos cafés helados? De todas formas pienso que ya es hora de que tome un pequeño descanso."

Ella se paró como un tiro. "Buena idea. Me estoy muriendo por uno de esos granizados de café." Tomó su billetera, diciendo, "regresaré pronto..." y cerró la puerta al salir.

Gregory se volteó. "Ella es una mujer adorable, eso es," subrayó él con una sonrisa cruzando sus labios.

"Eso es ella, está en lo cierto," respondió Alan, aun preguntándose qué había detrás de la mente de Gregory. "Entonces, ¿ha encontrado la policía algo que pudiera implicar a Gromwell en las muertes europeas?"

"Aparte de ser parejas y del desmembramiento de los cuerpos, no hay nada que vincule a esas víctima con Gromwell, no."

"Pero, ¿no dijo usted que Gromwell estuvo en el mismo sitio en las fechas de las muertes?"

"Sí, y aparentemente su barco estuvo anclado o atracado en esos puertos, sí. Pero, infortunadamente, eso no lo pone en las escenas de los crímenes. Y no sabemos dónde ocurrieron estos."

"¿Podría ser un imitador entonces?" Preguntó Alan.

La cabeza de Gregory se balanceó arriba y abajo. "Exactamente ese es mi pensamiento." Puso ambas manos sobre la punta del bastón que había plantado entre sus rodillas. "El modus operandi está todo desvirtuado —o al menos no es comparable con nada de lo que Gromwell haría, aparte del caso de Eva Holstrom. Y no hay motivo aparente para esa forma de proceder."

"Así que, ¿cuál es esa corazonada?"

"Bueno, doctor, tiene que ver con Gromwell convirtiéndose en asesino una y otra vez. Después de 30 años de buen comportamiento, el hombre súbitamente reincidió. Él había hecho todo correctamente desde el primer día de su encarcelación —fue un paciente modelo, un aprendiz arraigado, un trabajador ejemplar —y aparte de falsificar documentos para salir de Alemania y llegar a los Estados Unidos, no había habido ninguna razón para pensar que él se hubiera desviado de nuevo."

"Y usted se pregunta qué lo hizo a él salirse de la correcta y angosta línea, ¿es eso?"

"Sí. No tengo idea si él explicará algo esta noche o si revelará la razón de su cambio de actitud, pero me tiene un poco preocupado."

"Bueno, la única cosa que podemos hacer es esperar hasta la noche," concluyó Alan reflexivamente.

Capítulo cincuenta y ocho

Otra larga historia

Si los cinco hombres hubieran estado sentados en una sala similar a esta hace treinta años, hubieran escuchado las mismas palabras de Hedwig von Strom: "Ella me ha traicionado con otro. Ella y ese amigo de ella me traicionaron. Ellos merecían lo mismo que les hice a Gertrude y a Hans."

"Correcto entonces, señor Gromwell," dijo el capitán Midleton a la conclusión de la entrevista. "Una vez lleguemos al puerto en las afueras de Beijing, los agentes Gilford y Quan lo escoltarán a usted hasta la embajada americana para la repatriación a los Estados Unidos, donde usted esperará la audiencia y el proceso de extradición de regreso a Francia."

Gromwell asintió y se puso en pie. "Gracias, capitán. Ha sido mi placer servir bajo sus órdenes, señor," dijo él, golpeando sus talones y saludando.

Después de que los dos agentes habían acompañado a Gromwell de regreso a su cabina, fueron a encontrarse con Serina. Ella estaba esperándolos en el casino.

"Bueno, bueno, amigos," dijo ella alegremente, levantando su vaso en gesto de brindis. Mis felicitaciones. Dos casos resueltos en tan pocos días, ¡estoy impresionada!"

"Gracias," respondió Gilgord, acomodándose en una banqueta al lado de ella en el bar. "Es fácil cuando los demás han hecho que las piernas trabajen antes que las manos."

"Y nosotros también deberíamos agradecerte por solucionar el pequeño problema del agente MI5, remarcó Quan desde su butaca al otro lado de ella.

"Bien, gracias, señor Quan. Fue un verdadero placer sin lugar a dudas. El señor Bright es un tipo encantador, ciertamente." Ella bebió un sorbo de su coctel.

"¿Qué será para los caballeros?" preguntó el bar ténder aproximándose a los tres.

"Tomaré un jugo de naranja grande," respondió rápidamente Quan.

"Y prepáreme un escocés en las rocas para mí," respondió Gilford.

"Vuelvo enseguida," dijo el barman, girando a su alrededor para servir las bebidas.

"Y prepáreme un trago de vodka para mí," escucharon decir a Gregory desde detrás de ellos. "Hola," agregó, dirigiéndose a Serina.

"¿Por qué no llevamos nuestras bebidas a una mesa?" Sugirió ella, sintiendo que sería mejor para Gregory estar sentado.

"Buena idea," dijo Quan, bajándose del butacón.

Apenas estaban sentados y tenían sus bebidas al frente, la actitud de Serina se volvió todo-negocios de nuevo. "¿Qué están planeando hacer ustedes compañeros con el asunto de Gran Caimán?" Le preguntó a Gilford.

Él hizo girar el hielo dentro de su escocés antes de sorber un gran trago. "Nada hasta que hayamos recolectado más inteligencia," respondió él. "Nosotros debemos encontrarnos con los agentes de la CIA en la isla apenas podamos llegar allá."

"¿Están planeando hacer una parada en Vancouver?" Preguntó Serina, mirando cuidadosamente a Gilford.

"Imagino que la CSIS desea alguna ayuda con las investigaciones sobre la violación," sugirió Quan tímidamente.

Serina asintió. "Me avisaron ayer que el equipo forense ha recuperado algunas huellas de la escena del crimen."

"¿Han informado ellos que eran las de Gromwell?" preguntó Gregory.

"Aún no. Necesitaremos las huellas ocultas que obtuviste del cuerpo de Yeng Chu," dijo ella. "Pero creo que has escaneado una copia de ellas, ¿lo hiciste?"

Gregory asintió. "Sí, y eres bienvenida a ellas cuando quieras."

"Bueno. Entonces te pediré una copia antes de salir, si no hay ninguna objeción."

"No hay problema. Y si quieres permanecer en contacto con Hollman en Berlín, le enviaré a él un email y así no tendrás ningún problema en localizarlo."

"Gracias," dijo Serina, terminando su bebida. "Y ahora, si no les importa compañeros, me iré a la cama..."

"Pero antes de que lo haga, señorita Blanchard," dijo Gilford antes de que ella se parara. "¿Podría contarnos algo más acerca de su encuentro con el doctor Zetisman mientras él estuvo en La Florida?"

"Esa es otra larga historia, caballeros, y acerca de la cual no estaría autorizada para hablar hasta que ustedes tengan algo más que ofrecer sobre el caso de Gran Caimán."

"Lo sabía," explotó Gregory. "Hay una conexión entre Brightman y Gromwell allá en alguna parte, ¿no es así?"

"Bien hecho, señor Voinovich," Expresó Serina, poniéndose en pie. "Pero por ahora, dejaremos todo como está, ¿podemos?"

Los tres hombres sabían que no conseguirían sacarle nada a la Princesa Asiática por ahora –Mejor no insistir.

"Que tengan buena noche caballeros," dijo Serina, antes de salir del casino con una amplia sonrisa adornando sus labios.

"Pienso que una parada en Vancouver será obligatoria para los tres," concluyó Gilford, bebiendo la última gota de su vaso.

Epílogo

Tiffany se volteó para estar cara a cara con Alan –él estaba exhausto y agradecido de estar acostado al lado de su adorable chica con una sensación de paz en su corazón. Él ya no era un joven y deseaba la tranquilidad de vida que le proveería la compañía de Tiffany por los muchos años venideros. Pero, a ese paso, él se preguntaba cuánto duraría él.

"¿En qué estás pensando?" Le susurró ella.

"En lo afortunado que soy al tenerte a mi lado," respondió él antes de besarla. "De verdad te amo, Tiff."

Esa noche solamente las estrellas guiarían su amor a otro destino y por los siguientes meses ellos lo harían sin interrupción hasta que Mónaco estuviera a la vista.

El DR. PAUL DAVIS es especialista en Medicina de Familia y Emergencias Médicas en Canadá, el Reino Unido y los Estados Unidos. El autor usa sus propias vivencias ya que sus novelas están basadas en su carrera de diez años como médico de cruceros. Actualmente es el director de un grupo de médicos especialistas.

"La trilogía de Paul Davis enseña el éxito al conducir su escritura a un misterio conmovedor."
Kim Ferrante, vinculado con el escritor de los Misterios.

"El Dr. Davis lo hace al enlazar continuamente el humor y el romance detrás de escenas sobre un crucero, en un misterioso asesinato único, que se debe disfrutar al leer."
Ruben Adams, Crítico de Escritores de Misterio Internacional.

"El acertado ambiente médico descrito por el Dr. Davis mantiene al lector pensando en todos los aspectos de este misterio como de comerse las uñas."
Dra. Sarah Willey, miembro de la Corporación de Escritores de Ficción Médica.

"Un libro obligatorio para personas que adoran leer crímenes de ficción"
Matthew Henry, Detective Canadiense en Críticos de Ficción.

"Conmovedora historia de ficción que cautiva de inicio a fin al lector en su trama de misterio, drama, romance, humor fino y ficción."
Leonel Osorno Restrepo, Traductor de la obra.

www.ingramcontent.com/pod-product-compliance
Lightning Source LLC
Chambersburg PA
CBHW071149250626
47159CB00001B/37